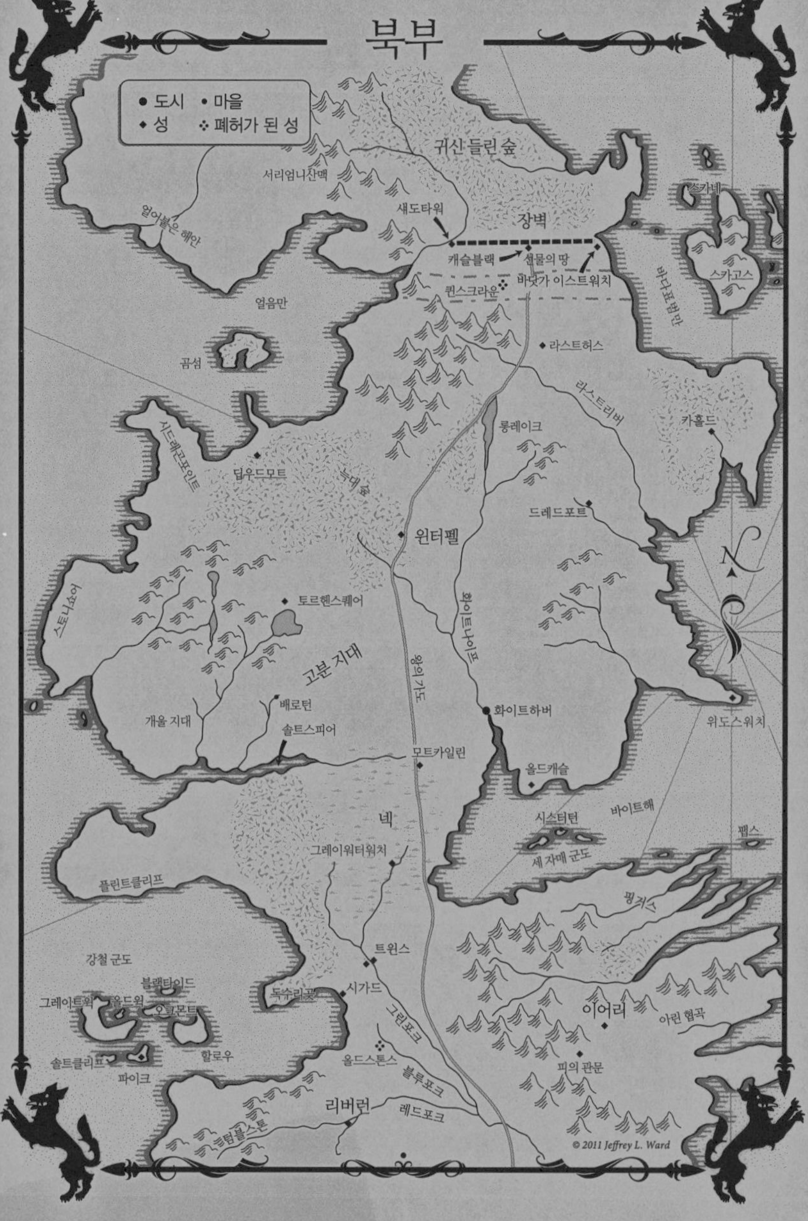

북부
도시
마을
성
폐허가 된 성
서리엄니산맥
귀신 들린 숲
얼어붙은 해안
새도타워
장벽
캐슬블랙
선물의 땅
바닷가 이스트워치
퀸스크라운
스카네
스카고스
바다표범만
얼음만
곰섬
라스트허스
라스트리버
카홀드
롱레이크
시드래곤포인트
딥우드모트
늑대 숲
드레드포트
윈터펠
스토니쇼어
토르헨스퀘어
고분 지대
왕의 가도
화이트나이프
배로턴
개울 지대
솔트스피어
화이트하버
위도스워치
모트카일린
올드캐슬
시스터턴
바이트해
세 자매 군도
펩스
넥
그레이워터워치
플린트클리프
핑거스
트윈스
강철 군도
블랙타이드
그레이트윅
올드윅
오크몬트
독수리곶
시가드
솔트클리프
할로우
파이크
그린포크
올드스톤스
이어리
아린 협곡
피의 관문
블루포크
리버런
레드포크
텀블스톤
© 2011 Jeffrey L. Ward

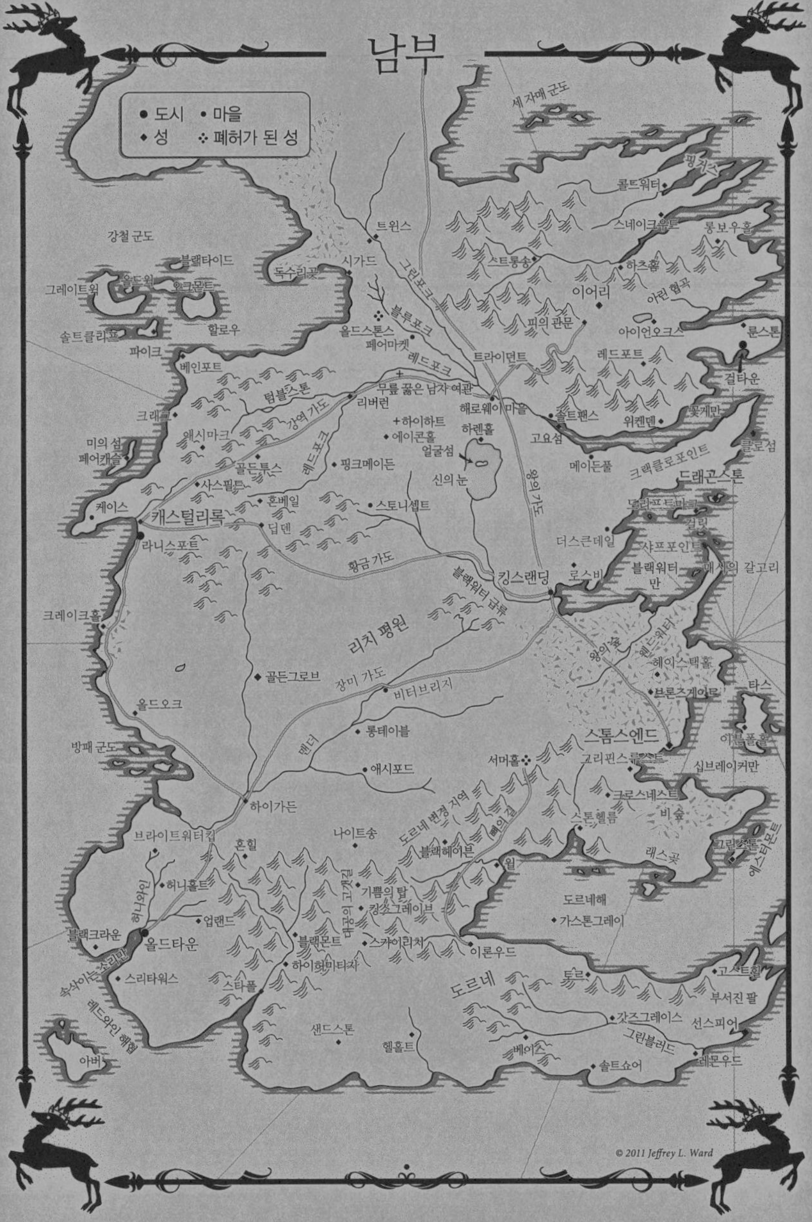
남부
도시
마을
성
폐허가 된 성
세 자매 군도
핑거스
콜트워터
스네이크우드
롱보우홀
트윈스
강철 군도
블랙타이드
시가드
독수리곶
그레이트윅
올드윅
오크몬트
하츠홈
스트롱송
그린포크
이어리
아린 협곡
솔트클리프
할로우
블루포크
올드스톤스
피의 관문
아이언오크스
룬스톤
페어마켓
파이크
레드포크
트라이던트
레드포트
베인포트
걸타운
무릎 꿇은 남자 여관
텀블스톤
리버런
해로웨이 마을
크래그
강의 가도
솔트팬스
위켄덴
꽃게만
하이하트
에이콘홀
하렌홀
고요섬
애시마크
미의 섬
페어캐슬
얼굴섬
클로섬
레드포크
핑크메이든
메이든풀
골든투스
크랙클로포인트
사스필드
신의 눈
드래곤스톤
왕의 가도
혼베일
케이스
캐스털리록
스토니셉트
딥덴
라니스포트
더스큰데일
샤프포인트
황금 가도
로스비
블랙워터 만
매시의 갈고리
킹스랜딩
블랙워터 급류
크레이크홀
리치 평원
왕의 숲
헤이스택홀
골든그로브
장미 가도
비터브리지
브론즈게이트
타스
올드오크
롱테이블
스톰스엔드
이븐폴홀
방패 군도
맨더
애시포드
서머홀
그리핀스루스트
십브레이커만
하이가든
크로스네스트
도르네 변경 지역
비 숲
브라이트워터킵
나이트송
스톤헬름
혼힐
블랙헤이븐
래스곶
그린스톤
허니홀트
기쁨의 탑
도르네해
허니와인
업랜드
킹스그레이브
가스톤그레이
블랙크라운
올드타운
블랙몬트
스카이리치
이론우드
속삭이는 소리만
스리타워스
하이헤미타지
고스트힐
스타폴
도르네
토르
부서진 팔
갓즈그레이스
선스피어
샌드스톤
헬홀트
그린블러드
레드와인 해협
베이츠
아버
솔트쇼어
레몬우드
© 2011 Jeffrey L. Ward

까마귀의 향연

1

* 이 도서의 국립중앙도서관 출판예정도서목록(CIP)은 서지정보유통지원시스템
홈페이지(http:seoji.nl.go.kr)와 국가자료공동목록시스템(http:www.nl.go.krkorisnet)에서
이용하실 수 있습니다. (CIP제어번호: CIP2019028072)

GEORGE R. R. MARTIN

까마귀의 향연

조지 R. R. 마틴 장편소설

이수현 옮김

1

은행나무

목차

일러두기

1 등장인물의 이름이 다른 이름이나 단어와 혼동할 여지가 있는 경우에는 최대한 혼동을 피하는 방향으로 표기했다. 또한 이름에 일반명사가 포함되어 있는 경우, 외래어 표기법을 따르되 기존 독자의 편의를 고려해 임의로 표기하기도 했다.(예: 존 스노우, 섀기독, 드래곤)

2 본문의 주는 모두 옮긴이의 것으로, 괄호 안에 글씨 크기를 줄여 표기했다.

프롤로그

“드래곤이라.” 몰랜더가 말하더니 땅바닥에 떨어져 있던 쪼글쪼글한 사과를 하나 집어 들고 던졌다 받았다.

“그 사과 던져.” ‘스핑크스’ 알레라스가 부추기며 화살통에서 화살을 하나 집어 활시위에 메겼다.

“나도 드래곤 보고 싶다.” 루운이 제일 어렸는데, 성인이 되려면 아직 2년이 남은 통통한 소년이었다. “정말 보고 싶어.”

‘난 로지의 품에 안겨서 자고 싶어.’ 페이트는 그렇게 생각하며 장의자에서 몸을 들썩였다. 내일이면 로지는 페이트의 사람이 될 수 있다. ‘올드타운에서 멀리, 협해 건너 자유도시 어딘가로 데려가야지.’ 그곳엔 학사들이 없으니, 아무도 그를 비난하지 않을 것이다.

머리 위 덧문 내린 창에서 에마의 웃음소리가 그녀의 접대를 받고 있는 남자의 굵은 목소리와 뒤섞여 흘러나왔다. 에마는 ‘깃펜과 맥주잔’에서 일하는 하녀 중에 제일 나이가 많아서 마흔쯤이었지만, 아직도 살집 있게 예뻤다. 로지는 에마의 딸로, 열다섯 살이었으며 막 꽃이 피었다. 에마는 로지의 첫 경험을 가져가려면 드래곤 금화 한 닢은 내야 한다고 선언했다. 페이트는 사슬이 새겨진 은화 아홉 닢에 동화 한 주전자를 모아두었지만, 별 소용이 없었다. 금화 한 닢을 모으기보다 진짜 드래곤을 부화시키기가 더 쉬울 것이다.

"드래곤을 보기엔 네가 너무 늦게 태어났다." '보조학사(Acolyte)' 아르멘이 루운에게 말했다. 아르멘은 목에는 백랍, 주석, 납, 구리 고리를 연결한 가죽 줄이 걸려 있었고 대부분의 보조학사가 그렇듯 수련생들의 어깨 위에는 머리통 대신 순무가 달렸다고 믿는 양 굴었다. "마지막 드래곤은 아에곤 3세 재위기에 죽었지."

"웨스테로스의 마지막 드래곤이지." 몰랜더가 주장했다.

"사과 던지라니까." 알레라스가 다시 부추겼다. 그들의 스핑크스, 알레라스는 예쁘장한 젊은이였다. 하녀들은 모두 그에게 홀딱 반해 있었다. 로지조차도 와인을 가져다줄 때면 가끔 알레라스의 팔을 건드렸고, 페이트는 이를 물고 그 모습을 못 본 척해야 했다.

"웨스테로스의 마지막 드래곤이 세상의 마지막 드래곤이었어. 다들 아는 사실이야." 아르멘이 끈덕지게 말했다.

"사과." 알레라스가 말했다. "먹을 게 아니면 던지라니까."

"옜다." 몰랜더는 굽은 발을 끌면서 살짝 뛰어올라 몸을 돌리더니 사과를 허니와인강 위에 걸린 안개 속으로 휙 내던졌다. 그 발만 아니었어도 몰랜더는 아버지 같은 기사가 되었을 것이다. 굵은 팔과 넓은 어깨에는 그럴 만한 힘이 있었다. 사과는 빠른 속도로 멀리 날아갔지만……

……그 뒤를 쫓아가는 화살만큼 빠르지는 않았다. 진홍색 깃털이 달린, 거의 1미터 길이의 금빛 나무 화살이었다. 페이트는 화살이 사과를 맞히는 모습을 보지 못했지만 소리는 들었다. 둔탁한 소리가 강 이편까지 울리더니 첨벙 소리가 났다. 몰랜더가 휘파람을 불었다. "정통으로 맞혔군. 짜릿하네."

'로지가 두 배는 더 짜릿해.' 페이트는 로지의 개암나무색 눈과 부풀기 시작한 가슴, 그리고 그를 볼 때마다 웃는 모습을 사랑했다. 뺨에 팬 보조개도 사랑했다. 가끔 로지는 맨발로 일하면서 풀 밟기를 좋아했는데 그것도 사랑스러웠다. 로지의 깨끗하고 상쾌한 향기, 귀 뒤로 곱슬거리는 머리카락도 사랑했다. 심지어 로지의 발가락까지 사랑했다. 어느 날 밤인가 로지가 자기 발을 문지르면서 장난을 치게 해준 적이 있는데, 페이트는 발가락마다 웃긴 이야기를 하나씩 지어내어 로지를 계속 웃겼다.

어쩌면 협해 이쪽에 남아 있는 편이 나을지도 몰랐다. 그동안 모아둔 돈으로 당나귀 한 마리는 살 수 있을 테니, 로지와 번갈아 당나귀를 타고 웨스테로스를 떠돌 수도 있을 것이다. 에브로즈는 페이트가 은고리를 받을 자격이 없다고 여길지 모르지만, 그도 뼈를 맞추고 거머리로 열병을 가라앉힐 줄은 알았다. 평민들은 그의 도움에 고마워할 것이다. 머리를 자르고 수염을 미는 방법을 배울 수 있다면 이발사가 될 수도 있다. '그걸로 충분해. 로지만 있다면.' 온 세상에서 그가 원하는 건 로지뿐이었다.

늘 그랬던 것은 아니었다. 예전에는 어느 성의 학사가 되어 인심 좋은 영주를 섬기고, 그의 지혜를 존중하는 영주가 그의 봉사에 대한 감사의 뜻으로 훌륭한 백마를 내어주는 꿈을 꾸기도 했었다. 얼마나 높은 자리에 앉아 말을 몰고, 길에서 지나치는 평민들을 내려다보며 얼마나 고결하게 미소를 지을까 하며.

어느 날 밤 깃펜과 맥주잔 휴게실에서, 엄청나게 독한 사과주를 두 잔째 마시고 나서 페이트는 언제까지나 수련생으로 살진 않으리라 호언장담했다. 게으름뱅이 레오가 외쳤었다. "맞는 말이야. 넌 전직 수련생이었던 돼지치기가 될걸."

페이트는 남아 있던 술을 다 마셨다. 오늘 아침 안개 바다 속에서 깃펜과 맥주잔의 횃불 밝힌 테라스는 빛의 섬이었다. 하류 쪽 멀리서 깜박이는 하이타워의 불빛이 축축한 밤에 뜬 흐릿한 오렌지색 달 같았지만, 그 불빛도 페이트의 기운을 거의 북돋아주지 못했다.

'지금쯤은 그 연금술사가 왔어야 했는데.' 모든 게 잔인한 농담이었던 걸까, 아니면 그 사람에게 무슨 일이 생긴 걸까? 페이트야 행운이 틀어져버린 경험이 처음도 아니었다. 늙은 최고학사 월그레이브를 도와서 까마귀를 돌보도록 뽑혔을 때도 행운이라고 여겼건만 오래지 않아서 월그레이브의 식사를 나르고, 방을 청소하고, 아침마다 옷을 입히게 될 줄 누가 알았으랴. 다들 월그레이브가 까마귀 다루는 기술에 대해 잊어버린 내용이 대부분의 학사가 평생 아는 내용보다 많다고 했기에 하다못해 검은 쇠고리 하나는 받을 수 있을 줄 알았건만, 알고 보니 월그레이브는 그에게 사슬 고리를 내려줄 수가 없었다. 그 노인장은 오직 예우 차원에서 최고학사 자리에 남아 있었다. 한때 대단한 학사였을지는 몰라도 이제 그의 로브 안에는 더럽혀버린 속옷이 감춰져 있을 때가 많았고, 반년 전에는 보조학사 몇 명이 방으로 돌아가는 길을 찾지 못해 도서관에서 울고 있는 그와 맞닥뜨리기도 했다. 월그레이브의 철가면 자리 아래 앉은 사람은 고르몬 학사였다. 예전에 페이트를 도둑이라고 비난한 적 있는 그 고르몬이었다.

물가에 선 사과나무에서 나이팅게일 한 마리가 노래하기 시작했다. 달콤한 소리였고, 하루 종일 돌본 까마귀들의 거친 울음소리와 끝없는 깍깍거림으로부터 한숨 돌리게 하는 반가운 소리였다. 하얀 까마귀들은 그의 이름을 알았고, 그를 볼 때마다 자기들끼리 "페이트, 페이트, 페이트"라고 중얼거렸다. 페이트가 비명을 지르고 싶어질 때까지 그랬다. 그 크고 하얀 새들은 월그레이브 최고학사의 자부심이었다. 월그레이브는 죽으면 그 까마귀들에게 먹히고 싶어 했는데, 페이트는 그 새들에게 같이 먹히지 않을까 의심하기도 했다.

나이팅게일 소리가 마치 '쇠를 금으로, 쇠를 금으로, 쇠를 금으로'라고 우짖는 것처럼 들리는 건 엄청나게 독한 사과주를 마셔서일까. 원래 술을 마시러 온 건 아니었는데, 알레라스가 구리 고리를 받은 것을 자축하고 있었고 마침 페이트도 죄책감 때문에 목이 말라 술을 받아먹고 말았다. 그러고 보면 로지가 두 사람을 한 자리에 모았던 밤에 그 낯선 사람이 한 말도 그것이었으니, 기분이 이상했다. "누구세요?" 페이트가 묻자 그 남자가 대답하기를 "연금술사요. 난 쇠를 금으로 바꿀 수 있소"라고 했다. 그 손에 주화가 있었다. 손가락 관절 위를 춤추는 부드러운 노란 금이 촛불 빛을 받아 반짝였다. 한쪽 면에는 삼두룡이, 반대쪽 면에는 어느 죽은 왕이 새겨진 금화였다. 페이트는 기억을 떠올리며 생각했다. '쇠를 금으로 바꾸다니, 그보다 더 좋을 순 없어. 로지를 원해? 로지를 사랑해?' "난 도둑이 아니에요. 난 시타델의 수련생입니다." 그는 자칭 연금술사라는 남자에게 그렇게 말했었다. 연금술사는 고개를 숙이더니 말했다. "다시 생각해봐야 한다면 사흘 후에 드래곤을 가지고 돌아오지요."

사흘이 지났다. 페이트는 여전히 확신이 없는 상태로 깃펜과 맥주잔에 다시 왔지만, 연금술사 대신 몰랜더와 아르멘과 스핑크스와 그들을 따라다니는 루운만 만났다. 함께 어울리지 않으면 의심스러울 상황이었다.

깃펜과 맥주잔은 문을 닫은 적이 없었다. 허니와인강에 있는 섬에서 600년간, 한 번도 문을 닫고 장사를 걷지 않았다. 높은 나무 건물이 비록 맥주 한잔한 후의 수련생들처럼 남쪽으로 기울긴 했지만, 페이트는 그 여관이 앞으로도 600년은 계속 그 자리에 서서 강 사나이와 바다 사나이, 대장장이와 가수, 사제와 왕자, 그리고 시타델의 수련생과 보조학사에게 와인과 에일과 엄청나게 독한 사과주를 팔 거라 기대했다.

"올드타운이 세상 전부는 아니야." 몰랜더가 너무 큰 소리로 선언했다. 그는 기사의 아들이었고, 주정뱅이답게 취했다. 그는 아버지가 블랙워터에서 죽었다는 소식을 받은 후 거의 매일 밤 취했다. 아무리 싸움에서 멀리 떨어져 안전한 벽에 둘러싸인 올드타운이라 해도, '다섯 왕 전쟁'은 모두에게 영향을 미쳤다……. 베네딕트 최고학사는 렌리 바라테온이 발론 그레이조이가 왕을 자칭하기 전에 죽었으니 다섯 왕 전쟁이라고는 할 수 없다고 주장했지만 말이다.

"내 아버지는 언제나 세상은 어떤 영주의 성보다 더 크다고 말씀하셨지." 몰랜더가 말을 이었다. "콰스와 아샤이와 이-티에선 드래곤도 얼마든지 찾을 수 있을지 몰라. 선원들 이야기가……."

"……선원들이 한 이야기지." 아르멘이 말을 끊었다. "선원들이야, 친애하는 몰랜더. 부둣가에 다시 가봐. 잠자리를 같이한 인어들 이야기 아니면 물고기 배 속에서 1년을 어떻게 보냈는지에 대한 이야기를 늘어놓을 선원을 얼마든지 찾을 수 있다고 장담하지."

"그게 사실이 아닌지 어떻게 알아?" 몰랜더는 사과를 더 찾느라 풀밭을 헤집었다. "그런 일 없다고 맹세하려면 직접 가봐야지. 그래, 선원 하나가 이야기를 한다면 웃어버릴 수도 있겠지. 하지만 서로 다른 배 네 척에서 내린 노잡이들이 서로 다른 네 가지 언어로 같은 이야기를 한다면……."

"같은 이야기는 아니야." 아르멘은 물러서지 않았다. "아샤이에 드래곤이 있다, 콰스에 드래곤이 있다, 미린에 드래곤이 있다, 도트락 드래곤이다, 드래곤이 노예들을 해방시키고 있다……. 각각이 다른 이야기잖아."

"세세한 부분만 다르지." 몰랜더는 술을 마시면 고집이 더 세졌고, 멀쩡한 정신일 때도 황소고집이었다. "다들 드래곤들과 아름다운 어린 여왕 이야기를 하잖아."

페이트는 노란 금으로 만든 드래곤 말고는 관심이 없었다. 연금술사는 어떻게 된 걸까 궁금했다. '사흘째인데. 여기 있겠다고 했는데.'

"네 발치에 사과가 하나 더 있어." 알레라스가 몰랜더에게 외쳤다. "내 화살통엔 아직 화살이 두 대 더 있고."

"그러든지 말든지." 몰랜더가 낙과를 집어 들었다. "이건 벌레 먹었네." 그는 불평하면서도 사과를 던졌다. 화살이 떨어지려는 사과를 맞히고 깔끔하게 반으로 쪼갰다.

반쪽은 작은 탑 지붕에 떨어졌다가 아래쪽 지붕으로 구르더니, 탁 튀어서 아르멘 바로 옆을 때렸다. "벌레를 둘로 자르면 벌레가 두 마리가 되지." 보조학사가 일러주었다.

"사과도 그렇게만 된다면 누가 굶을 일이 영영 없으련만." 알레라스가 부드러운 미소를 지으며 말했다. '스핑크스'는 비밀스러운 농담이라도 아는 사람처럼 늘 미소 짓고 있었다. 그 미소는 뾰족한 턱과 V자형 머리 선, 짧게 자른 새까만 고수머리와 어우러져 짓궂은 인상을 자아냈다.

알레라스는 학사가 될 것이다. 시타델에 온 지 1년밖에 안 됐는데 벌써 학사 목걸이에 들어갈 사슬 고리를 세 개나 만들었다. 아르멘이 고리 숫자는 더 될지 모르지만, 하나 얻어내는 데 1년씩 걸렸다. 그렇다 해도 아르멘 역시 학사가 되긴 할 것이다. 루운과 몰랜더는 목이 휑한 수련생으로 남아 있었지만, 루운은 아직 한참 어렸고 몰랜더는 책 읽기보다 술 마시기를 좋아한 탓이었다.

그러나 페이트는…….

페이트는 열세 살도 안 됐을 때 시타델에 도착해서 벌써 5년을 지냈지만, 서부에서 여기로 왔을 때와 변함없이 휑한 목 그대로였다. 두 번은 페이트도 준비가 됐다고 믿었다. 처음에는 하늘에 대한 지식을 시연하기 위해 바엘린 최고학사 앞에 나섰고, 그때 그는 바엘린이 왜 '식초'라는 별명을 얻었는지 알았다. 재시도에 나설 용기를 끌어모으는 데 2년이 걸렸다. 이번에는 부드러운 목소리와 다정한 손길로 이름난 친절한 늙은 최고학사 에브로즈 앞에 나섰지만, 에브로즈의 한숨은 바엘린의 가시 돋친 말 못지않게 고통스러웠다.

"마지막으로 사과 하나만 더." 알레라스가 약속했다. "그러고 나면 내가 그 드래곤들에 대해 어떻게 생각하는지 말할게."

"내가 모르는 걸 네가 뭘 알 수 있다고?" 몰랜더는 투덜거리면서도 가지에 달린 사과를 하나 찾더니 뛰어올라 잡아채서 던졌다. 알레라스는 활시위를 귀까지 당기고, 날아가는 목표물을 따라 우아하게 몸을 돌렸다. 그리고 올라가던 사과가 떨어지기 시작할 때 딱 맞춰 시위를 놓았다.

"마지막 한 발은 언제나 놓치더라." 루운이 말했다.

사과는 멀쩡한 채로 강물에 떨어졌다.

"봤지?" 루운이 말했다.

"전부 다 명중하는 날이 발전이 멈추는 날이야." 알레라스는 시위를 풀고 활을 가죽갑에 집어넣었다. 그 활은 여름 군도에서만 나는 희귀하고 전설적인 나무, 황금심장목으로 깎은 물건이었다. 페이트도 한번 구부려보려다가 실패했다. '스핑크스 녀석, 보기엔 호리호리한데 저 가느다란 팔에 힘이 있단 말이야.' 페이트는 알레라스가 장의자 너머로 한쪽 발을 짚고 와인 잔에 손을 뻗는 모습을 보며 생각했다. "드래곤에겐 머리가 셋 있지." 알레라스는 부드러운 도르네 억양으로 말했다.

"수수께끼야?" 루운이 궁금해했다. "이야기 속 스핑크스는 언제나 수수께끼를 내더라."

"수수께끼가 아니야." 알레라스는 와인을 마셨다. 다른 이들은 깃펜과 맥주잔에서 유명한 엄청나게 독한 사과주를 맥주잔에 담아서 벌컥벌컥 마시고 있었지만, 알레라스는 어머니의 나라에서 온 달콤하고 묘한 와인을 더 좋아했다. 올드타운이라 해도 그런 와인은 싸지 않았다.

알레라스에게 '스핑크스'라는 별명을 붙인 사람은 게으름뱅이 레오였다. 스핑크스는 이것저것 짜깁기로, 얼굴은 인간, 몸은 사자, 날개는 매다. 알레라스도 비슷했다. 아버지는 도르네인, 어머니는 검은 피부의 여름 군도 사람이었다. 피부색은 티크나무같이 어두웠다. 그리고 시타델 정문 양쪽을 지키는 녹색 대리석 스핑크스와 비슷하게 알레라스의 눈도 마노 같았다.

"방패와 깃발에 그려진 드래곤을 제외하면, 실제로 머리가 셋 달린 드래곤은 존재하지 않았어." 보조학사 아르멘이 단호하게 말했다. "그건 문장일 뿐이야. 게다가 타르가르옌은 다 죽었어."

"다는 아니야." 알레라스가 말했다. "거지 왕에게 누이동생이 하나 있었지."

"머리통이 벽에 짓이겨진 줄 알았는데." 루운이 말했다.

"아니야." 알레라스가 말했다. "라니스터 사자의 용감한 부하들이 벽에 짓이긴 건 라에가르 왕자의 어린 아들 아에곤의 머리였어. 우리가 말하는 건 라에가르의 동생, 드래곤스톤이 함락되기 전에 그곳에서 태어난 왕녀야. 대너리스라고 하지."

"폭풍의 딸 말이지. 이제 기억나." 몰랜더가 맥주잔을 높이 들어 올리자 남아 있던 사과주가 튀었다. "대너리스를 위하여!" 그는 술을 쭉 들이켜고 빈 잔을 쾅 소리 나게 내려놓더니, 트림을 하고 손등으로 입가를 닦았다. "로지 어딨어? 우리의 정당한 여왕님께 사과주를 한 잔 더 바쳐야 마땅하지 않아?"

보조학사 아르멘은 놀란 얼굴이었다. "목소리 낮춰, 바보야. 그런 일에 대해서는 농담도 하면 안 돼. 누가 듣고 있을지도 모른다고. 거미는 사방에 귀를 두고 있어."

"아, 오줌 지릴 것 없어, 아르멘. 술 한잔하자는 거지, 반란이 아니잖아."

페이트는 쿡쿡거리는 웃음소리를 들었다. 등 뒤에서 능글맞고 부드러운 목소리가 외쳤다. "네가 반역자인 줄 진작부터 알았다, 깽깽이 개구리야." 녹색과 금색 줄무늬 새틴 옷을 입고, 검은색 비단 반망토를 어깨에 단 옥장미로 고정한 게으름뱅이 레오가 낡은 판자 다리 끝에 구부정하게 서 있었다. 옷 앞섶에 흘린 와인은 얼룩 색깔을 보니 새빨간 레드와인이었다. 흐릿한 금발이 한쪽 눈을 가리고 흘러내렸다.

몰랜더는 그 모습을 보고 발끈했다. "이 새끼야, 꺼져. 넌 여기서 환영 못 받아." 알레라스가 진정시키려고 한 손으로 몰랜더의 팔을 잡은 반면, 아르멘은 얼굴을 찌푸렸다. "레오. 나리는 아직 시타델 근신이—"

"사흘은 남아 있다고?" 게으름뱅이 레오는 어깨를 으쓱였다. "페레스탄은 이 세상의 나이가 4만 년이라고 하고, 몰로스는 5만 년이라고 해. 그런데 사흘이 뭐 대순가?" 테라스에 빈 탁자가 열 개가 넘는데도 레오는 그들의 탁자 앞에 앉았다. "깽깽이 개구리, 나한테 아버 골드 한 잔만 사봐. 그러면 내가 아버지에게 네놈의 건배사를 알리지 않을지도 모르지. '파란만장한 위험(Checkered Hazard, 선술집 이름)'에서 패가 안 좋게 돌아갔고 마지막 은화는 저녁 식사에 써버렸어. 밤과 흰 송로버섯을 채워서 자두 소스에 구운 젖먹이 돼지였지. 사람은 먹고 살아야 해. 너희는 뭘 먹었어?"

"양고기." 몰랜더가 중얼거렸다. 썩 기분 좋은 목소리는 아니었다. "삶은 양 뒷다리 한 짝을 나눠 먹었다."

"배가 부르겠군." 레오는 알레라스를 돌아보았다. "귀족의 아들은 인심이 좋아야 해, 스핑크스. 구리 고리를 따낸 걸로 아는데, 축배를 들어줄게."

알레라스는 마주 미소 지었다. "난 친구들에게만 술을 사. 그리고 난 귀족의 아들이 아니야, 말했을 텐데. 내 어머니는 상인이었어."

레오의 갈색 눈은 취기와 적개심으로 번들거렸다. "네 어머니는 여름 군도에서 온 원숭이였지. 도르네인들은 다리 사이에 구멍만 있으면 뭐든 붙어먹을 거야. 뭐, 나쁜 뜻은 없어. 넌 땅콩 같은 갈색이긴 해도 목욕은 하니까 말이지. 우리 점박이 돼지치기와는 다르지." 그는 페이트 쪽으로 한 손을 휘저었다.

'이 맥주잔으로 저놈 입을 치면 이를 절반은 뽑아버릴 수 있을 텐데.' 페이트는 생각했다. '돼지치기 소년이었던 점박이 페이트'는 수많은 상스러운 이야기에 나오는 영웅이었다. 마음씨는 좋고 머리는 텅 빈 무지렁이로, 언제나 자기를 괴롭히는 뚱뚱한 귀족과 오만한 기사, 젠체하는 성사를 이겼다. 어찌어찌하다 보면 그의 멍청함이 기묘한 계략이었던 것으로 드러나는 식이었다. 이야기는 언제나 점박이 페이트가 귀족의 상석에 앉거나 어느 기사의 딸과 자는 식으로 끝났다. 하지만 그건 어디까지나 이야기였다. 현실에서 돼지치기들은 결코 그렇게 살지 못했다. 페이트는 가끔 어머니가 이런 이름을 붙여주다니, 어지간히 아들이 미웠나 보다 생각했다.

알레라스는 이제 미소를 지웠다. "사과해."

"내가?" 레오가 말했다. "목이 이렇게 마른데 사과를 어떻게 하나……."

"하는 말마다 네 가문에 수치를 안기는군." 알레라스가 말했다. "넌 우리 일원이라는 것만으로도 시타델을 부끄럽게 해."

"알아. 그러니까 와인 좀 사라. 그러면 내가 부끄러움에 빠져 죽을지도 모르지."

몰랜더가 말했다. "네놈 혀를 뽑아버리겠어."

"정말로? 그렇다면 내가 드래곤에 대해 어떻게 말해주지?" 레오는 다시 어깨를 으쓱였다. "저 잡종 놈이 제대로 말했어. 미친 왕의 딸이 살아 있고, 드래곤 세 마리를 깠단다."

"셋?" 루운이 놀라서 말했다.

레오는 손을 두드렸다. "둘보다 많고 넷보다 적은 숫자지. 내가 너라면 아직 금고리에 도전하진 않겠어."

"루운은 내버려둬." 몰랜더가 경고했다.

"참으로 기사다운 개구리로구먼. 그러지 뭐. 콰스에서 천 리 거리까지 들어갔던 배에 탔던 놈이라면 하나같이 세 마리 드래곤 이야기를 하고 있어. 몇 놈은 직접 봤다는 소리도 할걸. '마법사'는 그 말을 믿는 쪽으로 기울었어."

아르멘은 못마땅한 듯 입술을 오므렸다. "마르윈은 제정신이 아니야. 누구보다도 페레스탄 최고학사님이 그렇게 말할걸."

"리암 최고학사님도 그렇게 말해." 루운이 말했다.

레오는 하품을 했다. "바다는 물이고 태양은 따뜻하고, 동물원 동물들은 마스티프 개를 싫어하지. 뻔한 소리야."

페이트는 레오가 누구에게나 조롱이 담긴 별명을 붙인다고 생각했지만, 마르윈이 학사라기보다는 마스티프처럼 보인다는 사실을 부정할 순 없었다. 사람을 물고 싶어 하는 느낌이랄까. '마법사'는 다른 학사들과 달랐다. 사람들은 마르윈 학사가 창녀와 떠돌이 마술사와 어울리고, 털투성이 이벤인이나 새까만 피부의 여름 군도인과 그들의 언어로 대화하며, 부둣가에 만들어진 선원용 작은 신전에서 이상한 신들에게 제물을 바친다고 했다. 지하도시의 쥐 떼 굴과 암흑가 매춘굴에서 배우와 가수, 용병과 거지와 뭔가를 의논하는 모습을 봤다고도 했다. 심지어는 언젠가 마르윈 학사가 주먹으로 어떤 남자를 때려죽였다는 소문도 있었다.

마르윈이 동쪽에서 먼 땅들의 지도를 만들고 사라진 책들을 찾아 헤매고 흑마법사와 그림자술사들과 함께 연구하며 8년을 보낸 후 올드타운에 돌아왔을 때, 식초 바엘린은 그에게 '마법사 마르윈'이라는 별명을 붙였다. 그 별명은 순식간에 올드타운 전체에 퍼졌고, 바엘린은 말도 못 하게 짜증을 냈다. "주문과 기도는 사제와 성사에게 맡기고, 너의 지혜는 사람이 믿을 수 있는 진실을 배우는 데 쓰거라." 리암 최고학사는 언젠가 페이트에게 그렇게 조언했지만, 리암의 반지와 지팡이와 가면은 황금이었고, 그의 학사 목걸이에는 마법 지식을 뜻하는 발리리안 강철 고리가 빠져 있었다.

아르멘은 코끝을 보듯 게으름뱅이 레오를 내려다보았다. 길고 가늘고 뾰족한 코라 자세도 완벽하게 나왔다. "마르윈 최고학사님은 재미있는 것들을 많이 믿으시지. 하지만 드래곤이 있다는 증거가 없기는 몰랜더와 마찬가지야. 선원들의 이야기뿐이잖아."

"틀렸어." 레오가 말했다. "마법사의 방에서 유리초가 하나 타고 있거든."

횃불 밝힌 테라스에 정적이 내려앉았다. 아르멘은 한숨을 내쉬고 고개를 저었다. 몰랜더는 웃기 시작했다. 스핑크스는 크고 검은 눈으로 레오를 찬찬히 보았다. 루운은 갈피를 잃은 얼굴이었다.

페이트도 유리초들에 대해 알고는 있었지만, 불붙은 광경을 본 적은 없었다. 그 유리초들은 시타델 최악의 비밀이었다. 파멸이 오기 천 년 전에 발리리아에서 올드타운으로 가져온 것들이라고 했다. 딱 네 대가 있다고 들었는데, 하나는 녹색이고 세 대는 검은색이었으며 하나같이 높고 뒤틀린 모양새였다.

"그 유리초라는 게 뭔데?" 루운이 물었다.

보조학사 아르멘이 헛기침을 했다. "보조학사는 서약하기 전날 밤에 석실에서 철야를 해야 해. 어떤 등불도, 횃불도, 촛불도 허락되지 않아……. 오직 흑요석초 하나뿐이야. 그 초에 불을 붙일 수 있다면 몰라도, 어둠 속에서 밤을 새워야 하는 거지. 불을 붙이려고 해보는 사람도 있어. 멍청이와 고집쟁이, 소위 더 높은 신비라고 하는 걸 공부한 사람들. 그러다가 손가락이 베이는 일이 많지. 그 흑요석초는 여기저기가 면도날처럼 날카롭다나. 그러면 피투성이가 된 손으로 실패를 곱씹으며 새벽까지 기다려야 하는 거야. 더 현명한 사람들은 그냥 잠을 자거나 기도하면서 밤을 지새우거나 하지만, 꼭 그걸 시도해봐야 직성이 풀리는 사람들이 해마다 있지."

"그래." 페이트도 같은 이야기를 들은 적이 있었다. "하지만 켤 수 없는 초에 무슨 쓸모가 있지?"

"교훈이야." 아르멘이 말했다. "학사의 사슬 목걸이를 완성하기 전에 꼭 배워야 할 마지막 교훈이지. 그 유리초는 진실과 배움이란 드물고 아름다우며 부서지기 쉽다는 사실을 보여주는 거야. 초 모양으로 만든 건 학사란 어디에서 봉사하든 빛을 던져야 한다는 사실을 상기시키기 위해서고, 날카로운 건 지식이란 위험할 수 있다는 사실을 일깨우기 위해서지. 현명한 사람들은 제 지혜에 취해 오만해질 수 있지만, 학사는 언제나 겸손해야 해. 유리초는 우리에게 그 점도 일깨워줘. 서약을 하고 사슬 목걸이를 완성하고 봉사하러 떠난 후에도, 학사는 어둠 속의 촛불을 돌이키고 그 초를 태우기 위해 할 수 있는 일이 아무것도 없었다는 점을 기억하겠지……. 지식이 있다 해도 불가능한 일은 있다고 말이야."

게으름뱅이 레오가 웃음을 터뜨렸다. "너에겐 불가능하다는 뜻이겠지. 난 그 초가 타는 모습을 두 눈으로 똑똑히 봤어."

"초가 타는 걸 보긴 봤겠지. 그 점은 의심하지 않아." 아르멘이 말했다. "아마 검은 밀랍으로 만든 초였을 거야."

"난 내가 뭘 봤는지 알아. 불빛이 기묘하고 밝았어. 어떤 밀랍이나 수지로 만든 초보다 훨씬 더 밝았지. 이상한 그림자를 드리웠고, 불이 깜박거리지도 않았어. 내 등 뒤로 열린 문에서 바람이 불어 드는 데도 펄럭이지 않더라."

아르멘이 팔짱을 꼈다. "흑요석은 불타지 않아."

"드래곤 유리……. 평민들은 그걸 드래곤 유리라고 불러." 페이트가 말했다. 어째선지 그게 중요하게 느껴졌다.

"그건 그래." 스핑크스 알레라스가 중얼거렸다. "그리고 세상에 다시 드래곤이 돌아왔다면……."

"드래곤과 그보다 어두운 것들." 레오가 말했다. "회색 양들은 눈을 감았지만, 마스티프는 진실을 보고 있어. 옛 힘이 깨어났어. 그림자들이 일렁여. 곧 경이와 공포의 시대가 닥쳐올 거야. 신과 영웅의 시대가." 레오는 느긋한 미소를 지으며 기지개를 켰다. "살아볼 맛 나지."

"이만하면 많이 마셨어." 아르멘이 말했다. "아침이 달갑지 않을 만큼 빨리 올 거야. 에브로즈 최고학사님이 소변의 특성에 대해 이야기할 텐데, 은고리를 벼릴 생각이라면 그 수업을 놓치지 않는 게 좋을걸."

"네가 오줌 맛을 보는 걸 막을 생각은 추호도 없어." 레오가 말했다. "나야 아버 골드와인이 더 좋지만."

"오줌과 너 중에 선택하라면 난 오줌을 마시고 말겠다." 몰랜더가 탁자를 밀고 일어섰다. "가자, 루운."

스핑크스가 활갑에 손을 뻗었다. "나도 자야겠어. 드래곤과 유리초가 나오는 꿈을 꿀 것 같네."

"다들 가는 거야?" 레오가 어깨를 으쓱였다. "뭐, 로지는 남겠지. 우리 작은 달콤이를 깨워서 여자로 만들어줄까나."

알레라스가 페이트의 표정을 보았다. "와인 한 잔 마실 동화도 없다면, 로지를 살 금화는 어림도 없어."

"그래." 몰랜더가 말했다. "게다가 여자를 만들자면 남자가 있어야 한다고. 같이 가자, 페이트. 해가 뜨면 월그레이브가 깨어날 거야. 변소 일을 보게 도와달라고 널 찾을걸."

'오늘은 내가 누군지 기억한다면 그렇겠지.' 월그레이브 최고학사는 무리없이 까마귀를 구분할 수 있었지만, 사람은 잘 기억하지 못했다. 어떤 날은 페이트를 크레센이라는 사람으로 여기는 것 같았다. "아직은 아냐." 그는 친구들에게 말했다. "난 좀 더 있을게." 아직 동이 트지 않았다. 연금술사가 올지도 몰랐고, 페이트는 그가 온다면 그 자리에 있고 싶었다.

"좋을 대로 해." 아르멘이 말했다. 알레라스는 페이트를 지긋이 보더니 얇은 어깨에 활을 메고 다른 친구들을 따라 다리 쪽으로 걸어갔다. 몰랜더는 너무 취해서 쓰러지지 않으려면 루운의 어깨를 잡고 걸어야 했다. 시타델까지 까마귀가 날기에는 먼 거리는 아니지만, 그들은 까마귀가 아니었고 올드타운은 좁고 마구 교차하고 굽이진 길이 가득한 미궁 같은 도시였다. 페이트는 강 안개가 네 친구를 집어삼킬 때 아르멘이 말하는 소리를 들었다. "조심들 해. 밤이 축축하니 자갈이 미끄러울 거야."

다들 사라지자 게으름뱅이 레오가 탁자 너머로 시큰둥하게 페이트를 살폈다. "슬프기도 해라. 스핑크스는 은화를 다 가지고 내빼버리고, 난 돼지치기 점박이 페이트 옆에 버려졌네." 레오는 하품을 하며 기지개를 켰다. "그래서 우리 사랑스러운 귀염둥이 로지는 좀 어때?"

"로지는 자." 페이트가 무뚝뚝하게 대꾸했다.

"보나 마나 벌거벗고 자겠지." 레오가 히죽 웃었다. "정말로 로지에게 드래곤 한 닢 가치가 있다고 생각하냐? 언젠가는 꼭 알아봐야겠어."

페이트는 대답하지 않는 게 낫다는 사실을 알았다.

레오에겐 대답이 필요하지 않았다. "내가 일단 길을 들이고 나면, 돼지치기라도 가질 수 있을 만큼 값이 떨어질 거야. 넌 나에게 고마워해야 해."

'널 죽여버리겠어.' 페이트는 그렇게 생각했지만, 목숨을 내던질 만큼 취하지는 않았다. 레오는 무술 훈련을 받은 놈이었고, 자객용 칼과 단검을 다룰 때 치명적이라고 알려져 있었다. 게다가 설령 레오를 죽일 수 있다 해도 페이트의 머리까지 날아갈 터였다. 페이트는 페이트일 뿐이지만 레오는 그냥 레오가 아니라 레오 티렐이었다. 올드타운 도시 경비대의 대장인 모린 티렐 경이 레오의 아버지였고 하이가든의 주인이자 남부의 관리자인 메이스 티렐이 레오의 친척이었다. 그리고 올드타운의 올드맨, 수많은 칭호 사이에 '시타델의 수호자'라는 칭호도 가지고 있는 하이타워의 레이톤 공이 티렐 가문의 휘하 영주였다. '흘려버려.' 페이트는 스스로를 타일렀다. '나에게 상처를 주려고 하는 말일 뿐이야.'

동쪽 안개가 밝아지고 있었다. 페이트는 새벽이 왔음을 깨달았다. 새벽이 왔고, 연금술사는 오지 않았다. 웃어야 할지 울어야 할지 알 수 없었다.

'지금이라도 다 돌려놓고 아무도 그걸 모른다면, 그래도 난 도둑일까?' 그것 또한 언젠가 에브로즈와 바엘린이 던진 질문처럼 페이트가 대답할 수 없는 질문이었다. 페이트가 장의자를 밀어내고 일어서자, 엄청나게 독한 사과주가 단숨에 머리까지 치솟았다. 몸을 가누기 위해 탁자에 한 손을 얹어야 했다. "로지는 내버려둬." 그는 작별 인사 삼아서 말했다. "그냥, 내버려둬. 걜 건드리면 내가 널 죽여버릴 수도 있어."

레오 티렐은 눈 위로 흘러내린 머리카락을 걷어냈다. "난 돼지치기와 결투 같은 거 안 한다. 꺼져라."

페이트는 몸을 돌려 테라스를 가로질렀다. 비바람에 시달린 낡은 다리 널빤지를 딛는 발소리가 요란했다. 다리를 다 건넜을 때쯤엔 동쪽 하늘이 분홍색으로 변하고 있었다. '세상은 넓어. 당나귀를 산다면 칠왕국의 큰 도로와 샛길을 돌아다니며 평민들에게 거머리 치료를 해주고 머리에 사는 서캐를 잡아줄 수 있을 거야. 아니면 어느 배와 계약해서 노를 저으며 비취 해협의 콰스까지 항해해 가서 그 망할 드래곤들을 직접 볼 수도 있겠지. 늙은 월그레이브와 까마귀들에게 돌아가지 않아도 돼.'

그러나 어째선지 발길은 시타델을 향해 움직였다.

첫 햇살이 동쪽 구름을 뚫고 빛나자, 항구 근처에 있는 '선원의 성소'에서 아침 종이 울리기 시작했다. 잠시 후에는 '영주의 성소'가 합세했고, 허니와인강 너머 '일곱 사당'의 정원에서도 종이 울렸으며, 마침내는 아에곤이 킹스랜딩에 상륙하기 전까지 천 년 동안 최고성사의 권좌였던 '별빛 성소(Starry Sept)'에서도 종이 울렸다. 웅장한 음악이었다. '하지만 한 마리 작은 나이팅게일의 울음소리만큼 달콤하지는 않아.'

큰 종소리 사이로 노랫소리도 들을 수 있었다. 매일 아침, 첫 햇살이 비칠 때마다 붉은 사제들은 태양을 환영하러 초라한 부둣가 사원 바깥에 모였다. '밤은 어둡고 공포가 가득하니.' 페이트는 붉은 사제들이 그 말을 읊조리며 그들의 신 릘로르에게 어둠으로부터 구해달라 청하는 소리를 백 번도 넘게 들었다. 페이트는 일곱 신이면 충분했지만, 스타니스 바라테온도 이제는 그 밤의 불을 숭배한다고 들었다. 심지어 깃발에도 왕관 쓴 수사슴이 있던 자리에 릘로르의 불타는 심장을 넣었다고 했다. '스타니스가 철왕좌를 차지한다면 우리 모두 붉은 사제들의 노래 가사를 배워야겠지.' 페이트는 그렇게 생각했지만, 그런 일이 일어날 것 같지는 않았다. 타이윈 라니스터가 블랙워터에서 스타니스와 릘로르를 분쇄했으니, 곧 그들을 끝장내고 바라테온의 머리통을 킹스랜딩 문 위에 꽂아놓을 터였다.

밤안개가 타 없어지면서, 동트기 전 어둠 속에서 나타나는 유령처럼 주변에 올드타운이 모습을 드러냈다. 페이트는 킹스랜딩을 본 적이 없었지만, 그곳이 초벽과 이리저리 퍼져나가는 진흙 길과 이엉지붕, 나무 집으로 이루어진 도시라는 사실을 알고 있었다. 올드타운은 돌로 지어진 도시였고, 아주 초라한 골목길에 이르기까지 길마다 자갈이 깔렸다. 새벽녘만큼 이 도시가 아름다울 때가 없었다. 허니와인강 서쪽으로는 한 줄로 늘어선 궁전처럼 강둑을 따라 길드 회관이 늘어섰다. 상류에서는 강 양쪽으로 시타델의 돔과 탑이 솟아오르고, 큰 건물과 집이 들어찬 돌다리가 양쪽을 연결했다. 하류에서는 별빛 성소의 검은 대리석 벽과 아치 창문들 아래에 독실한 신자들의 저택이 모여 선 모습이 노(老)귀부인의 발치에 모여든 아이들 같았다.

그리고 그 너머로, 허니와인강이 넓어지며 '속삭이는 소리만(Whispering Sound)'으로 이어지는 지점에 하이타워가 솟아올랐고, 그 봉화 불빛은 새벽을 등지고 밝게 타올랐다. 전투섬(Battle Island) 벼랑에 우뚝 선 하이타워의 그림자는 장검처럼 도시를 갈랐다. 올드타운에서 나고 자란 사람들은 그 그림자가 어디에 떨어지느냐를 보고 시간을 말할 수 있었다. 어떤 사람은 하이타워 꼭대기에 올라서면 저 멀리 장벽까지도 볼 수 있다고 주장하기도 했다. 레이톤 공이 10년 넘게 아래로 내려오지 않고, 구름 속에서 도시를 통치하려 하는 것도 그래서일지 몰랐다.

푸주한의 수레가 덜거덕거리며 페이트를 지나쳐 강 길을 내려가는데, 뒤에 실린 새끼 돼지 다섯 마리가 괴롭게 꽥꽥거렸다. 페이트는 수레 앞에서 비켜선 덕분에 머리 위 어느 창문에서 여자가 밤에 쓴 요강을 비울 때 그 내용물이 몸에 튀는 사태를 피했다. '내가 성의 학사가 되면 말을 타고 다닐 거야.' 페이트는 그 생각을 하다가 자갈에 걸려 넘어지면서 어찌 나 자신을 속이겠나 싶었다. 그에게 주어질 사슬 목걸이나 영주의 식탁 자리, 키 큰 하얀 말 따윈 없었다. 그는 까마귀들이 깍깍대는 소리나 듣고 월그레이브 최고학사의 속옷에 묻은 똥 얼룩이나 문질러 빨면서 지낼 터였다.

페이트가 한쪽 무릎을 꿇은 채 로브에 묻은 진흙을 닦아내려는데 어떤 목소리가 말했다. "안녕, 페이트."

그 연금술사가 그를 내려다보고 있었다.

페이트는 일어섰다. "셋째 날…… 셋째 날에 깃펜과 맥주잔에 있겠다더니요."

"친구들과 같이 있더군요. 친목을 방해하고 싶지 않았소." 연금술사는 두건이 달린 평범한 갈색 여행자 망토를 입고 있었다. 떠오르는 태양이 그 어깨 너머 지붕 위로 빛나서, 두건 속 얼굴을 알아보기는 힘들었다. "스스로가 무엇인지는 결정했나요?"

'꼭 내가 그 말을 하게 만들어야 하나?' "아마 난 도둑일 겁니다."

"할 수 있을 줄 알았어요."

제일 어려운 부분은 엎드려서 월그레이브 최고학사의 침대 아래에서 금고를 끌어내는 작업이었다. 금고는 단단하게 만들어서 쇠테를 둘렀지만, 자물쇠는 부서진 상태였다. 고르몬 학사는 페이트가 그 자물쇠를 부쉈다고 의심했었지만, 그건 사실이 아니었다. 월그레이브가 직접 부쉈다. 열쇠를 잃어버린 후에.

그 안에서 페이트는 은화 한 주머니, 리본에 묶인 노란 머리 타래, 월그레이브를 닮은 (심지어 콧수염까지 비슷했다) 여자가 담긴 작은 초상화, 그리고 가재갑으로 만든 기사용 쇠장갑을 찾아냈다. 월그레이브는 그 쇠장갑이 어느 왕자의 것이었다고 주장했지만, 어느 왕자였는지는 기억하지 못하는 것 같았다. 페이트가 장갑을 흔들자 열쇠가 바닥에 떨어졌다.

'저걸 집으면 난 도둑이야.' 그렇게 생각한 기억이 났다. 그 낡은 열쇠는 검은 쇠로 만들어 묵직했다. 그 열쇠는 시타델의 모든 문을 열 수 있다고 했다. 최고학사들만 가지고 있는 열쇠였다. 다른 최고학사들은 그 열쇠를 직접 가지고 다니거나 안전한 곳에 숨겨두었지만, 월그레이브가 자기 열쇠를 숨겼다면 아무도 영영 못 찾을 터였다. 페이트는 열쇠를 낚아채고 문까지 반쯤 갔다가, 돌아와서 은화 주머니도 챙겼다. 적게 훔치든 많이 훔치든, 도둑은 도둑이었다. "페이트." 하얀 까마귀 한 마리가 뒤에서 울었다. "페이트, 페이트, 페이트."

"내 드래곤은 가져왔습니까?" 페이트가 연금술사에게 물었다.

"내가 요구한 것을 가져왔다면."

"어디 내놔봐요. 보고 싶습니다." 페이트는 사기당할 생각이 없었다.

"강 길은 적당한 장소가 아니오. 이쪽으로."

생각을 해보고, 선택지를 따져볼 시간이 없었다. 연금술사는 걸어가버렸다. 페이트는 그를 따라가거나, 아니면 로지와 드래곤 금화 양쪽을 다 잃을 수밖에 없었다. 그래서 따라갔다. 그는 걸으면서 소매 안에 손을 넣었다. 소매 안에 꿰매어 숨겨둔 주머니 속의 열쇠가 만져졌다. 학사의 로브에는 주머니가 가득했다. 어렸을 때부터 알던 사실이었다.

성큼성큼 걷는 연금술사를 따라잡느라 서둘러 걸어야 했다. 그들은 골목길 하나를 지나서 모퉁이를 돌고, '넝마주이 길'을 따라 이어지는 오래된

'도둑 장터'를 통과했다. 마침내 연금술사가 또 다른 골목길로 접어들었다. 처음보다 더 좁은 골목이었다. "이만하면 충분히 왔어요." 페이트가 말했다. "아무도 없잖아요. 여기서 하죠."

"마음대로."

"난 드래곤을 원해요."

"암." 금빛 주화가 나타났다. 연금술사는 로지가 두 사람을 한자리에 모았을 때 그랬듯이 금화를 손가락 관절 위로 굴렸다. 아침 햇살을 받은 드래곤이 번쩍이면서 연금술사의 손가락에 금빛을 드리웠다.

페이트는 금화를 움켜쥐었다. 손바닥에 닿는 금이 따뜻했다. 그는 금화를 입가로 가져가서, 전에 본 대로 깨물어보았다. 솔직히 말하면 금에서 어떤 맛이 나는지 잘 몰랐지만, 그래도 바보처럼 보이고 싶지 않았다.

"열쇠는?" 연금술사가 정중하게 물었다.

페이트는 어째선지 망설여졌다. "원하는 책이 있는 건가요?" 잠긴 지하석실 안에 보관된 오래된 발리리아 두루마리 중에는 온 세상에 하나밖에 남지 않은 책도 있다고들 했다.

"내가 뭘 원하는지는 당신이 알 바 아니지."

"그렇죠." 이제 끝났다고, 페이트는 스스로를 타일렀다. 가자. 깃펜과 맥주잔으로 다시 달려가서 입맞춤으로 로지를 깨우고, 이제 넌 내 것이라고 말하자. 그러면서도 그는 머뭇거렸다. "얼굴을 보여줘요."

"마음대로." 연금술사가 두건을 젖혔다.

그냥 평범한 남자였고, 얼굴도 평범했다. 볼이 통통하고 턱수염이 거뭇거뭇 올라오는, 평범한 젊은이의 얼굴이었다. 오른쪽 뺨에 희미하게 흉터가 있었다. 매부리코였고, 귓가에 숱 많은 검은 고수머리가 빽빽했다. 페이트가 아는 얼굴은 아니었다. "난 당신을 몰라요."

"나도 마찬가지지요."

"당신 누굽니까?"

"이방인. 아무도 아니지요. 정말로."

"아." 페이트는 할 말이 떨어졌다. 그는 아찔하기까지 한 현기증을 느끼면서 열쇠를 꺼내어 이방인의 손에 떨궜다. '로지.' 그는 스스로를 일깨웠다. "그럼 다 됐군요."

골목길을 반쯤 벗어나는데 발밑의 자갈들이 움직이기 시작했다. 돌이 젖어서 미끄럽다고 생각했지만, 그게 아니었다. 심장이 요란하게 쿵쾅대는 것을 느낄 수 있었다. "이게 무슨 일이지?" 다리가 흐물흐물해졌다. "이해가 안 가."

"영영 이해 못 할 거요." 목소리가 슬프게 말했다.

자갈길이 그에게 입 맞추려 올라왔다. 페이트는 도움을 청하려고 했지만, 목소리도 나오지 않았다.

페이트가 마지막으로 생각한 건 로지였다.

선지자

선지자는 왕이 죽었다는 소식이 전해졌을 때 그레이트윅에서 남자들을 익사시키고 있었다.

암울하고 추운 아침이었고, 바다나 하늘이나 납빛이었다. 처음 세 명은 두려움 없이 익사한 신에게 목숨을 바쳤지만, 네 번째는 믿음이 약했고 폐가 공기를 달라고 외치자 몸부림치기 시작했다. 파도 속에 허리까지 잠겨 서 있던 아에론은 그 벌거벗은 소년의 양 어깨를 잡고, 숨을 들이켜는 그의 머리를 물속으로 눌렀다. "용기를 내라. 우리는 바다에서 왔고 바다로 돌아가야 하느니. 입을 벌리고 신의 은총을 깊이 들이마셔라. 네 폐 속을 바닷물로 채우면 죽고 다시 태어날 수 있으리니. 싸워봐야 좋을 것이 없다."

소년은 물속에 머리가 잠겨서 그 말을 듣지 못했거나, 신앙심이 완전히 떠나간 것 같았다. 어찌나 격렬하게 발길질을 하고 몸부림을 치는지, 아에론은 도와줄 사람들을 불러야 했다. 익사한 남자들 네 명이 물속을 헤치고 걸어와서 가엾은 소년을 붙들고 물속에 잡아두었다. 사제는 바다처럼 깊은 목소리로 기도했다. "우리를 위해 익사한 신이시여, 당신의 하인인 에몬드가 당신처럼 바다에서 다시 태어나게 하소서. 소금으로 이를 축복하시고, 바위로 이를 축복하시고, 강철로 이를 축복하소서." 마침내 의식이 끝났다. 이제 에몬드의 입에서 거품이 올라오지 않았고, 사지의 힘이 다 빠져나갔다. 에몬드는 얼굴을 아래로 한 채 창백하고 차가운 몸이 되어 평화롭게 얕은 바다에 떠 있었다.

젖은 머리 아에론은 그제야 자갈 해변에 모인 익사한 남자들 사이에 말 탄 세 남자가 합류했음을 알아차렸다. 아에론은 스파르를 알았다. 얼굴이 길고 날카롭고 눈에 물기가 번들거리는 이 남자의 떨리는 목소리는 그레이트윅 이쪽에서 법 그 자체였다. 그 아들인 스테파리온이 함께 있었고, 검붉은 모피를 댄 망토를 굿브러더 가문의 검은색과 금색 전투 나팔 모양의 화려한 브로치로 어깨에 고정한 청년이 하나 더 있었다. 아에론은 흘긋 보고 고롤드의 아들이겠거니 생각했다. 고롤드 굿브러더의 아내는 딸만 열 가까이 낳고 나서 만년에 키 큰 아들 셋을 두었는데, 아무도 그 셋을 구분할 수가 없다고들 했다. 젖은 머리 아에론도 굳이 구분하려 하지 않았다. 그레이던인지 고몬드인지 그랜인지는 몰라도, 그에게 내어줄 시간은 없었다.

아에론이 무뚝뚝하게 명령을 내리자 익사한 남자들이 죽은 소년의 팔다리를 잡고 만조 때의 수위보다 위로 옮겼다. 사제는 국부를 가린 바다표범 가죽만 빼고는 벌거벗은 몸으로 그 뒤를 따라갔다. 닭살이 돋은 몸에서 물을 뚝뚝 흘리며 첨벙첨벙 뭍으로 올라가서, 차갑게 젖은 모래와 바닷물에 닦인 자갈밭을 가로질렀다. 익사한 남자 하나가 녹색과 파란색과 회색으로 얼룩덜룩하게 염색한 거칠고 무거운 로브를 건넸다. 바다와 익사한 신의 색깔이었다. 아에론은 로브를 걸치고 머리를 풀었다. 검은 머리가 젖어 있었다. 바다가 그를 뭍으로 올려 보낸 이후 한 번도 칼을 댄 적 없는 머리였다. 머리카락은 너덜너덜하고 끈적한 망토처럼 어깨 위로 늘어져서 허리까지 흘러내렸다. 아에론은 그 머리카락 사이사이며, 깎지 않아 엉킨 턱수염 속에 해초 가닥을 엮어놓았다.

익사한 남자들이 죽은 소년 주위에 원을 그리고 서서 기도하고 있었다. 러스가 소년의 몸을 타고 앉아 가슴을 압박하고 노젠은 팔을 주물러주고 있었지만, 다들 아에론이 오자 비켜섰다. 아에론은 소년의 차가운 입술을 손가락으로 벌리고 생명의 입맞춤을 선사했다. 다시, 또다시, 그 입에서 바닷물이 솟구쳐 나올 때까지. 소년은 기침을 하고 침을 뱉기 시작했고, 깜박거리며 눈을 떴다. 공포에 질린 눈이었다.

'또 하나가 돌아왔구나.' 사람들은 그것이 익사한 신의 은혜를 나타낸다고 했다. 다른 사제들은 가끔 사람을 잃었다. 심지어 왕관을 쓸 사람으로 뽑힐 만큼 성스럽게 여겨졌던 '세 번 익사한' 타알도 예외가 아니었다. 그러나 아에론 그레이조이는 아무도 잃지 않았다. 그는 익사한 신의 물속 궁전을 보고 돌아와서 그에 대해 전한 '젖은 머리'였다. "일어나라." 그는 식식거리는 소년의 벌거벗은 등을 때리며 말했다. "너는 익사했다가 우리에게 돌아왔다. 죽은 자는 결코 죽지 않으니."

"다만 일어나—" 소년은 격하게 기침을 하며 물을 더 토해냈다. "다시 일어나리라." 한 마디 한 마디가 고통스럽게 나왔지만, 그것이 세상의 법칙이었다. 사람은 살기 위해 싸워야 한다. "다시 일어나리라." 에몬드는 비틀거리며 일어섰다. "더 단단하고. 더 강하게."

"이제 너는 신에게 속한 몸이다." 아에론이 말했다. 다른 익사한 남자들이 둥글게 모여서 소년을 형제로 받아들이며 주먹질과 입맞춤으로 환영했다. 한 명은 에몬드가 파란색과 녹색과 회색으로 얼룩덜룩한 거친 천 로브를 입는 것을 도왔다. 또 한 명은 유목으로 만든 곤봉을 내밀었다. "너는 이제 바다에 속하니, 바다가 너를 무장시켰다." 아에론이 말했다. "우리 신의 적 모두를 상대로 네 곤봉을 맹렬히 휘두를 것을 기도하마."

사제 아에론은 그런 다음에야 안장에 앉아서 그 광경을 지켜보던 말 탄 셋에게 돌아섰다. "익사를 받으러 오셨소?"

스파르가 기침을 했다. "나는 어렸을 때 익사했고, 내 아들은 명명일에 물에 잠겼소이다."

아에론은 코웃음을 쳤다. 스테파리온 스파르가 태어나자마자 익사한 신에게 바쳐졌을 것을 의심하지는 않았다. 어떻게 했을지도 알고 있었다. 아기의 머리도 젖지 않게 바닷물 욕조에 잠깐 담갔다 꺼내는 식이었다. 한때는 파도 소리가 들리는 곳이라면 어디든 휩쓴 강철인들이 이제는 정복당하는 입장이 된 것도 당연했다. "그건 진정한 익사가 아니오." 그는 말 탄 사람들에게 말했다. "진정으로 죽지 않은 이는 죽음에서 일어날 수 없으리. 그래서, 신앙을 증명하기 위해서가 아니라면 여긴 왜 오셨소?"

"고롤드 공의 아들이 전할 소식을 들고 찾아왔소." 스파르는 붉은 망토를 걸친 청년을 가리켰다.

열여섯 살이나 됐을까 말까 한 청년이었다. "그래, 그런데 어느 아들인가?" 아에론이 물었다.

"고몬드. 고몬드 굿브러더입니다, 사제님께 실례가 아니길 빕니다."

"우리가 살펴야 하는 분은 내가 아니라 익사한 신이시네. 익사한 적 있나, 고몬드 굿브러더?"

"명명일에 치렀습니다, 젖은 머리 님. 아버지께서 사제님을 찾아서 모셔 오라고 보내셨습니다. 뵈어야 한다고요."

"나는 여기 서 있네. 고롤드 공에게 직접 오시라 해." 아에론은 러스에게 갓 퍼 올린 바닷물이 가득 든 가죽 부대를 받아 들고는, 코르크 마개를 열고 한 모금 마셨다.

"성으로 모셔 가러 왔습니다." 젊은 고몬드는 말에 올라앉은 채로 고집했다.

'장화가 젖을까 봐 말에서 내리기 싫은 게로군.' "나에겐 신의 일이 있네."

아에론 그레이조이는 선지자였다. 하찮은 영주들이 노비들에게 하듯 이래라저래라 하는 것을 참아주지 않았다.

"고롤드에게 새가 왔다오." 스파르가 말했다.

"파이크에서 학사가 날린 새입니다." 고몬드가 뒷받침했다.

'어두운 날개에 어두운 소식.' "그 까마귀들은 소금과 바위 위를 날지. 날 걱정시킬 소식이 있다면 지금 말하게."

"젖은 머리, 당신만 들었으면 싶은 소식이오." 스파르가 말했다. "여기 다른 사람들 앞에서 말할 문제가 아니오."

"여기 다른 사람들은 나의 익사한 남자들이요, 나와 같은 신의 종이오. 나는 지금 내 옆에 있는 성스러운 바다의 우리 신에게 그렇듯 이들에게도 비밀이 없소."

말 탄 자들이 눈빛을 교환했다. "말하게." 스파르가 말하자 붉은 망토를 걸친 청년이 용기를 끌어모았다. "왕이 죽었습니다." 청년은 꾸밈없이 말했다. 간단한 두 마디였지만, 그 말에 바다가 다 떨렸다.

웨스테로스에 왕이 넷 있었지만, 아에론은 어느 왕이 죽었다는 것인지 묻지 않아도 알았다. 강철 군도를 다스리는 왕은 발론 그레이조이였다. 왕이 죽었다. 어찌 그럴 수가 있을까? 아에론이 큰형을 본 지 한 달도 지나지 않았다. 스토니쇼어를 약탈하고 강철 군도에 막 돌아왔을 때였는데, 발론의 회색 머리는 아에론이 떠나 있는 사이 반쯤 하얗게 세었고, 어깨는 장선들이 떠날 때보다 더 눈에 띄게 굽어 있었다. 그러나 아파 보이지는 않았었다.

아에론 그레이조이는 두 개의 강력한 기둥 위에 삶을 지어 올렸다. 조금 전의 두 마디가 그중 한 기둥을 무너뜨렸다. '이제 나에겐 익사한 신만 남았구나. 그분이 나를 바다처럼 강하고 지치지 않게 만드시기를.' "형님이 어떻게 죽었는지 말하게."

"파이크에서 다리를 건너다가 떨어져서 아래 바위에 부딪치셨답니다."

그레이조이성은 끊어진 곶 위에 서 있었고, 바다에 솟은 육중한 돌 더미들 위에 아성과 탑이 세워졌다. 파이크를 한데 잇는 것은 다리들이었다. 돌로 깎은 아치 다리들과 삼줄과 나무판자로 만든 흔들 다리들. "폭풍이 심할 때 떨어진 건가?" 아에론이 물었다.

"예. 그랬습니다." 청년이 대답했다.

"폭풍 신이 던지셨구나." 사제가 말했다. 바다와 하늘은 천년만년 동안 전쟁을 벌여왔다. 강철인은 바다에서 났고 아무리 추운 겨울이라도 물고기를 먹고 살았지만, 폭풍은 그들에게 비통과 비애밖에 가져오지 않았다. "내 형인 발론은 우리를 다시 강력하게 만들었으니, 폭풍 신의 노여움을 살 만했다. 발론은 이제 익사한 신의 물속 궁전에서 인어들의 시중을 받으며 잔치를 즐기고 있으리니. 발론의 위업을 끝내는 것이 이 메마르고 음울한 계곡에 남은 우리들의 몫이로다." 그는 물주머니에 다시 마개를 끼웠다. "자네 아버님과 이야기를 해야겠군. 여기서 해머혼(Hammerhorn, 망치 뿔)이 얼마나 멀지?"

"60리입니다. 제 말 뒷자리에 타시지요."

"둘보다는 하나가 타고 가는 게 빠르지. 자네 말을 주게. 익사한 신이 축복하시리니."

"제 말을 타십시오, 젖은 머리." 스테파리온 스파르가 제안했다.

"아니. 저 말이 더 힘이 좋아. 말을 내어주게."

청년은 잠시 머뭇거리다가 말에서 내려서 젖은 머리에게 고삐를 건넸다. 아에론은 시커먼 맨발을 등자에 밀어 넣고 안장에 올라앉았다. 말은 녹색 땅에서 난 짐승이며 사람을 약하게 만들기에 썩 좋아하지 않았지만, 말을 타고 달릴 필요가 있었다. '어두운 날개에 어두운 소식.' 폭풍이 끓어오르고 있었다. 파도 속에서 그 소리를 들을 수 있었다. 그리고 폭풍은 나쁜 것들밖에 가져오지 않았다. "페블턴에 있는 멀린 공의 탑 아래에서 만나세." 그는 말 머리를 돌리면서 익사한 남자들에게 말했다.

길은 험했다. 언덕 위, 숲과 돌무더기 사이로 이어지는 좁은 길은 종종 말발굽 아래에서 사라지는 것 같았다. 그레이트윅은 강철 군도에서 가장 큰 섬으로, 워낙 큰 섬이다 보니 아예 성스러운 바다를 면하지 않은 성을 둔 영주들도 있었다. 고롤드 굿브러더도 그런 영주였다. 그의 아성은 섬 안에서 익사한 신의 영역과 가장 멀리 떨어진 하드스톤힐스(Hardstone Hills)에 있었다. 고롤드의 영지민들은 땅 아래 어둠 속에서 고롤드의 광산을 팠다. 평생 소금물 한 번 보지 못하고 살다 죽는 사람도 있었다. '그런 이들이 괴팍한 것도 당연하지.'

아에론은 말을 달리면서 형들을 생각했다.

강철 군도의 주인이었던 퀠론 그레이조이의 아랫도리에서 아홉 아들이 났다. 할론, 퀜톤, 도널은 퀠론의 첫 번째 부인이었던 스톤트리 가문의 여자에게서 태어났다. 발론, 유론, 빅타리온, 유리곤, 그리고 아에론은 솔트클리프의 선덜리 출신인 두 번째 아내에게서 났다. 퀠론은 세 번째 아내로 초록땅의 여자를 들였는데, 그 여자는 로빈이라는 병약하고 멍청한 아들을 낳았다. 잊어주는 게 좋을 형제였다. 아에론에게 어려서 죽은 퀜톤이나 도널의 기억은 없었다. 할론은 희미하게 기억이 났는데, 창문도 없는 탑방에 잿빛 얼굴로 가만히 앉아 있었고, 늘 중얼거리던 속삭임은 회색비늘병이 혀와 입술까지 돌로 바꿔버리면서 점점 희미해졌었다. '언젠가 우린 익사한 신의 물속 궁전에서 함께 물고기 만찬을 벌일 거야. 우리 넷과 유리곤까지.'

퀠론 그레이조이의 아랫도리에서 아홉 아들이 났지만, 성장해서 남자가 된 아들은 넷뿐이었다. 남자들은 바다에서 고기를 잡고 땅속을 파다가 죽고, 여자들은 피와 고통이 가득한 침대에서 명 짧은 아이들을 낳는 이 차가운 세상에서는 원래 그랬다. 아에론은 그 네 크라켄 중 마지막이자 제일 모자란 인물이었다. 맏이 발론이 제일 대담했으니, 강철인들의 옛 영광을 되찾겠다는 일념으로만 사는 격렬하고 두려움 없는 소년이었다. 발론은 열 살에 플린트클리프(Flint Cliffs, 수석 벼랑)를 올라 눈먼 영주의 귀신 들린 탑에 올랐다. 열세 살에는 장선의 노를 젓고 군도에 사는 어떤 남자 못지않게 손가락 춤을 췄다. 열다섯 살에는 갈라진 턱 다그머와 함께 징검돌 군도로 배를 몰아서 여름 내내 약탈을 했다. 그곳에서 처음 남자를 죽이고 소금 아내를 둘 두기도 했다. 열일곱 살에 발론은 자기 배의 선장이 되었다. 아에론을 경멸하긴 했어도 형이라면 응당 갖춰야 할 모든 것을 갖춘 형이었다. '난 나약하고 죄 많은 녀석이었으니, 경멸받아 쌌지.' 까마귀 눈 유론의 사랑을 받기보다는 용감한 발론의 경멸을 사는 편이 나았다. 그리고 세월과 슬픔이 발론을 더욱 신랄하게 만들기는 했으나, 또한 살아 있는 그 누구보다 결연한 남자로 만들기도 했다. '형은 영주의 아들로 태어나서 왕으로 죽었고, 그것도 질투 많은 신에게 살해당했어. 이젠 폭풍이 오고 있다. 이 군도가 겪은 적 없는 폭풍이.'

초승달을 할퀴는 해머혼의 뾰족뾰족한 쇠흉벽이 보인 것은 어두워지고도 한참 지나서였다. 고롤드의 아성은 거대한 사각형으로, 커다란 돌들을 바로 뒤에 솟아오른 벼랑에서 채굴해 와서 만들었다. 그 벼랑 아래에는 동굴과 오래된 광산 입구들이 이가 없는 검은 입처럼 빠끔히 벌어져 있었다. 해머혼의 쇠문은 밤을 대비하여 빗장을 질렀다. 아에론은 돌을 들어 경비병이 깰 때까지 쇠문을 때렸다.

그를 맞아들인 청년은 그에게 말을 빼앗긴 고몬드와 판박이였다. "자네가 누구지?" 아에론이 물었다.

"그랜입니다. 아버님은 안에서 기다리십니다."

안은 외풍이 심하고 축축했으며, 그림자가 가득했다. 고롤드의 딸 하나가 에일 한 잔을 가져왔다. 또 다른 딸은 열기보다는 연기를 더 많이 내뿜는 음침한 불을 쑤석였다. 고롤드 굿브러더 본인은 질 좋은 회색 로브를 입은 마른 사내와 조용히 대화하고 있었는데, 목에 건 여러 금속으로 만든 사슬 목걸이를 보니 시타델 출신의 학사였다.

"고몬드는 어디 있소?" 고롤드는 아에론을 보고 물었다.

"걸어서 돌아오고 있소. 여자들을 물리시오. 학사도 물리고." 아에론은 학사들을 좋아하지 않았다. 그들의 까마귀는 폭풍 신의 피조물이었고, 아에론은 유리곤 일 이후로 학사들의 치료술도 믿지 않았다. 제대로 된 인간이라면 노비의 삶을 선택할 리도 없고, 목에 봉사를 뜻하는 사슬을 만들어 걸 리도 없었다.

"가이셀라, 그윈, 나가봐라." 굿브러더는 퉁명스럽게 말했다. "그랜, 너도 나가라. 머렌무어 학사는 남아 계시오."

"그자도 나가야 하오." 아에론은 고집했다.

"여긴 내 집이오, 젖은 머리. 누가 나가고 누가 남을지 정하는 건 당신이 아니오. 학사는 여기 있을 거요."

'저 남자는 바다에서 너무 멀리 떨어져 산다.' 아에론은 스스로에게 말했다. "그렇다면 내가 나가겠소." 그는 굿브러더에게 말했다. 몸을 돌려 걸어가는 시커먼 맨발의 쩍쩍 갈라진 발바닥 밑으로 마른 골풀이 바스락거렸다. 헛되이 먼 길을 달려온 모양이었다.

아에론이 문에 거의 다다랐을 때 학사가 목청을 가다듬더니 말했다. "까마귀 눈 유론이 해석좌에 앉습니다."

젖은 머리 아에론은 몸을 돌렸다. 홀 안이 갑자기 추워졌다. 까마귀 눈은 세상 반대편에 있었다. 발론이 까마귀 눈을 2년 전에 추방하면서, 돌아오면 목숨을 빼앗겠다 했었다. "말하시오." 아에론은 쉰 목소리로 말했다.

"왕이 죽은 다음 날 로드스포트로 들어오더니 발론의 첫째 동생으로서 성과 왕관을 요구했소." 고롤드 굿브러더가 말했다. "이제는 까마귀들을 날려서 모든 섬의 선장과 왕을 파이크로 부르고 있소. 무릎을 꿇고 왕에 대한 충성 맹세를 하라는 거요."

"안 돼." 젖은 머리 아에론은 말을 삼가지 않았다. "해석좌에는 신실한 사람만 앉을 수 있소. 까마귀 눈은 자기 자존심 말고는 아무것도 섬기지 않아."

"사제는 파이크에 가서 왕을 만난 지 오래되지 않았지." 굿브러더가 말했다. "발론이 후계에 대해 뭐라도 한 말이 없소?"

그랬다. 그들은 바다 탑에서, 창밖에서 바람이 울부짖고 아래에서는 파도가 쉼 없이 철썩이는 가운데 그 문제를 이야기했었다. 발론은 아에론에게 마지막 남은 아들의 소식을 듣고는 절망하며 고개를 저었다. "내가 두려워한 대로 늑대들이 그놈을 약골로 만들어놨군." 왕은 그렇게 말했다. "차라리 놈들이 그 녀석을 죽였기를 빈다. 그래야 아샤의 앞길을 방해하지 못하지." 그게 발론의 맹점이었다. 그는 무모하고 사나운 딸에게서 자신의 모습을 보았고, 딸이 뒤를 이을 수 있다고 믿었다. 그 생각은 틀렸고, 아에론은 그 점을 말해주려 했다. "어떤 여자도 강철인들을 다스리진 못합니다. 아무리 아샤 같은 여자라 해도요." 아에론은 끈질기게 말했지만, 발론은 듣고 싶지 않은 말에는 귀를 막을 수 있었다.

아에론이 고롤드 굿브러더의 질문에 답하기 전에, 학사의 입이 다시 한 번 열렸다. "권리상으로 해석좌는 테온에게 갑니다. 왕자가 죽었다면 아샤에게 가고요. 법이 그렇습니다."

"녹색 땅의 법이지." 아에론은 경멸을 담아서 말했다. "그게 우리와 무슨 상관이지? 우린 강철인이다. 바다의 아들들이고, 익사한 신에게 선택받은 사람들이야. 어떤 여자도 우리를 통치할 수 없고, 신을 믿지 않는 남자도 통치할 수 없다."

"빅타리온은?" 고롤드 굿브러더가 물었다. "빅타리온에겐 강철 함대가 있소. 빅타리온이 나서겠소, 젖은 머리?"

"유론이 형이고……." 학사가 입을 열었다.

아에론은 눈빛으로 학사의 입을 닫았다. 작은 어촌에서든 커다란 돌성에서든 간에 젖은 머리가 그런 눈빛을 쏘아 보내면 처녀들은 기절하고 아이들은 소리를 지르며 어머니에게 뛰어갔으니, 쇠사슬을 목에 건 노비 하나쯤 제압하기에는 그 정도로 충분하고도 남았다. 그는 말했다. "유론이 형이지만, 빅타리온이 더 신실하지."

"둘 사이에 전쟁이 일어날까요?" 학사가 물었다.

"강철인은 강철인의 피를 흘려서는 안 된다."

"독실한 감상이시오, 젖은 머리." 굿브러더가 말했다. "형제분들은 생각이 다른 모양이오. 유론은 해석좌는 권리상 테온에게 넘어간다는 말을 했다는 이유로 사웨인 보틀리를 익사시켰소."

"익사했다면 피는 흐르지 않았군." 아에론이 말했다.

학사와 영주는 눈빛을 교환했다. "난 파이크에 전언을 보내야 하오. 그것도 곧." 고롤드 굿브러더가 말했다. "젖은 머리, 당신의 조언을 얻고 싶소. 어떻게 해야겠소? 충성 맹세, 아니면 저항?"

아에론은 턱수염을 잡아당기며 생각했다. '나는 폭풍을 보았네. 그 이름은 까마귀 눈 유론이라지.'

"일단은 침묵하고 계시오." 그는 영주에게 말했다. "이 일은 기도를 해봐야겠소."

"얼마든지 기도하십시오. 그렇다고 법이 바뀌진 않습니다. 테온이 적법한 후계자이고, 아샤가 그다음입니다." 학사가 말했다.

"조용히!" 아에론은 노호했다. "강철인들은 너희 사슬 목걸이를 한 학사들이 녹색 땅과 그곳의 법에 대해 지껄이는 소리에 너무 오래 귀를 기울였다. 이제 다시 바다에 귀를 기울일 때다. 신의 목소리에 귀 기울일 때." 연기

가득한 홀 안에 울리는 아에론의 목소리에 어찌나 힘이 가득한지, 고롤드 굿브러더도 그의 학사도 대꾸하지 못했다. '익사한 신께서 함께하신다. 그분이 나에게 길을 보여주셔.' 아에론은 생각했다.

굿브러더는 성에서 편하게 밤을 보내라고 했지만, 사제는 거절했다. 그는 성의 지붕 아래에서 자는 일이 드물었고, 바다에서 이렇게 멀리 떨어진 곳에서는 절대 잠을 자지 않았다. "편안함은 파도 아래, 익사한 신의 물속 궁전에서나 누릴 것이오. 우리는 고통을 겪기 위해 태어났고, 우리의 고통이 우리를 강하게 만들어줄 수 있는 법. 페블턴까지 타고 갈 새 말만 내어주시오."

굿브러더도 말은 기꺼이 제공했다. 산속을 뚫고 바다로 내려가는 가장 짧은 길을 안내하라고 아들인 그레이던도 딸려 보냈다. 그들이 출발했을 때는 동이 트려면 아직 한 시간쯤 남아 있었지만, 탄 말들이 튼튼하고 발디딤이 좋았기에 어둠을 뚫고 빨리 이동할 수 있었다. 아에론은 눈을 감고 소리 없이 기도하다가 잠시 후에는 안장 위에서 졸기 시작했다.

가만히 소리가 났다. 녹슨 돌쩌귀가 지르는 비명이었다. "유리곤." 아에론은 중얼거리다가 두려움에 차서 깨어났다. 여기에 돌쩌귀는 없었다. 문도 없고, 유리곤도 없었다. 유리곤이 열네 살이었을 때, 아버지와 형들이 전쟁터에 나간 사이에 손가락 춤을 추다가 날아온 도끼가 그의 손 절반을 날려버렸다. 퀠론 공의 세 번째 부인은 핑크메이든캐슬에서 온 파이퍼로, 크고 부드러운 젖가슴에 유순한 갈색 눈이 특징이었다. 그녀는 유리곤의 손을 옛 방식대로 불과 소금물로 치료하지 않고 자기가 데려온 녹색 땅의 학사에게 보였다. 학사는 잘린 손가락들을 다시 꿰매어 붙일 수 있다고 장담했고 꿰맨 후에 물약과 습포제와 약초를 썼다. 그러나 그 손은 괴사했고, 유리곤은 열병이 들었다. 학사가 팔을 잘라냈을 때는 너무 늦었다.

퀠론 공은 마지막 항해에서 돌아오지 못했다. 익사한 신이 은혜를 베풀어 바다에서 죽음을 내리셨다. 발론 공만 동생인 유론과 빅타리온을 데리고 돌아왔다. 발론은 유리곤에게 일어난 일을 듣더니 요리칼로 학사의 손가락 세 개를 자른 후에 새어머니인 파이퍼 부인을 보내어 그 손가락을 다시 꿰매어 붙이게 했다. 물약과 습포제는 학사에게도 유리곤 때와 똑같이 작용했다. 학사는 발광하다가 죽었고, 켈론 공의 세 번째 부인도 산파가 그 자궁에서 사산아를 끌어내면서 곧 그 뒤를 따랐다. 아에론은 기뻐했다. 유리곤의 손을 자른 건 그의 도끼였다. 친구이자 형제로서 같이 손가락 춤을 추다가 벌어진 일이었다.

아직도 유리곤이 죽은 후 몇 년간을 돌이키면 부끄러웠다. 그는 열여섯 살에 사나이라 자칭했지만, 실상은 다리 달린 와인 주머니나 다름없었다. 노래를 부르고, 춤을 추고(손가락 춤만은 다시 추지 않았다), 농담을 하고 헛소리를 지껄이고 남들을 조롱했다. 피리를 불고, 곡예를 하고, 말을 타고, 주량도 세서 윈치와 보틀리 가문 전체에다 할로우 가문 절반까지 상대해도 이길 수 있을 만큼 술을 잘 마셨다. 익사한 신은 모든 남자에게 재능을 선물하시니, 그조차도 예외는 아니었다. 아에론 그레이조이보다 더 멀리 더 오래 오줌발을 쏠 수 있는 남자는 없었고, 그는 잔치가 열릴 때마다 그 점을 증명했다. 한번은 그가 오줌을 쏘아서 벽난로 불을 끌 수 있는지를 두고 상대는 염소 떼를 걸고 본인은 새로 얻은 장선을 걸고 내기를 하기도 했다. 아에론은 1년 동안 염소 잔치를 벌였고, 그 장선에는 '금빛 폭풍'이라는 이름을 붙였지만, 발론은 동생이 뱃머리에 어떤 충각을 달려고 하는지 듣고 아에론을 돛대에 매달아버리겠다고 위협했다.

결국 금빛 폭풍호는 발론의 첫 반란 때 '미의 섬(Fair Isle)' 근처에서 가라앉았다. 스타니스 바라테온이 빅타리온을 덫에 끌어들여 강철 함대를 박살 냈을 때, '맹위'호라는 위풍당당한 전투 갤리선에 반쪽이 났다. 그러나 신은 아직 아에론에게 볼일이 끝나지 않았는지, 그를 해안으로 데려다놓았다. 어부들이 그를 포로로 잡아서 사슬에 묶어 라니스포트까지 행군시켰고, 그는 나머지 전쟁 기간을 캐스털리록의 창자 속에서 보내며 크라켄이 사자와 멧돼지와 닭보다 멀리, 오래 오줌을 눌 수 있다는 사실을 증명했다.

'그때 그 남자는 죽었어.' 아에론은 익사했다가, 바다에서 신의 선지자로 다시 태어났다. 어떤 살아 있는 인간도 어둠만큼…… 혹은 영혼의 뼈인 기억만큼 그에게 겁을 줄 수는 없었다. '문 열리는 소리. 녹슨 쇠돌쩌귀가 끼익대는 소리. 유론이 또 왔어.' 상관없었다. 이제 그는 신의 사랑을 받는 사제 젖은 머리였다.

"전쟁이 될까요?" 태양이 산속을 밝히자 그레이던 굿브러더가 물었다. "형제끼리 전쟁이 나는 겁니까?"

"익사한 신의 뜻이 그렇다면 그렇게 되겠지. 신심 없는 자는 해석좌에 앉을 수 없어." 까마귀 눈이 싸울 것은 자명했다. 어떤 여자도, 아무리 아샤라 해도 유론을 이길 수는 없었다. 여자들은 출산 침상에서 전투를 치르도록 만들어졌다. 그리고 테온은, 만약 테온이 살아 있다면 말이지만, 부루퉁해 있다가 웃기만 하는 청년일 뿐 똑같이 가망이 없었다. 윈터펠에서 가치를 증명했다손 치더라도 까마귀 눈은 불구 소년이 아니었다. 유론은 갑판을 흠뻑 적시는 피를 감추기 좋게 배를 빨간색으로 칠했다. '빅타리온. 왕은 빅타리온이 되어야 해. 그러지 않으면 폭풍이 우리 모두를 쓸어버릴 거야.'

그레이던은 해가 뜨자 아에론 곁을 떠나, 다운델빙, 크로우스파이크킵, 콥스레이크의 탑들에 사는 친척들에게 발론의 죽음을 전하러 갔다. 아에론은 홀로 말을 계속 몰았다. 돌길을 따라 언덕을 오르고 계곡을 내려가면서 바다에 가까워질수록 길이 더 넓어지고 오간 흔적도 많아졌다. 그는 마을마다 멈춰 설교를 했고, 하찮은 영주들의 마당에도 멈춰 섰다. "우리는 바다에서 태어났으며, 모두 바다로 돌아가리니." 그들에게 설교하는 목소리는 대양처럼 깊었고, 파도처럼 우렁찼다. "분노에 찬 폭풍 신이 발론을 성에서 뜯어내어 아래로 내던졌으니, 발론은 이제 익사한 신의 물속 궁전에서 잔치를 즐기고 있다." 그는 두 손을 들어 올렸다. "발론은 죽었다! 왕이 죽었다! 그러나 왕은 다시 올 것이다! 죽은 자는 결코 죽지 않으며, 다만 더 단단하고 강하게 다시 일어나리라! 왕이 일어나리라!"

아에론의 목소리를 들은 사람들 중 몇 명씩은 괭이와 곡괭이를 내던지고 따라나섰기에, 파도 소리가 들릴 때쯤에는 십여 명이 신의 손길을 받고 익사하기를 열망하며 그의 말 뒤를 따라 걷고 있었다.

페블턴은 어민 수천 명이 사는 곳으로, 네 귀퉁이에 작은 망루가 있는 사각 거주탑 아래에 초라한 움막집이 다닥다닥 붙어 있었다. 40명에 달하는 아에론의 익사한 남자들이 회색 모래사장에 바다표범 가죽 천막과 유목으로 만든 은신처를 지어놓고 그를 기다리고 있었다. 소금물에 거칠어지고 그물과 낚싯줄에 흉터가 남았으며 노와 곡괭이와 도끼를 잡느라 굳은살이 박인 손들이었지만, 이제는 신께서 바닷속 무기고로 무장시켰기에 쇠처럼 단단한 유목 곤봉을 잡고 있었다.

그들은 사제의 은신처를 만조선 바로 위에 지어놓았다. 그는 새로 따라온 추종자들을 익사시킨 후, 기꺼운 마음으로 그 은신처에 기어들었다. '신이시여, 파도 소리로 제게 말씀을 전하시고 어떻게 해야 할지 일러주소서. 선장들과 왕들이 당신의 말씀을 기다립니다. 누가 발론 대신 우리의 왕이 되어야겠습니까? 심연의 언어로 제게 노래하시어 그 이름을 알게 하십시오. 말해주십시오, 파도 아래 주인이시여, 누가 파이크에 불어올 폭풍과 싸울 힘을 갖고 있습니까?'

해머혼까지 오가느라 지쳤는데도, 젖은 머리 아에론은 유목으로 짓고 바다에서 떠밀려 온 검은 해초로 지붕을 인 은신처에서 제대로 쉬지 못했다. 구름이 몰려와 달과 별을 가렸고, 바다 위에 내려앉은 촘촘한 어둠은 마치 그의 영혼에 내린 어둠 같았다. '발론은 자식인 아샤를 아꼈지만, 여자는 강철인을 다스릴 수 없어. 빅타리온이어야 해.' 퀠론 그레이조이의 아랫도리에서 아홉 아들이 났고, 그중 제일 강한 남자는 빅타리온이었다. 두려움을 모르고 충실한 남자 중의 남자였다. 그게 위험한 점이기도 했다. 동생은 형에게 순종해야 하고, 빅타리온은 전통을 거스르는 남자가 아니었다. 그러나 유론을 사랑하지는 않았다. 그 여자가 죽은 후에는 결코.

바깥에서 익사한 남자들의 코 고는 소리와 울부짖는 바람 소리 아래로 울려 퍼지는 파도 소리가 들려왔다. 그를 전투에 소집하는 신의 망치 소리였다. 아에론은 작은 은신처에서 차가운 밤공기 속으로 기어 나갔다. 그는 키 크고 창백하고 여윈 몸으로 벌거벗고 일어섰고, 벌거벗은 채로 시커먼 소금 바다 속으로 걸어 들어갔다. 물은 얼음처럼 차가웠으나, 그는 신의 손길에 움찔하지도 않았다. 그는 가슴을 두드리는 파도에 비틀거렸다. 다음 파도는 머리 위까지 밀려왔다. 입술에 소금기가 돌았고 사방을 에워싼 신이 느껴졌으며 귀에서는 신의 영광이 울렸다. '퀠론 그레이조이의 아랫도리에서 아홉 아들이 났으니, 내가 막내로 여자애처럼 약하고 겁이 많았다. 하지만 이제는 아니야. 그 남자는 익사했고, 신께서 나를 강하게 만들어주셨지.' 차가운 소금 바다가 그를 에워싸고 끌어안으며 연약한 남자의 살을 파고들어 뼈를 만졌다. '뼈.' 그는 생각했다. '영혼의 뼈. 발론의 뼈, 유리곤의 뼈. 진실은 우리의 뼈 안에 있다. 살은 썩고 뼈는 남으니. 그리고 나가 언덕 위, 회색 왕의 성에 남은 뼈…….'

젖은 머리 아에론은 창백하고 여윈 몸을 덜덜 떨면서, 바닷속으로 걸어 들어갔을 때보다 현명한 사람이 되어서 힘겹게 해변으로 돌아왔다. 뼛속에서 답을 찾아냈고, 앞에 길이 명백하게 펼쳐졌다. 밤이 어찌나 추운지 은신처를 향해 걸어가는 몸에서 김이 오르는 것 같았지만, 심장에서는 불이 타올랐고 이번만은 쇠돌쩌귀 소리에서 풀려나 쉽게 잠들 수 있었다.

깨어났을 때는 눈부시고 바람이 거센 낮이었다. 아에론은 유목으로 지핀 불에 끓인 조개와 해초 수프로 허기를 달랬다. 아에론이 식사를 마치자마자 멀린이 주거탑에서 위병 대여섯 명을 거느리고 그를 찾아 내려왔다. "왕이 죽었소." 젖은 머리는 멀린에게 말했다.

"그래, 나에게도 새가 왔소. 그리고 한 마리가 더." 멀린은 녹색 땅의 귀족들처럼 '공'이라 자칭하고 모피와 벨벳 옷을 입는 살집 좋은 대머리 사내였다. "까마귀 한 마리는 날 파이크로 부르고, 또 한 마리는 텐타워스로 부르는구려. 크라켄들에겐 팔이 워낙 많으니 사람을 갈가리 찢어놓지. 어떻게 생각하시오, 사제? 내가 장선들을 어디로 보내야겠소?"

아에론은 얼굴을 찌푸렸다. "텐타워스라? 어느 크라켄이 거기로 부르는 거요?" 텐타워스는 할로우 공의 권좌였다.

"아샤 왕녀요. 집으로 돌아왔어요. '독서가'가 까마귀를 날려서 아샤의 친구들을 모두 할로우로 부르고 있소. 발론은 아샤를 해석좌에 앉힐 작정이었다고 합디다."

"해석좌에 누가 앉을지는 익사한 신께서 결정하실 거요." 아에론은 말했다. "축복을 내릴 수 있게 무릎을 꿇으시오." 멀린 공이 무릎을 꿇자 아에론은 물주머니를 열어서 그 벗어진 머리 위에 소금물을 부었다. "우리를 위해 익사하신 신이시여, 당신의 종인 멀드레드가 바다로부터 다시 태어나게 하소서. 소금으로 이를 축복하고, 바위로 이를 축복하고, 강철로 이를 축복하소서." 멀린의 통통한 뺨을 따라 흘러내린 물이 턱수염과 여우 털 망토를 적셨다. "죽은 자는 결코 죽지 않으니, 다만 더 단단하고 강하게 다시 일어나리라." 아에론은 그렇게 기도를 맺었지만, 멀린이 일어서자 다시 말했다. "여기 남아서 들으시오. 그대가 신의 말씀을 퍼뜨릴 수 있도록."

바닷가에서 1미터쯤 떨어진 곳에 둥그런 화강암 바위가 하나 솟아 있었다. 젖은 머리 아에론은 추종자들 모두가 자신을 볼 수 있고, 그가 하는 말을 들을 수 있게 그 바위에 올라섰다.

"우리는 바다로부터 태어났고, 모두 바다로 돌아가리니." 그는 백 번쯤 그랬듯이 그 말로 서두를 열었다. "분노에 찬 폭풍 신이 발론을 성에서 뜯어내어 아래로 내던졌으니, 발론은 이제 익사한 신의 물속 궁전에서 잔치를 즐기고 있다." 그는 두 손을 들어 올렸다. "강철 왕은 죽었다! 그러나 왕은 다시 올 것이다! 죽은 자는 결코 죽지 않고, 다만 더 단단하고 강하게 다시 일어나리라!"

"왕이 일어나리라!" 익사한 남자들이 외쳤다.

"그러하리라. 그래야 하리라. 그러나 누구란 말인가?" 젖은 머리는 잠시 귀를 기울였지만, 대답하는 것은 파도 소리뿐이었다. "누가 우리의 왕이 될 것인가?"

익사한 남자들은 유목 곤봉을 서로 부딪치며 외치기 시작했다. "젖은 머리! 젖은 머리 왕! 아에론 왕! 우리에게 젖은 머리를!"

아에론은 고개를 저었다. "만약 어느 아버지가 두 아들을 두어 하나에게는 도끼를, 하나에게는 그물을 준다면 어느 자식이 전사가 되기를 바라는 것이겠느냐?"

"도끼가 전사를 위한 것이요, 그물은 어부를 위한 것입니다." 러스가 마주 외쳤다.

"그렇다. 신께서는 나를 파도 아래 깊은 곳으로 데려가서 내 안의 무가치한 것들을 익사시키셨다. 그리고 나를 다시 내보내실 때에 보는 눈과 듣는 귀, 그분의 말씀을 퍼뜨릴 목소리를 주셨기에, 나는 그분의 선지자가 되어 그분의 진실을 잊은 자들을 가르칠 수 있었다. 나는 해석좌에 앉도록 태어나지 않았다……. 까마귀 눈 유론도 마찬가지다. 나는 신의 말씀을 들었으니, 신을 섬기지 않는 자가 해석좌에 앉아서는 안 된다!"

멀린이 팔짱을 꼈다. "그렇다면 아샤요? 아니면 빅타리온이오? 말해주시오, 사제!"

"익사한 신께서 말씀해주실 것이나, 여기에서는 아니다." 아에론은 멀린의 통통한 하얀 얼굴을 가리켰다. "나를 보지 말고, 인간의 법을 보지 말고, 바다를 보라. 돛을 올리고 노를 풀어 올드윅으로 가라, 영주여. 그대와 모든 선장과 모든 왕이 가는 것이다. 파이크로 가서 신을 섬기지 않는 자에게 고개 숙이지도 말고, 할로우로 가서 계략을 짜는 여자들과 어울리지도 말라. 뱃머리를 올드윅으로, 회색 왕의 성이 선 자리로 향하라. 익사한 신의 이름으로 내가 모두를 소집한다. 모두 다 소집한다! 궁전과 오막살이, 성과 아성을 다 떠나 나가 언덕으로 돌아가서 킹스무트(kingsmoot, 왕 선출 집회)를 여는 것이다!"

멀린이 입을 벌리고 그를 보았다. "킹스무트? 진정한 킹스무트가 열린 지가……."

"……너무 오래됐지!" 아에론이 비통하게 소리쳤다. "그러나 여명 시대에 강철인들은 자신들의 왕을 선택하고, 자신들 중에 가장 가치 있는 자를 왕위에 올렸다. 옛 방식으로 돌아갈 때가 왔다. 옛 방식만이 우리를 다시 위대하게 만들어줄 것이니. 강철 발 유라스를 고위 왕(High King)으로 뽑고 유목으로 만든 왕관을 씌운 것은 킹스무트였다. 납작코 사일러스, 해라그 호어, 늙은 크라켄 모두 킹스무트가 왕좌에 올렸다. 그리고 이번 킹스무트에서는 발론 왕이 시작한 일을 완수하고 우리에게 자유를 되찾아줄 남자가 나올 것이다. 다시 말하거니와 파이크로 가지 말고, 할로우의 텐타워스로도 가지 말고 올드윅으로 가라. 나가 언덕에서 회색 왕의 궁전 뼈대를 찾아라. 그 성스러운 곳에서 달이 익사했다가 다시 나올 때에 우리가 우리에게 자격이 충분한 왕, 신실한 왕을 세워주리니." 그는 앙상한 두 손을 높이 치켜들었다. "들어라! 파도 소리를 들어라! 신의 음성에 귀 기울여라! 그분께서 우리에게 말씀하시니, 우리는 오직 킹스무트로만 왕을 얻으리라!"

그 말에 함성이 올랐고, 익사한 남자들은 곤봉을 서로 맞부딪쳤다. "킹스무트!" 모두가 외쳤다. "킹스무트, 킹스무트. 오직 킹스무트로만 왕을!" 그들이 내는 소음이 어찌나 요란한지 파이크에 있는 까마귀 눈도, 구름 궁전에 앉은 비열한 폭풍 신도 그 함성을 들을 정도였다. 그리고 젖은 머리 아에론은 본인이 잘해냈음을 알았다.

위병대장

“블러드오렌지가 너무 익었군.” 대장이 테라스로 밀어 옮겨주자 대공이 지친 목소리로 말했다.

그 후 몇 시간 동안 대공은 아무 말도 하지 않았다.

오렌지에 대한 지적은 사실이었다. 몇 개가 연분홍색 대리석 위에 떨어져 터져 있었다. 톡 쏘도록 달콤한 향기가 숨을 들이쉴 때마다 호타의 콧구멍 안을 채웠다. 칼레오트 학사가 만들어준, 흑단과 상아로 된 바퀴를 달고 거위 깃털 쿠션을 댄 바퀴 의자에 앉은 채 나무 아래 있는 대공도 그 냄새를 맡을 수 있을 터였다.

오랫동안 들리는 소리라고는 연못과 분수에서 물장구치는 아이들 소리뿐이었고, 오렌지가 또 한 개 테라스로 떨어져 터지면서 철퍽 소리가 한 번 울렸다. 그러다가 위병대장은 궁전 반대편에서 대리석을 울리는 희미한 장화 소리를 들었다.

‘오바라.’ 그는 오바라의 걸음걸이를 알았다. 긴 다리에 성나서 서두르는 걸음걸이. 정문 옆 마구간에는 오바라의 말이 거품을 물고, 박차 때문에 피를 흘리며 서 있으리라. 오바라는 언제나 종마만 탔고, 도르네의 어떤 말이라도 정복할 수 있다고 호언장담하곤 했다……. 자신이 어떤 남자 못지 않다고. 위병대장은 다른 발소리도 들을 수 있었는데, 오바라를 따라잡으려 서두르는 칼레오트 학사의 빠르게 스치는 발소리였다.

오바라 샌드는 늘 너무 빨리 걸었다. '오바라는 결코 잡을 수 없는 뭔가를 뒤쫓고 있지.' 위병대장 듣는 곳에서 대공이 딸에게 말한 적이 있었다.

오바라가 삼중 아치 아래 나타나자 아레오 호타는 긴자루 도끼를 옆으로 들어 올려 막았다. 산물푸레나무 자루가 거의 2미터에 달했기에, 오바라는 도끼 옆으로 통과할 수 없었다. "더는 안 됩니다, 아가씨." 낮게 울리는 아레오 호타의 목소리엔 노보스 억양이 심했다. "대공께선 방해받지 않고 싶어 하십니다."

오바라의 얼굴은 그 말을 듣기 전에도 돌 같았지만, 이제는 더 굳었다. "내 앞을 막고 있군, 호타." 오바라는 모래뱀들 중 최연장자로 서른 가까운 뼈대 굵은 여자였는데, 자기를 낳은 올드타운 창녀를 닮은 회갈색 머리에 눈 사이가 좁았다. 회갈색과 금색으로 얼룩덜룩한 모래비단 망토 아래 입은 기마복은 오래 써서 유연해진 갈색 가죽이었다. 그 옷이 오바라에게 있어서 가장 부드러운 부분이었다. 허리에는 채찍을 둘둘 말고, 등에는 강철과 구리로 만든 둥근 방패를 찼다. 그래도 창은 밖에 두고 왔다. 아레오 호타는 그 점에 감사했다. 아무리 빠르고 강하다 해도 그녀는 그의 상대가 되지 못했다……. 그러나 오바라는 그 사실을 몰랐고, 아레오 호타는 연분홍색 대리석 위에 그녀의 피를 흘리고 싶지 않았다.

칼레오트 학사가 이쪽 발에서 저쪽 발로 무게중심을 옮겼다. "오바라 아가씨, 제가 말씀드리려고 했는데……."

"내 아버지가 돌아가셨다는 사실은 아시나?" 오바라는 학사에게 파리만큼도 관심을 주지 않고 위병대장에게 물었다. 그것도 파리가 그녀의 머리 주위에서 윙윙댈 만큼 멍청할 경우에나 할 만한 비유였다.

"아십니다." 대장은 대답했다. "전서조를 받으셨습니다."

죽음은 까마귀 날개를 타고, 작은 글씨로 쓰여 단단한 붉은 봉랍을 붙이고 도르네에 왔다. 칼레오트도 그 편지에 어떤 말이 적혀 있는지 감지했는지, 호타에게 대신 전달해달라고 했다. 대공은 고맙다고 받아 들면서도 아주 오랫동안 밀봉을 뜯지 않았다. 오후 내내 무릎에 양피지를 올려놓고 앉아서 아이들이 노는 모습만 지켜보았다. 해가 지고 저녁 공기가 아이들을 안으로 몰아넣을 정도로 차가워질 때까지 그렇게 지켜보다가, 물에 비친 별빛까지 보았다. 그리고 달이 뜰 때가 되어서야 촛불을 가져오게 했다. 캄캄한 밤에, 오렌지나무들 아래에서 그 편지를 읽을 수 있도록.

오바라가 채찍에 손을 댔다. "내 아버지를 집으로 모셔 오는 엘라리아를 도우려고 수천 명이 걸어서 모래밭을 건너 뼈의 길을 오르고 있다. 성소들은 터져 나갈 지경이고, 붉은 사제들은 사원에 불을 밝혔어. 베갯집에서는 여자들이 찾아오는 남자마다 무료로 엉키려 해. 선스피어에서, 부서진 팔에서, 그린블러드 강가에서, 산속에서, 사막 깊은 곳에서, 사방에서, 사방에서 여자들이 머리채를 자르고 남자들이 격분에 울어. 모두의 입에서 같은 질문이 흘러나와. 도란은 어떻게 할 것인가? 우리의 살해당한 공자님에 대한 복수를 어떻게 하시려는가?" 오바라는 위병대장에게 가까이 다가섰다. "그런데 대공님은 방해받지 않고 싶어 하신다고?"

"대공님은 방해받지 않고 싶어 하십니다." 아레오 호타가 다시 말했다.

위병대장은 자신이 지키는 대공을 잘 알았다. 오래전 언젠가 노보스에서 미숙한 청년이 하나 왔다. 흐트러진 검은 머리에 덩치가 크고 어깨가 넓은 청년이었다. 그 머리는 이제 하얗게 세었고, 그 몸에는 수많은 전투의 흉터가 남았다……. 그러나 힘은 그대로였고, 그는 수염 기른 사제들이 가르쳐준 대로 긴자루 도끼를 늘 날카롭게 갈아두었다. '지나가지 못한다.' 그는 그렇게 다짐하고 말했다. "대공께선 아이들이 노는 모습을 보고 계십니다. 아이들이 노는 모습을 보실 때는 절대 방해하셔선 안 됩니다."

"호타." 오바라 샌드가 말했다. "내 앞에서 비키지 않으면 내가 그 긴자루 도끼를 빼앗아서—"

"대장." 명령은 등 뒤에서 왔다. "내버려두게. 이야기하겠다." 대공의 목소리는 쉬어 있었다.

아레오 호타는 긴자루 도끼를 바로 세우고 한쪽으로 비켜섰다. 오바라는 마지막으로 지그시 그를 노려보더니 종종걸음 치는 학사를 뒤에 달고 성큼성큼 지나갔다. 칼레오트 학사는 키가 150센티미터가 될락 말락 했고 깐 달걀 같은 대머리였다. 얼굴이 워낙 통통하고 매끈해서 나이를 짐작하기 어려웠지만, 그 학사는 위병대장이 오기 전부터 여기 있었고 현 대공의 어머니를 섬기기도 했다. 그 나이와 배 둘레에도 여전히 잽싸고 영리했지만, 성격이 온순했다. '어느 모래뱀이 오든 상대가 안 되지.' 대장은 생각했다.

대공은 오렌지나무 그늘 아래, 통풍 걸린 두 다리를 지탱해 올린 의자에 앉아 있었다. 두 눈 아래가 무겁게 처졌다……. 그러나 대공이 잠을 이루지 못하는 이유가 슬픔인지 통풍인지는 호타도 알 수 없었다. 아래 분수와 연못에서는 아이들이 여전히 놀고 있었다. 제일 어린 아이는 다섯 살도 되지 않았고, 나이 많은 아이들은 아홉 살, 열 살이었다. 여자애와 남자애가 반반이었다. 호타는 아이들이 물을 튀기며 놀고 날카로운 목소리로 서로에게 외쳐대는 소리를 들을 수 있었다. "네가 저 연못에서 노는 아이들 중 하나였던 때가 그리 오랜 옛날이 아니다, 오바라." 대공은 오바라가 바퀴 의자 앞에 한쪽 무릎을 꿇자 말했다.

오바라는 코웃음을 쳤다. "거의 20년 전 일입니다. 게다가 전 여기 오래 있지 않았어요. 창녀의 자식이니까요. 혹시 잊으신 겁니까?" 대공이 대답하지 않자 오바라는 일어서서 허리에 양손을 얹었다. "제 아버지가 살해당했습니다."

"결투 재판에서 일대일로 싸우다가 죽었지." 도란 대공이 말했다. "법에 따르면 그건 살해가 아니다."

"아버지는 대공님의 동생입니다."

"그렇지."

"그분의 죽음에 어떻게 하실 겁니까?"

대공은 힘겹게 의자를 돌려 오바라를 마주했다. 이제 52세밖에 안 됐지만, 도란 마르텔은 그보다 훨씬 나이가 많아 보였다. 리넨 로브를 걸친 몸은 볼품없이 물렁했고, 다리는 쳐다보기 힘든 몰골이었다. 통풍 때문에 관절이 흉측하게 부어오르고 불그스름했다. 왼쪽 무릎은 사과, 오른쪽 무릎은 멜론이었고 발가락은 건드리기만 해도 터질 듯 무르익은 자줏빛 포도알이 되어 있었다. 얇은 덮개 무게만으로도 몸서리치게 아플 수 있었지만, 그는 불평 없이 그 통증을 감내했다. 위병대장은 대공이 딸에게 하는 말을 들은 적이 있었다. '침묵이 대공의 친구지. 말은 화살과 같다, 아리안느. 일단 쏘아 보내면 되돌릴 수가 없어.' "타이윈 공에게 편지를 썼다……."

"편지요? 대공님이 제 아버지의 절반만 되는 남자라도……."

"나는 네 아버지가 아니다."

"압니다." 오바라의 목소리에서 경멸이 뚝뚝 떨어졌다.

"나보고 전쟁에 나가라는 거냐."

"저도 그렇게까지 바보는 아닙니다. 대공님은 그 의자에서 일어나실 필요도 없어요. 제가 아버지의 복수를 하게 해주십시오. 대공의 고갯길에 군대를 하나 두고 계시지요. 이론우드 공이 뼈의 길에 또 군대를 하나 두고 있고요. 제게 한쪽을, 니메리아에게 또 한쪽을 맡겨주세요. 니메리아가 왕의 가도를 달리는 동안 저는 변경 지역 영주들을 성에서 몰아내고 빙 돌아서 올드타운으로 진군하겠습니다."

"그래서 올드타운은 어떻게 장악할 생각이냐?"

"약탈만으로 충분할 겁니다. 하이타워의 부는—"

"네가 원하는 게 금이냐?"

"제가 원하는 건 피입니다."

"타이윈 공이 산더미의 머리통을 넘길 거다."

"타이윈 공의 머리통은 누가 넘기죠? 산더미는 언제나 그놈의 애완동물이었습니다."

대공은 연못 쪽을 가리켰다. "오바라, 저 아이들을 봐라. 보기 즐겁지 않으냐."

"제게는 아닙니다. 타이윈 공의 배에 제 창을 꽂아 넣으면 훨씬 더 즐겁겠습니다. 그 배 속을 헤집어서 황금이 있나 찾아보는 동안 그놈에게 〈카스타미어에 내리는 비〉를 노래하게 하겠어요."

"봐라." 대공이 되풀이해서 말했다. "명령이다."

나이가 많은 축에 드는 아이들 몇 명은 매끄러운 분홍색 대리석에 엎드려서 햇볕에 몸을 태우고 있었다. 그 너머 바다에서 첨벙거리는 아이들도 있었다. 세 명은 '오래된 궁전'의 창의 탑을 닮은 거대한 못 모양의 모래성을 만들고 있었다. 스무 명 남짓은 큰 연못 근처에 모여들어서, 허리까지 오는 물속에서 작은 아이가 좀 더 큰 아이의 어깨 위에 앉은 쌍쌍들이 서로를 밀쳐 떨어뜨리려 하는 전투를 구경했다. 한 쌍이 넘어질 때마다 물보라가 치솟고 요란한 웃음소리가 뒤따랐다. 그들은 갈색 피부의 소녀가 형의 어깨에 앉은 담황색 머리칼의 소년을 잡아당겨서 연못에 곤두박질치게 만드는 모습을 지켜보았다. "내가 예전에 그랬듯, 네 아버지도 예전에는 저런 놀이를 했지." 대공이 말했다. "열 살 터울이었기에 그 녀석이 놀 만한 나이가 됐을 때 나는 연못가를 떠났지만, 그래도 어머니를 찾아올 때마다 녀석을 지켜봤어. 어렸을 때도 참 사나웠지. 물뱀처럼 잽쌌고. 종종 녀석이 훨씬 더 큰 소년들을 넘어뜨리는 걸 봤다. 킹스랜딩을 향해 떠나던 날 나에게 그 시절을 상기시키더구나. 딱 한 번만 더 해보겠다고 맹세했지. 그러지만 않았어도 보내주지 않았을 것을."

"보내줘요?" 오바라는 웃음을 터뜨렸다. "마치 막을 수 있었다는 듯이 말씀하시는군요. 도르네의 붉은 독사는 가고 싶은 곳은 어디든 갔습니다."

"그랬지. 위로할 말이 있다면 좋겠다만—"

"위로를 구하러 온 게 아닙니다." 오바라의 목소리엔 경멸이 가득했다. "아버지가 저를 데리러 왔을 때, 어머니는 제가 떠나지 않길 바랐습니다. '여자애입니다. 그리고 당신 딸이라고 생각하지도 않아요. 다른 남자가 천 명은 있었어요'라고요. 아버지는 창을 제 발치에 던지더니 손등으로 어머니의 얼굴을 때렸고, 어머니는 울기 시작했습니다. '여자애든 남자애든, 우린 스스로의 싸움을 하는 거다. 하지만 신들도 무기는 우리가 고를 수 있게 해주시지.' 아버지는 창을 가리킨 후에 어머니의 눈물을 가리켰고, 저는 그 창을 집어 들었습니다. '내가 내 딸이라고 했잖아.' 아버지는 그렇게 말하고 저를 데려왔어요. 어머니는 술을 너무 마셔서 1년 안에 죽었죠. 죽으면서도 울었다고 하더군요." 오바라는 의자에 앉은 대공에게 다가섰다. "제가 그 창을 쓰게 해주십시오. 그 이상은 청하지 않습니다."

"가벼운 청이 아니다, 오바라. 하룻밤 자면서 생각해보마."

"이미 너무 오래 주무셨습니다."

"네 말이 맞을지도 모르지. 선스피어에 있으면 전언 보내겠다."

"그 전언이 전쟁일 때만 그러시죠." 오바라는 휙 돌아서더니 왔을 때처럼 성난 모습으로 걸어가버렸고, 새 말을 받아서 다시 저돌적으로 질주하기 위해 마구간으로 돌아갔다.

칼레오트 학사는 뒤에 남았다. "대공님?" 작고 둥그런 남자가 물었다. "다리가 아프십니까?"

대공은 희미하게 미소 지었다. “태양이 뜨거우냐고 묻는 건가?”

“통증을 다스릴 물약을 가져올까요?”

“아니야. 맑은 정신을 유지해야 해.”

학사는 머뭇거렸다. “대공님, 그게…… 오바라 아씨를 선스피어로 돌려보내시는 게 신중한 일일까요? 분명히 평민들에게 불을 지필 텐데요. 평민들은 동생분을 많이 사랑했습니다.”

“우리 모두 그랬지.” 그는 손가락으로 관자놀이를 눌렀다. “아니. 자네 말이 맞아. 나도 선스피어로 돌아가야겠군.”

작고 둥그런 남자는 머뭇거렸다. “그게 현명할까요?”

“현명하진 않지만, 필요한 일이지. 리카소에게 전령을 보내어 태양의 탑에 있는 내 거처를 열도록 하게. 내 딸 아리안느에게는 내일 돌아간다고 알려주고.”

‘우리 작은 공녀님.’ 위병대장은 아리안느가 너무도 그리웠다.

“모습을 보이시게 됩니다.” 학사가 경고했다.

위병대장은 무슨 말인지 이해했다. 2년 전, 그들이 평화와 고립을 찾아 선스피어를 떠나서 ‘물의 정원’으로 왔을 때 도란 대공의 통풍은 지금의 절반만큼도 심하지 않았다. 그때는 지팡이를 짚고 느리게 걷기는 해도, 걸음마다 얼굴을 찡그리기는 해도 걸을 수 있었다. 대공은 적들에게 자신이 얼마나 약해졌는지 알리고 싶어 하지 않았고, 오래된 궁전과 그 그림자 도시에는 눈들이 가득했다. ‘보는 눈과 대공님이 오를 수 없는 계단이 가득하지.’ 위병대장은 생각했다. 태양의 탑 위에 앉으려면 날아야 할 판이었다.

“내 모습을 보여야 해. 누군가는 물에 기름을 부어야 하고, 도르네는 아직 대공이 있음을 상기해야 해.” 대공은 파리하게 웃었다. “늙고 통풍에 시달리긴 해도 말이지.”

“선스피어로 돌아가신다면 미르셀라 왕녀를 접견하셔야 합니다.” 칼레오트가 말했다. "왕녀의 하얀 기사가 함께 있을 겁니다……. 그리고 그 기사가 왕대비에게 편지를 보내는 걸 아시지요."

"그러겠지."

하얀 기사. 위병대장은 얼굴을 찌푸렸다. 한때 그가 자신의 공녀와 함께 했듯이, 아리스 경도 자신의 왕녀를 모시기 위해 도르네에 왔다. 이상하게도 이름마저 비슷하게 들렸다. 아레오와 아리스. 그러나 비슷한 점은 그게 끝이었다. 위병대장은 노보스와 그곳의 수염 난 사제들을 떠났지만, 아리스 오크하트 경은 아직도 철왕좌를 섬겼다. 호타는 대공의 심부름으로 선스피어에 가게 되면, 길고 하얀 망토를 걸친 그 남자를 볼 때마다 슬픔을 느꼈다. 언젠가 둘이 싸우게 되리란 느낌이 있었다. 그날 아리스 오크하트는 아레오 호타의 긴자루 도끼에 두개골이 부서져 죽을 것이다. 그는 매끄러운 물푸레나무 자루를 쓰다듬으며 그날이 가까워진 걸까 생각했다.

"오후가 거의 다 갔군." 대공이 말하고 있었다. "아침을 기다리지. 해가 뜨자마자 출발할 수 있게 가마를 준비시키게."

"분부대로 하겠습니다." 칼레오트가 목례했다. 위병대장은 비켜서서 학사를 통과시키고는, 멀어지는 발소리에 귀를 기울였다.

"대장?" 대공의 목소리는 부드러웠다.

호타는 한 손으로 긴자루 도끼를 쥐고 나섰다. 손바닥에 감기는 물푸레나무의 감촉이 여인의 살결처럼 매끄러웠다. 그는 바퀴 의자 앞에서 도끼자루로 바닥을 쿵 내리찍어서 도착을 알렸지만, 대공은 아이들에게만 눈을 두고 있었다. "형제가 있었나, 대장? 노보스에서, 어렸을 때 말이야. 누이가 있었나?"

"둘 다 있었습니다. 형이 둘, 누나가 셋이었지요. 제가 막내였습니다." 제일 어렸고, 아무도 원하지 않는 아이였다. 먹여야 할 또 하나의 입, 너무 많이 먹고 옷이 금방 작아지도록 커버리는 덩치 큰 소년. 가족이 그를 수염

난 사제들에게 팔아버린 것도 당연했다.

"난 맏이였네." 대공이 말했다. "그런데 내가 마지막까지 살아 있군. 모스와 올리바가 요람에서 죽은 후 난 동생을 둘 희망을 버렸지. 내가 아홉 살에 솔트쇼어에서 종자로 있을 적에 엘리아가 태어났어. 어머니가 한 달이나 빨리 아이를 낳았다는 소식을 실은 까마귀가 도착했을 때, 난 그 아이가 살지 못할 수도 있다는 걸 이해할 만한 나이였지. 가갈렌 공이 내게 누이동생이 생겼다고 말했을 때도 난 얼마 못 가 죽을 거라고 대답했어. 하지만 어머니 신의 자비로 엘리아는 살았지. 그리고 1년 후에 빽빽대며 발길질을 하는 오베린이 태어났네. 그 둘이 저 연못들에서 놀 무렵에 난 이미 다 큰 어른이었어. 그런데 나는 여기 앉아 있고, 그 둘은 죽었군."

아레오 호타는 뭐라고 말해야 할지 몰랐다. 그는 위병대장에 불과했고, 이렇게 오랜 세월이 지났어도 이 땅과 이 땅이 섬기는 일곱 얼굴의 신에게는 여전히 이방인이었다. '섬기고, 복종하고, 지킨다.' 그는 열여섯 살에 도끼와 결혼하면서 그렇게 서약했다. 단순한 남자들에게 맞는 단순한 서약이라고, 수염 난 사제들은 그렇게 말했었다. 아레오 호타는 슬퍼하는 대공에게 조언을 하게끔 훈련받지 않았다.

아레오 호타가 할 말을 찾고 있는 사이에 오렌지 하나가 또 철퍽 소리를 내며 떨어졌다. 대공이 앉은 자리에서 30센티미터도 떨어지지 않은 자리였다. 도란은 그 소리가 아프다는 듯 얼굴을 찡그리더니, 한숨을 내쉬었다. "그만 됐네. 됐어. 가보게, 아레오. 몇 시간만이라도 더 저 아이들을 지켜보게 해줘."

해가 기울자 공기가 차가워지고 아이들은 저녁을 먹으러 안으로 들어갔지만, 대공은 여전히 오렌지나무들 아래 앉아서 조용한 연못과 그 너머 바다를 보고 있었다. 하인이 자주색 올리브와 납작한 빵, 치즈, 병아리콩 페이스트가 담긴 그릇을 가져왔다. 도란은 조금 먹고, 좋아하는 달콤하고 묵직하고 독한 와인을 한 잔 마셨다. 잔이 비자 한 잔을 더 채웠다. 대공은 아침이 오기 전의 깊은 어둠 속에서 앉은 채로 겨우 잠들었다. 그제야 위병대장은 달빛 비치는 회랑으로 의자를 굴려, 세로로 홈이 새겨진 기둥들 사이를 지나고 우아한 아치 길을 통과해서 바닷가 방에 놓인 커다란 침대로 향했다. 빳빳하고 서늘한 리넨 시트가 깔려 있었다. 도란은 위병대장이 옮길 때 신음했지만, 신들이 자비를 베푸시어 잠에서 깨지는 않았다.

위병대장의 침실은 대공의 침실에 붙어 있었다. 그는 좁다란 침대에 앉아서 벽감에 넣어둔 숫돌과 기름천을 꺼내어 작업을 시작했다. '긴자루 도끼를 늘 날카롭게 갈아두어라.' 수염 난 사제들은 그에게 낙인을 찍을 때 그렇게 말했다. 아레오 호타는 언제나 그 말을 따랐다.

호타는 도끼를 갈면서 노보스를 생각했다. 언덕 위의 고고한 도시와 강 옆에 자리한 낮은 도시를. 아직도 세 개의 종이 울리는 소리를, 뼛속까지 몸서리치게 만드는 눔의 깊은 종소리와 나라의 자부심 강한 소리, 니엘의 달콤한 은빛 웃음소리를 떠올릴 수 있었다. 생강과 잣과 버찌 조각을 가득 넣은 겨울 케이크의 맛이 다시 입안을 채웠고, 쇠잔에 담아서 꿀을 뿌리는 발효한 염소 젖 나흐사가 그 맛을 씻어 내렸다. '죄인의 계단'에 춤추는 곰들을 보러 갔을 때 1년에 한 번만 입는 다람쥐 옷깃 달린 드레스를 입고 있던 어머니의 모습이 보였다. 그리고 수염 난 사제가 그의 가슴 한복판에 낙인을 댈 때 털이 타던 냄새가 났다. 심장이 멎어버릴 것만같이 격렬한 아픔이었지만, 아레오 호타는 꿈쩍도 하지 않았다. 그 도끼 낙인 위로는 다시 털이 자라지 않았다.

대장은 양쪽 도끼날이 면도해도 될 만큼 날카로워진 후에야 쇠와 물푸레나무로 만들어진 아내를 침대에 내려놓았다. 그는 하품을 하며 때 묻은 옷을 벗어 바닥에 던지고, 짚을 채운 매트리스에 몸을 뻗었다. 낙인을 생각하자 그 자리가 가려워지는 바람에, 눈을 감기 전에 몸을 긁어야 했다. '떨어진 오렌지를 모았어야 했는데.' 그는 그렇게 생각하다가 잠들어서 새콤달콤한 오렌지 맛과 손가락에 묻은 끈적한 붉은 과즙을 꿈꾸었다.

날은 순식간에 밝았다. 마구간 바깥에 말이 끄는 가마 세 개 중에 제일 작은 가마가 준비되어 있었다. 붉은 비단 휘장을 드리운 삼나무 가마였다. 대장은 물의 정원에 배치된 위병 서른 명 중에서 가마와 함께 움직일 창병 스무 명을 골랐다. 나머지는 이곳에 남아서 정원과 아이들을 지켜야 했다. 그 아이들 중에는 대영주와 부유한 상인의 아들딸도 있었다.

대공이 해가 뜨자마자 출발하겠다고 말하기는 했지만, 아레오 호타는 출발이 늦어질 것을 알고 있었다. 학사가 도란 마르텔을 목욕시키고 진정제를 적신 리넨 붕대로 부어오른 관절을 감아주는 동안, 대장은 직급에 걸맞은 구리 미늘 셔츠를 입고 구리가 태양 빛을 받지 못하게 회갈색과 노란색 모래비단으로 만든 큰 망토를 걸쳤다. 뜨거운 낮이 예정되어 있었고, 대장은 노보스에서 입던 무거운 말 털 망토와 징 박힌 가죽 튜닉을 버린 지 오래였다. 도르네에서 그렇게 입었다간 산 채로 쪄질 터였다. 날카로운 못으로 볏을 올린 철제 반투구는 계속 썼지만, 이제는 오렌지색 비단을 휘감고 못마다 천을 감았다. 그러지 않으면 궁전을 보기도 전에 태양이 금속을 두드려대서 머리가 쿵쿵 울릴 것이다.

대공은 아직도 출발할 준비가 되지 않았다. 떠나기 전에 블러드오렌지 하나와, 햄과 매운 고추 조각을 섞어서 깍둑썰기한 갈매기알 한 접시로 아침을 먹기로 해둔 터였다. 그다음에는 그간 특히 아끼게 된 아이들 몇에게 작별 인사를 해야 했다. 달트 가문의 아들과 블랙몬트 부인의 자식, 그리고 그린블러드강을 오가면서 천과 향료를 파는 남자의 딸인 동그란 얼굴의 고아 소녀. 도란은 어린아이들이 부어오르고 붕대를 감은 관절을 보지 못하게 화려한 미르 담요로 다리를 덮고 이야기를 나눴다.

길에 나섰을 때는 한낮이었다. 대공은 가마를 타고, 칼레오트 학사는 당나귀를 탔으며 나머지는 걸었다. 창병 다섯은 가마에 앞서고 다섯은 뒤따랐으며, 가마 양옆으로도 다섯 명씩이 지켜 섰다. 아레호 호타는 늘 서던 대로 대공 왼쪽 자리를 차지하고 긴자루 도끼를 어깨에 멘 채 걸었다. 선스피어와 물의 정원을 잇는 도로는 바닷가를 따라갔기에, 돌과 모래와 뒤틀리고 작은 나무로 이루어진 황량한 적갈색 땅을 가로지르는 동안 서늘하고 신선한 바닷바람이 그들을 달래주었다.

반쯤 갔을 때, 두 번째 모래뱀이 그들을 맞이했다.

그녀는 고운 흰 비단 같은 갈기를 휘날리는 금빛 사막 준마를 타고 모래언덕 위에 갑자기 나타났다. 니메리아 아가씨는 말에 오른 모습도 우아했고, 반짝이는 연보라색 로브와 커다란 크림색과 구리색의 비단 망토가 바람이 불 때마다 펄럭거리니 마치 날아오를 수 있을 것만 같았다. 니메리아 샌드는 스물다섯 살이었고, 버드나무처럼 늘씬했다. 검은색 직모는 한 가닥으로 길게 땋아서 적금선(赤金線)으로 묶었고, 검은 눈 위 머리 선은 아버지와 똑같은 V자였다. 높이 솟은 광대뼈, 도톰한 입술, 우윳빛 피부의 니메리아는 언니에게 없는 아름다움을 다 갖췄다……. 오바라의 어미는 올드타운의 창녀였던 반면, 니메리아는 볼란티스에서도 가장 고귀한 핏줄에서 태어났다. 그 뒤에서 말에 오른 창병 십여 명의 둥근 방패가 햇빛에 반짝였다. 그들은 니메리아를 따라 모래언덕을 내려왔다.

대공은 바다에서 불어오는 바람을 즐기기 위해 가마 휘장을 묶어놓았다. 니메리아는 그의 옆으로 붙어 서더니 아름다운 금빛 암말의 속도를 늦추어 가마 속도에 맞췄다. "마침 잘 만났네요, 백부님." 그녀는 마치 우연이라는 듯이 크게 말했다. "선스피어까지 같이 말을 달려도 될까요?" 위병대장은 가마 반대편에 있었지만, 니메리아 아가씨가 하는 말을 다 들을 수 있었다.

"그러면 기쁘겠구나." 도란 대공은 그렇게 대꾸했지만, 대장의 귀에는 조금도 기뻐하는 목소리 같지 않았다. "통풍과 슬픔은 형편없는 길벗이지." 대장은 그 말이 바퀴 아래 자갈이 걸릴 때마다 부어오른 관절이 대못에 찔린 듯 아프다는 뜻임을 알았다.

"통풍은 제가 어떻게 해드릴 수 없지만, 제 아버지에게 슬픔은 필요 없습니다. 아버지의 기호에는 복수가 더 어울리죠. 그레고르 클리게인이 엘리아와 그 자식들을 죽였노라 시인했다는 게 사실인가요?"

"온 궁정이 들을 수 있게 제 죄를 외쳤단다." 대공이 인정했다. "타이윈 공이 그놈의 목을 약속했다."

"그리고 라니스터는 언제나 빚을 갚지요." 니메리아가 말했다. "하지만 제가 보기에 타이윈 공은 우리 돈으로 우리 빚을 갚으려는 모양이에요. 우리 다정한 다에몬 경이 전서조를 보내왔는데, 아버지가 싸움 도중에 그 괴물을 한 번 이상 간질였답니다. 그렇다면 그레고르 경은 죽은 목숨이고, 그건 타이윈 라니스터 덕이 아니에요."

대공은 얼굴을 찌푸렸다. 그게 통풍의 아픔 때문인지, 조카의 말 때문인지 대장은 알 수 없었다. "그럴지도 모르지."

"그럴지도 모른다고요? 분명히 그래요."

"오바라는 내가 전쟁을 벌이길 바라더구나."

니메리아는 소리 내어 웃었다. "그래요, 오바라는 올드타운에 불을 지르고 싶어 하죠. 제 상냥한 동생이 그 도시를 사랑하는 만큼 오바라는 그 도시를 미워해요."

"너는 어떠냐?"

니메리아는 어깨 너머로 말 열 마리 거리쯤 뒤처져서 달리고 있는 동행들을 슬쩍 보았다. "그 소식이 왔을 때 전 파울러 쌍둥이와 잠자리에 있었어요. 파울러의 가언 아시죠? '내가 날아오르게 하라!' 제가 부탁드리고 싶은 것도 그게 다예요. 제가 날아오르게 해주세요, 백부님. 대군은 필요 없어요. 사랑스러운 자매 한 명만 같이하면 돼요."

"오바라냐?"

"티엔요. 오바라는 너무 시끄러워요. 티엔은 어떤 남자도 의심하지 못할 만큼 상냥하고 조용하죠. 오바라는 올드타운을 아버지의 장례식 장작더미로 만들겠지만, 전 그렇게 탐욕스럽지 않아요. 네 명의 목숨이면 충분해요. 엘리아의 자식들에 대한 대가로 타이윈 공의 금빛 쌍둥이. 엘리아 고모님 몫으로 늙은 사자. 그리고 제 아버지 몫으로 어린 왕까지."

"그 아이는 우리에게 잘못한 게 없다."

"그 아이는 반역과 근친상간과 간통으로 태어난 사생아예요. 스타니스 공의 말을 믿는다면."

니메리아의 목소리에서 장난기가 사라졌고, 위병대장은 눈을 가늘게 뜨고 그녀를 주시했다. 오바라는 허리에 채찍을 감고 누구나 볼 수 있게 창을 들고 다녔다. 니메리아 아가씨도 오바라 못지않게 치명적이었지만, 제 칼들을 잘 숨기고 다녔다. "살해당한 제 아버지의 피를 씻을 수 있는 건 왕실의 피뿐입니다."

"오베린은 자기가 관여할 바도 아닌 문제로 결투를 벌이다가 죽었다. 난 그걸 살인이라고 보지 않아."

"좋을 대로 부르세요. 우린 그자들에게 도르네에서 가장 훌륭한 남자를 보냈는데, 놈들은 뼈가 담긴 자루를 돌려보냅니다."

"오베린은 내가 요구한 선을 넘어섰다. '소년 왕과 그 협의회를 가늠해보고, 그자들의 강점과 약점을 기억해두어라.' 난 테라스에서 그렇게 말했지. 우린 오렌지를 먹고 있었다. '혹시 찾을 수 있다면 우리의 친구를 찾아보아라. 엘리아의 죽음에 대해 알아볼 수 있는 내용을 알아보되, 타이윈 공에게 지나치게 도발하지는 말아라.' 내가 오베린에게 한 말이다. 오베린은 웃더니 말했지. '제가 언제 누구에게든…… 지나치게 도발하던가요? 차라리

라니스터한테 절 도발하지 말라고 경고하시는 게 좋겠네요.' 그 녀석은 엘리아에게 정의를 찾아주고 싶어 했지만, 기다릴 줄을 몰랐—"

"아니, 17년을 기다리셨죠." 니메리아가 끼어들었다. "놈들이 죽인 게 백부님이었다면 제 아버지는 시신이 식기도 전에 깃발을 휘날리며 북쪽으로 달려가셨을 거예요. 백부님이 돌아가신 거였다면, 지금 변경 지역엔 창이 비처럼 쏟아지고 있었을 거예요."

"나도 그 점은 의심하지 않는다."

"그렇다면 이 점도 의심하지 마세요, 대공님. 제 자매들과 저는 복수에 17년을 기다리지 않을 겁니다." 니메리아는 암말에 박차를 가하더니 선스피어를 향해 달려가버렸다. 수행원들이 열심히 그 뒤를 쫓아갔다.

대공이 베개에 기대어서 눈을 감았지만, 아레오 호타는 그가 자는 게 아님을 알았다. 대공은 고통스러워하고 있었다. 잠시 칼레오트 학사를 가마로 부를까 싶어졌지만, 도란 대공이 학사를 원한다면 직접 부를 터였다.

오후 그림자가 길고 어두워지고 태양이 대공의 관절처럼 붉게 부어오른 후에야 동쪽에 선스피어의 탑들이 보였다. 처음에는 늘씬한 '창의 탑'이 보였는데, 높이가 30미터에 도금한 강철 창을 왕관처럼 써서 10미터쯤 더해진 탑이었다. 그다음에는 금빛 돔과 장식 유리로 이루어진 웅장한 '태양의 탑'이 보였고, 마지막으로 해안에 밀려 올라왔다가 돌로 변해버린 거대한 범선처럼 보이는 회갈색 '모래배'가 보였다.

선스피어와 물의 정원을 가르는 것은 고작해야 30리의 해안선에 불과했지만, 그 둘은 완전히 다른 세계였다. 물의 정원에서는 아이들이 벌거벗고 햇볕 속을 뛰놀고, 타일 바른 안뜰에 음악이 흐르고, 공기 중엔 레몬과 블러드오렌지 냄새가 진하게 풍겼다. 여기 선스피어에서는 공기에서 먼지와 땀과 연기 냄새가 났고, 밤이면 온갖 목소리들이 활발했다. 물의 정원이 분홍색 대리석으로 이루어진 반면, 선스피어는 진흙과 짚으로 만들어져 갈색과 회갈색을 띠었다. 여기, 마르텔 가문의 유서 깊은 요새는 돌과 모래로 이루어진 작은 돌출부 동쪽 끝에 서 있어, 삼면이 바다였다. 서쪽으로, 선스피어의 육중한 벽 그늘 아래 진흙 벽돌로 지은 상점들과 창문도 없는 오두막집들이 마치 갤리선에 달라붙은 따개비들처럼 성에 달라붙어 있었다. 거기서 다시 서쪽으로 마구간과 여관과 술집과 베갯집이 자라났는데, 많은 수가 자체 벽을 둘렀다. 다시 그 벽 아래에 수많은 오두막집이 돋아났다. '수염 난 사제들이 말했듯이, 그렇게 계속, 계속, 계속.' 티로시나 미르나 대(大)노보스에 비하면 그림자 도시는 큰 마을 축에도 끼지 못했으나, 그래도 여기 도르네에서는 그것이 진짜 도시에 제일 가까웠다.

니메리아 아가씨가 몇 시간 먼저 도착해서 위병들에게 대공이 온다고 알려준 모양이었다. 그들이 도착했을 때는 '삼중 관문'이 열려 있었다. 방문자들은 오직 겹겹이 선 이 관문들을 통해서만 세 겹의 '굽이벽'을 지나 곧바로 오래된 궁전으로 갈 수 있었다. 아니면 몇 킬로미터에 걸친 좁은 골목길과 숨겨진 안뜰과 시끄러운 시장을 뚫고 가야 했다.

도란 대공은 창의 탑이 보이자마자 가마 휘장을 닫았지만, 그래도 가마가 지나가자 평민들은 그에게 소리를 질렀다. '모래뱀들이 있는 대로 자극해놨군.' 위병대장은 불편한 마음으로 생각했다. 그들은 초승달 모양의 누추한 바깥쪽 거리를 지르고 두 번째 관문을 통과했다. 그다음부터는 바람에 타르와 소금물과 썩은 해초 냄새가 짙어졌고, 군중은 걸음걸음 더 많아졌다. "도란 대공 앞에 길을 비켜라!" 아레오 호타는 도끼머리로 벽돌을 찍으며 우렁차게 외쳤다. "도르네의 대공께 길을 비켜라!"

"공자님이 죽었어!" 뒤에서 어떤 여자가 소리를 질렀다.

"창을 들자!" 발코니에서 어떤 남자가 외쳤다.

"도란!" 어떤 귀족이 소리쳤다. "창을 들자!"

호타는 누가 말하는지 찾기를 포기했다. 군중이 너무 밀집했고, 그중

3분의 1은 소리를 지르고 있었다. "창을 들자! 독사의 복수를!" 세 번째 관문에 도달했을 무렵, 위병들은 대공의 가마가 지나갈 길을 내기 위해 사람들을 밀치고 있었고 군중은 물건을 던지고 있었다. 남루한 소년 하나가 반쯤 썩은 석류를 한 손에 들고 창병들 옆을 지나 달려왔지만, 앞에 아레오 호타가 긴자루 도끼를 준비하고 선 모습을 보자 과일을 던지지 않고 떨군 후 잽싸게 후퇴했다. 그러나 훨씬 멀리서 다른 사람들이 레몬과 라임과 오렌지를 던지며 "전쟁이다! 전쟁! 창을 들어!"라고 외치고 있었다. 위병 한 명은 눈에 레몬을 맞았고, 위병대장의 발치에도 오렌지가 하나 떨어져 터졌다.

가마 안에서는 아무 대답도 없었다. 도란 마르텔은 더 두꺼운 성벽이 일행 모두를 집어삼키고, 덜거덕거리면서 그 뒤편으로 쇠창살문이 내려갈 때까지 비단 벽에 감싸여 있었다. 서서히 고함 소리들이 멀어졌다. 아리안느 공녀가 궁정 절반을 거느리고 바깥뜰에 나와서 아버지를 기다리고 있었다. 늙고 눈먼 대집사 리카소, 수호성주 만프레이 마르텔 경, 회색 로브를 걸치고 비단결 같은 수염에 향수를 뿌린 젊은 학사 마일스, 수십 가지 색깔의 리넨 옷을 걸친 도르네 기사 40여 명이었다. 어린 미르셀라 바라테온은 자기 여자 성사와 하얀 법랑 갑옷을 입고 땀 흘리고 있는 킹스가드 아리스 경과 함께 서 있었다.

허벅지까지 끈이 이어져 올라가는 뱀 가죽 샌들을 신은 아리안느 공녀가 가마로 걸어왔다. 새까만 곱슬머리는 등허리까지 흘러내렸고, 이마에는 구리 태양들을 단 띠를 둘렀다. '아직 어리셔.' 위병대장은 생각했다. 모래뱀들은 키가 컸지만, 아리안느는 어머니를 닮아서 160센티미터 정도였다. 그래도 보석 허리띠와 헐렁하게 흘러내리는 자주색 비단과 노란색 새마이트 옷 아래 몸은 곡선을 그리는 싱싱한 여인의 몸이었다. "아버지." 휘장이 젖혀지자 아리안느가 말했다. "선스피어가 아버지의 귀환에 크게 기뻐합니다."

"그래, 즐거워하는 소리는 들었다." 대공은 힘없이 미소 지으며 붉게 부어오른 손으로 딸의 뺨을 감쌌다. "좋아 보이는구나. 대장, 내가 내려서도록 도와주게."

호타는 긴자루 도끼를 등에 메고 대공을 두 팔로 끌어안았다. 부어오른 관절에 충격을 주지 않으려 부드럽게 옮겼으나, 그래도 도란 마르텔은 고통스러운 신음을 참아야 했다.

"요리사들에게 오늘 저녁 만찬을 준비하라 일렀습니다. 아버지가 좋아하시는 음식으로만 차릴 거예요." 아리안느가 말했다.

"내가 잘 먹을 수 있을 것 같지가 않구나." 대공은 천천히 뜰을 둘러보았다. "티엔이 보이지 않는데."

"따로 뵙길 요청해서요. 기다리라고 알현실에 보냈습니다."

대공은 한숨을 내쉬었다. "좋다. 대장? 내 이 일을 빨리 끝내야 빨리 쉴 수 있겠네."

호타는 대공을 안고 태양의 탑에 있는 긴 돌계단을 올라 돔 아래 거대한 원형의 방으로 향했다. 수많은 색으로 이루어진 두꺼운 창문을 비스듬히 통과한 마지막 오후 햇살 때문에 흰 대리석에 50가지 색채의 다이아몬드가 어룽졌다. 그곳에서 세 번째 모래뱀이 그들을 기다리고 있었다.

티엔은 상좌가 놓인 높은 연단 아래에 방석을 깔고 다리를 접은 채 앉아 있었지만, 그들이 들어가자 일어섰다. 미르산 레이스 소매가 달린 달라붙는 하늘색 새마이트 가운 차림의 티엔은 처녀 신 본인처럼 천진난만해 보였다. 한 손에는 수놓던 자수 조각을, 반대쪽 손에는 금빛 바늘 한 쌍을 들고 있었다. 머리카락도 금빛이었고, 두 눈은 깊고 푸른 웅덩이였는데…… 이상하게도 위병대장은 그 눈에서 그녀 아버지의 눈동자가 떠올랐다. 오베린의 눈은 밤처럼 검은색이었는데도 말이다. '오베린 공자의 딸들은 모두

그 독사 같은 눈을 닮았어.' 호타는 불현듯 알아차렸다. '색깔은 아무래도 상관없이.'

"백부님." 티엔 샌드가 말했다. "기다리고 있었습니다."

"대장, 내가 상좌에 오르도록 도와주게."

연단 위에는 의자가 두 개 있었는데, 쌍둥이처럼 똑같았지만 하나는 등판에 금으로 마르텔의 창을 새겨 넣었고, 다른 하나는 니메리아 여왕이 처음 도르네에 왔을 때 배 돛대에 휘날린 빛나는 로인의 태양을 새겼다. 위병대장은 대공을 마르텔의 창 아래 앉히고 물러섰다.

"그렇게 심하게 아픈가요?" 티엔 아가씨의 목소리는 온화했고, 모습은 여름 딸기처럼 달콤했다. 어머니가 성사였기 때문인지, 티엔에게는 이 세상 것 같지 않은 천진난만한 분위기가 있었다. "제가 백부님의 통증을 덜기 위해 할 수 있는 일이 있을까요?"

"하려는 말을 하고 쉬게 해다오. 난 피곤하다, 티엔."

"백부님을 위해 만들었어요." 티엔은 수놓던 천을 펼쳐 보였다. 아버지인 오베린 공자가 새빨간 갑옷을 입고 사막 준마에 올라 미소 짓는 모습이었다. "완성하면 드릴게요. 제 아버지를 기억하시는 데 도움이 되게요."

"내가 네 아버지를 잊을 것 같지는 않구나."

"다행이네요. 많이들 궁금해했거든요."

"타이윈 공이 산더미의 머리통을 보내겠다 약속했다."

"친절하시기도 해라……. 하지만 처형 집행인의 검은 용감한 그레고르 경에게 어울리는 결말이 아니지요. 우리가 그레고르 경의 죽음을 얼마나 오래 기도했는데, 그 사람도 자기 죽음을 기도해야 공정하지 않겠어요? 제 아버지가 쓰신 독을 제가 아는데, 그보다 더 느리고 고통스러운 독은 없지요. 곧 여기 선스피어에서도 산더미의 비명 소리를 들을 수 있을 거예요."

도란 대공은 한숨을 내쉬었다. "오바라는 전쟁을 달라 소리치고, 니메리아는 살인이면 만족하겠다고 하고, 너는?"

"전쟁요. 하지만 언니가 말하는 전쟁은 아니에요. 도르네인들은 고향에서 가장 잘 싸우니, 창을 갈고 기다리죠. 라니스터와 티렐이 오면 고갯길에 그자들의 피를 흘리고 모래바람 아래 묻는 거예요. 백 번은 했던 일이죠."

"그자들이 우리에게 온다면 말이지."

"아, 하지만 올 거예요. 안 그랬다간 우리가 드래곤들과 결혼하기 전처럼 칠왕국이 다시 갈라지는 꼴을 볼 테니까요. 아버지가 말씀해주셨어요. 미르셀라 왕녀를 보내준 꼬마 악마에게 고마워해야 한다고 하셨죠. 미르셀라가 참 예쁘지 않나요? 저도 그런 곱슬머리라면 좋을 텐데요. 미르셀라는 제 어미와 마찬가지로 여왕의 자질을 타고났어요." 티엔의 뺨에 보조개가 피었다. "제가 결혼식을 주관하고 왕관을 만드는 일도 감독할 수 있다면 영광이겠어요. 트리스탄과 미르셀라는 정말 순수하니까, 백금이 어떨까 싶어요……. 미르셀라의 눈동자에 어울리게 에메랄드를 넣고요. 아, 다이아몬드와 진주도 괜찮겠죠. 그 둘이 결혼해서 대관식을 하기만 한다면야. 그러고 나면 우린 안달인과 로인인과 최초인의 여왕이자 웨스테로스 칠왕국의 정당한 계승자인 미르셀라 1세를 찬양하며, 사자들이 오길 기다리기만 하면 돼요."

"정당한 계승자?" 대공은 콧방귀를 뀌었다.

"미르셀라가 손위잖아요." 티엔은 대공을 바보 취급하며 설명했다. "법에 따라 철왕좌는 미르셀라에게 가야 해요."

"도르네 법에 따라서지."

"선한 왕 다에론이 마리아 공녀와 결혼해서 우리를 자기 왕국에 병합했을 때, 도르네에서는 언제까지나 도르네 법만 통한다는 데 동의했잖아요. 미르셀라는 마침 도르네에 있고."

"그렇지." 대공의 목소리에 꺼리는 기색이 어렸다. "생각해보자."

티엔은 반발했다. "백부님은 생각을 너무 많이 하세요."

"그러냐?"

"아버지가 그러셨어요."

"오베린은 너무 생각이 없었지."

"어떤 남자들은 행동이 두려워서 생각을 하죠."

"두려움과 신중함에는 차이가 있다."

"아, 그렇다면 백부님이 겁먹은 모습을 영영 보지 못하길 빌어야겠네요. 그때는 숨쉬기도 잊으실지 모르겠어요." 티엔이 한 손을 들어 올렸고…….

대장은 쿵 소리 나게 긴자루 도끼로 대리석을 내리찍었다. "지나치십니다, 아가씨. 연단에서 물러서시지요."

"해칠 뜻은 없었다네, 대장. 나는 백부님을 사랑해. 백부님이 내 아버지를 사랑하신 만큼이나." 티엔은 대공 앞에 한쪽 무릎을 꿇었다. "제가 하러 온 말은 다 했습니다, 백부님. 제가 거슬리셨다면 용서하세요. 제 심장이 산산조각 나서 그렇답니다. 아직 절 사랑하시나요?"

"언제나 사랑한다."

"그렇다면 축복을 내려주세요. 그러면 물러가겠습니다."

도란은 반 박자 정도 머뭇거리다가 조카의 머리에 손을 얹었다. "용기를 내라, 얘야."

"아, 어떻게 안 그러겠어요? 전 아버지의 딸인걸요."

티엔이 나가자마자 칼레오트 학사가 서둘러 연단으로 다가왔다. "대공님, 혹시나 아가씨가…… 손을 좀 보여주십시오." 학사는 대공의 손바닥부터 살펴보더니 뒤집어서 손가락을 킁킁거렸다. "아니, 괜찮군요. 멀쩡합니다. 긁힌 자국도 없으니……."

대공이 손을 빼냈다. "학사, 양귀비즙을 좀 가져다줄 수 있겠소? 골무잔 하나면 충분하겠군."

"양귀비즙요. 물론입니다."

"지금이면 좋겠소." 도란 마르텔이 부드럽게 재촉하자 칼레오트는 서둘러 계단으로 달려갔다.

바깥에서는 해가 졌다. 돔 안의 빛은 어스레한 푸른색이었고, 바닥에 깔린 다이아몬드는 사라져갔다. 대공은 통증에 창백해진 얼굴로 마르텔의 창 아래 높은 자리에 앉아 있었다. 그는 오랜 침묵 이후에 아레오 호타를 돌아보았다. "대장. 내 위병들은 얼마나 충성스럽나?"

"충성스럽습니다." 대장은 달리 할 말을 몰랐다.

"전원 다? 아니면 일부만?"

"훌륭한 병사들입니다. 훌륭한 도르네인이고요. 제가 명하는 대로 할 겁니다." 그는 긴자루 도끼로 바닥을 찍었다. "대공님을 배신할 자라면 어떤 남자의 머리통이든 가져오겠습니다."

"머리통은 원치 않네. 복종을 원할 뿐."

"원하시는 대로입니다." '섬기고, 복종하고, 지킨다.' 단순한 남자에게 어울리는 단순한 서약이었다. "병사가 얼마나 필요할까요?"

"그 결정은 자네에게 맡기지. 뛰어난 몇 명이 수십 명보다 나을지도 몰라. 피 한 방울 흘리지 않고 최대한 빨리, 최대한 조용히 끝냈으면 하네."

"빠르고 조용하고 피 흘리지 않고, 알겠습니다. 명령은 무엇입니까?"

"내 동생의 딸들을 찾아내어 창의 탑 꼭대기 감방에 가두게."

"모래뱀들을요?" 대장은 목이 말랐다. "전원…… 여덟 명 전원입니까, 대공님? 어린아이들도요?"

대공은 생각해보고 말했다. "엘라리아의 딸들은 위험하다기엔 너무 어리지만, 그 아이들을 나에게 불리하게 이용하려는 자들이 있을 수도 있네. 안전하게 모두 잡아두는 게 좋겠어. 그래, 어린아이들도 잡아 오게……. 하지만 우선 티엔, 니메리아, 오바라를 잡아."

"대공님 명대로 하겠습니다." 마음이 불편했다. '나의 어린 공녀님은 좋아하지 않으실 텐데.' "사렐라는 어찌하지요? 사렐라도 스무 살이 다 된 어른입니다."

"도르네에 돌아오지 않는 한 사렐라에 대해 할 수 있는 일이 없군. 자매들보다는 분별력을 보여주길 기도할 뿐. 사렐라는 그 아이의…… 게임을 하게 내버려두게. 나머지를 모아. 내 그 아이들이 안전하게 감시를 받고 있다는 사실을 알기 전까지는 잠을 자지 않겠네."

"그렇게 될 것입니다." 대장은 머뭇거렸다. "이 사실이 거리에 알려지면 평민들이 아우성칠 텐데요."

"도르네 전체가 아우성치겠지." 도란 마르텔은 지친 목소리로 말했다. "킹스랜딩에 있는 타이윈 공도 그 소리를 들었으면 좋겠네. 선스피어에 얼마나 충실한 친구를 뒀는지 알 수 있게 말이야."

세르세이

그녀는 철왕좌에 앉아 모두를 높이서 내려다보는 꿈을 꾸었다.

아래 조신들은 형형색색의 쥐 떼였다. 대단한 영주들과 긍지 높은 귀족 숙녀들이 그녀 앞에 무릎을 꿇었다. 대담한 젊은 기사들이 그녀의 발치에 검을 놓으며 정표를 내려달라 빌었고, 여왕은 그들을 내려다보며 미소 지었다. 갑자기 나타난 난쟁이가 그녀를 가리키며 요란하게 웃어대기 전까지는 그랬다. 귀족 남녀들도 손으로 입을 가리고서 키득거리기 시작했다. 그때가 되어서야 여왕은 자신이 벌거벗고 있음을 알아차렸다.

겁에 질린 그녀는 두 손으로 몸을 가리려 했다. 부끄러운 곳을 가리려 몸을 웅크리자 철왕좌의 금속 가시와 칼날이 살을 파고들었다. 강철 이빨이 엉덩이를 물면서 피가 다리를 타고 흘러내렸다. 일어서려 하자 발이 비틀린 금속 틈으로 미끄러져 들어갔다. 몸부림을 칠수록 왕좌가 그녀를 더 집어삼켰고, 가슴과 배의 살이 뭉텅이로 떨어져 나가고 팔다리가 베여 시뻘건 피로 번들거렸다.

그러는 내내 그녀의 동생은 아래에서 웃어대며 뛰놀았다.

어깨에 조심스럽게 와 닿은 손길을 느끼고 화들짝 깨어났을 때, 동생의 즐거운 웃음소리가 아직도 귓가에 울려 퍼지고 있었다. 잠깐 동안은 그 손도 악몽의 일부 같아서 소리를 지르고 말았지만, 알고 보니 시녀 세넬레였다. 시녀의 얼굴은 겁에 질려 하얬다.

세르세이는 둘만 있는 게 아님을 알아차렸다. 침대 주위에 어른거리는 키 큰 그림자들의 망토 아래로 사슬 갑옷이 번득였다. '무장한 남자들이 여기에 올 일이 없는데. 내 위병들은 어디 있지?' 침실은 침입자 한 명이 높이 들어 올린 등불을 제외하면 어두웠다. '두려움을 보여선 안 돼.' 세르세이는 자는 동안 헝클어진 머리를 뒤로 넘기고 말했다. "나에게 뭘 원하는 거냐?" 한 남자가 불빛 속으로 걸어 들어오자, 망토가 하얀색이라는 사실이 보였다. "제이미?" '남동생 하나가 나오는 꿈을 꾸었건만, 다른 동생이 깨우러 왔구나.'

"전하." 아니, 동생의 목소리가 아니었다. "단장님께서 모셔 오라셨습니다." 제이미처럼 곱슬머리이긴 했지만, 동생의 머리는 그녀와 같은 금빛인 반면 이 남자의 머리카락은 기름진 검은색이었다. 그녀는 남자가 변소와 노궁, 아버지의 이름을 중얼대는 동안 혼란에 빠져서 멍하니 바라보기만 했다. '아직 꿈을 꾸고 있는 거야.' 세르세이는 생각했다. '잠에서 깨지도 못했고, 악몽도 끝나지 않은 거야. 곧 침대 밑에서 티리온이 기어 나와서 날 비웃겠지.'

그러나 어리석은 생각이었다. 그녀의 난쟁이 동생은 오늘 처형될 예정으로 저 아래 검은 감옥에 갇혀 있었다. 세르세이는 두 손을 내려다보고는, 이리저리 뒤집으며 손가락이 온전히 붙어 있음을 확인했다. 한 손으로 팔을 쓸어보니 닭살이 돋긴 했어도 긁힌 데 하나 없었다. 다리에도 베인 데가 없었고, 발바닥이 찢어지지도 않았다. '꿈이야. 다 꿈이었어. 어젯밤에 술을 너무 마셨어. 이 두려움은 그냥 와인 때문이야. 해 질 녘에 웃고 있는 사람은 나일 거야. 내 아이들은 안전해질 거야. 토멘의 왕좌가 확고해지고, 내

뒤틀린 발롱카는 머리통을 잃고 썩어갈 거야.'

조슬린 스위프트가 옆에 붙어서 잔을 내밀고 있었다. 세르세이는 한 모금 마셨다. 레몬을 짜 넣은 물이었는데, 너무 시큼털털해서 다시 뱉어버렸다. 밤바람이 덧창을 흔드는 소리를 들을 수 있었고, 눈앞이 이상하리만치 명료했다. 조슬린은 세넬레와 마찬가지로 겁에 질려서 잎사귀처럼 떨었다. 오스먼드 케틀블랙 경이 그녀를 내려다보고 있었다. 그 뒤에는 보로스 블런트 경이 등잔을 들고 서 있었다. 문 앞에는 라니스터 위병들이 투구 위에 얹힌 도금한 사자를 반짝이고 있었다. 그들도 두려워했다. '그럴 수가 있나?' 왕대비는 생각했다. '정말 그럴 수가 있나?'

세르세이는 일어서서 세넬레가 어깨에 걸쳐주는 잠옷 로브로 벗은 몸을 가렸다. 뻣뻣하고 서툰 손길로 허리끈을 묶었다. "아버님은 밤이고 낮이고 위병들을 가까이 두실 텐데." 혀가 둔하게 움직이는 느낌이었다. 그녀는 레몬 물을 한 모금 더 마시고 입안을 부셔서 입 냄새를 없앴다. 보로스 경이 들고 있는 등불에 나방이 한 마리 뛰어들었다. 지지직거리는 소리가 들렸고 나방의 날개가 유리를 때리면서 드리우는 그림자가 보였다.

"위병들은 제 위치에 있었습니다, 전하." 오스먼드 케틀블랙이 말했다. "벽난로 안에 감춰진 문을 발견했습니다. 비밀 통로였습니다. 통로가 어디로 이어지는지 보려고 단장님께서 내려가셨습니다."

"제이미가?" 폭풍처럼 갑작스러운 공포가 세르세이를 사로잡았다. "제이미는 왕과 함께 있어야 하는데……."

"왕은 무탈하십니다. 제이미 경이 십여 명을 보내어 살피셨습니다. 전하께선 평화로이 주무십니다."

'부디 토멘은 나보다 달콤한 꿈을 꾸길. 그리고 나보다 부드럽게 깨어나기를.' "누가 왕 곁에 있나?"

"그 영예는 로라스 경에게 돌아갔습니다."

달갑지 않은 소리였다. 티렐은 드래곤 왕들이 주제넘게 출세시켜준 집사들에 불과했다. 그들은 야심 때문에 허영심만 심해졌다. 로라스 경이 처녀들의 꿈처럼 예쁘장할지는 몰라도, 하얀 옷 속은 뼛속까지 티렐이었다. 세르세이가 보기에 오늘 밤의 지독한 결과는 하이가든에서 씨를 뿌리고 키워 얻은 것이었다.

그러나 감히 세르세이가 큰 소리로 말할 수 없는 의심이기도 했다. "잠시 옷을 입을 시간을 주게. 오스먼드 경, 경이 나와 함께 수관의 탑으로 가지. 보로스 경, 간수들을 깨우고 난쟁이가 아직 감옥 안에 있는지 확인하게." 세르세이는 동생의 이름을 말하지 않았다. '그 녀석에게 아버지를 상대로 손을 올릴 용기는 없었을 거야.' 그렇게 스스로를 타이르면서도 확신은 할 수가 없었다.

"전하의 명을 받들겠습니다." 블런트는 등잔을 오스먼드 경에게 넘겼다. 세르세이는 블런트의 뒷모습을 보며 마음이 좋지 않았다. '아버지는 저놈을 하얀 기사로 복직시키지 말았어야 했어. 저 남자는 비겁자야.'

그들이 마에고르 성채를 떠났을 때는 별이 아직 빛나기는 해도 하늘이 짙은 푸른색으로 변해 있었다. '별이 하나 사라졌구나.' 세르세이는 생각했다. '서쪽의 밝은 별이 져버렸으니, 이젠 밤이 더욱 어두워지겠어.' 그녀는 마른 해자 위에 놓인 도개교에서 잠시 멈춰 서서 아래 꽂힌 대못들을 내려다보았다. '그런 걸로 감히 나에게 거짓말을 하진 않을 거야.' "누가 발견했나?"

"위병 하나가 발견했습니다." 오스먼드 경이 대답했다. "럼이라고 합니다. 자연의 부름을 받아 갔다가 변소에서 수관님을 발견했습니다."

'아니, 그럴 순 없어. 사자는 그런 식으로 죽지 않아.' 이상하게 차분한 기분이었다. 세르세이는 어렸을 때 첫 이가 빠졌던 때를 기억했다. 아프지는 않았지만, 입안에 생긴 구멍이 너무 이상해서 혀로 계속 건드려봤었다. '이

제 세상에는 아버지가 있던 자리에 구멍이 생겼고, 구멍은 메워지고 싶어 해.'

타이윈 라니스터가 정말로 죽었다면, 아무도 안전하지 않았다……. 무엇보다도 왕좌에 앉은 세르세이의 아들이 안전하지 못했다. 사자가 쓰러지면 그보다 못한 짐승들, 자칼과 독수리와 들개가 밀고 들어오기 마련이다. 그들은 언제나 그랬듯 그녀를 밀어내려 할 것이다. 로버트가 죽었을 때처럼 이번에도 빨리 움직여야 했다. 스타니스 바라테온이 어떤 꼭두각시를 움직여서 한 일일지 몰랐다. 또 다른 도시 공격의 서두일 수도 있었다. 차라리 그랬으면 싶었다. '올 테면 오라지. 아버지가 그랬듯이 내가 그놈을 분쇄할 테고, 이번에는 반드시 죽일 거야.' 스타니스는 겁나지 않았고, 메이스 티렐도 겁나지 않았다. 아무도 겁나지 않았다. 그녀는 캐스털리록의 딸이요, 사자였다. '이제 나더러 다시 결혼하라는 소리는 더 나오지 않겠군.' 이제 캐스털리록과 라니스터 가문의 모든 힘이 세르세이의 것이었다. 다시는 아무도 그녀를 업신여기지 않으리라. 토멘에게 섭정이 필요치 않은 때가 오더라도, 캐스털리록의 여주인은 그 땅의 권력자로 남으리라.

떠오르는 태양이 탑 끄트머리마다 선명한 붉은색으로 칠해놓았으나, 벽 아래에는 아직도 밤이 웅크리고 있었다. 외성은 모두가 다 죽었다고 해도 믿을 만큼 잠잠했다. '실제로 다 죽었어야 마땅해. 타이윈 라니스터가 혼자 죽다니 어울리지 않아. 그런 남자라면 지옥에서라 해도 보필할 신하들을 거느려야 마땅해.'

붉은 망토를 걸치고 사자 투구를 쓴 창병 네 명이 수관의 탑 문을 지키고 있었다. "내 허락 없이는 아무도 들이거나 내보내지 말아라." 세르세이는 그들에게 말했다. 명령이 쉽게 흘러나왔다. '내 아버지는 목소리에도 강철이 깃들어 있었지.'

탑 안으로 들어가자 횃불 연기에 눈이 매웠지만, 세르세이는 눈물을 흘리지 않았다. 아버지도 그랬을 테니까. '아버지에게 진짜 아들은 나뿐이야.' 계단을 오르며 발꿈치가 돌에 스쳤고, 아직도 오스먼드 경의 등잔 안에서 나방이 미친 듯이 파닥거리는 소리를 들을 수 있었다. '죽어.' 세르세이는 짜증스레 생각했다. '불 속으로 뛰어들어서 끝내버려.'

계단을 다 오르자 붉은 망토의 위병이 두 명 더 있었다. 세르세이가 지나가자 붉은 레스터가 우물우물 조의를 표했다. 그녀는 뱉는 숨이 빠르고 짧아졌고, 가슴속 심장이 두근거리는 것을 느낄 수 있었다. '계단 때문이야. 이 망할 탑엔 계단이 너무 많아.' 계단을 다 무너뜨리고 싶어졌다.

복도에는 마치 타이윈 공이 잠들어 있어서 깨울까 두렵다는 듯이 소리 죽여 속삭이는 바보들이 가득했다. 위병들도 하인들도 세르세이 앞에서 입을 나불거리며 움츠러들었다. 그들의 분홍색 잇몸과 흔들거리는 혓바닥이 보였지만, 말소리는 나방이 웅웅대는 소리나 다름없었다. '저것들이 여기서 뭘 하는 거지? 어떻게 알았지?' 마땅히 세르세이부터 불렀어야 했다. 그녀는 섭정 왕대비였다. 다들 그걸 잊은 걸까?

수관의 침실 앞에 하얀 갑옷을 입고 하얀 망토를 걸친 메린 트랜트 경이 서 있었다. 면갑은 열려 있었는데, 눈 아래가 축 처져서 아직도 반쯤 자고 있는 사람처럼 보였다. "이 사람들을 치우게." 세르세이가 말했다. "아버지는 변소에 계신가?"

"침대로 다시 옮겼습니다." 메린 경이 세르세이를 위해 문을 밀어 열었다.

덧창을 비스듬히 통과한 아침 햇살이 침실 바닥에 흩어진 골풀 위에 금빛 창살을 그렸다. 케반 숙부는 침대 옆에 무릎을 꿇고 기도를 드리려 하면서도 거의 말을 꺼내지 못했다. 위병들은 벽난로 근처에 몰려 있었다. 오스먼드 경이 말했던 비밀 문이 잿더미 뒤에서 빠끔히 입을 벌리고 있었는데, 오븐보다 크지 않았다. 어른 남자라면 기어서 들어가야 할 크기였다. '하지만 티리온은 어른의 절반만 하지.' 그 생각을 하니 화가 났다. '아니야,

난쟁이는 검은 감옥에 갇혀 있어. 이게 그 녀석 짓일 리가 없어. 스타니스야. 스타니스가 배후에 있을 거야. 아직 이 도시에 스타니스의 지지자들이 있어. 스타니스, 아니면 티렐이야…….'

레드킵 안에 비밀 통로가 있다는 이야기는 늘 있었다. 잔혹 왕 마에고르는 그 통로의 존재를 비밀로 유지하기 위해 성을 지은 남자들을 죽였다고들 했다. 다른 침실들엔 숨겨진 문이 얼마나 있을까? 세르세이는 퍼뜩 칼을 손에 들고 토멘의 침실 태피스트리 뒤에서 기어 나오는 난쟁이의 모습을 떠올렸다. '토멘은 제대로 호위받고 있어.' 스스로를 타일렀지만, 타이윈 공도 호위는 제대로 받고 있었다.

세르세이는 잠시 죽은 남자를 알아보지 못했다. 그래, 아버지와 비슷한 머리칼이긴 했다. 하지만 분명히 이건 다른 누군가였다. 더 작고, 훨씬 나이 많은 누군가. 잠옷이 가슴께까지 올라가서 허리 아래는 벌거벗은 상태였다. 노궁 화살이 배꼽과 남근 사이에 박혔는데, 어찌나 깊이 박혔는지 화살 깃만 보였다. 음모를 적신 피가 굳어 빳빳했다. 배꼽에도 피가 굳어 있었다.

냄새를 맡은 그녀는 코를 찡그리며 명령했다. "화살을 뽑아라. 이분은 왕의 수관이시다!" '그리고 내 아버지야. 내 고귀한 아버지. 비명을 지르며 머리를 쥐어뜯기라도 해야 할까?' 캐틀린 스타크는 프레이가 귀한 아들 롭을 죽였을 때 제 얼굴을 긁어서 피투성이로 만들었다고 했다. 묻고 싶었다. '제가 그랬으면 좋겠어요, 아버지? 아니면 제가 강해지는 편이 더 좋을까요? 아버지도 부친을 위해 우셨나요?' 조부는 세르세이가 한 살밖에 안 됐을 때 죽었지만, 그 사연은 모두가 다 알았다. 타이토스 공은 살이 너무 쪘었고, 어느 날 정부를 찾아가려고 계단을 오르다가 심장이 터져 죽었다. 당시 세르세이의 아버지는 미친 왕의 수관으로 킹스랜딩에 와 있었다. 타이윈 공은 세르세이와 제이미가 어렸을 때 킹스랜딩에 떠나 있을 때가 잦았다.

혹시 그가 부친의 죽음을 전해 듣고 울었다 해도, 아무도 눈물을 볼 수 없는 곳에서였을 것이다.

손톱이 손바닥을 파고드는 게 느껴졌다. "어찌 이분을 이렇게 내버려둘 수가 있나? 아버지는 세 왕의 수관으로, 칠왕국을 걸었던 그 어떤 남자보다 위대했어. 로버트를 위해 종을 울렸듯이 아버지를 위해서도 종을 울려야 해. 몸을 씻기고 그 위상에 걸맞게 흰담비 털과 금란과 진홍색 비단 옷을 입혀야 해. 파이셀은 어디 있지? 파이셀은 어디 있어?" 세르세이는 위병들을 돌아보았다. "퍼킨스, 파이셀 대학사를 모셔 오게. 대학사가 타이윈 공을 살펴야 해."

"이미 보셨습니다, 전하." 퍼킨스가 대답했다. "와서 보고는, 침묵의 자매들을 부르러 가셨습니다."

'날 마지막에 불렀구나.' 그 사실을 알아차리자 화가 나서 말이 나오지 않을 지경이었다. '그리고 파이셀은 제 주름지고 무른 손을 더럽히느니 전언을 하러 내뺐단 말이지. 그자는 쓸모가 없어.' 세르세이가 명령을 내렸다. "발라바르 학사를 찾아라. 프렌켄 학사를 찾든가. 누구든 찾아와." 퍼킨스와 '짧은 귀'가 명에 따라 달려 나갔다. "내 동생은 어디 있지?"

"터널을 내려가셨습니다. 수직 통로가 있는데, 돌에 쇠가로대가 쭉 박혀 있습니다. 제이미 경은 통로가 얼마나 깊은지 알아보러 가셨습니다."

'제이미에겐 손이 하나뿐이야.' 소리라도 지르고 싶었다. '너희들 중에 누군가가 갔어야지. 제이미가 사다리를 타선 안 돼. 아버지를 살해한 자들이 저 아래에서 기다리고 있을지도 몰라.' 세르세이의 쌍둥이 동생은 언제나 너무 성급했는데, 손을 하나 잃었어도 조심하는 법을 배우지 못한 모양이었다. 세르세이가 위병들에게 당장 따라 내려가서 데리고 오라고 명령하려는데 퍼킨스와 짧은 귀가 머리가 희끗희끗한 남자 하나를 데리고 돌아왔다. "전하, 여기 이 사람도 학사라고 주장하는데요." 짧은 귀가 말했다.

그 남자는 허리를 깊이 숙였다. "제가 전하께 어떻게 봉사할 수 있을지요?"

얼굴이 묘하게 낯이 익었는데, 세르세이는 정확히 기억할 수가 없었다. 늙었지만, 파이셀만큼 늙지는 않았다. 이 남자는 아직 힘이 있었다. 키는 컸으나 약간 허리가 굽었고, 대담한 푸른 눈 주위에 주름이 잡혔다. 목은 휑했다. "학사의 사슬을 걸지 않았는데."

"빼앗겼습니다. 제 이름은 쿼이번입니다. 동생분의 손을 제가 치료했지요."

"잘린 팔 말이겠지." 이제 기억이 났다. 하렌홀에서 제이미와 함께 온 남자였다.

"제가 제이미 경의 손을 구할 수 없었던 건 사실입니다. 하지만 제 기술이 그분의 팔은 구했고, 어쩌면 목숨도 구했을지 모릅니다. 시타델이 제 사슬은 빼앗아 갔어도 제 지식까지 빼앗지는 못했습니다."

"그 정도면 충분할 수도 있겠군." 세르세이는 결정을 내렸다. "날 실망시킨다면 사슬 목걸이보다 더한 걸 잃게 될 거야. 내 아버지의 배에 꽂힌 화살을 뽑고 침묵의 자매들을 맞이할 준비를 하게."

"분부 받들겠습니다." 쿼이번이 침대 옆으로 가더니 멈칫하면서 세르세이를 돌아보았다. "여자는 어떻게 할까요, 전하?"

"여자?" 세르세이는 그때까지 두 번째 시신을 보지 못했다. 침대로 성큼성큼 걸어가서 피에 젖은 이불 더미를 젖히자, 그 여자가 있었다. 벌거벗은 몸으로 차갑게 식은, 분홍색의 시신이……. 다만 얼굴만은 조프리가 결혼식 연회에서 그랬듯이 시커메져 있었다. 황금 손을 연결해서 만든 목걸이가 목살을 반쯤 파고 들었는데, 심하게 비틀리면서 피부가 찢겼다. 세르세이는 성난 고양이처럼 쉭 소리를 냈다. "이 여자가 여기서 뭘 하는 거지?"

"그 상태로 발견했습니다, 전하." 짧은 귀가 말했다. "꼬마 악마의 창녀입니다." 마치 그 말이 그 여자가 여기 있는 이유를 설명해준다는 듯이.

'내 아버지는 창녀와 아무 관계도 없어. 어머니가 돌아가신 후 아버지는 여자에게 손을 댄 적이 없어.' 세르세이는 위병에게 싸늘한 시선을 던졌다. "그럴 리가 없어……. 타이윈 공은 선친이 돌아가셨을 때 캐스털리록에 돌아와서 이런…… 이런 유의 여자를 발견했지……. 돌아가신 모친의 보석으로 장식하고, 모친의 가운도 입고 있는 걸 보셨어. 아버지는 그 여자에게서 모친의 옷과 장신구를 벗겨내고 다른 것도 다 벗겼지. 그 여자는 2주 동안 벌거벗은 몸으로 라니스포트 길거리를 돌아다니며 만나는 남자마다 나는 도둑이고 매춘부라고 고백해야 했어. 타이윈 라니스터 공이 창녀를 대하는 방식이 그래. 절대로…… 이 여자가 여기 있었던 데엔 다른 목적이 있었을 거야. 결코……."

"아마 이 여자의 주인에 대해 묻고 계셨겠지요." 쾨이번이 나섰다. "왕께서 살해당한 날 밤에 산사 스타크가 사라졌다고 들었습니다."

"그랬겠지." 세르세이는 그 제안을 덥석 움켜쥐었다. "분명히 심문 중이었을 거야. 의심할 여지가 없어." 티리온이 망가진 코 아래로 입을 비틀어 원숭이처럼 히죽거리는 모습을 볼 수 있었다. '하기야, 벌거벗고 다리를 활짝 벌린 상태가 심문하기엔 최고겠지?' 난쟁이가 속살거렸다. '나도 이 여자를 그렇게 심문하길 좋아했거든.'

세르세이는 몸을 돌렸다. '난 저 여자를 보지 않겠어.' 갑자기 죽은 여자와 같은 방에 있다는 사실만으로도 버거워졌다. 그녀는 쾨이번을 밀치고 복도로 나갔다.

오스먼드 경 옆에 동생인 오스니와 오스프리드가 와 있었다. "수관의 침실에 죽은 여자가 하나 있다." 세르세이는 케틀블랙 삼형제에게 말했다. "그 여자가 여기 있었다는 사실은 누구도 알아선 안 돼."

"알겠습니다." 오스니 경의 뺨에는 티리온의 다른 창녀가 할퀸 흉터가 희미하게 남아 있었다. "그 여자는 어떻게 할까요?"

"개 먹이로 주든, 동침을 하든 상관없어. 저 여자는 여기 없었던 거야. 감히 저 여자가 여기 있었다고 말하는 자는 혀를 뽑겠다. 알아듣겠나?"

오스니와 오스프리드는 눈빛을 교환했다. "예, 전하."

세르세이는 케틀블랙 형제를 뒤따라 다시 안으로 들어가서, 그들이 피 묻은 담요로 그 여자를 둘둘 마는 모습을 지켜보았다. 샤에. 그 여자의 이름은 샤에였다. 그들은 난쟁이의 결투 재판 전날 밤에, 그러니까 그 미소 짓는 도르네 뱀이 대전사가 되겠다고 나선 후에 마지막으로 이야기를 나눴었다. 샤에는 티리온이 줬던 보석 몇 개와 세르세이가 했을지도 모르는 약속들, 도시 내의 저택과 결혼할 기사 등에 대해 물었다. 세르세이는 그 창녀에게 산사 스타크가 어디로 갔는지 말하기 전에는 아무것도 받지 못하리라는 점을 분명히 했다. "넌 산사의 시녀였어. 그런데 걔의 계획을 하나도 몰랐다는 말을 믿으라고?" 세르세이는 그렇게 말했었다. 샤에는 눈물을 흘리며 그 자리를 떴다.

오스프리드 경이 담요에 만 시신을 어깨에 걸쳤다. "목걸이는 필요해." 세르세이가 말했다. "금에 흠집이 나지 않게 조심하게." 오스프리드는 고개를 끄덕이고 문으로 향했다. "안 돼. 안뜰을 통과하는 건 안 돼." 세르세이는 비밀 통로 쪽을 가리켰다. "저기 지하감옥으로 이어지는 통로가 있네. 저쪽이야."

오스프리드 경이 벽난로 앞에 한쪽 무릎을 꿇는데 안쪽에서 불빛이 보이더니, 소리가 들렸다. 제이미가 노파처럼 허리를 굽히고 나타나서 장화로 타이윈 공이 붙인 마지막 불의 재와 검댕을 걷어찼다. "비켜라." 그는 케틀블랙 형제에게 말했다.

세르세이는 제이미에게 달려갔다. "놈들을 찾아냈어? 살인자들을 찾았어? 몇 명이었어?" 분명히 한 명은 넘었을 것이다. 단 한 명이 아버지를 죽일 수 있었을 리가 없었다.

쌍둥이 형제의 얼굴은 초췌했다. "수직 통로를 따라 쭉 내려갔더니 나온 방에서 터널 여섯 개가 갈라져나갔어. 통로마다 쇠문에 막혔는데 사슬이 걸리고 잠겼어. 열쇠를 찾아야 해." 그는 침실 안을 둘러보았다. "누가 한 짓이건 간에 아직도 벽 속에 숨어 있을 수 있어. 저 안은 미로인 데다 어두워."

세르세이는 괴물 쥐처럼 벽 사이를 기어 다니는 티리온의 모습을 상상했다. '아니야, 바보같이 굴지 마. 난쟁이는 감옥 안에 있어.' "망치로 벽을 깨. 꼭 그래야 한다면 이 탑을 무너뜨려. 놈들을 찾아야 해. 누가 한 짓이건 간에. 그자들은 죽어야 해."

제이미가 세르세이를 끌어안더니 성한 손으로 등허리를 꾹 잡았다. 몸에서 재 냄새가 풍겼지만, 아침 햇살에 머리카락이 금빛으로 빛났다. 제이미의 얼굴을 끌어당겨 입 맞추고 싶었다. '나중에. 나중에 제이미가 나에게 올 거야. 위안을 찾아서.' 세르세이는 스스로를 타일렀다. "우린 아버지의 후계자야, 제이미." 그녀는 속삭였다. "아버지의 과업을 마치는 건 우리에게 달렸어. 넌 아버지의 뒤를 이어 수관이 되어야 해. 이젠 확실히 알겠지. 토멘에게 네가 필요할 거야……."

제이미는 그녀에게서 몸을 떼어내고 팔을 들어 올려 잘린 부분을 세르세이의 얼굴에 들이댔다. "손이 없는 수관이라? 지독한 농담이야. 나에게 통치를 요구하지 마."

그들의 숙부가 그 거절의 말을 들었다. 콰이번도 들었고, 짐을 들고 잿더미를 통과하려 애쓰던 케틀블랙 형제도 들었다. 심지어 위병들도, 퍼킨스와 '말 다리' 호크와 짧은 귀까지 들었다. '밤이면 온 성 안에 다 퍼지겠군.' 세르세이는 뺨이 달아오르는 것을 느꼈다. "통치? 통치에 대한 말이 아니었어. 내 아들이 나이가 찰 때까지는 내가 통치할 거야."

"누가 더 안타까운지 모르겠군. 토멘인지, 칠왕국인지."

세르세이는 그의 뺨을 때렸다. 제이미가 재빨리 팔을 올려 그녀의 손을 막으려 했지만…… 성한 팔이 아니라 잘린 팔이었다. 세르세이의 손바닥이 그의 뺨에 붉은 자국을 남겼다.

그 소리에 숙부가 일어섰다. "너희 아버지가 여기 죽어서 누워 계신다. 싸움은 밖에서 벌일 정도의 염치는 있어야지."

제이미가 사과하며 고개를 숙였다. "용서하십시오, 숙부님. 제 누이가 슬픔에 젖어 제정신이 아닙니다."

세르세이는 그 말 때문에 한 번 더 때리고 싶어졌다. '제이미가 수관이 될 수 있다고 생각하다니 내가 미쳤지.' 차라리 수관직을 없애는 게 나았다. 수관이 그녀에게 비탄 말고 무엇을 가져다주었던가? 존 아린은 로버트 바라테온을 그녀의 침상에 밀어 넣었고, 죽기 전에는 그녀와 제이미에 대해 냄새를 맡고 다녔다. 에다드 스타크는 존 아린이 떠난 자리를 고스란히 차지했고, 그자의 간섭 때문에 로버트를 생각보다 빨리 제거해야 했다. 로버트의 귀찮은 형제들부터 처리하고 나서 없앴으면 좋았을 것을. 티리온은 미르셀라를 도르네인들에게 팔아넘겼고, 세르세이의 아들 하나는 인질로 잡고 다른 하나는 죽였다. 그리고 타이윈 공이 킹스랜딩으로 돌아왔을 때는…….

다음 수관은 제 분수를 알 거라고, 세르세이는 다짐했다. 케반 경이어야 했다. 숙부는 지칠 줄 모르고, 신중하며, 변함없이 말을 잘 들었다. 아버지가 그랬듯 세르세이도 케반 경에게는 기댈 수 있었다. 손은 머리와 다투지 않는 법. 그녀에겐 통치해야 할 왕국이 있었고, 그 통치를 도울 새로운 남자들이 필요했다. 파이셀은 밀고나 일삼는 아첨꾼이었고, 제이미는 검을 쥐는 손과 함께 용기도 잃었으며, 메이스 티렐과 그 친구 레드와인과 로완은 믿을 수가 없었다. 그자들이 이 일에 연루되었을 수도 있었다. 티렐 공은 타이윈 라니스터가 살아 있는 한 자기가 칠왕국을 통치하는 날은 오지 않으리라는 사실을 알았을 것이다.

'그자는 조심스럽게 다뤄야 할 거야.' 도시에 티렐 사람들이 가득했고, 메이스 티렐은 아들 하나를 킹스가드에 집어넣은 데다가 딸은 토멘의 침대에 심을 작정이었다. 아버지가 토멘과 마저리 티렐의 약혼에 동의한 것을 생각하면 아직도 화가 났다. '그 아이는 나이도 토멘의 두 배고 두 번이나 과부가 된 몸이야.' 메이스 티렐은 딸이 아직 처녀의 몸이라고 주장했지만, 세르세이는 의심스러웠다. 조프리야 잠자리를 함께하기 전에 살해당했지만, 마저리는 그 전에 렌리와 결혼했었다……. 히포크라스(향료 넣은 와인)를 더 좋아하는 남자라 해도, 에일 잔이 앞에 놓이면 벌컥벌컥 마시지 않겠는가. 바리스 공에게 가능한 한 정보를 알아내보라고 해야 했다.

그 순간 세르세이는 멈춰 섰다. 바리스에 대해 잊고 있었다. '바리스가 여기 있어야 하는데. 바리스는 언제나 나타나는데.' 언제든 레드킵에서 중요한 일이 일어나면 그 내시가 홀연히 나타났다. '제이미도 여기 있고, 케반 숙부도 있고, 파이셀은 왔다 갔는데 바리스가 없어.' 차가운 손가락이 등을 타고 오르는 것 같았다. '바리스가 연루됐구나. 아버지가 제 머리통을 가져가려 한다고 두려워한 나머지 먼저 친 거야.' 타이윈 공은 그 선웃음 치는 첩보관을 좋게 본 적이 없었다. 그리고 레드킵의 비밀들을 아는 사람으로 첩보관만 한 이가 있을까. '바리스가 스타니스 공과 제휴한 게 틀림없어. 애초에 로버트의 소협의회에서도 함께 일했고…….'

세르세이는 침실 문으로 걸어가서 메린 트랜트 경을 찾았다. "트랜트, 바리스 공을 데려오게. 그자가 비명을 지르든 버둥거리든 상관없지만, 해치지는 말고."

"전하의 명을 받듭니다."

하지만 킹스가드 한 명이 떠나자마자 다른 한 명이 돌아왔다. 보로스 블런트 경은 계단을 미친 듯이 달려 올라오느라 얼굴이 시뻘게져서 씩씩대고 있었다. "없습니다." 그는 세르세이를 보자 헉헉대며 한쪽 무릎을 꿇었다. "꼬마 악마가……, 감방이 열려 있습니다. 전하……. 어디에도 보이지 않습니다……."

꿈이 사실이었다. "내가 명령했을 텐데. 밤이고 낮이고 감시하라고……."

블런트의 가슴팍이 들썩거렸다. "간수도 한 명 없어졌습니다. 루겐이라고 합니다. 다른 두 명은 잠들어 있었습니다."

세르세이는 소리를 지르지 않으려 혼신의 노력을 다했다. "그자들을 깨우지 않았길 비네, 보로스 경. 자게 둬."

"자게 두라고요?" 보로스 경은 당혹해하며 군턱이 진 채 시선을 올렸다. "알겠습니다, 전하. 그러면 언제까지—"

"영원히. 그자들이 영원히 자도록 하게, 경. 근무 중에 자는 위병들을 참아줄 수 없어." '녀석이 벽 속에 있어. 녀석이 어머니를 죽였듯이, 조프리를 죽였듯이 아버지도 죽였어.' 세르세이는 난쟁이가 자신에게도 찾아올 것을 알았다. 그때, 어두운 천막에서 그 노파가 약속했던 그대로……. '난 면전에서 웃어젖혔지만, 그 노파에겐 힘이 있었어. 난 피 한 방울 속에서 내 미래를 봤어. 내 파멸을 봤어.' 다리가 후들거렸다. 보로스 경이 부축하려 했지만, 세르세이는 그 손이 닿자 움찔했다. 보로스 경도 티리온의 수하일 수 있었다. "손대지 마. 내 몸에 손대지 마!" 세르세이는 비틀거리다가 바로 섰다.

"전하?" 보로스 블런트가 말했다. "물을 한 잔 가져올까요?"

'나에게 필요한 건 물이 아니라 피야. 티리온의 피. 내 발롱카의 피.' 주위에서 횃불이 빙빙 돌았다. 세르세이는 눈을 감자 히죽거리는 난쟁이의 얼굴이 보였다. '아니야. 아니야. 널 거의 제거했는데.' 하지만 난쟁이의 손가락이 그녀의 목에 감겨 있었고, 그 손이 죄어오는 것이 느껴졌다.

브리엔느

“열세 살 처녀를 찾고 있소.” 그녀는 마을 우물 옆에 있던 머리 센 여자에게 말했다. “고귀한 태생의 처녀로, 파란 눈에 적갈색 머리가 아주 아름다운 아가씨요. 마흔 살쯤 된 뚱뚱한 기사 아니면 광대와 여행하고 있었을 수도 있소. 혹시 그런 처녀를 보셨소?”

“기억나는 분은 없네요, 경.” 그 여자는 이마를 톡톡 두드리며 대답했다. “하지만 눈 똑바로 뜨고 지켜볼게요.”

대장장이도 보지 못했고, 마을 성소에 있던 성사도, 돼지를 돌보던 돼지치기도, 텃밭에서 양파를 캐던 젊은 여자도, 그 외에 타스의 처녀가 로스비의 초벽 집들 사이에서 찾아낸 다른 평민들 중 누구도 그런 처녀를 보지 못했다. 그래도 그녀는 끈질기게 질문을 되풀이했다. ‘여기가 더스큰데일로 가는 가장 빠른 길이야.’ 브리엔느는 스스로에게 말했다. ‘산사가 이 길로 갔다면 누군가가 분명 봤을 거야.’ 성문 앞에서 그녀는 흰색 바탕에 나열된 담비 무늬 위로 세 개의 빨간색 V자가 들어간 휘장, 즉 로스비 가문의 문장을 단 창병 두 명에게도 같은 질문을 했다. “요새 길에 돌아다니고 있다면 오래 처녀로 남지 못할 거요.” 나이 든 쪽이 말했다. 젊은 쪽은 그 여자의 다리 사이 털도 적갈색인지 알고 싶어 했다.

'여긴 도움이 안 되겠군.' 브리엔느는 말에 다시 오르면서 마을 반대편에 선 얼룩무늬 말 위의 깡마른 소년을 흘긋 보았다. '저 녀석과는 이야기를 해보지 않았는데.' 그렇게 생각했지만, 그 소년은 브리엔느가 찾아 나서기 전에 성소 뒤편으로 사라졌다. 굳이 쫓아갈 생각은 없었다. 그 소년도 다른 사람들만큼이나 아는 게 없을 가능성이 높았다. 로스비는 넓은 도로보다 더 사람이 없는 곳이었다. 산사가 여기에 길게 머물 이유가 없었다. 브리엔느는 도로로 되돌아가서 북동쪽으로 향해 사과나무 과수원과 보리밭을 지나쳤고, 곧 마을을 떠나 로스비성과 멀어졌다. 그녀는 목표물을 찾아낼 곳은 더스큰데일이라고 스스로를 타일렀다. '산사가 이 길로 갔다면 말이지만.'

"산사를 찾아내어 안전하게 지키겠소." 브리엔느는 킹스랜딩에서 제이미 경에게 그렇게 약속했었다. "그 모친을 위해서. 그리고 당신을 위해서." 고결한 말이었지만, 말하기는 쉽고 해내기는 어려웠다. 그녀는 도시에서 너무 오래 꾸물거렸고 알아낸 것은 너무 적었다. '더 일찍 출발했어야 했어……. 하지만 어디로?' 산사 스타크는 조프리 왕이 죽은 날 밤에 사라졌고, 그 후 누군가가 산사를 보았다 해도, 혹은 어디로 갔을지 짐작한다 해도 말하지는 않으려 했다. '적어도 나에게 말하진 않아.'

브리엔느는 산사가 도시를 떠났다고 믿었다. 아직 킹스랜딩에 있다면 황금 망토들이 찾아냈을 것이다. 그러니 분명 다른 곳으로 갔으리라……. 하지만 '다른 곳'이란 너무 넓었다. '내가 갓 피어난 처녀이고, 혼자인 데다 겁에 질렸으며 극단적인 위험에 처했다면, 나라면 어떻게 했을까?' 자문해보기도 했다. '나라면 어디로 갔을까?' 브리엔느의 경우에는 답이 쉽게 나왔다. 타스로, 아버지에게로 돌아갔을 것이다. 그러나 산사의 아버지는 산사가 보는 앞에서 목이 잘렸다. 어머니도 트윈스에서 살해당했고, 스타크의 강력한 성채 윈터펠은 약탈당하고 불탔으며 그곳에 있던 사람들은 칼을 맞았다. '산사에게는 도망칠 집도, 아버지도, 어머니도, 형제도 없어.' 그러니 다음 마을에 있을 수도 있고, 아샤이로 향하는 배에 올랐을 수도 있었다. 양쪽 다 가능했다.

산사 스타크가 집으로 가고 싶어 했다 한들, 어떻게 갔겠는가? 왕의 가도가 안전하지 않다는 사실은 어린아이도 알았다. 넥 지역을 가로지르는 모트카일린은 강철인들이 쥐고 있었고, 트윈스에는 산사의 오빠와 어머니를 살해한 프레이가 앉아 있었다. 돈만 있다면 바다로 갈 수도 있겠지만, 킹스랜딩 항구는 여전히 폐허였고 강에는 무너진 부두와 타서 가라앉은 갤리선들이 뒤엉켜 있었다. 브리엔느가 부두를 돌아다니며 탐문했지만 아무도 조프리 왕이 죽은 날 밤에 떠난 배를 기억하지 못했다. 상선 몇 척이 만에 닻을 내리고 작은 배로 짐을 부리고 있었다고 이야기해준 남자가 하나 있었지만, 그보다 많은 배가 해안을 따라 더스큰데일로 계속 항해해갔다. 더스큰데일항은 그 어느 때보다 붐볐다.

브리엔느가 탄 암말은 보기에도 좋았고 속도를 잘 유지했다. 생각보다 여행자가 많았다. 탁발 형제들이 끈에 단 밥그릇을 목에 걸고 터벅터벅 걸었다. 젊은 성사 하나가 어느 귀족 못지않은 훌륭한 승용마를 타고 지나쳐 갔고, 좀 더 가서는 침묵의 자매들과 마주쳤다. 그들은 브리엔느가 질문을 던지자 고개를 설레설레 저었다. 곡물과 양털 자루를 실은 소달구지 행렬이 남쪽으로 향했고, 더 가서는 돼지 떼를 몰고 가는 돼지치기를 지나쳤으며, 말이 끄는 가마를 타고 기마병들의 호위를 받고 있는 나이 든 여성과도 마주쳤다. 매번 파란 눈에 적갈색 머리의 열세 살 귀족 아가씨를 보지 못했냐고 물어보았지만, 봤다는 사람이 없었다. 브리엔느는 앞길이 어떤지도 물었다. "여기부터 더스큰데일까지는 안전합니다." 어떤 남자가 해준 말이었다. "하지만 더스큰데일을 지나면 숲속에 무법자와 강도가 있어요."

아직까지 초록색인 나무는 병정소나무와 파수목뿐이었다. 활엽수는 금색과 갈색의 망토를 걸치거나 옷을 벗고 헐벗은 갈색 나뭇가지로 하늘을 긁고 있었다. 바람이 불 때마다 바큇자국 새겨진 길에 낙엽 구름이 소용돌이쳤다. 날리는 낙엽이 제이미 라니스터가 준 덩치 큰 갈색 암말의 말발굽을 스치면서 바스락거리는 소리를 냈다. 웨스테로스에서 사라진 소녀 하나 찾기란 바람 속에서 잎사귀 하나 찾기나 다름없었다. 브리엔느는 저도 모르게 혹시 제이미가 이 일을 맡긴 게 잔인한 농담은 아닐까 하는 생각까지 들었다. 어쩌면 산사 스타크는 이미 죽었고, 조프리 왕의 죽음에 연루되어 목이 베여서 어딘가 표지도 없는 무덤에 묻혔을지 몰랐다. 타스에서 온 덩치 크고 멍청한 계집에게 찾으라고 시키는 것만큼 그 죽음을 숨기기 좋은 방법이 있을까?

'제이미가 그랬을 리가 없어. 제이미는 진심이었어. 나에게 검을 줬고, 그 검을 '서약의 수호자'라고도 불렀어.' 아무래도 상관없었다. 그녀는 캐틀린 부인에게 딸들을 데리고 돌아가겠다고 약속했고, 세상에 죽은 사람에게 한 맹세보다 더 엄숙한 약속은 없었다. 제이미는 동생 쪽은 죽은 지 오래라고 보았다. 라니스터가 루스 볼턴의 서자와 결혼하라고 북으로 보낸 아리아는 가짜라고 했다. 그렇다면 산사밖에 남지 않았다. 브리엔느는 산사를 찾아야 했다.

해 질 녘 브리엔느는 어느 개울가에 피어오른 화톳불을 보았다. 두 남자가 그 옆에 앉아서 송어를 굽고 있었는데, 무기와 갑옷은 나무 아래에 쌓아놓은 상태였다. 한 명은 늙었고, 다른 한 명도 젊은이와는 거리가 멀었지만 노인보다는 젊었다. 젊은 쪽이 일어나서 그녀에게 인사를 했다. 얼룩얼룩한 암사슴 가죽조끼 끈 사이로 뱃살이 비어져 나왔다. 뺨과 턱을 뒤덮은 덥수룩한 수염은 빛바랜 금색이었다. "송어가 세 명이 먹을 만큼 있소이다, 경." 남자가 외쳤다.

브리엔느가 남자로 오해받은 일이 처음은 아니었다. 그녀는 대투구를 벗어서 머리카락이 흘러내리게 내버려두었다. 지저분한 지푸라기 색깔이고 지푸라기처럼 뻣뻣한 머리였다. 길고 가느다란 머리카락이 어깨 근처에 흩날렸다. "고맙소, 경."

그 방랑기사가 어찌나 가늘게 눈을 뜨고 노려보는지, 근시라는 사실을 알 수밖에 없었다. "숙녀분이신가? 무장하고 갑옷을 입은? 어이쿠 세상에, 몸집 좀 보게."

"나도 기사라고 생각했네." 나이 많은 쪽 기사가 송어를 돌리며 말했다.

브리엔느가 남자였다면 덩치가 크다 정도였겠지만, 여자로서는 거대했다. 그녀는 평생 괴물 같다는 말을 들었다. 어깨가 넓은데 골반은 더 넓었다. 다리는 길었고 팔은 굵었다. 가슴팍에는 젖가슴보다 근육이 많았다. 두 손도 컸지만 발은 엄청나게 컸다. 게다가 주근깨 가득한 말상의 얼굴과 입에 비해 너무 큰 치아 때문에 추했다. 그 어느 부분도 굳이 그녀에게 상기시켜줄 필요 없는 사실이었다. "경들, 혹시 길에서 열세 살 처녀를 하나 보지 못하셨소? 파란 눈에 적갈색 머리인데, 마흔 살쯤 된 뚱뚱하고 얼굴이 붉은 남자를 대동했을지도 모르오."

근시의 방랑기사가 머리를 긁적였다. "그런 처녀는 생각나지 않는군. 그게 무슨 색깔이지요?"

"붉은 기 도는 갈색이지." 나이가 더 많은 쪽이 말했다. "아니, 못 봤소이다."

"못 봤습니다, 아가씨." 나이가 적은 쪽이 말했다. "자, 말에서 내려오시지요. 고기가 거의 다 구워졌어요. 배고프십니까?"

마침 배가 고프기는 했지만, 경계심이 앞섰다. 방랑기사들은 평판이 좋지 않았다. "방랑기사와 강도기사는 같은 검의 양면이다"라는 말이 있을 정도였다. 이 둘은 아주 위험해 보이지는 않았다. "경들의 이름을 알 수 있을까요?”

“이 몸은 가수들이 노래하는 크레이턴 롱바우 경이라는 영광을 누리고 있답니다.” 배가 나온 기사가 말했다. “블랙워터에서의 내 업적을 들어보게 될지도 몰라요. 내 동행은 무일푼 일리퍼 경이지요.”

크레이턴 롱바우에 대한 노래가 있다 해도 브리엔느가 들어본 적은 없었다. 그들의 이름도 문장도 브리엔느에겐 아무 의미가 없었다. 크레이턴 경의 녹색 방패는 위쪽이 갈색으로 칠해져 있을 뿐 문장이 없었고, 아마도 전투 도끼에 난 것 같은 깊은 흠이 있었다. 일리퍼 경의 방패는 바람개비처럼 8분할하여 금색과 담비 무늬를 번갈아 넣었는데, 어느 모로 보나 평생 그 칠한 금색과 담비 무늬만 알고 산 사람이었다. 적어도 60세는 됐고, 이리저리 기운 거친 천의 짧은 망토 두건 아래 보이는 얼굴은 여위고 초췌했다. 사슬 갑옷을 입기는 했으나 쇠가 군데군데 주근깨처럼 녹이 슬었다. 브리엔느가 두 사람보다 머리 하나는 더 컸고, 말도 무기도 더 좋았다. ‘이런 자들을 두려워할 바에는 내 장검을 뜨개바늘과 바꿔야 마땅해.’

“고맙습니다, 선량하신 기사님들. 기꺼이 송어를 함께 먹겠습니다.” 브리엔느는 훌쩍 내려서서 안장을 걷고 말에 물을 먹인 후 풀밭에 묶었다. 무기와 방패와 안낭은 어느 느릅나무 밑에 쌓았다. 그때쯤에는 송어가 바삭하게 구워졌다. 크레이턴 경이 한 마리를 가져다줬고, 브리엔느는 땅바닥에 다리를 접고 앉아서 물고기를 먹었다.

“우리는 더스큰데일로 갑니다, 아가씨.” 롱바우가 손가락으로 송어 살을 발라내며 말했다. “같이 달리시죠. 길이 위험한데.”

브리엔느는 길의 위험에 대해 그 남자가 알고 싶지 않을 만큼 많이 말해줄 수 있었다. “제안은 고맙지만, 두 분의 보호는 필요치 않습니다.”

“그래도 같이 가시죠. 진정한 기사라면 여성을 지켜야 하는 법입니다.”

브리엔느는 장검 손잡이를 짚었다. “이 검이 절 지킬 겁니다.”

"검이란 그 검을 휘두르는 사람만큼만 소용이 있지요."

"저도 꽤 잘 휘두른답니다."

"알겠습니다. 아가씨와 말다툼을 벌이는 건 예의가 아니겠지요. 더스큰데일까지 안전하게 바래다드리겠습니다. 셋이 함께라면 혼자보다 더 안전할 겁니다."

'우리도 리버런을 떠날 때 셋이었지만, 제이미는 한 손을 잃었고 클레오스 프레이는 목숨을 잃었지.' "경들의 말은 제 말을 따라잡지 못할 것 같은데요." 크레이턴 경의 갈색 거세마는 희부연 눈에 등이 굽은 늙은 말이었고, 일리퍼 경의 말은 바싹 말라서 반쯤 굶어 죽은 꼴이었다.

"제 말은 블랙워터에서 충분히 잘해줬습니다." 크레이턴 경이 고집했다. "제가 거기서 대학살을 벌이고 또 십여 명의 몸값을 받지 않았겠습니까. 아가씨께선 허버트 볼링 경을 잘 아시던가요? 이젠 두 번 다시 만나지 못할 겁니다. 제가 선 자리에서 베어버렸지요. 검과 검이 부딪칠 때면 크레이턴 롱바우 경이 뒤로 물러서는 모습은 절대 못 보실 겁니다."

그의 동행이 메마른 웃음소리를 냈다. "크레이, 그만해두게. 저런 사람은 우리 같은 것들이 필요가 없어."

"저런 사람이라니?" 브리엔느는 그게 무슨 의미인지 알 수 없었다.

일리퍼 경은 깡마른 손가락을 구부려 그녀의 방패를 가리켰다. 색칠이 갈라지고 벗겨졌지만, 그 방패에 그려진 문장은 선명하게 보였다. 사선으로 나누어 은색과 금색을 칠한 바탕에 검은색 박쥐. "아무 권리도 없는 거짓된 방패를 지고 계시는구려. 내 할아버지의 할아버지가 마지막 로스스톤을 죽이는 데 거들었거든. 그 후로 로스스톤이 한 일만큼이나 시커먼 그 박쥐를 드러내는 자는 아무도 없었소이다."

제이미 경이 하렌홀 무기고에서 가지고 나온 방패였다. 브리엔느가 마구간에 갔을 때 암말과 그 방패가 있었다. 안장과 마구, 쇠사슬 갑옷과 면갑이 달린 대투구와 금화와 은화가 든 지갑과 그보다 더 가치 있는 양피지도 함께. "내 방패는 잃어버렸어요." 그녀가 설명했다.

"처녀에게 필요한 방패는 진정한 기사뿐이지요." 크레이턴 경이 결연히 말했다.

일리퍼 경은 그에게 신경도 쓰지 않았다. "맨발의 사내는 장화를 찾고, 추운 사람은 망토를 찾지요. 하지만 누가 수치스러운 망토를 걸치겠소? 뚜쟁이 루카스 공이 걸쳤고, 그 아들인 검은 두건의 맨프리드 로스스톤이 걸쳤던 박쥐요. 당신의 죄가 그보다 더 지독하고…… 더 최근의 것이 아니라면 뭣 때문에 그런 문장을 지니겠소." 그는 단검을 뽑았다. 싸구려 철로 만든 볼품없는 칼이었다. "진짜 자기 색깔을 숨기는 괴물같이 크고 괴물같이 강한 여자라. 크레이턴, 여기 타스의 처녀를 보게나. 렌리 왕의 목을 딴 여자라네."

"그건 거짓말이오." 렌리 바라테온은 그녀에게 왕 이상의 존재였다. 렌리가 성년 기념으로 특유의 느긋한 순행에 나서 타스에 처음 찾아왔을 때 이후로 줄곧 그를 사랑했다. 그녀의 아버지는 만찬으로 렌리를 환영하며 딸에게도 참석하라고 명했다. 그러지만 않았어도 그녀는 상처 입은 짐승처럼 방 안에 숨어 있었을 것이다. 그때 브리엔느는 산사만 한 나이였고, 장검보다 비웃음을 더 두려워했다. '다들 그 장미 사건을 알 거예요. 다들 절 비웃을 거예요.' 셀윈 공에게 그렇게 말했지만, 저녁 별 셀윈은 물러서지 않았다.

그리고 렌리 바라테온은 브리엔느를 마치 제대로 된 처녀처럼, 그것도 예쁜 처녀처럼 대하며 모든 예의를 다 갖췄다. 심지어 그녀와 춤도 췄는데, 그의 품에 안기니 우아해지는 기분이 들었고 발이 바닥을 미끄러지듯 날았다. 렌리가 본을 보인 덕분에 나중에는 다른 사람들도 그녀에게 춤을 청했다. 그날부터 브리엔느는 오직 렌리 공 가까이에 있고 싶었고 렌리를 섬기고 지키고 싶었다. 하지만 결국 그녀는 실패했다. '렌리는 내 품에서 죽었지만, 내가 죽인 건 아니었어. 하지만 이 방랑기사들은 결코 이해하지 못하겠지.' 그녀가 말했다. "난 렌리 왕을 위해서라면 목숨도 바쳤을 것이고, 기쁘게 죽었을 겁니다. 난 그분을 해치지 않았어요. 내 장검에 대고 맹세합니다."

"검에 대한 맹세는 기사가 하는 거지." 크레이턴 경이 말했다.

"일곱 신에게 맹세하시오." 무일푼 일리퍼 경이 부추겼다.

"그렇다면 일곱 신에게 맹세하지요. 난 렌리 왕에게 해를 끼치지 않았습니다. 어머니에게 맹세해요. 이 말이 거짓이라면 내 결코 어머니의 자비를 알지 못할 겁니다. 아버지에게도 맹세하니, 아버지께서 나를 공정하게 심판하시기를. 처녀에게도, 노파에게도, 대장장이에게도, 전사에게도 맹세합니다. 그리고 이방인에게도 맹세합니다. 내가 거짓을 말한다면 그분이 날 데려가시기를."

"처녀치고는 맹세를 잘하는데요." 크레이턴 경이 말했다.

"그러네." 무일푼 일리퍼 경이 어깨를 으쓱였다. "흠, 거짓말이라면 신들이 가려내시겠지." 그는 단검을 다시 집어넣었다. "첫 번째 망보기는 당신이오."

방랑기사들이 자는 동안, 브리엔느는 가만히 있지 못하고 작은 야영지 주변을 걸어 다니며 장작 타는 소리에 귀를 기울였다. '가능할 때 말을 타고 가야 해.' 그녀는 이 남자들을 알지 못했지만, 둘을 무방비 상태로 두고 떠날 수가 없었다. 아무리 캄캄한 밤이라 해도 도로에는 말 탄 이들이 있었고, 숲속에서 들려오는 소리들은 올빼미와 어슬렁대는 여우일 수도 있고 아닐 수도 있었다. 그래서 브리엔느는 걸어 다니면서 검을 언제든 빼 들 수 있게 검집을 느슨하게 해두었다.

직접 망을 볼 때가 오히려 쉬웠다. 그보다 일리퍼 경이 깨어나 이제 자기가 망을 보겠다고 한 후가 더 힘들었다. 브리엔느는 담요 하나를 바닥에 깔고 몸을 말고 누워서 눈을 감았다. 뼛속까지 지쳤지만, '자지 않을 거야'라고 되뇌었다. 남자들이 있는 곳에서 편하게 자본 적이 없었다. 심지어 렌리 공의 진영에서조차도 강간의 위험은 언제나 있었다. 그것은 하이가든의 성벽 아래에서 배우고, 또 제이미와 함께 용감한 형제단의 손아귀에 떨어졌을 때 다시 배운 교훈이었다.

땅바닥의 한기가 담요를 뚫고 뼛속까지 스며들었다. 오래지 않아서 턱부터 발가락까지 온몸의 근육이 굳고 경련하는 느낌이 들었다. 어디 있는지 모를 산사 스타크도 추울까. 캐틀린 부인은 산사가 레몬 케이크와 비단 가운, 기사도에 대한 노래를 사랑하는 온화한 아이라고 했지만, 그 소녀는 아버지의 머리통이 떨어지는 모습을 보고 그 후에는 아버지를 죽인 자들 중 하나와 억지로 결혼해야 했다. 떠도는 이야기의 절반만 사실이라 해도 그 난쟁이는 라니스터 중에서 가장 잔악한 자였다. 산사가 조프리 왕을 독살했다면, 분명 꼬마 악마가 시킨 짓이리라. 산사는 그 궁정에 친구도 없고 외로웠다. 킹스랜딩에서 브리엔느는 산사의 시녀였던 브렐라라는 여자를 추적했었다. 그 여자는 산사와 난쟁이의 관계에는 온기가 별로 없었다고 했다. 어쩌면 산사는 조프리를 살해해서 도망친 것만이 아니라 난쟁이에게서도 도망친 것일지 몰랐다.

무슨 꿈을 꾸었든 간에 새벽에 깨어났을 때 브리엔느는 꿈을 기억하지 못했다. 차가운 땅바닥 때문에 다리가 나무토막처럼 뻣뻣했지만, 아무도 그녀를 성추행하지 않았고 물건들도 그대로 있었다. 방랑기사들은 일어나서 돌아다니고 있었다. 일리퍼 경은 아침 식사로 다람쥐를 잘랐고, 크레이턴 경은 나무 쪽을 보고 서서 한참이나 오줌을 누었다. '방랑기사들이란, 늙고 허세 가득하고 통통하고 근시일진 몰라도 괜찮은 남자들이구나.' 세상에 아직 괜찮은 남자들이 있다는 사실만으로도 기분이 밝아졌다.

그들은 구운 다람쥐와 도토리 페이스트와 절인 채소로 아침을 먹었고 크레이턴 경은 내내 블랙워터에서의 위업을 자랑했다. 무시무시한 기사들을 십여 명은 죽였다는데, 하나같이 브리엔느는 들어보지 못한 이름이었다. "아, 드물게 있는 싸움이었어요, 아가씨. 참 드물고 피비린내 가득한 싸움이었죠." 그는 일리퍼 경도 그 전투에서 훌륭하게 싸웠노라 이야기했다. 일리퍼 본인은 거의 말이 없었다.

여행을 재개할 때가 오자, 두 기사는 마치 훌륭한 귀족 숙녀를 지키는 위병들처럼 브리엔느 양옆으로 붙었다……. 비록 이 숙녀는 보호자 두 명보다 한참 컸고 무기도 갑옷도 더 좋았지만 말이다. "망을 보는 동안 지나간 사람은 없었습니까?" 브리엔느가 그들에게 물었다.

"적갈색 머리의 열세 살 처녀라든가 말이오?" 무일푼 일리퍼 경이 말했다. "아니오, 못 봤소이다. 아무도 없었어요."

"난 몇 사람 봤습니다." 크레이턴 경이 끼어들었다. "얼룩무늬 말을 탄 농부 소년이 하나 지나갔고, 반 시간 후에는 봉과 낫을 든 남자 대여섯이 지나갔지요. 우리 불빛을 보더니 멈춰 서서 한참이나 우리 말을 쳐다보았지만, 내 검을 슬쩍 보여주며 가던 길 가라고 했습니다. 행색을 봐서는 거친 친구들이었고 절박하기도 했지만, 그래도 크레이턴 롱바우 경을 귀찮게 할 정도로 절박하진 않았어요."

'그래, 그렇게 절박하진 않았겠지.' 브리엔느는 미소를 숨기려고 고개를 틀었다. 고맙게도 크레이턴 경은 붉은 닭 기사와 벌인 전설적인 전투 이야기에 열중한 나머지 처녀의 웃음을 알아차리지 못했다. 이 두 기사 같은 동행이라 할지라도, 길에서 동행이 있으니 좋았다.

브리엔느가 헐벗은 갈색 나무들 사이로 흘러나오는 소리를 들은 것은 정오 무렵이었다.

"저게 무슨 소릴까요?" 크레이턴 경이 물었다.

"기도 드리는 목소리들이군요." 브리엔느는 그 영창을 알았다. 그들은 전사에게 보호를 요청하고, 노파에게 길을 밝혀달라 간청하고 있었다.

무일푼 일리퍼 경이 낡은 검은 뽑고 말고삐를 당기며 그들이 다가오기를 기다렸다. "가까이 왔소."

영창 소리가 경건한 천둥처럼 숲을 채웠다. 그러다가 갑자기 길 앞쪽에 소리의 근원이 나타났다. 탁발 형제 한 무리가 앞장서 있었다. 거친 천으로 짠 로브를 입고 텁수룩하게 수염을 기른 남자들이었는데 맨발도 있고 샌들을 신은 사람도 있었다. 그 뒤로 60여 명에 달하는 남루한 남자, 여자, 아이와 점박이 돼지 하나와 양 몇 마리가 행진했다. 남자 몇 명은 도끼를 쥐었고, 더 많은 수가 조잡한 나무 곤봉을 잡고 있었다. 그 사이에 회색 나뭇개비로 만든 바퀴 두 개짜리 수레가 하나 굴러왔는데, 해골과 부서진 뼛조각이 높이 쌓여 있었다. 탁발 형제들은 방랑기사들을 보자 멈춰 섰고, 영창도 잦아들었다. "선량한 기사님들, 어머니께서 경들을 사랑하십니다." 탁발 형제 하나가 말했다.

"형제님도 마찬가지지요." 일리퍼 경이 말했다. "뭐하는 분들이오?"

"가난한 이들(poor fellows)이오." 도끼를 든 덩치 큰 남자가 대답했다. 그 남자는 싸늘한 가을 숲에서도 웃통을 벗고 있었는데, 가슴에 칠각별이 새겨져 있었다. 안달인 전사들이 처음 협해를 건너 최초인들의 왕국을 덮칠 때에 그런 별이 몸에 새겨져 있었다.

"우린 도시로 행군하고 있어요." 수레 끄는 줄을 쥔 키 큰 여자가 말했다. "이 신성한 뼈를 성왕 바엘로르께 가져가고 왕의 원조와 보호를 받으려고요."

"같이 가십시다, 친구분들." 올이 다 드러난 성사복을 입고, 목에는 줄에 맨 수정을 건 마르고 작은 남자가 권유했다. "웨스테로스엔 검이 있는 대로 필요해요."

"우린 더스큰데일로 갑니다." 크레이턴 경이 선언했다. "하지만 킹스랜딩까지 안전하게 바래다드릴 수도 있겠지요."

"호위에 지불할 돈이 있다면야." 무일푼일 뿐만 아니라 실용적이기도 한 듯한 일리퍼 경이 덧붙였다.

"참새들에게 금은 필요가 없습니다." 성사가 말했다.

크레이턴 경은 갈피를 잃었다. "참새들요?"

"참새는 새 중에서 가장 초라하고 가장 흔한 새이니, 우리가 인간 중에 가장 초라하고 가장 흔한 것과 같습니다." 성사는 얼굴이 여위고 날카로웠으며 짧은 수염은 회색과 갈색이 섞여 있었다. 성긴 머리카락은 뒤로 넘겨서 땋았고, 발은 맨발이었는데 나무뿌리처럼 울퉁불퉁하고 단단했으며 시커멨다. "이건 신앙 때문에 살해당한 성인들의 뼈입니다. 죽을 때까지 일곱 신을 섬겼지요. 굶어 죽은 이들도, 고문당한 이들도 있습니다. 성소들은 약탈당하고, 처녀와 어머니는 신심 없는 남자와 악마 숭배자에게 겁탈당했습니다. 침묵의 자매들마저도 성추행을 당했어요. 하늘에 계신 어머니께서 비통함에 울부짖으십니다. 성유를 바른 기사라면 모두가 세속의 주인을 버리고 우리의 성스러운 신앙을 지켜야 할 때입니다. 일곱 신을 사랑하신다면 우리와 함께 도시로 갑시다."

"일곱 신을 사랑하기야 하지만, 나도 먹고 살아야지요." 일리퍼가 말했다.

"어머니 신의 자식들 모두가 그렇습니다."

"우린 더스큰데일로 갑니다." 일리퍼 경이 딱 잘라 말했다.

탁발 형제 하나가 침을 뱉었고, 여자 하나는 신음했다. "거짓 기사들이로군." 가슴에 별을 새긴 덩치 큰 남자가 말했다. 다른 몇 명은 곤봉을 휘둘렀다.

맨발의 성사가 말 한마디로 그들을 진정시켰다. "판단하지 마십시오. 심판은 아버지의 몫입니다. 평화로이 지나가게 합시다. 이들 또한 지상에서 길을 잃은 가엾은 친구들(poor fellows)입니다."

브리엔느가 암말을 앞으로 움직였다. "제 동생도 길을 잃었습니다. 적갈색 머리에 나이는 열셋으로, 보기 좋은 처녀입니다만."

"어머니의 자식들은 모두 보기 좋습니다. 처녀께서 그 가엾은 소녀를 굽어보시길……. 그리고 당신도 굽어살피시길 빕니다." 성사는 수레 끄는 줄 하나를 어깨에 걸고 끌기 시작했다. 탁발 형제들은 다시 영창을 시작했다. 브리엔느와 방랑기사들은 행렬이 천천히 움직이며 바큇자국 난 길을 따라 로스비로 향하는 동안 말 위에 가만히 앉아 있었다. 그들의 영창 소리가 서서히 잦아들다가 사라졌다.

크레이턴 경이 안장에서 한쪽 엉덩이를 들어 긁었다. "대체 어떤 작자가 성사를 죽인담?"

브리엔느는 어떤 부류인지 알았다. 메이든풀 근처에서 용감한 형제단이 성사의 발에 줄을 매어 나뭇가지에 매달아두고는, 그 시체를 활쏘기 연습에 썼던 것이 기억났다. 그 성사의 뼈도 나머지와 함께 그 수레에 쌓여 있을까 궁금했다.

"게다가 침묵의 자매를 강간하다니 바보가 아니고서야 어림없지." 크레이턴 경이 말을 이었다. "손만 대도……. 침묵의 자매들은 이방인의 아내라, 여자의 중요 부분들이 얼음처럼 차갑고 축축하다던데." 그는 브리엔느를 흘긋 보았다. "어…… 죄송합니다."

브리엔느는 더스큰데일을 향해 박차를 가했다. 잠시 후에는 일리퍼 경이 뒤따라왔고, 크레이턴 경이 맨 뒤를 달렸다.

세 시간 후 그들은 더스큰데일을 향해 힘겹게 나아가는 다른 무리와 마주쳤다. 상인과 그 하인들이었는데, 방랑기사가 동행하고 있었다. 상인은 얼룩덜룩한 회색 암말을 탔고, 하인들은 돌아가며 그의 수레를 끌었다. 네 명은 수레 끈을 메고 당기고 두 명은 그 옆을 걸었는데, 말발굽 소리를 듣자 수레를 에워싸고 물푸레나무 육척봉(quarterstaff, 끝에 쇠를 댄 긴 나무 막대 무기)을 들어 준비 태세를 갖췄다. 상인은 노궁을, 기사는 검을 들었다. 상인이 외쳤다. "내가 의심이 많다 해도 용서하시오. 시절이 워낙 수상한 데다, 날 지켜줄 이는 여기 선량한 셰드리치 경밖에 없어서 말입니다. 누구십니까?"

크레이턴 경이 분개하며 대답했다. "이 몸은 블랙워터 전투에서 갓 돌아온 그 유명한 크레이턴 롱바우 경이고, 이쪽은 내 동행인 무일푼 일리퍼 경이오."

"해칠 생각은 없소." 브리엔느가 말했다.

상인은 의심스러운 눈으로 그녀를 보았다. "아가씨는 안전하게 집에 계셔야지요. 왜 그런 부자연스러운 옷을 입고 계십니까?"

"동생을 찾고 있소." 감히 국왕 시해의 혐의를 받고 있는 산사의 이름을 꺼낼 수는 없었다. "파란 눈에 적갈색 머리의 고결하고 아름다운 처녀라오. 마흔 살쯤 된 뚱뚱한 기사 아니면 술 취한 광대와 함께 있었을 수도 있소."

"길에는 취한 광대와 더럽혀진 처녀가 가득합니다. 뚱뚱한 기사라면, 이렇게 음식이 부족한데 배가 나오다니 정직한 남자에겐 힘든 일이지요……. 크레이턴 경은 굶은 적이 없어 보이긴 합니다만."

"난 뼈대가 큰 거요." 크레이턴 경이 우겼다. "한동안 같이 말을 달리면 어떻겠소? 셰드리치 경의 용맹을 의심하지는 않지만 몸집이 좀 작아 보이고, 장검 셋이 하나보단 나을 테니."

'장검은 넷이야.' 브리엔느는 생각만 하고 입을 다물고 있었다.

상인은 호위를 쳐다보았다. "어떻게 생각합니까, 경?"

"아, 이 셋은 두려워할 것 없습니다." 셰드리치 경은 코가 날카롭고 헝클어진 오렌지색 머리에 여우 같은 얼굴을 지닌 강단 있는 남자로, 다리가 긴 밤색 군마를 타고 있었다. 키가 160센티미터도 안 되어 보이는데 태도는 자신만만했다. "하나는 늙었고, 하나는 뚱뚱하고, 제일 큰 사람은 여자 아닙니까. 같이 가죠."

"그렇다면야." 상인은 노궁을 내렸다.

여행을 재개하자 고용기사는 원래 위치로 돌아가더니 마치 소금에 절인 돼지 반 마리라도 보는 것처럼 브리엔느를 위아래로 훑어보았다. "거참 건장하고 억센 계집이로세."

제이미 경이 내뱉던 조롱은 깊은 상처를 입혔지만, 이 작은 남자의 말은 와닿지도 않았다. "어떤 사람에 비하면 거인이지."

그는 소리 내어 웃었다. "나도 중요한 데는 충분히 크다네, 계집."

"저 상인은 그쪽을 셰드리치라고 부르던데."

"셰이디글렌(Shady Glen, 그늘진 골짜기)의 셰드리치 경이지. 미친 쥐라고 부르는 사람도 있어." 그는 방패를 돌려서 문장을 보여줬는데, 갈색과 파란색 사선 줄무늬 바탕에 맹렬하게 붉은 눈을 빛내는 커다란 하얀 쥐가 그려져 있었다. "갈색은 내가 돌아다닌 땅들이고, 파란색은 내가 건너본 강들이지. 쥐는 나고."

"그리고 미치기도 했소?"

"아, 꽤 미쳤지. 평범한 쥐는 피와 전투에서 도망치잖아. 미친 쥐는 찾아 나서고."

"자주 찾진 못한 모양인데."

"모자라지 않을 만큼은 찾아. 그래, 내가 마상시합 기사가 아닌 건 사실이야. 내 용맹은 전투를 위해 아껴둔다네, 여자여."

'여자'라고 부르는 건 '계집'보다 가까스로 조금 나은 정도였다. "그렇다면 경과 크레이턴 경에겐 공통점이 많군."

셰드리치 경은 웃었다. "아, 그건 의심스러운데. 오히려 댁과 내가 같은 모험을 하고 있는지도 모르지. 잃어버린 여동생이라고? 파란 눈에 적갈색 머리?" 그는 다시 웃었다. "숲속에 사냥꾼이 그쪽 하나는 아니야. 나도 산사

스타크를 찾고 있어."

브리엔느는 당황을 숨기기 위해 가면을 유지했다. "그 산사 스타크라는 건 누구고, 경은 왜 그 여자를 찾소?"

"사랑을 위해서 아니겠어?"

브리엔느는 미간을 찌푸렸다. "사랑?"

"그렇지. 금에 대한 사랑. 그쪽의 선량한 크레이턴 경과는 달리 난 실제로 블랙워터에서 싸웠지만, 지는 쪽에 붙어 있었어. 내 몸값 때문에 망했지. 바리스가 누군지 알지? 그 내시가 당신이 들어보지도 못했다는 그 여자를 찾으면 두둑한 금화 주머니를 준다고 했어. 난 탐욕스러운 남자는 아니야. 혹시 어느 커다란 여자가 그 못된 아이를 찾게 도와준다면, 거미의 금화를 나눠 가질 마음이 있어."

"경은 저 상인의 고용인인 줄 알았는데."

"더스큰데일까지만이야. 히발드는 겁도 많지만 그만큼 인색하기도 하거든. 그리고 아주 겁이 많지. 그래서, 어때, 계집?"

"난 산사 스타크라는 사람은 모르오." 브리엔느는 고집했다. "동생을 찾고 있을 뿐이오. 귀족 소녀로……."

"……눈은 파랗고 머리는 적갈색이라 이거지, 그래. 그런데 그 동생과 같이 다닌다는 기사는 누구실까? 아니, 광대라고 했던가?" 셰드리치 경은 답을 기다리지 않았는데, 그래서 다행이었다. 브리엔느에겐 답할 말이 없었다. "조프리 왕이 죽은 날 밤 킹스랜딩에서 광대 하나가 사라졌지. 땅딸한 딸기코로, 예전에는 더스큰데일 출신의 붉은 기사 돈토스 경이라고 했어. 당신 동생과 그 주정뱅이 어릿광대가 산사 스타크와 돈토스 경으로 오해받진 않길 빌지. 불운한 오해가 될 수도 있으니." 셰드리치 경은 군마에 박차를 가하여 앞으로 달려갔다.

제이미 라니스터조차도 브리엔느를 이렇게 바보로 만드는 일은 드물었다. '숲속에 사냥꾼이 그쪽 하나는 아니야.' 브렐라라는 여자는 조프리가 어떤 식으로 돈토스 경의 기사직을 빼앗았는지, 어떻게 산사 아가씨가 조프리에게 그 남자를 살려달라고 빌었는지 말해줬다. 브리엔느는 그 이야기를 듣고 그 남자가 산사의 도주를 도왔다는 결론을 내렸다. '돈토스 경을 찾으면, 산사를 찾는 거야.' 같은 생각을 하는 사람들이 더 있으리라는 사실도 알았어야 했다. 셰드리치 경보다 더 기분 나쁜 자들도 있을 수 있었다. 돈토스 경이 산사를 잘 숨겼기를 빌 뿐이었다. '하지만 정말 잘 숨겼다면, 나는 어떻게 찾지?'

브리엔느는 어깨를 구부리고, 찌푸린 얼굴로 말을 달렸다.

일행이 여관에 이르렀을 때는 밤이 오고 있었다. 강 합류점 옆, 오래된 돌다리에 걸쳐 선 높은 목조 건물이었다. '오래된 돌다리'. 안 그래도 그게 그 여관 이름이라고, 크레이턴 경이 말했다. 여관 주인은 크레이턴의 친구였다. "요리 솜씨도 나쁘지 않고, 어지간한 여관보다는 벼룩이 적습니다." 그는 장담했다. "오늘 밤 따뜻한 침대에서 주무실 분?"

"우린 아니야. 자네 친구가 공짜로 재워준다면 몰라도." 무일푼 일리퍼 경이 말했다. "우리에겐 방값이 없어."

"제가 세 명 몫을 낼 수 있습니다." 브리엔느에겐 돈이 부족하지 않았다. 제이미가 살펴준 덕분이었다. 안낭 안에는 사슴 은화와 별이 찍힌 동화가 가득한 지갑이 하나 있었고, 그보다 더 작은 지갑에는 드래곤 금화가 가득했으며, 왕의 충성스러운 신민이라면 누구나 이 증서의 지참자로 국왕의 일을 처리하러 나선 타스 가문의 브리엔느를 도우라고 적힌 양피지가 있었다. 안달인과 로인인과 최초인의 왕이자 칠왕국의 주인인 토멘 1세의 고사리손으로 서명도 한 증서였다.

히발드도 멈춰서 하인들에게 수레를 마구간 근처에 두라고 지시했다. 여관의 마름모꼴 창유리로 따스한 노란 불빛이 흘러나왔고, 브리엔느는 종마

한 마리가 그녀의 암말 냄새를 맡고 우는 소리를 들었다. 브리엔느가 안장을 푸는데 마구간에서 소년이 하나 나오더니 말했다. "제가 할게요, 경."

"난 경이 아니다. 하지만 말은 네가 맡아도 되겠지. 잘 먹이고 빗질하고 물을 주거라."

소년은 얼굴을 붉혔다. "죄송합니다, 아가씨. 제가 그만……."

"흔히 하는 실수야." 브리엔느는 소년에게 고삐를 맡기고, 안낭을 한쪽 어깨에 메고 반대쪽 팔에는 침낭을 끼고서 다른 이들을 따라 여관에 들어갔다.

휴게실의 판자 바닥에는 톱밥이 깔렸고, 공기에서 홉과 연기와 고기 냄새가 났다. 꼬챙이에 꿰인 고기가 불 위에서 기름을 떨구며 지글거리고 있었는데, 지금은 지켜보는 사람이 없었다. 지역민 여섯 명이 식탁에 둘러앉아 대화를 나누고 있었으나, 낯선 이들이 들어가자 말이 뚝 그쳤다. 브리엔느는 그들의 시선을 느낄 수 있었다. 사슬 갑옷과 망토, 가죽조끼를 입고서도 벌거벗은 기분이었다. 한 남자가 "저것 좀 보게"라고 했을 때 브리엔느는 그게 셰드리치 경을 가리키는 말이 아니라는 걸 알았다.

여관 주인이 나타났는데, 양손에 맥주잔을 세 개씩 잡고서 걸음걸음마다 에일을 흘렸다.

"방 있소, 주인장?" 상인이 물었다.

"있을지도 모르지요. 돈 있는 분에겐."

크레이턴 롱바우 경은 모욕받았다는 표정이었다. "내글, 옛 친구를 그렇게 맞이하긴가? 나야, 롱바우."

"과연 그 친구 맞구먼. 자넨 나한테 은화 일곱 닢 빚졌어. 은화를 보여주면 나도 침대를 보여주지." 여관 주인은 맥주잔을 하나씩 내려놓으면서 식탁에 에일을 더 흘렸다.

"내 방 하나하고, 여기 내 동행 두 사람을 위한 방 하나 값 내겠소." 브리엔느가 크레이턴 경과 일리퍼 경을 가리켰다.

"나도 나와 우리 셰드리치 경이 잘 방을 하나 잡겠소. 내 하인들은 주인장만 괜찮다면 마구간에 잠자리를 깔 거요." 상인이 말했다.

여관 주인은 그들을 훑어보았다. "괜찮진 않지만, 허락할 수도 있겠지. 저녁 식사 드실 거요? 꼬챙이에 맛있는 염소 고기를 굽고 있는데."

"얼마나 맛있는지는 직접 확인해보리다." 히발드가 말했다. "내 하인들은 빵과 고깃기름으로 만족할 거요."

그렇게 해서 그들은 저녁을 먹었다. 브리엔느는 여관 주인을 따라 계단을 올라가서 그 손에 돈을 몇 닢 쥐여주었고 주인이 보여준 두 번째 방에 소지품을 둔 다음에야 염소 고기를 맛보았다. 크레이턴 경과 일리퍼 경에게도 염소 고기를 주문해줬는데, 그들이 그녀와 나눠 먹은 송어에 대한 보답이었다. 방랑기사들과 상인은 에일을 곁들였지만, 브리엔느는 염소젖만 한 잔 마셨다. 그리고 산사를 찾는 데 도움이 될 만한 소식을 들을지 모른다는 희망을 품고 오가는 대화에 귀를 기울였다.

"킹스랜딩에서 오셨다면서요." 지역민 하나가 히발드에게 말을 걸었다. "킹슬레이어가 불구가 됐다는 게 사실입니까?"

"사실이오. 검을 잡던 손을 잃었지요." 히발드가 말했다.

"맞아." 크레이턴 경이 말했다. "다이어울프에게 물어뜯겼다고 들었소. 북쪽에서 내려온 괴물 중 하나였다지. 북쪽에선 좋은 게 오는 법이 없다니까. 거긴 섬기는 신들도 이상하잖소."

"늑대가 아니오." 브리엔느는 저도 모르게 말하고 있었다. "제이미 경은 코호르 용병에게 손을 잃었소."

"손 없이 싸우는 건 쉬운 일이 아니야." 미친 쥐가 말했다.

"체." 크레이턴 롱바우 경이 말했다. "그런 일이 일어나도 난 어느 손으로든 잘 싸워."

"아, 그거야 의심할 여지 없지." 셰드리치 경이 경례하듯 맥주잔을 들어 올렸다.

브리엔느는 숲속에서 제이미 라니스터와 벌였던 싸움을 돌이켰다. 그녀는 제이미의 검을 막는 데 급급했었다. 감옥 생활로 약해진 데다 양 손목에 사슬이 걸려 있었는데도 그랬다. 걸리적거리는 사슬이 없고 힘을 다 회복한 제이미였다면 칠왕국의 어느 기사도 대적하지 못했을 것이다. 제이미가 나쁜 짓을 많이 하기는 했지만, 싸움은 할 줄 알았다! 그런 남자가 손을 잃다니 너무나 잔인한 일이었다. 사자를 죽이는 것과, 앞발을 잘라내어 망가지고 혼란스러워진 상태로 내버려두는 것은 전혀 달랐다.

갑자기 휴게실이 한순간도 견딜 수 없을 만큼 시끄럽게 느껴졌다. 브리엔느는 밤 인사를 중얼거리고 잠자리로 올라갔다. 방은 천장이 낮았다. 손에 불붙이개 초를 들고 들어가면서 머리를 부딪치지 않으려고 허리를 숙여야 했다. 세간이라고는 여섯 명은 너끈히 잘 만큼 큰 침대와 창틀에 놓인 수지초뿐이었다. 들고 온 초로 수지초에 불을 붙여 문 앞에 놓고, 침대 기둥에 검대를 걸었다. 검집은 나무에 갈라진 갈색 가죽을 두른 평범한 물건이었고, 그 안에 든 장검도 평범했다. 용감한 형제단이 훔쳐 간 검을 대신하려 킹스랜딩에서 산 것이었다. 그건 렌리의 검이었고, 그 검을 잃었다는 사실은 아직도 쓰라렸다.

하지만 침낭 안에 숨겨둔 다른 장검이 있었다. 그녀는 침대 위에 앉아서 그 검을 꺼냈다. 촛불 빛을 받아 금이 노랗게 번쩍이고 루비는 붉은 연기를 피워 올렸다. '서약의 수호자'를 화려한 검집에서 빼내자 브리엔느의 숨이 턱 막혔다. 강철 깊숙이 검은색과 붉은색 물결이 새겨져 있었다. 마법으로 벼린 발리리아 강철. 영웅에게 걸맞은 검이었다. 어렸을 때 그녀의 유모는 온갖 무용담을 들려주며 모르네의 갈라돈 경, 광대 플로리안, 드래곤 기사 아에몬 왕자 등등의 고귀한 모험을 마음껏 즐기게 해줬다. 그런 전사들은 각기 유명한 장검을 가지고 다녔는데, '서약의 수호자'도 그런 검들과 동류임이 분명했다. 비록 그녀 자신은 그런 전사가 아니라고 해도……. "네드 스타크의 무기로 네드 스타크의 딸을 지키게 될 거야." 제이미는 그렇게 단언했었다.

브리엔느는 침대와 벽 사이에 무릎을 꿇고 앉아서 검을 들어 올리고, 금빛 등불을 들어 올려 사람들에게 삶의 길을 보여주는 노파 신에게 소리 없이 기도했다. '저를 이끌어주소서. 제 앞길을 비춰주시고, 산사에게로 이어지는 길을 보여주소서.' 그녀는 렌리를 실망시켰고, 캐틀린 부인을 실망시켰다. 제이미까지 실망시킬 순 없었다. '날 믿고 자기 장검을 맡겼어. 날 믿고 자기 명예를 맡겼어.'

그 후에 그녀는 침대에 최대한 편하게 몸을 뻗었다. 아무리 넓은 침대라 해도 브리엔느의 키에는 길이가 모자랐기에, 비스듬히 누워야 했다. 아래에서 맥주잔이 부딪치는 소리, 계단을 따라 흘러드는 목소리들을 들을 수 있었다. 롱바우가 말한 벼룩들이 나타났다. 몸을 긁으니 깨어 있는 데 도움이 됐다.

히발드가 계단을 오르는 소리가 들리고, 잠시 후에는 기사들이 올라오는 소리도 들렸다. "그 작자 이름은 몰라." 크레이턴 경이 말하면서 지나갔다. "하지만 그자의 방패에는 새빨간 닭이 그려져 있었고, 검에서는 선혈이 뚝뚝……." 크레이턴의 목소리가 잦아들고, 위쪽 어딘가에서 문이 열렸다 닫혔다.

초가 다 타서 꺼졌다. '오래된 돌다리'에 어둠이 내려앉았고, 여관 안이 어찌나 조용한지 강물 소리도 들을 수 있을 정도였다. 브리엔느는 그제야 일어나서 소지품을 챙겼다. 문을 가만히 열고 귀를 기울이다가 맨발로 계단을 내려갔다. 밖으로 나가서 장화를 신고 서둘러 마구간으로 가서 밤색 암말에 안장을 얹고는, 크레이턴 경과 일리퍼 경에게 소리 없이 미안하다는 인사를 보내고 말에 올랐다. 브리엔느가 말을 타고 나가자 히발드의 하인이 하나 깨어났지만, 그녀를 막으려 들지는 않았다. 오래된 돌다리에 말발굽 소리가 울렸다. 그 후에는 역청처럼 새까맣고 유령과 추억만 가득한 숲이 주위를 에워쌌다. '제가 갑니다, 산사 아가씨.' 브리엔느는 어둠 속으로 말을 달리며 생각했다. '두려워 마세요. 전 아가씨를 찾을 때까지 쉬지 않을 겁니다.'

샘웰

그 생쥐를 보았을 때 샘은 다른자들에 대해 읽고 있었다.

눈이 붓고 벌겠다. '이렇게 자꾸 비비면 안 되는데.' 그는 눈을 비비면서 매번 그렇게 생각했다. 먼지 때문에 눈물이 나고 가려웠는데, 이 밑은 사방이 먼지투성이였다. 책장을 넘길 때마다 풀썩 피어오른 먼지가 허공을 채웠고, 바닥에 뭐가 감춰져 있나 보려고 쌓인 책 더미를 움직일 때마다 회색 구름이 일어났다.

마지막으로 잠을 잔 지 얼마나 오래됐는지는 몰랐지만, 노끈에 묶여 있던 들쑥날쑥한 낱장 무더기를 보기 시작했을 때 켠 굵은 수지초는 3센티미터도 남지 않았다. 끔찍하게 피곤하건만, 멈추기가 힘들었다. '한 권만 더 보고 멈추자.' 그렇게 말한 지도 한참 지났다. '한 권만 더. 딱 한 권만. 조금만 더 읽고 올라가서 쉬고 뭘 좀 먹어야지.' 그러나 매번 그다음에 다른 페이지가 이어졌고, 또 이어졌으며, 책 무더기 밑에서 다른 책이 또 기다렸다. '이 책은 무슨 내용인지 잽싸게 훑어만 봐야지.' 그렇게 생각하고 정신 차려보면 절반을 읽은 상태였다. 핍과 그렌과 함께 먹은 콩과 베이컨 수프 한 그릇 이후 아무것도 먹지 않았다. '음, 빵과 치즈도 있긴 했지만 한 입 거리밖에 안 됐어.' 그렇게 생각하면서 접시를 쓱 봤을 때, 빵 부스러기로 잔치를 벌이고 있는 그 쥐가 보였다.

샘의 새끼손가락 절반 크기밖에 안 되는 데다 눈은 까맣고 털은 부드러운 회색이었다. 죽여야 한다는 사실은 알고 있었다. 생쥐가 빵과 치즈를 더 좋아할진 모르지만, 종이도 먹으니까. 책꽂이와 책 더미 사이에서 쥐똥을 잔뜩 보았고, 가죽 장정 몇 군데엔 쏠아 먹은 자국이 나 있었다.

'하지만 너무나 작은 짐승이야.' 그리고 굶주려 있었다. 어떻게 그런 동물이 빵 부스러기 좀 먹는다고 분개할 수 있겠는가? '하지만 생쥐는 책도 먹고…….'

몇 시간이고 의자에 앉아 있었더니 등이 나무토막처럼 뻣뻣했고, 다리는 반쯤 잠들어버렸다. 생쥐를 잡을 만큼 잽싸진 못하겠지만, 짓눌러 죽일 수는 있을 것이다. 팔꿈치 바로 옆에 육중한 가죽 장정 《검은 켄타우로스의 기록》 사본이 놓여 있었다. 오버트 캐스웰이 밤의 경비대 총사령관으로 재직한 9년을 조켄 성사가 속속들이 기록해둔 것으로, 하루에 한 페이지씩을 할애하여 페이지마다 이렇게 시작했다. "오버트 공이 새벽에 일어나서 변소에 갔다." 마지막 페이지만 예외였는데, 그 내용은 이랬다. "오버트 공이 밤사이에 사망한 채 발견되었다."

어떤 생쥐도 조켄 성사에게는 상대가 되지 않았다. 샘은 왼손으로 아주 천천히 그 책을 잡았다. 두껍고 무거웠으며, 한 손으로 들어 올리려고 했더니 통통한 손가락 사이로 빠져나가 쿵 하고 떨어져버렸다. 생쥐는 순식간에 달아났다. 샘은 안심했다. 그 가엾은 작은 동물을 책으로 눌러 죽였다면 악몽에 시달렸을 것이다. "하지만 책을 먹으면 안 돼." 그는 큰 소리로 말했다. 다음에 여기 내려올 때는 치즈를 더 가져와야 할까.

그는 그사이에 초가 얼마나 탔는지 보고 놀랐다. 콩과 베이컨 수프를 먹은 게 오늘이었나, 어제였나? '어제. 분명히 어제였어.' 그 사실을 알아차리자 하품이 나왔다. 존은 대체 어떻게 된 건가 궁금해할 테지만, 아에몬 학사는 이해할 것이다. 시력을 잃기 전에는 아에몬 학사도 샘웰 탈리만큼이나 책을 사랑했다. 아에몬은 책장 속에 다른 세상으로 가는 구멍이라도 있는 것처럼 가끔 푹 빠져버릴 수 있다는 걸 이해했다.

샘은 일어서다가 종아리를 찌르는 통증에 얼굴을 찡그렸다. 의자는 아주 딱딱했고, 샘이 책 위로 몸을 수그리면 허벅지 뒤쪽을 파고들었다. '다음엔 잊지 말고 방석을 가져와야겠어.' 아예 여기, 책에서 떨어져 나온 페이지들이 가득한 궤짝 네 개 뒤편에 숨겨져 있다시피 한 방에서 잘 수 있다면 더 좋겠지만, 아에몬 학사를 그렇게 오래 혼자 두고 싶진 않았다. 아에몬은 최근에 기력이 쇠했고 도움을 필요로 했다. 까마귀를 다룰 때는 특히 그랬다. 물론 클라이다스가 있기는 했지만, 샘이 더 젊고 새들을 더 잘 다뤘다.

샘은 왼팔에 책과 두루마리 더미를 끼고 오른손에는 촛불을 든 채 형제들이 '지렁이 길'이라고 부르는 터널을 통과했다. 희미한 빛줄기가 지상으로 이어지는 가파른 돌계단을 비췄기에, 위에는 낮이 왔음을 알았다. 그는 아직 타고 있는 초를 벽감에 넣고 올라가기 시작했다. 그는 다섯 계단 만에 씩씩댔고 열 계단째에는 멈춰 서서 책 무더기를 오른팔로 옮겼다.

빠져나가고 보니 하늘이 하얀 납빛이었다. '눈이 올 하늘이야.' 샘은 눈을 가늘게 뜨며 생각했고, 그 전망에 마음이 불안해졌다. 그는 최초인의 주먹에 시귀들과 눈이 함께 왔던 밤을 기억했다. '겁쟁이처럼 굴지 마. 사방에 결의형제들이 있는 데다 스타니스 바라테온과 기사들까지 있잖아.' 주위에 솟아오른 캐슬블랙의 아성과 탑은 어마어마한 얼음 장벽 때문에 작아 보였다. 그 얼음 표면 4분의 1정도 지점에 소규모 군대가 우글거리고 있었다. 새로 만든 지그재그형 계단이 기존 계단의 남은 부분과 만나기 위해 조금씩 올라가는 지점이었다. 그들의 톱과 망치 소리가 얼음에 부딪쳐 메아리쳤다. 존은 건설자들이 밤이고 낮이고 그 일에 매달리게 했다. 샘은 건설자 몇 명이 저녁 식사 때 투덜거리면서 모르몬트 공은 지금의 절반도 부려먹지 않았다고 하는 소리를 들었다. 하지만 그 대계단이 없으면 벽에 올라갈 방법이 사슬 권양기밖에 없었다. 샘웰 탈리는 계단을 싫어했지만, 권양기 우리는 더 싫었다. 권양기 우리에 탈 때면 사슬이 끊어지는 일은 없을 거라 스스로를 타이르며 눈을 감고 있곤 했다. 쇠우리가 얼음을 긁을 때마다 심장이 한 박자씩 멈추기도 했다.

'200년 전엔 여기에 드래곤들이 있었어.' 샘은 쇠우리가 천천히 내려오는 모습을 보면서 저도 모르게 생각했다. '드래곤이라면 장벽 꼭대기까지 그냥 날아올라 갔겠지. 알리산느 왕비는 드래곤을 타고 캐슬블랙에 찾아왔고, 남편 재해리스 왕도 자기 드래곤을 타고 따라왔어. 실버윙이 알을 남겨놓고 갔을 수도 있을까? 아니면 스타니스가 드래곤스톤에서 드래곤알을 찾았을까? 설령 알이 있다 해도 어떻게 그 알을 살려낼 생각이지?' 성왕 바엘로르는 드래곤알을 두고 기도했고, 다른 타르가르옌들은 마법으로 알을 깨보려고 했다. 모두가 비웃음과 비극밖에 얻지 못했다.

"샘웰." 침울한 목소리가 말했다. "안 그래도 널 데리러 가던 참이다. 사령관에게 데려오라지 뭐냐."

샘의 코에 눈송이가 내려앉았다. "존이 보재요?"

"그거야 내가 어떻게 알겠냐." 구슬픈 에드 톨렛이 말했다. "내가 보는 것들 중에 보고 싶었던 건 절반도 안 되고, 내가 보고 싶은 것 중에 실제로 보는 것도 절반이 안 돼. 바라고 말고가 뭐 중요하겠냐. 그래도 넌 가보는 게 좋겠지. 스노우 공께선 크래스터의 마누라와 이야기를 끝내는 대로 너와 이야기하고 싶단다."

"길리 말이죠."

"그래, 그 여자. 내 유모가 그렇게 생겼었다면 난 아직도 젖꼭지를 물고 있었을 텐데 말이야. 내 유모에겐 수염이 있었지."

"염소는 대개 수염이 있죠." 핍이 말했다. 핍과 그렌은 장궁을 손에 들고, 등에는 화살통을 진 채 모퉁이를 돌아 나온 참이었다. "어디 갔었어, 슬레이어? 어젯밤 저녁 식사에 안 왔잖아. 구운 황소 한 마리가 통으로 남았어."

"슬레이어라고 부르지 마." 샘은 황소에 대한 말을 무시했다. 핍이 으레 하는 농담이었다. "책 읽고 있었어. 생쥐가 한 마리 있었는데……."

"그렌에겐 생쥐 얘기 꺼내지 마. 이 녀석은 생쥐를 무서워해."

"아니거든." 그렌이 분개했다.

"넌 무서워서 생쥐 한 마리도 못 먹을걸."

"너보다는 많이 먹을 수 있어."

구슬픈 에드 톨렛이 한숨을 내쉬었다. "어렸을 때 우린 특별한 잔칫날에만 생쥐를 먹었지. 내가 막내여서 언제나 꼬리를 받았어. 꼬리엔 살점이 없었지."

"네 장궁은 어디 있어, 샘?" 그렌이 물었다. 알리서 경이 들소라고 불렀던 그렌은 갈수록 더 그 이름처럼 성장했다. 장벽에 왔을 때 그렌은 크지만 느렸고, 목도 굵고 허리도 굵고 얼굴은 붉었으며 움직임이 서툴렀다. 아직도 핍에게 속아서 바보짓을 할 때면 목이 붉어졌지만, 몇 시간씩 검과 방패를 휘두르면서 뱃살이 없어지고 팔은 단단해졌으며 가슴은 떡 벌어졌다. 그렌은 힘이 셌고, 들소처럼 덥수룩하기도 했다. "울머가 과녁 앞에서 널 기다리고 있었어."

"울머가." 샘은 겸연쩍어하며 말했다. 존 스노우가 총사령관이 되어 제일 처음 한 일이 수비군 전체에 매일 활쏘기 훈련을 도입한 것이었다. 집사와 요리사도 예외가 아니었다. 그는 이제까지 경비대가 검을 너무 강조하고 활을 등한시했다면서, 그건 기사가 백 명 중 하나가 아니라 열 명 중에 하나였던 시절의 유물이라고 했다. 샘은 그 결정을 이해했지만, 활쏘기 연습은 계단 오르기 못지않게 싫었다. 장갑을 끼고서는 아무것도 맞힐 수가 없었는데, 그렇다고 장갑을 벗으면 손가락에 물집이 잡혔다. 활은 위험했다. 새틴은 활시위에 엄지손톱이 반이나 날아가기도 했다. "깜박했어."

"넌 야인 공주님의 마음을 찢어놨어, 슬레이어." 핍이 말했다. 최근 발은 왕의 탑 거처 창문으로 그들을 지켜보곤 했다. "널 찾고 계셨단 말이야."

"아니야! 그런 말 하지 마!" 샘은 아기들이 건강한지 확인하려고 아에몬 학사가 그녀를 불러들였을 때 두 번인가 말을 나눠봤을 뿐이었다. 야인 공주가 너무 예쁜 나머지 그 여자가 있으면 말을 더듬고 얼굴을 붉히게 되곤 했다.

"뭐가 문제야? 그 여잔 네 아이들을 갖고 싶어 해. 아무래도 널 유혹자 샘이라고 불러야 할까 봐."

샘은 시뻘게졌다. 그는 스타니스 왕에게 발에 관한 계획이 있음을 알고 있었다. 발은 북부인들과 자유민들 사이에 평화를 확고히 할 수단이었다. "오늘은 활쏘기 연습할 시간이 없어. 존을 보러 가야 해."

"존? 존이라니? 너 존이라는 사람 아냐, 그렌?"

"총사령관 말이겠지."

"오오오오. 위대하신 스노우 나리 말이군. 그래. 왜 보러 가려고? 그 녀석은 귀 하나 까딱 못 해." 핍은 귀를 까딱여서 자기는 할 수 있다는 사실을 보였다. 커다란 귀였고, 추위에 붉어져 있었다. "존은 이제 진짜 스노우 나리야. 우리 같은 것들에겐 너무 고귀하신 몸이라고."

"존에겐 의무가 있어." 샘은 친구를 변호했다. "방벽을 책임진 데다, 온갖 것들이 다 따라오잖아."

"남자에겐 친구들에 대한 의무도 있어. 우리가 아니었다면 자노스 슬린트가 총사령관이 될 수도 있었어. 자노스 공은 스노우를 벌거벗기고 당나

귀에 태워서 순찰 보냈을걸. '크래스터의 요새까지 가서 늙은 곰의 망토와 장화를 가지고 돌아와라' 이랬겠지. 우리가 그런 꼴을 면하게 해줬는데, 이제 와선 우리와 같이 불가에서 멀드와인 한 잔도 못 할 만큼 일이 많다 이거야?"

그렌이 맞장구쳤다. "할 일이 많아도 연습은 하잖아. 밖에서 누군가와 겨루는 날이 안 나가는 날보다 많아."

샘도 그건 사실이라 인정해야 했다. 한번은 존이 아에몬 학사와 의논을 하러 왔을 때를 틈타서 왜 검술에 그렇게 시간을 많이 쏟는지 물어보기도 했다. "늙은 곰은 총사령관으로 지낼 때 훈련을 별로 안 했어." 샘은 그렇게 지적했다. 답으로 존은 '긴 발톱'을 샘의 손에 쥐여주었다. 그 가벼움과 균형을 느껴보고, 칼날을 돌려가며 짙은 연기색 금속에 물결무늬가 일렁이는 모습을 보게 했다. "발리리아 강철이야. 마법으로 벼려서 면도날처럼 날카롭고, 자르지 못할 게 없지. 검사는 자기 검만큼 실력이 좋아야 해, 샘. 긴 발톱은 발리리아 강철이지만 나는 아니야. 반쪽 손은 네가 벌레를 잡듯이 쉽게 날 죽일 수 있었어."

샘은 검을 돌려줬다. "내가 때려잡으려고 하면 벌레가 늘 도망치는데. 늘 내 팔만 때려서 아파."

그 말에는 존도 웃어버렸다. "알았어. 쿼린은 네가 포리지 한 그릇 먹어치우는 것만큼 쉽게 날 죽일 수 있었어." 샘은 포리지를 좋아했다. 특히 꿀을 넣어 달게 만들면 최고였다.

"이럴 시간이 없어." 샘은 친구들을 뒤로하고 책을 품에 꽉 끌어안은 채 무기고로 향했다. '나는 인간의 나라를 지키는 방패로다.' 샘은 맹세를 떠올렸고, 사람들은 자기들 나라를 지키는 방패가 그렌, 핍, 구슬픈 에드 같은 이들임을 알게 되면 뭐라고 할까 궁금했다. 사령관의 탑은 불에 타버렸고, 왕의 탑은 스타니스 바라테온이 거처로 삼았기 때문에 존 스노우는 무기고 뒤에 있는 도날 노이의 수수한 거처에 자리를 잡았다. 샘이 도착했을 때는 길리가 나서고 있었다. 크래스터 요새에서 같이 도망쳤을 때 샘이 준 낡은 망토를 휘감은 모습이었다. 길리는 거의 샘 곁을 지나 달려가버릴 뻔했으나, 샘이 책을 두 권 떨구면서 그 팔을 잡았다. "길리."

"샘." 목소리가 불안정했다. 길리는 날씬했고 검은 머리에 사슴 같은 커다란 갈색 눈이었다. 샘의 낡은 망토 주름에 파묻혔고 얼굴도 두건에 반쯤 가려진 채였지만, 그래도 몸을 덜덜 떨었다. 얼굴이 창백하고 겁에 질려 보였다.

"무슨 문제 있어요?" 샘이 물었다. "아기들은 어떤데요?"

길리가 팔을 뺐다. "괜찮아요, 샘. 아기들은 잘 지내요."

"그 둘을 다 돌보면서 잠을 잔다는 게 놀랍네요." 샘이 쾌활하게 말했다. "어젯밤에 울음소리가 나던 쪽은 누구였어요? 영영 안 그치는 줄 알았지 뭐예요."

"댈라의 아들이었어요. 그 아이는 젖꼭지를 물고 싶으면 울어요. 제 아이는…… 제 아이는 거의 안 울어요. 가끔 까르륵거리긴 하지만, 그렇지만……." 길리의 눈에 눈물이 차올랐다. "가봐야겠어요. 아이들 먹일 시간이 지났어요. 얼른 가지 않으면 젖이 내 몸을 다 적실 거예요." 길리는 당혹한 샘을 버려두고 쏜살같이 마당을 가로질렀다.

떨어뜨린 책을 줍느라 무릎을 꿇어야 했다. '이렇게 많이 가지고 나오지 말아야 했어.' 그는 콜로쿼 보타르의 《비취 개요서》에 묻은 흙을 털면서 생각했다. 아에몬 학사가 찾아오라고 지시한, 동쪽 지역의 전설과 민담을 모은 두꺼운 책이었는데 일단은 멀쩡해 보였다. 토막스 학사의 《드래곤족: 망명부터 신격화까지 타르가르옌 가문의 역사, 드래곤들의 삶과 죽음에 대한 이해를 더하여》는 그렇게 운이 좋지 못했다. 그 책은 떨어지면서 펼쳐지는 바람에 몇 페이지에 진흙이 묻었는데, 그중에는 '검은 공포 발레리온'을 채색 잉크로 그린 멋진 그림이 포함되어 있었다. 샘은 구겨진 페이지들을 펴고 흙을 털면서 어설픈 자신을 저주했다. 길리가 있으면 그는 언제나 허둥지둥하고 또…… 그랬다. 밤의 경비대 결의형제라면 길리에게 샘이 느끼는 것 같은 감정을 느껴선 안 된다. 특히나 길리가 가슴 이야기를 할 때면…….

"스노우 공이 기다리신다." 무기고 문 옆에는 검은 망토를 걸치고 철제 반투구를 쓴 위병 두 명이 창에 기대어 서 있었다. 말한 쪽은 털북숭이 할이었고, 멀리는 샘이 일어서게 도왔다. 샘은 고맙다고 외치고는 책 더미를 꽉 끌어안고 서둘러 두 사람 옆을 지나서 모루와 풀무가 즐비한 대장간을 통과했다. 대장장이 작업대에 반쯤 완성된 고리 갑옷 셔츠가 하나 놓여 있었다. 고스트는 모루 아래에 몸을 쭉 뻗고서 황소 뼈에서 골수를 갉아 먹고 있었다. 샘이 지나가자 그 거대한 하얀 다이어울프는 고개를 들었지만, 소리를 내지는 않았다.

존의 개인방은 창과 방패가 줄줄이 걸린 선반 뒤에 있었다. 샘이 들어갔을 때는 양피지를 읽고 있었는데, 모르몬트 사령관의 까마귀가 그의 어깨에 앉아서 마치 자기도 글을 읽는 것처럼 종이를 내려다보다가 샘이 들어가자 날개를 펼치고 퍼덕퍼덕 날아오며 외쳤다. "옥수수! 옥수수!"

샘은 책을 옮겨 들고 문 옆에 놓인 자루에 팔을 넣어 옥수수알 한 줌을 꺼냈다. 까마귀는 그의 손목에 앉아서 손바닥에 놓인 옥수수 한 알을 쪼아 먹었는데, 너무 세게 쪼는 바람에 샘은 악 소리를 지르며 손을 물렸다. 까마귀는 다시 날아올랐고, 노랗고 빨간 옥수수알이 사방에 떨어졌다. "문 닫아, 샘." 존의 뺨에는 아직도 희미한 흉터가 남아 있었다. 언젠가 독수리가 눈을 뜯어내려 덤빈 흔적이었다. "저 몹쓸 녀석이 피부를 뚫었어?"

샘은 책을 내려놓고 장갑을 벗었다. "그랬네." 머리가 어지러웠다. "피 나."

"우리 모두가 경비대를 위해 피를 흘리지. 더 두꺼운 장갑을 껴." 존은 한 발로 샘을 향해 의자를 밀었다. "앉아. 이걸 좀 봐." 그리고 양피지를 내밀었다.

"뭔데 그래?" 샘이 물었다. 까마귀가 골풀 사이에 떨어진 옥수수알을 사냥하기 시작했다.

"종이 방패."

샘은 손바닥에 난 피를 빨면서 읽었다. 아에몬 학사의 필적은 바로 알아보았다. 아에몬은 글씨체가 작고 명확했는데, 잉크 방울이 떨어진 곳을 볼 수가 없다 보니 가끔 알아볼 수 없는 얼룩을 남겼다. "토멘 왕에게 보내는 편지?"

"윈터펠에서 토멘은 목검을 들고 내 동생 브랜과 싸웠지. 옷을 어찌나 껴입었는지 속을 채워 넣은 거위 같았어. 브랜이 토멘을 쓰러뜨렸고." 존은 창가로 걸어갔다. "그런데 브랜은 죽었고, 분홍빛 얼굴의 통통한 토멘은 금빛 고수머리에 왕관을 얹고 철왕좌에 앉아 있군."

'브랜은 죽지 않았어.' 샘은 말하고 싶었다. '브랜은 콜드핸즈와 함께 장벽 너머로 갔어.' 그러나 말이 목에 걸려 나오지 않았다. '난 말하지 않겠다고 맹세했어.' "아직 편지에 서명을 안 했네."

"늙은 곰이 철왕좌에 도움을 애걸한 게 백 번은 넘었을 거야. 그런데 놈들은 자노스 슬린트를 보냈지. 어떤 편지를 보내도 라니스터가 우릴 사랑할 일은 없어. 우리가 스타니스를 도왔다는 사실을 듣게 되면 어림도 없지."

"스타니스의 반란을 도운 게 아니라 장벽을 방어하기 위해서였잖아." 샘은 다시 한번 빠르게 편지를 훑어보았다. "여기에도 그렇게 써 있네."

"타이윈 공이 그 차이를 알아볼까 모르겠군." 존은 편지를 돌려받았다. "왜 타이윈 공이 지금 우릴 돕겠어? 전에도 도운 적이 없는데."

"음. 스타니스는 왕국을 지키기 위해 달려왔는데 토멘 왕은 장난감이나

가지고 논다는 소릴 듣고 싶진 않을 테니까. 라니스터 가문이 경멸을 받을 테니까."

"내가 라니스터 가문에 내리고 싶은 건 죽음과 파멸이지, 경멸이 아니야." 존은 편지를 들어 올리고 읽었다. "밤의 경비대는 칠왕국의 전쟁에 관여하지 않습니다. 저희는 왕국에 충성을 맹세했으며, 그 왕국은 지금 심각한 위험에 처했습니다. 스타니스 바라테온이 장벽 너머의 적에 대항하기 위해 저희를 돕고 있으나, 그렇다고 저희가 스타니스 휘하에 들어간 것은 아니며……."

"음." 샘은 몸을 꼬며 말했다. "그건 그렇지. 안 그래?"

"난 스타니스에게 음식과 거처, 그리고 나이트포트를 줬고 선물의 땅에 자유민을 정착시키라는 허가를 내줬지. 그게 다야."

"타이윈 공은 지나치다고 할 거야."

"스타니스는 부족하다고 해. 왕이란 뭔가 주면 줄수록 더 원하지. 우린 양쪽에 심연이 놓인 얼음 다리 위를 걷고 있어. 왕 하나 비위 맞추는 것도 힘들어. 두 왕의 비위를 맞추는 건 거의 불가능해."

"그래. 하지만…… 라니스터가 승리하고 나서 타이윈 공이 우리가 스타니스를 도움으로써 왕을 배신했다는 결론을 내린다면, 밤의 경비대가 끝장날 수도 있어. 타이윈 공 뒤에는 티렐과 하이가든의 전력이 다 있어. 게다가 블랙워터에서 스타니스 공을 이기기도 했지." 피를 보면 어지러웠지만, 샘도 전쟁에 어떻게 이기는지는 알고 있었다. 아버지가 그것만은 알도록 가르쳤다.

"블랙워터 전투 한 번이었어. 롭은 모든 전투에 이기고도 머리가 날아갔지. 스타니스가 북부를 일으킬 수 있다면……."

'스스로를 설득하려 하는데 안 되는 거야.' 샘은 문득 알아차렸다. 캐슬블랙에서 검은 날개가 달린 폭풍처럼 날아간 까마귀들이 북부 영주들에게 스타니스 바라테온을 지지하고 그에게 힘을 합칠 것을 촉구했다. 대부분 샘이 직접 날려 보냈다. 지금까지 돌아온 까마귀는 카홀드로 보낸 한 마리뿐이었다. 다른 곳의 침묵이 천둥같이 울렸다.

설령 스타니스가 북부인들을 제 편으로 끌어들이는 데 성공한다 해도, 샘은 스타니스가 그 연합 세력으로 어떻게 캐스털리록, 하이가든, 트윈스와 맞설 수 있을지 가늠이 안 됐다. 그러나 북부가 없다면 확실히 끝장이었다. '타이윈 공이 우릴 배신자로 간주한다면 밤의 경비대도 끝장이지.'

"라니스터에도 북부인이 붙어 있어. 볼턴 공과 그 서자."

"스타니스에겐 카스타크가 있지. 만약 화이트하버를 얻을 수 있다면……."

"만약이지." 샘은 강조했다. "만약 그렇게 되지 않는다면…… 사령관님, 종이 방패라 해도 없는 것보다는 낫습니다."

존은 편지를 흔들었다. "그렇겠지." 존은 한숨을 내쉬더니, 깃펜을 들어 편지 맨 밑에 서명을 휘갈겼다. "봉랍을 가져다줘." 샘은 검은색 밀랍 막대기를 촛불로 가열해서 양피지에 몇 방울 떨어뜨린 다음, 존이 그 밀랍에 사령관의 인장을 꾹 누르는 모습을 지켜보았다. "가면서 이걸 아에몬 학사님께 가져다드려." 존이 명령했다. "그리고 킹스랜딩으로 새를 한 마리 보내라고 해."

"그럴게." 샘은 머뭇거렸다. "사령관님에게 이런 걸 물어도 될지 모르겠는데…… 길리가 나가는 모습을 봤어. 울기 직전이던데."

"발이 만스를 위해 한 번 더 호소해달라고 보낸 거였어."

"아." 발은 장벽 너머의 왕이 왕비로 맞은 여자의 동생이었다. 스타니스와 그의 병사들은 그녀를 야인 공주라고 불렀다. 발의 언니 댈라는 전투 중에 죽었지만 칼을 맞은 건 아니었고, 만스 레이더의 아들을 낳다가 죽었다. 샘이 이제까지 들은 속삭임 중에 진실이 조금이라도 섞여 있다면 만스 레이더 본인도 곧 아내를 따라 무덤에 들어갈 터였다. "뭐라고 말한 거야?"

"스타니스에게 말은 해보겠지만, 내 말에 흔들릴지는 의심스럽다고 했지. 왕의 첫 번째 의무는 왕국을 지키는 것이고, 만스는 그 왕국을 공격했어. 그분이 그걸 잊을 것 같진 않아. 내 아버지는 예전에 스타니스 바라테온은 공정한 남자라고 하시곤 했지. 하지만 그 누구도 스타니스 바라테온이 자비롭다고 하진 않았어." 존은 멈칫하고 얼굴을 찌푸렸다. "차라리 내가 직접 만스의 머리를 베는 게 낫겠어. 한때 밤의 경비대원이기도 했잖아. 권리상 그자의 목숨은 우리 것이야."

"핍이 그러는데 멜리산드레 님이 만스를 불태울 거래. 마법을 쓰기 위해서."

"핍은 입단속하는 법을 배워야 해. 다른 사람들에게도 같은 소리를 들었어. 왕의 피가 드래곤을 깨운다나. 멜리산드레가 잠자는 드래곤을 어디서 찾을 생각인지는 아무도 몰라. 말도 안 되는 소리야. 만스 레이더의 피는 내 피만큼이나 왕과 상관이 없어. 왕관을 쓴 적도 없고 왕좌에 앉은 적도 없다고. 산적에 불과해. 산적의 피에는 아무 힘도 없어."

바닥에 있던 까마귀가 고개를 들고 우짖었다. "피."

존은 신경 쓰지 않았다. "길리를 멀리 보내야겠어."

"아." 샘은 고개를 끄덕거렸다. "음, 그건…… 그거 잘됐네요, 사령관님." 장벽과 전투로부터 멀리 떨어져, 어딘가 따뜻하고 안전한 곳으로 간다면 길리에게 가장 좋은 일일 것이다.

"길리와 아이 둘 다. 그 아이의 젖형제에게는 다른 유모를 찾아줘야겠지."

"찾을 때까지는 염소젖으로 어떻게 될 거야. 아기에겐 소젖보다 염소젖이 나아." 어디선가 읽은 적이 있었다. 샘은 앉은 자리에서 몸을 틀었다. "사령관님, 기록을 뒤지다 보니 다른 어린 총사령관이 또 나오던데요. 정복 400년 전에요. 오스릭 스타크는 선택받았을 때 열 살이었지만, 60년을 봉직했대요. 총 네 명이에요. 사령관님은 가장 어린 사령관에 가깝지도 않아요. 지금까지 다섯 번째로 어린 사령관이죠."

"나보다 어렸던 네 명은 다 북부 왕의 아들이나 형제나 서자였지. 쓸모 있는 얘길 해봐. 우리의 적에 대해 말해줘."

"다른자들 말이지." 샘은 입술을 핥았다. "다른자들에 대한 언급도 기록에 있긴 한데, 내 생각만큼 자주 나오진 않아. 그러니까, 내가 찾아내서 본 기록 중에는 그래. 아직 내가 못 찾은 기록이 많지. 오래된 책 중에 몇 권은 낱장으로 다 떨어졌어. 책장을 넘기려고 하면 부스러지고. 게다가 진짜 오래된 책들은…… 아예 다 부서져버렸거나, 내가 아직 못 본 곳에 묻혀 있거나…… 음, 아예 그런 책이 존재하지 않고 존재한 적도 없을지 몰라. 우리에게 남은 제일 오래된 역사는 안달인이 웨스테로스에 온 이후에 적힌 내용이야. 최초인들은 돌에 적힌 룬 문자밖에 남겨주지 않았으니, 우리가 영웅 시대와 여명 시대와 긴 밤에 대해 안다고 생각하는 내용은 전부 다 수천 년 후 성사들이 정리한 설명에서 나온 거야. 시타델에는 그 내용 전체를 의문시하는 최고학사들이 있어. 그 오래된 역사들엔 수백 년씩 통치한 왕들에다, 기사가 존재하기 천 년은 더 전에 말을 타고 돌아다닌 기사들 이야기가 가득하거든. 너도 건설자 브랜던이며 별 눈의 시미언, 밤의 왕에 대한 이야기들 알지……. 우린 네가 998대 밤의 경비대 총사령관이라고 말하는데, 내가 찾아낸 제일 오래된 목록엔 674명의 총사령관이 나오고, 그건 그 기록이—"

"아주 오래전에 쓰였다는 얘기지." 존이 말을 끊었다. "그래서 다른자들은?"

"드래곤 유리에 대한 언급은 찾았어. 영웅 시대에는 숲의 아이들이 해마다 밤의 경비대에 흑요석 단검을 백 개씩 줬대. 다른자들은 추울 때 온다는 것도 대부분 이야기가 일치해. 아니면 다른자들이 올 때 추워지는지도 모르지. 때로는 눈보라가 칠 때 나타났다가, 하늘이 개면 녹아버리듯 사라져. 태양 빛으로부터는 숨고, 밤에 나타나……. 또는 그들이 나타나면 밤이 내린다고도 해. 어떤 이야기에서는 그들이 죽은 짐승을 타고 다닌다고 해. 곰, 다이어울프, 매머드, 말, 뭐든 죽기만 했으면 상관없어. 작은 폴을 죽인 다른자는 죽은 말을 타고 있었으니까, 그 부분은 확실히 사실이야. 어떤 이야기에서는 거대한 얼음 거미를 타고 다닌다고도 나와. 얼음 거미가 뭔지는 모르겠어. 다른자들과 싸우다가 쓰러진 사람은 반드시 불태워야지, 안 그러면 다른자의 노비가 되어 다시 일어나."

"그건 다 아는 내용이야. 문제는 놈들과 어떻게 싸우느냐지."

"전해지는 이야기를 믿는다면 다른자들의 갑옷에는 대부분의 평범한 검이 소용없어. 그리고 그자들의 검은 강철도 산산조각 낼 정도로 차갑지. 하지만 불에는 움츠러들고, 흑요석에는 취약해." 샘은 귀신 들린 숲에서 마주했던 다른자를, 그리고 존이 만들어준 드래곤 유리 단검으로 찌르자 녹아 없어지는 것 같았던 모습을 떠올렸다. "긴 밤에 대한 설명 중에서 다른자들을 벤 마지막 영웅은 드래곤 강철검을 지니고 있었다는 내용도 찾았어. 드래곤 강철에는 맞서지 못한대."

"드래곤 강철?" 존은 얼굴을 찌푸렸다. "발리리아 강철인가?"

"나도 그것부터 생각났어."

"그렇다면 칠왕국 영주들에게 발리리아 강철검을 우리에게 내어주면 모두가 구원받는다고 설득하기만 하면 되나? 별로 어렵지 않겠네." 존의 웃음소리에 즐거운 기색이라곤 없었다. "다른자들이 누구이고, 어디에서 왔으며, 뭘 원하는지는 찾았어?"

"아직 못 찾았어. 하지만 내가 엉뚱한 책을 읽었을지도 몰라. 아직 못 본 책이 수백 권은 있어. 시간을 더 주면 찾아낼 수 있는 건 다 찾아낼게."

"시간이 없어." 존은 슬픈 목소리였다. "넌 소지품을 챙겨야 해, 샘. 너도 길리와 같이 가는 거야."

"가다니?" 샘은 잠시 이해가 가지 않았다. "내가 간다고? 이스트워치로? 아니면…… 내가 어딜……."

"올드타운."

"올드타운?" 목소리가 갈라졌다. 혼힐이 올드타운과 가까웠다. 고향. 그 생각을 하자 머리가 어지러웠다. '아버지.'

"아에몬도 가."

"아에몬? 아에몬 학사님? 하지만…… 아에몬 학사님은 102세야. 그분은…… 아에몬 님과 날 보낸다고? 그러면 까마귀는 누가 돌보고? 까마귀들이 아프거나 다치면 누가……."

"클라이다스가 해야지. 아에몬 곁에 몇 년은 있었잖아."

"클라이다스는 집사일 뿐이고 눈도 나빠지고 있어. 학사가 있어야 해. 아에몬 학사님은 너무 약해서 항해는……." 아버와 '아버퀸'호를 떠올리자 혀가 목을 막는 것 같았다. "그랬다간…… 학사님은 나이가 많고……."

"목숨이 위험해지겠지. 나도 그 점은 잘 알아, 샘. 하지만 여기는 더 위험해. 스타니스는 아에몬이 누군지 알아. 붉은 여인이 마법에 쓸 왕의 피를 요구하면……."

"아." 샘은 창백해졌다.

"대리언이 이스트워치에서 합류할 거야. 남쪽에서 대리언의 노래가 몇 명이라도 우리에게 끌어들여주면 좋겠지. '검은 새'호가 널 브라보스까지 데려다줄 거야. 거기서 올드타운으로 가는 방법은 직접 알아봐야 해. 아직도 길리의 아기를 네 서자라고 주장할 생각이라면, 길리와 아이는 혼힐로 보내. 아니면 아에몬이 시타델에서 길리가 일할 자리를 찾아줄 거야."

"내 서, 서, 서자." 그래, 샘이 그런 말을 하긴 했었지만……. '그 물바다. 익사할 수도 있어. 배는 늘 가라앉는 데다, 가을은 폭풍 치는 계절이야.' 하지만 길리와 함께 있을 테고, 아기는 안전하게 자랄 것이다. "그래, 내…… 내 어머니와 누이들은 길리가 아이를 기르게 도와줄 거야." '내가 직접 혼힐에 갈 필요는 없을 거야. 편지를 보낼 수 있어.' "내가 아니라 대리인이라도 길리를 올드타운까지 바래다줄 순 있어. 나…… 난 네 지시대로 매일 오후에 울머와 궁술 연습을 하고 있어……. 음, 지하실에 있을 때는 빼먹지만, 그건 네가 다른자들에 대해 알아내라고 한 거고. 장궁을 쓰면 어깨가 아프고 손가락에 물집이 잡혀." 샘은 존에게 물집이 터진 자리를 보여줬다. "그래도 난 연습을 해. 이젠 전보다 자주 과녁을 맞힐 수 있어. 그래봤자 활을 잡아본 사람 중에 최악의 궁수긴 해도. 그렇지만 난 울머의 이야기들이 좋아. 누군가 울머의 이야기를 받아 적어서 책으로 만들어야 해."

"네가 해. 시타델엔 장궁만이 아니라 양피지와 잉크도 있어. 네가 연습을 계속했으면 좋겠어. 샘, 밤의 경비대엔 화살을 쏠 수 있는 남자가 수백 명 있지만, 읽고 쓸 수 있는 사람은 한 줌밖에 없어. 네가 나의 새 학사가 되어줘야 해."

그 말에 샘은 움찔했다. '아니에요, 아버지. 제발요. 다시는 그런 소리 안 할게요. 일곱 신에 대고 맹세해요. 내보내주세요. 제발 내보내주세요.' "사령관님, 저는…… 제 일은 여기에 있고, 책들은……."

"그 책들은 네가 우리에게 돌아왔을 때도 여기 있을 거야."

샘은 목에 손을 가져갔다. 목을 조르는 사슬 목걸이가 만져질 것만 같았다. "사령관님, 시타델은…… 거기선 시체를 잘라야 해요." '그자들은 목에 사슬을 걸게 하지. 네가 원하는 게 사슬이라면 따라오거라.' 샘은 사흘 낮 사흘 밤 동안 손발이 벽에 묶인 채 울다가 잠들었었다. 그때 목에 걸렸던 사슬은 너무 조여서 피부를 파고들었고, 자다가 잘못된 방향으로 몸을 돌릴 때마다 숨이 막혔다. "전 사슬을 걸 수 없어요."

"할 수 있어. 넌 해낼 거야. 아에몬 학사님은 늙고 눈이 멀었어. 힘도 약해지고 있고. 그분이 돌아가시면 누가 그 자리를 대신하지? 섀도타워의 멀린 학사는 학자라기보다는 전사이고, 이스트워치의 하문 학사는 제정신일 때보다 취해 있을 때가 많아."

"시타델에 학사를 더 보내달라고 하면……."

"그럴 거야. 손이란 손은 다 필요할 테니까. 하지만 아에몬 타르가르옌은 그렇게 쉽게 대체할 수 없어." 존은 어리둥절한 얼굴이었다. "분명히 넌 이 소식에 기뻐할 줄 알았는데. 시타델엔 아무도 다 읽을 수 없을 만큼 책이 많잖아. 넌 잘해낼 거야, 샘. 난 알아."

"아니야. 난 책을 읽을 순 있지만…… 하, 학사는 치료사이기도 해야 하는데 난 피, 피, 피를 보면 기절해." 샘은 떨리는 손을 들어 보였다. "난 슬레이어 샘이 아니라 겁보 샘이야."

"겁이 나? 뭐가? 노인들의 잔소리가? 샘, 넌 최초인의 주먹에 우글대는 시귀들을 봤어. 검은 손과 새파란 눈을 가진 살아 움직이는 시체들이 밀려오는 것을 봤다고. 또 다른자도 하나 베었지."

"그건 드, 드, 드, 드래곤 유리였어. 내가 아니야."

"조용히 해. 넌 거짓말을 하고 계략을 짜서 날 총사령관으로 만들었어. 그러니 넌 내 명령에 따를 거야. 시타델에 가서 사슬 목걸이를 만들어. 시체를 잘라야 한다면 그렇게 해. 최소한 올드타운의 시체들은 반항하진 않을 거야."

샘은 이해가 가지 않았다. "사령관님, 제 아, 아, 아, 아버지 랜딜 공이, 그, 그, 그, 그분이……. 학사의 삶은 봉사하는 삶입니다." 샘도 횡설수설하고 있다는 사실은 알았다. "탈리 가문의 아들은 절대로 사슬을 걸지 않아요. 혼힐의 남자들은 하찮은 영주들에게 고개를 숙이며 살지 않는다고요." '원하는 게 사슬이라면 따라오거라.' "존, 난 아버지를 거역할 수 없어."

샘은 존을 불렀지만, 존은 그 자리에 없었다. 지금 샘을 마주한 사람은 스노우 공이었다. 회색 눈이 얼음처럼 단단했다. "네겐 아버지가 없어." 스노우 공이 말했다. "오직 형제들만 있지. 우리만 있는 거야. 네 삶은 밤의 경비대에 속해 있으니, 가서 속옷을 자루에 넣고 올드타운에 가져가고 싶은 물건을 다 챙겨. 해가 뜨기 한 시간 전에 떠날 테니. 그리고 다른 명령도 있어. 오늘부터 넌 스스로를 겁쟁이라고 부르지 않는 거야. 넌 지난 1년간 대부분의 남자들이 평생 대면하는 것보다 많은 일을 대면했어. 넌 시타델을 마주할 수 있어. 다만 밤의 경비대 결의형제로서 마주하는 거야. 너에게 용감해지라고 명령할 순 없지만, 두려움을 숨기라고 명령할 순 있어. 넌 서약을 했어, 샘. 기억나?"

'나는 어둠 속의 검이요—' 그러나 샘은 검술 실력이 형편없었고, 어둠이 무서웠다. "노…… 노력해볼게."

"노력하는 게 아니야. 명령에 복종해."

"복종." 모르몬트의 까마귀가 커다란 검은 날개를 퍼덕거렸다.

"사령관님의 명을 받들겠습니다. 저기…… 아에몬 학사님도 알아?"

"나 혼자의 생각이 아니라 학사님 생각이기도 했어." 존은 샘에게 문을 열어줬다. "사람들과 작별 인사는 말자. 아는 사람이 적을수록 좋아. 해 뜨기 한 시간 전, 무덤가에서."

샘은 무기고를 어떻게 떠났는지도 제대로 기억나지 않았다. 다음 순간에 그는 진흙과 오래된 눈밭을 비틀거리며 아에몬 학사의 거처로 걸어가고 있었다. '숨을 수도 있어. 지하실 책 사이에 숨을 수 있어. 그 밑에서 쥐와 같이 살면서 밤이면 몰래 기어 나와서 음식을 훔치는 거야.' 미친 생각이었고, 절박한 만큼 헛된 생각이기도 했다. 사람들은 우선 지하실부터 찾을 터였다. 사람들이 샘을 찾지 않을 만한 장소라면 장벽 너머겠지만, 그건 더 미친 생각이었다. '야인들이 날 잡아서 천천히 죽일 거야. 산 채로 태울지도 몰라. 붉은 여인이 만스 레이더를 태우려는 것처럼.'

까마귀 방에서 아에몬 학사를 찾은 샘은 존의 편지를 주면서 정리라곤 되지 않은 말들로 두려움을 쏟아냈다. "걔는 이해 못 해요." 샘은 토할 것만 같았다. "제가 사슬을 걸면 제 아, 아, 아버지가…… 그, 그, 그분은……."

"내가 봉사하는 삶을 선택했을 때 내 아버지도 같은 말로 반대했지." 노인이 말했다. "날 시타델로 보낸 건 내 아버지의 아버지였다. 다에론 왕에겐 아들이 넷 있었고, 그중 세 아들에게도 아들들이 있었거든. 드래곤이 너무 많은 건 너무 적은 것과 똑같이 위험하다고, 날 보내던 날 전하께서 내 아버지에게 하시는 말씀을 들었지." 아에몬은 검버섯 핀 손을 들어 올려 가느다란 목에 늘어진 수많은 금속 고리를 건드렸다. "샘, 사슬이 무겁기는 하다만 내 조부께는 그럴 권리가 있었어. 너의 스노우 공도 그렇다."

"스노우." 까마귀 한 마리가 중얼거렸다. "스노우." 다른 까마귀가 맞받았다. 이어서 까마귀 떼 전부가 외쳤다. "스노우, 스노우, 스노우, 스노우, 스노우." 샘이 직접 가르친 말이었다. 피할 도리가 없었다. 아에몬 학사도 샘과 마찬가지로 걸려든 입장이었다. '학사님은 바다에서 돌아가실 거야.' 샘은 절망하며 생각했다. '그런 항해를 견디기엔 나이가 너무 많아. 길리의 아들도 죽을지 몰라. 그 아이는 댈라의 아들만큼 크고 강하지가 않아. 존은 우릴 다 죽일 작정일까?'

다음 날 아침, 샘은 혼힐에서부터 타고 온 암말에 안장을 얹어서 동쪽 길 옆 묘지로 끌고 가고 있었다. 안낭은 치즈와 소시지와 삶은 계란, 그리고 세 손가락 홉이 명명일에 선물한 소금에 절인 햄 반토막으로 불룩했다. "넌 요리의 진가를 아는 남자야, 슬레이어." 요리사는 햄을 주면서 그렇게 말했었다. "우리에겐 너 같은 부류가 더 있어야 해." 그 햄은 분명 도움이 될 터였다. 이스트워치까지는 멀고 차가운 길을 달려야 했고, 장벽 그늘에는 마을도 여관도 없었다.

동이 트기 전은 어둡고 고요했다. 캐슬블랙이 이상하도록 조용한 느낌이었다. 묘지 앞에서는 바퀴 두 개 달린 수레 한 쌍과 블랙잭 불워, 그리고 타고 있는 말만큼이나 거칠고 경험 많은 순찰자 십여 명이 그를 기다리고 있었다. 흰눈 케지가 성한 눈으로 샘을 보더니 큰 소리로 욕을 했다. "괘념치 마라, 슬레이어." 블랙잭 불워가 말했다. "내기에 져서 저래. 우리가 끽끽대는 널 침대 밑에서 끌어내야 할 거라는 쪽에 걸었거든."

아에몬 학사는 너무 쇠약해서 말을 탈 수 없다 보니, 태워 갈 수레가 마련되어 있었다. 바닥에 모피를 높이 쌓고, 위쪽에는 가죽 차양을 팽팽하게 쳐서 비와 눈을 막았다. 길리와 아기도 함께 탈 터였다. 두 번째 수레에는 옷과 소지품, 그리고 아에몬이 시타델에 없을지도 모른다고 생각한 희귀한 고서 한 궤짝을 실었다. 샘이 밤이 깊도록 뒤졌지만 찾은 책은 4분의 1밖에 안 됐다. '차라리 다행이지. 다 찾았으면 수레가 더 필요했을 텐데.'

겨우 나타난 학사는 몸집의 세 배는 큰 곰 가죽에 둘둘 말려 있었다. 클리이다스가 부축해서 수레로 다가오는 사이 돌풍이 일었고, 노인은 비틀거렸다. 샘은 서둘러 그 옆으로 가서 한 팔을 둘렀다. 조금 전 같은 돌풍이 한 번 더 불면 노인을 장벽 너머로 날려버릴 수도 있을 것 같았다. "제 팔을 잡으세요, 학사님. 멀지 않아요."

눈먼 노인은 바람에 두건이 젖혀지는 가운데 고개를 끄덕였다. "올드타운은 언제나 따뜻하지. 허니와인강에 있는 섬에는 내가 어린 수련생이었을 때 가던 여관이 하나 있어. 다시 그 여관에 앉아서 사과주를 마신다면 즐겁겠구나."

학사를 겨우 수레에 태웠을 때쯤 길리가 아이를 품에 안고 나타났다. 두건 아래 보이는 눈은 울어서 벌겠다. 동시에 존이 구슬픈 에드와 함께 나타났다. "스노우 공." 아에몬 학사가 외쳤다. "내 공을 위해 내 거처에 책을 한 권 두고 왔소. 《비취 개요서》라고, 볼란티스의 모험가 콜로쿼 보타르가 동쪽으로 여행해서 비취해의 나라들을 다 가본 후에 쓴 책이지. 거기 공이 흥미로워할 만한 대목이 있어. 클라이다스에게 따로 표시해두라고 했소."

"꼭 읽겠습니다." 존 스노우가 대답했다.

아에몬 학사의 코에서 희뿌연 콧물이 한 줄기 흘렀다. 그는 장갑으로 콧물을 닦았다. "지식은 무기라네, 존. 전투에 달려 나가기 전에 지식으로 단단히 무장하시게."

"그럴게요." 가볍게 눈이 내리기 시작했고, 크고 부드러운 눈송이가 하늘에서 느른하게 떨어져 내렸다. 존은 블랙잭 불워를 돌아보았다. "최대한 빨리 가되, 바보같이 위험을 무릅쓰지는 말아요. 노인과 젖먹이 아기가 같이 있으니 둘 다 따뜻하고 잘 먹도록 살펴요."

"나리께서도 그래주세요." 길리가 말했다. "다른 아기에게 그렇게 해주세요. 말씀하신 대로 다른 유모를 찾아주세요. 그러시겠다고 약속했죠. 그 아이…… 댈라의 아이…… 어린 왕자요……. 좋은 여자를 찾아주세요. 그 아이가 크고 튼튼하게 자라도록요."

"약속합니다." 존 스노우가 엄숙하게 말했다.

"이름은 붙이지 마세요. 두 살이 지날 때까지는 안 돼요. 아직 젖을 빠는 아기에게 이름을 붙이면 불운이 닥쳐요. 까마귀들은 모를지 모르지만 사실이에요."

"반드시 그리할게요, 아가씨."

길리의 얼굴에 발작적인 분노가 스쳤다. "그렇게 부르지 말아요. 난 아가씨가 아니라 애어머니예요. 크래스터의 아내이자 크래스터의 딸이고, 아이 엄마라고요."

구슬픈 에드는 길리가 수레에 오르는 동안 아기를 안고 있다가 퀴퀴한 털가죽으로 길리의 다리를 덮어줬다. 그 무렵에는 동녘 하늘이 검은색이라기보다는 회색이 되어 있었다. 왼손잡이 루가 떠나고 싶어 안달이었다. 구슬픈 에드가 아기를 올려주자 길리는 젖부터 물렸다. '내가 캐슬블랙을 보는 건 지금이 마지막일지도 몰라.' 샘은 말에 오르며 생각했다. 한때 캐슬 블랙을 싫어했던 만큼, 지금은 떠나기가 마음 아팠다.

"해치우자고." 불워가 명령을 내렸다. 채찍이 날자, 눈이 내리는 가운데 수레 두 대가 덜컹거리며 느릿느릿 바큇자국 팬 길을 움직이기 시작했다. 샘은 클라이다스와 구슬픈 에드와 존 스노우 옆에 좀 더 남아서 말했다. "음. 잘 있어요."

"너도 잘 지내라, 샘." 구슬픈 에드가 말했다. "네가 탄 배가 가라앉진 않을 거야. 아마. 배는 꼭 내가 탔을 때만 가라앉거든."

존은 수레 쪽을 보고 있었다. "처음 봤을 때 길리는 크래스터 요새 벽에 등을 딱 붙이고 있었지. 배가 부르고 깡마른 검은 머리 여자애가 고스트를 보고 움츠러들어서 말이야. 고스트가 길리의 토끼들 사이에 들어갔었는데, 길리는 고스트가 자기 배를 찢고 아기를 잡아먹을까 봐 겁먹었던 것 같아……. 하지만 길리가 무서워해야 했던 건 늑대가 아니었지. 안 그래?"

'그래. 위험한 건 크래스터였어. 길리의 친아버지였어.' 샘은 생각했다. "길리에겐 본인도 모르는 용기가 있어."

"너도 그래, 샘. 빠르고 안전한 항해를 기원한다. 길리와 아에몬과 아기를 잘 돌보고." 존은 이상하게 슬픈 미소를 지었다. "그리고 두건 눌러써. 눈송이가 네 머리에 붙어서 녹고 있어."

아리아

아득하고 희미하게 타오르는 그 빛은, 수평선 가까이 낮은 곳에서 바다 안개를 뚫고 반짝였다.

"별 같네." 아리아가 말했다.

"집의 별이지." 데니오가 말했다.

데니오의 아버지는 소리쳐 지시를 내리고 있었다. 갑판원들은 높은 돛대 세 대를 잽싸게 오르내리고 돛줄임줄을 따라 움직이며 무거운 자주색 돛들을 줄였다. 아래에서는 노잡이들이 긴 2열 노잡이 줄에서 들썩들썩 힘을 기울였다.

갈레아스선(군함으로 발전한 대형 갤리 상선) '거인의 딸'이 우현으로 방향을 돌리기 시작하자 갑판이 삐걱거리며 기울었다.

'집의 별.' 아리아는 뱃머리에 서서 과일 바구니를 든 처녀 모양의 도금 선수상에 한 손을 얹었다. 그리고 잠시 동안 저 앞에 있는 것이 집인 척 해 보았다.

하지만 멍청한 짓이었다. 아리아의 집은 사라졌고, 부모님은 죽었고, 오라비들도 장벽에 있는 존 스노우 빼고는 다 죽었다. 원래는 장벽으로 가고 싶었다. 선장에게도 그렇게 말했지만, 그 쇠주화도 배의 방향까지 바꾸지는 못했다. 그러고 보면 가려던 곳에 간 적이 없는 것 같았다. 요렌은 윈터펠에 데려다주겠다고 맹세했었는데, 아리아는 하렌홀에 도착했고 요렌은 무덤에 들어갔다. 그리고 하렌홀을 탈출해서 리버런으로 떠났을 때는 렘과 앤가이와 일곱 톰에게 포로로 잡혀서 빈 언덕으로 끌려갔다. 그다음에는 사냥개가 아리아를 훔쳐서 트윈스로 끌고 갔다. 아리아는 죽어가는 사냥개를 강가에 두고 솔트팬스로 향하면서 바닷가 이스트워치로 갈 방법을 찾으려 했는데, 그 결과…….

'브라보스도 썩 나쁘지 않을 수 있어. 시리오가 브라보스 출신이었고, 자켄도 있을지 몰라.' 아리아에게 쇠주화를 준 사람이 자켄이었다. 자켄이 시리오 같은 진짜 친구였던 적은 없지만, 어차피 친구들이 해준 게 뭐가 있단 말인가? '바늘만 있으면, 친구 같은 건 필요 없어.' 아리아는 엄지손가락으로 검의 매끄러운 손잡이 끝을 어루만지며 소원했다. 소원…….

솔직히 아리아는 무엇을 소원해야 할지 몰랐다. 저 멀리 보이는 빛 아래에서 무엇이 그녀를 기다리는지도 몰랐다. 선장은 배에 태워주긴 했지만 아리아와 이야기를 나눌 시간이 없었다. 선원 몇 명은 아리아를 피했고, 다른 몇 명은 선물을 줬다. 은으로 만든 포크며 반장갑, 가죽을 덧댄 챙 넓은 모직 모자 등등. 어떤 남자는 뱃사람용 매듭을 어떻게 묶는지 가르쳐줬다. 또 어떤 남자는 골무잔에 파이어와인을 부어줬다. 우호적인 선원들은 제 가슴을 두드리며 몇 번이고 자기 이름을 되풀이해서 아리아가 그 이름을 기억해 말하게 했지만, 아무도 아리아에게 이름을 묻지는 않았다. 트라이던트 입구 근처 솔트팬스에서 배에 올랐다는 이유로 솔티라고만 불렀다. 나쁘지 않은 이름이었다.

마지막 남은 별빛이 사라지고…… 저 앞에 보이는 죽은 별 한 쌍만이 남았다. "이젠 별이 두 개가 됐네."

"두 눈이야." 데니오가 말했다. "거인이 우릴 보는 거야."

브라보스의 거인. 낸 할멈은 윈터펠에서 아이들에게 그 거인에 대한 이야기들을 해줬었다. 그 거인은 산처럼 컸고, 브라보스가 위험에 처할 때마다 눈에 불을 담고 깨어나 바위 팔다리를 지걱거리면서 바닷속으로 걸어 들어가 적을 분쇄했다. "브라보스인들은 그 거인에게 어린 귀족 여자애들의 군침 도는 분홍색 살을 먹인답니다." 낸 할멈이 그렇게 끝을 맺으면 산사는 바보같이 비명을 질렀다. 하지만 루윈 학사는 그 거인은 조각상일 뿐이고, 낸 할멈의 이야기는 이야기일 뿐이라고 했다.

'윈터펠은 불타서 무너졌어.' 아리아는 스스로를 일깨웠다. '낸 할멈과 루윈 학사도 둘 다 죽었을 거고, 산사도 죽었을 거야. 생각해봐야 소용없어.'

모든 사람은 죽는다. 자켄 하가르가 낡은 쇠주화를 주면서 가르쳐줬던 말의 의미가 그것이었다. 아리아는 솔트팬스를 떠난 후 브라보스 말을 더 배웠다. 부탁합니다, 고맙습니다, 바다, 별, 그리고 파이어와인을 가리키는 말도 배웠지만 발라 모르굴리스가 '모든 사람은 죽는다'는 말임을 알았다. 거인의 딸 선원들 대부분은 올드타운과 킹스랜딩과 메이든풀에 상륙해서 보낸 밤들 덕분에 공용어를 조금씩 했지만, 아리아와 대화를 할 수 있을 만큼 공용어를 잘하는 사람은 선장과 그 아들들뿐이었다. 데니오가 막내 아들로, 통통하고 쾌활한 열두 살 소년이었는데 아버지의 선실을 청소하고 형의 회계를 도왔다.

"너희 거인이 배고프지 않은 상태였으면 좋겠다." 아리아가 말했다.

"배고프다니?" 데니오는 어리둥절해서 되물었다.

"별거 아니야." 그 거인이 정말로 여자애들의 분홍색 살을 먹는다 해도, 아리아는 두렵지 않았다. 아리아는 말라빠져서 거인이 먹기 좋은 식삿감이 아닌 데다가, 열한 살이 다 됐으니 사실상 어른이었다. 그리고 솔티는 귀족도 아니었다. "그 거인이 브라보스의 신이야? 아니면 너희도 일곱을 믿어?"

"브라보스에선 모든 신을 다 기려." 선장의 아들은 아버지의 배에 대해 말하기도 좋아했고 자기 도시에 대해 말하기도 좋아했다. "네 일곱 신도 여기 성소가 있긴 해. 바다 너머 성소라고 하지. 하지만 거기서 예배드리는 건 웨스테로스 선원들뿐이야."

'내 일곱 신이 아니야. 어머니의 신들이었고, 프레이가 트윈스에서 어머니를 살해하게 내버려둔 신들이지.' 아리아는 브라보스에서도 신의 숲을 찾을 수 있을지, 그 신의 숲 심장부에 영목이 있을지 궁금했다. 데니오가 알지도 모르지만, 차마 물어볼 수가 없었다. 솔티는 솔트팬스에서 왔는데, 솔트팬스 여자애가 북부의 옛 신들에 대해 뭘 알겠는가? '옛 신들은 죽었어.' 아리아는 스스로에게 말했다. '어머니와 아버지와 롭과 브랜과 리콘과 같이, 다 죽었어.' 오래전에 아버지가 했던 말, 찬바람이 불면 외로운 늑대는 죽고 무리는 살아남는다던 말이 떠올랐다. 아버지는 거꾸로 알았다. 외로운 늑대 아리아는 아직 살아 있지만 늑대 무리는 다 잡혀서 칼을 맞고 가죽이 벗겨졌다.

"달 노래꾼들이 우리를 발리리아의 드래곤들이 찾을 수 없는 이 피난처로 이끌어줬어." 데니오가 말했다. "그래서 달 노래꾼들의 신전이 제일 커. 우린 물의 아버지도 존경하지만, 그분의 집은 그분이 신부를 맞이할 때마다 새로 지어. 나머지 신들은 도시 한가운데 섬에 같이 모여 살아. 네가 그…… 다면(多面)의 신을 찾을 곳도 거기야."

이제 거인의 두 눈은 더 밝아지고 더 사이가 멀어졌다. 아리아는 다면의 신이 누군지 몰랐지만, 기도에 응답해주는 신이라면 찾아갈 수도 있었다. 아리아는 생각했다. '그레고르 경, 던센, 친절한 라프, 일린 경, 메린 경, 세르세이 왕대비.' 이제 여섯밖에 남지 않았다. 조프리는 죽었고, 사냥개가 폴리버를 베었고, 티클러는 아리아가 직접 찔렀다. 여드름이 난 멍청한 종자도 아리아가 죽였다. '날 붙잡지 않았다면 죽이진 않았을 텐데.' 사냥개는 트라이던트 강둑에 두고 왔을 때 상처에서 열이 절절 끓어서 죽어가고 있었다. '사냥개에게 자비의 선물을 베풀어서 심장에 칼을 꽂아줬어야 했어.'

"솔티, 봐!" 데니오가 아리아의 팔을 잡고 돌려 세우며 가리켰다. "저기 보여? 저기."

뱃머리 앞에서 너덜너덜한 회색 커튼이 갈라지듯 안개가 걷혔다. '거인의 딸'은 부푼 자주색 날개를 타고 회녹색 물을 갈랐다. 아리아는 머리 위에서 우는 바닷새 소리를 들을 수 있었다. 데니오가 가리킨 곳은 바다에서 불쑥 솟아오른 돌 능선으로, 가파른 비탈에 병정소나무와 검은 가문비나무가 뒤덮여 있었다. 하지만 그 능선이 바로 그들 앞에서 갈라지더니, 물 위에 거인이 서서 두 눈을 빛내며 긴 녹색 머리채를 바람에 휘날리고 있었다.

두 다리는 쩍 벌어져 양쪽 산에 한 발씩 딛고 있었고, 두 어깨는 삐죽삐죽한 산마루 위로 높이 솟아올랐다. 다리는 단단한 돌을 깎아 만들었는데 딛고 선 바다산과 같은 검은 화강암이었고, 허리에는 녹색빛이 도는 청동으로 만든 갑옷 치마를 둘렀다. 흉갑도 청동제였고, 머리에는 볏 장식이 달린 반투구를 썼다. 휘날리는 머리채는 녹색으로 염색한 삼줄로 만든 것이었고, 눈에 해당하는 동굴 속에서는 거대한 불이 타올랐다. 한 손은 왼쪽 능선 위에 얹어서, 청동 손가락들이 바위 언덕을 휘감았다. 다른 한 손은 부러진 검 손잡이를 쥐고 허공을 향해 뻗었다.

'그래봐야 킹스랜딩에 있는 바엘로르 왕의 조각상보다 조금 큰 정도야.' 아리아는 아직 한참 떨어진 바다에 있을 때 그렇게 생각했다. 그러나 갈레아스선이 파도가 절벽에 부딪쳐 부서지는 곳까지 다가가자 거인이 점점 커졌다. 데니오의 아버지가 굵은 목소리로 외치는 명령이 들리더니, 삭구에 올라가 있던 남자들이 돛을 내렸다. '거인의 다리 아래를 노 저어서 통과하는 거야.' 아리아는 거대한 청동 흉갑에 가늘게 난 활 구멍들을 보았고,

거인의 팔과 어깨에 바닷새들이 둥지를 틀면서 만든 얼룩도 보았다. 아리아는 목을 더 꺾었다. '성왕 바엘로르는 무릎에도 안 가겠어. 윈터펠의 성벽도 걸어서 넘을 수 있겠네.'

그 순간 거인이 엄청난 고함을 내질렀다.

몸집만큼이나 큰 소리였다. 끔찍하게 삐걱거리는 소리였는데, 어찌나 큰지 선장의 목소리도 소나무 가득한 능선에 부딪치는 파도 소리도 다 묻어버렸다. 천 마리 바닷새가 한꺼번에 날아올랐고, 아리아는 몸을 움츠리고 있다가 데니오의 웃는 얼굴을 보았다. "병기창에 우리가 들어간다고 경고한 것뿐이야." 데니오가 소리쳤다. "겁먹지 마."

"겁먹은 적 없어." 아리아는 마주 외쳤다. "소리가 컸을 뿐이야."

이제는 바람과 파도가 '거인의 딸'을 꽉 움켜쥐고 빠른 속도로 거인을 향해 몰고 있었다. 두 줄로 이어진 노가 매끄럽게 움직이면서, 거인의 그림자가 떨어지는 바다에 하얀 포말을 일으켰다. 한순간은 배가 거인의 다리 아래 돌들에 부딪쳐 깨지고 말 것만 같았다. 뱃머리에서 데니오 옆에 몸을 웅송그린 아리아는 얼굴을 때리는 물보라의 소금 맛을 느낄 수 있었다. 거인의 머리를 보려면 똑바로 올려다보아야 했다. "브라보스인들은 그 거인에게 어린 귀족 여자애들의 군침 도는 분홍색 살을 먹인답니다." 낸 할멈의 말이 다시 들렸지만, 아리아는 어린 여자애가 아니었고 바보 같은 조각상에게 겁먹을 마음도 없었다.

그렇다 해도 거인의 다리 사이를 빠져나가는 동안에는 바늘에 손을 올리고 있었다. 거대한 돌 다리 안쪽에 활 구멍이 더 나 있었고, 10미터를 족히 남기고 빠져나가는 망대를 보려고 목을 길게 뺐더니 거인의 갑옷 치마 아래에 살인 구멍들이, 그리고 그 쇠창살 안에서 그들을 내려다보는 희끄무레한 얼굴들이 보였다.

다음 순간 배는 그 밑을 벗어났다.

그림자가 사라지고, 소나무 덮인 능선이 양쪽으로 멀어지고, 바람이 줄더니 배가 거대한 석호를 뚫고 나아갔다. 앞에 바다산이 하나 더 솟았는데, 바닷물에서 치오른 바위 언덕 위 돌 성곽에 전갈석궁, 화염 투하기, 트레뷰셋 투석기가 빼곡한 모습이 마치 쇠못을 박아 넣은 주먹 같았다. "브라보스의 병기창이야." 데니오가 마치 자기가 지었다는 듯 자랑스럽게 말했다. "저기선 하루 만에 전투 갤리선 한 척을 만들어." 아리아는 안벽(岸壁)에 묶여 있거나 진수대에 올라가 있는 갤리선 수십 척을 볼 수 있었다. 돌투성이 물가를 따라 늘어선 헤아릴 수 없이 많은 나무 창고에도 갤리선의 색칠한 뱃머리들이 튀어나와 있었고, 그 모습이 마치 여위고 사납고 굶주린 사냥개들이 개 장 속에서 사냥꾼의 나팔 소리를 기다리는 것만 같았다. 수를 헤아려보려 했지만 너무 많았고, 물가가 구부러지며 멀어지는 곳에 부두와 창고와 안벽이 더 있었다.

갤리선 두 척이 그들을 맞이하러 나와 있었다. 그들은 하얀 노를 번득이며 잠자리처럼 물 위를 지쳤다. 아리아는 선장이 그쪽 선장들에게 뭐라고 외치고, 그쪽에서도 마주 외치는 소리를 들었지만 무슨 말인지는 알아듣지 못했다. 큰 나팔 소리가 울렸다. 갤리선들이 배 양쪽으로 지나갔는데, 어찌나 가까운지 자주색 선체 안에서 울리는 숨죽인 북소리를 들을 수 있을 정도였다. 둠둠둠둠둠둠둠, 마치 살아 있는 심장의 고동 소리 같았다.

다음 순간에는 갤리선 두 척이 뒤쪽에 있었고, 병기창도 마찬가지였다. 앞에는 넓게 펼쳐진 황록색 물결이 가을 풀밭처럼 일렁였다. 그 젖은 심장에 제대로 된 도시가 솟아올랐다. 회색과 금색과 붉은색의 돔과 탑과 다리가 이리저리 뻗어나간 도시. 바다 위 백 개의 섬이 이룬 도시 브라보스였다.

아리아는 루윈 학사가 브라보스에 대해 가르친 내용을 대부분 잊어버렸다. 평평한 도시라는 점은 멀리서도 알 수 있었다. 세 개의 높은 언덕에 자리 잡은 킹스랜딩과는 달랐다. 여기에 언덕이라고는 사람들이 벽돌과 화강암, 청동과 대리석으로 쌓아 올린 언덕뿐이었다. 또 없는 게 있었는데, 그게 무엇인지는 몇 분이 지나서야 알아차렸다. 이 도시에는 방벽이 없었다. 하지만 아리아가 그렇게 말하자 데니오는 웃어젖혔다. "우리 방벽은 나무로 만들어서 자주색으로 칠했지. 우리 갤리선들이 우리의 벽이야. 다른 벽은 필요 없어."

뒤쪽에서 갑판이 삐걱거렸다. 아리아가 돌아보니 자주색 모직물로 만든 긴 선장복을 입은 데니오의 아버지가 서 있었다. 상인-선장인 테네시오 테리스는 구레나룻도 기르지 않고 회색 머리는 짧고 단정하게 깎아서, 풍상에 닳은 각진 얼굴을 뚜렷하게 드러냈다. 바다를 건너는 동안 아리아는 선장이 선원들과 농담을 나누는 모습을 자주 보았지만, 선장이 얼굴을 찌푸리면 다들 폭풍이라도 맞은 것처럼 도망쳤다. 지금 그는 얼굴을 찌푸리고 있었다. "우리의 항해는 끝났소. 우린 바다군주의 세관원들이 올라타서 선창을 검사할 체키항으로 갈 거요. 언제나 그렇듯이 그 작업에 반나절은 걸릴 텐데, 귀하가 그 시간을 다 기다릴 필요는 없겠지. 소지품을 챙기시오, 배를 내려줄 테니. 요르코가 뭍에 데려다줄 거요."

'뭍에.' 아리아는 입술을 깨물었다. 협해를 건너 여기까지 오기는 했지만, 만약 선장이 물어봤다면 아리아는 '거인의 딸'에 계속 있고 싶다고 대답했을 것이다. 솔티는 노잡이가 되기엔 너무 작았지만, 밧줄을 꼬아 잇고 돛을 묶고 거대한 짠물 바다에서 항로를 잡는 방법은 배울 수 있었다. 데니오가 망대에 데리고 올라간 적이 한 번 있었는데, 갑판이 저 아래 조그맣게 보이는데도 겁이 나지 않았었다. '난 계산도 하고, 선실 청소도 할 수 있어.'

하지만 이 갈레아스선에는 어린애가 둘 필요하지 않았다. 게다가 선장의 얼굴을 올려다보기만 해도 아리아를 치우고 싶어 얼마나 안달인지 알 수 있었다. 그래서 아리아는 고개를 끄덕이기만 했다. "뭍에." 뭍이란 오직 낯선 사람들만을 의미했지만, 그래도 아리아는 그렇게 말했다.

"발라 도하에리스." 선장은 두 손가락을 이마에 댔다. "테네시오 테리스와 그가 귀하에게 해준 일을 기억해주길 빌겠소."

"그럴게요." 아리아는 조그만 목소리로 말했다. 바람이 유령처럼 고집스럽게 망토를 당겼다. 떠날 때였다.

선장은 소지품을 챙기라고 했지만, 챙길 물건이 거의 없었다. 입고 있는 옷, 작은 돈주머니, 선원들이 준 선물, 허리 왼쪽에 달린 단검과 오른쪽에 찬 바늘이 다였다.

아리아가 준비를 끝내기도 전에 배가 준비되었고, 요르코가 노를 잡았다. 요르코도 선장의 아들이었지만 데니오보다 나이가 많고 덜 친근했다. '데니오에게 작별 인사도 못 했어.' 아리아는 배에 기어 내려가면서 생각했다. 데니오를 다시 보게 되긴 할까. '작별 인사를 했어야 하는데.'

요르코가 노를 저을 때마다 '거인의 딸'호가 작아지면서 도시가 커졌다. 오른쪽으로 물에 잠기다 만 건물들이 수면 위로 꼭대기를 내밀고 있는 수몰 지역을 지나 항구가 보였다. 복잡하게 얽힌 선창과 안벽에 이벤의 뚱뚱한 고래잡이배, 여름 군도의 백조선, 그리고 헤아릴 수 없이 많은 갤리선이 북적였다. 멀리 왼쪽으로 항구가 하나 더 있었다. 아리아는 한곳에 그렇게 큰 건물이 많이 모인 모습을 본 적이 없었다. 킹스랜딩에 레드킵과 바엘로르 대성소와 드래곤핏이 있기는 했지만, 브라보스에는 그 정도로 크거나 심지어 더 큰 신전과 탑과 궁전이 스무 개는 더 되는 것 같았다. '난 다시 쥐새끼가 되겠구나. 달아나기 전 하렌홀에서처럼.' 아리아는 음울하게 생각했다.

거인이 선 곳에서 봤을 때는 도시가 하나의 큰 섬 같았지만, 요르코가 노를 저어 가까이 가자 실제로는 수많은 작은 섬이 한데 모여, 수많은 수로에 놓인 아치형의 돌다리들로 연결되어 있음을 알 수 있었다. 항구 너머로 언뜻 보이는 길거리엔 회색 돌집들이 서로에게 기댄다 싶을 만큼 바싹 붙어 있었다. 아리아의 눈에는 4층이나 5층 높이에 앙상하게 가늘고, 뾰족 모자처럼 가파른 타일 지붕을 인 그 집들이 이상해 보였다. 이엉도 보이지 않았고, 웨스테로스에서 알던 집 같은 건 목조 주택 몇 채 정도였다. '나무가 없어.' 아리아는 알아차렸다. '브라보스는 다 돌이야. 녹색 바다에 뜬 회색 도시야.'

요르코는 부두 북쪽으로 배를 저어 대수로 입구로 들어갔는데, 대수로는 도시 중앙을 관통하는 넓은 녹색 물길이었다. 그들은 수십 가지 물고기와 게와 오징어를 새겨 장식한 돌다리 아치 아래를 통과했다. 앞에 나타난 두 번째 다리에는 잎이 늘어진 넝쿨이 새겨져 있었고, 그 너머에 보이는 세 번째 다리에서는 그려 넣은 천 개의 눈이 그들을 내려다보았다. 양쪽으로 더 작은 수로 입구들이 열려 있었고, 다시 그 수로에서 더 작은 수로들이 갈려나갔다. 수로 위에 지어놓은 집 때문에 수로가 터널로 바뀌기도 했다. 늘씬한 쪽배들이 수로를 오갔는데, 물뱀 모양으로 만들어서 머리를 그려 넣고 곧추선 꼬리를 달았다. 그런 배들은 노를 젓는 게 아니라 회색과 갈색과 짙은 이끼색 망토를 입은 남자들이 배꼬리에 서서 장대로 밀고 다녔다. 나무상자와 나무통을 높이 쌓아 올린 채 한쪽에 선 장대잡이 스무 명이 밀고 다니는 거대한 너벅선들도 보였고, 색유리 등잔과 벨벳 휘장, 놋쇠 선수상을 단 아름다운 수상 가옥들도 보였다. 저 멀리, 수로들과 집들 위로 거대한 석조 도로 같은 것이 보였는데, 그 도로를 떠받친 튼튼한 삼단 아치가 남쪽으로 줄줄이 이어지다가 안개 속으로 사라졌다. "저건 뭐야?" 아리아는 요르코에게 그쪽을 가리키며 물었다. "단물강. 개펄과 짠물밭을 지나 내륙에서부터 민물을 끌어오지. 분수대에 쓰는 맛 좋은 물이야."

뒤를 돌아보니 항구와 석호는 이제 보이지 않았다. 앞에 보이는 물길 양옆에는 거대한 조각상들이 한 줄로 늘어섰는데, 긴 청동 로브를 입은 엄숙한 남자들의 석상 여기저기에 바닷새 똥이 튀어 있었다. 조각상에 따라 책을 들거나 단검을 들거나 망치를 들었고, 하나는 들어 올린 손에 금빛 별을 쥐고 있었다. 또 어떤 조각상은 돌로 만든 병을 거꾸로 들고 수로에 끝없이 물을 쏟아붓고 있었다. "저건 신들이야?" 아리아가 물었다.

"바다군주들이야." 요르코가 대답했다. "신들의 섬은 더 가야 있어. 보여? 오른쪽 제방을 따라 다리 여섯 개는 더 가야 해. 저긴 달 노래꾼들의 신전이야."

석호에서 보였던 신전 중 하나였다. 눈처럼 흰 대리석 건물에 거대한 은빛 돔을 얹었고, 우윳빛 유리창은 달의 모든 단계를 보여줬다. 바다군주들만큼이나 큰 대리석 처녀 한 쌍이 문 양옆을 지키고 서서 초승달 모양의 상인방을 떠받들었다.

그 너머에 다른 신전이 또 있었는데, 요새처럼 삼엄하게 지은 붉은 돌 건물이었다. 거대한 사각탑 꼭대기에는 너비 6미터짜리 쇠화로에 불이 타오르고 있었고, 그보다 작은 불이 놋쇠 문 양옆을 지켰다. "붉은 사제들은 불을 사랑하지." 요르코가 말했다. "빛의 군주가 저들의 신이야. 붉은 를로르."

'알아.' 아리아는 낡은 갑옷 조각들을 입고, 붉은 사제라기보다는 분홍 사제처럼 보일 정도로 색이 바랜 로브를 걸쳤던 미르의 토로스를 떠올렸다. 그러나 그의 입맞춤은 베릭 공을 죽음에서 되살려냈었다. 아리아는 옆으로 지나가는 붉은 신의 집을 보면서, 여기 브라보스의 붉은 사제들도 같은 일을 할 수 있을까 생각했다.

그다음에는 이끼가 가득 핀 거대한 벽돌 건물이 나왔다. 요르코가 말해주지 않았다면 아리아는 그 건물을 창고로 생각했을 것이다. "여긴 '성스러운 쉼터'야. 세상이 잊어버린 작은 신들을 기리는 곳이지. 토끼 굴이라고 부르기도 할 거야." 토끼 굴의 이끼 덮인 벽들 사이로 작은 수로가 하나 흘렀는데, 요르코는 그리로 배를 몰았다. 그들은 터널을 하나 지나서 다시 빛 속으로 나갔다. 양쪽으로 사원들이 더 보였다.

"이렇게 많은 신들이 있는 줄은 몰랐어." 아리아가 말했다.

요르코는 끙 소리를 냈다. 그들은 물굽이를 하나 돌아서 또 다른 다리 아래로 향했다. 왼쪽에 바위 언덕이 하나 나타났는데, 언덕 꼭대기에 창문도 없는 어두운 회색 돌 신전이 서 있었다. 신전 문에서 지붕 덮인 부두까지 돌계단이 이어져 내려왔다.

요르코가 노를 뒤로 움직이자 배가 돌 말뚝에 살짝 부딪쳤다. 요르코는 쇠고리를 잡고 배를 잠시 세웠다. "여기 내려줄게."

그 부두는 어두웠고, 계단은 가팔랐다. 신전의 검은색 타일 지붕은 수로를 따라오며 본 집들처럼 뾰족했다. 아리아는 입술을 씹었다. '시리오는 브라보스 출신이었어. 분명히 이 신전에 와봤을 거야. 저 계단을 올랐을 거야.' 아리아는 쇠고리를 잡고 부두에 올라섰다.

"내 이름은 알지?" 요르코가 배에 서서 말했다.

"요르코 테리스."

"발라 도하에리스." 요르코는 노를 밀어 더 깊은 물로 돌아갔다. 아리아는 요르코가 왔던 길을 다시 노 저어 다리 그림자 속으로 사라질 때까지 지켜보았다. 노 젓는 소리가 잦아들자 아리아는 자기 심장이 뛰는 소리를 들을 수 있을 것만 같았다. 갑자기 어딘가 다른 곳에…… 겐드리와 함께 하렌홀에 돌아갔거나, 사냥개와 함께 트라이던트 근처 숲속에 있는 기분이었다. '솔티는 멍청한 어린애야. 난 늑대이고, 겁먹지 않을 거야.' 아리아는 행운을 찾아 바늘 손잡이를 두드린 후 어둠 속으로 뛰어들어, 아무도 그녀가 겁먹었다고 말할 수 없도록 한 번에 두 계단씩 밟아 올라갔다.

다 오르고 나니 조각이 새겨진 3.5미터 남짓 되는 나무 문 두 짝이 있었다. 왼쪽 문짝은 뼈처럼 하얀 영목으로 만들었고, 오른쪽 문짝은 반짝이는 흑단이었다. 문 중앙에는 달의 얼굴을 새겼는데, 영목 문 쪽은 흑단, 흑단 문 쪽은 영목이었다. 그 문을 보자 어쩐지 윈터펠 신의 숲에 있던 심장 나무가 생각났다. '문이 날 보고 있어.' 아리아는 그렇게 생각하고 장갑 낀 손으로 한꺼번에 문짝 두 개를 밀었지만, 양쪽 다 꿈쩍도 하지 않았다. 잠겨서 빗장이 질러져 있었다. "들여보내줘, 이 멍청아. 난 협해를 건너왔단 말이야." 아리아는 주먹을 쥐고 문을 두드렸다. "자켄이 오라고 했어. 나한테 쇠주화가 있어." 아리아는 주머니에서 쇠주화를 꺼내어 들어 올렸다. "보여? 발라 모르굴리스."

문은 아무 대꾸도 없이 그저 열렸다.

인간의 손으로 움직인 것도 아닌데, 문이 소리 없이 안쪽으로 열렸다. 아리아는 한 걸음, 또 한 걸음 내디뎠다. 등 뒤에서 문이 닫히고, 잠시 앞이 보이지 않았다. 빼 든 기억도 없는데 바늘이 손에 들려 있었다.

촛불 몇 개가 벽을 따라 타올랐지만, 빛이 너무 약해서 아리아는 자기 발도 볼 수가 없었다. 누군가가 속삭이고 있었다. 무슨 말인지 알아듣기엔 너무 작은 소리였다. 또 누군가는 울고 있었다. 가벼운 발소리, 가죽이 돌을 스치는 소리, 문이 열렸다가 닫히는 소리가 들렸다. '물소리. 물소리도 들려.'

눈이 서서히 적응했다. 신전은 안에서 보니 밖에서보다 훨씬 커 보였다. 웨스테로스의 성소들은 칠각형으로 생겨서 일곱 신 각각에게 바치는 일곱 제단이 놓였는데, 여기에는 신들이 일곱보다 많았다. 벽을 따라 늘어선 신들의 조각상은 육중하고 위협적이었다. 조각상 발치마다 놓인 붉은 촛불이 먼 별처럼 깜박거렸다. 제일 가까운 곳에 선 조각상은 대리석으로 만든 3.5미터 남짓의 여자였다. 그 눈에서 진짜 눈물이 흘러내려 여자가 품에 안은 그릇을 채웠다. 그 너머에는 사자 머리를 단 남자가 상아로 깎은 왕좌에 앉아 있었다. 문 반대편에서는 청동과 철로 만든 거대한 말 한 마리가 거대한 두 다리를 딛고 일어서 있었다. 더 멀리 떨어진 곳에 있는 거대한 돌 얼굴, 검을 든 하얀 아기, 들소만큼 큰 덥수룩한 검은 염소, 지팡이에 기대어 선 두건 쓴 남자도 알아볼 수 있었다. 나머지는 어둠 속에 반쯤 보이는 거대한 그림자일 뿐이었다.

신들 사이에 어둠이 짙게 드리운 벽감들이 숨겨져 있었는데, 여기저기에서 초가 탔다.

아리아는 검을 손에 들고 그림자처럼 조용히 석제 장의자들 사이를 움직였다. 발을 딛는 감각으로 바닥이 돌임을 알 수 있었다. 바엘로르 대성소의 바닥처럼 반질반질한 대리석이 아니라 그보다 거친 돌이었다. 아리아는 한데 모여 숙덕거리고 있는 여자들을 지나쳤다. 공기는 따뜻하고 하품이 나올 정도로 후텁지근했다. 초가 타는 냄새를 맡을 수 있었다. 익숙하지 않은 냄새여서 이상한 향인가 보다 했는데, 신전 안으로 깊이 들어갈수록 눈과 솔잎과 뜨거운 스튜 냄새로 변했다. '좋은 냄새야.' 아리아는 혼잣말을 하며 조금 더 용기를 얻었다. 바늘을 다시 칼집에 넣을 수 있을 정도였다.

신전 중앙에서 아까 들었던 물소리의 진원지를 찾았다. 너비가 3미터는 되는 물웅덩이였는데, 잉크처럼 새까매서 흐릿한 붉은 촛불이 밝히고 있었다. 그 옆에는 은색 망토를 입은 청년이 하나 앉아서 조용히 울고 있었다. 아리아는 그 남자가 물에 한 손을 넣어 웅덩이에 진홍빛 잔물결을 일으키는 모습을 보았다. 손을 빼낸 청년은 손가락을 하나씩 빨았다. '목이 마른가 봐.' 웅덩이 가장자리에 돌로 만든 잔이 몇 개나 있었다. 아리아는 잔을 하나 채워서 마시라고 청년에게 가져갔다. 청년은 아리아가 잔을 내밀자 오랫동안 쳐다보기만 했다. "발라 모르굴리스." 청년이 말했다.

"발라 도하에리스." 아리아가 대답했다.

청년은 물을 꿀꺽꿀꺽 마시더니 잔을 웅덩이 속에 첨벙 떨어뜨렸다. 그러더니 일어서서 배를 움켜잡고 비틀거렸다. 아리아는 잠시 청년이 쓰러지는 줄 알았다. 그제야 청년의 허리띠 아래에 있는 검은 얼룩이 보였다. 아리아가 보는 동안에도 얼룩이 점점 커졌다. "찔렸네." 아리아가 불쑥 말했지만 청년은 신경도 쓰지 않았다. 비틀비틀 벽을 향해 걸어가더니 벽감 안에 놓인 딱딱한 돌침대에 기어올랐다. 주위를 둘러보니 다른 벽감들도 보였다. 몇 군데에서는 노인들이 자고 있었다.

'아니야.' 반쯤 기억하는 목소리가 머릿속에서 속삭이는 것 같았다. '죽었거나 죽어가고 있는 거다. 네 눈으로 보아라.'

손 하나가 아리아의 팔을 건드렸다.

홱 돌아보았지만, 어린 여자애에 불과했다. 창백한 어린애로, 오른쪽은 까맣고 왼쪽은 하얀 고깔 달린 로브에 푹 파묻혀 있었다. 고깔 두건 아래에는 여윈 얼굴, 푹 꺼진 뺨과 커다란 검은 눈이 있었다. "날 붙잡지 마." 아리아는 그 비쩍 마른 아이에게 경고했다. "지난번에 날 붙잡은 남자애는 죽여버렸어."

여자애는 아리아가 모르는 언어로 몇 마디를 말했다.

아리아는 고개를 저었다. "공용어 몰라?"

등 뒤에서 누군가가 말했다. "나는 안다."

아리아는 자꾸 사람을 놀래는 그들의 방식이 마음에 들지 않았다. 두건을 쓴 남자는 키가 컸고, 여자애가 입은 것과 똑같은데 크기만 큰 흑백 로브에 감싸여 있었다. 고깔 두건 아래로 보이는 것이라곤 두 눈에 반사되어 빛나는 희미한 붉은 촛불 빛뿐이었다. "여긴 뭐죠?" 아리아가 물었다.

"평화로운 곳." 남자의 목소리는 온화했다. "넌 여기에서 안전하다. 여기는 흑백의 집이야, 얘야. 다만 너는 다면신의 은총을 찾기엔 어리구나."

"남부의 신과 비슷한 건가요? 얼굴이 일곱 있는?"

"일곱? 아니다. 그분은 헤아릴 수 없이 많은 얼굴이 있단다, 아이야. 하늘의 별만큼 많은 얼굴이지. 브라보스에서 사람들은 내키는 신을 숭배하지만…… 모든 길 끝에는 다면의 신 그분이 기다리고 계신다. 언젠가 너도 기다리고 계실 테니, 두려워 말아라. 그분의 품으로 빨리 달려갈 필요는 없다."

"전 그저 자켄 하가르를 찾으러 왔을 뿐이에요."

"그런 이름은 모르겠구나."

아리아의 마음이 내려앉았다. "로라스 출신이었어요. 머리 한쪽은 하얗고 반대쪽은 빨갛고요. 저에게 비밀을 가르쳐준다면서 이걸 줬어요." 아리아는 쇠주화를 꽉 쥔 채였다. 손가락을 펴자 주화가 땀에 젖은 손바닥에 달라붙어 있었다.

사제는 주화를 찬찬히 보았지만, 건드리려고는 하지 않았다. 큰 눈의 깡마른 여자애도 주화를 보았다. 마침내 고깔 두건의 남자가 말했다. "네 이름을 말해라."

"솔티. 트라이던트 옆 솔트팬스에서 왔어요."

남자의 얼굴은 보이지 않았지만 어쩐지 웃고 있음을 알 수 있었다. "아니다. 네 이름을 말해라."

"비둘기 고기."

"진짜 이름을 말해라, 얘야."

"어머니는 절 낸이라고 불렀지만, 사람들은 족제비라고—"

"네 이름."

아리아는 침을 꿀꺽 삼켰다. "아리. 난 아리예요."

"가까워졌구나. 이제 진실은?"

'공포가 칼보다 더 위험하다.' 아리아는 스스로에게 말했다. "아리아." 처음에는 그 이름을 속삭였다. 두 번째에는 그 남자에게 집어 던지듯 말했다. "난 스타크 가문의 아리아예요."

"그래. 하지만 흑백의 집은 스타크 가문의 아리아가 있을 곳이 아니다."

"제발. 갈 곳이 없어요."

"죽음이 무서우냐?"

아리아는 입술을 깨물었다. "아니요."

"어디 보자." 사제가 고깔 두건을 젖혔다. 그 밑에는 얼굴이 없었다. 뺨에 피부 조각 몇 개가 달라붙고 빈 한쪽 눈구멍에서 하얀 벌레가 꿈틀거리는 노란 해골뿐이었다. "내게 입 맞춰라, 아이야." 사제는 죽음이 덜그럭거리는 것처럼 메마르고 쉰 목소리로 말했다.

'나에게 겁을 주려는 건가?' 아리아는 코가 있어야 할 자리에 입을 맞추고 눈구멍에서 무덤 벌레를 뽑아 먹으려 했지만, 손에 잡힌 벌레는 그림자처럼 녹아 없어졌다.

노란 해골도 녹아내리고, 이제는 지금까지 본 사람 중에 가장 친절하게 생긴 노인이 아리아를 보며 미소 짓고 있었다. "내 벌레를 먹으려던 사람은 없었는데. 배가 고프냐, 아이야?"

'그래, 고파. 하지만 음식이 고픈 건 아니야.' 아리아는 생각했다.

세르세이

차가운 비가 내리며 레드킵의 벽과 성벽 색을 피처럼 진하게 물들였다. 왕대비는 왕의 손을 잡고 단호하게 진흙탕 안뜰을 지나 왕의 가마가 호위대와 함께 선 곳으로 향했다. "제이미 삼촌은 제가 말을 타고 가면서 평민들에게 동전을 던져줘도 된댔어요." 아이가 항의했다.

"감기 걸리고 싶니?" 그런 위험을 감수할 순 없었다. 토멘은 조프리만큼 튼튼하지가 않았다. "할아버지도 가시는 길에 네가 의젓한 왕으로 보이길 바라실 거야. 흠뻑 젖어서 더러워진 꼴로 대성소에 나타날래?" '상복을 또 입어야 한다는 것만으로도 나빠.' 세르세이는 검은색이 잘 받지 않았다. 하얀 피부 때문에 반쯤 죽은 사람처럼 보였다. 세르세이는 동이 트기 한 시간 전에 일어나서 목욕을 하고 머리를 정돈했는데, 그 노력을 비 때문에 망칠 생각은 없었다.

가마 안으로 들어간 토멘은 쿠션에 기대앉아서 쏟아지는 비를 내다보았다. "신들이 할아버지를 위해 우나 봐요. 조슬린이 빗방울은 신의 눈물이래요."

"조슬린 스위프트는 멍청이야. 신들이 울 수 있다면 네 형을 위해 울었겠지. 비는 그냥 비야. 빗방울 더 들이치기 전에 커튼 닫아라. 담비 망토를 적실 작정이니?"

토멘은 시키는 대로 했다. 토멘의 양순함은 고민거리였다. 왕은 강해야 했다. 조프리였다면 반박했으리라. 조프리는 으르대기가 쉽지 않았다. "그렇게 구부정하게 있지 말고. 왕답게 앉아. 어깨를 펴고 왕관을 똑바로 얹어라. 네 영주들이 다 모인 앞에서 왕관을 떨어뜨리고 싶니?"

"아뇨, 어머니." 아이는 똑바로 앉아서 손을 올려 왕관을 바로잡았다. 조프리의 왕관은 토멘에게 너무 컸다. 토멘은 언제나 통통한 편이었는데, 지금은 얼굴 살이 빠져 보였다. '밥은 잘 먹고 있나?' 잊지 말고 집사에게 물어봐야 했다. 미르셀라가 도르네인들 손에 있는데, 토멘이 아프기라도 하면 큰일이었다. '때가 되면 조프리의 왕관이 잘 맞게 크겠지. 그때까지는 더 작은 왕관이 필요할지도 몰라. 아이의 머리를 다 잡아먹을 것 같은 왕관 말고.' 그녀는 금세공인들과 의논해야겠다고 생각했다.

가마가 아에곤의 높은 언덕을 천천히 내려갔다. 킹스가드 두 명이, 하얀 말을 타고 물에 젖은 하얀 망토를 어깨에 늘어뜨린 하얀 기사들이 가마에 앞서 달렸다. 가마 뒤로는 금색과 진홍색을 입은 라니스터 위병 50명이 따라왔다.

토멘은 휘장 사이로 텅 빈 거리를 내다보았다. "사람이 더 있을 줄 알았어요. 아버지가 돌아가셨을 땐 사람들이 다 몰려나와서 우리가 지나가는 걸 봤잖아요."

"비 때문에 집 안에 있는 거야." 킹스랜딩은 타이윈 공을 사랑한 적이 없었다. 하지만 타이윈 공도 사랑을 원한 적이 없었다. "사랑은 먹을 수도 없고, 그걸로 말을 살 수도 없고, 추운 밤에 방 안을 따뜻하게 할 수도 없다." 언젠가, 토멘 정도 나이였던 제이미에게 아버지가 한 말이었다.

바엘로르 대성소 앞, 비세니아 언덕 위의 화려한 대리석 건물 앞에 모여든 얼마 안 되는 문상객들은 아담 마브랜드 경이 광장에 정렬한 황금 망토들보다 훨씬 적었다. '나중에 더 올 거야.' 세르세이는 메린 트랜트 경의 도움을 받아 가마에서 내리며 생각했다. 오전 장례식에는 귀족과 그 수행원들만 참석할 수 있었다. 오후에 평민들을 위한 장례식이 다시 열릴 테고, 저녁 기도는 모든 사람에게 공개될 터였다. 세르세이는 평민들에게 애도하는 모습을 보일 수 있게 저녁 기도에 다시 와야 했다. '군중은 구경거리를 놓치지 않아.' 귀찮은 일이었다. 세르세이에겐 채워야 할 공직, 이겨야 할 전쟁, 통치해야 할 왕국이 있었다. 아버지라면 이해했을 것이다.

최고성사는 계단 위에서 그들을 맞이했다. 등이 굽고 회색 수염이 듬성듬성한 노인이었는데, 화려하게 자수를 놓은 로브의 무게에 더 구부정해진 나머지 눈높이가 왕대비의 가슴께에 왔다……. 그러나 깎은 수정과 금실이 정교하게 조화를 이룬 관이 키를 40센티미터 넘게 키워줬다.

폭도가 전임 최고성사를 죽였을 때 타이윈 공이 사라진 수정관 대신 만들어준 관이었다. '폭도가 그 뚱뚱한 바보를 가마에서 끌어 내려 갈가리 찢었지. 미르셀라가 배를 타고 도르네로 떠난 날. 그놈은 엄청난 폭식가에 고분고분한 성격이었어. 이놈은…….' 세르세이는 이 최고성사가 티리온의 작품이었다는 사실을 퍼뜩 떠올렸다. 심란한 생각이었다.

금색 소용돌이와 작은 수정들이 박힌 소매에서 빠져나온 노인의 검버섯 핀 손이 닭발처럼 보였다. 세르세이는 젖은 대리석에 무릎을 꿇고 그 손가락에 입을 맞춘 후, 토멘도 똑같이 하도록 했다. '이자가 나에 대해 뭘 알지? 난쟁이가 이놈에게 얼마나 말했을까?' 최고성사는 그녀를 성소 안으로 데려가면서 미소 지었다. 그게 입 밖에 내지 않는 정보로 가득한 위협적인 미소일까, 아니면 노인의 주름진 입술이 괜히 씰룩였을 뿐일까? 세르세이는 잘 알 수가 없었다.

세르세이는 토멘의 손을 잡고서 장식 유리로 만든 채색구들이 줄줄이 달린 '등불 회당(Hall of Lamps)'을 통과했다. 트랜트와 케틀블랙이 양옆에 섰는데, 젖은 망토에서 물이 뚝뚝 떨어져 바닥에 고였다. 최고성사는 수정구를 박아 넣은 영목 지팡이에 몸을 기대며 천천히 걸었다. 최고신관단(Most Devout) 일곱 명이 은란 옷을 빛내며 최고성사를 수행했다. 토멘은 흑담비 망토 속에 금란 옷을 입었고, 왕대비는 가장자리에 흰담비 털을 댄 오래된 검은색 벨벳 가운을 입었다. 새로운 옷을 만들 시간은 없었고, 그렇다고 조프리를 위해 입은 상복을 또 입을 수도, 로버트를 묻을 때 입은 옷을 입을 수도 없었기 때문이었다.

'그나마 티리온을 위해 상복을 입을 필요는 없겠군. 그때는 진홍색 비단과 금란으로 만든 옷을 입고 머리에는 루비를 쓸 거야.' 세르세이는 그 난쟁이의 머리통을 가져오는 자는 출신이나 지위가 아무리 천하고 낮다 해도 귀족으로 만들어주겠다고 선언했다. 까마귀들이 칠왕국 곳곳에 그녀의 약속을 실어 날랐고, 곧 협해를 건너 아홉 개 자유도시와 그 너머의 땅까지 소식이 전해질 터였다. '꼬마 악마더러 세상 끝까지 달아나라고 해. 내게서 도망치진 못할 거야.'

왕실의 행렬은 안쪽 문을 통과하여 대성소의 동굴 같은 심장부로 들어갔고, 돔 아래에서 만나게 되어 있는 일곱 개의 넓은 통로 중 하나를 따라 움직였다. 왕과 왕대비가 지나가자 오른쪽, 왼쪽에서 귀족 문상객들이 무릎을 꿇었다. 아버지의 휘하 봉신 다수가 여기에 있었고, 50여 차례의 전투에서 타이윈 공 옆에서 싸운 기사들도 있었다. 그들을 보자 좀 더 자신감이 붙었다. '내겐 친구들이 없지 않아.'

유리와 금과 수정으로 만든 대성소의 높은 돔 아래, 계단이 있는 대리석 관대 위에 타이윈 라니스터 공의 시신이 놓여 있었다. 머리맡에서 제이미가 철야를 섰는데, 긴 금빛 대검 끝을 바닥에 대고 손잡이에 성한 손을 올리고 있었다. 제이미가 걸친 두건 달린 망토는 갓 내린 눈처럼 희었고, 긴 쇠사슬 갑옷에 박힌 미늘은 금을 새겨 넣은 자개였다. '타이윈 공이라면 제이미가 라니스터의 금색과 진홍색을 입고 있길 바랐을 텐데.' 세르세이는 생각했다. '순백의 옷을 입은 제이미를 볼 때마다 화를 내셨지.' 제이미는 수염도 다시 기르고 있었다. 턱과 뺨을 뒤덮은 수염 자국 때문에 거칠고 험악한 인상이었다. '하다못해 아버지의 뼈가 캐스털리록 아래 들어갈 때까지 기다릴 수도 있었잖아.'

세르세이는 왕을 이끌고 세 개의 짧은 계단을 올라 시신 옆에 무릎 꿇었다. 토멘의 눈에 눈물이 가득 고였다. "조용히 울어라." 세르세이는 토멘에게 몸을 기울이고 말했다. "넌 빽빽대는 아이가 아니라 왕이야. 휘하 영주들이 지켜보고 있어." 아이는 손등으로 눈물을 닦았다. 세르세이와 같은 에메랄드빛 눈이었다. 토멘 나이 때의 제이미처럼 크고 반짝이는 녹색 눈. 세르세이의 동생은 정말이지 예쁜 소년이었다……. '하지만 사납기도 했지. 조프리처럼 사나웠어. 진정한 사자 새끼였어.' 왕대비는 한 팔로 토멘을 안고 금빛 고수머리에 입을 맞췄다. '토멘은 통치하는 방법을 가르쳐주고 적들로부터 안전하게 지켜줄 내가 필요해.' 그 적들 중 일부는 바로 지금도 가까이 서서 친구인 척 하고 있었다.

침묵의 자매들은 타이윈 공을 최후의 전투에라도 나갈 사람처럼 무장시켰다. 가장 좋은 판금 갑옷을 입혔는데, 무거운 강철에 짙고 어두운 진홍색 법랑을 입히고 쇠장갑과 정강이받이와 흉갑에는 금으로 돋을새김을 한 갑옷이었다. 겨드랑이를 가리는 원판은 금색 햇살 모양이었고, 양 어깨에는 금으로 만든 암사자 두 마리가 몸을 웅크렸다. 갈기가 달린 수사자는 머리 옆에 놓인 대투구에 올라앉았다. 가슴에는 금도금 칼집에 든 루비 박힌 장검이 놓였고, 금도금 사슬 장갑을 낀 두 손이 칼자루에 포개져 있었다. 세르세이는 생각했다. '죽어서도 고귀한 얼굴이구나. 다만 입이…….' 아버지의 입술 끝이 아주 살짝 위로 휘어져서 뭔가를 재미있어하는 듯한 인상을 안겼다. 그래서는 안 될 일이었다. 세르세이는 파이셀을 탓했다. 파이셀이 침묵의 자매들에게 타이윈 라니스터 공은 결코 웃지 않는 사람이었다고 말했어야 했다. '그 작자는 흉갑에 달린 젖꼭지만큼이나 쓸모가 없어.' 그 희미한 미소 때문에 타이윈 공이 왠지 덜 무서워 보였다. 그 미소와 두 눈이 감겨 있다는 사실 때문에. 아버지의 눈, 금빛 반점이 들어간 데다 빛을 발하는 것 같은 엷은 녹색의 그 눈은 언제나 사람을 불안하게 만들었다. 그 눈은 사람을 꿰뚫어 보고, 마음 깊은 곳이 얼마나 약하고 무가치하고 추한지 들여다봤다. '아버지와 마주한 사람은 알 수 있었어.'

일부러 생각한 것도 아닌데 기억이 하나 떠올랐다. 세르세이가 여름풀처럼 풋풋한 소녀로 처음 궁정에 왔을 때 아에리스 왕이 연 연회의 기억이었다. 늙은 메리웨더가 와인세를 올리는 문제로 떠들고 있을 때 라이커 공이 말했다. "금이 필요하다면 전하께서 타이윈 공을 요강에 앉히셔야지요." 아에리스와 아에리스의 아첨꾼들은 큰 소리로 웃었지만, 아버지는 와인 잔 너머로 라이커를 빤히 바라보기만 했다. 웃음소리가 잦아들고 한참 지나서도 그 시선은 그대로 머물렀다. 라이커는 고개를 돌렸다가 다시 돌려서 아버지와 눈이 마주쳤고, 그 시선을 무시하고 에일 한 잔을 마시더니, 그 움직임 없는 시선에 패배하여 붉어진 얼굴로 걸어 나갔다.

'타이윈 공의 두 눈은 이제 영영 감겼어.' 세르세이는 생각했다. '이제 사람들은 내 눈빛에 움찔할 것이고, 내가 찡그리면 두려워해야 해. 나도 사자야.'

바깥 하늘이 회색이라 성소 안도 어두웠다. 혹시 비가 그친다면 비스듬히 쏟아지는 햇빛이 위에 걸린 수정을 통과하여 시신에 무지갯빛을 드리우리라. 캐스털리록의 영주는 무지개를 받을 자격이 있었다. '아버지는 위대한 남자였어. 하지만 난 더 위대해질 거야. 천년이 지나 학사들이 이 시대에 대해 적을 때면, 지금을 오직 세르세이의 시대로 기억하게 될 거야.'

"어머니." 토멘이 그녀의 소매를 잡아당겼다. "무슨 냄새가 이렇게 고약해요?"

'내 아버지의 냄새란다.' "죽음의 냄새야." 세르세이도 그 냄새를 맡을 수 있었다. 희미한 부패의 신호에 코를 찡그리고 싶어졌다. 세르세이는 그러지 않았다. 은란 로브를 입은 남자 성사 일곱 명이 관대 뒤에 서서 하늘에 계신 아버지께 타이윈 공을 공정하게 심판해달라고 호소했다. 그 간청이 끝나자 여자 성사 77명이 어머니의 제단 앞에 모여서 자비를 베풀어달라 노래했다. 그때쯤에는 토멘이 안달을 냈고, 세르세이조차 무릎이 아프려 했다. 그녀는 제이미를 흘긋 보았다. 쌍둥이 동생은 돌로 깎은 사람처럼 서 있었고, 세르세이와는 눈도 마주치지 않았다.

장의자에는 그들의 숙부인 케반이 아들을 옆에 거느리고 어깨를 축 늘어뜨린 채 무릎을 꿇고 앉아 있었다. '란셀이 내 아버지보다 더 안 좋아 보이는군.' 열일곱 살밖에 안 됐는데 일흔 살이라고 해도 믿을 정도였다. 잿빛 얼굴은 여위었고 뺨은 홀쭉했으며 눈은 푹 꺼졌고, 머리는 분필처럼 하얗게 세어 뻣뻣했다. '어떻게 타이윈 라니스터는 죽었는데 란셀이 살아 있을 수 있지? 신들이 정신이 나갔나?'

자일스 공은 평소보다 기침을 더 하면서 네모나게 자른 붉은 비단으로 코를 덮고 있었다. '저 작자도 이 냄새를 맡을 수 있는 거야.' 파이셀 대학사는 눈을 감고 있었다. '혹시 잠든 거라면 채찍질을 당하게 해주고 말겠어.' 관대 오른편에는 티렐 가문 사람들이 무릎 꿇고 있었다. 하이가든의 영주와 그의 끔찍한 어머니와 심심한 아내, 아들인 갈란과 딸인 마저리까지. '아니, 마저리 왕비지.' 세르세이는 마저리가 조프리의 과부이자 토멘의 장래 아내라는 사실을 스스로에게 일깨웠다. 마저리는 오빠인 꽃의 기사와 많이 닮았다. 왕대비는 혹시 그들에게 다른 공통점도 있을까 생각했다. '우리 작은 장미에겐 밤이고 낮이고 수행하는 여자들이 많구나.' 지금도 그들은 마저리와 함께 있었는데, 열두 명은 되는 것 같았다. 세르세이는 생각에 잠겨 그들의 얼굴을 살폈다. '누가 가장 두려움이 많고, 누가 가장 음탕하고, 누가 가장 총애에 굶주려 있을까? 누가 가장 입이 쌀까?' 그 점을 알아내야 했다.

마침내 노래가 끝나자 마음이 놓였다. 아버지의 시신에서 풍기는 냄새가 더 강해진 것 같았다. 문상객 대부분은 아무 문제 없는 척할 품위가 있었지만, 세르세이는 마저리의 사촌 중 두 명이 티렐 특유의 작은 코를 찡그리는 모습을 보았다. 토멘과 함께 통로를 다시 걸으면서 왕대비는 누군가가 "변소"라고 중얼거리고 킥킥대는 소리를 들었다고 생각했지만, 누가 그런 말을 했는지 보려고 고개를 돌리자 엄숙한 얼굴들의 바다가 무표정하게 그녀를 마주 보았다. '아버지가 살아 계실 땐 감히 그분에 대해 농담을 하지 못했으면서. 아버지라면 눈빛 하나로 저것들이 오줌을 싸게 만들었을 텐데.'

등불 회당으로 다시 나가자 문상객들이 파리 떼처럼 몰려들어 쓸모없는 애도의 말을 쏟아부었다. 레드와인 쌍둥이는 세르세이의 손에, 그들의 아버지는 세르세이의 뺨에 입을 맞췄다. 화염술사 할린은 아버님의 뼈가 서쪽으로 가는 날 도시 상공에 불타는 손이 올라가리라 약속했다. 자일스 공은 기침을 해가면서 타이윈 공의 조각상을 만들 석수 장인을 고용했다고, '사자 문' 옆에 언제까지나 세워두겠다고 말했다. 램버트 턴베리 경은 오른쪽 눈에 안대를 붙이고 나타나서 그녀에게 난쟁이 동생의 머리통을 가져오는 그날까지 안대를 하고 다니겠다고 맹세했다.

세르세이가 그 광대에게서 벗어나자마자 스토크워스가(家)의 팔리스 부인과 남편 발만 버치 경이 그녀를 구석으로 몰았다. "저희 어머님께서 안타까움을 전하십니다, 전하." 팔리스가 떠들어댔다. "롤리스가 아이를 낳으러 들어가는 바람에 어머니께서 곁에 있어줘야 했어요. 용서를 간청하며 제게 여쭤보라고 하시길……. 저희 어머니께서 돌아가신 대비님의 아버님을 누구보다도 존경하셨어요. 만약 제 동생이 아들을 낳는다면 이름을 타이윈이라고 붙였으면 하는데 괘, 괜찮으실지요."

세르세이는 경악해서 팔리스를 바라보았다. "자네의 반편이 동생은 킹스랜딩 절반에게 강간당했는데, 탠다가 그 사생아에게 내 아버지의 이름을 붙이는 영광을 누리고 싶어 한다고? 아니라고 보네."

팔리스는 한 대 맞은 사람처럼 움찔했지만, 그 남편은 엄지손가락으로 두꺼운 금빛 콧수염만 매만졌다. "탠다 부인께 저도 그렇게 말했지요. 롤리스의 사생아에게는 좀 더, 아…… 좀 더 어울리는 이름을 찾아주겠습니다. 제가 약속드립니다."

"꼭 그러도록 하시오." 세르세이는 쌀쌀맞게 그들을 떨쳐냈다. 토멘은 그 사이에 마저리 티렐과 그 할머니의 손아귀에 떨어져 있었다. 가시 여왕이 키가 워낙 작다 보니 순간 세르세이는 다른 어린아이인가 했다. 그러나 아들을 장미의 손에서 구하기 전에 사람들에게 밀려 숙부와 정통으로 마주쳤다. 세르세이가 나중에 만나기로 했음을 상기시키자 케반 경은 지친 듯 고개를 끄덕이고 물러나도 되겠냐고 물었다. 하지만 란셀은, 무덤에 한 발을 걸친 남자의 초상 그 자체는 뒤에 남았다. '그렇지만 무덤에 들어가고 있는 걸까, 나오고 있는 걸까?'

세르세이는 억지 미소를 지었다. "란셀, 전보다 훨씬 튼튼해진 모습을 보니 기쁘구나. 발라바르 학사가 우리에게 너무나 끔찍한 보고서를 가져오는 바람에 네 목숨이 걱정이었다. 하지만 이젠 영주의 권리를 차지하러 대리로 갈 수 있겠구나." 아버지는 블랙워터 전투 이후에 동생인 케반 경에게 주는 선물로 란셀을 영주로 만들어줬다.

"아직은 아닙니다. 제 성에 무법자들이 있어요." 사촌 동생의 목소리는 입술 위에 난 콧수염만큼이나 가늘고 힘이 없었다. 머리카락은 하얗게 세었는데도 콧수염은 아직 모랫빛이었다. 세르세이는 란셀이 몸에 들어와서 열심히 흔들어댈 때면 그 콧수염을 올려다보곤 했었다. '콧수염이라기보다는 입술 위에 묻은 얼룩 같아.' 전에는 침으로 그 얼룩을 문질러 닦아버리겠다고 위협하기도 했다. "아버지께서 강역에는 강한 손이 필요하다고 하세요."

'그자들이 너를 얻게 되어 안됐구나.' 그렇게 말하고 싶었지만, 그 대신 세르세이는 미소를 지었다. "그리고 결혼도 해야지."

젊은 기사의 피폐한 얼굴에 음울한 빛이 스쳐 지나갔다. "프레이의 딸이고, 제가 선택한 사람도 아니죠. 심지어 처녀도 아니에요. 대리 혈통을 이은 과부랍니다. 아버지께서 그러는 편이 농민들과의 관계에 있어서 좋을 거라고 하시지만, 거기 농민들은 다 죽었어요." 란셀은 세르세이의 손을 잡으려 했다. "잔인한 일입니다, 세르세이. 전하께선 제가 사랑하는 것이—"

"라니스터 가문이라는 걸 알지." 세르세이가 말을 잘랐다. "아무도 그 점을 의심하진 못할 거야, 란셀. 네 아내가 튼튼한 아들들을 낳아주길 빈다." '하지만 네 아내의 할아버지가 결혼식을 주관하게 해선 안 되겠지.' "네가 대리에서 훌륭한 일을 많이 할 줄 안다."

란셀은 비참한 티를 내며 고개를 끄덕였다. "제가 죽을지도 모른다 싶었을 때 아버지가 절 위해 기도하라고 최고성사를 불러왔어요. 최고성사님은 좋은 분입니다." 사촌의 눈은 눈물에 젖어 반짝였다. 노인의 얼굴에 아이의 눈이었다. "어머니께서 성스러운 목적이 있어, 속죄를 할 수 있게 저를 살려주신 거라고 하시더군요."

세르세이는 란셀이 어떻게 속죄할 생각일까 의아했다. '란셀을 기사로 서임한 건 실수였고, 잠자리를 한 건 더 큰 실수였어.' 란셀은 연약한 갈대였고, 세르세이는 란셀이 최근에 찾은 신심이 전혀 마음에 들지 않았다. 제이미가 되려고 애쓰던 때가 훨씬 재미있었다. '이 징징대는 바보가 최고성사에게 무슨 말을 한 거지? 게다가 어둠 속에서 프레이와 함께 누우면 또 무슨 말을 할까?' 혹시 란셀이 세르세이와 잤다고 고백했다면 뭐, 그 정도는 헤쳐나갈 수 있었다. 남자들은 언제나 여자들에 대해 거짓말을 했으니, 그녀의 아름다움에 홀딱 반한 미숙한 소년의 허풍으로 치부해버리면 그만이었다. 그러나 혹시 로버트와 그 와인에 대해 지껄인다면……. "속죄는 기도를 통해서 하는 게 제일이지. 소리 없는 기도로 말이야." 세르세이는 란셀이 그 말에 대해 생각하게 놓아두고 티렐 군단을 대면하러 갔다.

마저리는 자매처럼 세르세이를 끌어안았다. 왕대비로서는 그 행동이 건방지다 여겨졌으나, 여기에서 비난할 순 없었다. 알러리 부인과 티렐 사촌들은 그녀의 손가락에 입을 맞추는 정도로 만족했다. 아이를 배어 배가 부푼 그레이스포드 부인이 혹시 아들이라면 타이윈, 딸이라면 라나라고 이름 붙여도 되겠냐고 왕대비의 허락을 구했다. '또야?' 신음 소리를 낼 뻔했다. '이 나라가 타이윈에 파묻히겠군.' 세르세이는 기쁜 척하면서 최대한 우아하게 허락을 내렸다.

정말로 기쁜 소식을 전한 쪽은 메리웨더 부인이었다. 그녀는 관능적인 미르인의 억양을 실어 말했다. "전하, 협해 건너 친구들에게 전언을 보내어, 혹시라도 꼬마 악마가 그 못생긴 얼굴을 자유도시에 내밀면 바로 잡으라고 부탁해두었습니다."

"협해 건너에 친구가 많은가?"

"미르에는 많지요. 리스에도, 티로시에도 많습니다. 힘 있는 사람들입니다."

세르세이는 그 말을 믿을 수 있었다. 이 미르 여자는 지나치다 싶게 아름다웠다. 다리는 길고 가슴은 풍만했으며, 매끄러운 올리브빛 피부에 도톰한 입술, 커다란 검은 눈을 지녔고 숱 많은 검은 머리는 언제나 막 침대에서 일어난 사람 같았다. 이국의 연꽃 같은, 죄악의 향기마저 풍겼다. "메리웨더 공과 저는 전하와 어린 왕께 봉사하고자 할 따름입니다." 그녀는 임신한 그레이스포드 부인만큼이나 뭔가를 속에 품은 표정으로 아양을 떨듯 말했다.

'이 여자는 야심이 있고, 남편은 긍지는 있지만 가난해.' "꼭 다시 이야기해야겠군. 이름이 타에나였던가? 친절한 배려 고맙네. 우린 아주 좋은 친구가 되겠어."

그다음엔 하이가든의 영주가 다가왔다.

메이스 티렐은 세르세이보다 열 살 정도밖에 많지 않았는데, 또래라기보다는 아버지 연배처럼 여겨졌다. 생전의 타이윈 공처럼 키가 크지는 않았지만 몸집은 더 커서, 가슴이 넓고 배도 더 컸다. 머리카락은 밤색이었지만 수염은 희끗희끗했다. 얼굴은 불그스름할 때가 많았다. "타이윈 공은 위대한 남자, 아주 특별한 남자였습니다." 그는 세르세이의 양 뺨에 입을 맞춘 후에 묵직하게 선언했다. "그런 사람을 다시는 못 보지 않을까 싶군요."

'그 닮은꼴을 지금 보고 있잖아, 멍청아. 네 앞에 선 사람은 그 사람의 딸이야.' 세르세이는 생각했지만, 왕좌에 앉은 토멘을 지키려면 티렐과 하이가든의 힘이 필요했기에 이렇게만 말했다. "정말 그리울 겁니다."

메이스 티렐은 그녀의 어깨에 한 손을 올렸다. "살아 있는 사람 중에 타이윈 공의 갑옷을 입을 만한 자가 없는 것은 명백합니다. 그러나 왕국은 계속 이어지고, 통치도 해야지요. 제가 이 암울한 시기에 할 수 있는 일이 있다면 전하께서 뭐든 말씀만 하세요."

'왕의 수관이 되고 싶다면 대놓고 말할 용기를 내보시지.' 세르세이는 미소 지었다. '이 표정에 자기 좋을 대로 의미를 부여해보라지.' "리치에 공이 필요하지 않을는지요?"

"제 아들 윌라스는 능력 있는 녀석입니다." 상대는 그녀가 내민 완벽한 암시를 받아들이지 않고 대답했다. "다리는 뒤틀렸지만 머리는 모자라지 않거든요. 그리고 갈란이 곧 브라이트워터를 접수할 겁니다. 제가 다른 곳에 필요하다 해도 그 둘이라면 리치는 걱정이 없지요. 타이윈 공이 자주 말씀하셨듯이, 왕국의 통치가 먼저여야 합니다. 그 점에서 전하께 좋은 소식을 드리게 되어 기쁩니다. 아버님께서 바라셨던 대로 제 숙부인 가스가 재무관으로 일하는 데 동의했어요. 배를 타기 위해 올드타운으로 향하고 있습니다. 숙부의 아들들도 같이 올 겁니다. 타이윈 공께서 그 둘의 자리도 찾아보겠다고 하셨거든요. 아마도 도시 경비대 안에요."

세르세이의 미소가 얼어붙었다. 속으로 이에 금이 가지 않았을까 싶었을 정도로 급격한 전환이었다. '방귀쟁이 가스를 소협의회에 넣고 그놈의 서자 둘을 황금 망토에 넣는다니……. 티렐이 내가 도금 접시에 왕국을 담아 바칠 줄 아나?' 그 오만함에 숨이 막힐 정도였다.

"가스는 제 대집사로 그동안 일을 잘해줬어요. 제 아버지 때에도 그랬고." 티렐은 말을 계속했다. "리틀핑거가 돈 냄새를 잘 맡았다는 점은 인정하지만, 가스는—"

"티렐 공." 세르세이가 말을 끊었다. "아무래도 오해가 있었던 것 같군요. 저는 자일스 로스비 공에게 우리의 새로운 재무관으로 일해달라고 청했고, 이미 수락도 받았습니다."

메이스 티렐이 놀란 눈으로 그녀를 보았다. "로스비? 그…… 기침쟁이요? 하지만…… 합의가 된 사안이었습니다, 전하. 가스는 올드타운으로 가고 있어요."

"하이타워 공에게 까마귀를 보내어 숙부님이 배를 타시지 않게 해달라고 하는 게 좋겠군요. 가스가 헛되이 가을 바다의 위험을 겪어서야 안 될 일이 아닙니까." 세르세이는 상냥하게 웃었다.

티렐의 굵은 목이 벌겋게 달아올랐다. "이건…… 당신 아버지가 나에게 분명히……."

티렐이 식식대며 말을 하는데 그의 어머니가 나타나서 팔짱을 꼈다. "타이윈 공이 섭정과 계획을 공유하지 않은 모양이로구나. 이유를 모르겠네. 그렇다곤 해도 전하를 괴롭혀서 무슨 소용이겠니. 왕대비님 말씀이 옳아. 가스가 배를 타기 전에 얼른 레이톤 공에게 편지를 써야 해. 바다에 나서면 가스가 속이 안 좋아서 방귀를 더 심하게 뀌는 거 알잖니." 올레나 부인은 이 없는 잇몸을 드러내며 세르세이에게 미소를 지었다. "자일스 공이 들어가면 소협의회실 냄새가 훨씬 낫겠구려. 그 기침 소리에 정신이 흩어지긴 해도 말이오. 우리 모두 친애하는 늙은 가스 숙부를 좋아하지만, 그 사람 배 속이 늘 부글거린다는 건 부정할 수가 없어요. 난 지독한 냄새를 혐오한다오." 올레나의 주름진 얼굴이 더 구겨졌다. "사실은 성스러운 성소에서도 불쾌한 냄새가 났어요. 혹시 전하께서도 맡으셨나?"

"아뇨." 세르세이는 차갑게 대답했다. "향기 말씀이신가요?"

"그보다는 악취라고 해야겠지."

"가을 장미 냄새가 그리우신가 보지요. 저희가 여기 너무 오래 붙들어 놓아서 그만." 궁정에서 올레나 부인을 빨리 제거하면 할수록 좋았다. 티렐 공은 어머니를 안전하게 집에 보내기 위해 상당수의 기사를 딸려 보낼 테고, 도시 안에 티렐이 적으면 적을수록 세르세이도 푹 잘 수 있을 터였다.

"그래, 하이가든의 향기가 그립기는 해요." 늙은 귀부인이 말했다. "하지만 내 사랑스러운 마저리가 전하의 소중한 어린 토멘과 결혼하는 모습을 보기 전에 떠날 수야 없지."

"저도 그날을 손꼽아 기다립니다." 메이스 티렐이 끼어들었다. "타이윈 공과 제가 날짜를 정하고 있었는데 말입니다. 전하와 제가 그 논의를 이어받아 계속할 수 있겠지요."

"곧 그러지요."

"곧이면 좋겠구려." 올레나 부인이 코를 킁킁거리며 말했다. "이제 가자,

메이스. 전하께선 전하의…… 비탄을 누리시게 둬야지."

'내 당신이 죽는 꼴을 보고 말겠어, 할망구.' 세르세이는 가시 여왕이 2미터가 넘는 키로 주인에게 '왼쪽'과 '오른쪽'이라고 부르는 즐거움을 주는 키 큰 호위를 양쪽에 거느리고 걸어가는 모습을 보며 혼자 다짐했다. '당신은 얼마나 향기로운 시신이 되나 어디 보자.' 그 노파가 아들보다 두 배는 영리하다는 점은 명백했다.

세르세이는 아들을 마저리와 그 사촌들 손아귀에서 구출해서 문으로 향했다. 밖으로 나가니 비가 드디어 그쳐 있었다. 가을 공기는 달콤하고 신선했다. 토멘이 왕관을 벗었다. "다시 써라." 세르세이가 명했다.

"목이 아파요." 아이는 그렇게 말하면서도 시키는 대로 했다. "저 곧 결혼하나요? 마저리가 그러는데 우리가 결혼하면 바로 하이가든에 갈 수 있대요."

"넌 하이가든에 가지 않아. 하지만 성까지 말을 타고 돌아갈 수는 있지." 세르세이는 메린 트랜트 경을 손짓해 불렀다. "전하께 말을 가져오고, 자일스 공에게 혹시 가마에 함께 타는 영광을 누릴 수 있겠느냐고 물어보게." 사태는 세르세이의 예상보다 더 빠르게 흘러가고 있었다. 허비할 시간이 없었다.

토멘은 말을 탈 생각에 기뻐했고, 자일스 공은 당연히 그녀의 초대에 영광스러워했지만…… 재무관이 되어달라고 부탁하자 그 자리에서 바로 죽어버리는 게 아닐까 싶을 정도로 격렬하게 기침을 하기 시작했다. 그러나 어머니 신의 자비로 자일스는 결국 기침에서 회복하여 제의를 받아들였고, 리틀핑거가 임명한 세관원과 양모 중매인 중에서 교체하고 싶은 이름들을 기침과 함께 읊기 시작했다. 심지어 열쇠 관리인도 한 명 있었다.

"원하는 대로 임명하시오. 어떤 암소든 젖만 나오면 그만이지. 그리고 혹시 누가 묻거든 공은 어제 소협의회에 합류한 거요."

"어—" 그는 기침 발작에 허리를 굽혔다. "어제요. 물론입니다." 자일스 공은 마치 기침에 섞인 피라도 숨기려는 듯이 붉은 비단 손수건에 대고 기침을 했다. 세르세이는 못 본 척했다.

'이자가 죽으면 다른 사람을 찾아야지.' 리틀핑거를 다시 부를 수도 있을 터였다. 라이사 아린이 죽었는데 피터 베일리시가 협곡의 호국공으로 그리 오래 남아 있을 수 없을 것 같았다. 파이셀의 말이 사실이라면 협곡의 영주들은 이미 들썩이고 있었다. '그자들에게 그 끔찍한 아이를 빼앗기고 나면 피터 공도 이리로 기어들어 오겠지.'

"전하?" 자일스 공이 기침을 하고 손수건으로 입을 닦았다. "제가 혹시……." 다시 기침이 나왔다. "누가……." 다시 기침이 이어졌다. "……누가 왕의 수관이 되실지 여쭤봐도 될지요?"

"내 숙부님이오." 세르세이는 무심코 대답했다.

앞에 커다랗게 솟아오른 레드킵 정문을 보니 마음이 놓였다. 그녀는 토멘을 종자들 손에 넘기고 고마운 마음으로 거처에 쉬러 들어갔다.

그러나 신발을 벗자마자 조슬린이 쭈뼛거리며 들어오더니 콰이번이 밖에서 접견을 청한다고 고했다. "들여보내." 세르세이는 명했다. '통치자에게 휴식이란 없지.'

콰이번은 늙었지만, 눈처럼 하얗기보다는 잿빛인 머리카락이 더 많았고 눈가의 주름 때문에 어느 소녀의 마음씨 좋은 할아버지쯤으로 보였다. '추레한 할아버지이긴 해.' 로브 옷깃은 너덜너덜했고, 한쪽 소매는 찢어진 것을 대충 꿰맸다. "전하께 이런 꼴로 나타난 데 대해 용서를 구해야겠습니다. 명하신 대로 지하감옥에 내려가서 꼬마 악마의 탈출에 대해 취조했습니다."

"그래서 뭘 알아냈나?"

"바리스 공과 동생분이 사라진 날 밤에, 사라진 사람이 하나 더 있습니다."

"그래, 간수였지. 그자가 뭐?"

"루겐이라는 이름입니다. 검은 감옥을 책임진 하급간수였습니다. 하급간수장의 설명에 따르면 뚱뚱하고 수염을 깎지 않으며 목소리가 거칠답니다. 예전 아에리스 왕에게 임명받았고, 자기 좋을 대로 오갔습니다. 검은 감옥은 최근 몇 년간 죄수가 없을 때가 많았으니까요. 다른 간수들은 그자를 두려워했던 모양입니다만, 아무도 잘 알지는 못했습니다. 친구도 없고, 친척도 없었습니다. 술을 마시지도, 매춘굴을 찾지도 않았습니다. 잠자는 방은 습기 차고 을씨년스러웠고, 덮고 자는 지푸라기 이불에는 곰팡이가 피었습니다. 요강은 넘쳐 흘렀고요."

"거기까진 다 아는 이야기야." 제이미가 루겐의 방을 살펴보았고, 아담 경의 황금 망토들이 다시 살펴보았었다.

"예, 전하. 하지만 그 냄새나는 요강 아래에 느슨한 돌이 있어서, 작은 공간이 열린다는 사실을 아셨습니까? 감추고 싶은 귀중품을 넣을 수 있는 공간입니다만."

"귀중품?" 이건 새로운 소식이었다. "돈 말인가?" 세르세이는 티리온이 어떻게든 그 간수를 매수했으리라 의심하고 있었다.

"분명 그럴 테지요. 제가 찾아냈을 때는 구멍이 비어 있었습니다. 루겐이 도망칠 때 부정하게 모은 돈도 가져간 게 틀림없습니다. 하지만 횃불을 들고 구멍 안을 들여다보니 반짝이는 것이 보이기에 흙을 파내어 보았습니다." 쾨이번이 손을 폈다. "금화입니다."

'금화라, 그렇지.' 하지만 세르세이는 그 금화를 받자마자 생각이 틀렸음을 알았다. '너무 작고, 너무 얇아.' 오래되어 닳은 금화였다. 한쪽 면에는 어느 왕의 옆얼굴이, 반대쪽 면에는 손이 새겨져 있었다. "이건 드래곤 금화가 아니군."

"그렇습니다." 쾨이번이 맞장구를 쳤다. "정복 이전으로 거슬러 올라가는 금화입니다, 전하. 왕은 가스 12세이고, 손은 가드너 가문의 상징입니다."

'하이가든의 왕이었지.' 세르세이는 금화를 움켜쥐었다. '이건 어떤 배신이지?' 메이스 티렐은 티리온의 재판관 중 하나였고, 큰 소리로 사형을 부르짖었었다. '그건 술책이었나? 그자가 내내 꼬마 악마와 작당하여 아버지의 죽음을 모의했을 수도 있을까?' 타이윈 라니스터가 무덤에 들어간다면 티렐 공이 왕의 수관이 될 것이 분명해 보였지만……. "이 사실은 누구에게도 말하지 말게." 세르세이는 명령했다.

"전하께선 제 신중함을 믿으셔도 됩니다. 용병단과 함께 다니면서 입단속하는 법을 배우지 못하면 오래 못 살지요."

"내 곁에서도 그렇네." 세르세이는 금화를 치웠다. 그 문제는 나중에 생각할 것이다. "다른 문제는 어떤가?"

"그레고르 경 말씀입니까." 쾨이번은 어깨를 으쓱였다. "분부하신 대로 검사해봤습니다. 독사의 창에 발라놓은 독은 동쪽에서 온 만티코어 독액입니다. 제 목숨이라도 걸고 장담합니다."

"파이셀은 아니라던데. 내 아버지에게 말씀드릴 때 만티코어 독액은 심장에 닿자마자 상대를 죽인다고 했어."

"그건 그렇습니다. 하지만 이 독액은 어떻게인가 걸쭉하게 만들어놓아서, 산더미의 죽음을 지연하고 있습니다."

"걸쭉하게 만들어? 어떻게 걸쭉하게? 다른 재료를 넣은 건가?"

"전하께서 짐작하시는 대로일 수도 있지만, 대개의 경우 독에 불순물을 섞으면 독성이 약해지기만 합니다. 어쩌면 원인이…… 덜 자연적인 것일 수도 있습니다. 마법이라든가요."

'이놈도 파이셀 못지않은 바보인가?' "그러니까 산더미가 흑마법 같은 것으로 죽어가고 있다는 말인가?"

콰이번은 세르세이의 음성에 깃든 조롱기를 무시했다. "독액 때문에 죽어갑니다만, 그 진행이 느리고 매우 심한 고통이 함께하지요. 그 고통을 덜어주려고 해보았지만 제 노력도 파이셀과 마찬가지로 무용했습니다. 그레고르 경은 아무래도 양귀비에 너무 익숙한 모양입니다. 종자에게 들으니 눈이 멀 것 같은 두통에 시달려서 종종 보통 사람이 에일 마시듯이 양귀비즙을 들이켰다더군요. 그건 그렇다 쳐도, 혈관은 머리끝부터 발끝까지 시커멓게 변했고 소변에는 고름이 가득하며, 독액이 옆구리에 제 주먹만한 구멍을 파놓았습니다. 솔직히 아직 살아 있는 게 놀랍습니다."

"몸집 때문이겠지." 세르세이는 얼굴을 찡그리며 말했다. "그레고르는 아주 커다란 사내야. 아주 멍청한 사내이기도 하고. 어찌나 멍청한지 죽어야 할 때조차 모르는 것 같군." 세르세이가 잔을 내밀자 세넬레가 다시 술을 채웠다. "그레고르의 비명 소리에 토멘이 무서워하네. 심지어 밤에 나도 깰 때가 있어. 일린 페인을 부를 때가 지났다는 소리가 도네."

"전하." 콰이번이 말했다. "혹시 제가 그레고르 경을 지하감옥으로 옮겨도 될지요? 그곳이라면 비명 소리가 전하의 마음을 어지럽히지 않을 테고, 저도 좀 더 자유롭게 돌볼 수 있을 겁니다."

"돌본다?" 세르세이는 웃었다. "일린 경이 돌보게끔 하게."

"그야 전하가 원하신다면 그렇게 하겠지만……." 콰이번이 말했다. "이 독 말입니다. 이 독에 대해 더 알아내면 유용하지 않겠습니까? 평민들은 기사를 죽이려면 기사를 보내고, 궁수를 죽이려면 궁수를 보내라는 말을 흔히 합니다. 그러니 어두운 재주와 싸우려면……." 콰이번은 말을 맺지 않고 미소만 지었다.

콰이번이 파이셀이 아니라는 점만은 확실했다. 세르세이는 궁금증에 그를 저울질해보았다. "왜 시타델이 자네의 사슬을 빼앗았나?"

"최고학사들이란 마음속은 다 겁쟁이라서지요. 마르윈은 그 작자들을 회색 양이라고 부릅니다. 전 에브로즈만큼 뛰어난 치료사였지만, 에브로즈를 능가하고 싶었습니다. 시타델 학자들은 수백 년간 삶의 본질을 연구하려고 죽은 자들의 몸을 열었어요. 저는 죽음의 본질을 이해하고 싶었기에 산 자들의 몸을 열었습니다. 그 범죄 때문에 회색 양들은 저에게 망신을 주고 유배 생활로 내몰았습니다……. 하지만 저는 삶과 죽음의 본질을 올드타운의 그 누구보다 잘 이해하고 있습니다."

"그런가?" 그 말은 호기심을 불러일으켰다. "좋아. 산더미는 자네 것일세. 하고 싶은 대로 하되, 자네 연구는 검은 감옥 안에서만 하게. 산더미가 죽으면 그 머리통을 나에게 가져와. 내 아버지가 그놈의 머리를 도르네에 주겠다고 약속했거든. 도란 대공은 그레고르를 직접 죽이고 싶을 테지만, 누구나 살다 보면 실망을 겪기 마련이지."

"잘 알겠습니다, 전하." 콰이번이 헛기침을 했다. "그런데 저는 파이셀만큼 원조를 잘 받지 못합니다. 꼭 필요한 장비가 있습니다만……."

"자일스 공에게 일러 자네에게 필요한 만큼 비용을 대도록 하지. 새 로브도 사게. 플리바텀에서 어정대다 온 것 같은 꼬락서니야." 세르세이는 콰이번의 눈을 보며, 이자를 얼마나 믿을 것인가 생각했다. "자네가…… 하는 일이…… 이 벽 너머에 전해진다면 좋지 않으리라는 말을 해야 할까?"

"아닙니다, 전하." 콰이번은 안심하라는 듯한 미소를 지었다. "전하의 비밀은 안전합니다."

콰이번이 가고 나자 세르세이는 독한 와인을 한 잔 따라 창가에서 마시며, 안뜰에 길어지는 그림자를 보면서 금화에 대해 생각했다. '리치에서 온 금화라. 아버지의 죽음을 도운 대가로 받은 게 아니라면 왜 킹스랜딩의 하급간수가 리치에서 온 금화를 가지고 있을까?'

아무리 애를 써봐도 바보같이 웃는 얼굴과 시신에서 흘러나오던 지독한 악취를 빼고 타이윈 공의 얼굴을 떠올릴 수가 없었다. 그것도 티리온이 꾸민 일일까. '사소하면서도 잔인한 장난이라니, 딱 그 녀석 같은데.' 티리온이 파이셀을 꼭두각시로 만들었을 수도 있을까? '그 녀석이 파이셀을 검은 감옥에 보냈고, 검은 감옥은 이 루겐이라는 자의 책임이었어.' 기억해보니 그랬다. 모든 실이 마음에 들지 않게 엉켜 있었다. '저 최고성사도 티리온의 작품이야. 그리고 아버지의 가엾은 시신은 밤부터 새벽까지 그자의 손안에 있었지.' 세르세이는 퍼뜩 떠올렸다.

숙부는 해가 지자마자 도착했는데, 자기 얼굴만큼이나 암울한 진회색 양모 누비 더블릿을 입고 있었다. 모든 라니스터가 다 그렇듯 케반 경도 흰 피부에 금발이었지만, 55세에 이르러 머리털은 거의 다 빠지고 없었다. 아무도 케반 경이 곱게 생겼다고 하지 않았다. 허리는 굵고, 어깨는 둥글고, 각지고 튀어나온 턱은 짧게 깎은 노란 수염으로 거의 가릴 수가 없어서 늙은 마스티프 같은 인상이었다……. 하지만 세르세이에게 지금 가장 필요한 게 충직한 늙은 마스티프였다.

그들은 비트와 빵과 살짝 익힌 소고기로 간단하게 저녁을 먹으며 도르네의 레드와인을 마셨다. 케반 경은 말수가 적었고 와인 잔에도 거의 손대지 않았다. '생각이 너무 많아. 숙부님은 슬픔을 극복하려면 일을 해야 해.' 세르세이는 그렇게 판단했다.

그리고 식사가 치워지고 하인들이 나가자 그 생각을 말했다. "아버지가 숙부님을 얼마나 의지했는지 알아요. 이젠 저도 똑같이 해야겠네요."

"너에겐 수관이 필요하고, 제이미는 네 제안을 거부했지."

'직설적이군. 좋아.' "제이미는……. 아버지가 돌아가셨을 땐 너무 경황이 없어서 저도 제가 무슨 말을 하는지 몰랐어요. 솔직히 말해서, 제이미는 용맹하지만 조금 어리석은 구석이 있죠. 토멘에겐 더 노련한 수관이 필요해요. 나이도 더 많고……."

"메이스 티렐도 나이는 더 많지."

세르세이의 콧구멍이 커졌다. "절대 안 돼요." 세르세이는 이마에 흘러내린 머리를 걷어냈다. "티렐은 도를 넘고 있어요."

"메이스 티렐을 수관으로 삼는다면 바보겠지." 케반 경도 수긍했다. "하지만 그자를 적으로 삼는다면 더 큰 바보다. 등불 회당에서 무슨 일이 일어났는지 들었다. 메이스가 그런 문제를 공개적으로 꺼내지 말았어야 했지만, 그렇다 해도 궁정의 절반이 보는 앞에서 망신을 주다니 현명하지 못했어."

"소협의회에서 티렐을 한 명 더 참아주는 것보다는 낫죠." 숙부의 책망이 짜증스러웠다. "로스비 정도면 괜찮은 재무관이 될 거예요. 온갖 조각을 새기고 비단 휘장을 드리운 로스비의 가마 보셨죠. 로스비의 말들이 웬만한 기사보다 잘 입어요. 그렇게 부유한 남자라면 금화를 찾아내는 데에도 문제가 없을 거예요. 그리고 수관은…… 제 아버지의 일을 끝맺는 데에, 그분과 모든 일을 의논한 동생보다 더 나은 사람이 있겠어요?"

"누구나 믿을 수 있는 사람이 필요하지. 타이윈 형에겐 내가 있었고, 한때는 네 어머니가 있었어."

"아버지는 어머니를 무척 사랑하셨죠." 세르세이는 아버지의 침대에서 죽은 창녀에 대해 생각하기를 거부했다. "이제는 두 분이 함께 계신 걸 알아요."

"나도 그러길 기도한다." 케반 경은 오랫동안 그녀의 얼굴을 살피다가 대답했다. "나에게 많은 걸 요구하는구나, 세르세이."

"아버지가 요구하신 것 이상은 아니죠."

"난 지쳤어." 숙부는 와인 잔에 손을 뻗어 한 모금을 마셨다. "나에겐 2년이나 보지 못한 아내와 애도해야 할 죽은 아들, 결혼해서 영주가 되어야 할 다른 아들이 있다. 대리성을 다시 굳건하게 만들고, 그 땅을 지키고, 불탄 밭을 갈아서 새로 경작해야 해. 란셀에겐 내 도움이 필요하다."

"토멘에게도 필요해요." 케반을 구슬려야 할 줄은 예상하지 못했다. '아버지에겐 내숭 떠는 법이 없었으면서.' "왕국에 숙부님이 필요해요."

"왕국. 그렇지. 라니스터 가문도 그렇고." 그는 와인을 다시 마셨다. "알겠다. 남아서 전하를 섬기마……."

"좋아요." 세르세이가 입을 열었지만, 케반 경이 목소리를 높여서 이어지는 말을 덮어버렸다.

"……네가 나를 수관뿐만 아니라 섭정으로도 임명하고, 너는 캐스털리록으로 돌아간다면."

세르세이는 반 박자 동안 숙부를 멍하니 바라볼 수밖에 없었다. "제가 섭정이에요." 그녀는 숙부에게 상기시켰다.

"섭정이었지. 타이윈 형은 네가 그 역할을 계속하게 둘 생각이 아니었다. 내게 너를 캐스털리록으로 돌려보내어 새 남편을 찾아주려는 계획을 말했지."

세르세이는 분노가 커지는 것을 느낄 수 있었다. "네, 그런 말을 하셨죠. 그리고 전 다시는 결혼하고 싶지 않다고 했고요."

숙부는 꿈쩍도 하지 않았다. "다시 결혼할 생각이 없다면 강요하지 않겠다. 하지만 다른 문제는…… 너는 이제 캐스털리록의 주인이야. 네가 있을 곳은 거기다."

'감히 당신이 어떻게?' 소리라도 지르고 싶었다. 그 대신 세르세이는 말했다. "저는 섭정대비이기도 합니다. 제가 있을 곳은 제 아들 곁이에요."

"네 아버지는 그렇게 생각하지 않았다."

"아버지는 죽었어요."

"내게는 슬픈 일이고, 왕국 전체에 비통한 일이지. 눈을 제대로 뜨고 주위를 봐라, 세르세이. 왕국은 폐허다. 타이윈이라면 사태를 바로잡을 수도 있었겠지만……."

"제가 바로잡을 거예요!" 세르세이는 목소리를 누그러뜨렸다. "숙부님의 도움을 받아서요. 숙부님이 아버지를 도왔던 것처럼 충실하게 절 돕는다면—"

"너는 네 아버지가 아니다. 그리고 타이윈 형은 언제나 제이미를 정당한 후계자로 여겼어."

"제이미는…… 제이미는 서약을 했어요. 제이미는 생각이라곤 안 해요. 모든 걸, 모든 사람을 비웃고 떠오르는 대로 아무 말이나 하죠. 제이미는 잘생긴 바보예요."

"그런데도 네가 처음 선택한 수관이었지. 그런 너는 뭐냐, 세르세이?"

"말했잖아요. 전 슬퍼서 제정신이 아니었고, 생각 없이—"

"그래." 케반 경이 동의했다. "바로 그래서 넌 캐스털리록으로 돌아가고, 왕은 생각을 하는 사람과 남겨둬야 하는 거다."

"왕은 제 아들이에요!" 세르세이는 일어섰다.

"그래." 숙부가 말했다. "그리고 조프리를 본 바에 따르면, 너는 통치자로서만이 아니라 어머니로서도 부적절해."

세르세이는 와인을 숙부의 얼굴에 뿌렸다.

케반 경은 느릿느릿 위엄 있게 일어섰다. "전하." 뺨을 따라 흘러내린 와인이 짧게 깎은 수염을 타고 떨어졌다. "허락하신다면 이만 물러나도 될지요?"

"무슨 권리로 감히 나에게 조건을 다는 거야? 아버지의 가신기사나 다름없는 사람이."

"그래, 나에겐 영지가 없지. 하지만 수입은 있고, 따로 챙겨둔 돈도 있다. 내 아버지는 돌아가실 때 자식들 하나하나 잊지 않으셨고, 타이윈 형은 훌륭한 봉사에 보답할 줄 알았으니까. 난 200명의 기사를 먹여 살리고 있고, 필요하다면 그 수를 두 배로 늘릴 수도 있다. 내 깃발을 따라올 자유기수들이 있고, 용병을 고용할 돈도 있어. 날 가볍게 여기지 않는 게 현명할 겁니다, 전하……. 그리고 날 적으로 삼지 않는 게 더 현명할 테고요."

"위협하는 건가요?"

"조언하는 겁니다. 나에게 섭정직을 넘기지 않을 거라면, 날 캐스털리록의 수호성주로 삼고 마티스 로완이나 랜딜 탈리를 수관으로 임명하세요."

'둘 다 티렐 휘하잖아.' 세르세이는 그 제안에 할 말을 잃었다. '숙부가 넘어간 건가? 티렐의 금을 받고 라니스터 가문을 배신한 건가?'

"마티스 로완은 합리적이고, 신중하고, 널리 사랑받는 인물입니다." 그녀의 숙부는 아랑곳없이 말을 이었다. "랜딜 탈리는 이 나라에서 제일가는 군인이지요. 평화로운 시기라면 형편없는 수관이겠지만, 타이윈 형이 죽었으니 이 전쟁을 끝내기에 그보다 나은 사람은 없어요. 티렐 공도 자기 휘하 영주를 수관으로 선택한다면 반발하지 못할 겁니다. 탈리와 로완 둘 다 능력 있고…… 충성스럽습니다. 둘 중 하나를 지명하면, 그 사람을 전하의 사람으로 만드는 겁니다. 그렇게 해서 스스로를 강하게 만들고 하이가든을 약하게 만드는 거죠. 그런 와중에도 메이스 티렐은 전하에게 고마워할 테고요." 케반은 어깨를 으쓱였다. "받아들이든 말든, 이게 내 조언이다. 네가 문보이를 수관 삼는다 해도 상관은 없어. 내 형은 죽었다. 난 형님을 집으로 모셔 갈 거야."

'배신자. 변절자.' 세르세이는 메이스 티렐이 케반에게 얼마나 줬을까 생각했다. "당신을 가장 필요로 할 때 왕을 버리는군요. 토멘을 버리는 거야."

"토멘에겐 어머니가 있지 않으냐." 케반 경은 녹색 눈을 깜박이지도 않고 세르세이를 마주 보았다. 마지막 와인 한 방울이 흘러내려 턱 아래에서 붉게 빛나다가, 이윽고 떨어졌다. "그래." 그는 잠시 후에 조용히 덧붙였다. "그리고 아버지도 있지."

제이미

순백의 옷을 입은 제이미 라니스터 경은 아버지의 관대 옆에 서서, 다섯 손가락으로 금빛 대검 손잡이를 쥐고 있었다.

해 질 녘, 바엘로르 대성소 내부는 어두워지고 으스스해졌다. 마지막 햇빛이 높은 창문으로 비스듬히 떨어져 내려, 우뚝 선 일곱 신의 닮은꼴들을 불그스름하게 물들였다. 일곱 제단 주변에 향초가 깜박거리는 동안 신전 익랑(transept)에 고인 짙은 그림자가 대리석 바닥을 소리 없이 기었다. 마지막 문상객들이 떠나면서 저녁 예배 소리도 사그라들었다.

다들 가고 나서도 발론 스완과 로라스 티렐은 남았다. "7일 밤낮을 지키고 서 있을 수 있는 사람은 없습니다. 마지막으로 주무신 게 언젭니까, 단장님?" 발론 경이 물었다.

"내 아버지가 살아 계실 때였지." 제이미가 말했다.

"오늘 밤은 제가 대신 서게 해주십시오." 로라스 경이 제안했다.

"자네 아버지도 아니잖나." '자네가 죽인 게 아니야. 내가 죽였지. 아버지를 죽인 화살은 티리온이 쐈을지 몰라도, 티리온을 놓아준 건 나였어.' "내버려두게."

"단장님 분부대로 하겠습니다." 스완이 말했다. 로라스 경은 좀 더 말릴 것 같았지만, 발론 스완 경이 그 팔을 잡고 끌고 나갔다. 제이미는 멀어져 가는 두 사람의 발소리에 귀를 기울였다. 그러고 나서는 촛불과 수정과 지독히 단 죽음의 냄새 속에 아버지와 둘만 남았다. 갑옷 무게에 등이 아팠고, 다리는 거의 마비된 느낌이었다. 그는 자세를 약간 바꾸고 금빛 대검을 꽉 쥐었다. 검을 휘두를 순 없어도, 잡을 수는 있었다. 없어진 손이 욱신거렸다. 그게 웃기기까지 했다. 남아 있는 몸뚱이보다 잃어버린 손의 감각이 더 잘 느껴지다니.

'내 손은 검에 굶주렸어. 누군가 죽여야 해. 우선 바리스부터, 하지만 그러려면 우선 그놈이 어느 돌 밑에 숨었는지 찾아내야지.' 그는 시신에게 말했다. "전 내시에게 그 녀석을 배로 데려가라고 했어요. 아버지 침실이 아니라. 내시의 손에도 피가 묻어 있습니다……. 티리온만이 아니라." '저만이 아니라요.' 그렇게 말하고 싶었지만, 말이 목에 걸려 나오지 않았다. '바리스가 무슨 짓을 했든 간에, 내가 시킨 일이야.'

결국 동생이 죽게 두지 않겠다고 결정한 그날 밤, 그는 내시의 거처에서 기다렸다. 기다리면서 한 손으로 단검을 갈았는데, 강철이 돌을 스치는 슥—슥—슥 소리에서 이상하게 위안을 얻었다. 그는 발소리를 듣고 문 옆에 섰다. 바리스가 분내와 라벤더 향을 풍기며 들어섰다. 제이미는 그 뒤로 움직여서 무릎 뒤쪽을 걷어차 넘어뜨렸고, 가슴을 무릎으로 누르고 단검을 그 부드러운 흰 턱 아래에 밀어 넣어 고개를 들게 했다. "이런, 바리스 공. 여기서 만나게 되니 기쁘구려." 그는 쾌활하게 말했다.

"제이미 경?" 바리스는 숨을 헐떡였다. "제게 겁을 주고 계신데요."

"일부러 그랬소." 제이미가 단검을 비틀자 칼날을 따라 핏방울이 흘렀다. "일린 경이 내 동생의 머리통을 따기 전에 감옥에 든 녀석을 빼내게 도와줄 수 있지 않을까 싶어서 말이오. 못생긴 머리통이긴 하지만 하나밖에 없거든."

"예에…… 그야…… 칼날을 좀 치워주시면……. 예, 부드럽게 좀, 부드럽게요. 아, 따끔거리는데요……." 내시는 목을 만져보더니 손가락에 묻은 피를 아연하여 쳐다보았다. "전 언제나 제 피를 보는 게 끔찍스럽더군요."

"날 도와주지 않으면 곧 더 끔찍스러워질 거요."

바리스가 꿈틀꿈틀 일어나 앉았다. "동생분은……. 꼬마 악마가 감옥에서 설명할 수 없는 방법으로 사라진다면 의, 의문이 일 겁니다. 저, 저도 제 목숨이……."

"당신 목숨은 내 것이오. 당신이 어떤 비밀을 지녔든 상관없어. 티리온이 죽으면 당신도 오래 살진 못할 거라 약속하지."

"아." 내시는 손가락에 묻은 피를 빨았다. "제게 무서운 요구를 하시는군요……. 우리 사랑스러운 왕을 죽인 꼬마 악마를 풀어주다니요. 아니면 혹시 그분이 무죄라고 믿으시는 겁니까?"

"무죄든 유죄든." 제이미는 바보처럼 말했다. 실제로 바보이기도 했고. "라니스터는 빚을 갚네." 그 말이 어찌 그렇게 쉽게 나왔던가.

그 후로 한잠도 자지 못했다. 지금도 동생의 모습을, 횃불 빛이 비추는 가운데 잘려 나간 코 밑으로 히죽 웃던 난쟁이의 모습을 볼 수 있었다. "이 멍청하고 불쌍한 눈먼 불구자 바보야." 티리온은 악의가 가득한 목소리로 으르렁댔다. "세르세이는 거짓말쟁이 창녀야. 그동안 란셀과 오스먼드 케틀블랙과 붙어먹었고 어쩌면 문보이와도 잤을지 몰라. 그리고 난 모두가 말하는 대로 괴물이야. 그래, 내가 네 악독한 아들을 죽였어."

'하지만 아버지를 죽일 작정이라곤 안 했어. 그런 말을 했다면 내가 막았을 텐데. 그랬다면 그 녀석이 아니라 내가 친족살해자가 됐을 텐데.'

바리스가 어디 숨었을까 궁금했다. 현명하게도 첩보관은 자기 거처로 돌아가지 않았고, 레드킵을 샅샅이 뒤져도 나오지 않았다. 뒤에 남아서 곤란한 질문을 받느니 티리온과 함께 배를 탔을 가능성이 있었다. 그렇다면 지금쯤 그 둘은 바다 멀리 나가서, 갤리선 선실에서 아버 골드와인이라도 마시고 있을 것이다.

'내 동생이 바리스까지 살해하고 그 시신을 성 밑에 썩게 버려두지 않았다면 말이지.' 그 밑이라면 몇 년이 지나서야 뼈가 발견될 수도 있었다. 제이미는 위병 십여 명을 이끌고, 횃불과 밧줄과 등불을 챙겨서 아래에 내려갔었다. 몇 시간 동안 구불구불한 통로와 좁디좁은 공간, 숨겨진 문과 비밀 계단과 깜깜한 어둠 속으로 떨어져 내리는 수직 통로를 뒤지고 다녔다. 그렇게 완벽하게 불구가 된 기분을 느낀 적도 별로 없었다. 두 손이 있을 때 사람은 많은 것을 당연하게 여긴다. 예를 들어 사다리가 그랬다. 기는 것도 쉽지 않았다. 괜히 두 손, 두 발로 긴다는 말이 있는 게 아니었다. 다른 사람들처럼 횃불을 들고 올라갈 수도 없었다.

그리고 다 헛된 짓이었다. 그들은 어둠과 먼지와 쥐 떼밖에 찾지 못했다. '그리고 아래에 도사리고 있던 드래곤들까지.' 그는 철로 만든 드래곤의 입 속에서 타던 석탄의 흐릿한 오렌지빛을 기억했다. 그 화로는 수직 통로 바닥에 있는 방을 데우고 있었고, 그 방에서 여섯 개의 터널이 이어졌다. 바닥에는 검은색과 붉은색 타일로 타르가르옌 가문의 삼두룡 모자이크가 새겨져 있었다. '네가 누군지 안다, 킹슬레이어.' 드래곤이 그렇게 말하는 것 같았다. '내내 여기에서 네가 오기를 기다렸다.' 그리고 제이미는 그 목소리를 알 것 같았다. 드래곤스톤의 왕자, 라에가르의 것이었던 무쇠 같은 목소리.

레드킵 마당에서 라에가르에게 작별 인사를 하던 날은 바람이 심했었다. 왕자는 흉갑에 루비로 삼두룡을 아로새긴 새까만 갑옷을 입고 있었다. 제이미는 간청했었다. "저하, 이번만은 대리가 왕을 지키게 하십시오. 아니면 바리스탄 경이나요. 저분들의 망토도 저처럼 하얗습니다."

라에가르 왕자는 고개를 저었다. "아버님은 우리의 로버트보다 자네 아버지를 더 두려워하시네. 그래서 타이윈 공이 자신을 해치지 못하게 자네를 가까이 두고 싶어 하셔. 이런 때에 아버님에게서 그런 지지대를 빼앗을 순 없네."

제이미는 목으로 솟구쳐 오르는 분노를 느꼈다. "전 지지대 같은 게 아닙니다. 킹스가드 기사입니다."

"그러니 왕을 지키게." 존 대리 경이 날카롭게 쏘아붙였다. "그 망토를 걸쳤을 때 자네는 복종하겠다고 약속했어."

라에가르는 제이미의 어깨에 손을 얹었다. "이 전투가 끝나면 소협의회를 소집하려 하네. 변화가 생길 거야. 오래전부터 그러려고는 했는데……. 글쎄, 가지 않은 길에 대해 말해봐야 소용없는 일이지. 내가 돌아오면 이야기하세."

그것이 라에가르 타르가르옌이 그에게 남긴 마지막 말이었다. 문밖에는 군대가 모여 있었고, 트라이던트에 또 다른 군대가 집결하고 있었다. 드래곤스톤의 왕자는 그렇게 말에 올라서 높이 솟아오른 검은 투구를 쓰고는 파멸을 향해 달려나갔다.

'본인도 몰랐겠지만 그 말은 옳았어. 그 전투가 끝나자 변화가 일어나기는 했지.' "아에리스는 절 가까이 두면 해를 입지 않을 거라 생각했죠." 그는 아버지의 시신에 대고 말했다. "재미있지 않습니까?" 타이윈 공도 그렇게 생각하는지, 전보다 미소가 커졌다. '죽어 있는 상태를 즐기는 것 같군.'

이상하게도 슬픔은 없었다. '내 눈물은 어디 있지? 내 분노는 어디 있지?' 제이미 라니스터는 분노가 부족한 사람이 아니었다. 그는 시신에게 말했다. "아버지, 눈물은 남자의 연약함을 드러내는 징후라고 하신 건 아버지였어요. 그러니 제가 아버지를 위해 울 것을 기대하실 수야 없죠."

그날 오전에만 귀족 남녀 천 명이 관대 앞을 지나갔고, 오후에는 평민들이 수천 명 지나갔다. 다들 검은 옷을 입고 엄숙한 얼굴을 하고 있었지만, 제이미는 아주 많은 이들이 위대한 남자가 추락한 꼴을 보고 남몰래 기뻐하리라 의심했다. 서부에서도 타이윈 공은 사랑받기보다는 존경받는 남자였고, 킹스랜딩은 아직도 과거의 약탈을 기억했다.

문상객들 중에서 가장 심란해 보인 사람은 다름 아닌 파이셀 대학사였다. "저는 여섯 왕을 모셨습니다." 그는 두 번째 장례식 이후, 석연치 않다는 듯이 시신의 냄새를 맡으면서 제이미에게 말했다. "하지만 여기 우리 앞에 누운 분이 제가 알았던 가장 위대한 남자였어요. 타이윈 공은 왕관을 쓴 적이 없으나, 왕이 갖춰야 할 모든 것을 갖춘 분이었습니다."

수염을 잃은 파이셀은 늙어 보일 뿐 아니라 약해 보였다. '파이셀의 수염을 밀어버린 게 티리온이 할 수 있는 가장 잔인한 일이었을 거야.' 자신을 자신으로 만들어주는 한 부분을 잃는다는 게 어떤 건지 알기에 제이미는 그렇게 생각했다. 파이셀의 수염은 눈처럼 희고 양모처럼 푹신했으며, 뺨과 턱을 다 덮고 허리까지 흘러내리는 풍성하고 아름다운 수염이었다. 대학사는 거들먹거릴 때면 수염을 쓰다듬곤 했었다. 그 수염이 지혜로운 인상을 주고, 온갖 보기 싫은 부분들—노인의 턱 아래에 늘어진 피부며 불평 많은 입, 빠져버린 치아, 헤아릴 수도 없이 많은 사마귀와 주름과 검버섯—을 다 감춰주었다. 파이셀은 잃어버린 수염을 다시 기르려 애쓰고 있었지만, 결과는 실패였다. 주름진 뺨과 빈약한 턱에 몇 가닥 돋아난 수염은 그 아래 얼룩덜룩한 분홍색 피부가 다 들여다보일 정도로 성글었다.

"제이미 경, 전 살면서 끔찍한 것들을 봤습니다." 노인이 말했다. "전쟁, 전투, 가장 추악한 살인 사건들……. 회색전염병이 도시 절반을 휩쓸고 시타델의 4분의 3을 잡았을 때 전 올드타운의 소년이었지요. 하이타워 공은 항구에 있던 배를 모조리 불태우고, 성문을 닫고, 위병들에게 도망치려는 사람은 남자든 여자든 품에 안긴 아기든 가리지 않고 죽이라고 명했습니다. 사람들은 전염병이 끝나자 하이타워 공을 죽였어요. 그분이 항구를 다시 연 바로 그날 말에서 끌어 내려 목을 그었고, 그분의 어린 아들도 죽였지요. 오늘날까지도 올드타운의 무지렁이들은 그분의 이름만 들으면 침을 뱉습니다만, 퀜톤 하이타워는 해야 할 일을 했던 겁니다. 경의 아버님도 그런 남자였지요. 필요한 일을 하는 남자."

"그래서 저렇게 만족스러워 보이는 건가?"

시신에서 발산되는 물질 탓에 파이셀의 눈에 눈물이 고였다. "살이…… 살이 마르면, 근육이 팽팽해지면서 입술을 끌어 올리는 겁니다. 저건 미소가 아니에요. 그저…… 그저, 죽음일 뿐입니다." 파이셀은 눈을 깜박여 눈물을 밀어 넣었다. "실례하겠습니다. 너무 피곤해서요." 파이셀은 지팡이에 몸을 무겁게 실은 채 천천히 성소 밖으로 걸어 나갔다. '저자도 죽어가고 있군.' 제이미는 퍼뜩 알아차렸다. 세르세이가 파이셀을 쓸모없다 욕할 만도 했다.

물론 그의 사랑스러운 누이는 궁정 절반을 쓸모없거나 반역자라고 여기는 것 같았다. 파이셀도, 킹스가드도, 티렐도, 제이미도…… 심지어 처형 집행인으로 일하는 말 못 하는 기사 일린 페인 경까지도. 왕의 집행관으로서, 지하감옥도 일린 페인의 책임이었다. 페인은 혀가 없었기에 지하감옥 관리는 거의 부하들에게 맡겨두었는데, 그래도 세르세이는 티리온의 탈출을 페인 탓으로 돌렸다. '그놈이 아니라 내가 한 일이야.' 제이미는 그렇게 말해버릴 뻔했다. 대신 그는 하급간수장인 레니퍼 롱워터스라는 등이 굽은 노인에게서 알아낼 수 있는 바는 다 알아내겠다고 약속했다.

"무슨 이름이 그러냐고 생각하시는 거 알겠습니다." 롱워터스는 제이미가 심문하러 오자 키득거렸다. "오래된 이름입죠. 참말입니다. 제가 허풍 떠는 사람은 아닌데, 제 핏줄엔 왕실의 피가 흐른답니다. 어느 왕녀님의 후손입지요. 제가 어린애치고도 어렸을 때 아버지가 얘기해주셨어요." 검버섯

핀 얼굴과 턱에 자란 하얀 털을 보니 롱워터스가 어린애치고도 어렸던 시절은 아주 오래전이었다. "그분은 메이든볼트에서도 가장 아름다운 보물이었지요. 위대한 제독이었던 참나무 주먹 알린 공이 그분에게 마음을 빼앗겼는데, 결혼은 다른 여자와 했답니다. 왕녀님은 사생아로 낳은 아들에게 그 아비에 대한 경의를 담아 '워터스'라는 이름을 붙였고, 아이는 자라서 대단한 기사가 됐고, 그분의 아들도 그랬는데, 이 양반이 사람들에게 그냥 천출이 아니라는 사실을 알리려고 '워터스' 앞에 '롱'을 붙였다 이겁니다. 그러니 제게도 드래곤의 피가 약간은 흐르는 거지요."

"그래, 정복자 아에곤으로 착각할 뻔했네." 제이미는 그렇게 대꾸했다. '워터스'는 블랙워터만에서 흔한 사생아 이름이었다. 늙은 롱워터스는 왕녀의 후손이기보다는 한미한 가신기사의 후손일 가능성이 높았다. "하지만 당장은 자네 혈통보다 중요한 문제가 있네."

롱워터스는 고개를 기울였다. "사라진 죄수 말입지요."

"사라진 간수도 있지."

"루겐." 노인이 이름을 제시했다. "하급간수지요. 3층을 맡고 있었습니다, 검은 감옥요."

"그자에 대해 말해보게." 제이미는 그렇게 말해야 했다. '망할 놈의 광대극이로군.' 설령 롱워터스가 모른다 해도 제이미는 루겐이 누구인지 알고 있었다.

"머리도 헝클어지고, 수염도 안 깎고, 말도 어눌했습지요. 저는 그놈이 별로였습니다. 정말입니다. 솔직히 털어놓고 드리는 말씀입니다. 루겐은 12년 전에 제가 처음 여기 왔을 때도 있었지요. 아에리스 왕에게 임명받았거든요. 그런데 여기 있을 때가 드물었습니다. 제 보고서에도 적었습니다. 암요, 확실히 보고드렸지요. 왕실의 피가 흐르는 사내로서 맹세라도 할 수 있습니다."

'그놈의 왕실 피 얘기 한 번만 더하면 그 피를 흘리게 해주고 말겠다.' 제이미는 생각했다. "그 보고서는 누가 보았나?"

"어떤 건 재무관님에게 갔고, 또 어떤 건 첩보관님에게 갔지요. 간수장과 집행관께는 다 갔고요. 지하감옥에선 언제나 그랬습니다요." 롱워터스는 코를 긁었다. "루겐은 필요할 땐 여기 있었습니다, 나리. 그 말은 해야겠네요. 검은 감옥은 쓸 때가 별로 없었어요. 나리님의 동생분이 내려오기 전에는 한동안 파이셀 대학사가 있었고, 그 전에는 배신자 스타크 공이 와 있었지요. 다른 죄수가, 평민이 셋 더 있었는데 그놈들은 스타크 공이 밤의 경비대로 보내버렸어요. 그런 놈들을 풀어줘서 좋을 것 같지가 않았지만, 어쨌든 서류 절차는 제대로였고요. 그것도 보고서에 적어놓았으니 확인하실 수 있을 겁니다."

"잠든 간수 두 명에 대해서도 말해주게."

"간수들요?" 롱워터스는 코를 킁킁거렸다. "그놈들은 간수가 아니었습니다. 그냥 옥사쟁이였지요. 왕실에서는 옥사쟁이 스무 명에게 봉급을 줍니다만, 제가 일하는 동안에는 열두 명을 넘은 적이 없습니다요. 하급간수도 층마다 둘씩 다 해서 여섯 명은 두기로 되어 있는데, 지금은 셋밖에 없습지요."

"자네와 다른 둘인가?"

롱워터스는 다시 코를 킁킁거렸다. "저는 하급간수장입니다, 나리. 그냥 하급간수들보다는 위지요. 제가 셈을 맡고 있습니다. 나리께서 장부를 보고 싶으시다면, 숫자가 다 정확하게 들어가 있다는 걸 보시게 될 겁니다." 롱워터스는 앞에 펼쳐놓은 거대한 가죽 장정 책을 참고해 말했다. "현재 저희에겐 1층에 죄수가 넷, 2층에 죄수가 하나 있습니다. 나리님 동생분 빼고요." 노인은 얼굴을 찌푸렸다. "뭐, 그분은 도망친 죄수지요. 지워야겠네요." 그는 깃펜을 하나 뽑아서 갈기 시작했다.

'죄수가 여섯이라.' 제이미는 떨떠름하게 생각했다. '그런데 옥사쟁이 스물에 하급간수 여섯, 하급간수장 하나, 간수장 하나, 그리고 왕의 집행관까지 봉급을 준단 말이지.' "아무튼 그 두 옥사쟁이를 심문하고 싶네."

레니퍼 롱워터스는 깃펜을 갈다 말고 의혹이 가득한 눈으로 제이미를 올려다보았다. "그놈들을 심문하신다굽쇼?"

"내 말 들었잖나."

"들었지요, 들었고말고요, 나리. 그렇지만……. 나리께서 누구든 원하는 대로 심문하실 수 있는 건 맞습니다. 저는 안 된다고 말할 주제가 못 되지요. 하지만 대담하게 말씀드려보자면, 그놈들이 대답을 할 것 같진 않습니다, 경. 그놈들은 죽었어요."

"죽어? 누구 명으로?"

"나리의 명이라고 생각했습니다만…… 왕명이었을까요? 저야 묻지 않았지요. 킹스가드에게 질문을 하는 건 분수를 넘어선 일입니다."

상처에 소금 치는 격이었다. 세르세이가 제이미의 부하에게 일을 시켰다니. 제이미의 부하들과 그녀의 소중한 케틀블랙에게 말이다.

"이런 어리석은." 이후, 제이미는 피와 죽음의 악취가 풍기는 지하감옥에서 보로스 블런트와 오스먼드 케틀블랙에게 으르렁거렸다. "경들이 뭘 하고 있다고 생각한 건가?"

"명대로 했을 뿐입니다, 단장님." 보로스 경은 제이미보다 키가 작았지만, 몸무게는 더 나갔다. "전하께서 명하셨습니다. 경의 누이께서요."

오스먼드 경은 엄지손가락을 검대에 걸었다. "영영 자게 해주라고 하셨습니다. 그래서 제 형제들과 제가, 저희가 뜻을 받들었습니다."

'확실히 그랬군.' 시체 하나가 탁자 위에 엎드려 있었는데, 마치 연회에서 정신을 잃은 남자 같았지만 머리 밑에 와인이 아니라 피가 고여 있었다. 두 번째 옥사쟁이는 누군가가 장검을 갈비뼈에 밀어 넣기 전에 장의자에서 일어나서 단검을 뽑기까지는 한 모양이었다. 덕분에 더 길고 더 지저분한 결말을 맞이했으리라. '바리스에게 이 탈출에서 다치는 사람이 없게 하라고 했었는데, 그보다는 내 동생과 누이에게 그렇게 말했어야 했어.' 제이미는 생각했다. "경이 잘못했네."

오스먼드 경은 어깨를 으쓱였다. "그리워할 사람도 없을 텐데요. 없어진 간수와 같이 이놈들도 한몫했다고 봅니다."

'아니야. 바리스가 와인에 약을 타서 재웠어.' 제이미는 그렇게 말할 수도 있었다. "만약 그랬다면 저놈들을 구슬려서 사실을 알아낼 수도 있었네." '……그동안 란셀과 오스먼드 케틀블랙과 붙어먹었고 어쩌면 문보이와도 잤을지 몰라…….' "내가 의심이 많은 성격이었다면 경이 왜 그렇게 서둘러서 이 둘이 심문을 받지 못하게 했을까 생각했을지도 몰라. 혹시 경들이 한 일을 숨기기 위해 이들을 침묵시켜야 했던 건가?"

"저희가요?" 케틀블랙은 말문이 막혔다. "저희는 오직 왕대비님 명에 따랐을 뿐입니다. 경의 결의형제로서 맹세합니다."

제이미는 존재하지 않는 손가락을 떨며 말했다. "오스니와 오스프리드를 데려와서 경이 만든 난장판을 치우게. 그리고 다음번에 내 사랑스러운 누이가 누굴 죽이라고 명할 때는, 나에게 먼저 찾아와. 그럴 때 말고는 내 눈에 띄지 않도록 하게, 경."

그때 나눈 말들이 바엘로르 성소의 어둠 속에서 제이미의 머릿속에 울렸다. 머리 위 창문은 모두 캄캄해졌고, 멀리 희미한 별빛을 볼 수 있었다. 해는 진 지 오래였다. 죽음의 악취는 향초를 켜놓아도 심해지기만 했다. 제이미 라니스터는 그 냄새에 전쟁 초기에 영광스러운 승리를 거뒀던 골든투스 아래 고갯길이 떠올랐다. 전투가 끝난 아침, 까마귀들은 승리자와 패배자를 가리지 않고 파먹었다. 예전 트라이던트에서 라에가르 타르가르옌을 파먹었듯이. '까마귀가 왕을 식삿거리로 삼을 수 있을 때, 왕관에 얼마

나 가치가 있을 수 있을까?'

제이미는 바로 지금도 바엘로르 성소의 일곱 탑과 거대한 돔 주위를 까마귀들이 빙빙 돌며, 안으로 들어올 길을 찾느라 검은 날개로 밤하늘을 때리고 있지 않을까 싶었다. '칠왕국의 까마귀들 모두가 아버지에게 경의를 표해야 마땅하지요. 카스타미어에서 블랙워터까지, 까마귀들을 잘 먹이시지 않았습니까.' 그 생각이 타이윈 공에게 흡족했는지, 미소가 더 커졌다. '젠장, 이젠 잠자리에 든 신랑처럼 웃고 있군.'

너무나 기괴한 생각이라 제이미는 큰 소리로 웃고 말았다.

웃음소리가 통로와 지하실과 예배당에 메아리쳐 마치 벽 속에 든 죽은 자들도 웃는 것만 같았다. '웃기잖아? 내가 아버지를 살해하게 도왔는데 철야로 아버지를 지키면서 내가 풀어준 동생을 잡아 오라고 사람들을 보내다니, 광대극보다 더 터무니없어…….' 그는 아담 마브랜드 경에게 비단 거리를 수색하라고 명령했다. "침대 밑마다 살피게. 내 동생이 매춘굴을 얼마나 좋아하는지 알지?" 황금 망토들은 침대 밑보다는 창녀들의 치마 밑에 더 관심을 보일 것이다. 이 무익한 수색 덕분에 사생아가 얼마나 태어날까 궁금했다.

저도 모르게 타스의 브리엔느에게 생각이 흘러갔다. '멍청하고 고집스러운 못생긴 계집.' 어디 있을까 궁금했다. '아버지, 그 여자에게 힘을 주세요.' 거의 기도에 가까웠지만…… 제이미가 부른 아버지가 신일까? 금박 입힌 조각상이 성소에 켜진 촛불 빛 속에서 반짝이고 있는, 하늘에 계신 아버지일까? 아니면 앞에 누운 시신에게 기도하는 걸까? '상관있나?' 어차피 둘 다 기도를 들어준 적이 없었다. 검을 쥘 나이가 된 이후로 제이미의 신은 늘 전사였다. 다른 남자들은 아버지가, 아들이, 남편이 될 수도 있겠지만 머리카락처럼 장검도 금빛인 제이미 라니스터는 오직 전사였고, 전사밖에 되지 않을 것이었다.

'세르세이에게 진실을 말해야 해. 우리 동생을 감옥에서 풀어준 게 나였다고 인정해야 해.' 티리온에게는 진실이 참 멋지게도 작용했었다. '내가 네 악독한 아들을 죽였어. 그리고 이젠 네 아버지를 죽이러 갈 거야.' 제이미는 어둠 속에서 꼬마 악마의 웃음소리를 들을 수 있었다. 고개를 돌려 보았지만, 돌아오는 것은 그 자신의 웃음소리뿐이었다. 그는 눈을 감았다가 거의 바로 다시 떴다. '잠들면 안 돼.' 잠을 잤다간 꿈을 꿀지 몰랐다. 아, 티리온이 낄낄거리던 모습이란……. '거짓말쟁이 창녀…… 란셀과 오스먼드 케틀블랙과 붙어먹고…….'

자정에 '아버지의 문' 돌쩌귀가 끼익 소리를 내더니 남자 성사 수백 명이 예배를 드리러 들어왔다. 몇 명은 은란 예복을 입고 수정관을 써서 최고신관임을 드러냈다. 그보다 낮은 서열의 수도자들은 줄에 꿴 수정을 목에 걸고 하얀 로브에 일곱 색의 끈을 꼬아서 만든 허리띠를 맸다. '어머니의 문'으로는 수도원에서 나온 하얀 옷의 여자 성사들이 일곱 줄로 들어서며 조용히 노래를 불렀고, 침묵의 자매들은 '이방인의 계단'을 한 줄로 내려왔다. 이 죽음의 시녀들은 부드러운 회색 옷을 입고, 얼굴을 두건으로 가리고 숄을 둘러 눈만 내놓았다. 갈색, 담갈색, 황갈색, 심지어는 염색을 하지 않은 천으로 만든 로브 차림의 형제들도 우르르 들어왔는데, 허리에는 삼줄을 둘렀다. 일부는 목에 '대장장이'의 쇠망치를 걸었고 또 어떤 이들은 탁발 그릇을 걸었다.

최고신관들은 제이미에게 아무 관심도 보이지 않았다. 그들은 성소를 돌며 신의 일곱 면을 기리고자 일곱 개 제단 하나하나에 예배를 드렸다. 각 신에게 공물을 바치고, 각각을 위한 찬송가를 불렀다. 그들의 목소리가 달콤하고 장중하게 울려 퍼졌다. 제이미는 눈을 감고 들으려다가, 몸이 기우뚱해지자 다시 눈을 떴다. '내가 생각보다 더 지쳤군.'

마지막으로 철야를 해본 것도 오래전이었다. '그리고 그때는 내가 젊었지. 열다섯 살 소년이었으니.' 그때는 갑옷도 입지 않고, 단순한 흰 튜닉 차림이었다. 이 대성소의 일곱 익랑 하나하나가 제이미가 밤을 지새운 성소보다 세 배씩은 컸다. 그때 제이미는 '전사'의 무릎에 검을 내려놓고, 갑옷은 그 발치에 쌓아놓고 제단 앞 거친 돌바닥에 무릎을 꿇었다. 새벽이 왔을 때는 무릎이 까져서 피가 났다. "모든 기사는 피를 흘려야 하네, 제이미." 그 피를 보고 아서 데인 경이 말했었다. "피는 우리의 헌신을 보증하는 표지지." 그는 '여명'으로 제이미의 어깨를 두드렸다. 그 흰 칼날이 어찌나 날카롭던지, 가볍게 두드렸을 뿐인데도 제이미의 튜닉이 갈라지고 새로 피가 났다. 제이미는 느끼지도 못했다. 소년으로 무릎을 꿇었다가, 기사로 일어섰으니까. '그때는 킹슬레이어가 아니라 젊은 사자였지.'

그러나 그건 오래전의 일이었고, 그 소년은 죽었다.

언제 예배가 끝났는지는 알 수가 없었다. 아마 선 채로 잤을 것이다. 최고신관들이 빠져나가고 나자 대성소는 다시 조용해졌다. 촛불 빛은 어둠 속에 타는 별들의 벽과 같았지만, 죽음의 악취가 지독했다. 제이미는 금빛 대검을 잡은 손의 위치를 바꿨다. 역시나 로라스 경과 교대했어야 했을까. '세르세이가 싫어했을 거야.' 꽃의 기사는 아직 어리고, 오만하고 허영심도 강했지만, 그래도 위대해지고 하얀 책에 오를 만한 업적을 남길 자질이 있었다.

이 철야가 끝난 후에는 그 하얀 책이 기다리고 있을 것이다. 펼쳐진 제이미의 페이지가 소리 없이 비난하고 있을 것이다. '내 그 망할 책에 거짓말을 가득 채우느니 산산조각을 내버리겠어.' 하지만 거짓말이 아니고서야 진실을 피해 적을 방법이 있을까?

어떤 여자가 제이미 앞에 섰다.

'다시 비가 오나.' 그는 여자가 얼마나 젖었는지 보고 생각했다. 여자의 망토를 따라 흘러내린 물이 발치에 고였다. '그런데 어떻게 여기까지 왔지?

들어오는 소리도 못 들었는데.' 여자는 선술집 여자처럼, 염색이 형편없어서 얼룩덜룩한 갈색에다 올이 풀리기까지 한 거칠고 무거운 망토를 걸쳤다. 두건이 얼굴을 가렸지만, 제이미는 그 여자의 눈 속 녹색 웅덩이에서 춤추는 촛불 빛을 볼 수 있었고, 여자가 움직이자 누구인지 알아보았다.

"세르세이." 그는 꿈에서 깨어나서 아직까지 여기가 어디인지 의아해하는 사람처럼 천천히 말했다. "지금 몇 시지?"

"늑대의 시간." 누이가 두건을 젖히더니 얼굴을 찡그렸다. "아무래도 익사한 늑대겠어." 누이는 너무도 달콤한 미소를 보였다. "내가 처음 이런 모습으로 찾아갔을 때 기억나? 족제비 골목에 있는 형편없는 여관이었지. 난 아버지의 위병들 몰래 나가느라 하녀 옷을 입었고."

"기억나. 장어 골목이었고." '세르세이가 내게 원하는 게 있군.' "왜 이 시간에 여기 온 거야? 뭘 시키려고 나한테?" 마지막 말은 성소 위아래로 메아리치다가 속삭임이 되어 사라졌다. 나한테 나한테 나한테 나한테……. 잠시 동안 그는 누이가 원하는 것은 그의 품이 주는 위안뿐이기를 감히 희망했다.

"조용히 말해." 누이의 목소리가 이상하게…… 숨 가쁘게 들렸다. 겁에 질린 것도 같았다. "제이미, 케반 숙부가 날 거절했어. 수관으로 일하지 않겠대. 숙부는…… 숙부가 우리에 대해 알아. 그렇게 말했어."

"거절했다고?" 그건 놀라웠다. "어떻게 숙부가 알 수가 있었지? 스타니스가 쓴 편지를 읽기야 했겠지만, 그건 전혀……."

"티리온이 알고 있었어." 누이가 상기시켰다. "그 악독한 난쟁이가 무슨 이야기를, 누구에게 했을지 누가 알겠어? 케반 숙부는 문제도 아니야. 최고성사…… 뚱뚱한 최고성사가 죽었을 때 티리온이 그 자리에 올린 작자야. 그자도 알지 몰라." 세르세이가 다가왔다. "네가 토멘의 수관이 되어야 해. 난 메이스 티렐을 믿지 않아. 그자가 아버지의 죽음을 거들었으면 어떻게 해? 티리온과 공모했을 수도 있어. 꼬마 악마가 하이가든까지 갔을 수도……."

"아니야."

"나의 수관이 되어줘." 세르세이가 간청했다. "그리고 우린 왕과 왕비처럼 나란히 칠왕국을 통치하는 거야."

"넌 로버트의 왕비였어. 나의 왕비가 될 리도 없고."

"할 수만 있다면 그리했을 거야. 하지만 우리 아들이—"

"토멘은 내 아들이 아니야. 조프리도 그랬고." 제이미의 목소리는 날카로웠다. "네가 그 아이들 역시 로버트의 아들들로 만들었어."

누이는 움찔했다. "언제까지나 날 사랑하겠다고 맹세했잖아. 내가 빌게 만드는 건 사랑이 아니야."

시체가 풍기는 악취 속에서도 제이미는 세르세이의 두려움을 냄새 맡을 수 있었다. 세르세이를 끌어안고 입을 맞추고, 그 금빛 고수머리 속에 얼굴을 묻고서 아무도 널 해치진 못한다고 약속하고 싶었다……. '여기선 안 돼. 신들 앞에서는, 아버지 앞에서는 안 돼.' 그는 생각했다. "안 돼. 나는 못 해. 안 해."

"나에게 네가 필요해. 내 반쪽이 필요해." 그는 저 높은 창문들에 쏟아지는 빗소리를 들을 수 있었다. "너는 나고, 나는 너야. 네가 나와 함께 있어야 해. 내 안에 있어야 해. 제발, 제이미. 제발."

제이미는 격노한 타이윈 공이 관대에서 일어나지는 않나 돌아보았지만, 아버지는 차갑고 움직임 없이 누워서 썩어가고 있었다. "난 협의회실이 아니라 전장에 맞게 태어났어. 그리고 이젠 전장에조차 맞지 않지."

세르세이는 너덜너덜한 갈색 소매로 눈물을 닦았다. "좋아. 네가 원하는 게 전장이라면 그걸 주지." 그녀는 화난 듯 두건을 당겨 썼다. "여기 오다니 내가 바보였어. 널 사랑한 건 더 어리석었고." 누이의 발소리가 정적 속에

요란하게 울렸고, 대리석 바닥에는 젖은 얼룩이 남았다.

새벽은 기척도 없이 제이미를 덮쳤다. 돔 유리가 밝아지자 갑자기 벽과 바닥과 기둥에 무지개가 어른거리며 타이윈 공의 시신을 수많은 색채의 안개에 목욕시켰다. 왕의 수관은 눈에 띄게 썩어갔다. 얼굴은 녹색빛을 띠었고, 눈은 푹 꺼져서 두 개의 검은 구멍이 되었다. 뺨에 금이 갔고, 화려한 금색과 진홍색의 갑옷 연결부에서 흘러나온 악취 나는 흰 액체가 몸 아래에 고였다.

새벽 예배를 위해 돌아온 성사들이 제일 먼저 보였다. 그들은 노래를 부르고 기도를 드리고 코를 찡그렸고, 최고신관 한 명은 창백해진 나머지 성소에서 부축을 받아 나가야 했다. 곧이어 수련수사 한 떼거리가 흔들거리는 향주머니를 들고 왔고, 곧 관대가 연기에 휩싸인 것처럼 보일 정도로 향기가 자욱해졌다. 그 향기 안개 속에서 무지개도 다 사라져버렸지만 그래도 악취는 사라지지 않았고, 제이미도 그 달큼한 썩은 내에 구역질을 하고 싶어졌다.

문이 열리자 처음 들어온 사람들 사이에는 지위에 걸맞게 티렐 가문이 있었다. 마저리는 커다란 금색 장미 다발을 들고 왔다. 마저리는 과시하듯 장미 꽃다발을 타이윈 공의 관대 아래에 놓았지만 한 송이는 뽑아서 코 밑에 들고 자리에 앉았다. '예쁘기만 한 게 아니라 영리하기도 하군. 토멘의 왕비로 나쁘진 않아. 훨씬 나쁜 왕비를 얻은 왕들도 있었어.' 마저리의 시녀들도 그 예시를 따라 했다.

세르세이는 나머지가 다 자리를 찾아 들어갈 때까지 기다렸다가 토멘을 데리고 입장했다. 오스먼드 케틀블랙 경이 하얀 법랑 갑옷에 하얀 모직 망토를 걸치고 그 옆을 걸었다.

"……란셀과 오스먼드 케틀블랙과 붙어먹었고 어쩌면 문보이와도 잤을지 몰라……."

제이미는 목욕탕에서 벌거벗은 케틀블랙을 본 적이 있었고, 가슴에 난 검은 털과 다리 사이에 난 더 시커먼 음모도 보았다. 그는 케틀블랙이 누이와 가슴을 붙이고 그 털이 누이의 부드러운 젖가슴을 쓰는 광경을 그렸다. '세르세이가 그러진 않을 거야. 꼬마 악마가 거짓말을 한 거야.' 금실과 검은 철사가 땀에 젖어 엉킨다. 케틀블랙은 밀어붙일 때마다 홀쭉한 뺨에 힘이 들어간다. 제이미는 누이의 신음 소리를 들을 수 있었다. '아니야. 거짓말이야.'

붉게 부은 눈에 창백한 얼굴의 세르세이가 아버지 앞에 무릎을 꿇기 위해 토멘을 잡아끌면서 계단을 올랐다. 토멘은 시신을 보고 주춤했지만, 토멘이 물러서기 전에 세르세이가 그 손목을 잡았다. "기도해." 세르세이가 속삭이자 토멘은 기도해보려고 했다. 하지만 토멘은 겨우 여덟 살이었고 타이윈 공의 모습은 무서웠다. 어린 왕은 필사적으로 호흡하다가 울기 시작했다. "그만해!" 세르세이가 말했다. 토멘은 고개를 돌리고 구역질을 하느라 몸을 반으로 접었다. 왕관이 떨어져서 대리석 바닥을 굴렀다. 왕은 어머니가 역겨움에 몸을 뒤로 뺀 사이에 여덟 살의 다리로 전속력을 다해 문을 향해 달렸다.

"오스먼드 경, 교대해주게." 제이미는 케틀블랙이 왕관을 붙잡으려 몸을 돌리자 날카롭게 말했다. 그는 그 남자에게 금빛 대검을 넘겨주고 왕을 따라갔고, 등불 회당에서, 깜짝 놀란 여자 성사 스무 명이 보는 앞에서 왕을 잡았다. "죄송해요." 토멘이 울었다. "내일은 더 잘할게요. 어머니가 왕이 모범을 보여야 한댔는데, 냄새 때문에 속이 울렁거렸어요."

'이건 안 되겠어. 지켜보는 눈과 기울이는 귀가 너무 많아.' "나가는 게 좋겠네요, 전하." 제이미는 아이를 데리고 킹스랜딩에서 그나마 공기가 신선하고 상쾌할 바깥으로 나갔다. 광장 주변에 마흔 명의 황금 망토들이 서서 말들과 가마들을 지키고 있었다. 그는 왕을 한쪽 구석, 모두에게서 멀리 떨어진 곳으로 데려가서 대리석 계단에 앉혔다. "겁먹은 건 아니었어요." 아이가 주장했다. "냄새 때문에 메스꺼웠어요. 삼촌은 메스껍지 않았나요? 어떻게 견딜 수 있었어요, 삼촌, 아니 경?"

'난 바고 호트가 기념품 삼아 걸어준 내 손이 썩는 냄새도 맡아봤거든.' "남자는 거의 무슨 일이든 견뎌낼 수 있어. 해야만 한다면." 제이미는 아들에게 말했다. '난 아에리스 왕이 갑옷째로 구워버린 사람 냄새도 맡았단다.' "세상엔 끔찍한 일이 가득해, 토멘. 넌 그런 일들에 맞서 싸우거나 웃어버리거나, 그런 일들을 보면서도 보지 않아야 해……. 네 안으로 물러나는 거야."

토멘은 생각해보더니 고백했다. "저…… 저도 가끔 안으로 도망치곤 했어요. 조피가……."

"조프리라고 해야지." 세르세이가 앞에 서서 바람에 치맛자락을 휘날리고 있었다. "네 형의 이름은 조프리였어. 네 형은 한 번도 나에게 이런 망신을 준 적이 없다."

"그러려던 게 아니었어요. 무서웠던 건 아니에요, 어머니. 그냥 외할아버지가 너무 냄새……."

"나라고 좋은 냄새가 났겠니? 나에게도 코가 있어." 세르세이는 토멘의 귀를 잡아당겨 일으켜 세웠다. "티렐 공에게도 코가 있고. 그런데 티렐 공이 성소에서 구역질하는 걸 봤니? 마저리가 아기처럼 우는 꼴을 봤어?"

제이미도 일어섰다. "세르세이, 그만하면 됐어."

세르세이의 콧구멍이 커졌다. "경은 왜 여기 있지? 경야가 끝날 때까지 아버지 곁을 지켜 서겠다고 맹세한 걸로 기억하는데."

"이제 끝났어. 가서 아버지를 봐."

"아니. 경이 일곱 낮 일곱 밤이라고 했잖아. 분명히 킹스가드 단장님께서도 일곱을 셀 줄은 아실 텐데. 경의 손가락을 다 꼽은 후에 둘을 더하면 되거든."

성소 안의 악취로부터 도망친 다른 사람들이 광장으로 나오기 시작했다. 제이미가 경고했다. "세르세이, 목소리 낮춰. 티렐 공이 오고 있어."

그 말은 통했다. 왕대비는 토멘을 옆으로 끌어당겼다. 메이스 티렐이 그들 앞에서 고개를 숙였다. "전하께서 몸이 편찮으신 건 아니겠지요?"

"슬픔에 압도당하셨을 뿐입니다." 세르세이가 말했다.

"우리 모두 그렇지요. 혹시라도 제가 할 수 있는 일이 있다면……."

저 높은 곳에서 까마귀 한 마리가 큰 소리로 울었다. 까마귀는 바엘로르 왕의 조각상에 앉아서 그 성스러운 머리에 똥을 갈겼다. "공께서 토멘을 위해 해주실 수 있는 일이야 많고도 많지요." 제이미가 말했다. "저녁 장례 이후에 왕대비 전하와 함께 저녁 식사를 하시면 어떻겠습니까?"

세르세이가 그를 노려보았지만, 이번만은 입을 다물고 있었다.

"저녁 식사요?" 티렐은 놀란 것 같았다. "그야…… 물론 좋습니다. 영광이고말고요. 제 부인이나 저나 영광이지요."

왕대비는 억지 미소를 지으며 듣기 좋은 소리를 냈다. 그러나 티렐이 떠나고 토멘을 아담 마브랜드 경과 함께 보내고 나서 화를 내며 제이미를 돌아보았다. "술에 취한 건가, 아니면 꿈을 꾸는 건가, 경? 부디 내가 왜 저 욕심 많은 바보와 그 철없는 아내와 함께 저녁을 먹어야 하는지 말해보지그래?" 돌풍이 세르세이의 금발을 흩날렸다. "저놈을 수관에 임명하진 않을 거야. 혹시 그게—"

"네겐 티렐이 필요해." 제이미가 말을 잘랐다. "하지만 여기서는 아니야. 티렐에게 토멘을 위해 스톰스엔드를 함락해달라고 해. 추켜세우고, 전장에서 필요하다고, 아버지의 자리를 대신해달라고 해. 메이스는 자기가 대단한 전사인 줄 알아. 그러니 스톰스엔드를 가져오거나, 아니면 일을 망치고 바보 꼴이 될 거야. 어느 쪽이든 네가 이기는 거야."

"스톰스엔드?" 세르세이는 생각에 잠긴 얼굴이었다. "그렇군. 하지만…… 티렐 공은 토멘이 마저리와 결혼하기 전에는 킹스랜딩을 떠나지 않겠다고 지루할 정도로 여러 번 말했어."

제이미는 한숨을 쉬었다. "그렇다면 결혼시켜. 토멘이 결혼을 완성할 정도로 크려면 몇 년은 남았어. 그리고 그때까지는 언제든 그 결합을 무시할 수 있어. 티렐에게 원하는 결혼을 주고, 전장으로 보내버려."

누이는 얼굴에 신중한 미소가 스치더니 중얼거렸다. "포위전이라 해도 위험은 있지. 그래. 우리 하이가든 영주께서 그런 모험을 벌이다가 목숨을 잃을 수도 있어."

"그런 위험이 있지." 제이미는 인정했다. "특히나 이번에 인내심이 다해서 성문 강습을 결정한다면."

세르세이는 제이미를 한참 보다가 말했다. "그거 알아? 잠시 꼭 아버지가 말하는 것 같았어."

브리엔느

더스큰데일은 문을 닫고 빗장을 지른 상태였다. 동트기 전의 어둠 속에서 마을 방벽이 희끄무레하게 빛났다. 벽 위에서 안개 자락이 유령 파수병처럼 움직였다. 짐수레와 우차 십여 개가 문밖에 모여서 해가 뜨기를 기다리고 있었다. 브리엔느는 순무 수레 뒤에 자리를 잡았다. 종아리가 아팠고, 말에서 내려서 다리를 펴니 기분이 좋았다. 오래지 않아 숲에서 덜컹덜컹 또 수레가 나타났다. 하늘이 밝아질 무렵에는 줄이 400미터에 달했다.

농부들은 호기심 어린 눈빛을 던지면서도 그녀에게 말을 걸지는 않았다. '내가 말을 걸어야 해.' 브리엔느는 스스로를 타일렀지만, 낯선 사람에게 말하기는 언제나 힘들었다. 어렸을 때도 그녀는 낯을 가렸다. 그리고 오랜 세월 멸시받으면서 더 낯을 가리게 됐다. '산사에 대해 물어봐야 해. 달리 어떻게 산사를 찾겠어?' 그녀는 헛기침을 하며 순무 수레를 모는 여자에게 말했다. "이보시오, 혹시 길에서 내 동생을 보지 못했소? 열세 살에, 파란 눈과 적갈색 머리로 얼굴이 예쁜 처녀라오. 주정뱅이 기사와 함께 말을 달리고 있었을지도 모르고."

여자는 고개를 저었지만, 그 남편이 말했다. "그렇다면 분명 처녀는 아닐

걸요. 그 가엾은 소녀에게 이름이 있습니까?"

브리엔느의 머릿속이 텅 비었다. '가명을 지어뒀어야 했어. 어떤 이름이라도.' 하지만 아무것도 떠오르지 않았다.

"이름도 없어요? 흠, 길에 이름 없는 소녀라면 가득하지요."

"무덤엔 더 가득하고." 아내 쪽이 말했다.

새벽이 밝자 방벽 난간에 위병들이 나타났다. 농부들은 수레에 올라 고삐를 흔들었다. 브리엔느도 말에 올라 뒤를 돌아보았다. 더스큰데일에 들어가려고 줄을 선 사람들 대부분은 판매할 과일과 채소를 싣고 온 농부들이었다. 열 명쯤 뒤에 부유한 마을 사람 한 쌍이 상태 좋은 승용마에 앉아 있었고, 더 멀리 얼룩무늬 말에 탄 깡마른 소년이 얼핏 보였다. 두 방랑기사나 미친 쥐 셰드리치 경의 흔적은 없었다.

위병들은 짐수레를 제대로 보지도 않고 통과시켰지만, 브리엔느가 문에 도달하자 멈춰 세웠다. "멈춰라, 거기!" 대장이 외쳤다. 쇠사슬 갑옷을 입은 위병 두 명이 창을 교차해 브리엔느 앞을 막았다. "여기 온 목적을 말하라."

"더스큰데일의 영주님, 아니면 그분의 학사님을 뵈러 왔소."

대장의 눈이 그녀의 방패에 머물렀다. "로스스톤의 검은 박쥐라니. 그건 악명 높은 문장인데."

"내 것이 아니오. 방패는 다시 칠할 작정이오."

"그러셔?" 대장은 수염 자국 진한 턱을 문질렀다. "마침 내 누이가 그런 일을 하지. '일곱 검' 건너편에 문에 그림이 그려진 집에 가면 찾을 수 있어." 그는 위병들에게 손짓했다. "통과시켜라. 여자다."

문루를 통과하자 장터 광장이었고, 앞서 들어온 사람들이 순무와 노란 양파, 보릿자루를 팔기 위해 짐을 부리고 있었다. 무기와 갑옷을 파는 이들도 있었는데, 말을 타고 지나가면서 들은 가격대로라면 아주 쌌다. '전투가 끝날 때마다 시체 먹는 까마귀와 함께 약탈자가 오지.' 브리엔느가 모는 말이 아직도 갈색 피가 두껍게 앉은 사슬 셔츠와 찌그러진 투구, 이가 빠진 장검 사이를 걸었다. 옷붙이도 팔고 있었다. 가죽 장화, 모피 망토, 수상한 구멍이 남아 있는 얼룩진 전포. 브리엔느가 아는 문장이 많았다. 사슬 장갑을 낀 주먹, 큰뿔사슴, 하얀 태양, 양날 도끼, 모두 북부의 문장이었다. 하지만 탈리 병사들도 여기에서 죽었고, 폭풍 땅에서 온 이들도 있었다. 빨간 사과와 초록 사과, 레이굿의 세 줄기 번개가 그려진 방패, 앰브로즈의 개미 문양이 들어간 말덮도 보였다. 꽤 많은 휘장과 브로치와 더블릿에 탈리 공의 문장인 활보하는 사냥꾼이 들어가 있었다. '까마귀들은 친구든 적이든 상관하지 않아.'

소나무 방패와 피나무 방패는 몇 푼이면 살 수 있었지만, 브리엔느는 그것들을 지나쳐 계속 나아갔다. 그녀는 제이미가 준 무거운 참나무 방패, 제이미 본인이 하렌홀에서 킹스랜딩까지 지고 갔던 방패를 간직할 작정이었다. 소나무 방패에는 나름의 장점이 있었다. 더 가볍고, 따라서 더 들기 쉽고, 부드러운 목재가 적의 도끼나 검을 붙잡을 가능성이 더 높았다. 하지만 무게를 감당할 힘만 있다면 참나무 쪽이 더 몸을 보호하기 좋았다.

더스큰데일은 항구 주변에 지어졌다. 마을 북쪽으로는 백악 절벽이 올라갔고, 남쪽으로는 바위 곶이 닻을 내린 배들을 협해에서 올라오는 폭풍으로부터 지켰다. 성은 항구를 내려다보고 섰는데, 사각 아성과 커다란 원형 방어탑들이 마을 어디에서나 잘 보였다. 사람이 많은 자갈길에서는 말을 타기보다 걷기가 더 편했기에, 브리엔느는 암말을 어느 마구간에 맡기고, 방패를 등에 걸고 침낭을 한쪽 옆구리에 끼고서 계속 나아갔다.

대장의 누이를 찾기는 어렵지 않았다. '일곱 검'은 마을에서 제일 큰 여관으로 4층짜리 건물이 우뚝 솟아 있었고, 그 맞은편 집 문에는 화려한 그림이 들어갔다. 가을 숲 속에 선 성을 그렸는데, 나무가 금색과 황갈색으로 물들어 있었다. 오래된 참나무 줄기를 타고 담쟁이가 올라갔고, 도토리까지 애정을 담아 그렸다. 그림을 더 자세히 들여다보자 나뭇잎 사이에 있는 동물들이 보였다. 교활한 붉은 여우며 나뭇가지에 앉은 참새 두 마리, 잎사귀 뒤에 보이는 곰 그림자까지.

"문이 아주 예쁘군." 브리엔느는 문을 두드리자 나온 검은 머리 여자에게 말했다. "저건 어느 성을 그린 거요?"

"모든 성요." 위병대장의 동생이 대답했다. "제가 아는 성은 항구 옆의 던 포트뿐이에요. 저 성은 제 머릿속에서 만들어냈어요. 성이라면 저렇게 생겨야지 하고요. 드래곤도, 그리핀도, 유니콘도 본 적 없긴 마찬가진걸요." 쾌활한 태도였지만, 브리엔느가 방패를 보여주자 얼굴이 어두워졌다. "제 늙은 어머니는 달이 없는 밤이면 하렌홀에서 커다란 박쥐들이 날아와서 나쁜 아이들을 잡아다가 미친 다넬의 요리 솥에 넣는다고 하곤 했죠. 가끔 그 박쥐들이 덧창을 긁는 소리가 들리지 뭐예요." 그녀는 생각에 잠겨서 잠시 쯧쯧거렸다. "여기에 뭘 집어넣을까요?"

타스의 문장은 장미색과 하늘색 사분할에 노란 태양과 초승달이 들어갔다. 하지만 사람들이 그녀를 살인자라고 믿는 동안에는 그 문장을 쓸 수가 없었다. "이 집 문을 보니 내가 어렸을 때 아버지의 무기고에서 봤던 오래된 방패가 생각나더군." 그녀는 최대한 기억을 되살려서 그 문장을 묘사했다.

여자는 고개를 끄덕였다. "곧바로 그릴 수 있지만, 그림이 마르는 시간이 필요해요. 괜찮으시다면 일곱 검 여관에 방을 잡으세요. 아침까지 방패를 가져다드릴게요."

브리엔느는 원래 더스큰데일에서 밤을 보낼 생각이 아니었지만, 그러는 편이 좋을 수도 있었다. 성에 영주가 있는지 여부도, 그녀를 만나려 할지 여부도 모르는 상황이었다. 그녀는 화가에게 고맙다고 인사하고 자갈길을 건너 여관으로 갔다. 문 위에 박힌 철제 대못 아래에 일곱 개의 목검이 흔들리고 있었다. 하얀 칠은 금이 가고 벗겨졌지만, 브리엔느는 그 일곱 개 검의 의미를 알았다. 그것은 킹스가드의 하얀 망토를 입었던 다클린가의 일곱 아들들을 의미했다. 이 나라를 통틀어 어떤 가문도 그렇게 많은 킹스가드를 배출했다고 주장할 수 없었다. 그들은 가문의 영광이었다. '그리고 지금은 여관 간판이지.' 브리엔느는 문을 밀고 휴게실로 들어가서 여관 주인에게 방 하나와 목욕물을 요구했다.

여관 주인은 2층 방을 내주었고, 얼굴에 다갈색 모반이 있는 여자 하나가 나무 욕조를 가지고 올라오더니, 물을 한 동이씩 실어 날랐다. "더스큰데일에 다클린이 남아 있소?" 브리엔느는 욕조에 들어가면서 물었다.

"글쎄요, 다크들은 있지요. 저만 해도 그런걸요. 남편은 결혼하기 전에는 제가 그냥 다크(darke)였는데 이제는 더 어두워졌다고(darker) 해요." 여자는 소리 내어 웃었다. "더스큰데일에서 돌멩이를 던지면 다크나 다크우드나 다굿 중에 누군가가 맞을 테지만, 다클린 가문은 사라지고 없지요. 데니스 공이 마지막이었어요. 그 다정하고 젊은 바보. 안달인이 오기 전에는 다클린이 더스큰데일의 왕이었다는 거 아셨나요? 절 봐선 전혀 모르시겠지만, 제게도 왕실의 피가 흐른단 얘기죠. 상상이나 가세요? '전하, 에일 한 잔 더요.' 사람들이 저한테 이렇게 말해야 하는 거죠. '전하, 요강을 비워야 합니다. 그리고 갓 만든 고기 완자 좀 가져오세요. 망할 전하, 불이 꺼졌습니다.' 이렇게요." 여자는 다시 웃다가 마지막 동이의 물을 털었다. "자, 됐습니다. 물은 이 정도 뜨거우면 되나요?"

"괜찮을 거요." 미적지근한 물이었다.

"더 가져올 수는 있는데, 넘쳐버리겠네요. 아가씨 몸집이면 욕조가 꽉 차요."

'이렇게 비좁은 욕조나 그렇지.' 하렌홀의 욕조는 거대했고, 돌로 만들어져 있었다. 그 목욕탕엔 물에서 피어오르는 수증기가 짙게 깔려 있었고,

그 안개 속을 태어난 날처럼 벌거벗고 걷는 제이미는 반은 시체 같고 반은 신 같았다. '내가 있던 욕조에 들어왔지.' 그녀는 기억을 떠올리며 얼굴을 붉혔다. 그리고 딱딱한 잿물 비누를 집어 들고 겨드랑이를 문지르며 렌리의 얼굴을 다시 불러일으키려 애썼다.

물이 다 식었을 때쯤에는 브리엔느도 그럭저럭 깨끗해졌다. 그녀는 벗어둔 옷을 그대로 입고 허리에 검대를 꽉 조였으나, 던포트가 그렇게 위험할 것 같지는 않아서 사슬 갑옷과 투구는 그대로 두었다. 다리를 쭉 펴니 기분이 좋았다.

성문을 지키는 위병들이 입은 가죽조끼에는 하얀 X자 위에 전투 망치가 교차해 들어간 휘장이 달려 있었다. "영주님과 이야기를 하고 싶은데." 브리엔느가 말했다.

위병 하나가 웃어젖혔다. "그렇다면 큰 소리로 외쳐보든가."

"라이커 공은 랜딜 탈리와 함께 메이든풀로 달려가셨소." 다른 위병이 말했다. "라이커 부인과 어린 자식들을 돌보게 루퍼스 리크 경을 수호성주로 두고 가셨지."

그들이 브리엔느를 데리고 가서 보인 사람도 리크였다. 루퍼스 리크 경은 키가 작고 왼쪽 다리 끝이 잘려 나간 통통한 노인이었다. "내가 일어서지 않더라도 양해하시오." 브리엔느는 그에게 편지를 내밀었지만, 리크는 글을 읽을 줄 몰랐기에 그녀를 대머리에 주근깨가 가득하고 뻣뻣한 붉은색 콧수염을 기른 학사에게 보냈다.

학사는 홀라드라는 이름을 듣자 짜증스레 얼굴을 찌푸렸다. "내가 같은 노래를 몇 번이나 되풀이해야 하는 겁니까?" 브리엔느의 얼굴에 생각이 드러난 모양이었다. "돈토스를 찾으러 온 사람이 처음일 줄 알았나요? 스물한 번째쯤 될 겁니다. 국왕이 시해되고 며칠 안 지나서 황금 망토들이 타이윈 공의 영장을 들고 찾아왔지요. 아가씨에겐 뭐가 있습니까?"

브리엔느는 토멘의 인장과 어린아이다운 서명이 들어간 편지를 내밀었다. 학사는 흐으음 하다가 허어어 하면서 밀랍을 건드려보더니 겨우 돌려주며 말했다. "제대로인 것 같군요." 그는 걸상에 앉으며 브리엔느에게도 앉으라고 손짓했다. "저도 돈토스 경에 대해선 전혀 모릅니다. 더스큰데일을 떠났을 때 어린아이였거든요. 홀라드 가문이 한때 고귀한 가문이었던 건 사실이에요. 홀라드의 문장을 아십니까? 붉은색과 분홍색 가로 줄무늬 바탕에, 맨 위에는 파란색을 칠하고 금관을 세 개 넣은 문장이지요. 다클린은 영웅 시대에 보잘것없는 왕들이었고, 그중 셋이 홀라드 왕비를 두었어요. 그러다가 그 작은 왕국이 더 큰 왕국에 먹혔지만, 다클린은 견뎌냈고 홀라드는…… 저항 때도 다클린을 섬겼지요. 그 부분은 아십니까?"

"조금은요." 브리엔느를 가르친 학사는 아에리스 왕을 광기로 몰아넣은 것이 바로 '더스큰데일의 저항'이었다고 말하곤 했다.

"더스큰데일 사람들은 그런 재난을 가져왔는데도 아직까지 데니스 공을 사랑해요. 사람들이 탓하는 건 데니스 공의 미르인 아내 세랄라 부인이지요. 별명도 레이스 뱀이랍니다. 다클린 공이 스탠턴이나 스토크워스와 결혼했더라면……. 뭐, 평민들이 어떻게 말하는지 아시지요. 레이스 뱀이 남편의 귀에 미르의 독을 부어 넣어서 결국 데니스 공이 들고일어나 왕을 포로로 잡기에 이르렀다고들 합니다. 왕을 포로로 잡는 과정에서 데니스 공의 훈련대장이었던 사이먼 홀라드 경이 킹스가드의 그웨인 가운트 경을 베었지요. 아에리스는 반 년 동안 이 성벽 안에 갇혀 있었고, 그동안 왕의 수관은 대군을 이끌고 더스큰데일 바깥에 진을 쳤습니다. 타이윈 공에겐 원한다면 언제든 이 마을을 쓸어버릴 힘이 있었지만, 데니스 공이 공격했다간 바로 왕을 죽이겠다고 선포했거든요."

브리엔느는 그다음 내용을 기억했다. "왕은 구출됐지요. 대담한 바리스탄이 모시고 나갔어요."

"그랬지요." 학사가 말했다. "인질을 잃은 데니스 공은 타이윈 공이 마을을 점령하게 두느니 차라리 성문을 열고 저항을 끝냈습니다. 무릎을 꿇고 자비를 빌었지만, 왕은 너그러운 사람이 아니었지요. 데니스 공은 머리통을 잃었고, 남녀 형제와 숙부와 사촌을 비롯해 귀족 다클린 가문 전원의 목이 날아갔어요. 레이스 뱀은 가엾게도 산 채로 불탔는데, 그 전에 혀부터 뽑고, 남편을 노예로 만들었다고들 하는 여성적인 부위도 잘라냈다지요. 더스큰데일 사람 절반은 아직도 아에리스가 그 여자에게 너무 친절했다고 할 겁니다."

"그리고 홀라드는요?"

"명예가 더럽혀지고 부서졌지요." 학사가 말했다. "그 일이 일어났을 때 저는 시타델에서 사슬을 벼리고 있었습니다만, 재판과 형벌에 대한 기록을 읽었습니다. 데니스 공의 누이동생과 결혼한 집사 존 홀라드 경은 아내와 같이 죽었고, 반은 다클린이었던 두 사람의 어린 아들도 죽었습니다. 로빈 홀라드는 종자였는데, 왕이 사로잡혔을 때 그 주위를 돌며 춤을 추고 왕의 수염을 잡아당겼지요. 고문대에서 죽었습니다. 사이먼 홀라드 경은 바리스탄 경이 왕을 탈출시키던 중 베어 죽였습니다. 홀라드의 영지는 빼앗겼고, 성은 무너졌으며, 마을은 모두 불탔습니다. 다클린과 마찬가지로 홀라드 가문도 절멸했지요."

"돈토스만 빼고요."

"맞습니다. 어린 돈토스는 사이먼 경의 쌍둥이 형제인 스테폰 홀라드 경의 아들이었는데, 그분은 한참 전에 열병으로 죽었기 때문에 저항과는 관계가 없었어요. 그래도 아에리스는 아이의 머리를 자르려 했지만, 바리스탄 경이 목숨은 살려달라고 청했습니다. 왕도 자기 목숨을 살려준 사람의 청을 거절할 순 없었기에, 돈토스는 종자가 되어 킹스랜딩으로 가게 됐습니다. 제가 알기로 더스큰데일에 돌아온 적은 없어요. 돌아올 이유가 없지요. 여기에 땅이 있는 것도 아니고, 친척이나 성도 없는데요. 돈토스와 그 북부 소녀가 우리의 소중한 왕을 시해하는 데 도움을 줬다면, 정의와는 최대한 거리를 두고 싶었을 겁니다. 꼭 찾아보겠다면 올드타운에서 찾아보세요. 아니면 협해 건너편에서 찾든가. 도르네, 아니면 장벽도 있고요. 어디든 다른 곳을 찾으세요." 학사는 일어섰다. "까마귀들이 부르는군요. 이만 인사드려도 양해하시기 바랍니다."

여관으로 돌아가는 길은 던포트까지 걷던 길보다 멀게 느껴졌지만, 기분 탓일 터였다. 더스큰데일에서 산사 스타크를 찾지 못할 것만은 분명해 보였다. 학사의 생각대로 돈토스 경이 산사를 올드타운이나 협해 건너편으로 데려갔다면, 브리엔느의 탐색은 가망이 없었다. '올드타운에 산사가 갈 이유가 뭐가 있지?' 자문해보았다. 학사는 홀라드만이 아니라 산사에 대해서도 몰랐다. 산사가 낯선 사람들에게 갔을 리가 없었다.

킹스랜딩에서 브리엔느는 매춘굴에서 빨래 일을 하고 있는 산사의 예전 시녀 하나를 찾아냈었다. "전 산사 아가씨 이전에 렌리 공을 섬겼는데, 둘 다 반역자가 되어버렸네요." 그 여자, 브렐라는 씁쓸하게 불평했다. "이젠 어떤 귀족도 절 쓰지 않을 터라 창녀들 빨래나 하는 수밖에 없어요." 브리엔느가 산사에 대해 물어보자 브렐라는 말했다. "타이윈 공에게 한 얘기 그대로 할게요. 그 아가씨는 언제나 기도를 했어요. 성소에 가서 제대로 된 귀부인처럼 초를 밝히면서도, 거의 매일 밤 신의 숲에 나갔죠. 북쪽으로 돌아갔을 거예요. 그 아가씨 신들은 거기 있으니까."

하지만 북부는 광활한 땅이었고, 브리엔느는 산사가 아버지의 휘하 봉신 중에 가장 믿을 만한 사람이 누구일지 짐작도 하지 못했다. 아니, 어쩌면 자기 핏줄을 찾아갔을까? 형제가 모두 죽기는 했어도, 브리엔느는 아직 산사의 숙부와 이복형제가 장벽에서 밤의 경비대에 복무하고 있다는 사실을 알았다. 또 다른 숙부인 에드무어 툴리는 트윈스의 포로가 되었지만, 에드무어의 숙부인 브린덴 경이 아직 리버런을 쥐고 있기도 했다. 그리고 캐틀린 부인의 여동생이 협곡을 통치했다. '핏줄은 끌리기 마련이야.' 산사가 그중 하나에게 도망쳤을 가능성이 있었다. '하지만 그중에 누구?'

장벽은 너무 먼 데다가 황량하고 혹독한 곳이었다. 그리고 리버런으로 가려면 전쟁에 찢긴 강역을 건너고 라니스터의 포위선을 지나야 했다. 이어리는 그보다 간단할 테고, 라이사 부인도 언니의 딸이라면 환영할 것이다…….

앞쪽에서 골목길이 구부러졌다. 아무래도 브리엔느가 방향을 잘못 잡은 모양이었다. 막다른 길이었고, 작은 진흙 마당에서 나지막한 돌우물을 둘러싸고 돼지 세 마리가 땅을 파헤치고 있었다. 한 마리가 브리엔느를 보고 끽 소리를 내자 물을 긷던 노파가 의심스러운 눈으로 그녀를 훑어보았다. "뭘 원하쇼?"

"일곱 검을 찾고 있었소만."

"온 길로 돌아가시구랴. 성소에서 왼쪽이우."

"고맙소." 브리엔느는 온 길을 되짚으려고 몸을 돌리다가 서둘러 구부러진 길을 돌아오던 사람과 정통으로 부딪쳤다. 남자는 나동그라져서 진흙에 엉덩방아를 찧었다. "실례." 브리엔느는 중얼거렸다. 소년에 지나지 않았다. 가느다란 직모의 머리에 한쪽 눈 아래에 다래끼가 난 앙상한 소년이었다. "다쳤나?" 브리엔느가 도와주려 손을 내밀었지만, 소년은 팔꿈치와 발을 움직여 멀어졌다. 열 살, 기껏해야 열두 살쯤 됐을 텐데 사슬 갑옷을 입고 가죽 검집에 든 장검을 등에 메고 있었다. "내가 널 아나?" 브리엔느가 물었다. 묘하게 낯이 익었는데, 어디에서 본 얼굴인지는 생각이 나지 않았다.

"아뇨. 몰라요. 한 번도……." 소년이 허둥지둥 일어서려 했다. "요, 요, 용서하세요. 아가씨. 제가 못 봤어요. 그러니까, 보고는 있었는데, 아래만 봤어요. 아래를 보고 있었어요. 제 발을요." 소년은 일어서더니 왔던 길로 뛰쳐나갔다.

브리엔느는 온갖 의심이 다 일어났지만, 더스큰데일의 길거리에서 소년을 쫓을 생각은 없었다. '오늘 아침 문밖에서, 거기서 봤어.' 생각이 났다. '얼룩무늬 말을 타고 있었지.' 그리고 또 다른 곳에서도 봤던 것 같은데, 어디였을까?

브리엔느가 일곱 검 여관을 다시 찾았을 때는 휴게실이 꽉 차 있었다. 여자 성사 네 명이 불가에 가장 가까이 앉았는데, 로브가 길에서 묻은 먼지로 얼룩져 있었다. 다른 자리에서는 지역민들이 장의자를 채우고 앉아서 빵 조각을 곁들여 뜨거운 게 스튜를 마시고 있었다. 그 냄새를 맡으니 배가 요동을 쳤지만, 빈자리가 보이지 않았다. 그때 등 뒤에서 목소리가 들렸다. "아가씨, 여기, 여기 앉으십쇼." 브리엔느는 그 남자가 장의자에서 폴짝 뛰어내리고 나서야 난쟁이라는 사실을 알아차렸다. 키가 150센티미터가 되지 않는 작은 사내였다. 동글납작한 코는 실핏줄이 터져 붉었고, 이는 초엽을 씹어서 붉었으며, 거친 갈색 천으로 만든 수도사복을 입었는데 굵은 목에 '대장장이'의 쇠망치가 달려 있었다.

브리엔느가 말했다. "앉아 계십시오. 저도 서 있어도 괜찮습니다."

"그야 그렇겠지만, 내 머리가 천장을 칠 리는 없으니까요." 난쟁이의 말은 품위는 없어도 친절했다. 브리엔느는 난쟁이의 빈 정수리를 볼 수 있었다. 많은 수도사들이 그렇게 정수리만 삭발을 했다. 언젠가 로엘 성사가 말해주길, 하늘에 계신 아버지에게 숨길 것이 없음을 드러내려는 뜻이라고 했다. "아버지께서 머리카락은 꿰뚫어 보지 못하나요?" 브리엔느는 그렇게 물었었다. 바보 같은 소리였다. 그녀는 늦된 아이였고, 로엘 성사도 자주 그렇게 말했다. 지금도 그때만큼이나 바보가 된 기분이라서 브리엔느는 결국 난쟁이가 앉았던 장의자 끝에 앉았고, 스튜를 달라고 손짓한 후 고개를 돌려 감사 인사를 했다. "더스큰데일의 어느 성소에서 봉직하십니까, 형제님?"

"메이든풀에 더 가까웠습니다, 아가씨. 하지만 늑대들이 불태워버렸지요." 남자는 빵 조각 끝을 씹으며 대답했다. "최대한 재건했습니다만, 그 뒤엔 용병들이 왔어요. 누구 용병들이었는지는 몰라도 우리 돼지들을 빼앗고 형제들을 죽였습니다. 저는 속이 빈 통나무 속에 들어가서 숨었지만, 다른 사람들은 너무 컸어요. 형제들을 다 묻는 데 오랜 시간이 걸렸는데, 대장장이께서 제게 힘을 주셨습니다. 형제들을 다 묻고 나서는 원로 형제가 숨겨둔 돈을 파내서 저 혼자 그곳을 떠났지요."

"킹스랜딩으로 가는 다른 형제님들을 만났습니다."

"그래요, 길에 형제들이 수백은 있지요. 형제들만이 아니라 성사들도 있고, 평민들도 있고. 다 참새들이에요. 저도 참새가 될지 모르지요. 대장장이께선 절 충분히 작게 만들어주셨으니까요." 그는 쿡쿡 웃었다. "아가씨의 서글픈 사연은 뭔가요?"

"동생을 찾고 있습니다. 열세 살밖에 되지 않았고 파란 눈과 적갈색 머리가 예쁜 귀족 처녀랍니다. 남자와 같이 여행하는 모습을 보셨을지도 몰라요. 기사인데, 광대일 수도 있어요. 제가 동생을 찾게 도와주시는 분에겐 금을 드립니다."

"금요?" 형제는 히죽 웃으며 붉은 잇몸을 보였다. "그 게 스튜 한 그릇이면 제겐 충분한 보상입니다만, 안타깝게도 도움은 못 드리겠군요. 광대야 많이 만나봤지만, 예쁜 처녀는 별로 못 만나봤거든요." 그는 고개를 약간 기울이고 잠시 생각했다. "그러고 보니 메이든풀에 광대가 하나 있었지요. 누더기와 흙먼지를 뒤집어썼지만, 알록달록한 옷이었어요."

'돈토스 홀라드가 알록달록한 옷을 입었던가?' 브리엔느에게 그런 말을 해준 사람은 없었다……. 하지만 그런 옷을 입지 않았다고 말한 사람도 없었다. '하지만 그 사람이 왜 누더기 차림이었을까? 킹스랜딩에서 달아난 이

후에 그자와 산사에게 불운이라도 닥쳤을까?' 길이 워낙 위험하니 그랬을 수도 있었다. 하지만 아예 돈토스가 아닐 수도 있었다. "혹시 그 광대가 딸기코였던가요?"

"그건 확실히 모르겠군요. 고백건대, 그자에게 별로 관심을 두질 않았어요. 형제들을 묻은 후에 킹스랜딩으로 갈 배를 찾을 수 있을지 모른다고 생각하고 메이든풀로 갔지요. 부둣가에서 그 광대를 처음 봤습니다. 은밀하게 구는 느낌이었고, 탈리 공의 병사들을 애써 피하더군요. 나중에 '냄새나는 거위'에서 다시 마주쳤습니다."

"냄새나는 거위요?" 브리엔느는 의아해하며 물었다.

"불미스러운 장소랍니다." 난쟁이가 실토했다. "탈리 공의 부하들이 메이든풀 항구를 순찰하지만, 거위에는 언제나 선원들이 가득하고 선원들은 값만 맞으면 사람을 배에 몰래 태우는 방법을 알기 마련이지요. 광대는 세 명이 협해를 건널 방법을 찾고 있었습니다. 냄새나는 거위에서 갤리선 노잡이들과 이야기를 하는 모습을 자주 봤어요. 가끔은 웃기는 노래를 부르기도 하더군요."

"세 명요? 두 명이 아니고?"

"세 명이었습니다, 아가씨. 그것만은 저도 맹세할 수 있어요. 일곱 신에 걸고."

'셋이라. 산사, 돈토스 경……. 하지만 세 번째는 누구지? 꼬마 악마인가?' "그 광대가 배를 찾았습니까?"

"그건 저도 모릅니다. 하지만 어느 날 밤 탈리 공의 병사들이 냄새나는 거위에 와서 그자를 찾았고, 며칠 지나서는 또 다른 누군가가 광대를 놀려먹었다며 그걸 증명할 금이 있다고 큰소리치는 걸 들었습니다. 술에 취해서 모두에게 에일을 돌렸지요."

"광대를 놀려먹었다……. 그게 무슨 뜻이었나요?"

"저야 모르지요. 하지만 그 남자 이름은 민첩 딕이었어요. 이제 기억이 납니다." 난쟁이는 두 손을 펼쳤다. "안타깝게도 제가 드릴 수 있는 건 그게 답니다. 작은 남자의 기도를 빼면요."

브리엔느는 했던 말에 충실하게 그에게 뜨거운 게 스튜 한 그릇을 샀다……. 그리고 갓 구워 따끈한 빵에 와인도 한 잔 샀다. 난쟁이가 옆에 서서 그걸 먹는 동안 브리엔느는 방금 들은 말을 곱씹었다. 꼬마 악마가 합류했을 수도 있을까? 산사가 사라진 배후가 돈토스 홀라드가 아니라 티리온 라니스터라면, 협해를 건너 도망치는 것도 당연했다.

난쟁이 형제는 자기 몫의 스튜를 다 먹어치우고는 브리엔느가 남긴 것까지 먹었다. "더 드셔야겠습니다. 아가씨만큼 큰 여자라면 힘을 유지해야지요. 메이든풀까지 멀지는 않지만, 요새는 길이 워낙 위험해요."

'압니다.' 클레오스 프레이 경이 죽은 것도 바로 길에서였고, 그녀와 제이미 경이 피투성이 극단에게 잡힌 것도 길에서였다. '제이미는 날 죽이려 했지. 여윌 대로 여위고 힘이 약해진 데다가, 두 손목이 사슬로 묶였는데도.' 그런데도 아슬아슬했으나, 그건 졸로가 제이미의 손을 잘라버리기 전의 일이었다. 제이미 경이 그자들에게 브리엔느가 몸무게만 한 사파이어의 가치가 있다고 하지 않았더라면 졸로와 로지와 섀그웰은 그녀를 수십 번은 강간했을 것이다.

"아가씨? 슬퍼 보이는군요. 동생을 생각하시는 겁니까?" 난쟁이가 그녀의 손을 토닥였다. "노파께서 동생에게 가는 길을 밝혀주실 테니, 두려워 마세요. 처녀께서 동생을 안전하게 지켜주실 겁니다."

"형제님 말씀대로였으면 좋겠군요."

"그렇고말고요." 난쟁이는 절을 했다. "하지만 전 이제 가봐야겠습니다. 킹스랜딩까지는 먼 길이라서요."

"말을 타십니까? 노새라거나?"

"노새가 두 마리입니다." 난쟁이는 소리 내어 웃었다. "여기, 제 두 다리지요. 제가 가고 싶은 곳으로 데려다주는 노새랍니다." 그는 절을 하더니 뒤뚱뒤뚱 몸을 흔들며 문으로 향했다.

브리엔느는 난쟁이가 가버린 후에도 물 탄 와인 잔을 두고 식탁 앞에 남아 있었다. 와인을 자주 마시지는 않았지만, 아주 가끔은 속을 가라앉히는 데 도움이 됐다. '그래서 난 어디로 가고 싶지?' 자문해보았다. '냄새나는 거위라는 곳에서 민첩 딕이라는 남자를 찾으러 메이든풀로 가야 할까?'

마지막으로 보았을 때 메이든풀은 황량했고, 영주는 성 안에 틀어박혔으며 평민들은 죽거나 도망치거나 숨어 있었다. 불타버린 집들과 텅 빈 거리, 부서지거나 깨어진 문들이 기억났다. 들개들이 일행의 말 뒤를 어슬렁거렸고, 메이든풀이라는 이름의 유래가 된 샘물 웅덩이에는 거대한 흰 수련처럼 부풀어 오른 시체들이 떠다녔다. '제이미는 〈연못 속의 여섯 처녀〉를 부르다가 내가 제발 조용히 하라고 했더니 웃었지.' 랜딜 탈리가 메이든풀에 있다는 것도 피해야 할 이유였다. 차라리 배를 타고 걸타운이나 화이트하버로 향하는 게 나을 수도 있었다. '하지만 둘 다 할 수 있어. 냄새나는 거위에 찾아가서 민첩 딕이라는 자와 이야기를 해본 후에 메이든풀에서 더 북쪽으로 갈 배를 찾을 수도 있어.'

휴게실이 비기 시작했다. 브리엔느는 빵 덩어리를 반으로 쪼개면서 다른 식탁에서 오가는 이야기에 귀를 기울였다. 대부분은 타이윈 라니스터 공의 죽음에 관해서였다. "자기 아들 손에 살해당했다던데." 어느 주민이 말했다. 행색을 보아서는 구두장이였다. "그 악독한 난쟁이 놈."

"그리고 왕은 고작해야 어린애지요." 성사 네 명 중에 제일 나이 많은 여자가 말했다. "왕이 성년이 될 때까진 누가 우릴 통치할까요?"

"타이윈 공의 동생이겠지." 위병이 말했다. "아니면 티렐 공일 수도 있고. 아니면 킹슬레이어나."

"그건 안 돼." 여관 주인이 말했다. "서약을 깬 놈은 안 된다고." 그는 불 속에 침을 뱉었다. 브리엔느는 빵을 떨구고 바지에 묻은 빵 부스러기를 털었다. 이만하면 들을 만큼 들었다.

그날 밤 그녀는 다시 렌리의 천막에 있는 꿈을 꾸었다. 촛불이 다 꺼지고, 한기가 짙어졌다. 녹색 어둠 속을 뭔가가 움직이고 있었다. 뭔가 역겹고 끔찍한 것이 그녀의 왕을 향해 돌진했다. 왕을 지키고 싶었지만 사지가 뻣뻣하게 얼어붙은 느낌이었고, 손을 올리는 데만도 훨씬 더 힘이 들었다. 그리고 그림자가 녹색 강철 목가리개를 뚫어 피가 쏟아지기 시작하자, 브리엔느는 죽어가는 왕이 렌리가 아니라 제이미 라니스터이고, 그녀가 그를 실망시켰음을 알았다.

위병대장의 누이가 휴게실로 찾아왔을 때, 브리엔느는 우유에 꿀과 날계란 세 개를 섞어서 마시고 있었다. "아름답게 해줬구려." 새로 칠한 방패를 본 브리엔느가 말했다. 제대로 된 방패 문장이라기보다는 그림이었지만, 그 그림을 보자 긴 시간을 돌아가서 아버지의 무기고 속 서늘한 어둠에 다시 선 기분이었다. 갈라지고 빛바랜 페인트에 손가락을 대고 녹색 나무 잎사귀와 떨어지는 별의 행로를 따라갔던 기억이 났다.

브리엔느는 합의했던 가격의 1.5배를 주고, 요리사에게 딱딱한 빵과 치즈와 밀가루를 좀 산 후에 그 방패를 한쪽 어깨에 걸고 여관을 떠났다. 그녀는 북쪽 문으로 더스큰데일을 떠나서, 늑대들이 더스큰데일을 공격했을 때 최악의 싸움이 벌어졌던 밭과 농장을 뚫고 천천히 달렸다.

당시 랜딜 탈리 공은 서부인과 폭풍인과 리치 기사들로 이루어진 조프리의 군대를 지휘하고 있었다. 여기에서 죽은 그의 부하들은 방벽 안으로 실려 가서 더스큰데일의 성소들 아래 영웅들의 무덤에 안치되었다. 훨씬 더 많이 죽은 북부인들은 바닷가의 공동묘지에 묻혔다. 승리자들은 그들이 묻힌 장소를 표시한 돌무덤 위에 거칠게 잘라낸 나무판을 세웠다. 나무판에는 '여기 늑대들 잠들다'라고만 적혔다. 브리엔느는 그 나무판 옆에 멈춰 서서 그들을 위해, 그리고 캐틀린 스타크와 그 아들 롭과 그들과 함께 죽은 모든 이들을 위해 소리 없이 기도했다.

브리엔느는 캐틀린 부인이 아들들의 죽음을, 안전하게 지키려고 윈터펠에 두고 온 어린 두 아들의 죽음을 알게 된 날 밤을 기억했다. 뭔가가 심각하게 잘못된 것을 알아채고, 혹시 아들들 소식을 들으셨냐고 물었었다. "나에게 아들은 롭밖에 없어." 캐틀린 부인은 그렇게 대답했다. 마치 칼이 배 속을 비틀고 있는 듯한 목소리였다. 브리엔느는 위로하려고 탁자 너머로 손을 뻗었지만, 혹시 캐틀린 부인이 손을 뺄까 두려워서 손가락이 닿기 전에 멈추고 말았다. 캐틀린 부인은 손바닥을 뒤집어서 예전에 칼이 살을 파고들면서 손바닥과 손가락에 남긴 흉터를 보여줬다. 그러더니 딸들에 대해 말하기 시작했었다. "산사는 어린 숙녀였다네. 언제나 예의가 바르고 사람들을 기쁘게 해주고 싶어 했지. 기사들의 용맹에 대한 이야기를 어찌나 좋아했던지. 분명히 나보다 훨씬 아름다운 여자로 성장할 거야. 보면 알아. 난 직접 산사의 머리를 빗겨주곤 했지. 산사의 붉은 머리는 참으로 풍성하고 부드럽다네……. 횃불 빛을 받으면 그 붉은색이 구리처럼 빛나곤 했지."

막내딸 아리아에 대해서도 말했었지만, 아리아는 실종됐고 지금쯤 죽었을 가능성이 높았다. 그러나 산사는……. '제가 찾겠습니다, 부인.' 브리엔느는 편히 쉬지도 못할 캐틀린 부인의 그림자에 맹세했다. '찾을 때까지 멈추지 않겠습니다. 필요하다면 제 목숨을 버리고, 제 명예를 버리고, 제 꿈을 다 버리더라도 찾아내겠습니다.'

전장을 벗어나자 밀려드는 회녹색 바다와 낮은 석회암 구릉지 사이 해안으로 길이 이어졌다. 여행자는 브리엔느만이 아니었다. 해안 몇십 리에 걸쳐 어촌이 늘어섰고, 어부들은 이 길을 이용해서 잡은 고기를 시장에 가져갔다. 브리엔느는 텅 빈 바구니를 어깨에 지고 집으로 걸어가는 생선 장수 여자와 그 딸들을 지나쳐 달렸다. 그들은 갑옷 때문에 그녀를 기사로 여겼다가 뒤늦게 얼굴을 보았다. 딸들이 서로 소곤거리며 그녀를 쳐다보았다. "혹시 길에서 열세 살 처녀를 봤소?" 브리엔느가 그들에게 물었다. "파란 눈에 적갈색 머리의 귀족 처녀요." 셰드리치 경 때문에 경계심이 생기기는 했지만, 그래도 계속 시도는 해야 했다. "광대와 함께 여행하고 있었을지도 모르오." 하지만 그들은 고개만 젓더니 손으로 입을 가리고 키득거렸다.

처음 들른 마을에서는 맨발의 남자아이들이 말을 따라 달렸다. 어촌 사람들의 키득거림에 시달리다 못해 투구를 쓴 상태였기에 다들 그녀를 남자로 알았다. 남자아이 하나는 조개를 팔려고 했고, 또 하나는 게를 팔려고 했으며, 또 하나는 제 누이를 팔려고 했다.

브리엔느는 두 번째 아이에게 게를 세 마리 샀다. 그 마을을 떠날 때쯤에는 비가 내리고 바람이 심해지고 있었다. '폭풍이 오는구나.' 그녀는 바다를 내다보며 생각했다. 말을 달리자 빗방울이 강철 투구를 두드리는 바람에 귀가 울렸지만, 그래도 배를 타고 나가 있는 것보다는 나았다.

북쪽으로 한 시간을 더 가자, 작은 성의 폐허를 뜻하는 무너진 돌 더미에서 길이 갈라졌다. 오른쪽 길은 해안을 따라 구불구불 이어지며 늪지대와 소나무 황야로 이루어진 음울한 땅 크랙클로포인트로 향했다. 왼쪽 길은 언덕과 들판과 숲을 뚫고 메이든풀로 달렸다. 그때쯤에는 비가 더 거세게 쏟아지고 있었다. 브리엔느는 말에서 내려서 암말을 끌고 길을 벗어나 폐허 속에 피할 곳을 찾았다. 아직도 검은딸기 나무와 잡초와 야생 느릅나무 사이로 성벽이 있던 자리를 찾을 수 있었지만, 그 성벽을 이루었을 돌들은 어린아이 장난감처럼 길 사이에 흩어져 있었다. 그러나 주성은 일부나마 아직 서 있었다. 세 개의 탑은 무너진 벽과 마찬가지로 회색 화강암이었지만, 성벽 위 요철은 노란 사암이었다. 브리엔느는 빗속에서 그 요철을 바라보다가 퍼뜩 깨달았다. '세 개의 왕관이구나. 세 개의 금관이야.' 여기가 홀라드성이었다. 돈토스 경은 십중팔구 여기서 태어났을 것이다.

브리엔느는 말을 끌고 폐허를 지나 주성 정문으로 향했다. 문 자리에는 녹슨 쇠경첩밖에 남지 않았지만 아직 지붕은 튼튼했고, 그 안은 비에 젖지 않았다. 브리엔느는 말을 벽의 횃불 꽂이에 묶고, 투구를 벗고 머리를 흔들어 털었다. 그리고 불을 피울 마른 가지를 찾다가 다른 말이 다가오는 소리를 들었다. 그녀는 본능에 따라 길에서 보이지 않게 그림자 속으로 물러섰다. 바로 여기가 그녀와 제이미 경이 사로잡혔던 길이었다. 그런 고통을 다시 겪을 마음은 없었다.

기수는 자그마한 남자였다. '미친 쥐인가.' 그녀는 첫눈에 그렇게 생각했다. '날 따라온 거야.' 손이 장검 손잡이로 향했고, 저도 모르게 셰드리치 경이 단지 여자라는 이유만으로 자신을 쉬운 먹잇감으로 여겼을까 생각하고 말았다. 그랜디슨 공의 수호성주도 언젠가 같은 실수를 했었다. 이름은 험프리 왁스태프였는데, 65세에 코는 매부리 같고 머리가 얼룩얼룩한 자존심 강한 노인이었다. 그들이 약혼한 날, 그는 브리엔느에게 일단 결혼하면 제대로 된 여자가 되길 기대한다고 경고했다. "내 부인이 남자 갑옷을 입고 뛰어다니게 두진 않겠소. 이 점만큼은 내 명에 복종하지 않으면 체벌할 수밖에 없소이다."

브리엔느는 열여섯 살이었고 검이 손에 설지 않았지만, 아직은 훈련장에서 기량을 뽐내기가 수줍었었다. 그럼에도 그녀는 용기를 내어 험프리 경에게 오직 그녀를 이길 수 있는 남자의 체벌만 받아들이겠노라 말했다. 노기사는 얼굴이 자줏빛이 되었지만, 그녀에게 여자의 분수를 가르쳐주기 위해 갑옷을 입겠다고 했다. 그들은 끝이 뭉툭한 시합용 무기로 싸웠기에, 브리엔느의 철퇴에는 가시가 없었다. 그녀는 험프리 경의 쇄골과 갈비뼈 두 대를 부러뜨리고 두 사람의 약혼을 깨버렸다. 험프리 경이 세 번째 남편 후보이자 마지막 지망자였다. 아버지도 더는 결혼하라 주장하지 않았다.

쫓아온 사람이 셰드리치 경이라면 제대로 싸워야 할지도 몰랐다. 그 남자와 협력하거나, 그 남자가 산사를 따라가게 놓아둘 생각은 없었다. '미친 쥐에겐 무술에 능할 때 흔히 따라오는 오만함이 있었지만, 몸집이 작았어. 내가 팔다리가 더 길고, 힘도 더 셀 거야.'

브리엔느는 어지간한 기사들보다 더 힘이 셌고, 예전 훈련대장은 그녀가 몸집에 비해 빠르다고 말하곤 했다. 신들은 그녀에게 체력도 주셨고, 굿윈 경은 그것을 훌륭한 선물로 여겼다. 검과 방패를 든 싸움은 고달팠고, 지구력 있는 사람이 승리하는 일이 자주 있었다. 굿윈 경은 그녀에게 조심스럽게 싸우는 법을 가르치고, 적이 맹렬히 공격하면서 힘을 써버리는 동안 힘을 아끼는 법을 가르쳤다. "남자들은 언제나 아가씨를 얕볼 겁니다. 그리고 자존심 때문에 아가씨를 빨리 꺾고 싶어 할 거예요. 안 그러면 여자에게 제대로 시달렸다는 소리를 들을 테니까요." 세상으로 나가자마자 그 말이 사실임을 알았다. 심지어 제이미 라니스터조차도 메이든풀 옆 숲에서 그런 식으로 공격했다. '신들이 자비로우시다면 미친 쥐도 같은 실수를 할 거야. 그놈이 노련한 기사일지는 몰라도 제이미 라니스터는 아니야.' 그녀는 그렇게 생각하며 장검을 검집에서 조용히 빼냈다.

하지만 갈림길에 나타난 것은 셰드리치 경의 밤색 군마가 아니라, 깡마른 소년을 등에 태운 늙고 쇠진한 얼룩 짐말이었다. 브리엔느는 그 말을 보자 혼란에 빠져 뒷걸음쳤다. '그냥 어린애잖아.' 그녀는 그렇게 생각했다가 두건 아래 얼굴을 보았다. '더스큰데일에서 나와 부딪쳤던 소년이야. 그 아이야.'

소년은 폐허가 된 성에는 눈길도 주지 않고 이쪽 길을 보았다가 저쪽 길을 보았다. 그리고 망설이다가 말을 언덕 쪽으로 돌리고 터벅터벅 걸어갔다. 브리엔느는 소년이 쏟아지는 빗속으로 사라지는 모습을 지켜보다가, 같은 소년을 로스비에서도 보았다는 사실이 퍼뜩 떠올랐다. '내 뒤를 밟고 있어.' 하지만 그건 두 사람이 입장을 바꿔가며 벌일 수 있는 게임이었다. 브리엔느는 암말을 풀어서 안장에 다시 오르고는, 소년을 따라나섰다.

소년은 땅바닥을 열심히 보면서 물이 가득 찬 바퀴자국을 조심하고 있었다. 빗소리가 브리엔느가 접근하는 소리를 지워줬고, 소년의 두건도 한몫했을 것이다. 그는 뒤로 다가간 브리엔느가 장검을 뉘어 짐말 엉덩이를 때릴 때까지 한 번도 뒤를 돌아보지 않았다.

말은 뒷발을 딛고 일어섰고, 망토 자락이 날개처럼 퍼덕이며 깡마른 소년이 하늘로 날았다. 소년은 진흙에 떨어졌다가 잇새에 흙과 죽은 갈색 풀이 낀 모양새로 일어나서 앞에 선 브리엔느를 발견했다. 분명히 같은 소년이었다. 눈 아래 다래끼를 알아볼 수 있었다. "넌 누구냐?" 브리엔느가 물었다.

소년의 입이 소리 없이 움직였다. 크게 뜬 눈이 달걀만 했다. "프." 소년은 겨우 그 소리만 냈다. "프." 소년이 벌벌 떨자 사슬 갑옷이 잘그랑거리는 소리를 냈다. "프, 프."

"프, 뭐냐? 풀어달라고 하려는 거냐?" 브리엔느는 검 끝을 소년의 울대뼈에 댔다. "부디 네가 누구이며, 왜 나를 따라오는 건지 말해다오."

"그, 그, 그게 아니고." 소년은 입에 손가락을 넣더니 진흙 덩어리를 빼내고 침을 뱉었다. "포, 포, 포드. 제 이름. 포, 포, 포드릭. 페, 페인요."

브리엔느는 검을 내렸다. 소년에게 갑작스레 동정심이 밀려왔다. 이븐폴에서의 어느 날, 그리고 장미를 손에 들고 왔던 젊은 기사가 기억났다. '나에게 주려고 가져온 장미였지.' 적어도 성사는 그렇게 말했다. 브리엔느는 아버지의 성에 온 것을 환영한다고 하기만 하면 되었다. 기사는 열여덟 살이었고, 긴 붉은 머리가 어깨로 흘러내렸다. 브리엔느는 열두 살에, 석류석이 반짝이는 보디스가 달린 뻣뻣한 새 가운이 꽉 조이고 있었다. 두 사람은 키가 같았지만, 브리엔느는 기사의 눈을 보지도 못했고 성사가 가르쳐준 간단한 인사말도 하지 못했다. '로넷 경. 제 아버지의 성에 오신 것을 환영합니다. 드디어 얼굴을 보게 되니 기쁘네요.' 그 말조차 하지 못했었다.

"왜 나를 따라다니는 거냐?" 그녀는 소년에게 물었다. "나를 염탐하라는 지시를 받았나? 바리스, 아니면 왕대비 사람이냐?"

"아뇨. 둘 다 아니에요. 아무도."

브리엔느는 소년의 나이를 열 살쯤으로 보았지만, 사실은 어린아이의 나이를 가늠하는 데 형편없었다. 그녀는 언제나 아이들을 실제보다 어리게 보았다. 아마 스스로가 언제나 또래보다 컸기 때문이리라. '괴물처럼 큰 데다 남자 같아선.' 로엘 성사는 그렇게 말하곤 했다. "이 길은 소년이 혼자 다니기엔 너무 위험해."

"종자에겐 아니에요. 제가 종자예요. 수관의 종자요."

"타이윈 공의?" 브리엔느는 검을 검집에 넣었다.

"아뇨. 그 수관 말고. 그 전요. 그분 아들. 전투에서 같이 싸웠어요. 저도 '반쪽이! 반쪽이!'라고 외쳤어요."

꼬마 악마의 종자라. 브리엔느는 그에게 종자가 있었다는 사실도 몰랐다. 티리온 라니스터는 기사가 아니었다. 시중을 들 하인은 한둘쯤 있어야 했을 테고, 시동과 술잔 담당, 옷을 입힐 사람이 있어야 했을지는 모르지만 종자라니? "왜 내 뒤를 밟고 있었지? 뭘 원하는 거냐?"

"찾으려고요." 소년이 일어섰다. "부인을요. 그 부인을 찾으시죠? 브렐라가 말해줬어요. 그분의 아내예요. 브렐라 말고, 산사 부인요. 그러니까 생각했어요. 산사 부인을 찾으시면……." 소년의 얼굴이 갑작스러운 분노에 일그러졌다. "전 그분의 종자예요." 그는 얼굴에 빗물을 흘리며 되풀이했다. "그런데 절 버렸어요."

산사

언젠가, 산사가 아직 어렸을 때 방랑가수 하나가 윈터펠에 반 년 동안 머무른 적이 있었다. 머리가 하얗게 세고 뺨은 풍상에 닳은 노인이었지만 기사와 모험과 귀부인을 아름답게 노래했고, 노인이 떠날 때 산사는 슬픔에 눈물 흘리며 아버지에게 가수를 보내지 말아달라고 빌었다. "그 사람은 아는 노래 전부를 다 세 번씩 연주해줬다." 에다드 공은 딸에게 부드럽게 말했다. "본인 의사에 반해서 여기에 붙잡아둘 수는 없어. 하지만 울지 말아라. 내 장담하마. 다른 가수들이 올 거다."

하지만 다른 가수는 1년이 넘도록 오지 않았다. 산사는 성소의 일곱 신에게도, 심장 나무의 옛 신들에게도 노가수를 다시 데려다 달라고, 아니면 젊고 잘생긴 다른 가수를 보내주시면 더 좋다고 기도했다. 그러나 신들은 답하지 않았고, 윈터펠은 조용하기만 했다.

하지만 그건 산사가 어리고 어리석었을 때 일이었다. 이제 그녀는 꽃을 피운 열세 살 처녀였다. 밤이면 밤마다 노래가 가득했고, 낮이면 그녀는 정적을 달라 기도했다.

이어리가 다른 성 같았다면 죽은 남자의 노랫소리를 들을 수 있는 건 쥐와 간수들뿐이었을 것이다. 지하감옥의 벽은 노래와 비명을 다 삼켜버릴 만큼 두꺼웠으니까. 그러나 하늘 감옥에는 텅 빈 공기 벽밖에 없어, 죽은 남자가 부르는 모든 노래가 흘러 나가 돌투성이 '거인의 창' 어깨에 메아리쳤다. 그리고 그 남자가 고른 노래들은……. 그는 드래곤들의 춤을, 아름다운 종퀼과 그녀의 광대를, 올드스톤스의 제니와 날아가버린 드래곤 왕자를 노래했다. 배신과 가장 추악한 살인을, 목매달린 남자와 피투성이 복수를 노래했다. 비탄과 슬픔을 노래했다.

산사는 성 안 어디를 가도 그 음악에서 벗어날 수가 없었다. 구불구불한 탑 계단을 따라 올라온 음악은 옷을 벗고 목욕하는 그녀를 찾아냈고, 해 질 녘엔 저녁 식사를 함께 했으며, 덧창을 단단히 걸어 잠가도 침실로 기어 들었다. 차갑고 희박한 공기를 타고 올라왔고, 공기와 마찬가지로 그녀의 몸을 싸늘하게 식혔다. 라이사 부인이 추락한 날 이후 이어리엔 아직까지 눈이 내리지 않았지만, 밤은 언제나 무섭도록 추웠다.

가수의 목소리는 강렬하고 달콤했다. 산사는 가수의 노래가 전보다 훨씬 훌륭하다고 생각했다. 어째선지 목소리도 더 다채로웠고, 고통과 공포와 갈망이 가득했다. 왜 신들이 그런 못된 남자에게 그런 목소리를 줬는지 이해가 가지 않았다. '피터가 날 지켜보라고 로소르 경을 붙여두지 않았다면 저자는 핑거스에서 날 강제로 범했을 거야.' 산사는 스스로를 일깨워야 했다. '그리고 라이사 이모가 날 죽이려고 했을 때는 음악 소리로 내 비명을 묻었어.'

그래도 그 노랫소리가 듣기 편해지지는 않았다. "제발요. 그만하게 할 수 없나요?" 산사는 피터 공에게 간청했다.

"내 저자에게 약속을 했단다, 아가야." 하렌홀의 영주이자 트라이던트의 지배자이며 이어리와 아린 협곡의 호국공인 피터 베일리시가 쓰던 편지에서 눈을 들고 말했다. 라이사 부인이 추락한 후 편지를 백 통은 썼을 것이다. 산사는 까마귀 방을 오가는 까마귀들을 보았다. "그래도 우는 소리를 듣기보다는 노랫소리를 참는 게 낫지."

'노래하는 쪽이 나은 건 사실이지만…….' "밤새 연주를 해야 하나요? 로버트 공이 잠을 못 자요. 계속 울고……."

"……어머니를 찾겠지. 그건 어쩔 수가 없어. 그 여자는 죽었으니." 피터가 어깨를 으쓱였다. "오래가진 않을 거다. 네스토 공이 내일 올라올 거야."

산사는 피터가 이모와 결혼한 후에 네스토 로이스를 한 번 만난 적이 있었다. 로이스는 산 밑에 버티고 서서 이어리로 올라가는 계단을 수비하는 거성 '달의 관문'을 지키는 사람이었다. 결혼식 일행은 이어리로 올라오기 전에 하룻밤을 그곳에서 보냈다. 네스토 공은 당시에 산사를 두 번 쳐다보지도 않았지만, 그 사람이 여기로 올라온다고 생각하니 무서웠다. 그는 협곡의 고위 집사이자 존 아린의 믿음직한 봉신이었고, 라이사 부인에게도 그랬다. "설마…… 네스토 공이 마릴리언을 보게 하실 건 아니죠?"

산사의 두려움이 얼굴에 드러났는지, 피터가 펜을 내려놓았다. "반대로, 꼭 만나보라고 우길 거다." 그는 손짓해서 산사를 옆자리에 앉혔다. "마릴리언과 나는 합의를 했어. 모드는 대단한 설득력을 발휘할 수 있다. 그리고 혹시 우리 가수가 우리를 실망시켜서 듣고 싶지 않은 노래를 부른다면, 너와 내가 저놈이 거짓말을 한다고 하면 그만이야. 네스토 공이 누굴 믿겠니?"

"우리요?" 산사는 좀 더 확신할 수 있으면 좋겠다고 생각했다.

"물론이지. 우리의 거짓말이 네스토 공에게 이득이 될 테니까."

장작불이 타닥타닥 타는 개인방 안은 따뜻했지만, 그래도 산사는 몸을 벌벌 떨었다. "그래요. 그렇지만…… 그렇지만 혹시라도……."

"혹시라도 네스토 공이 이득보다 명예를 소중히 한다면?" 피터는 산사에게 한쪽 팔을 둘렀다. "네스토 공이 원하는 게 진실과 살해당한 주인을 위한 정의라면 어떻게 하냐고?" 그는 미소 지었다. "나는 네스토 공을 알아, 아가야. 그런 자가 내 딸을 해치게 놓아둘 것 같으냐?"

'난 당신 딸이 아니야. 난 에다드 공의 딸이고 캐틀린 부인의 딸이며 윈터펠의 핏줄인 산사 스타크야.' 그렇게 생각은 했지만 말하지는 않았다. 피터 베일리시가 아니었다면, 차가운 파란 하늘을 빙글빙글 돌다가 200미터 아래 바위에 떨어져 죽은 사람은 라이사 아린이 아니라 산사였을 것이다. '담대하기도 하지.' 산사는 자신도 그렇게 담대했으면 좋겠다고 생각했다. 그녀는 침대에 기어들어 담요를 뒤집어쓰고 자고 또 자고 싶기만 했다. 라이사 아린이 죽은 이후 하룻밤도 제대로 자지 못했다. "네스토 공께 저는…… 저는 병이 났다고 하시거나 아니면……."

"너에게 라이사의 죽음에 대한 설명을 듣고 싶어 할 거다."

"호, 혹시라도 마릴리언이 정말로……."

"거짓말을 한다면, 말이겠지?"

"거짓말요? 네……. 마릴리언이 거짓말을 한다면, 제 이야기가 그 이야기와 맞지 않는다면, 네스토 공이 제 눈을 들여다보고 제가 얼마나 겁에 질렸는지 알면……."

"두려워하는 것 자체는 이상할 게 없다, 알레인. 넌 무서운 광경을 본 거야. 네스토는 안타까워할 거다." 피터는 마치 처음 보는 것처럼 산사의 눈을 들여다보았다. "어머니의 눈을 닮았구나. 정직하고 천진한 눈이야. 햇빛 비치는 바다처럼 파랗구나. 네가 조금만 더 나이를 먹으면 수많은 남자들이 그 눈에 푹 빠질 거다."

산사는 무슨 말을 해야 할지 몰랐다.

"네스토 공에게는 로버트 공에게 한 이야기만 그대로 하면 돼." 피터가 말을 이었다.

'로버트는 병약한 어린아이에 불과하고, 네스토 공은 엄하고 의심 많은 어른이에요.' 산사는 생각했다. 로버트는 강하지가 않아서 진실로부터도 보호해야 했다. "어떤 거짓말은 사랑이란다." 피터가 그렇게 장담했었다. 산사는 그 점을 일깨웠다. "우리가 로버트 공에게 거짓말을 한 건 로버트를 보호하기 위해서였어요."

"그리고 이번 거짓말은 우리를 보호할 수 있지. 아니면 너와 나도 라이사와 같은 문으로 이어리를 떠나야 해." 피터는 다시 펜을 집어 들었다. "우린 네스토에게 거짓말과 아버 골드와인을 대접할 것이고, 그자는 그걸 다 들고 더 달라고 할 거다. 내 장담하마."

'나에게도 거짓말을 먹이고 있어.' 산사는 알아차렸다. 하지만 마음을 달래주는 거짓말들이었고, 친절한 의도에서 나왔을 거라 생각했다. '거짓말이라도 친절에서 나온 거라면 그렇게 나쁘진 않아.' 그 거짓말들을 산사도 믿을 수만 있다면…….

이모가 떨어지기 직전에 한 말들은 산사의 마음을 크게 어지럽혔다. "발광이었어." 피터는 그렇게 말했다. "내 아내는 미쳐 있었다. 너도 직접 봤지." 그리고 실제로 보기도 했다. '난 눈으로 성을 지었을 뿐인데, 이모는 날 달의 문으로 밀어내려 했어. 피터가 날 구했어. 피터는 내 어머니를 많이 사랑했고…….'

산사도 사랑했다. 그 점을 어찌 의심할 수 있을까? 그는 그녀를 구했다.

'자기 딸인 알레인을 구한 거야.' 내면의 목소리가 속삭였다. 하지만 알레인은 산사이기도 했다……. 그리고 때로는 협곡의 호국공도 두 사람처럼 느껴졌다. 그는 그녀의 보호자인 따뜻하고 재미있고 상냥한 피터이기도 했지만…… 킹스랜딩에서 알았던 남자, 교활하게 웃고 수염을 쓸어내리며 세르세이 왕비의 귀에 속삭이던 리틀핑거이기도 했다. 그리고 리틀핑거는 산사의 친구가 아니었다. 조프리가 그녀를 때렸을 때, 그녀를 지켜준 사람은 리틀핑거가 아니라 꼬마 악마였다. 폭도가 그녀를 강간하려 했을 때 그녀를 안전한 곳으로 데려간 사람은 리틀핑거가 아니라 사냥개였다. 라니스터가 그녀를 억지로 티리온과 결혼시켰을 때 위로해준 사람은 리틀핑거가 아니라 용사 갈란 경이었다. 리틀핑거는 산사를 위해 새끼손가락 하나 들어 올린 적이 없었다.

'하지만 날 빼내줬어. 날 위해 그렇게 해줬어. 돈토스 경이라고, 내 불쌍한 늙은 주정뱅이 플로리안이라고 생각했지만 내내 피터였어. 리틀핑거는 피터가 써야 하는 가면일 뿐이었어.' 다만 산사는 가끔 어디에서 피터가 끝나고 가면이 시작되는지 구분하기가 힘들었다. 리틀핑거와 피터 공은 너무나 비슷해 보였다. 어쩌면 둘 다에게서 도망칠 수도 있겠지만, 갈 곳이 없었다. 윈터펠은 불타서 황량해졌다. 브랜과 리콘은 죽어서 차게 식었다. 롭은 트윈스에서 배신당해 살해됐고, 어머니도 마찬가지였다. 티리온은 조프리를 죽인 죄로 사형 선고를 받았고, 혹시라도 킹스랜딩에 돌아간다면 왕대비가 산사의 머리도 자를 터였다. 안전하게 지켜줄 줄 알았던 이모는 그녀를 죽이려 했다. 에드무어 삼촌은 프레이의 포로고, 종조부 검은 물고기는 리버런에서 포위당했다. '여기 말곤 갈 곳이 없어. 피터 말고는 진짜 친구도 없어.' 산사는 비참했다.

그날 밤, 죽은 남자는 〈검은 로빈을 교수형에 처한 날〉, 〈어머니의 눈물〉, 그리고 〈카스타미어에 내리는 비〉를 불렀다. 그러고는 한동안 멈췄다가, 산사가 겨우 잠이 들락 말락 할 때 다시 노래를 시작했다. 그는 〈여섯 슬픔〉과 〈떨어지는 잎사귀〉, 그리고 〈알리산느〉를 불렀다. '정말 슬픈 노래들이야.' 산사는 생각했다. 눈을 감으면 하늘 감옥 안에서, 차가운 검은 하늘을 피해 한구석에 몸을 웅크리고 모피를 덮은 채 가슴에 나무 하프를 안고 있는 마릴리언의 모습을 떠올릴 수 있었다. '동정해선 안 돼. 그자는 허영심 강하고 잔인했어. 그리고 곧 죽을 거야.' 산사는 그 남자를 구할 수 없었다. 그리고 왜 구하고 싶겠는가? 마릴리언은 그녀를 강간하려 했고, 피터는 그녀의 목숨을 한 번이 아니라 두 번이나 구했다. '어떤 거짓말은 어쩔 수 없어.' 거짓말을 하지 않았다면 킹스랜딩에서 살아남지 못했을 것이다. 조프리에게 거짓말을 하지 않았다면 킹스가드가 그녀를 피투성이가 되도록 때렸을 것이다.

〈알리산느〉 이후에 가수는 다시 노래를 멈췄고, 덕분에 산사도 한 시간 정도 휴식을 취할 수 있었다. 그러나 새벽빛이 덧창 사이로 스며들기 시작할 때쯤, 아래에서 올라오는 부드러운 〈안개 낀 아침에〉의 음률에 바로 다시 깨어났다. 그 노래는 원래 여자가 부르는 노래였다. 어느 끔찍한 전투 이후 새벽에, 어떤 어머니가 외아들의 시신을 찾아 시체들을 뒤지면서 부르는 애가였다. '그 어머니는 죽은 아들로 인한 슬픔을 노래하지만, 마릴리언은 자기 손가락과 자기 눈 때문에 슬퍼하는 거야.' 산사는 생각했다. 가사가 화살처럼 날아올라 어둠 속에 있는 산사를 꿰뚫었다.

오, 제 아들을 보셨나요, 훌륭한 기사님?
머리는 밤색인데요,
나에게 돌아오겠노라 약속했어요.
웬디시타운의 우리 집으로.

산사는 나머지 가사를 듣지 않으려 거위 깃털 베개로 귀를 막았지만, 소용없었다. 날이 밝았고 그녀는 깬 상태였으며, 네스토 로이스 공이 산을 올라오고 있었다.

고위 집사와 그 일행은 늦은 오후, 금빛과 붉은빛으로 물든 계곡을 밑에 달고 거세지는 바람과 함께 이어리에 당도했다. 그는 아들인 알바르 경 외에 기사 십여 명과 중장병 스무 명을 대동했다. '낯선 사람이 너무 많아.' 산사는 그들이 친구일까 적일까 생각하며 불안한 기분으로 그 얼굴들을 살폈다.

피터는 모직 바지에 잘 어울리는 회색 소매가 달린 검은색 벨벳 더블릿을 입고, 회녹색 눈에는 어둠을 드리운 채 방문자들을 맞이했다. 콜먼 학사가 길고 가느다란 목에 수많은 금속 고리로 이루어진 목걸이를 늘어뜨린 채 그 옆에 섰다. 둘 중에 더 키가 큰 사람은 학사였지만, 시선을 끄는 사람은 호국공이었다. 오늘만은 피터도 미소를 밀어 넣은 것 같았다. 그는 로이스가 대동한 기사들을 소개하는 동안 진지하게 귀를 기울이다가 말했다. "모두들 환영합니다. 저희 콜먼 학사야 물론 아시겠지요. 네스토 공, 제 서녀인 알레인은 기억하십니까?"

"물론입니다." 네스토 로이스 공은 목이 황소처럼 굵고 가슴팍은 술통 같았으며, 희끗희끗한 수염과 엄한 표정이 특징인 대머리 남자였다. 그는 머리를 1센티미터쯤 기울여서 인사했다.

무슨 말실수를 할지 모른다는 두려움에 사로잡혀 말을 할 수 없었던 산사는 한쪽 다리를 빼고 깊이 절을 했다. 피터가 산사를 부축해 일으켰다. "아가, 착한 아이답게 로버트 공을 하늘 회랑으로 모셔 오거라. 손님들을 맞이하시게."

"네, 아버지." 가늘고 긴장된 목소리였다. '거짓말쟁이의 목소리야.' 산사는 서둘러 계단을 올라서 복도를 가로질러 '달의 탑'으로 가며 생각했다. '죄인의 목소리.'

산사가 침실에 들어갔을 때는 그레첼과 매디의 도움을 받아 로버트 아린이 꾸물꾸물 바지를 입고 있었다. 이어리의 영주는 다시 울고 있었다. 눈이 벌겋게 부었고, 속눈썹은 굳었으며 코가 부어서 콧물을 줄줄 흘렸다. 한쪽 콧구멍 아래에 콧물이 길게 번들거렸고, 아랫입술은 씹어서 피가 났다. '네스토 공이 이런 모습을 보면 안 돼.' 산사는 좌절해서 생각했다. "그레첼, 수반을 가져다줘." 산사는 아이의 손을 잡고 침대로 데려갔다. "우리

스위트로빈(Sweetrobin, 귀여운 울새), 어젯밤엔 잘 잤나요?"

"아니." 그는 코를 훌쩍였다. "하나도 못 잤어, 알레인. 또 그놈이 노래를 불렀는데, 문이 잠겨 있었어. 내보내달라고 외쳤는데 아무도 안 왔어. 누가 날 내 방에 가둔 거야."

"나쁜 사람들이네요." 산사는 따뜻한 물에 부드러운 천을 적셔서 아이의 얼굴을 닦기 시작했다……. 가만가만 닦았다. 로버트는 얼굴을 마구 문질렀다가는 발작을 일으킬 수도 있었다. 아이는 연약했고, 나이에 비해 너무 작았다. 나이가 여덟 살이었는데, 산사는 그보다 더 큰 다섯 살짜리도 알았다.

로버트가 입술을 떨었다. "너랑 같이 자러 가려고 했어."

'그랬던 거 알아.' 스위트로빈은 어머니의 침대에 기어드는 습관이 붙어 있었는데, 그것도 어머니가 피터 공과 결혼하기 전까지였다. 라이사 부인이 죽고 나서 소년은 다른 침대를 찾아서 이어리를 헤매고 다녔다. 제일 좋아하는 침대는 산사의 잠자리였고…… 바로 그래서 산사가 로소르 브룬 경에게 어젯밤 로버트의 침실 문을 잠가달라고 부탁했었다. 얌전히 잔다면야 옆에 있어도 상관없었지만, 로버트는 언제나 그녀의 가슴에 코를 문지르려 들었고 발작을 일으키면 자주 침대에 오줌을 쌌다.

"네스토 로이스 공이 관문에서 로버트 공을 뵈러 올라왔어요." 산사는 소년의 코 밑을 닦았다.

"보고 싶지 않아. 이야기를 듣고 싶어. 날개 달린 기사 이야기."

"나중에, 우선 네스토 공을 보신 다음에요."

"네스토 공에겐 사마귀가 있어." 소년은 바동거리며 말했다. 로버트는 사마귀가 있는 남자들을 무서워했다. "엄마가 네스토 공은 무섭댔어."

"우리 불쌍한 스위트로빈." 산사는 소년의 머리를 뒤로 빗어 넘겼다. "엄마가 보고 싶죠, 알아요. 피터 공도 보고 싶어 하세요. 그분도 똑같이 엄마를 사랑하셨거든요." 그건 거짓말이었지만, 친절한 거짓말이었다. 피터가 평생 사랑한 유일한 여자는 산사의 살해당한 어머니뿐이었다. 라이사 부인을 달의 문으로 밀어버리기 직전에 그렇게 고백했다. '이모는 미쳤고 위험했어. 자기 남편을 살해했고, 피터가 구하러 오지 않았다면 나도 죽였을 거야.'

하지만 로버트가 그런 사실을 알 필요는 없었다. 로버트는 어머니를 사랑하는 병약한 어린아이일 뿐이었다.

"자, 이제 어엿한 영주로 보이네요. 매디, 망토 가져와." 크림색 튜닉이 돋보이게 만들어주는 하늘색의 부드럽고 따뜻한 양모 망토였다. 산사는 그 망토를 초승달 모양의 은브로치로 어깨에 고정해주고 로버트의 손을 잡았다. 이번만은 로버트도 순순히 따라왔다.

하늘 회랑은 라이사 부인의 추락 이후 닫혀 있었고, 다시 들어가자 오한이 났다. 길고 크고 아마도 아름다울 회랑이었지만, 산사는 여기 있기가 싫었다. 가장 좋았을 때에도 이곳은 차갑고 색이 창백한 공간이었다. 가느다란 기둥들은 손가락뼈 같았고, 하얀 대리석에 들어간 푸른 돌결을 보면 노파의 다리에 비쳐 보이는 핏줄이 떠올랐다. 벽을 따라 은으로 된 횃불 꽂이가 50개는 있었건만, 불을 밝힌 횃불은 십여 개뿐이어서 바닥에 그림자가 춤을 추고 모서리마다 고였다. 대리석에 발소리가 울려 퍼졌고, 산사는 달의 문을 흔드는 바람 소리를 들을 수 있었다. '쳐다보면 안 돼. 그 문을 보면 나도 로버트처럼 떨기 시작할 거야.' 산사는 다짐했다.

그녀는 매디의 도움을 받아서 로버트를 방석이 쌓인 영목 옥좌에 앉히고, 이제 영주님이 손님들을 들이라 하신다는 전언을 보냈다. 하늘색 망토를 걸친 위병 두 명이 회랑 끝에 있는 문을 열었고, 피터가 손님들을 안내해 뼈처럼 하얀 기둥들 사이에 길게 깔린 파란 카펫을 밟으며 걸어왔다.

소년은 끽끽거리면서도 예의를 갖추어 네스토 공을 맞이했고 사마귀에 대해서는 말도 꺼내지 않았다. 고위 집사가 모친에 대해 묻자, 로버트의 두 손이 아주 살짝 떨리기 시작했다. “마릴리언이 어머니를 해쳤어. 어머니를 달의 문으로 던져버렸어.”

“영주님께서 직접 보셨습니까?” 마르윈 벨모어 경이 물었다. 피터가 로소르 브룬 경으로 대체하기 전까지는 라이사의 위병대장이었던, 연한 갈색 머리의 껑충한 기사였다.

“알레인이 봤어.” 소년이 대답했다. “그리고 내 새아버지도.”

네스토 공이 산사를 쳐다보았다. 알바르 경, 마르윈 경, 콜먼 학사, 모두가 보고 있었다. ‘내 이모면서 날 죽이고 싶어 했어.’ 산사는 생각했다. ‘날 달의 문으로 끌고 가서 밀어버리려고 했어. 내가 원한 입맞춤도 아니었는데. 난 눈밭에서 성을 만들고 있었을 뿐이야.’ 산사는 떨지 않으려고 제 몸을 끌어안았다.

“용서들 하십시오.” 피터 베일리시가 조용히 말했다. “아직도 그날에 대한 악몽을 꾼답니다. 차마 말을 하지 못하는 것도 당연하지요.” 그는 산사 뒤로 다가와서 상냥하게 어깨에 손을 얹었다. “이게 얼마나 힘든 일인지 안다, 알레인. 하지만 우리 친구들은 진실을 들어야 해.”

“네.” 목구멍이 바싹 마르고 조여서 말을 하면 아플 지경이었다. “제가 봤어요……. 제가 라이사 부인과 함께 있었는데…….” 눈물 한 방울이 흘러내렸다. ‘좋아, 눈물은 좋아.’ “……마릴리언이…… 그분을 밀었어요.” 그리고 산사는 그 이야기를 다시 했다. 자기 입에서 쏟아져 나오는 말이 거의 들리지 않았다.

산사가 이야기를 반도 하기 전에 로버트가 울기 시작했고, 엉덩이에 깔린 방석들이 위험하게 흔들렸다. “그놈이 내 어머니를 죽였어. 그놈을 날려버리고 싶어!” 두 손의 떨림이 심해졌고, 다리도 떨리고 있었다. 소년의 고개가 뒤로 넘어가고 이가 부딪치기 시작했다. “날려!” 소년이 빽 소리를 질렀다. “날려, 날려버려.” 팔다리가 마구 움직였다. 로소르 브룬이 제때 연단에 도착해서 옥좌에서 미끄러지는 소년을 받았다. 콜먼 학사가 한 걸음 뒤에 있었지만, 그로서는 할 수 있는 일이 없었다.

산사는 나머지 사람들과 마찬가지로 무력하게 서서 발작이 끝날 때까지 지켜볼 수밖에 없었다. 로버트의 다리 한쪽이 로소르 경의 얼굴을 걷어찼다. 브룬은 욕을 뱉었지만, 그래도 몸을 비틀고 발버둥을 치며 오줌을 싸는 소년을 계속 붙들고 있었다. 손님들은 한마디도 하지 않았다. 그나마 네스토 공은 이런 발작을 전에 본 적이 있었다. 로버트의 발작이 가라앉기까지는 오래 걸렸고, 체감하기로는 더 오래 걸렸다. 끝에 가서 어린 영주는 약해진 나머지 일어서지도 못했다. "영주님을 침대로 모시고 돌아가서 피를 뽑는 게 좋겠네." 피터 공이 말했다. 브룬은 소년을 품에 안아 들고 회랑에서 나갔다. 콜먼 학사가 어두운 얼굴로 따라갔다.

그들의 발자국 소리가 멀어지고 나자 이어리 하늘 회랑에는 아무 소리도 남지 않았다. 산사는 바깥에서 밤바람이 신음하며 달의 문을 긁는 소리를 들을 수 있었다. 아주 춥고, 아주 피곤했다. '그 이야기를 한 번 더 해야 할까?'

하지만 충분히 이야기한 모양이었다. 네스토 공이 헛기침을 했다. "그놈의 가수는 처음부터 마음에 안 들었소." 그는 못마땅하다는 듯 말했다. "라이사 부인께 그놈을 보내버리라고 했지. 여러 번 그랬어."

"공은 언제나 훌륭한 조언을 해주셨지요." 피터가 말했다.

"부인은 염두에도 두지 않았소." 네스토 로이스는 불평했다. "마지못해 듣기만 하고 염두엔 두지 않았어."

"내 아내는 이 세상을 지나치게 믿었어요." 피터가 어찌나 다정하게 말하는지, 산사도 그가 아내를 사랑했다고 믿을 지경이었다. "라이사는 사람의 악한 면을 보지 못하고 좋은 면만 봤지요. 마릴리언이 달콤한 노래를 부르니 그걸 본성으로 착각한 겁니다."

"그놈은 우릴 돼지라고 불렀어요." 알바르 로이스 경이 말했다. 어깨가 널찍하고 무뚝뚝한 기사로, 턱은 면도했지만 무성하게 기른 검은색 구레나룻이 수수한 얼굴을 나무 울타리처럼 감싸고 있었다. 알바르 경은 제 아버지의 젊은 복사본이었다. "산 주위를 킁킁대고 돌아다니면서 매가 남긴 찌꺼기를 먹는 두 마리 돼지에 대한 노래를 만들었지요. 분명히 우리를 겨냥한 노래였는데, 내가 그렇게 말했더니 비웃더군요. '무슨 말씀을요. 이건 그냥 돼지에 대한 노래랍니다, 경' 이러면서요."

"그놈이 나도 비웃었소." 마르윈 벨모어 경이 말했다. "나한테 딩동 경이라는 별명을 붙였지. 내 그 혀를 잘라버리겠다고 했더니 라이사 부인에게 달려가서 치마폭에 숨더군."

"자주 그렇게 숨었지." 네스토 공이 말했다. "그놈은 겁쟁이지만, 라이사 부인이 보여주는 총애에 오만해졌소. 라이사 부인은 그놈을 영주처럼 입히고, 금반지와 문스톤 허리띠를 줬고."

"심지어 존 공이 제일 아끼던 매까지 주셨지요." 그렇게 말한 기사의 더블릿에는 왁슬리 가문을 나타내는 여섯 개의 하얀 초가 들어갔다. "영주님이 사랑하시던 새를 말입니다. 로버트 왕에게 받은 새였어요."

피터 베일리시는 한숨을 내쉬었다. "걸맞지 않은 대접이었지요. 그래서 내가 끝을 냈어요. 라이사도 그자를 멀리 보내는 데 동의했습니다. 그래서 그날 여기에서 만났던 거예요. 내가 같이 있었어야 했는데, 설마하니 그런……. 내가 그렇게 주장하지만 않았어도……. 라이사를 죽인 건 나요."

'아니야. 그런 말을 하면 안 돼. 저들에게 말하면 안 돼요. 안 돼.' 산사는 그렇게 생각했지만, 알바르 로이스 경이 고개를 저으며 말했다. "아닙니다. 공께서 스스로를 탓하시면 안 돼요."

"그 가수 놈이 한 짓이오." 알바르 경의 아버지가 맞장구를 쳤다. "그놈을 데리고 오시오, 피터 공. 우리가 이 유감스러운 일에 종지부를 찍게 해주시오."

피터 베일리시가 스스로를 추스르더니 말했다. "원하신다면 그러지요." 그가 위병들을 돌아보고 명을 내리자, 가수가 감옥에서 끌려 올라왔다. 간수 모드가 같이 왔는데, 한쪽으로 처진 흉터투성이 얼굴에 작은 까만 눈의 거대한 남자였다. 한쪽 귀와 뺨 일부는 어느 전투에선가 잘려 나갔지만, 130킬로그램의 허연 살덩이는 남았다. 옷은 잘 맞지 않았고 퀴퀴하니 고약한 냄새가 났다.

반면 마릴리언은 우아해 보이기까지 했다. 누군가가 목욕을 시킨 후에 하늘색 바지와 부푼 소매가 달린 헐렁한 하얀 튜닉을 입히고, 라이사 부인의 선물이었던 은장식 띠까지 매어놓았다. 하얀 장갑이 두 손을 가렸고, 하얀 비단 붕대 때문에 눈도 보이지 않았다.

모드는 채찍을 들고 그 뒤에 섰다. 간수가 갈비뼈를 찌르자 가수가 한쪽 무릎을 꿇었다. "훌륭하신 나리님들, 용서를 빕니다."

네스토 공이 얼굴을 찌푸렸다. "네 범죄를 자백하는 거냐?"

"제게 눈이 있었다면 울었으련만." 밤이면 그렇게나 강렬하고 확실하던 가수의 목소리가 지금은 갈라지고 쉬어 있었다. "그녀를 너무 사랑한 나머지, 다른 남자의 품에 안긴 모습도 다른 남자와 잠자리를 같이한다는 것도 견딜 수가 없었습니다. 제 사랑스러운 귀부인에게 해를 끼칠 마음은 전혀 없었어요. 맹세합니다. 문에 빗장을 지른 것은 제 열정을 고백할 때 아무도 우리를 방해하지 못하게 하려 함이었건만, 라이사 부인은 너무나 차가웠습니다……. 그리고 부인께서 피터 공의 아이를 뱄노라 하셨을 때……과…… 광기가 저를 사로잡아……."

산사는 말하는 마릴리언의 두 손을 빤히 바라보았다. 뚱보 매디는 모드가 마릴리언의 손가락 세 개를 잘랐다고, 양쪽 새끼손가락과 반지를 끼는 넷째 손가락 하나가 잘렸다고 주장했다. 지금 보니 새끼손가락이 어쩐지 뻣뻣해 보이기는 했지만, 장갑을 끼고 있으니 확실치 않았다. '떠도는 이야기에 불과했을지도 몰라. 매디가 어떻게 알겠어?'

"피터 공께서 친절을 베풀어 제가 하프를 가지고 있게 해주셨습니다." 눈먼 가수가 말했다. "제 하프와…… 제 혀를요……. 노래를 부를 수 있게……. 라이사 부인은 제 노래를 정말 사랑하셨는데……."

"이 짐승을 치우시오. 안 그러면 내가 직접 죽여버릴 것 같군." 네스토 공이 으르렁댔다. "보기만 해도 역겹구려."

"모드, 하늘 감옥으로 다시 데려가게." 피터가 말했다.

"예, 알겠습니다." 모드가 마릴리언의 옷깃을 거칠게 잡았다. "그만 떠들어라." 모드가 입을 벌리자 산사는 간수의 치아가 금이라는 사실에 깜짝 놀랐다. 그들은 간수가 가수를 반쯤 끌다시피 하며 문으로 향하는 모습을 지켜보았다.

"저놈은 죽어야 합니다." 두 사람이 사라지자 마르윈 벨모어 경이 선언했다. "라이사 부인을 따라 달의 문으로 나가야 했어요."

"혀를 잃고 가야지요." 알바르 로이스 경이 덧붙였다. "저 거짓말하고 조롱하는 혀는 뽑아야 합니다."

"내가 너무 관대했다는 건 압니다." 피터 베일리시가 사과하듯 말했다. "솔직히 말하면, 저놈이 안됐기도 해요. 사랑 때문에 죽였으니."

"사랑 때문이든 미움 때문이든, 저놈은 죽어야 해요." 벨모어가 말했다.

"곧 죽겠지." 네스토 공이 퉁명스럽게 말했다. "하늘 감옥에서 오래 살아남는 놈은 없어. 창공이 부를 거다."

"아마 그렇겠지만." 피터 베일리시가 말했다. "마릴리언이 그 부름에 답할지는 본인만 알겠지요." 피터가 손짓을 하자 위병들이 회랑 끝에 있는 문을 열었다. "경들, 올라오시느라 지쳤을 줄 압니다. 여러분 모두에게 오늘 밤을 보낼 방이 마련되어 있고, 하부 회랑에는 먹을 것과 와인이 기다리고 있습니다. 오스웰, 안내해드리고 필요한 건 다 살펴드리게." 그는 네스토 로이스를 돌아보았다. "네스토 공께서는 개인방에서 저와 함께 와인을 들지 않겠습니까? 알레인, 아가야, 와서 우리에게 와인을 따라다오."

약한 불이 타고 있는 개인방에 와인병이 놓여 있었다. 아버 골드였다. 산사가 네스토 공의 잔을 채우는 동안 피터는 쇠부지깽이로 장작을 쑤셨다.

네스토 공은 불가에 앉았다. "이게 끝은 아닐 거요." 그는 산사를 없는 사람 취급하고 피터에게 말했다. "청동 욘은 그 가수를 직접 심문할 작정이오."

"청동 욘은 저를 믿지 않지요." 피터가 장작 하나를 밀어 치웠다.

"무력을 몰고 올 작정이오. 사이먼드 템플턴도 분명 합류할 테지. 웨인우드 부인도 합세할지 모르오."

"벨모어 공도 오겠지요. 젊은 헌터 공과 호턴 레드포트도요. 힘센 샘 스톤과 톨렛 가문, 셰트 가문, 콜드워터에 코브레이까지 데려올 겁니다."

"정보가 충실하군. 어느 코브레이 말이오? 라이오넬 공은 아니고?"

"그 동생 쪽입니다. 린 코브레이 경은 어째선지 저를 싫어하거든요."

"린 코브레이는 위험한 사내요." 네스토 공이 끈덕지게 물었다. "어떻게 할 생각이오?"

"그분들이 몰려온다면 환영하는 수밖에, 제가 할 수 있는 일이 뭐가 있겠습니까?" 피터는 불을 다시 한번 쑤석이고 나서 부지깽이를 내려놓았다.

"청동 욘은 공에게서 호국공 자리를 빼앗을 작정이오."

"그렇다면 제가 막을 수야 없지요. 제게는 수비군 스무 명이 있습니다. 로이스 공과 그 친구들은 2만 명을 모을 수 있을 테고요." 피터는 창 아래에 놓인 참나무 궤짝으로 향했다. "청동 욘은 원하는 대로 하겠지요." 그는 무릎을 꿇으며 말하고는, 궤짝을 열어서 양피지 두루마리를 꺼내어 네스토 공에게 건넸다. "이것은 제 사랑하는 부인이 공에게 남긴 선물입니다."

산사는 네스토 로이스가 양피지를 펴는 모습을 보았다. "이건…… 이건 예기치 못한 일이구려." 그리고 그 눈에 눈물이 맺힌 것을 보고 깜짝 놀랐다.

"예기치 못했을지는 몰라도 과분한 일은 아니지요. 제 부인은 다른 휘하 봉신들보다 공을 높이 샀습니다. 공이야말로 제 아내의 반석이었습니다. 그렇게 말했어요."

"반석." 네스토 공의 얼굴이 붉어졌다. "그렇게 말씀하셨다고?"

"자주 그랬지요. 그리고 이것이……." 피터는 양피지를 가리켰다. "그 증거입니다."

"그 점은…… 알게 되어 기쁘구려. 존 아린이 내 도움을 소중하게 여긴 줄은 알지만, 라이사 부인은…… 부인은 내가 구애하러 왔을 때 멸시했기에, 나는……." 네스토 공이 미간을 찌푸렸다. "아린의 인장이 찍히기는 했는데, 서명이……."

"라이사는 이 문서에 서명을 하기 전에 살해당했기에, 호국공으로서 제가 서명했습니다. 부인이 그러길 바랐을 줄 아니까요."

"그렇군." 네스토 공은 양피지를 말았다. "공은…… 의무에 충실하지. 암. 그리고 용기도 없지 않소. 이 일을 적절치 않다 여기고, 이 문서를 만든 것을 나무랄 사람들도 있을 거요. 수호자의 직위는 세습이었던 적이 없소. 아린 가문은 아직 매 왕관을 쓰고 왕으로서 협곡을 다스리던 시절에 관문을 세웠소. 이어리는 아린 왕가의 여름 권좌였으나, 눈이 내리기 시작하면 궁정은 아래로 내려갔지. 어떤 이들은 관문이 이어리만큼 중요했다고도 하오."

"협곡에 왕이 없은 지 300년이 지났습니다." 피터 베일리시가 지적했다.

"드래곤들이 오고는 그랬지." 네스토 공은 동의했다. "그러나 그 이후에도 관문은 아린의 성으로 남았소. 존 아린은 그 부친이 살아 계시는 동안 관문의 수호자였소. 이어리로 올라온 이후에는 동생인 로넬에게 그 영예를 맡겼고, 그 후에는 사촌 데니스에게 맡겼지."

"로버트 공에게는 형제가 없고, 먼 친척뿐입니다."

"사실이오." 네스토 공은 두루마리를 꽉 움켜쥐었다. "내가 이리 되기를 꿈꾸지 않았다고는 하지 않겠소. 존 공이 수관으로 왕국을 통치하는 동안, 그분을 대신해서 협곡을 통치하는 임무는 나에게 떨어졌지. 나는 요구하시는 대로 모든 일을 다 했고 나 자신을 위해서는 아무것도 요청하지 않았소. 신들에 맹세코, 내가 쟁취한 자리요!"

"맞습니다." 피터 공이 말했다. "그리고 로버트 공도 네스토 공께서 언제나 여기에, 그분의 산 아래에 든든한 친구로 계심을 알면 더 편하게 잘 겁니다." 피터는 잔을 들어 올렸다. "그러니…… 건배합시다. 달의 관문의 수호자인 로이스 가문을 위하여…… 앞으로도 영원히."

"그래, 앞으로도 영원히!" 은술잔이 부딪쳤다.

시간이 한참 흐르고, 아버 골드 병이 다 마른 후에야 네스토 공은 동행한 기사들과 합류하러 나갔다. 산사는 그때쯤 선 채로 자면서 침대에 기어들고 싶은 마음뿐이었지만, 피터가 산사의 손목을 잡았다. "거짓말과 아버 골드로 일으킬 수 있는 경이를 봤니?"

왜 울고 싶어진 걸까? 네스토 로이스가 그들 편이 된다는 건 좋은 일이었는데. "다 거짓말이었나요?"

"다는 아니야. 라이사가 종종 네스토 공을 반석이라고 부르긴 했다만, 그게 칭찬이었던 것 같진 않다. 그 아들은 돌대가리라고 불렀거든. 라이사는 네스토 공이 이름만이 아닌 진짜 주인으로 관문을 차지하길 꿈꾼다는 걸 알고 있었지만, 라이사 본인도 다른 아들들을 낳아서 로버트의 동생에게 그 성을 줄 꿈을 꿨지." 피터가 일어섰다. "여기에서 무슨 일이 일어난 건지 이해하겠니, 알레인?"

산사는 잠시 머뭇거렸다. "네스토 공의 지지를 확실하게 다지려고 달의 관문을 주셨죠."

"그랬지." 피터는 인정했다. "우리의 반석은 로이스 가문이고, 그건 그자가 지나치게 자부심이 강하고 쉽게 발끈한다는 뜻이야. 내가 돈으로 매수하려 했다면 네스토는 명예를 모욕당했다 여기고 성난 두꺼비처럼 부풀어 올랐을 거다. 하지만 이런 방식이라면……. 저 남자도 아주 멍청하진 않지만, 내가 대접한 거짓말이 진실보다 달콤했던 거야. 라이사가 다른 봉신들보다 자기를 높이 샀다고 믿고 싶겠지. 어쨌든 그 다른 봉신들 중엔 청동 욘이 있고, 네스토는 자기가 로이스 가문 방계에서 태어났다는 걸 대단히 의식하고 있거든. 그자는 자기 아들들을 위해 더 많은 걸 얻고 싶어 해. 명예로운 남자들도 스스로를 위해서는 절대 하지 않을 짓을 자식들을 위해서라면 한단다."

산사는 고개를 끄덕였다. "그 서명은…… 로버트 공이 서명하게 하실 수도 있었는데, 그 대신……."

"……내가 호국공의 이름으로 서명했지. 왜 그랬을까?"

"그래야…… 호국공께서 밀려나거나…… 혹시라도 살해당하면……."

"……관문에 대한 네스토 공의 권리에 갑자기 의문이 제기되겠지. 확실히 말하는데 네스토에게 통하지 않을 수가 없는 방법이다. 그걸 알아보다니 영리하구나. 내 딸이 그 정도도 모를까 하기는 했다만."

"고맙습니다." 산사는 문제를 풀어낸 것에 뿌듯해하면서도, 동시에 혼란스러웠다. "하지만 아닌데요. 딸이라뇨. 진짜는 아니잖아요. 그러니까, 제가 알레인인 척 하긴 하지만……."

리틀핑거가 산사의 입술에 손가락을 댔다. "난 알아야 할 것을 알고, 너도 그렇지. 어떤 것들은 말하지 않는 게 최선이란다, 아가야."

"둘만 있을 때도요?"

"둘만 있을 때 특히 그렇지. 그러지 않았다간 언젠가 하인이 예고 없이 들어오거나, 문 앞에 선 위병이 듣지 말아야 할 말을 듣는 날이 오고야 말아. 네 예쁘고 작은 두 손에 피를 더 묻히고 싶니, 귀염둥이야?"

하얀 붕대를 눈에 감은 마릴리언의 얼굴이 둥실 떠오르는 것 같았다. 그의 뒤로 화살이 박힌 돈토스 경을 볼 수 있었다. "아니오. 제발, 안 돼요." 산사가 말했다.

"딸아, 이건 게임이 아니라고 말하고 싶은 유혹이 든다만, 물론 이건 게임이야. 왕좌의 게임이지."

'전 참여하게 해달라고 한 적 없어요.' 너무 위험한 게임이었다. '한번 미끄러지면 난 죽은 목숨이야.' "오스웰은…… 오스웰은 제가 탈출한 날 밤에 킹스랜딩에서 절 태우고 노를 저었어요. 분명히 제가 누구인지 알 거예요."

"양 똥만큼만 머리가 있다 해도 알 테지. 로소르 경도 알아. 하지만 오스웰은 내 밑에서 오래 일했고, 로소르 브룬은 원래 입이 무거워. 케틀블랙이 브룬을 감시하고, 브룬은 케틀블랙을 감시하지. 아무도 믿지 말라고, 언젠가 에다드 스타크에게도 그렇게 말했는데 그 사람은 듣질 않았지. 너는 알레인이고, 언제나 알레인이어야 한다." 그는 산사의 왼쪽 가슴에 손가락 두 개를 댔다. "이 안에서도. 네 마음속에서도. 할 수 있겠니? 마음속까지 내 딸이 될 수 있겠어?"

"저는……." '전 모르겠어요.' 거의 말해버릴 뻔했지만, 그가 듣고 싶어 하는 대답은 그게 아니었다. '거짓말과 아버 골드.' 산사는 생각했다. "전 알레인이에요, 아버지. 달리 누구겠어요?"

리틀핑거 공은 그녀의 뺨에 입을 맞췄다. "나의 지혜와 캣의 아름다움을 지녔으니, 세상이 네 것이 될 거다, 아가야. 이제 자러 가렴."

그레첼이 벽난로에 불을 지피고 깃털 침대를 부풀려두었다. 산사는 옷을 벗고 담요 속으로 들어갔다. '오늘 밤엔 노래를 부르지 않기를. 네스토 공과 다른 사람들이 있으니 설마 못 부르겠지.' 산사는 그렇게 기도하며 눈을 감았다.

산사는 밤중에 로버트가 침대를 기어올라서 깨어났다. '로소르에게 다시 문을 잠그라고 하는 걸 깜박했어.' 이제 와서 생각해봐야 할 수 있는 일이 없었기에, 산사는 로버트를 끌어안았다. "스위트로빈? 여기 있어도 되지만, 꿈틀거리지 않도록 해봐요. 눈을 감고 자요, 아가."

"그럴게." 로버트는 바싹 다가와서 산사의 가슴 사이에 머리를 뉘었다. "알레인? 이젠 네가 우리 엄마야?"

"그런 것 같네요." 산사는 대답했다. '친절에서 나온 거짓말이라면 해 될 게 없어.'

크라켄의 딸

연회장 안은 술 취한 할로우들로 시끄러웠다. 다 먼 친척이었다. 영주들은 부하들이 앉은 장의자 뒤에 자기네 깃발을 걸어놓았다. '너무 적어.' 아샤 그레이조이는 관람석에서 아래를 내려다보며 생각했다. '적어도 너무 적어.' 장의자는 4분의 3이 비어 있었다.

블랙윈드호가 바다에서 들어올 때, 처녀 콸도 그렇게 말했었다. 아샤의 외숙부가 지배하는 성 아래 정박한 장선의 수를 헤아리더니 입매를 긴장시키고 말했다. "오지 않았군요. 충분히 오진 않았어요." 콸이 틀리지는 않았지만, 아샤가 선원들이 들을 수 있는 곳에서 그 말에 맞장구칠 수는 없었다. 선원들의 헌신을 의심하진 않았지만, 강철인이라 해도 확실히 진 싸움에 목숨을 던지기는 망설일 터였다.

'나에게 이렇게 친구가 적었나?' 깃발 사이에서 보틀리의 은색 물고기, 스톤트리의 돌 나무(stone tree), 볼마크의 검은 레비아탄, 마이어의 올가미가 보였다. 나머지는 다 할로우의 큰 낫이었다.

보어문드는 연한 파란색 바탕에 낫을 그려 넣었고, 호토의 낫은 흉벽 모양의 테가 둘러쌌으며, '기사'는 깃발을 사분해서 어머니의 가문을 나타내는 화려한 공작과 낫을 번갈아 집어넣었다. 은발의 시그프리드조차도 바탕을 사선으로 나누고 두 개의 낫이 다른 방향을 향하게 그려 넣었다. 동트기 전 하늘을 날아가는 듯한, 새까만 바탕 위 은색 낫을 그려 넣은 사람은 할로우 공 본인뿐이었다. 일명 '독서가' 로드릭, 텐타워스의 주인이며 할로우의 영주, 할로우 중의 할로우……, 아샤가 제일 좋아하는 숙부.

로드릭 공의 상석은 비어 있었다. 그 의자 위에는 거인이라 해도 휘두르기 힘들 정도로 거대한 은제 낫 두 개가 교차했지만, 그 아래에는 빈 방석밖에 없었다. 아샤는 놀라지 않았다. 잔치가 끝난 지 오래였다. 가대 탁자 위에는 뼈다귀와 기름투성이 접시밖에 남지 않았다. 남은 사람들은 술을 마시고 있었고, 로드릭 숙부는 싸우기 좋아하는 술꾼들과 어울리기를 즐기지 않았다.

아샤는 세 이빨을 돌아보았다. 열두 이빨로 알려졌던 시절부터 외숙부의 집사로 일해온 무섭도록 나이 많은 노파였다. "숙부님은 책과 같이 계신가?"

"그럼요. 왜 아니겠습니까?" 언젠가 어느 성사에게 저 여자는 노파 신을 직접 키웠을 거라는 말을 들었을 정도로 늙은 여자였다. 군도에서 아직 일곱 종단을 참아주던 때의 이야기였다. 로드릭 경은 텐타워스에 성사들을 두었지만, 제 영혼을 위해서가 아니라 책 때문이었다. "책들에다 보틀리도요. 같이 계셨어요."

연한 녹색 바탕에 은색 물고기 떼가 그려진 보틀리의 군기가 연회장 안에 걸려 있었지만, 아샤는 다른 장선들 사이에서 보틀리의 배 '날랜 지느러미'를 보지 못했다. "내 다른 숙부인 까마귀 눈이 늙은 사웨인 보틀리를 익사시켰다고 들었는데."

"여기 오신 분은 트리스티퍼 보틀리 공입니다."

'트리스라.' 아샤는 사웨인의 첫째 아들 하렌은 어떻게 됐을까 생각했다.

'곧 알게 되겠지. 이거 어색하겠는데.' 마지막으로 트리스 보틀리를 만났을 때에는……. 아니다, 그런 데 연연하지 말아야 했다. "어머님은?"

"잠자리에 드셨습니다." 세 이빨이 말했다. "과부의 탑에서요."

'그렇겠지. 달리 어디겠어?' 그 탑의 이름이 가리키는 과부는 아샤의 이모였다. 그위네스 부인은 발론 그레이조이의 첫 번째 반란 중에 남편이 미의 섬에서 죽고 난 후 애도를 위해 집으로 돌아왔다. "내 슬픔이 가실 때까지만 여기 있으마." 그녀가 동생에게 했다는 말은 유명했다. "내가 너보다 일곱 살 연상이니 텐타워스는 본래 내 것이어야 하지만 말이다." 그 후로 오랜 세월이 흘렀지만, 아직도 그 과부는 이곳에 머무는 채 슬퍼하며 한 번씩 이 성은 자기 것이 되어야 했다고 중얼거렸다. '그리고 이제 로드릭 공의 지붕 밑에 슬픔에 반쯤 미친 과부 누이가 하나 더 생겼군. 책에서 위안을 찾는 것도 당연하지.' 아샤는 생각했다.

허약하고 병이 있는 알라니스 부인이 그렇게 강하고 튼튼하던 남편 발론 공을 앞세웠다는 사실이 지금도 믿기지가 않았다. 아샤는 전쟁터를 향해 배를 몰고 나가면서 돌아오기 전에 어머니가 죽을지도 모른다는 생각에 마음이 무거웠더랬다. 어머니가 아니라 아버지가 죽으리라고는 생각도 하지 못했다. '익사한 신은 우리 모두에게 잔인한 농담을 던지시지만, 그래도 인간이 더 잔인하지.' 갑작스레 불어온 폭풍과 끊어진 밧줄이 발론 그레이조이를 죽였다. 적어도 사람들은 그렇게 주장했다.

아샤가 어머니를 마지막으로 본 것은 딥우드모트를 치러 북쪽으로 가는 길에 민물을 구하기 위해 텐타워스에 들렀을 때였다. 알라니스 할로우는 가수들이 찬탄하는 종류의 아름다움을 지닌 적이 없었지만, 딸인 아샤는 어머니의 사납고 강인한 얼굴과 눈에 깃든 웃음기를 사랑했다. 그러나 마지막으로 여기 들렀을 때 알라니스 부인은 모피를 겹겹이 걸치고 창가 자리에 웅크리고 앉아서 바다를 내다보고 있었다. '이건 내 어머니일까,

아니면 어머니의 유령일까?' 그 뺨에 입을 맞추면서 그렇게 생각한 기억이 났다.

어머니의 피부는 양피지처럼 얇았고, 긴 머리채는 희었다. 고개를 꼿꼿이 든 모습에는 긍지가 남아 있었지만, 눈동자는 흐릿했고 테온에 대해 물을 때는 입가가 떨렸다. "우리 아기를 데려왔니?" 그렇게 물었었다. 테온이 윈터펠에 인질로 끌려갔을 때 열 살이었기에, 알라니스 부인에게는 언제까지나 열 살짜리 소년인 모양이었다. "테온은 못 왔어요." 아샤는 그렇게 말할 수밖에 없었다. "아버지께서 스토니쇼어에 약탈 보내셨어요." 알라니스 부인은 할 말이 없는지 천천히 고개만 끄덕였지만, 딸에게 들은 말이 깊은 상처를 입혔다는 것은 뚜렷하게 드러났다.

'그리고 이제 난 어머니에게 테온이 죽었다고 전해서, 그 심장에 단검을 하나 더 박아 넣어야 하지.' 이미 그 심장에 박힌 칼이 두 자루였다. 그 칼날에는 로드릭과 마론이라는 이름이 적혀 있었고, 밤이면 잔인하게 심장을 비틀 때가 많았다. '내일 뵈러 가자.' 아샤는 스스로에게 다짐했다. 길고 피곤한 항해였던 터라, 지금은 어머니를 마주할 여력이 없었다.

"로드릭 공과 이야기를 해야 해." 아샤는 세 이빨에게 말했다. "블랙윈드호의 짐을 다 부리고 나면 내 선원들을 돌봐줘. 포로들을 데려올 거야. 선원들이 따뜻한 침대와 뜨끈한 식사를 받았으면 좋겠군."

"주방에 차가운 소고기가 있습니다. 커다란 돌단지에 든 겨자도 있어요. 올드타운에서 왔지요." 노파는 그 겨자 단지 생각만 해도 미소가 나오는 모양이었다. 기다란 갈색 치아 하나가 잇몸에서 튀어나와 있었다.

"그걸론 안 돼. 우린 거친 바다를 건넜어. 그놈들 배 속에 뜨거운 걸 넣어줬으면 좋겠어." 아샤는 엄지손가락을 징 박힌 허리띠에 걸었다. "글로버 부인과 그 자식들은 장작이나 온기가 부족해선 안 돼. 지하감옥 말고 어디 탑에다 집어넣어. 아기가 아파."

"아기들이야 자주 아프지요. 대부분 죽고, 사람들은 안타까워하고요. 그 늑대 족속들을 어디에 넣을지는 주인님께 여쭤봐야겠네요."

아샤는 엄지와 검지로 노파의 코를 잡고 비틀었다. "내가 시키는 대로 해. 그리고 그 아기가 죽으면, 당신이 누구보다 더 안타까워하게 될 거야." 아샤는 세 이빨이 끽 소리를 내면서 복종하겠다고 하자 코를 놓아주고 외숙부를 찾으러 갔다.

이곳을 다시 걸으니 좋았다. 텐타워스(Ten Towers, 열 개의 탑)는 언제나 아샤에게 파이크보다 더 집 같았다. '성 하나가 아니라 열 개가 뭉쳐 있네.' 처음 텐타워스를 봤을 때 아샤는 그렇게 생각했었다. 그녀는 계단을 숨 돌릴 틈 없이 오르락내리락 뛰어다니고, 성벽 길과 지붕 다리를 달리고, '긴 돌 안벽'에서 물고기를 잡고, 낮이고 밤이고 외숙부의 풍요로운 책 사이에 파묻히던 나날들을 떠올렸다. 이 성은 숙부의 할아버지의 할아버지가 세웠는데, 군도에서 가장 최근에 지은 성이었다. 테오모어 할로우 공은 요람에 누운 아들 셋을 잃고서 그것을 오래된 할로우홀의 침수된 지하실, 축축한 돌과 지긋지긋한 초석(硝石) 탓으로 돌렸다. 텐타워스는 훨씬 공기가 잘 통하고, 더 편안했으며, 보기에도 더 좋았다……. 그러나 그 부인들 중 누구라도 증언할 수 있으려니와, 테오모어 공은 변덕이 심한 남자였다. 그는 부인을 여섯 두었고, 열 개의 탑처럼 그 부인들도 서로 많이 달랐다.

책의 탑은 열 개 탑 중에 가장 뚱뚱했고 모양은 팔각형이었으며 크게 절단한 돌덩어리로 지었다. 계단은 두꺼운 벽 안에 만들어졌다. 아샤는 외숙부가 책을 읽는 방이 있는 5층으로 잽싸게 올라갔다. 그렇다고 외숙부가 책을 읽지 않는 방이 따로 있는 건 아니었지만 말이다. 로드릭 공은 손에 책을 쥐고 있지 않을 때가 드물어서, 변소에서도, '바다 노래'호의 갑판에서도, 접견을 할 때도 책을 들고 있었다. 아샤는 외숙부가 은으로 만든 낫 아래 놓인 권좌에 앉아서 책을 읽는 모습도 자주 보았다. 그는 앞에 올라온 사건마다 귀를 기울이고 판결을 내리면서…… 위병대장이 다음 청원자를 데리러 가는 사이에 책을 읽었다.

외숙부는 파멸 이전의 발리리아에서 왔을 수도 있는 양피지 두루마리들, 그리고 청동과 쇠 걸쇠를 단 무거운 가죽 장정 책들에 둘러싸여 창가 탁자 위로 몸을 구부리고 있었다. 화려한 쇠받침대에 놓인 남자 팔뚝만큼 굵고 긴 밀랍초가 양쪽에 하나씩 타고 있었다. 로드릭 할로우 공은 뚱뚱하지도 마르지도 않았다. 키가 크지도 작지도 않았다. 못생기지도 잘생기지도 않았다. 머리와 눈은 갈색이었는데, 그 스스로 좋아하는 짧게 다듬은 수염은 회색이 되었다. 종합해서 말하자면 그는 평범한 남자였고, 글로 적힌 말들을 사랑한다는 점만 유별났다. 많은 강철인들이 남자답지 않고 비뚤어졌다고 여기는 특성이었다.

"아저씨." 아샤는 들어가서 문을 닫았다. "뭘 그리 급하게 읽어야 해서 손님들을 주인도 없이 놔둔 거예요?"

"마르윈 최고학사의《잃어버린 책들에 대한 책》이다." 외숙부는 책장에서 눈을 들어 아샤를 찬찬히 보았다. "호토가 올드타운에서 한 부 가져다줬어. 자기 딸을 나와 맺어주고 싶어 하거든." 로드릭 경은 긴 손톱으로 책을 두드렸다. "이거 보이니? 마르윈은《조짐과 징후》세 페이지를 찾았다고 주장하는구나. 발리리아에 파멸이 오기 전에 아에나르 타르가르옌의 처녀 딸이 썼다는 예지의 책인데 말이지. 라니는 네가 온 걸 아니?"

"아직요." 라니란 외숙부가 아샤의 어머니를 부르는 애칭이었다. 오직 독서가만이 그녀를 그렇게 부를 수 있었다. "어머니는 쉬게 두세요." 아샤는 걸상에 쌓인 책 더미를 내려놓고 그 자리에 앉았다. "세 이빨이 이가 두 개 더 빠진 모양인데요. 이젠 한 이빨이라고 부르는 건가요?"

"난 거의 안 부른다. 그 사람은 무서워. 그런데 지금 몇 시지?" 로드릭 공은 창밖의 달빛 비치는 바다를 흘긋 보았다. "벌써 어두워졌나? 미처 몰랐다. 늦게 왔구나. 며칠 전에 널 찾았는데."

"맞바람이 분 데다가 신경 써야 할 포로들이 있었어요. 로벳 글로버의 아내와 자식들요. 막내가 아직 젖먹이인데 바다를 건너는 사이에 글로버 부인의 젖이 말라버렸어요. 블랙윈드를 스토니쇼어로 몰고 가서 부하들을 풀어 유모를 찾을 수밖에 없었죠. 유모 대신 염소를 찾아 왔더군요. 그 여자애는 상태가 안 좋아요. 마을에 젖먹이 어미가 있을까요? 딥우드는 제 계획에 중요한 장소예요."

"네 계획은 바꾸는 수밖에 없다. 넌 너무 늦게 왔어."

"늦었고 배도 고프고요." 아샤는 긴 다리를 탁자 아래로 쭉 뻗고 제일 가까이에 있는 책을 넘겨보았다. 잔혹 왕 마에고르가 '가난한 동료(Poor Fellows)'를 상대로 벌인 전쟁에 대해 어느 성사가 쓴 담화문이었다. "아, 그리고 목도 마르네요. 에일 한 잔 마시면 좋겠어요, 아저씨."

로드릭 공은 입술을 오므렸다. "내가 서재에서 음식이나 술을 허용하지 않는 거 알잖니. 책이—"

"망가질 수도 있단 말이죠." 아샤는 소리 내어 웃었다.

외숙부가 얼굴을 찌푸렸다. "넌 날 열 받게 하기를 좋아하지."

"아, 그렇게 억울해하지 마세요. 저한테 열 받지 않는 남자는 만나본 적이 없네요. 지금쯤이면 아저씨도 잘 아셔야죠. 하지만 제 얘긴 이만하면 됐고, 아저씬 괜찮아요?"

외숙부는 어깨를 으쓱였다. "괜찮다. 눈이 약해지고 있기는 해. 내 독서를 도울 렌즈를 구하러 미르에 사람을 보냈지."

"우리 이모님은 어떠시고요?"

로드릭 공은 한숨을 내쉬었다. "여전히 나보다 일곱 살이 위이고, 텐타워스는 당신 것이 되었어야 했다고 믿고 있지. 그위네스 누나는 건망증이 심해지면서도 그건 잊지 않는구나. 정작 남편의 이름은 떠올리지 못할 때도 있으면서, 슬퍼하기는 남편이 막 죽은 날처럼 슬퍼해."

"애초에 남편 이름을 알기는 했나 잘 모르겠는걸요." 아샤는 탁 소리 나게 성사의 책을 닫았다. "아버지는 살해당하신 건가요?"

"네 어머니는 그렇게 믿는다."

'어머니가 기꺼이 아버지를 살해하려던 시절도 있었지.' 아샤는 생각했다. "아저씨는 어떻게 생각해요?"

"발론은 밧줄이 끊어지면서 떨어져 죽었다. 폭풍이 일고 있었고, 다리는 바람이 불 때마다 흔들리고 출렁였지." 로드릭은 어깨를 으쓱였다. "들은 이야기로는 그래. 웬다미르 학사가 네 어머니에게 까마귀를 보냈거든."

아샤는 비수를 칼집에서 빼내어 손톱에 낀 때를 파기 시작했다. "3년을 안 보였는데, 까마귀 눈이 하필 아버지가 돌아가신 바로 그날 돌아오다뇨."

"그다음 날이라고 듣긴 했다. 발론이 죽었을 때 침묵호는 아직 바다에 있었어. 일단 주장하기론 그래. 그렇다 쳐도 유론의 귀환이…… 공교롭다는 데에는 동의하마."

"저라면 그렇게 표현하지 않겠는데요." 아샤는 비수 끝을 탁자에 내리쳤다. "제 배들은 어디 있죠? 저 아래에 장선이 마흔 척쯤 되던데, 까마귀 눈을 아버지의 자리에서 밀어내기엔 어림도 없는 숫자예요."

"난 소환장을 보냈다. 너와 네 어머니에 대한 사랑으로, 네 이름 아래 소환했지. 할로우 가문은 다 모였다. 스톤트리도, 볼마크도 왔어. 마이어도 좀 왔고……."

"다 할로우 섬 사람들이죠……. 일곱 섬 중에 딱 하나예요. 연회장에 파이크에서 온 깃발이라곤 외로운 보틀리 하나뿐이었어요. 솔트클리프, 오크우드, 윅의 배들은 어디 있죠?"

"블랙타이드에서는 바엘로르 블랙타이드가 와서 나와 의논을 하고는 바로 다시 출항했다." 로드릭 공은 《잃어버린 책들에 대한 책》을 닫았다. "지금쯤 올드윅에 있을 거다."

"올드윅?" 아샤는 모두가 까마귀 눈에게 경의를 표하러 파이크로 갔다고 할까 봐 걱정하고 있었는데 말이다. "왜 올드윅이죠?"

"네가 들었을 줄 알았다만. 젖은 머리 아에론이 킹스무트를 소집했다."

아샤는 고개를 젖히고 웃음을 터뜨렸다. "익사한 신께서 아에론 숙부의 엉덩이에 가시고기라도 찔러 넣었나 봐요. 킹스무트? 이거 무슨 농담인가요, 아니면 진심이래요?"

"젖은 머리는 익사한 후부터 농담이라곤 하지 않아. 그리고 다른 사제들이 소집에 가담했다. 눈먼 베론 블랙타이드, 세 번 익사한 타알……, 심지어 늙은 회색 갈매기마저도 할로우 전역에 킹스무트에 대해 설교하려고 원래 사는 바위섬을 떠났어. 지금 이 대화 중에도 선장들이 올드윅에 모이고 있다."

아샤는 놀랐다. "까마귀 눈이 이 성스러운 광대극에 참여해서 그 결정대로 하겠다고 동의했어요?"

"까마귀 눈은 나에게 알려준 게 없다. 나더러 파이크에 와서 경의를 표하라고 부른 이후 유론에게선 한마디도 듣지 못했어."

'킹스무트라니, 이건 새로운데……. 아니, 오히려 아주 오래됐다고 해야 하나.' "그리고 빅타리온 숙부는요? 빅타리온은 젖은 머리의 생각을 어떻게 본대요?"

"빅타리온에게 네 아버지가 죽었다는 소식이 가기는 했다. 킹스무트 소식도 분명히 갔어. 그 이상은 나도 잘 모르겠구나."

'전쟁보다야 킹스무트가 낫지.' "젖은 머리의 냄새나는 발에 입을 맞추고 발가락 사이에 낀 해초를 뽑아줘야겠네요." 아샤는 비수를 뽑아서 다시 칼집에 넣었다. "킹스무트라니!"

"올드윅에서다." 로드릭 공이 확실하게 다시 말했다. "피 흘리며 망하진 않길 빈다만. 해레그가 쓴 《강철인의 역사》를 참고해봤다. 마지막 소금 왕들과 바위 왕들이 킹스무트에서 만났을 때는 오크몬트의 우론이 도끼잡이들을 풀어놓았고, 나가의 갈빗대는 선혈에 붉게 물들었지. 그날부터 천 년 동안 선정받는 일 없이 그레이아이언 가문이 군도를 통치했다. 안달인이 올 때까지."

"그 해레그의 책은 빌려주셔야겠어요, 아저씨." 아샤는 올드윅에 가기 전에 킹스무트에 대해 가능한 한 모든 것을 알아야 했다.

"여기에서 읽으렴. 낡아서 책이 약하거든." 로드릭 공은 찌푸린 얼굴로 조카를 살폈다. "리그니 최고학사가 언젠가 쓰기를 역사는 바퀴 같다고 했지. 인간의 본성은 근본적으로 변하지 않기 때문에, 예전에 일어난 일은 필연적으로 다시 일어난다고 했어. 난 까마귀 눈에 대해 생각할 때마다 그 말을 떠올린다. 유론 그레이조이는 이 늙은 귀에 이상하게 우론 그레이아이언과 비슷하게 들리거든. 난 올드윅에 가지 않겠다. 너도 가지 말아라."

아샤는 미소 지었다. "그리고 이렇게 오랜만에 열리는 킹스무트를 놓치라고요? 대체 얼마만이죠, 아저씨?"

"해레그의 기록을 믿는다면, 4000년 만이지. 데네스탄 학사가 《질문들》에서 주장한 바를 받아들인다면 그 절반이고. 올드윅으로 가서 얻을 게 없어. 왕 자리에 대한 꿈은 우리 피에 흐르는 광기야. 네 아버지가 처음 일어났을 때도 내 그렇게 말했다만, 지금은 그때보다 더 그래. 우리에게 필요한 건 왕관이 아니라 땅이야. 스타니스 바라테온과 타이윈 라니스터가 철왕좌를 두고 싸우게 되면서, 우린 드물게 우리 땅을 늘릴 기회를 얻었어. 둘 중 한쪽을 택해서 우리 함대로 승리를 도운 후, 고마워하는 왕에게 우리가 필요로 하는 땅을 얻자."

"생각해볼 가치는 있겠네요. 일단 제가 해석좌에 앉고 나서요." 아샤가 말했다.

외숙부는 한숨을 내쉬었다. "아샤, 이런 말을 듣고 싶진 않겠지만, 넌 선정될 수 없어. 어떤 여자도 강철인을 다스린 적이 없다. 그위네스는 나보다 일곱 살이 위였지만, 아버지가 돌아가셨을 때 텐타워스는 나에게 왔지. 너에게도 똑같을 거다. 넌 발론의 아들이 아니라 딸이야. 그리고 너에겐 숙부가 셋 있어."

"넷이에요."

"크라켄 숙부가 셋이라는 얘기다. 나는 빼고."

"아저씨는 저와 함께잖아요. 텐타워스의 아저씨만 있으면 할로우가 제 편이고." 할로우는 강철 군도에서 가장 큰 섬은 아니지만, 가장 부유하고 인구가 많은 섬이었으며 로드릭 공의 힘은 얕볼 수 없는 것이었다. 할로우에서 할로우 가문에겐 적수가 없었다. 볼마크와 스톤트리가 섬에 큰 요새를 두고 유명한 선장들과 사나운 전사들을 자랑하기는 했지만, 그중에서 가장 사나운 전사라 해도 낫 아래 몸을 굽혔다. 한때 지독한 적이었던 케닝과 마이어 가문도 오래전에 봉신이 되었다.

"내 친척들이 나에게 충성을 맹세하고, 전쟁에서 내가 친척들의 검과 배를 지휘하기는 하지. 하지만 킹스무트에서는……." 로드릭 공은 고개를 저었다. "나가의 뼈 아래에서는 모든 선장이 동등하다. 몇 명은 네 이름을 부를지 몰라. 그 점은 의심하지 않는다. 하지만 충분하진 않을 거야. 그리고 빅타리온이나 까마귀 눈의 이름이 터져 나오면, 지금 내 연회장에서 술을 마시고 있는 놈들 중에서도 일부는 그들에게 합세할 거다. 다시 말하마. 이 폭풍 속으로 배를 몰지 말아라. 네 싸움은 가망이 없다."

"어떤 싸움이든 싸워보기 전까지는 모르는 법이죠. 제가 자격은 제일 있어요. 전 발론의 적통 후계자예요."

"여전히 고집 센 아이로구나. 네 가엾은 어머니를 생각해라. 라니에게 남은 건 너뿐이야. 널 여기 붙들어두기 위해 필요하다면 블랙윈드에 불이라도 붙이겠다."

"그래서 올드윅까지 헤엄쳐 가라고요?"

"네가 지킬 수도 없는 왕관을 위한 길고 추운 헤엄이 되겠지. 네 아버지는 분별력보다 용기가 앞서는 사람이었다. 우리가 수많은 왕국 중 하나였을 때는 옛 방식이 군도에 잘 먹혔지만, 아에곤의 정복으로 그것도 끝이 났어. 발론은 명백한 사실을 보지 않으려 했지. 옛 방식은 검은 하렌과 그 아들들과 함께 죽었다."

"알아요." 아샤는 아버지를 사랑했지만, 그렇다고 착각하지는 않았다. 발론은 어떤 부분들에 있어서는 눈이 멀어 있었다. 용감한 사나이였으나 나쁜 영주였다. "그렇다고 우리가 철왕좌의 노비로 살다 죽어야 하나요? 우현에 암초가 있고 좌현에 폭풍이 있다면, 현명한 선장은 세 번째 길로 배를 몰죠."

"그 세 번째 길을 보여다오."

"보여드리죠……, 제 킨스무트에서요. 아저씨, 어떻게 참석도 하지 않을 생각을 해요? 이건 살아 있는 역사가 될 테고……."

"난 죽은 역사가 더 좋다. 죽은 역사는 잉크로 쓰이지만, 살아 있는 역사는 피로 쓰이지."

"늙은 겁쟁이로 침대에 누워서 죽고 싶어요?"

"달리 어떻게 죽겠니? 독서를 끝내기 전까지는 안 될 일이지만." 로드릭 공은 창가로 향했다. "네 어머니에 대해서는 묻지도 않는구나."

'묻기 두려웠어요.' "좀 어떠세요?"

"강해졌다. 어쩌면 우리 모두를 보내고 더 살지도 몰라. 네가 이런 어리석은 짓을 고집한다면, 분명히 너보다는 더 살겠지. 라니는 처음 여기 왔을 때보다 식욕이 늘었고, 밤새 자는 날도 많아졌다."

"잘됐네요." 파이크에서 보낸 마지막 몇 년 동안 알라니스 부인은 잠을 자지 못했다. 밤이면 촛불을 들고 복도를 헤매며 아들들을 찾았다. "마론?" 그녀는 새된 목소리로 외치곤 했다. "로드릭, 어디 있니? 테온, 아가야, 엄마한테 오렴." 아샤는 아침이면 맨발로 흔들리는 판자 다리를 건너 바다 탑에 갔다 온 어머니의 발에서 학사가 나무 가시를 뽑는 모습을 수없이 보았다. "어머니는 아침에 뵐게요."

"테온 소식을 물어볼 게다."

'윈터펠의 왕자 말이지.' "아저씨는 뭐라고 했어요?"

"별로 말한 게 없다. 말할 게 있어야 말이지." 외숙부는 머뭇거렸다. "테온이 죽은 게 확실하니?"

"아무것도 확실하진 않아요."

"시신을 찾았어?"

"많은 시신의 부분 부분을 찾았죠. 늑대들이 먼저 왔다 가서……. 네 다리 달린 늑대요. 두 다리 달린 친척들에게 공경심을 거의 보이지 않았더군요. 죽은 사람들 뼈가 여기저기 흩어졌고, 골수를 빨아 먹으려고 부서뜨린 상태였어요. 솔직히 거기서 무슨 일이 일어났는지 잘 모르겠어요. 북부인들이 자기들끼리 싸운 것처럼 보였어요."

"까마귀들은 죽은 사람의 살점을 두고 다투고, 눈알을 두고 서로를 죽이지." 로드릭 공은 바다 저편으로 파도 위에서 노니는 달빛을 바라보았다. "우리에겐 왕이 하나 있었다가 다섯이 됐다. 이제 보이는 것이라곤 웨스테로스의 시체를 두고 다투는 까마귀들뿐이로구나." 그는 덧창을 닫아걸었다. "올드윅으로 가지 말아라, 아샤. 네 어머니 곁에 있어라. 누이가 오래가진 못할 것 같구나."

아샤가 자세를 고쳐 앉았다. "어머니는 날 담대하게 키웠어요. 올드윅으로 가지 않는다면 전 갔을 때 무슨 일이 일어났을까 궁금해하면서 남은 평생을 보낼 거예요."

"간다면 남은 평생이 뭘 궁금해하지도 못할 만큼 짧아질 수 있어."

"남은 나날을 해석좌는 원래 내 것이었다고 불평하면서 보내는 것보다야 그게 낫죠. 난 그위네스 이모가 아니에요."

로드릭은 그 말에 움찔했다. "아샤, 내 장성한 아들 두 놈은 미의 섬에서 게 밥이 됐다. 내가 다시 결혼할 일도 없고. 여기 남아라. 그러면 내가 널 텐타워스의 후계자로 지명하마. 그 정도로 만족해."

"텐타워스요?" '그렇게 될 수만 있다면.' "아저씨 사촌들이 좋아하지 않을 텐데요. 기사, 노(老) 시그프리드, 곱사등이 호토……."

"그놈들에겐 자기네 영지와 권좌가 있어."

사실이었다. 축축하니 썩어가는 할로우홀은 은발의 시그프리드 할로우 소유였다. 곱사등이 호토 할로우와 그의 권좌는 서쪽 해안 위 바위산에 선 '미광의 탑(Tower of Glimmering)'에 있었다. 별명이 '기사'인 해라스 할로우 경은 그레이가든에 자리 잡았고, 파란 보어문드 할로우는 해리단힐 위에서 영지를 다스렸다. 하지만 모두가 로드릭 공 아래에 있었다. "보어문드에겐 아들이 셋 있고, 은발의 시그프리드에겐 손자들이 있고, 호토에겐 야망이 있죠." 아샤가 말했다. "다들 아저씨 뒤를 이으려고 해요. 심지어 시그프리드도요. 그 양반은 영원히 살 작정이거든요."

"내 뒤를 이어 할로우 공이 되는 사람은 '기사'다. 하지만 여기가 아니라 그레이가든에서도 통치할 수 있을 거야. 이 성을 갖고 해라스 경에게 충성 맹세를 하면, 해라스가 널 지켜줄 거다."

"제 몸은 제가 지킬 수 있어요. 아저씨, 전 크라켄이에요. 그레이조이 가문의 아샤예요." 아샤는 떨쳐 일어섰다. "제가 원하는 건 아저씨의 권좌가 아니라 아버지의 권좌예요. 아저씨네 낫은 좀 위험해 보여서 말이죠. 언제 떨어져서 제 목을 자를지 몰라요. 됐어요, 전 해석좌에 앉을 거예요."

"그렇다면 너도 시체를 찾아 우는 또 한 마리의 까마귀일 뿐이로구나."

로드릭은 다시 탁자 앞에 앉았다. "나가보거라. 난 마르윈 최고학사의 연구 작업으로 돌아가고 싶다."

"혹시 그 학사가 책을 한 페이지 더 찾으면 알려줘요." 그녀의 외숙부는 그녀의 외숙부였다. 변할 리가 없었다. 하지만 말은 어떻게 하든 간에 그도 올드윅에 갈 것이다.

지금쯤은 선원들이 연회장에서 식사를 하고 있을 터였다. 아샤는 그쪽에 합류해서 올드윅 소집과 그 의미를 말해야 했다. 아샤의 선원들이야 든든히 그녀를 뒷받침할 테지만, 다른 남자들, 할로우 친척들과 볼마크와 스톤트리 남자들도 필요했다. '내가 얻어내야 할 건 그 작자들의 마음이야.' 부하들이 딥우드모트에서 그녀가 거둔 승리를 자랑하기 시작하면 도움이 될 테고, 부하들은 자랑할 게 뻔했다. 블랙윈드 선원들은 자기네 여자 선장이 한 일에 비뚤어진 자부심을 얻었다. 절반은 그녀를 딸처럼 사랑했고, 나머지 절반은 그녀의 다리를 벌리고 싶어 했지만, 어느 쪽이나 그녀를 위해 죽을 사람들이었다. '그리고 나도 그놈들을 위해 죽을 수 있지.' 아샤는 계단 아래 문을 어깨로 밀어서 달빛 비치는 마당으로 나가며 생각했다.

"아샤?" 그림자 하나가 우물 뒤에서 걸어 나왔다.

아샤의 손이 즉시 비수로 향했다가…… 달빛이 어두운 그림자를 바다표범 가죽 망토를 쓴 남자로 바꿔놓자 멈췄다. 또 하나의 유령이었다. "트리스. 연회장에서 보게 될 줄 알았는데."

"널 보고 싶었어."

"내 어느 부분을 보고 싶으셨을까?" 아샤는 씩 웃었다. "자, 나 여기 있어. 다 컸지. 보고 싶은 만큼 봐."

"여자가 됐구나." 트리스가 다가왔다. "아름다워." 트리스티퍼 보틀리는 아샤가 지난번에 봤을 때보다 살이 붙었지만, 헝클어진 머리와 바다표범같이 크고 믿음 가득한 눈은 기억 그대로였다. '상냥한 눈이야.' 가엾은 트리스티퍼의 문제는 바로 그것이었다. 강철 군도 사람치고는 너무 상냥했다. '얼굴이 보기 좋아졌네.' 소년일 적 트리스는 여드름으로 고생했었다. 아샤도 같은 고통을 겪었다. 어쩌면 그래서 둘이 친해졌는지도 몰랐다.

"네 아버지 소식은 안타까워." 아샤가 말했다.

"나도 네 아버지 일이 한탄스러워."

'왜?' 아샤는 그렇게 물어볼 뻔했다. 트리스티퍼를 바엘로르 블랙타이드의 대자로 삼아 파이크에서 내보낸 사람이 바로 발론이었다. "이젠 네가 보틀리 공이라는 게 사실이야?"

"이름만은 그래. 하렌은 모트카일린에서 죽었어. 늪의 악마 하나가 독화살을 쐈지. 하지만 난 어디의 주인도 아니야. 까마귀 눈은 자기가 해석좌에 앉을 권리를 부정한 내 아버지를 익사시키고 숙부들에게 충성 맹세를 시켰어. 그러고 나서도 내 아버지의 땅 절반은 아이언홀트에 줘버렸고. 윈치 공이 제일 먼저 무릎을 꿇고 까마귀 눈을 왕이라고 불렀거든."

윈치 가문은 파이크에서 세력이 강했지만, 아샤는 실망을 겉으로 드러내지 않으려 애썼다. "윈치에겐 너희 아버지 같은 용기가 없었지."

"네 숙부가 금으로 매수했어. 침묵호는 보물을 가득 싣고 돌아왔거든. 식기류에 진주, 에메랄드와 루비, 달걀만큼 큰 사파이어에, 아무도 들지 못할 정도로 무거운 돈주머니……. 까마귀 눈은 주변의 모든 친구들을 샀어. 지금은 저먼드 삼촌이 보틀리 공을 자칭하고, 네 숙부의 사람으로서 로드스포트를 다스리고 있어."

"정당한 보틀리 공은 너야." 아샤는 트리스에게 확언했다. "내가 해석좌에 앉으면, 네 아버지의 땅도 복구될 거야."

"너 좋을 대로 해. 나에겐 아무 의미 없어. 달빛 속에서 보니 정말 아름답다, 아샤. 이젠 다 자란 여자야. 하지만 난 네가 얼굴에 여드름이 가득한 빼빼 마른 소녀였을 때가 기억나."

'왜 다들 꼭 여드름 얘길 하는 거지?' "나도 잘 기억하고 있어." '너처럼 좋게 기억하진 않지만.' 네드 스타크가 마지막 남은 아들을 인질로 데려간 후 어머니가 파이크에 양자로 데려온 다섯 소년 중에서, 트리스가 아샤와 나이가 제일 비슷했다. 아샤가 제일 처음 입 맞춘 소년은 아니었지만, 아샤의 조끼 끈을 풀고 땀에 젖은 손을 넣어 부풀기 시작한 가슴을 더듬은 첫 번째 소년은 트리스였다.

'저 녀석이 대담하기만 했어도 더 만지게 해줬을 텐데 말이야.' 처음 꽃이 피어 그녀의 욕망을 깨운 것은 전쟁 중의 일이었지만, 그 전에도 아샤는 호기심이 강했다. '트리스는 거기 있었고, 내 또래였고, 그럴 마음이 있었어. 그게 다였어……. 그리고 월경 때문이었지.' 그렇다 해도 아샤는 그걸 사랑이라 생각했다. 트리스가 최소한 열 명이 넘는 아들에다가 딸까지, 아샤가 낳아줄 아이들에 대해 떠들어대기 전까지는. "난 아들을 열이나 낳고 싶지 않아." 당시 아샤는 소름이 끼쳐서 말했었다. "난 모험을 하고 싶어." 그로부터 얼마 지나지 않아서 쾰렌 학사가 둘이 노는 모습을 보고 말았고, 어린 트리스티퍼 보틀리는 블랙타이드로 가게 됐다.

트리스가 말했다. "네게 편지를 쓰곤 했는데, 조세란 학사가 보내주질 않았어. 한번은 로드스포트로 가는 무역선 노잡이에게 은화를 한 닢 주기도 했지. 그 노잡이가 분명히 네 손에 내 편지를 쥐여주겠다고 약속했어."

"그 노잡이는 널 등쳐먹고 편지는 바다에 버렸을 거야."

"그러지 않을까 싶었지. 나에게 네 편지를 배달해준 사람도 없었어."

'난 편지를 쓰지 않았어.' 사실 그녀는 트리스가 떠났을 때 안도했다. 그 무렵에는 트리스의 어설픔이 지겨워지려고 했었다. 하지만 트리스가 듣고 싶어 할 말은 아니었다. "젖은 머리 아에론이 킹스무트를 소집했어. 너도 가서 날 위해 발언할 거야?"

"너와 함께라면 어디든 가겠지만……. 블랙타이드 공은 이 킹스무트가 위험하고 어리석은 짓이래. 네 숙부가 예전 우론처럼 모여든 사람들을 습격해서 다 죽일 거라는 거야."

'그 정도로 미치긴 했지.' "병력이 부족할걸."

"넌 까마귀 눈의 병력을 몰라. 까마귀 눈은 파이크에서 남자들을 모으고 있어. 오크몬트의 오크우드가 장선 스무 척을 가져갔고, 눌린 얼굴 존 마이어가 열두 척을 가져갔어. 왼손잡이 루카스 코드도 함께 있어. 하렌 하프호어, 붉은 노잡이, 서자 케멧 파이크, 로드릭 프리본, 썩은 이 토월드……."

"대수롭지 않은 자들이야." 하나도 빠짐없이 아샤가 아는 사람들이었다. "소금 아내의 아들들, 노비의 손자들이지. 코드는…… 코드의 가언이 뭔지 알아?"

"모든 이들이 우리를 경멸할지라도." 트리스가 말했다. "하지만 네가 그 자들의 그물에 잡힌다면 드래곤 군주들에게 잡히는 것과 마찬가지로 죽은 목숨이야. 그리고 더 나쁜 소식이 있어. 까마귀 눈이 동쪽에서 괴물들을 데리고 돌아왔어……. 그래, 그리고 마법사들도 있어."

"아저씨는 언제나 괴물과 광대를 좋아했지. 아버지가 그 문제로 아저씨와 싸우곤 했어. 마법사들은 자기네 신들을 불러내라고 해. 젖은 머리가 우리 신을 불러내어 다 익사시킬 거야. 퀸스무트에서 네 목소리를 얻을 순 있는 거야, 트리스?"

"내 전부를 가져. 난 언제까지나 네 사람이야. 아샤, 난 너와 결혼할 거야. 네 어머님께서도 허락하셨어."

아샤는 신음을 눌렀다. '나에게 먼저 물어볼 수도 있었을 텐데……. 그 대답은 별로 마음에 들지 않았을지도 모르지만.'

"난 이제 둘째 아들이 아니야." 트리스가 말을 이었다. "네가 말했다시피 난 정당한 보틀리 영주야. 그리고 넌—"

"내가 무엇이 될지는 올드윅에서 결정되겠지. 트리스, 우린 이제 서로를 더듬으며 뭐가 어디에 맞는지 알아보려 하던 아이들이 아니야. 넌 나와 결혼하고 싶다고 생각하지만, 사실은 아니야."

"아니, 그게 내가 원하는 거야. 내가 꿈꾸는 건 너뿐이야. 아샤, 나가의 뼈에 맹세코 다른 여자는 건드리지도 않았어."

"가서 하나 건드려……. 아니면 둘, 아니면 열이라도 좋아. 난 셀 수도 없이 많은 남자를 건드렸어. 어떤 놈은 입술로 건드렸지만, 도끼로 건드린 놈이 더 많지." 아샤는 열여섯 살에 리스에서 온 무역 갤리선의 아름다운 금발 갑판원에게 첫 경험을 맡겼다. 그 남자는 공용어를 여섯 마디밖에 몰랐지만, 그 여섯 마디 중에 '씹'이 있었다. 아샤가 듣고 싶어 하던 바로 그 말이었다. 그 후에 아샤는 분별 있게도 숲 마녀를 찾아서 배를 평평하게 유지해줄 달차 끓이는 방법을 배웠다.

보틀리는 방금 무슨 말을 들었는지 이해가 가지 않는다는 듯 눈을 껌벅였다. "너…… 너도 기다릴 줄 알았는데. 왜……." 그는 입가를 문질렀다. "아샤, 강제로 당한 거야?"

"어찌나 강제적이었는지 내가 그놈 튜닉을 찢었지. 넌 나와 결혼하고 싶지 않아. 내 말 믿어. 넌 상냥한 녀석이고 언제나 그랬지만, 난 상냥한 여자가 아니야. 우리가 결혼했다간 곧 네가 날 미워하게 될 거야."

"절대 아니야. 아샤, 난 지금까지 널 갈망했어."

이만하면 충분히 들었다. 어떤 여자에게든 곤란은 병약한 어머니에 살해당한 아버지, 그리고 성가신 숙부들만으로도 충분했다. 상사병 난 청년은 필요 없었다. "매춘굴을 찾아봐, 트리스. 그 갈망은 거기서 치료해줄 거야."

"난 절대로……." 트리스티퍼는 고개를 저었다. "너와 난 인연이야, 아샤. 난 언제나 네가 내 아내가 되고, 내 아들들의 어머니가 될 줄 알고 있었어." 트리스가 아샤의 팔을 잡았다.

순식간에 아샤의 비수가 그의 목에 닿았다. "손 떼지 않으면 아들을 낳을 만큼 오래 살지 못할 거야. 당장 손 떼." 트리스가 손을 떼자 그녀는 비수를 내렸다. "넌 여자를 원하지, 그래 좋아. 내가 오늘 밤 네 침대에 하나 넣어줄게. 정 원한다면 그 여자가 나라고 생각하고, 다시는 날 붙잡으려 들지 마. 난 네 아내가 아니라 네 여왕이야. 그 점을 명심해." 아샤는 비수를 칼집에 넣고, 트리스를 그 자리에 세워두고 떠났다. 그 목을 흘러내리는 굵은 핏방울이 창백한 달빛에 검게 빛났다.

세르세이

"아, 일곱 신의 은총으로 국왕 전하의 결혼식엔 비가 내리지 않았으면 좋겠어요." 조슬린 스위프트가 왕대비의 가운 끈을 묶어 올리면서 말했다.

"비가 내렸으면 하는 사람이 있을까." 솔직히 세르세이는 진눈깨비와 얼음, 울부짖는 바람, 레드킵의 돌벽마저 흔들 천둥을 원했다. 자신의 격노에 걸맞은 폭풍을 원했다. 그녀는 조슬린에게 말했다. "더 꽉. 더 꽉 조이란 말이다, 이 허죽거리는 바보야."

사실 화가 나는 건 그 결혼식이었지만, 모자란 스위프트 계집애 쪽이 더 안전한 과녁이었다. 토멘의 철왕좌는 하이가든의 불쾌함을 감수할 만큼 단단하지 못했다. 스타니스 바라테온이 드래곤스톤과 스톰스엔드를 쥐고 있는 한, 리버런이 저항을 계속하는 한, 강철인들이 늑대처럼 바다를 서성이는 한은 안 될 말이었다. 그러니 세르세이가 마저리 티렐과 그녀의 끔찍한 주름투성이 할머니에게 해주고 싶은 대접은 조슬린이 대신 받는 수밖에 없었다.

세르세이는 아침 식사로 주방에 삶은 계란 두 개와 빵 한 덩어리, 그리고 꿀 한 단지를 가져오게 했다. 그러나 첫 번째 계란을 깼다가 반쯤 모양이 잡히다 만 피투성이 병아리가 나오자 속이 뒤집혔다. "이걸 치우고 향료를 넣은 뜨거운 와인을 한 잔 가져오너라." 그녀는 세넬레에게 일렀다. 한기가 뼈에 스몄고, 앞으로 길고 끔찍한 하루를 보내야 했다.

하얀 옷을 빼입고 여전히 면도는 하지 않은 얼굴로 나타나서 어떻게 그녀의 아들이 독살당하는 사태를 막을지 이야기하는 제이미도 기분 전환에 도움이 되지 않았다. "요리를 준비하는 동안 주방에서 지켜볼 사람들을 둘 거야. 혹시 오는 길에 장난치는 일이 없도록 음식을 탁자까지 가져오는 하인들은 아담 경의 황금 망토들이 경호할 것이고. 나오는 요리마다 토멘이 한 입 먹기 전에 보로스 경이 먼저 맛을 볼 거야. 그리고 이 모든 게 실패하더라도 발라바르 학사가 스무 가지 흔한 독에 듣는 해독제와 하제를 지니고 연회장 뒤쪽에 앉아 있을 거야. 토멘은 안전할 거야. 내가 약속해."

"안전." 혀 위를 구르는 단어가 썼다. 제이미는 이해를 하지 못했다. 아무도 이해하지 못했다. 그 천막에서 꺽꺽거리는 늙은 노파의 위협을 들은 사람은 멜라라뿐이었고, 멜라라는 죽은 지 오래였다. "티리온이 같은 방식을 두 번 쓰진 않을 거야. 그러기엔 너무 교활한 놈이야. 바로 지금도 그놈이 바닥 밑에서 우리가 하는 모든 말을 듣고 토멘의 목을 딸 계획을 세우고 있을지 몰라."

"그렇다고 치자. 무슨 계획을 세우든 간에 티리온은 여전히 작고 발육이 덜 된 몸일 거야. 토멘은 웨스테로스 제일가는 기사들에게 둘러싸여 있을 것이고. 킹스가드가 지켜."

세르세이는 동생의 하얀 비단 튜닉 소매가 집혀 있는 잘린 팔 쪽을 흘긋 보았다. "네가 말하는 그 휘황찬란한 기사들이 조프리를 얼마나 잘 지켰는지 기억해. 밤새껏 네가 토멘과 같이 있었으면 좋겠어. 알아들어?"

"문밖에 위병들을 둘 거야."

세르세이는 제이미의 팔을 움켜쥐었다. "위병은 안 돼. 너여야 해. 토멘의 침실 안에서."

"티리온이 벽난로에서 기어 나올 때에 대비해서 말이야? 안 그럴 거야."

"왜, 이 벽 속에 숨겨진 통로를 전부 다 찾아내기라도 했어?" 둘 다 그게 안 된다는 정도는 알고 있었다. "토멘을 마저리와 둘만 놓아두진 않겠어. 심장이 반 번 뛰는 동안도 안 돼."

"둘만 있을 일은 없어. 마저리의 사촌들이 같이 있을 거야."

"너도 같이야. 왕의 이름으로 내가 명령해." 세르세이는 토멘과 그의 아내가 한 침대를 쓰게 하고 싶지 않았지만, 티렐이 그 부분을 고집했다. "남편과 아내는 같이 자야 해요." 가시 여왕이 그렇게 말했었다. "잠만 잔다 해도 그렇지. 전하의 침대가 두 사람 잘 크기는 될 텐데요." 알러리 부인도 시어머니 말을 메아리처럼 따라 했다. "밤이면 아이들이 서로를 따뜻하게 해주도록 해요. 그러면 둘 사이도 더 가까워지겠죠. 마저리는 사촌들과 같이 자곤 하는데, 촛불이 꺼지고 나면 노래를 하고 게임을 하고 서로에게 비밀을 속삭인답니다."

"사랑스럽기도 해라." 세르세이는 말했었다. "계속 그렇게 하도록 하지요. 메이든볼트에서요."

"무엇을 어찌해야 할지는 전하께서 가장 잘 아시겠지." 올레나 부인이 알러리 부인에게 말했다. "뭐라 해도 이분이 그 아이의 어머니라는 건 확실하지 않으냐. 그래도 결혼식 날 밤에 대해서는 합의할 수 있겠지요? 남자가 결혼식 날 밤에 아내와 따로 자서야 안 될 말이지. 그랬다간 결혼에 불운이 와요."

'내 언젠가는 당신에게 불운의 의미를 가르쳐주지.' 왕대비는 그때 그렇게 맹세했다. "하룻밤 정도는 마저리가 토멘과 침실을 함께 쓸 수 있겠지요." 그때는 그렇게 말할 수밖에 없었다. "더는 안 됩니다."

"전하께서 참 관대하시기도 해라." 가시 여왕이 그렇게 대꾸하고, 모두가 미소를 교환했다.

세르세이의 손가락이 멍 자국이 남을 만큼 세게 제이미의 팔을 파고들었다. "그 방 안에 보는 눈을 둬야 해."

"뭘 보려고? 결합이 일어날 위험은 있을 수도 없어. 토멘은 너무 어려."

"오시퍼 플럼은 죽은 사람이었는데도 그게 아이를 만드는 데 장애가 되지 않았잖아?"

동생은 갈피를 잃은 얼굴이었다. "오시퍼 플럼이 누구였지? 필립 공의 아버지였나, 아니면…… 누구?"

'이 녀석은 로버트만큼이나 아는 게 없어. 지혜는 다 오른손에 있었나 봐.' "플럼은 잊어버리고, 내가 한 말만 기억해. 해가 뜰 때까지 토멘 곁에 머물겠다고 맹세해."

"분부 받들지요." 제이미는 그녀의 두려움이 근거 없는 것이라는 듯이 말했다. "아직도 수관의 탑은 태워버릴 작정이야?"

"피로연을 한 후에." 그것이 그날의 행사 중에서 세르세이가 즐길 수도 있겠다 싶은 유일한 대목이었다. "우리 아버지가 그 탑에서 살해됐어. 차마 쳐다보지도 못하겠어. 신들이 자비롭다면 불을 피워서 일어난 연기가 폐허에 숨은 쥐들을 몰아낼지 모르지."

제이미가 눈을 굴렸다. "티리온 말이군."

"티리온, 그리고 바리스 공, 그리고 그 간수."

"그중 하나라도 저 탑에 숨어 있었다면 이미 찾아냈을 거야. 군대 규모가 곡괭이와 망치를 들고 들어갔어. 벽을 부수고 바닥을 뜯고 비밀 통로 50개를 열었어."

"그러고서 알아낸 거라곤 비밀 통로가 50개는 더 있을지 모른다는 것뿐이지." 어떤 비밀 통로는 너무 작아서, 시동과 말구종 소년을 들여보내 탐색해야 했다. 검은 감옥으로 가는 통로가 하나 발견되었고, 바닥이 없는 것 같은 돌우물도 있었다. 머리뼈와 누렇게 바랜 해골이 가득한 방도 찾았고, 시커메진 비세리스 1세 시절의 은화 네 자루도 찾아냈다. 그리고 쥐를 천 마리는 찾아냈다……. 하지만 티리온이나 바리스는 없었고, 제이미는 결국 수색 종료를 고집했다. 탐색하던 소년 하나는 좁은 통로에 몸이 끼어서, 꽥꽥대는 와중에 발을 잡고 빼내야 했다. 또 하나는 수직 통로로 떨어져서 다리가 부러졌다. 위병 둘이 곁가지 터널을 탐색하다가 사라졌다. 다른 위병 몇 명이 돌 속에서 희미하게 그 둘의 소리가 들린다고 단언했지만, 제이미의 부하들이 그 벽을 무너뜨려보니 흙과 돌무더기밖에 없었다. "꼬마 악마는 작고 교활해. 아직 벽 속에 있을지도 몰라. 혹시 그렇다면 불에 몰려서 나오겠지."

"티리온이 아직 성 안에 숨어 있다 해도 수관의 탑에 있진 않을걸. 수관의 탑은 껍데기만 남기고 다 털었어."

"이 더러운 성 안 나머지도 다 똑같이 해치울 수 있다면 좋을 텐데." 세르세이가 말했다. "전쟁이 끝난 후에 강 너머에 새로운 궁전을 세울 생각이야." 그제 밤에 꾼 꿈이었다. 킹스랜딩의 악취와 소음에서 멀리 떨어져, 숲과 정원에 둘러싸인 아름다운 하얀 성. "이 도시는 오물통이야. 아예 궁정을 라니스포트로 옮기고 캐스털리록에서 왕국을 통치하고 싶어."

"그건 수관의 탑을 태우는 것보다 더 어리석은 짓일 거야. 토멘이 철왕좌에 앉아 있는 한은 왕국도 토멘을 진정한 왕으로 봐. 캐스털리록 아래에 숨겼다간 토멘도 스타니스와 다를 바 없는 왕위 주장자 한 명이 돼."

"나도 잘 알아." 세르세이가 날카롭게 말했다. "난 라니스포트로 궁정을 옮기고 싶다고 했지, 옮기겠다곤 안 했어. 언제나 이렇게 이해가 느린 거야, 아니면 손 하나 잃으면서 멍청해진 거야?"

제이미는 그 말을 무시했다. "불길이 탑 너머까지 퍼진다면 네 뜻이든 아니든 간에 성을 다 불태워버릴 수도 있어. 와일드파이어는 위험해."

"할린 공이 자기 화염술사들이 불을 통제할 수 있다고 장담했어." 연금술사 길드는 2주 동안 새 와일드파이어를 만들었다. "킹스랜딩 전체가 그 불을 보게 해. 우리의 적들에게 주는 교훈이 될 거야."

"이젠 아에리스처럼 말하는군."

세르세이의 콧구멍이 벌름거렸다. "입 조심해, 경."

"나도 사랑해, 우리 다정한 누이."

'대체 내가 저런 끔찍한 생명체를 어떻게 사랑할 수 있었지?' 세르세이는 제이미가 나간 후에 생각했다. '제이미는 네 쌍둥이, 네 그림자, 네 반쪽이었어.' 또 다른 목소리가 속삭였다. '예전엔 그랬을지 모르지만, 이젠 아니야. 제이미는 낯선 사람이 되어버렸어.'

조프리의 성대한 결혼식에 비하면, 토멘 왕의 결혼은 수수하고 작은 행사였다. 아무도 호화로운 예식을 또 치르고 싶어 하지 않았고 왕대비는 특히 더 그랬으며, 아무도 그런 예식에 돈을 대고 싶어 하지 않았고 티렐은 특히 더 그랬다. 그래서 어린 왕은 레드킵의 왕실 성소에서 마저리 티렐을 아내로 맞이했고, 왕의 형이 같은 여자와 결혼하는 장면은 수천 명이 봤지만 이 식에는 백 명도 못 되는 하객만이 참석했다.

신부는 어여쁘고 쾌활하며 아름다웠고, 신랑은 아직 젖살이 빠지지 않은 얼굴에 통통했다. 신랑은 어린애다운 높은 목소리로 결혼 서약을 하고, 메이스 티렐의 두 번 남편 잃은 딸에게 사랑과 헌신을 약속했다. 마저리는 조프리와 결혼할 때 입었던, 얇은 상아색 비단과 미르 레이스, 작은 진주알로 만든 정교한 가운을 또 입었다. 세르세이는 살해당한 첫째에 대한 애도의 의미로 아직 검은 옷을 입고 있었다. 과부는 웃고 술 마시고 춤을 추며 조프리의 기억을 다 밀어낼 수 있을지 몰라도, 어머니는 그리 쉽게 아들을 잊지 못했다.

'이건 잘못됐어. 너무 일러.' 세르세이는 생각했다. '1년, 2년 정도만 더 있었어도 충분했을 거야. 하이가든은 약혼으로 만족했어야 했어.' 세르세이는 아내와 어머니를 양옆에 두고 선 메이스 티렐을 되쏘아보았다. '내가 이 졸렬한 결혼 시늉을 하게 만드셨겠다. 쉽게 잊지 않겠어.'

망토 교환의 시간이 오자 신부는 우아하게 무릎을 꿇었고 토멘은 무겁고 거창한 금란 망토를 신부에게 씌워주었다. 결혼식 날 로버트가 세르세이에게 둘러준 망토로, 등판에 마노 구슬로 바라테온 가문의 왕관 쓴 수사슴을 새긴 물건이었다. 세르세이는 조프리가 썼던 아름다운 붉은 비단 망토를 쓰고 싶어 했다. "내 아버님께서 어머님과 결혼할 때 쓰신 망토예요." 티렐에게도 그렇게 설명했지만, 가시 여왕은 그 부분에서도 세르세이의 의견을 꺼렸다. "그런 오래된 물건을?" 노파는 그렇게 말했다. "내가 보기엔 올이 다 드러났는데……. 게다가 굳이 말하자면 좀 불운하지 않겠소? 또 로버트 왕의 적자에게는 사슴 문장이 더 어울리지 않나? 내 젊은 날에는 신부가 남편의 색깔을 걸쳤다오. 남편의 어머니네 색깔이 아니라."

스타니스와 스타니스가 쓴 더러운 편지 덕분에 이미 토멘의 혈통에 대한 소문이 너무 무성했다. 이럴 때 토멘이 신부에게 라니스터의 진홍색을 걸쳐줘야 한다고 주장해서 부채질을 할 수는 없었기에, 세르세이도 최대한 우아하게 굴복했다. 하지만 그 금과 마노 망토를 보자니 아직도 분했다. '이 티렐 것들은 주면 줄수록 더 요구한단 말이야.'

서약이 다 끝나자 왕과 새 왕비는 축하 인사를 받기 위해 성소를 나섰다. "웨스테로스엔 이제 왕비가 두 분이고, 젊은 왕비도 나이 든 왕비님 못지않게 아름답군요." 죽었으나 그 죽음이 슬프지 않은 남편을 어딘가 닮은 미련한 기사 라일 크레이크홀이 큰 소리로 외쳤다. 그 남자를 한 대 때리고 싶었다. 자일스 로스비는 세르세이의 손에 입을 맞추려다가 손가락에 대고 기침만 했다. 레드와인 공은 그녀의 한쪽 뺨에 입 맞췄고 메이스 티렐은 양쪽 뺨에 입을 맞췄다. 파이셀 대학사는 세르세이가 아들을 잃은 게 아니라 딸을 하나 얻은 것이라 말했다. 그래도 탠다 부인의 눈물 어린 포옹은 면했다. 스토크워스 여자들은 하나도 오지 않았으니, 그나마 고마운 일이었다.

마지막으로 인사한 사람 중에 케반 라니스터가 있었다. "다른 결혼식에 참석하러 떠나실 줄 알았는데요." 세르세이가 말했다.

"'센 돌'이 대리성에서 끝장난 남자들을 치웠다." 케반이 대꾸했다. "란셀의 신부는 거기서 우릴 기다리고 있지."

"부인도 그 결혼식에 합류하나요?"

"강역은 아직 너무 위험해. 바고 호트의 쓰레기들이 남아 있고, 베릭 돈다리온은 프레이들을 목매달고 있어. 산도르 클리게인이 돈다리온에게 합세했다는 게 사실이냐?"

'어떻게 숙부가 그걸 알지?' "그렇게 말하는 사람도 있죠. 보고가 혼란스러워요." 어젯밤, 트라이던트 강어귀의 섬에 있는 수도원에서 까마귀가 한 마리 날아왔다. 솔트팬스 근처 마을 하나가 무법자들에게 무자비하게 약탈당했고, 생존자 일부는 약탈자들 사이에서 사냥개의 투구를 쓰고 함성을 지르는 야수 같은 자를 보았다고 주장했다. 그 남자는 십여 명을 죽이고 열두 살짜리 소녀를 강간한 모양이었다. "란셀도 클리게인과 베릭 공 둘 다 사냥해서 강역에 왕의 평화를 회복하고 싶은 마음이 간절하겠죠."

케반 경은 잠시 동안 세르세이의 눈을 들여다보았다. "내 아들은 산도르 클리게인을 상대할 만한 남자가 아니야."

'적어도 그 점은 우리 생각이 같네.' "그 아버지는 가능할지 모르죠."

숙부의 입매에 힘이 들어갔다. "캐스털리록에 내 힘이 필요 없다면……."

'당신의 힘은 여기에 필요했어.' 세르세이는 친척 다미언 라니스터를 캐스털리록의 수호성주로 임명하고, 또 다른 친척 대븐 라니스터를 서부의 관리자로 지명했다. '오만함에는 대가가 따르지, 숙부.' "산도르의 머리를 가져오면, 전하께서 더없이 고마워할 거예요. 조프리는 그자를 좋아했을지 몰라도 토멘은 언제나 무서워했죠……. 그럴 만한 이유도 있었던 것 같고."

"개가 버릇이 나빠질 땐 보통 주인 잘못이지." 케반 경이 말하더니 몸을 돌려 가버렸다.

연회가 준비된 소연회장까지는 제이미가 세르세이를 수행했다. 그녀는 걸으면서 속삭였다. "이 모든 게 네 탓이야. 네가 둘이 결혼하게 내버려두라고 했지. 마저리는 조프리를 애도하고 있어야 마땅해. 걔 동생과 결혼할 게 아니라. 나만큼이나 슬픔에 몸을 못 가눠야 마땅해. 마저리가 처녀일 리도 없어. 렌리에겐 남근이 달려 있었잖아? 로버트의 동생인데 당연히 달려 있었겠지. 그 역겨운 노파가 내가 아들을 그런 년이랑—"

"올레나 부인은 곧 떼어내게 될 거야." 제이미가 조용히 말을 끊었다. "내일이면 하이가든으로 돌아가."

"말은 그렇지." 세르세이는 티렐의 약속을 믿지 않았다.

"떠날 거야." 제이미는 굽히지 않았다. "메이스가 티렐 병력 절반을 스톰스엔드로 데려가고, 나머지 반은 브라이트워터에 대한 소유권 주장을 공고히 하도록 갈란 경에게 딸려서 리치로 돌려보낼 거야. 며칠만 더 있으면 킹스랜딩에 장미는 마저리와 그 시녀들, 그리고 위병 몇 명밖에 남지 않을 거라고."

"그리고 로라스 경이 남겠지. 혹시 네 결의형제를 잊어버린 거야?"

"로라스 경은 킹스가드야."

"로라스 경은 오줌 대신 장미수를 싸고도 남을 만한 티렐이야. 애초에 그 놈에게 하얀 망토를 주는 게 아니었어."

"그야 나라면 그 녀석은 선택하지 않았겠지. 아무도 나에겐 의논하지 않았어. 로라스도 충분히 잘해낼 거야. 일단 그 망토를 입으면, 사람이 변해."

"확실히 네가 변하긴 했지. 좋은 방향은 아니었고."

"나도 사랑해, 우리 다정한 누이." 그는 세르세이를 위해 문을 잡아주고, 세르세이가 상석으로 걸어가서 왕 옆자리에 앉을 때까지 같이 걸었다. 마저리는 토멘의 반대쪽 옆자리 귀빈석에 앉았다. 마저리는 어린 왕과 팔짱을 끼고 들어오더니, 멈춰 서서 세르세이의 뺨에 입을 맞추고 끌어안았다. "전하." 소녀는 잘 닦은 놋쇠처럼 명료하게 말했다. "이제 제게 두 번째 어머니가 생긴 느낌이네요. 사랑스러운 아드님에 대한 사랑으로 합심해서 친해졌으면 좋겠어요."

"난 두 아들 다 사랑했다."

"저도 조프리를 위해 기도해요. 제대로 알 기회는 주어지지 않았지만 정말 사랑했어요."

'거짓말쟁이.' 세르세이는 생각했다. '네가 한순간이라도 그 애를 사랑했다면, 이렇게 서둘러 그 동생과 결혼했을 리가 없어. 네가 원한 건 그 애의 왕관뿐이었어.' 그 연단 위에서, 궁정 절반이 보는 앞에서 신부의 발그레한 뺨을 때리고 싶었다.

피로연도 결혼식과 마찬가지로 소박했다. 준비는 알러리 부인이 다 했다. 조프리의 결혼식이 그렇게 끝난 후, 세르세이는 그 벅찬 업무를 다시 감당할 수가 없었다. 요리는 일곱 가지만 나왔다. 요리 사이사이에는 버터범프스와 문보이가 하객들을 즐겁게 했고, 먹는 동안에는 음악가들이 연주를 했다. 그들은 피리와 깽깽이, 류트와 플루트, 하프 소리에 귀를 기울였다. 가수는 마저리가 제일 좋아하는, 자칭 '푸른 음유시인'이라며 온갖 색조의 파란색으로 차려입은 늠름한 젊은 수탉 하나뿐이었다. 그는 사랑 노래 몇 개를 부르고 물러났다. "이런 실망스러울 데가 있나." 올레나 부인이 큰 소리로 불평했다. "〈카스타미어에 내리는 비〉를 듣고 싶었는데 말이야."

그 노파를 볼 때마다 세르세이는 눈앞에 주름지고 무시무시하고 영리했던 개구리 매기의 얼굴이 떠다니는 것 같았다. '늙은 여자들은 다 비슷해 보여. 그것뿐이야.' 스스로를 그렇게 타이르려 했지만, 사실 그 등이 굽은 마녀는 가시 여왕과 전혀 닮지 않았었다. 그런데도 이상하게 올레나 부인의 심술궂은 미소를 보면 매기의 천막 안으로 돌아간 기분이 들었다. 아직도 기묘한 동방의 향신료가 가득하던 천막 안의 냄새, 세르세이의 손가락에서 피를 빨던 매기의 부드러운 잇몸 감촉을 떠올릴 수 있었다. '너는 왕비가 될 거다.' 노파는 아직 붉게 젖어 번들거리는 입술로 그렇게 장담했다. '더 어리고 더 아름다운 여자가 와서 너를 꺾고 네가 소중하게 여기는 모든 것을 빼앗아가기 전까지는.'

세르세이는 토멘 너머로 제 아버지와 웃고 있는 마저리를 보았다. '예쁘긴 해.' 그 점은 인정해야 했다. '하지만 어려서야. 농부의 딸들도 한창 나이에는 예쁘지. 아직 생기 넘치고 순진하고 더럽혀지지 않았을 때는. 그리고 농부의 딸들도 대부분 저 아이와 같은 갈색 머리에 갈색 눈이야. 저 아이가 나보다 아름답다고 주장하는 건 바보뿐일 거야.' 하지만 세상에는 바보가 가득했다. 그녀의 아들이 거느린 궁정도 마찬가지였다.

메이스 티렐이 건배를 위해 일어섰을 때도 기분이 나아질 일은 없었다. 그는 금잔을 높이 들어 올리고 예쁘고 귀여운 딸에게 미소를 지으며 우렁찬 목소리로 말했다. "왕과 왕비를 위하여!" 다른 양들은 모두 그와 함께 매애거렸다. "왕과 왕비를 위하여!" 모두가 잔을 요란하게 부딪치며 외쳤다. "왕과 왕비를 위하여!" 세르세이도 나머지와 함께 술을 마실 수밖에 없었지만, 내내 속으로는 하객들 모두를 합쳐 얼굴이 딱 하나라면 그 눈에 와인을 뿌리고 자신이 진정한 왕비임을 상기시키고 싶은 마음뿐이었다. 티렐의 아첨꾼을 통틀어서 세르세이를 기억한 사람은 팍스터 레드와인뿐인 듯, 벌떡 일어나서 약간 휘청이며 건배를 청했다. "우리 왕비 두 분 모두를 위하여!" 레드와인이 짹짹거렸다. "젊은 왕비와 예전 왕비님 모두에게!"

세르세이는 와인을 몇 잔 마시고 금접시에 담긴 요리는 밀어냈다. 제이미는 그보다 더 적게 먹었고, 연단 위 자리에도 거의 앉지 않았다. '제이미도 나만큼이나 불안한 거야.' 그녀는 연회장 안을 어슬렁거리면서 성한 손으로 태피스트리를 젖혀보고 아무도 그 뒤에 숨어 있지 않다는 사실을 확인하는 제이미를 보고서야 알아차렸다. 건물 주위에는 라니스터 창병들이 배치되어 있었다. 오스먼드 케틀블랙 경이 한쪽 문을 지켰고, 메린 트랜트 경이 반대쪽 문을 지켰다. 발론 스완은 왕이 앉은 의자 뒤에 섰고, 로라스 티렐은 왕비 뒤에 서 있었다. 그 하얀 기사들이 지닌 검을 제외하고는 연회에 어떤 검도 허용되지 않았다.

'내 아들은 안전해. 어떤 해도 미칠 수 없어. 여기에서, 지금은 아니야.' 세르세이는 스스로를 타일렀지만, 토멘을 볼 때마다 목을 잡고 할퀴던 조프리의 모습이 보였다. 그리고 토멘이 기침을 하기 시작하자 심장이 잠시 멎었다. 세르세이는 서둘러 아들에게 가려다가 하녀를 하나 넘어뜨렸다.

"와인이 잘못 넘어갔을 뿐이에요." 마저리 티렐이 미소 지으며 세르세이를 안심시키더니, 토멘의 손을 잡고 그 손가락에 입을 맞췄다. "귀여운 내 사랑은 좀 더 조금씩 마셔야겠네요. 보세요, 어머님이 죽도록 겁먹으셨어요."

"죄송해요, 어머니." 토멘이 얼굴을 붉히며 말했다.

세르세이도 더는 견딜 수 없었다. '저들에게 내가 우는 모습을 보일 순 없어.' 그녀는 눈물이 차오르는 것을 느끼며 생각했다. 그리고 메린 트랜트 경을 지나쳐서 뒤쪽 통로로 나갔다. 그리고 수지초 아래 홀로 선 다음에야 몸을 떨며 흐느끼고 또 흐느꼈다. '여자는 울 수도 있지만 왕비는 그래선 안 돼.'

"전하?" 목소리 하나가 뒤에서 말했다. "제가 방해해도 될까요?"

동쪽 지방의 억양이 진하게 묻어나는 여자 목소리였다. 순간 그녀는 개구리 매기가 무덤에서 말을 거는 걸까 두려웠다. 하지만 오턴 공이 망명 시절에 결혼해서 롱테이블로 데리고 돌아온 까만 눈의 미녀, 메리웨더 부인이었다. "소연회장이 너무 답답해서 말이지." 세르세이는 저도 모르게 말하고 있었다. "연기 때문에 눈물이 나지 뭔가."

"저도 그래요, 전하." 메리웨더 부인은 세르세이만큼 키가 컸지만, 흰 피부에 금발이 아니라 올리브색 피부에 까마귀처럼 까만 머리였고 열 살은 젊었다. 그녀는 비단과 레이스로 만든 하늘색 손수건을 내밀었다. "제게도 아들이 하나 있지요. 그 아이가 결혼하는 날에 전 눈물을 강처럼 쏟고 말거예요."

세르세이는 눈물을 보였다는 사실에 화가 나서 뺨을 닦고 딱딱하게 말했다. "고맙군."

"전하, 저는……." 미르 출신의 여성이 목소리를 낮췄다. "꼭 아셔야 할 일이 있어요. 왕대비님 시녀가 매수당했습니다. 전하께서 하시는 모든 일을 마저리 부인에게 고하고 있어요."

"세넬레가?" 치솟는 격분에 배 속이 뒤틀렸다. 믿을 수 있는 사람이 하나도 없단 말인가? "확실한가?"

"미행을 시켜보세요. 마저리가 그 시녀를 직접 만나는 일은 없습니다. 그 사촌들이 까마귀가 되어 전언을 실어 나르지요. 엘리너일 때도 있고, 앨라일 때도 있고, 메가일 때도 있어요. 모두가 마저리에게 자매같이 친한 사촌이지요. 성소에서 만나서 기도하는 척을 한답니다. 내일 관람석에 대비님의 사람을 배치해두면, 세넬레가 처녀의 제단 아래에서 메가에게 속삭이는 모습을 보게 될 겁니다."

"그게 사실이라면 왜 나에게 말하지? 그대는 마저리의 말벗일 텐데. 왜 마저리를 배신하고?" 세르세이는 아버지의 무릎에서부터 의심을 배웠다. 이건 함정일 수도 있었다. 사자와 장미 사이에 불화의 씨를 뿌리려는 거짓말일 수도 있었다.

"롱테이블이 하이가든에 충성을 맹세했을지는 모르나……." 미르 여자는 검은 머리채를 뒤로 넘기며 대답했다. "저는 미르 사람이고, 제 남편과 아들에게만 충성합니다. 그들에게 최선인 것을 바랄 뿐입니다."

"그렇군." 좁은 통로 안에서 세르세이는 상대방의 향수 냄새를 맡을 수 있었다. 이끼와 흙과 야생화가 떠오르는 사향 냄새였다. 그 아래에서 야심의 냄새가 났다. '그러고 보니 티리온의 재판에서 증언을 했지.' 세르세이는 퍼뜩 떠올렸다. '꼬마 악마가 조프리의 잔에 독을 넣는 걸 보고 두려움 없이 말을 했어.' "내 조사해보겠네." 세르세이는 약속했다. "자네 말이 사실이라면, 보상을 받을 것이야." '그리고 거짓말을 한 거라면 네 혀를 자르고, 네 남편의 영지와 금도 빼앗으마.'

"전하께선 상냥하시군요. 아름다우시기도 하고요." 메리웨더 부인이 미소 지었다. 치아는 하얗고, 입술은 도톰하고 색이 짙었다.

소연회장으로 돌아가보니 동생이 쉼 없이 걸어 다니고 있었다. "와인 한 모금이 잘못 넘어갔을 뿐이야. 나도 놀라긴 했지만."

"배 속이 꽉 뭉쳐서 먹을 수가 없어." 세르세이가 나직이 말했다. "와인에서 쓴맛만 나. 이 결혼식은 실수였어."

"이 결혼식은 필요했어. 토멘은 안전해."

"멍청이. 왕관을 쓴 사람은 결코 안전하지 않아." 세르세이는 연회장 안을 둘러보았다. 메이스 티렐은 기사들 사이에서 껄껄댔다. 레드와인 공과 로완 공은 몰래 이야기를 나누고 있었다. 케반 경은 연회장 뒤편에서 와인을 두고 앉아 골똘히 생각에 잠겨 있었고, 란셀은 성사에게 뭔가를 속삭이고 있었다. 세넬레가 연단을 내려와 신부의 사촌들에게 피처럼 붉은 와인을 채워주었다. 파이셀 대학사는 잠들어버렸다. '내가 의지할 수 있는 사람이 하나도 없어. 제이미도 안 돼.' 그녀는 음울하게 깨달았다. '다 쓸어버리고 내 사람들로 왕을 에워싸겠어.'

시간이 흐르고, 단것과 견과류와 치즈가 나왔다가 치워진 후에, 마저리와 토멘은 춤을 추기 시작했다. 그 둘이 바닥을 빙글빙글 돌자 보통 우스꽝스러운 게 아니었다. 티렐의 딸은 어린 남편보다 45센티미터는 컸고, 토멘은 조프리의 우아함은 전혀 없이 잘해봐야 서툰 춤꾼이었다. 그래도 토멘은 열성을 다했고, 자기가 어떤 풍경을 빚어내는지 모르는 것 같았다. 처녀 마저리가 춤을 끝내자 그 사촌들이 하나씩 나가서 자기들도 국왕과 춤을 춰야 한다고 고집했다. '다 끝날 때쯤엔 토멘이 광대처럼 비틀거리고 발을 끌게 만들겠군.' 세르세이는 그 모습을 지켜보며 분개했다. '궁정 절반이 등 뒤에서 토멘을 비웃을 거야.'

앨라, 엘리너, 메가가 차례차례 토멘과 춤을 추는 동안 마저리는 아버지와 함께 한 바퀴를 돌고 오빠인 로라스와 또 한 바퀴를 돌았다. 꽃의 기사는 새하얀 비단 옷을 입고, 허리에는 금장미 허리띠를 매고 비취 장미로 망토를 고정했다. '쌍둥이라 해도 믿겠군.' 세르세이는 그들을 지켜보며 생각했다. 로라스 경이 동생보다 한 살이 많았지만, 커다란 갈색 눈도 어깨까지 흘러내리는 숱 많은 갈색 머리도, 티 하나 없는 매끄러운 피부도 똑같았다. '무르익은 여드름 하나면 저것들에게 겸손을 가르칠 수 있을 텐데.' 로라스가 키가 더 컸고 얼굴에 부드러운 갈색 솜털이 나 있었으며, 마저리의 몸은 여자답게 굴곡이 졌지만, 그걸 제외하면 그 둘이 세르세이와 제이미보다 더 닮아 보였다. 그 점도 세르세이에게는 짜증스러웠다.

그녀의 쌍둥이 동생이 그런 생각을 가로막았다. "전하의 하얀 기사에게 한 곡 추는 영광을 내려주실 수 있을지요?"

세르세이는 그에게 통렬한 눈빛을 던졌다. "그래서 그 잘린 팔로 날 더듬게? 됐어. 하지만 내 와인 잔은 채우게 해주지. 흘리지 않고 할 수 있다면 말이야."

"나 같은 불구가? 그러긴 어렵지." 제이미는 물러서더니 연회장 안을 다시 한 바퀴 돌았다. 세르세이는 잔을 직접 채워야 했다.

세르세이는 메이스 티렐의 춤 신청을 거절하고, 그다음엔 란셀의 신청도 거절했다. 나머지는 눈치를 챘는지 더 접근하지 않았다. '우리의 변함없는 친구들과 충성스러운 영주들.' 심지어 서부인들, 아버지에게 충성을 맹세한 검사들과 휘하 봉신들도 믿을 수가 없었다. 숙부가 적과 공모하고 있다면 도저히…….

마저리는 사촌인 앨라와, 메가는 키 큰 탤러드 경과 함께 춤을 추고 있었다. 다른 사촌인 엘리너는 잘생기고 젊은 드리프트마크의 서자, 오레인 워터스와 와인 한 잔을 나눠 마시고 있었다. 세르세이가 워터스를 눈여겨본 게 처음은 아니었다. 그는 회녹색 눈동자에 금은색 머리를 길게 기른 호리호리한 젊은이였다. 처음 보았을 때는 아주 잠깐이지만 라에가르 타르가르엔이 잿더미에서 되살아났다고 생각했다. '머리 색 때문이야. 잘생기기론 라에가르에게 한참 못 미쳐. 얼굴은 너무 좁고, 턱에 갈라진 데도 있잖아.' 세르세이는 스스로에게 말했다. 그러나 벨라리온 가문은 옛 발리리아 혈통이었고, 덕분에 가끔 예전 드래곤 왕들과 똑같은 은빛 머리가 태어났다.

토멘은 자기 자리에 돌아가서 사과 케이크를 먹고 있었다. 케반 숙부 자리는 비어 있었다. 겨우 찾아낸 케반은 구석에서 메이스 티렐의 아들, 갈란과 열심히 이야기를 나누고 있었다. '대체 저 둘이 할 얘기가 뭐가 있지?' 리치 지역에서는 갈란 경을 용사라 부를지 몰라도, 세르세이는 그를 마저리나 로라스만큼도 믿지 않았다. 그녀는 콰이번이 간수의 요강 밑에서 찾아낸 금화를 잊지 않았다. '하이가든에서 만든 황금 손. 그리고 마저리는 날 염탐하고 있어.' 세넬레가 와인 잔을 채우러 나타나자, 세르세이는 그 목을 조르고 싶은 충동을 눌러야 했다. '감히 나에게 웃음 짓지 말아라, 이 배신자 년아. 넌 내 손에 죽기 전에 자비를 베풀어달라 빌게 될 거다.'

"전하께서 하룻밤에 드실 와인은 다 드신 것 같은데요." 제이미가 하는 말이 들렸다.

'아니. 세상 모든 와인을 다 마신대도 이 결혼식을 참아내기엔 부족해.' 세르세이는 그렇게 생각하며 일어서다가 넘어질 뻔했다. 제이미가 그녀의 팔을 잡아 부축했다. 그녀는 팔을 비틀어 빼내고 손뼉을 쳤다. 음악이 사그라들고, 목소리들이 잦아들었다. 세르세이는 큰 소리로 말했다. "여러분, 아무쪼록 함께 나가서 하이가든과 캐스털리록의 결합을, 그리고 우리의 칠왕국에 찾아온 평화롭고 풍요로운 새 시대를 축하하는 촛불을 밝힙시다."

수관의 탑은 참나무 문과 덧창 달린 창문이 있던 자리마다 빠끔히 구멍이 뚫린 채, 어둡고 황량하게 서 있었다. 그렇게 모욕당하고 망가진 채로도 그 탑이 외벽 안뜰에 솟아오른 모습은 위협적이었다. 결혼식 하객들은 소연회장을 나가면서 수관의 탑 그림자 아래를 지났다. 고개를 젖힌 세르세이는 탑의 요철 흉벽이 수렵의 달(중추절 만월 다음의 만월)을 물고 있는 것을 보며, 순간 지난 300년간 얼마나 많은 왕의 얼마나 많은 수관들이 그곳을 집으로 삼았을까 생각했다.

그녀는 탑에서 100미터쯤 떨어진 후에 빙빙 도는 머리를 진정하려고 심호흡을 했다. "할린 공! 시작해도 좋소."

화염술사 할린은 "흐으으으으으으음" 소리를 내더니 들고 있던 횃불을 흔들었고, 그러자 성벽에 서 있던 궁수들이 활을 구부려 빠끔히 뚫린 창문으로 불화살을 십여 개 쏘아 보냈다.

탑이 쉭 소리를 내며 타올랐다. 순식간에 탑 내부가 빨간색, 노란색, 오렌지색 불빛으로 살아나고…… 녹색, 불길한 암녹색, 담즙과 비취와 '화염술사의 오줌' 색으로 물들었다. '그 물질.' 연금술사들은 그렇게 불렀지만, 평민들은 와일드파이어라고 불렀다. 수관의 탑 안에는 와일드파이어 50단지가 장작과 역청 통, 그리고 티리온 라니스터라는 난쟁이의 소지품 대부분과 함께 쟁여져 있었다.

세르세이는 그 녹색 화염의 열기를 느낄 수 있었다. 화염술사들은 그보다 더 뜨겁게 타는 물건은 세상에 셋뿐이라고 했다. 드래곤의 불, 땅속에서 타는 불, 그리고 여름 태양. 첫 번째 불길이 창문 안에 나타나서 기다란 녹색 혓바닥처럼 외벽을 타고 올라가자 귀부인 몇 명이 헉 소리를 냈다. 나머지는 환호하고 건배를 올렸다.

'아름답구나.' 세르세이는 생각했다. '태어나서 처음 내 품에 안겼던 조프리처럼 아름다워.' 어떤 남자도 조프리를 먹이려고 젖꼭지를 물렸을 때처럼 세르세이를 기분 좋게 해주진 못했다.

토멘은 겁먹은 만큼이나 매료되기도 한 듯, 눈을 크게 뜨고 불을 보고 있다가 마저리가 귓가에 무슨 말을 속삭이자 웃음을 터뜨렸다. 기사 몇 명은 탑이 무너지기까지 얼마나 걸릴지를 두고 내기를 걸기 시작했다. 할린 공은 혼자 흥얼거리며 몸을 앞뒤로 흔들었다.

세르세이는 지금까지 알았던 모든 수관을 생각했다. 오언 메리웨더, 존 코닝턴, 콸튼 첼스테드, 존 아린, 에다드 스타크, 그녀의 동생 티리온. 그리고 그녀의 아버지 타이윈 라니스터를, 누구보다도 아버지를 생각했다. '지금 모두 다 타고 있어.' 세르세이는 그 생각을 음미했다. '모두가, 그들의 모든 음모와 계략과 배신과 함께 다 죽어서 타고 있어. 이젠 내 시절이야. 내 왕성이고 내 왕국이야.'

수관의 탑이 갑자기 모든 대화가 중단될 정도로 커다란 신음 소리를 내질렀다. 돌에 금이 가고 갈라지더니, 흉벽 위쪽 일부가 언덕이 다 흔들릴 정도로 요란하게 떨어지며 먼지와 연기 구름을 올렸다. 부서진 석조 사이로 신선한 공기가 쏟아져 들어가면서 불이 더 치솟았다. 녹색 화염이 하늘로 뛰어올라 서로 엉켜 휘몰아쳤다. 토멘이 주춤하며 물러나는데, 마저리가 그 손을 잡고 말했다. "보세요, 화염이 춤을 추네요. 우리가 춤출 때와 똑같아요, 내 사랑."

"그렇구나." 토멘의 목소리에 놀라움이 가득했다. "어머니, 보세요, 춤을 추고 있어요."

"보고 있다. 할린 공, 불이 얼마나 오래 타겠소?"

"밤새 탈 것입니다, 전하."

"확실히 예쁜 촛불이긴 하구려." 올레나 티렐 부인이 '왼쪽'와 '오른쪽' 사이에서 지팡이에 몸을 기대며 말했다. "우리가 안전하게 잠자리로 돌아가기에 부족함 없이 밝아요. 늙은 뼈가 지쳤고, 여기 어린 사람들은 하룻밤 치 흥분은 충분히 누렸어요. 이제 왕과 왕비가 잠자리에 들 시간이오."

"그래요." 세르세이는 제이미에게 손짓했다. "단장, 국왕 전하와 귀여운 왕비를 잠자리까지 호위해드리시오."

"분부 받들겠습니다. 전하도 바래다드릴까요?"

"필요 없소." 세르세이는 잠들기엔 너무 생기가 넘치는 기분이었다. 와일드파이어가 그녀를 씻어내고, 분노와 두려움을 모두 태우고 그 자리에 다짐을 채워 넣었다. "불길이 참 예쁘군. 한동안 지켜보고 싶소."

제이미는 머뭇거렸다. "혼자 여기 계시면 안 됩니다."

"혼자는 아닐 거요. 오스먼드 경이 남아서 날 지켜줄 수 있으니. 자네의 결의형제가."

"전하의 뜻에 따르겠습니다." 케틀블랙이 말했다.

"그게 내 뜻이네." 세르세이는 오스먼드의 팔에 팔짱을 끼고, 나란히 서서 맹렬한 불을 지켜보았다.

더럽혀진 기사

가을치고도 유난히 싸늘한 밤이었다. 상쾌한 바람이 골목길에 소용돌이치며 낮의 먼지를 일으켰다. 북풍이었고, 한기가 가득했다. 아리스 오크하트 경은 두건을 당겨 얼굴을 가렸다. 누가 그를 알아봐서 좋을 게 없었다. 2주 전에는 상인 하나가 그림자 도시에서 도살당했는데, 과일을 찾아 도르네에 온 무해한 남자였건만 대추야자 대신 죽음만 찾은 셈이었다. 그 남자의 죄는 킹스랜딩에서 왔다는 것뿐이었다.

'폭도라도 나를 상대하기 힘들 테지만.' 차라리 공격을 받으면 반가울 것 같았다. 손이 아래로 내려가서 겹쳐 입은 리넨 로브 주름 사이에 반쯤 감춰진 장검 칼자루를 가볍게 쓸었다. 바깥쪽 로브는 청록색 줄무늬에 금빛 태양이 들어갔고, 그 아래 로브는 더 밝은 오렌지색이었다. 도르네 옷은 편안했지만, 아버지가 살아서 그런 옷차림의 그를 보았다면 경악했을 것이다. 아버지는 리치 평원 사람이었고, 도르네는 올드오크의 태피스트리들이 증언하듯 그의 오랜 적이었다. 아리스는 아직도 눈만 감으면 그 태피스트리들을 볼 수 있었다. 관대한 에제란 공이 발치에 도르네인 백 명의 머리통을 쌓아놓고 위풍당당하게 앉아 있는 모습. 대공의 고갯길에서 도르네의 창에 꿰뚫린 오크하트의 세 잎사귀, 마지막 숨으로 전투 나팔을 부는 알레스터. 새하얀 옷을 차려입고 젊은 드래곤 옆에서 죽어가는 녹색 참나무 올리바 경까지. 도르네는 오크하트에게 걸맞은 곳이 아니었다.

오베린 공자가 죽기 전에도, 기사는 선스피어 안을 벗어나서 그림자 도시의 골목길을 걸을 때마다 거북했었다. 가는 곳마다 쳐다보는 눈들을, 적개심을 애써 숨기지 않고 바라보는 도르네의 작은 까만 눈들을 느낄 수 있었다. 가게 주인들은 매번 최선을 다해 그를 속여먹으려 했고, 가끔은 선술집 주인들이 그의 술에 침을 뱉는 것 같았다. 한번은 남루한 사내아이들 한 무리가 그에게 돌멩이를 던져대는 바람에, 장검을 뽑아 쫓아버려야 했다. 붉은 독사의 죽음은 도르네인들의 적개심에 더 불을 붙였지만, 도란 대공이 모래뱀들을 탑에 가둔 후 거리가 조금 조용해지기는 했다. 그렇다 해도 그림자 도시에서 하얀 망토를 공공연히 입고 다닌다는 건 공격해달라는 부탁이나 다름없었다. 그는 하얀 망토 세 개를 가지고 왔다. 모직물이 두 개로 하나는 가볍고 하나는 무거웠으며, 세 번째 망토는 질 좋은 하얀 비단이었다. 어깨에 하얀 망토를 걸치지 않으니 벌거벗은 기분이 들었다.

'죽는 것보다야 벌거벗은 게 낫지. 망토가 없어도 난 여전히 킹스가드야. 그 여자도 그 점을 존중해야 해. 꼭 이해시켜야겠어.' 애초에 이런 데 끌려들어선 안 되는 거였지만, 그 가수는 사랑이 어떤 남자든 바보로 만들 수 있다고 했다.

선스피어의 그림자 도시는 뜨거운 낮이면 버려진 듯 보일 때가 많고, 윙윙대는 파리들만이 먼지 쌓인 길거리를 오갔지만, 일단 저녁이 오면 같은 거리가 생명을 되찾았다. 아리스 경은 미늘살 창문 아래를 지나면서 창틈으로 흘러나오는 희미한 음악 소리를 들었고, 어딘가에서는 손가락으로 창 춤의 빠른 리듬을 두드리며 밤에 맥박을 부여했다. 두 번째 '굽이벽' 아래로 골목길 세 개가 만나는 지점에서는 베갯집 여자가 발코니에서 아래를 보며 그를 불렀다. 보석과 향유만 걸친 차림이었다. 그는 그 여자를 쓱 보고는 어깨를 굽힌 채 매서운 바람 속으로 계속 나아갔다. '우리 남자들은 너무나 약해. 우리의 몸뚱이는 가장 고귀한 남자들마저도 배신하지.' 그는 부끄러운 육욕을 다스리기 위해 기절할 때까지 단식했던 성왕 바엘로르를 생각했다. 그도 똑같이 해야 할까?

키 작은 남자 하나가 아치문 안에 서서 화로에 뱀 고기를 구우면서, 바삭해지는 고기를 나무젓가락으로 뒤집고 있었다. 자극적인 소스 향에 기사의 눈에 눈물이 맺혔다. 최고의 뱀 고기 소스는 뱀독을 한 방울 넣고, 겨자씨와 드래곤 후추를 섞는다고 들었다. 미르셀라는 약혼한 도르네 공자를 좋아하게 된 만큼이나 빨리 도르네 음식에도 마음을 붙였고, 아리스 경도 가끔은 왕녀를 기쁘게 해주기 위해 한두 접시 시도해보곤 했다. 도르네 요리는 입을 태우고 헉헉대며 와인을 찾게 만들었으며, 들어갈 때보다 나올 때 더 매웠다. 그러나 그의 어린 왕녀는 그런 요리를 좋아했다.

기사가 외출할 때 왕녀는 자기 처소에서 트리스탄 공자와 마주 보고 게임 테이블에 몸을 수그린 채 비취와 홍옥수와 청금석으로 만든 네모 판들 위로 화려한 말을 움직이고 있었다. 미르셀라의 도톰한 입술은 살짝 벌어져 있었고, 녹색 눈은 집중하느라 가늘어져 있었다. '시바스'라는 게임이었다. 볼란티스에서 온 무역 갤리선을 타고 플랭키타운에 전한 게임으로, '고아들'이 그린블러드강 위아래로 퍼뜨렸다. 도르네 궁정은 그 게임에 푹 빠졌다.

아리스 경에게는 화만 나는 게임이었다. 서로 다른 게임 말이 열 가지였는데, 각기 다른 속성과 힘을 지녔고, 게임 판은 참여자들이 자기네 집을 어떻게 배열하느냐에 따라 게임마다 달라졌다. 트리스탄 공자는 곧바로 그 게임을 좋아하게 됐고, 미르셀라는 그와 시합을 하기 위해 배웠다. 미르셀라는 아직 열한 살이 안 됐고, 약혼자는 열세 살이었지만, 최근에는 미르셀라가 더 자주 이겼다. 트리스탄은 마음 쓰지 않는 것 같았다. 두 아이가 그렇게 대조적일 수가 없었다. 트리스탄은 올리브빛 피부에 검은색 직모였고, 미르셀라는 우유같이 흰 피부에 금빛 고수머리가 풍성했다. 세르세이 왕비와 로버트 왕처럼 빛과 어둠의 대조였다. 그는 미르셀라가 그 도르네 소년과 즐겁게 지내기를 기도했다. 적어도 그녀의 어머니가 폭풍 영주에게서 누린 삶보다는 낫기를.

왕녀를 두고 나오자니 마음이 불편했지만, 성 안에서라면 충분히 안전할 터였다. 태양의 탑에 있는 미르셀라의 거처로 오가는 출입구는 두 개뿐이었고, 아리스 경은 양쪽 문에 두 사람씩 배치했다. 킹스랜딩에서부터 함께 온 라니스터 가문의 위병으로, 전투 경험도 많고 굳센 데다 뼛속까지 충성스러운 남자들이었다. 미르셀라에겐 시녀들과 에글란틴 성사도 있었고, 트리스탄 공자에게는 맹약위사인 그린블러드의 가스코인 경이 함께 있었다. '아무도 왕녀를 괴롭히지 않을 거야. 그리고 2주만 있으면 우린 안전하게 떠나.' 그는 스스로를 타일렀다.

도란 대공이 그렇게 약속했다. 아리스는 도르네의 대공이 얼마나 늙고 병약해 보이는지에 충격을 받았지만, 대공의 말을 의심하지는 않았다. "지금까지 자네를 보거나 미르셀라 왕녀를 만날 수 없었던 건 미안하네." 도란 마르텔은 아리스를 개인방에 들여 그렇게 말했다. "하지만 내 딸인 아리안느가 경이 도르네에 온 것을 환영해줬으리라 믿네."

"그랬습니다, 대공님." 그는 그렇게 답하며, 얼굴이 붉어지지 않기를 기도했다.

"비록 엄혹하고 척박한 땅이지만, 아름다움이 없는 곳은 아니야. 경이 선스피어 외에 도르네를 보지 못한 것은 안타깝네만, 자네나 자네 왕녀나 이 성벽 안에 있는 편이 안전할 것 같네. 우리 도르네인들은 피가 끓는 사람들이라, 빨리 분노하고 용서는 늦지. 전쟁을 원하는 건 모래뱀들뿐이라고 말할 수 있다면 내 마음도 기쁘겠지만, 거짓말은 하지 않겠네, 경. 자네도 내 백성들이 길거리에서 나더러 창병을 소집하라 외치는 소리를 들었겠지. 안타깝게도 내 휘하 영주 절반은 평민들과 같은 생각이라네."

"그리고 대공님은 어떠십니까?" 기사가 감히 질문했다.

"내 어머니는 오래전에 오직 미치광이들만이 이길 수 없는 전쟁을 벌인다고 가르치셨지." 직설적인 질문에 마음이 혹 상했다 해도, 도란 대공은 자기 감정을 잘 숨겼다. "그러나 이 평화는 부서지기 쉬워……. 자네의 왕녀만큼이나 취약하지."

"어린 소녀를 해치는 건 짐승들뿐입니다."

"내 누이 엘리아에게도 어린 딸이 있었네. 이름은 라에니스였지. 그 아이도 왕녀였어." 대공은 한숨을 내쉬었다. "미르셀라 왕녀에게 칼을 찔러 넣을 사람들은 왕녀에게 어떤 적의도 없을 걸세. 아모리 로치 경도 라에니스를 죽일 때 그랬겠지. 정말로 그자가 한 짓이라면 말이지만. 그자들은 오직 내 손을 강제로 움직이려 할 뿐이야. 미르셀라가 나의 보호를 받는 동안 도르네에서 죽는다면, 내가 나의 뜻이 아니라고 부정한들 누가 믿겠는가?"

"제가 살아 있는 한 그 누구도 미르셀라 님을 해치지 못할 겁니다."

"고결한 서약이군." 도란 마르텔은 희미한 미소와 함께 말했다. "하지만 경은 한 사람에 불과해. 내 고집불통 조카들을 가두면 분위기를 가라앉히는데 도움이 되길 바랐건만, 우리가 한 일이라곤 바퀴벌레들을 골풀 아래로 밀어 넣은 것뿐일세. 매일 밤 그들이 속삭이며 칼을 가는 소리가 들려."

'두려워하고 있어.' 아리스 경은 그제야 알아차렸다. '봐, 손이 떨리고 있어. 도르네 대공이 겁에 질렸어.' 할 말이 떠오르지 않았다.

"사과하겠네, 경." 도란 대공이 말했다. "나는 노쇠하고 약해지고 있어서, 가끔은…… 선스피어의 소음과 먼지와 냄새가 지친다네. 내 의무가 허락하는 대로 빨리 물의 정원으로 돌아갈 생각이야. 그때 미르셀라 왕녀도 같이 데려가겠네." 기사가 항의하기도 전에 대공은 한 손을 들어 올렸다. 관절이 붉게 부어오른 손이었다. "경도 물론 같이 갈 걸세. 왕녀의 성사와 시녀들, 위병들도 같이. 선스피어의 벽은 튼튼하지만, 그 벽 아래엔 그림자 도시가 있네. 성 안이라 해도 매일 수백 명이 오가지. 물의 정원은 나의 안식처야. 마론 대공이 도르네와 철왕좌의 결혼을 기념하고자, 타르가르옌 신부에게 줄 선물로 지은 곳이지. 특히 가을에 아름답다네……. 낮은 뜨겁고 밤은 서늘하고, 바다에선 짠바람이 불어오고, 분수와 연못이 있지. 그리고 다른 아이들도 있어. 고귀하고 점잖은 태생의 남녀 아이들이지. 미르셀라도 같이 놀 또래 친구들을 얻게 될 걸세. 외롭지 않을 거야."

"말씀대로 하겠습니다." 대공의 말이 머릿속에 쿵쿵 울렸다. '왕녀는 그곳에서 안전할 거야.' 다만, 왜 도란 마르텔은 이 이동에 대해 킹스랜딩에는 전하지 말라고 했을까? '미르셀라가 어디에 있는지 아무도 모른다면 더 안전할 거야.' 아리스 경도 동의는 했지만, 무슨 선택지가 있겠는가? 그는 킹스가드 기사였으나, 대공의 말마따나 한 사람일 뿐이었다.

골목길이 갑자기 끝나며 달빛 비치는 뜰이 나왔다. '양초집을 지나고, 문 하나와 짧은 외부 계단을 지나서.' 그녀는 그렇게 썼다. 그는 문을 통과하고 낡은 계단을 올라서 아무 표시 없는 문에 이르렀다. '문을 두드려야 하나?' 그 대신 문을 밀어 열었더니 천장이 낮은 크고 어둑한 방이 나왔다. 조명은 두꺼운 흙벽을 깎아 만든 벽감 속에서 나풀거리는 향초 두 대뿐이었다. 샌들 아래에는 문양이 들어간 미르 카펫이 깔렸고, 한쪽 벽에 걸린 태피스트리와 침대 하나가 보였다. "아가씨? 어디 계십니까?" 그가 외쳤다.

"여기요." 그녀는 문 뒤에 드리운 그림자 속에서 걸어 나왔다.

그녀의 오른쪽 팔뚝을 휘감은 화려한 뱀이 그녀가 몸을 움직일 때마다 구리와 금으로 만든 비늘을 번득였다. 그 외에는 아무것도 걸치지 않은 모습이었다.

'아닙니다. 여기엔 제가 떠나야 한다는 말을 하러 왔을 뿐입니다.' 그렇게 말하려고 했지만, 촛불 빛을 받아 반짝이는 그녀의 모습을 보자 말할 힘을 잃어버렸다. 목이 도르네의 모래밭처럼 바싹 말랐다. 그는 말없이 서서 아름다운 그녀의 몸을 감상했다. 우묵하게 파인 목, 무르익은 둥근 젖가슴과 크고 검은 젖꼭지, 허리와 엉덩이의 멋진 곡선까지. 어느샌가 그는 그녀를 안고 있었고, 그녀는 그의 로브를 벗기고 있었다. 그녀는 그의 속 튜닉에 이르자 어깨 부분을 잡고 비단을 배꼽까지 쭉 찢어버렸지만, 아리스는 신경도 쓰지 않았다. 손가락에 닿는 그녀의 피부는 매끄러웠고, 도르네의 태양에 구워진 모래를 만질 때처럼 따뜻했다. 그는 그녀의 고개를 들어 올리고 입술을 찾았다. 그의 입술 아래 그녀의 입술이 열리고, 그녀의 젖가슴이 그의 두 손을 채웠다. 엄지손가락으로 문지르자 젖꼭지가 단단해졌다. 그녀의 머리카락은 검고 숱이 풍성했고 난초 냄새가 났다. 그 어둡고 세속적인 냄새에 그의 남근이 아프도록 단단해졌다.

"날 만져줘, 경." 여자가 그의 귀에 대고 속삭였다. 그의 손이 둥근 배를 쓸고 내려가서 검은 털 덤불 아래 달콤하게 젖은 곳을 찾아냈다. "그래, 거기." 그녀는 그가 손가락 하나를 미끄러뜨리자 중얼거렸다. 그녀는 신음하다가 그를 침대로 이끌어 밀어 눕혔다. "더, 아, 더 해줘. 그래. 다정한 나의 기사, 나의 기사, 나의 다정한 하얀 기사. 그래 당신, 당신, 당신을 원해." 그녀의 두 손이 그를 자기 안으로 이끌더니, 그의 등을 안고 더 가까이 끌어당겼다. "더 깊이." 그녀가 속삭였다. "그래, 아." 그의 몸을 휘감은 두 다리가 강철처럼 느껴졌다. 그가 그녀 안으로 거듭 거듭 거듭 파고드는 동안 그녀는 손톱으로 그의 등을 긁었고, 마침내 비명을 지르며 아래에서 몸을 휘었다. 그러면서 그녀의 손가락이 그의 젖꼭지를 찾아내어, 그의 씨앗이 자기 몸 안에 쏟아질 때까지 꼬집었다. '지금 죽을 수도 있겠어. 행복하게.' 기사는 생각했고, 심장이 열 번 뛸 시간 동안은 평화로웠다.

그는 죽지 않았다.

그의 욕망은 바다처럼 깊고 한이 없었지만, 조수가 빠져나가자 수치심과 죄책감으로 이루어진 암초들이 전에 없이 날카롭게 솟구쳤다. 때로 파도가 그 암초를 덮기도 했지만, 그럴 때도 암초는 물 밑에 단단하고 검고 질척하게 남아 있었다. '내가 뭘 하는 거지?' 그는 자문했다. '난 킹스가드 기사야.' 그는 여자 위에서 몸을 굴려 천장을 보고 바로 누웠다. 한쪽 벽에서 다른 벽으로 커다란 금이 이어져 있었다. 지금껏 알아차리지 못했었다. 태피스트리에 들어간 그림도, 니메리아와 그녀의 배 만 척의 그림도 눈에 들어오지 않았었다. '내 눈엔 저 여자만 보여. 드래곤이 창문 안을 들여다봤다 해도 난 이 여자의 가슴과 얼굴과 미소밖에 보지 못했을 거야.'

"와인이 있어." 여자가 그의 목에 대고 웅얼거리더니 한 손을 그의 가슴팍에 올렸다. "목 말라?"

"아뇨." 그는 몸을 굴려 침대 끝에 일어나 앉았다. 방 안이 더웠는데도 그는 떨고 있었다.

"피가 나네. 내가 너무 심하게 긁었어."

그녀의 손이 등에 닿자 그는 불이라도 붙은 것처럼 움찔했다. "하지 마세요." 그는 벌거벗은 채 일어섰다. "더는."

"연고가 있어. 상처에 잘 듣는."

'하지만 내 수치심에 듣진 않겠지.' "긁힌 상처쯤은 아무것도 아닙니다. 용서하세요, 아가씨. 전 가봐야……."

"이렇게 빨리?" 그녀는 쉰 목소리와 속삭임에 어울리는 큰 입, 입맞춤에 맞게 무르익은 도톰한 입술을 지녔다. 맨어깨를 따라 흘러내려 풍만한 젖가슴 바로 위까지 오는 머리카락은 숱이 풍성하고 검었다. 크게 굽이지는 부드러운 머리채였다. 둔덕 위의 털도 부드럽게 곱슬거렸다. "오늘 밤엔 함께 있어, 경. 아직 경에게 가르쳐줄 게 많아."

"이미 너무 많이 배웠습니다."

"배울 때는 충분히 즐거워 보이던데. 다른 침대, 다른 여자를 찾아가는 게 아닌 건 확실해? 그 여자가 누군지 말해줘. 내가 당신을 두고 그 여자와 싸울 테니. 가슴을 드러내고, 칼을 들고서." 그녀는 미소 지었다. "그 여자가 모래뱀만 아니라면 말이야. 뭐, 모래뱀이라면 당신을 공유할 수도 있어. 난 사촌들을 사랑하거든."

"제게 다른 여자가 없다는 건 아시지 않습니까. 그저…… 의무가 있을 뿐입니다."

그녀는 몸을 굴려 옆으로 누워 그를 올려다보았다. 커다란 검은 눈이 촛불 빛을 받아 반짝였다. "그 하찮은 계집? 난 그년을 알아. 다리 사이는 먼지처럼 메말랐고, 그년의 입맞춤을 받으면 피만 나지. 이번만은 의무가 혼자 자게 내버려두고 오늘 밤 나와 함께 있어."

"제가 있을 곳은 궁전입니다."

그녀는 한숨을 내쉬었다. "당신의 왕녀와 함께 말이지. 질투하게 만드네. 당신은 나보다 걜 더 사랑하는 것 같아. 그 아이는 당신에겐 너무 어려. 당신에겐 어린 소녀가 아니라 성인 여성이 필요해. 혹시 그쪽이 흥분된다면 나도 순진한 척은 해줄 수 있지만."

"그런 말씀 하시면 안 됩니다." '기억해, 그녀는 도르네인이야.' 리치 사람들은 도르네 남자들은 성질이 욱하고 여자들은 거칠고 음탕한 이유가 다 도르네 음식 때문이라고 했다. '불 같은 고추와 이상한 향료가 피를 데우는 거야. 저분도 어쩔 수가 없는 거야.' "전 미르셀라를 딸처럼 사랑합니다." 그는 아내를 둘 수도, 딸을 둘 수도 없었다. 대신 멋진 하얀 망토가 있었다. "저흰 물의 정원으로 갈 겁니다."

"결국엔 가겠지." 그녀가 수긍했다. "하지만 내 아버지의 일이 되면 늘 시간이 네 배씩은 걸려. 아버지가 내일 떠날 거라고 말한다면, 2주 안에 출발하겠구나 하면 돼. 장담하는데 물의 정원에선 외로울걸. 게다가, 내 품에서 남은 생을 보내고 싶다던 젊은 용사는 어디 갔지?"

"그 말을 했을 때 전 취해 있었습니다."

"물 탄 와인 세 잔밖에 안 마셔놓고."

"당신에게 취해 있었습니다. 제가 여자와 닿은 지가……, 당신을 만나기 전까진 어떤 여자도 건드리지 않았어요. 하얀 망토를 입은 후엔 한 번도. 이제까지 사랑이 어떤 것일 수 있는지조차 몰랐건만, 지금은……. 전 두렵습니다."

"무엇이 내 하얀 기사에게 겁을 줄까?"

"제 명예 때문에 두렵습니다. 그리고 당신의 명예 때문에도."

"내 명예는 내가 알아서 할 수 있어." 그녀는 손가락 하나를 젖가슴에 대더니 젖꼭지 주위로 천천히 원을 그렸다. "내 쾌락도, 필요하다면 알아서 할 수 있지. 난 성인이야."

그녀는 분명 성인이었다. 깃털 침대 위에 누워서 짓궂은 미소를 지으며 자기 가슴을 가지고 노는 모습을 보고 있노라면……. 젖꼭지가 저렇게 크거나 저렇게 반응을 잘하는 여자가 또 있을까? 쳐다보기만 해도 움켜잡고 싶어졌고, 단단해지고 축축하게 젖어 반짝일 때까지 빨고 싶어졌다…….

그는 시선을 돌렸다. 속옷이 카펫 위에 널려 있었다. 기사는 속옷을 주우려 몸을 굽혔다.

"손이 떨리고 있어." 그녀가 지적했다. "그 두 손은 차라리 날 애무하고 싶을 텐데. 그렇게 서둘러 옷을 입어야 하나, 경? 이대로가 더 좋은데. 옷을 벗고 침대에 있을 때 우린 진정한 우리 모습이지. 남자와 여자, 연인, 하나나 다름없이 달라붙은 몸뚱이. 옷은 우릴 다른 사람들로 만들어. 난 비단과 보석보다는 살과 피가 좋고 당신은…… 당신은 당신 하얀 망토가 아니야, 경."

"아닙니다." 아리스 경이 말했다. "제가 곧 제 망토입니다. 그리고 이 일은 끝을 내야 해요. 저만이 아니라 당신을 위해서도요. 우리가 발각되기라도 하면……."

"사람들은 당신이 행운아라 여기겠지."

"절 서약을 깬 자로 여기겠지요. 누군가가 아버님께 가서 제가 어떻게 아가씨의 명예를 더럽혔는지 고하면 어떻게 합니까?"

"다른 건 몰라도 내 아버지가 멍청하다고 하는 사람은 없어. 갓즈그레이스의 서자는 우리 둘 다 열네 살이었을 때 내 첫 경험을 가져갔지. 그 사실을 알았을 때 아버지가 어떻게 했는지 알아?" 그녀는 이불을 모아 턱 아래로 끌어 올려서 벌거벗은 몸을 가렸다. "아무것도 안 했어. 아버지는 아무것도 안하는 데 아주 능숙하시지. 그걸 생각이라고 부르고 말이야. 사실대로 말해봐, 경. 걱정하는 게 나의 불명예야, 당신의 불명예야?"

"둘 다입니다." 그녀의 비난은 아팠다. "그러니 이 만남이 마지막이 되어야 하는 겁니다."

"그 말은 전에도 했지."

'그랬지, 그때도 진심이었고. 하지만 난 약해. 그렇지 않았다면 지금 여기 있지도 않을 거야.' 그렇게 말할 순 없었다. 그녀는 약한 자를 경멸했다. 알 수 있었다. '자기 아버지보다는 숙부를 닮았어.' 그는 몸을 돌려 의자에 걸린 줄무늬 비단 속 튜닉을 찾아냈다. 그녀가 팔 아래로 벗기면서 배꼽까지 찢어버린 상태였다. "이건 망가졌군요." 그가 불평했다. "이젠 이걸 어떻게 입죠?"

"거꾸로 입으면 돼." 그녀가 제안했다. "로브를 걸치고 나면 아무도 찢어진 자국을 못 볼 거야. 당신의 귀여운 왕녀가 꿰매어줄지도 모르지. 아니면 물의 정원으로 새 속 튜닉이라도 보내줄까?"

"선물 같은 건 보내지 마십시오." 괜한 관심만 끌 것이다. 그는 속 튜닉을 털어서 거꾸로 뒤집어썼다. 피부에 닿는 비단의 감촉이 서늘했다가, 그녀가 긁어놓은 등에 달라붙었다. 적어도 궁전에 돌아갈 때까지는 버틸 것 같았다. "제가 원하는 건 그저 이 관계를…… 끝내……."

"그게 정중한 말인가, 경? 상처가 되는걸. 사랑에 대해 했던 말이 다 거짓말이었나 싶어지려고 해."

'당신에게 절대 거짓말을 하지 않았습니다.' 아리스 경은 한 대 맞은 기분이었다. "사랑 때문이 아니라면 제가 왜 명예를 다 저버렸겠습니까? 당신과 함께 있을 때 전…… 저는 거의 생각을 할 수가 없어요. 당신은 제가 꿈꾼 모든 것입니다. 하지만……."

"말은 바람 같은 거야. 날 사랑한다면 내 곁을 떠나지 마."

"전 서약을 했습니다……."

"……결혼하지도, 자식을 두지도 않겠다는 서약이었지. 뭐, 달차는 마시고 왔고, 내가 당신과 결혼할 수 없다는 건 알 텐데." 그녀는 미소 지었다. "내 정부로 두겠다고 설득할 순 있을지도 모르지만."

"이젠 절 모욕하시는군요."

"조금은 그럴지도 모르지. 여자를 사랑한 킹스가드가 당신 혼자뿐일 거라 생각해?"

"서약을 하긴 쉬워도 지키긴 어렵다는 사실을 알게 된 남자들이 언제나 있었지요." 그는 인정했다. 보로스 블런트 경은 비단 거리를 모르는 사람이 아니었고, 프레스턴 그린필드 경은 어느 포목상이 집을 비울 때마다 그 집에 불려 가곤 했지만, 아리스는 그들의 실패를 이야기해서 결의형제들을 부끄럽게 만들지 않았다. "테런스 토인 경은 왕의 정부와 함께 침대에 있다가 발견되었지요." 그는 대신 오래전 이야기를 꺼냈다. "토인 경은 그게 사랑이었다고 맹세했지만, 그 대가로 자신의 목숨과 그 여자의 목숨을 잃고, 가문의 몰락과 역사상 가장 고결했던 기사의 죽음을 불러왔습니다."

"그래, 그리고 세 아내와 열여섯 자식을 두었던 '호색한' 루카모어는 어떻고? 난 그 노래만 들으면 웃음이 나와."

"진실은 그렇게 재미있지도 않습니다. 살아 있는 동안에는 호색한 루카모어라고 불린 적도 없어요. 이름은 루카모어 스트롱이었고, 일생 전체가 거짓말이었지요. 거짓이 드러나자 그의 결의형제들이 직접 루카모어를 거세했고, '늙은 왕'이 장벽으로 보내버렸습니다. 열여섯 자식은 뒤에 남아 울어야 했지요. 루카모어는 진정한 기사가 아니었어요. 테런스 토인과 마찬가지로……."

"그러면 드래곤 기사는?" 그녀는 이불을 젖히고 다리를 흔들어 바닥을 밟았다. "당신은 그자를 역사상 가장 고결했던 기사라고 불렀는데, 드래곤 기사는 왕비를 침대로 데려가서 임신시켰어."

"전 그 이야기를 믿지 않습니다." 그는 마음이 상해서 대답했다. "아에몬 왕자가 나에리스 왕비와 반역죄를 저질렀다는 이야기는 뭐랄까, 그냥 지어낸 이야기예요. 아에몬 왕자의 형이 서자를 총애하다 못해 적자를 제쳐놓고 싶어서 만들어낸 거짓말입니다. 아에곤이 이유도 없이 자격 없는 왕이란 소리를 들은 게 아니에요." 그는 검대를 찾아내어 허리에 둘렀다. 비단으로 만든 도르네식 속 튜닉에 찼더니 이상해 보였지만, 익숙한 장검과 단검의 무게가 그가 누구이고 무엇인지 일깨워주었다. "전 자격 없는 아리스 경으로 기억되진 않을 겁니다. 제 망토를 더럽히진 않을 거예요." 그가 선언했다.

"그래, 그 멋진 하얀 망토 말이지. 잊었나 본데, 내 종조부가 같은 망토를 입었어. 내가 어렸을 때 돌아가셨지만 아직도 기억해. 탑처럼 키가 컸고 내가 웃느라 숨을 못 쉴 때까지 간지럽혀주시곤 했지."

"르윈 공자를 직접 아는 영광은 누리지 못했습니다만, 모두가 그분이 위대한 기사였다는 데 의견을 같이하지요." 아리스 경이 말했다.

"정부를 둔 위대한 기사였지. 지금은 늙었지만, 그 여자도 젊었을 때는 보기 드문 미인이었다고들 해."

'르윈 공자가?' 아리스 경은 처음 듣는 이야기였다. 충격이었다. 테런스 토인의 반역과 호색한 루카모어의 기만은 하얀 책에 기록되어 있었지만, 르윈 공자를 기록한 장에 여자에 대한 단서는 없었다.

"숙부님은 언제나 남자의 가치를 결정하는 건 다리 사이에 있는 검이 아니라 손에 쥔 검이라고 했지." 그녀가 말을 이었다. "그러니 경건한 척 더럽혀진 망토에 대해 떠들지 말아줘. 당신의 명예를 떨어뜨린 건 우리의 사랑이 아니라, 당신이 섬긴 괴물들과 당신이 형제라고 부르는 짐승들이야."

이번 공격은 뼈에 너무 가깝게 박혔다. "로버트는 괴물이 아니었습니다."

"로버트가 조프리가 아니라는 점은 인정하지만, 아이들의 시체를 밟고 왕좌에 올라갔어."

'조프리.' 조프리는 잘생긴 소년이었고, 나이에 비해 키가 크고 힘이 셌지만, 좋게 말해줄 수 있는 건 그게 다였다. 그 소년의 명대로 가엾은 스타크의 딸을 때린 기억은 아직도 아리스 경을 부끄럽게 했다. 티리온이 미르셀라와 함께 도르네에 가라고 그를 선택했을 때, 그는 감사하는 마음으로 전사에게 촛불을 켰다. "조프리는 꼬마 악마에게 독살당했습니다." 그 난쟁이가 그렇게 극악무도한 짓을 할 수 있을 줄은 생각도 못했었다. "지금 왕은 토멘이고, 그분은 형과 달라요."

"그 누이와도 다르지."

그건 사실이었다. 토멘은 언제나 최선을 다하는 마음씨 좋은 아이였지만, 아리스 경이 마지막으로 보았을 때 부둣가에서 울고 있었다. 정작 미르셀라는 따뜻한 난롯가와 집을 떠나서 자기 몸으로 동맹을 맺기 위해 떠나는 처지에도 눈물 한 방울 보이지 않았다. 사실 미르셀라는 동생보다 용감했을 뿐 아니라, 더 총명했고 자신감도 더 있었다. 머리도 좋았고, 예의범절도 잘 갖췄다. 미르셀라는 그 무엇도 무서워하지 않았고, 조프리도 무서워하지 않았다. '강한 건 여자들 쪽이야, 정말로.' 그는 미르셀라만이 아니라 미르셀라의 어머니, 본인의 어머니, 가시 여왕, 붉은 독사의 어여쁘고 치명적인 모래뱀들을 생각했다. 그리고 무엇보다도 아리안느 마르텔 공녀를 생각했다. "그 말씀이 틀렸다고 하진 않겠습니다." 목소리가 잠겼다.

"하지 않겠다고? 못 하는 거겠지! 미르셀라가 더 통치에 적합하고……."

"딸보다 아들이 먼저입니다."

"왜? 어떤 신이 그렇게 만들었는데? 난 내 아버지의 후계자야. 내가 남동생들에게 내 권리를 넘겨줘야 하나?"

"제 말을 곡해하시는군요. 제가 언제……. 도르네는 다릅니다. 칠왕국은 여왕을 둔 적이 없습니다."

"비세리스 1세가 딸인 라에니라에게 왕좌를 물려주려 했다는 걸 부인하겠나? 그런데 왕이 자리에 누워 죽어가는 사이에 킹스가드 단장이 다른 방향으로 결정을 내렸지."

크리스톤 콜 경. 킹메이커(Kingmaker, 국왕 옹립자) 크리스톤은 남매끼리 맞서게 해서 킹스가드를 반쪽 내고, 시인들이 '드래곤들의 춤'이라 이름 붙인 끔찍한 전쟁을 불러왔다. 어떤 사람들은 그가 야심 때문에 그랬다고 주장했다. 아에곤 왕자 쪽이 의지 강한 누나보다 조종하기 쉬웠기 때문이라고 말이다. 또 어떤 사람들은 더 고결한 동기가 있었다고, 고대 안달의 관습을 지키려 했던 거라고 반박했다. 몇 사람은 크리스톤 경이 하얀 망토를 입기 전에 라에니라 왕녀의 연인이었고, 자신을 퇴짜 놓은 여자에게 복수하고 싶었던 거라고 속삭였다. "킹메이커는 심각한 해악을 초래했지요. 심각한 대가를 치르기도 했고요. 하지만……."

"……하지만 일곱 신이 당신을 여기로 보낸 건 하얀 기사 하나가 엉망으로 만든 일을 다른 하얀 기사가 바로잡으라는 건지도 몰라. 내 아버지가 물의 정원으로 돌아갈 때 미르셀라를 데려가실 계획이라는 건 알지?"

"미르셀라에게 해를 끼치려는 사람들로부터 지키기 위해서지요."

"아니야. 미르셀라를 왕위에 올리려는 사람들로부터 떼어놓기 위해서야. 독사 오베린 공자가 살아 있었다면 직접 그 머리에 왕관을 씌웠을 테지만, 내 아버지에겐 그런 용기가 없어." 그녀가 일어섰다. "당신은 그 아이를 친딸처럼 사랑한다고 하지. 당신 딸이라면 타고난 권리를 빼앗기고 감옥에 갇히게 내버려두겠어?"

"물의 정원은 감옥이 아닙니다." 그는 힘없이 반박했다.

"감옥엔 분수와 무화과나무가 없다, 그런 생각을 하는 거야? 하지만 그 아이는 일단 도착하면 떠나지 못할 거야. 당신도 마찬가지지. 호타가 그렇게 할 거야. 당신은 호타를 잘 몰라. 흥분하면 호타는 무시무시하지."

아리스 경은 얼굴을 찌푸렸다. 얼굴에 흉터가 있는 그 덩치 큰 노보스인 위병대장을 생각하면 언제나 마음속 깊이 불편해졌다. '사람들은 그자가 거대한 도끼를 옆에 두고 잔다고 말하지.' "제게 무슨 일을 시키려는 겁니까?"

"당신이 맹세한 일 외에 다른 건 안 시켜. 목숨 걸고 미르셀라 왕녀를 지켜. 왕녀를 보호하고…… 왕녀의 권리도 지켜. 그 머리에 왕관을 얹어."

"전 충성 서약을 했습니다!"

"토멘이 아니라 조프리에게 했지."

"그래요. 하지만 토멘은 마음씨 고운 아이입니다. 조프리보다 나은 왕이 될 거예요."

"미르셀라보다 낫지는 않지. 미르셀라도 동생을 사랑해. 그러니 동생에게 해가 미치지 않게 할 거야. 렌리 공은 후계자를 남기지 않았고 스타니스 공은 자격을 잃었으니, 스톰스엔드는 토멘의 것이야. 때가 되면 캐스털리록도 어머니를 거쳐 그 아이에게 가겠지. 토멘은 왕국에서 가장 대단한 영주가 될 거야……. 하지만 철왕좌에는 미르셀라가 앉아야 해."

"법이…… 전 모르겠습니다……."

"나는 알아." 그녀가 일어서자 긴 검은 머리채가 등허리까지 쏟아져 내렸다. "킹스가드와 그 서약을 만든 것은 드래곤 아에곤이고, 한 왕이 한 일을 다른 왕은 취소하거나 바꿀 수 있어. 본래 킹스가드는 평생 복무였지만, 조프리가 자기 개에게 망토를 입히려고 바리스탄 경을 해직했지. 미르셀라는 당신이 행복하길 원할 테고, 나를 좋아해. 그러니 청한다면 우리가 결혼해도 좋다고 허락할 거야." 아리안느는 그를 끌어안고 가슴팍에 얼굴을 묻었다. 머리끝이 딱 그의 턱 아래에 왔다. "원한다면 당신은 나와 그 하얀 망토 둘 다를 가질 수 있어."

'이 여자는 날 갈가리 찢고 있어.' "제가 그걸 원한다는 건 아시잖습니까, 하지만……."

"나는 도르네의 공녀야." 그녀가 허스키한 목소리로 말했다. "내가 애원하게 만들지 않는 게 좋을걸."

아리스 경은 그녀의 머리에서 나는 향기를 맡고, 몸을 누르는 가슴에서 심장 고동을 느낄 수 있었다. 그녀의 밀착에 그의 몸이 반응하고 있었고, 그녀도 그걸 느낄 게 분명했다. 그는 그녀의 어깨를 감싸면서 그녀가 떨고 있음을 알아차렸다. "아리안느? 공녀님? 왜 그래요, 내 사랑?"

"꼭 말을 해야 해? 난 두려워, 경. 당신은 날 사랑이라고 부르면서도 내가 가장 간절하게 필요로 할 때 날 거부하지. 내가 날 안전하게 지켜줄 기사 하나 원하는 게 그리 잘못이야?"

아리안느가 그렇게 약한 말을 하기는 처음이었다. "아닙니다. 하지만 아버님의 위병들이 안전하게 지켜드릴 텐데 왜—"

"내가 두려워하는 게 아버지의 위병들이야." 잠시 그녀의 목소리가 미르셀라보다 더 어리게 들렸다. "내 사랑스러운 사촌들을 끌고 가서 사슬을 채운 게 내 아버지의 위병들이야."

"사슬은 아니지요. 편의는 다 제공받고 있다고 들었습니다."

그녀는 통렬히 웃었다. "당신이 직접 봤어? 아버지는 내가 사촌들을 만나게 해주지 않을 거야. 그건 알고 있었어?"

"그분들은 반역을 이야기하고, 전쟁을 조장했고……."

"로레자는 여섯 살, 도리아는 여덟 살이야. 걔들이 무슨 전쟁을 조장할 수 있다는 거야? 그런데도 아버지는 다른 자매들과 같이 그 아이들도 가뒀어. 당신도 아버지를 만나봤지. 강한 남자들이라 해도 공포에 질리면 하지 않을 법한 짓을 하는데, 내 아버지는 애초에 강했던 적도 없어. 아리스, 내 사랑, 나에게 품고 있다고 말하는 그 사랑을 걸고 내 말 들어. 나는 더 약한 씨에서 태어난 만큼, 내 사촌들에 비하면 두려움이 뭔지 잘 알아. 티엔과 나는 나이가 같아서 어렸을 때부터 자매처럼 친했어. 우리 사이엔 비밀이 없지. 티엔이 감옥에 갇힐 만하다면 나도 마찬가지야. 그것도 같은 이유…… 미르셀라 때문이야."

"아버님이 그러실 리 없습니다."

"당신은 내 아버지를 몰라. 난 남근 없이 이 세상에 도착한 그 순간부터 아버지를 실망시켰어. 아버지가 이도 제대로 남지 않은 늙은이와 날 결혼시키려고 한 것만 여섯 번이고, 그 상대는 갈수록 경멸스러웠어. 그래, 분명히 나에게 결혼하라고 명령하진 않았지. 하지만 그 결혼 제안 자체가 날 얼마나 하찮게 보는지 증명해."

"그렇다 해도 당신은 그분의 후계자십니다."

"그럴까?"

"물의 정원으로 떠나면서 당신에게 선스피어 통치를 맡기시지 않았습니까?"

"통치를? 아니야. 아버지는 사촌인 만프레이 경을 수호성주로, 늙고 눈먼

리카소를 대집사로 두고, 수금관들을 두어 걷은 세금은 재정관리 알리세 레이디브라이트가 계산하게 하고, 그림자 도시는 단속관들이 지키게 하고, 판결은 사법관들이 보게 하고, 대공이 직접 관심을 두지 않아도 되는 편지는 모두 마일스 학사가 처리하게 했어. 그 모두의 위에 붉은 독사를 두었지. 내가 맡은 일은 연회와 놀이, 중요한 손님들 접대였어. 오베린 숙부는 2주에 두 번씩은 물의 정원에 가곤 했지. 나는, 나는 1년에 두 번밖에 부르지 않았어. 아버지는 내가 아버지가 원하는 후계자가 아니라는 점을 명백히 했어. 우리의 법 때문에 어쩔 수 없을 뿐이지, 아버지 뜻대로라면 내 동생을 후계자로 세웠을 거야."

"동생분을요?" 아리스 경은 그녀의 턱 아래에 손을 대고 고개를 들어 올려 눈을 들여다보았다. "설마 트리스탄 공자 이야기는 아니시겠지요. 아직 어린아이인데요."

"트리스가 아니야. 쿠엔틴이야." 그녀의 두 눈은 죄악처럼 검고, 흔들림 없이 담대했다. "난 열네 살 때부터, 아버지의 개인방에 밤 인사를 하러 갔는데 안 계셨을 때부터 쭉 진실을 알고 있었어. 나중에야 어머니가 찾으셔서 가셨다는 걸 알았지. 아버지는 촛불 하나를 켜두고 나갔어. 나는 그 초를 불어 끄러 갔다가 그 옆에 미완성으로 놓인 편지를 발견했어. 이론우드로 떠난 내 동생 쿠엔틴에게 쓴 편지였지. 아버지는 쿠엔틴에게 학사와 훈련대장이 요구하는 일은 뭐든 해내야 한다고, '언젠가는 네가 내 자리에 앉아 도르네 전역을 통치할 것이고, 통치자는 마음과 몸이 강해야 하기 때문'이라고 썼어." 아리안느의 보드라운 뺨에 눈물이 한 방울 흘러내렸다. "아버지의 손으로 쓴, 아버지의 말이었어. 그 말들은 내 기억 속에 타들어가듯 새겨졌지. 그날 밤 나는 울다 잠들었고, 그 후로도 많은 밤을 그랬어."

아리스 경은 아직까지 쿠엔틴 마르텔을 만나보지 못했다. 쿠엔틴 공자는 어린 나이에 이론우드 공의 대자로 들어가서 시동으로 일하다가, 그다음에는 종자가 되고, 붉은 독사가 기사 작위를 주려고 했음에도 이론우드로부터 기사 작위를 받기를 택했다. '내가 아버지가 된다면 나도 아들이 나를 잇길 원하겠지.' 아리스 경은 그렇게 생각했지만, 아리안느의 목소리에 깃든 아픔을 알 수 있었고 생각대로 말했다간 그녀를 잃을 것을 알았다. "오해일지도 모릅니다. 아직 어린 나이셨어요. 어쩌면 대공께서 동생분을 좀 더 독려하려고 한 말에 불과했을지도 모릅니다."

"그렇게 생각해? 그렇다면 말해봐, 쿠엔틴은 지금 어디 있지?"

"공자께선 이론우드 공의 군대와 함께 뼈의 길에 계시지요." 아리스 경은 조심스럽게 말했다. 처음 도르네에 도착했을 때, 선스피어의 나이 많은 수호성주에게 들은 말이었다. 비단결 같은 수염을 기른 학사도 똑같이 말했다.

아리안느는 동의하지 않았다. "아버지는 우리가 다 그렇게 믿길 바라시지만, 나에겐 다른 말을 해주는 친구들이 있어. 내 동생은 평범한 상인 행세를 하면서 비밀리에 협해를 건넜어. 왜일까?"

"제가 어찌 알겠습니까? 백 가지 이유가 있을 수 있겠지요."

"아니면 한 가지 이유지. 황금 용병단이 미르와 계약을 깼다는 걸 알아?"

"용병들이야 늘 계약을 깨지 않습니까."

"황금 용병단은 아니야. '우리의 약속은 금과 같다'고 그들은 비터스틸 시절부터 호언장담해왔어. 미르는 리스와 티로시와 전쟁하기 직전이고. 그런데 왜 괜찮은 봉급과 짭짤한 약탈을 제공해줄 계약을 깨지?"

"리스가 더 큰 돈을 약속했을지도 모르지요. 아니면 티로시가요."

"아니야. 혹시 다른 용병단이라면 나도 그렇게 믿었을지 몰라. 자유 용병단이란 대부분 동전 한 푼에 편을 바꾸지. 황금 용병단은 달라. 망명자들과 망명자의 아들들이 비터스틸의 꿈으로 한데 뭉쳐 이루어진 결의형제들이야. 그들은 황금만큼이나 고향을 원해. 이론우드 공도 나만큼이나 그걸 잘 알지. 이론우드의 조상들도 블랙파이어 반란 세 번에 걸쳐 비터스틸과 함께 말을 달렸어." 그녀는 아리스 경의 손을 쥐고, 손가락을 깍지 껴 잡았다. "고스트힐의 톨랜드 가문 문장을 본 적 있어?"

그는 잠시 생각해야 했다. "자기 꼬리를 먹는 드래곤이었던가요?"

"시간이 그 드래곤과 같아. 시작도 끝도 없어서, 모든 게 다시 돌아오지. 앤더스 이론우드는 크리스톤 콜의 귀환이야. 그자가 내 동생의 귀에 대고 내 아버지 뒤를 이어 통치해야 한다고, 남자가 여자에게 무릎을 꿇는 건 옳지 않다고…… 특히나 방종하게 구는 아리안느는 통치에 적합하지 않다고 속삭이고 있어." 그녀는 반항적으로 머리채를 넘겼다. "그러니 당신이 섬기는 두 여자는 공통의 대의를 안은 셈이야, 경……. 그리고 둘 다를 사랑한다 주장하면서도 자기들을 위해 싸우려고 하지는 않는 기사 한 명도 공유하고 있지."

"싸울 겁니다." 아리스 경이 한쪽 무릎을 꿇었다. "미르셀라가 손위이고, 왕관에도 더 적합합니다. 킹스가드가 아니라면 누가 그분의 권리를 지키겠습니까? 제 검, 제 삶, 제 명예 모두 그분에게 속해 있습니다……. 그리고 제 심장의 기쁨인 당신에게도요. 맹세코 저에게 검을 들 힘이 남아 있는 한은 어떤 남자도 당신의 생득권을 훔쳐 가지 못할 것입니다. 저는 당신의 것입니다. 제게 뭘 원하십니까?"

"전부 다." 그녀는 무릎을 꿇고 그의 입술에 입 맞췄다. "전부 다. 내 사랑, 내 진정한 사랑, 내 다정한 사랑, 영원히. 하지만 우선은……."

"말씀만 하십시오."

"……미르셀라부터."

브리엔느

그 돌벽은 오래되어 무너져 내리고 있었지만, 그래도 들판을 가로지르는 돌벽을 보자 브리엔느의 목덜미 털이 곤두섰다.

'여기가 궁수들이 숨어 있다가 가엾은 클레오스 프레이를 죽인 곳이지.' 그녀는 그렇게 생각했지만…… 800미터쯤 더 가서 거의 똑같아 보이는 다른 벽이 또 나오자 확신이 없어졌다. 바큇자국 팬 길은 구불구불 휘어졌고, 잎을 떨군 갈색 나무들은 그녀가 기억하는 초록색 나무들과 달라 보였다. 제이미 경이 사촌의 장검을 검집에서 빼낸 자리도 벌써 지나친 걸까? 그와 싸운 숲은 어디였지? 불꽃을 튀기면서 서로를 베어대다가 용감한 형제단에게 습격당했던 개울은?

"아가씨? 기사님?" 포드릭은 그녀를 어떻게 불러야 할지 영 자신이 없는 모양이었다. "뭘 찾고 계십니까?"

'유령들.' "언젠가 내가 지나쳤던 벽. 중요한 건 아니야." '그때는 제이미 경에게 아직 두 손이 다 있었지. 내가 그 악담과 미소를 얼마나 싫어했던가.' "조용히 해라, 포드릭. 아직 이 숲엔 무법자들이 있을지 모른다."

소년은 헐벗은 나무들, 젖은 낙엽들, 앞에 뻗은 진흙탕 길을 보았다. "제겐 장검이 있어요. 싸울 수 있습니다."

'충분히 잘 싸우진 못하겠지.' 브리엔느는 소년의 용기를 의심하지 않았다. 다만 훈련이 의심스러웠다. 종자라고 불릴지는 모르나, 이제까지 소년이 종자로서 섬긴 남자들은 그에게 잘해주지 않았다.

브리엔느는 더스큰데일에서부터 오는 길에 소년의 사연을 조각조각 알아냈다. 소년의 가문은 페인 가문의 방계로, 큰아들이 아닌 어느 아들에게서 뻗어 나온 빈곤한 집안이었다. 소년의 아버지는 평생 부유한 사촌들의 종자 노릇만 했고 어느 잡화점 딸과 결혼해서 포드릭을 낳고 바로 그레이조이 반란 중에 죽었다. 소년이 네 살 때 어머니는 그 부유한 사촌들 중 하나에게 아들을 맡기고, 배 속에 다른 아이를 만들어놓은 방랑시인을 따라가버렸다. 포드릭은 어머니가 어떻게 생겼는지 기억하지 못했다. 소년이 아는 한 부모에 제일 가까운 존재는 세드릭 페인 경이었는데, 더듬거리는 이야기로 미루어보건대 그 친척 세드릭이 포드릭을 아들이라기보다는 하인처럼 대한 것 같았다. 캐스털리록이 휘하를 소집하자, 세드릭 경은 말을 돌보고 갑옷을 닦으라고 포드릭을 데리고 갔다. 그는 타이윈 공의 군대에서 싸우다가 강역에서 참살당했다.

집에서 멀리 떨어진 데다가 무일푼으로 혼자가 된 소년은 불룩 배 로리머 경이라는 뚱뚱한 방랑기사에게 들러붙었는데, 이 기사는 레포드 공의 분견대에 속해서 수송대를 지키는 임무를 맡고 있었다. "음식 지키는 녀석들이 언제나 제일 좋은 걸 먹지." 그런 말을 즐겨 하던 로리머 경은 타이윈 공의 개인 저장품에서 소금에 절인 햄을 훔치다가 발각당했다. 타이윈 라니스터는 다른 도둑들에 대한 본보기로 그를 목매달기로 했다. 포드릭은 그 햄을 함께 먹었기에 밧줄도 함께 받을 수 있었으나, 이름 때문에 목숨을 구했다. 케반 라니스터 경이 포드릭을 맡았고, 나중에는 조카인 티리온의 종자로 보냈다.

세드릭 경은 포드릭에게 말을 솔질하고 돌이 끼지 않았는지 발굽을 살피는 방법을 가르쳤으며, 로리머 경은 훔치는 요령을 가르쳤지만, 둘 다 검 쓰는 법은 별로 훈련해주지 않았다. 적어도 꼬마 악마는 궁정에 갔을 때 소년을 레드킵의 훈련대장에게 보내기라도 했다. 하지만 아론 산타가르 경은 빵을 달라는 폭동 중에 죽어버렸고, 포드릭의 훈련도 그걸로 끝이었다.

브리엔느는 포드릭의 기술을 알아보기 위해 떨어진 나뭇가지로 목검 두 개를 깎았다. 그리고 포드가 말은 느리지만 손은 느리지 않다는 사실을 알게 되어 기뻤다. 두려움을 모르고 주의 깊었지만, 한편 영양부족으로 깡말라서 힘이 달리기도 했다. '자기가 주장하는 대로 블랙워터 전투에서 살아남은 게 사실이라면, 그건 아무도 이 녀석을 죽일 만한 상대로 보지 않아서였을 거야.' 브리엔느는 포드릭에게 말했다. "네가 종자를 자칭할 순 있겠지만, 난 네 나이의 반도 되지 않았으면서 널 피투성이로 두들겨 팰 수 있는 시동도 여럿 보았다. 내 곁에 머문다면 매일 밤 손에 물집이 잡히고 팔에 멍이 든 채로 자게 될 것이고, 그나마도 몸이 아프고 쑤셔서 잠을 자기가 힘들 거다. 그렇게 살고 싶진 않겠지."

"아뇨." 소년은 고집했다. "그러고 싶습니다. 멍과 물집요. 그러니까, 원하는 건 아니지만, 원합니다. 기사님. 아가씨."

지금까지 포드릭은 자기가 한 말에 충실했고, 브리엔느도 자기가 한 말에 충실했다. 포드릭은 불평하지 않았다. 그는 검을 쥐는 손에 물집이 하나 새로 잡힐 때마다 자랑스럽게 브리엔느에게 보여주려 했다. 두 사람의 말도 잘 돌봤다. '아직까지 종자라고 할 순 없어.' 브리엔느는 스스로를 일깨웠다. '하지만 저 녀석이 아무리 날 기사님이라고 부른대도, 나 역시 기사는 아니지.' 다른 곳으로 보내려 해도 갈 곳이 없는 아이였다. 게다가 포드릭은 산사 스타크가 어디로 갔는지 모른다고 했지만, 스스로도 깨닫지 못한 뭔가를 알고 있을지 몰랐다. 희미하게 기억에 묻힌 어떤 우연한 말이 브리엔느의 탐색에 열쇠가 되어줄지 몰랐다.

"기사님? 아가씨?" 포드릭이 손가락질을 했다. "앞에 우차가 있어요."

브리엔느도 보았다. 바퀴 두 개에 옆면이 높은 목재 우차였다. 정작 봇줄은 소가 아니라 남자와 여자 한 쌍이 힘겹게 메고서, 바큇자국을 따라 우차를 메이든풀로 끌고 가고 있었다. 모습을 보아서는 농부들이었다. "속도를 늦춰라." 브리엔느가 소년에게 말했다. "우리를 무법자로 오해할지도 모른다. 꼭 해야 할 말만 하고, 예의를 지켜라."

"그러겠습니다, 기사님. 예의요. 아가씨." 소년은 무법자로 오해받을지 모른다는 생각에 기쁘기까지 한 모양이었다.

농부들은 속도를 늦춰 다가가는 그들을 조심스럽게 지켜보았지만, 브리엔느가 해칠 의도가 없음을 분명히 하자 나란히 가게 옆을 내주었다. "전에는 황소가 있었지." 노인은 함께 잡초 가득한 들판, 부드러운 진흙 호수, 시커멓게 타버린 나무들 사이를 이동하면서 브리엔느에게 말했다. "그런데 늑대들이 빼앗아 갔어요." 노인의 얼굴은 우차를 끄느라 벌겋게 달아올라 있었다. "우리 딸도 빼앗아 가서 멋대로 했는데, 그래도 더스큰데일 전투 이후에 어찌어찌 돌아왔지요. 황소는 안 돌아왔고. 늑대들이 먹었을 거예요."

여자에겐 덧붙일 말이 별로 없었다. 남자보다 스무 살은 어렸는데, 한마디도 하지 않고 그저 머리 둘 달린 송아지 보듯 브리엔느를 쳐다볼 뿐이었다. 타스의 처녀는 전에도 그런 시선을 본 적이 있었다. 스타크 부인은 그녀에게 친절했지만, 대부분의 여자들은 남자들과 마찬가지로 잔인했다. 톡 쏘는 혀와 귀에 거슬리는 웃음소리를 지닌 예쁜 여자애들이 더 상처인지, 예의라는 가면 뒤에 경멸을 숨긴 차가운 눈의 귀부인들이 더 상처인지는 말하기 힘들었다. 그리고 평민 여자들은 둘 중 어느 쪽보다도 더 나빴다. 브리엔느가 말했다. "내가 마지막으로 보았을 때 메이든풀은 온통 폐허였소. 문은 부서지고 마을은 절반이 불탄 상태였지."

"다는 아니지만 다시 지었다오. 탈리라는 남자, 엄하긴 해도 무튼보다는 용감한 영주예요. 숲에 아직 무법자가 있긴 한데 전처럼 많진 않아요. 최악의 놈들은 탈리가 추적해서 커다란 칼로 팍팍 쳐냈거든." 노인은 고개를 돌리고 침을 뱉었다. "길에서 무법자는 못 봤습니까?"

"못 봤소." '이번에는.' 더스큰데일에서 멀어질수록 길이 비어 있었다. 지금까지 언뜻이라도 본 여행자들은 가까워기도 전에 숲속으로 녹아 사라졌다. 마흔 명쯤 되는 추종자들을 이끌고 남쪽으로 걸어가던 수염을 기른 덩치 큰 성사만이 예외였다. 지나쳐 온 여관들은 약탈당해 버려졌거나, 무장 숙영지로 바뀌어 있었다. 어제는 장궁과 기마창을 빽빽이 세운 랜딜 탈리 공의 순찰대와 마주치기도 했다. 기마병들이 주위를 둘러싼 가운데 지휘관이 브리엔느를 심문했지만, 결국에는 가던 길을 갔다. "조심하시오, 여자. 다음에 만날 남자들은 내 부하들처럼 정직하지 않을 수도 있소. 사냥개가 무법자 백 놈과 함께 트라이던트를 건넜고, 그놈들이 마주치는 여자마다 강간하고 전리품 삼아 젖꼭지를 베어낸다고들 하오."

브리엔느는 그 경고를 농부와 그의 아내에게 전해야 할 의무감을 느꼈다. 노인은 그 이야기를 들으며 고개를 끄덕였지만, 말이 끝나자 다시 침을 뱉고 말했다. "개들이나 늑대들이나 사자들이나 다 다른자들에게 잡혀갔으면. 그 무법자들도 메이든풀에 아주 가까이는 못 올 겁니다. 탈리 공이 통치하는 동안엔 어림없지요."

브리엔느는 렌리 왕의 군대에 있었을 때 랜딜 탈리 공을 알게 됐다. 그 남자를 도저히 좋아할 수는 없었지만, 그자에게 진 빚을 잊을 수도 없었다. '신들이 자비로우시다면 그자가 내가 여기 있음을 알기 전에 메이든풀을 지나갈 수 있어.' 그녀는 농부에게 말했다. "일단 싸움이 끝나면 메이든풀은 무튼 공에게 돌아갈 거요. 왕이 사면을 해주셨으니."

"사면요?" 노인은 웃음을 터뜨렸다. "뭘 사면합니까? 망할 성에 궁둥이 붙이고 앉아 있었던 죄? 그 작자는 부하들을 리버런에 보내서 싸우게 했지만 직접은 안 움직였어요. 사자들이 자기 마을을 털고, 그다음엔 늑대들이, 그다음엔 용병들이 터는데도 영주 나리께선 성벽 안에 안전하게 앉아만 있었지요. 그분 형님이었다면 그렇게 숨어 있진 않았을 겁니다. 로버트에게 살해당하기 전까지 마일스 경은 보통 대담하질 않았죠."

'또 유령 이야기로군.' 브리엔느는 생각했다. "나는 여동생을 찾고 있소. 열세 살의 어여쁜 처녀요. 혹시 봤소?"

"어여쁘든 못났든 간에 처녀라곤 못 봤습니다."

아무도 못 봤다. 그래도 브리엔느는 계속 물어봐야 했다.

"무튼의 딸, 그 여자가 처녀이긴 하지요." 노인이 말을 이었다. "어쨌든 잠자리 전까지는 그래요. 이 계란, 이건 그 결혼식을 위한 겁니다. 그 여자와 탈리의 아들 결혼식요. 요리사들이 케이크 만들 계란이 필요할 거예요."

"그렇겠지." '탈리 공의 아들이라. 어린 디콘이 결혼을 하는군.' 브리엔느는 디콘이 몇 살인지 떠올려보았다. 여덟 살 아니면 열 살일 터였다. 브리엔느는 일곱 살에 세 살 연상과 약혼했었는데, 카론 공의 차남으로 입술 위에 사마귀가 난 수줍음 많은 소년이었다. 그들은 약혼식 날 딱 한 번밖에 만나지 못했다. 2년 후에 그 소년은 카론 영주 부부와 그 딸들과 같이 오한으로 죽었다. 소년이 살아 있었다면 그들은 브리엔느가 처음 꽃을 피우고 1년 안에 결혼했을 것이고, 그녀의 인생 전체가 달라졌을 것이다. 지금 여기에, 남자 갑옷을 입고 장검을 차고서 죽은 여자의 아이를 찾아 헤매고 있지 않았을 것이다. 그보다는 나이트송에서 아이 하나를 감싸 안고 다른 아이에게는 젖을 먹이고 있었을 것이다. 처음 하는 생각은 아니었다. 그 생각을 하면 언제나 조금은 슬펐지만, 조금은 안심이 되기도 했다.

새까맣게 탄 숲에서 벗어나, 깊은 바다를 등진 메이든풀이 앞에 펼쳐졌을 때는 태양이 층층이 쌓인 구름 뒤에 반쯤 숨어 있었다. 브리엔느는 도시 문을 다시 만들어서 강화해놓았음을 바로 알아보았고, 이번에도 노궁수들이 분홍색 돌벽 위를 걷고 있었다. 문루 위에는 토멘 왕의 깃발, 금색과 진홍색을 반반으로 넣은 바탕에 검은색 수사슴과 금색 사자가 맞붙고 있는 왕기가 휘날렸다. 다른 깃발들에서는 탈리의 사냥꾼이 보였고, 무튼 가문의 붉은 연어는 언덕 위 성에만 날렸다.

쇠창살문 앞에서 그들은 미늘창을 든 위병 십여 명과 마주쳤다. 휘장에는 탈리 공의 군에 속한 병사라는 표시가 있었으나, 탈리 가문 위병은 없었다. 켄타우로스가 둘, 번개가 하나, 파란 딱정벌레 하나, 초록색 화살 하나가 보일 뿐 흔힐의 걷는 사냥꾼은 없었다. 하사관의 가슴에는 공작이 새겨져 있었는데, 찬란한 꽁지깃이 햇빛에 바랬다. 농부들이 수레를 끌고 가자 그는 휘파람을 불었다. "이번엔 뭐냐? 계란?" 그는 하나를 던져 올렸다가 받고는 씩 웃었다. "우리가 받지."

노인이 꽥꽥거렸다. "우리 계란은 무튼 공께 드릴 거요. 결혼식 케이크를 만들 물건이에요."

"암탉들에게 알 더 낳으라고 해. 계란을 못 먹은 지 반 년은 됐어. 자, 돈 못 받았단 소린 말고." 그는 동전 한 줌을 노인의 발치에 던졌다.

노인의 아내가 입을 열었다. "이걸론 부족해요. 한참 부족해."

"충분해." 하사관이 말했다. "계란값하고, 너까지. 그 여자 이리로 데려와라. 저 노인에겐 너무 젊잖냐." 위병 두 명이 미늘창을 벽에 기대어놓더니 몸부림치는 여자를 우차에서 끌고 갔다. 농부는 잿빛 얼굴로 지켜보면서도 감히 움직이지 못했다.

브리엔느가 말에 박차를 가해 앞으로 나섰다. "풀어줘."

그 목소리에 위병들이 멈칫하는 사이 농부의 아내는 그들의 손아귀에서 벗어났다. "이건 댁이 상관할 일이 아냐." 한 남자가 말했다. "입 조심해, 계집."

브리엔느가 장검을 뽑았다.

"이것 봐라." 하사관이 말했다. "무기를 뽑았네. 아무래도 무법자 냄새가 나는데. 탈리 공이 무법자들을 어떻게 하는지 알지?" 그는 아직도 수레에서 꺼낸 계란을 들고 있었다. 하사관이 주먹을 쥐자 손가락 사이로 노른자가 흘러내렸다.

"랜딜 공이 무법자들을 어떻게 다루는지야 알지." 브리엔느가 말했다. "강간범들을 어떻게 다루는지도 알고."

놈들이 그 말에 멈칫하길 기대했지만, 하사관은 손가락에 묻은 계란을 털어내고 부하들에게 산개하라는 신호를 보냈다. 브리엔느는 강철촉에 둘러싸였다. "무슨 소릴 하고 있었더라, 계집? 탈리 공이 누구에게 뭘 어쩐다고?"

"……강간범들은." 좀 더 굵은 목소리가 끼어들었다. "탈리 공은 강간범을 거세하거나 장벽으로 보내버리지. 둘 다 할 때도 있고. 그리고 도둑은 손가락을 자르신다." 청년 하나가 허리에 검대를 매면서 문루 밖으로 나른하게 걸어 나왔다. 갑옷 위에 걸친 전포는 예전에는 흰색이었고 지금도 여기저기가 흰색으로 남아 있었지만, 그 위에 풀 얼룩이 지고 피가 말라붙었다. 가슴팍에 새겨진 상징은 갈색 사슴이었는데, 죽어서 장대에 묶인 모습이었다.

'저 사람이.' 그의 목소리는 브리엔느의 배를 때렸고, 그 얼굴은 배 속을 칼처럼 찔렀다. "하일 경." 그녀는 뻣뻣하게 말했다.

"보내주는 게 좋을 거다." 하일 헌트 경이 경고했다. "이분은 미녀 브리엔느, 일명 타스의 처녀시거든. 렌리 왕과 그의 레인보우가드 절반을 죽인 몸이시지. 못생긴 만큼이나 못됐는데, 더 못생긴 사람이란…… 너 정도일 거다, 오줌통. 하지만 네 아비는 들소 엉덩이였으니까 너에겐 변명거리가 있는 셈이지. 저 여자 아버지는 타스의 저녁 별이야."

위병들은 웃어댔지만, 미늘창은 치웠다. "붙잡아야 하지 않습니까?" 하사관이 물었다. "렌리를 죽인 죄로요."

"왜? 렌리는 반역자였어. 우리 모두가 그랬지만 이제 우린 토멘의 왕실 밑에 있지." 기사는 손을 내저어 농부들을 통과시켰다. "영주님 집사가 그 계란을 보면 기뻐할 거다. 시장에서 찾을 수 있을 거야."

노인은 인사하듯 손마디로 이마를 짚었다. "감사드립니다요. 진정한 기사이십니다. 딱 봐도 알겠네요. 가세, 마누라." 그들은 다시 우차에 어깨를 대고 문 너머로 굴렸다.

브리엔느는 포드릭을 뒤에 달고 그들을 따라 말을 몰았다. '진정한 기사라.' 그녀는 얼굴을 찌푸리고서 생각했다. 시내로 들어간 그녀는 고삐를 당겼다. 왼쪽으로 진흙투성이 골목길 앞에 자리 잡은 망가진 마구간 하나가 보였다. 맞은편에는 어느 매춘굴 발코니에 반쯤 헐벗은 창녀 셋이 서서 서로에게 속살거리고 있었다. 하나는 언젠가 브리엔느에게 다가와서 바지 안에 어느 쪽 성기가 있는지 물었던 종군 매춘부와 생김새가 비슷했다.

"저 짐말은 내 평생 본 말 중에 제일 끔찍하게 생겼군." 하일 경이 포드릭의 말을 두고 평했다. "아가씨가 타지 않은 게 놀라운데. 혹시 내 도움에 고맙다는 인사라도 할 계획 있나?"

브리엔느는 말에서 훌쩍 내려섰다. 그녀가 하일 경보다 머리 하나는 더 컸다. "언젠가 난전에서 경에게 고마움을 표하리다."

"붉은 로넷에게 고마움을 표했던 방식대로?" 하일 헌트가 소리 내어 웃었다. 얼굴은 밋밋했지만 웃음소리는 풍성하고 컸다. 한때는, 더 잘 알게 되기 전까지는 그 얼굴을 정직한 얼굴이라 생각했었다. 덥수룩한 갈색 머리에 개암색 눈동자, 왼쪽 귀 옆에 남은 작은 흉터. 턱은 갈라졌고 코는 비뚤어졌지만 그는 듣기 좋게, 그리고 자주 웃었다.

"경은 문을 지켜야 하지 않소?"

그가 쓴웃음을 지었다. "내 사촌 알린은 무법자들을 사냥하러 나갔어. 분명히 사냥개의 머리를 들고 뽐내면서 돌아오겠지. 당신 덕분에 그동안 난 이 문을 지키라는 저주를 받은 거야. 그 점 흡족했으면 좋겠군, 아름다운 사람. 그런데 뭘 찾고 있지?"

"마구간."

"동쪽 문 근처에 있어. 이쪽은 불탔고."

'나도 눈이 있어.' "아까 경이 했던 말……, 내가 렌리 왕이 죽었을 때 함께 있었던 건 사실이지만, 그분을 죽인 건 주술이었소. 내 검에 대고 맹세해." 그녀는 헌트가 면전에서 거짓말쟁이라고 부를 경우에 대비하며 칼자루에 손을 얹고 싸울 준비했다.

"그래, 그리고 레인보우가드를 죽인 건 꽃의 기사 놈이었지. 상태 좋은 날이라면 당신도 에몬 경 정도는 꺾을 수 있었을지 몰라. 저돌적인 싸움꾼이었고, 쉽게 지쳤으니까. 하지만 로이스? 아니지. 로바르 로이스 경은 당신보다 두 배는 뛰어난 검사였어……. 뭐, 여자도 검사라고 불러주는지는 잘 모르겠지만 말이야. 따로 부르는 말이라도 있나? 아무튼 어떤 임무가 처녀를 메이든풀(Maidenpool, 처녀의 연못)까지 이끌었나?"

'열세 살 처녀인 내 동생을 찾아서'라고 말해버릴 뻔했다. 하지만 하일 경은 그녀에게 동생이 없다는 걸 알고 있었다. "어떤 남자를 찾고 있소. 냄새나는 거위라는 곳에 있을."

"미녀 브리엔느는 남자들을 싫어하는 줄 알았더니." 그 미소에는 잔인한 날이 서 있었다. "냄새나는 거위라. 적절한 이름이야……. 적어도 냄새난다는 부분은 그래. 항구 옆에 있지. 우선은 나와 같이 가서 영주님을 보세."

브리엔느는 하일 경을 두려워하지 않았지만, 그는 랜딜 탈리의 지휘관 중 하나였다. 휘파람 한번 불면 백 명이 쏟아져 나와서 그를 지킬 것이다. "내가 체포되는 건가?"

"뭐, 렌리 때문에? 렌리가 뭐라고? 우린 그 후에 왕을 바꿨어. 어떤 사람은 두 번도 바꿨지. 아무도 신경 쓰지 않고, 아무도 기억하지 않아." 그는 그녀의 팔에 가볍게 한 손을 얹었다. "괜찮다면, 이쪽이야."

브리엔느는 그 손을 뿌리쳤다. "날 건드리지 않아주면 고맙겠소."

"이제야 고맙다가 나오는군." 그는 쓴웃음을 지으며 말했다.

브리엔느가 지난번에 보았던 메이든풀은 황량했고, 텅 빈 거리와 불타버린 집만 있는 암울한 곳이었다. 이제 길거리에는 돼지와 아이가 가득했고, 불탄 건물은 대부분 허물어졌다. 그중 어떤 자리에는 채소가 자랐고, 어떤 자리에는 상인들의 천막과 기사들의 큰 천막이 들어섰다. 브리엔느는 새로운 집들이 올라가는 모습을 보았다. 목조 여관이 타버린 자리에 석조 여관이 올라가고, 마을 성소는 새로운 판석 지붕을 얹었다. 서늘한 가을 공기 속에 톱과 망치 소리가 울려 퍼졌다. 남자들이 목재를 지고 길거리를 움직이고, 채석공들은 진흙투성이 길에서 수레를 끌었다. 상당수가 가슴팍에 걷는 사냥꾼 문장을 수놓았다. "병사들이 시내를 재건하고 있군요." 브리엔느는 놀라서 말했다.

"저놈들이야 주사위 굴리고 술 마시고 씹질이나 하고 싶겠지만, 랜딜 공은 빈둥거리는 남자들에게 일을 시키자는 주의라."

브리엔느는 성으로 끌려갈 줄 알았는데, 하일 헌트는 그들을 붐비는 항구로 데려갔다. 무역상들이 메이든풀에 돌아온 모습을 보니 기뻤다. 갤리선 한 척, 갈레아스선 한 척, 그리고 돛대 두 개짜리 대형 상선 하나가 들어와 있었고, 작은 어선이 스무 척 남짓 있었다. 그보다 더 많은 수의 어부들이 만에 나가서 바쁘게 일했다. '냄새나는 거위에서 아무것도 얻지 못한다면 나도 배를 타야겠어.' 그녀는 결정을 내렸다. 걸타운이 멀지 않았다. 그곳에서라면 이어리로 가는 배도 어렵지 않게 구할 수 있을 터였다.

탈리 공은 어시장에서 재판 중이었다.

물가에 영주가 범죄로 고발당한 영지민들을 내려다볼 수 있는 연단이 세워져 있었다. 왼쪽에는 스무 명은 족히 매달 밧줄들이 달린 긴 교수대가 있었다. 그 밑으로 시체 네 구가 흔들거렸다. 하나는 새로운 시체 같았지만, 다른 셋은 그 자리에 매달린 지 꽤 된 모양새였다. 까마귀 한 마리가 그중 한 사내의 무르익은 시체에서 살점을 뜯고 있었다. 다른 까마귀들은 누가 목매달리는 모습을 볼지 모른다는 기대에 모여든 주민들을 경계하여 흩어진 후였다.

연단에는 랜딜 공만이 아니라 무튼 공도 함께 있었는데, 창백하고 살집이 있는 물렁한 남자로 하얀색 더블릿과 빨간색 바지를 입고, 흰담비 망토는 연어 모양으로 세공한 적금 브로치로 어깨에 고정한 모습이었다. 랜딜 탈리는 가죽 방호구와 사슬 갑옷 위에 회색 강철 흉갑까지 갖췄다. 왼쪽 어깨 위로 대검 손잡이가 비죽 튀어나와 있었다. 이름은 '심장의 파멸'로, 탈리 가문의 자랑이었다.

그들이 다가갔을 때는 거칠게 짠 망토와 더러워진 가죽조끼를 입은 애송이 하나가 탄원하고 있었다. "전 아무도 해치지 않았습니다, 나리." 브리엔느는 청년의 말을 들었다. "도망친 성사들이 남겨놓은 걸 챙겼을 뿐입니다. 그것 때문에 제 손가락을 자르셔야 한다면, 하십쇼."

"도둑은 손가락 하나를 자르는 게 관습이지." 탈리 공은 엄한 목소리로 대꾸했다. "하지만 성소에서 도둑질을 한 자는 신들로부터 도둑질을 한 것이다." 그는 위병대장을 돌아보았다. "손가락을 일곱 개 잘라라. 엄지는 놓아두고."

"일곱요?" 도둑은 창백해졌다. 위병들이 붙잡자 맞서 싸우려고도 했지만, 이미 장애를 입은 사람처럼 약한 저항이었다. 그 모습을 보면서 브리엔느는 제이미 경을, 그리고 졸로의 아라크가 떨어져 내렸을 때 제이미가 비명을 지르던 모습을 떠올릴 수밖에 없었다.

다음 죄인은 밀가루에 톱밥을 섞었다는 죄목의 제빵사였다. 랜딜 공은 그에게 은화 50닢의 벌금을 물렸다. 제빵사가 그런 돈은 없다고 맹세하자, 모자란 은화 한 닢마다 채찍을 한 대씩 맞을 수도 있다고 선언했다. 그다음은 초췌한 잿빛 얼굴의 창녀였는데, 탈리의 병사 네 명에게 매독을 옮겼다는 죄목이었다. "저 여자의 밑을 잿물로 닦고 지하감옥에 처넣어라." 탈리가 명했다. 창녀가 흐느끼며 끌려 나가는 사이 탈리 공은 군중 가장자리에서 포드릭과 하일 경을 양옆에 두고 선 브리엔느를 보았다. 그는 얼굴을 찌푸렸지만, 눈에는 조금도 알아보는 빛을 비치지 않았다.

그다음은 갈레아스선의 선원이었다. 고발자는 무튼 공의 수비군에 속한 궁수로, 손에는 붕대를 감았고 가슴에는 연어를 달고 있었다. "이 잡종 놈이 제 손에 단검을 박았습니다. 제가 주사위 놀이에서 속였다면서요."

탈리 공은 브리엔느에게서 시선을 떼고 앞에 선 두 남자를 살폈다. "속였나?"

"아닙니다. 절대 안 그랬습니다."

"난 도둑질의 대가로 손가락 하나를 거둔다. 나에게 거짓말을 하면 목을 매달지. 그 주사위를 보여주겠나?"

"주사위를요?" 궁수는 무튼을 쳐다보았지만, 그의 영주는 어선들만 보고 있었다. 궁수는 침을 꿀꺽 삼켰다. "그게 제가…… 그 주사위는, 그게 저에게 행운인 건 사실입니다만, 제가……."

탈리는 굳이 더 듣지 않았다. "저놈의 새끼손가락을 잘라라. 어느 쪽 손일지는 직접 고를 수 있다. 다른 놈은 손바닥에 못을 박아라." 그는 일어섰다. "이만 끝내지. 나머지는 지하감옥으로 다시 데려가라. 내일 처분하겠다." 그는 몸을 돌려 하일 경을 앞으로 불렀다. 브리엔느가 따라갔다. "랜딜 공." 그녀는 그의 앞에 서서 말했다. 다시 여덟 살이 된 기분이었다.

"아가씨. 무슨 일로 우리에게 이런…… 영예를 베푸시는가?"

"사람을 찾으러 왔습니다. 그…… 그게……." 브리엔느는 머뭇거렸다.

"찾는 사람 이름도 모르면 어떻게 찾으려는가? 그대가 렌리 공을 죽였나?"

"아닙니다."

탈리는 그 말을 가늠해보았다. '다른 이들을 심판했듯이 나도 심판하고 있어.' 마침내 탈리가 말했다. "아니었군. 그저 죽게 놓아뒀을 뿐이야."

렌리는 그녀의 품 안에서 죽었다. 소중한 피가 그녀를 흠뻑 적셨다. 브리엔느는 움찔했다. "그건 마법이었습니다. 전 결코……."

"결코?" 그의 목소리가 채찍으로 변했다. "그래. 그대는 결코 사슬 갑옷을 입지도, 장검을 차지도 말았어야 했어. 결코 그대의 아버지 곁을 떠나지도 말았어야 했어. 이건 수확제 무도회가 아니라 전쟁이네. 모든 신들의 이름으로, 난 그대를 배에 태워 타스로 돌려보내야 마땅해."

"그리 하시면 왕좌에 답하셔야 합니다." 두려움이 안 느껴지게 말하고 싶을 때면 그녀의 목소리가 높고 여자애같이 울렸다. "포드릭. 내 안낭에서 양피지를 찾아서 공께 가져다드려라."

탈리는 그 편지를 받아서 험상궂은 얼굴로 풀어보았다. 그는 입술을 움직이며 소리 없이 읽었다. "왕이 맡긴 일이라. 어떤 일이지?"

'내게 거짓말을 하면 목을 매달겠다.' "사, 산사 스타크입니다."

"스타크의 딸이 여기 있었다면 내가 알았을 터, 분명 북쪽으로 도망쳤을 것이다. 제 아버지의 휘하 누군가에게서 피난처를 구하려 하겠지. 올바른 선택을 하는 데에 희망이 있을 테고."

"대신 협곡으로 갔을 수도 있습니다." 브리엔느는 저도 모르게 말했다. "모친의 동생이 있으니까요."

랜딜 공은 경멸하는 표정을 지었다. "라이사 부인은 죽었다. 어떤 가수가 산 아래로 밀어버렸다는군. 지금 이어리는 리틀핑거가 쥐고 있어……. 오래가진 못하겠지만. 협곡의 영주들은 재주라곤 동전 세는 것밖에 없는 건방진 벼락출세자에게 무릎을 꿇는 부류가 아니지." 그는 브리엔느에게 편지를 돌려줬다. "원하는 데로 가서 하고 싶은 대로 해라……. 하지만 강간당한다 해도 나에게 정의를 구하지는 말아라. 어리석은 짓거리로 자초한 일일 테니." 그는 하일 경을 흘긋 보았다. "그리고 경은 문 앞에 있어야 할 텐데. 내가 경에게 그렇게 명령하지 않았던가?"

"그러셨습니다." 하일 헌트가 대답했다. "하지만 제 생각에—"

"경은 생각이 너무 많아." 탈리 공은 성큼성큼 걸어가버렸다.

'라이사 툴리가 죽다니.' 브리엔느는 귀중한 양피지를 손에 쥔 채 교수대 아래에 서 있었다. 군중은 흩어지고, 까마귀들이 잔치를 재개하러 돌아왔다. '가수가 산 아래로 밀어버렸다고.' 그렇다면 까마귀들이 캐틀린 부인의 동생도 먹어치웠을까?

"냄새나는 거위 이야기를 하셨지, 아가씨." 하일 경이 말했다. "혹시 내가 안내해주길 바란다면—"

"지켜야 할 문으로 돌아가시오."

그의 얼굴에 짜증스러운 빛이 스쳤다. 정직하지는 않고 밋밋하기만 한 얼굴이었다. "그걸 원한다면 그러지."

"그렇소."

"시간 때우기 놀이였을 뿐이야. 해 끼칠 생각은 아니었어." 그가 머뭇거렸다. "알다시피 벤은 죽었어. 블랙워터에서 칼에 베였지. 패로도, 황새 윌도 죽었어. 그리고 마크 멀런도어는 부상을 입어 팔을 절반이나 잘라내야 했지."

'잘됐군.' 브리엔느는 그렇게 말하고 싶었다. '잘됐네. 그래도 싸.' 하지만 작은 사슬 갑옷을 입힌 원숭이를 어깨에 앉히고 천막 바깥에 앉아서 원숭이와 서로 표정으로 장난을 치던 멀런도어를 기억했다. 비터브리지의 그

밤에, 캐틀린 스타크가 그들을 무어라 불렀던가? '여름의 기사들.' 그리고 이제 가을이 오자 그 기사들은 낙엽처럼 떨어지고 있었다…….

그녀는 하일 헌트에게서 등을 돌렸다. "포드릭, 가자."

소년은 두 마리 말을 끌고 종종걸음으로 따라왔다. "거길 찾으러 가나요? 냄새나는 거위요?"

"나는 그리로 간다. 너는 동쪽 문 옆에 있는 마구간으로 가라. 마구간지기에게 우리가 밤을 보낼 만한 여관이 있는지도 물어보고."

"그러겠습니다, 기사님. 아가씨." 포드릭은 땅바닥을 내려다보고 걸으면서 가끔 한 번씩 돌멩이를 걷어찼다. "거기가 어딘진 아세요? 거위요? 그, 냄새나는 거위요."

"아니."

"그분이 안내하겠다고 하셨는데. 그 기사님. 카일 경요."

"하일이야."

"하일 경. 그분이 기사님에게 무슨 짓을 했나요? 아니, 아가씨께요."

포드릭은 말을 더듬을지는 몰라도 멍청하지는 않았다. "하이가든에서, 렌리 왕이 휘하를 소집했을 때 몇 남자가 나와 게임을 했다. 하일 경도 그 중 하나였지. 잔인한 게임이었어. 마음에 상처를 줬고, 기사답지도 않았지." 그녀는 발을 멈췄다. "동쪽 문은 저 방향이다. 거기서 기다리거라."

"분부대로 하겠습니다, 아가씨. 기사님."

냄새나는 거위에는 간판이 없었다. 어느 도살업자의 헛간 아래 나무 계단을 내려가서 그곳을 찾아내는 데 거의 한 시간이 걸렸다. 지하실은 어두웠고 천장은 낮았으며, 브리엔느는 들어가면서 대들보에 머리를 부딪쳤다. 거위는 보이지 않았다. 등받이 없는 걸상 몇 개가 흩어져 있었고, 한쪽 흙벽에는 장의자를 붙여놓았다. 잿빛이 된 데다 벌레 먹은 낡은 와인 통들이 탁자였다. 예견된 악취가 모든 것을 뒤덮었다. 대부분은 와인과 습기와 흰

곰팡이 냄새였지만, 변소 냄새도 약간 있었고, 무덤 냄새도 섞여 있었다.

손님이라고는 녹색과 자주색 수염을 달고 서로에게 으르렁대고 있는 구석의 티로시 바다 사나이 셋뿐이었다. 그들은 브리엔느를 잠시 훑어보았고, 하나가 무슨 말을 하자 나머지가 웃음을 터뜨렸다. 가게 주인은 술통 두 개에 가로놓은 판자 뒤에 서 있었다. 여자였고, 통통하고 창백하고 머리는 벗어지고 있었으며 크고 물렁한 젖가슴이 지저분한 작업복 아래로 흔들거렸다. 마치 신들이 생반죽으로 빚어 만든 것 같은 여자였다.

브리엔느도 여기에서는 물을 주문하지 못했다. 그녀는 와인을 한 잔 사고 말했다. "민첩 딕이라는 남자를 찾고 있소."

"딕 크래브 말이지. 거의 매일 밤 와." 여자는 브리엔느의 사슬 갑옷과 장검을 눈여겨보았다. "그놈을 벨 거면 어디 다른 데 가서 해. 탈리 공과 말썽을 빚긴 싫어."

"이야기를 하고 싶을 뿐이오. 내가 왜 그자를 해치겠소?"

여자는 어깨를 으쓱였다.

"그자가 들어올 때 고개를 끄덕여주면 고맙겠소."

"어떻게 고마워할 건데?"

브리엔느는 판자 위에 별 동화를 한 닢 올려놓고, 계단이 잘 보이는 그림자 속에 자리 잡았다.

그녀는 와인을 마셔보았다. 혀에 닿는 느낌이 미끈거렸고 안에 머리카락이 하나 떠 있었다. '산사를 찾을 희망만큼이나 가느다란 머리카락이군.' 그녀는 그 머리털을 집어내며 생각했다. 돈토스 경을 추적하는 일은 무익했고, 라이사 부인이 죽었으니 협곡은 그럴싸한 피난처가 아니었다. '어디 계십니까, 산사 아가씨? 윈터펠로 돌아가셨나요, 아니면 포드릭이 생각하는 것처럼 남편과 함께 계신가요?' 브리엔느는 산사를 따라 협해까지 건너고 싶지 않았다. 협해 너머는 언어도 낯설었다. '거기선 내가 더 괴물로 보이겠지. 내 뜻을 이해시키려고 그르렁대면서 손짓 발짓을 하면, 하이가든에서 처럼 날 보고 웃어댈 거야.' 그 일을 떠올리자 뺨이 붉어졌다.

렌리가 왕관을 썼을 때, 타스의 처녀는 그 군세에 합류하려고 리치까지 먼 길을 달려갔다. 왕은 예의를 갖춰 그녀를 맞이하고 기꺼이 받아들였으나 그의 영주들과 기사들은 그러지 않았다. 브리엔느도 따뜻한 환영을 기대하지는 않았다. 냉담함, 조롱, 적개심에 대비하고 있었다. 그런 대접은 전에도 받았었다. 그녀를 혼란스럽게 만든 건 다수의 냉대가 아니라 소수의 친절이었다. 타스의 처녀는 세 번 약혼했으나, 하이가든에 가기 전까지는 구애를 받아본 적이 없었다.

맨 처음은 커다란 벤 부시였다. 렌리의 진영에서 브리엔느보다 키가 큰 몇 안 되는 사내들 중 하나였는데, 종자를 보내어 그녀의 사슬 갑옷을 닦게 하고, 은으로 만든 뿔잔을 선물했다. 에드문드 앰브로즈 경은 한술 더 떠서, 꽃을 가져오고 같이 말을 달리자고 청했다. 하일 헌트 경은 둘 다를 앞질렀다. 그는 브리엔느에게 아름다운 삽화와 함께 기사의 용맹을 다룬 이야기 백 개가 담긴 책을 선물했다. 그녀의 말들에게 줄 사과와 당근을 가져왔고, 그녀의 투구에 꽂으라고 파란 비단 깃털도 가져왔다. 진영 내의 소문을 이야기해주고, 영리하고 신랄한 말로 그녀에게서 미소를 끌어냈다. 심지어 하루는 그녀와 같이 훈련을 하기도 했는데, 나머지 모두를 합친 것보다 더 의미 있는 일이었다.

그녀는 다른 사람들이 예의 바르게 굴기 시작한 것이 하일 경 때문이라고 생각했다. 아니, 예의 바른 정도가 아니었다. 식탁에서는 남자들이 브리엔느 옆자리를 두고 싸웠고, 와인 잔을 채워주겠다고 하거나 빵을 가져다주겠다고 했다. 리차드 패로 경은 그녀의 천막 바깥에서 류트로 사랑 노래를 연주했다. 휴 비스버리 경은 "타스의 처녀처럼 단" 꿀을 한 단지 가져왔다. 마크 멀런도어 경은 여름 군도에서 온 작고 희한한 흑백의 원숭이로 장난을 쳐서 그녀를 웃겼다. 황새 윌이라는 방랑기사는 그녀의 뭉친 어깨를 문질러 풀어주겠노라 제안했다.

브리엔느는 그 제안을 거절했다. 모두 다 거절했다. 어느 날 밤 오언 인치필드 경이 그녀를 붙잡고 입을 맞췄을 때는 그를 때려눕혀 요리불에 엉덩방아를 찧게 만들었다. 그 후에 그녀는 거울에 비친 자신의 모습을 보았다. 얼굴은 변함없이 넓적하고 주근깨투성이에 이는 뻐드렁니였고, 입술은 크고 턱은 각져서 추하기만 했다. 그녀는 그저 기사가 되어 렌리 왕을 섬기고 싶을 뿐이었건만…….

여자가 브리엔느 하나뿐인 것도 아니었다. 종군 매춘부들도 브리엔느보다는 예뻤고, 티렐 공이 매일 밤 렌리 왕에게 베푸는 성 안의 연회에서는 고귀한 처녀들과 사랑스러운 숙녀들이 피리와 뿔나팔과 하프 소리에 맞춰 춤을 췄다. '왜 나에게 친절하게 구는 거야?' 낯선 기사가 칭찬할 때마다 소리라도 지르고 싶었다. '나에게 뭘 원해?'

그 수수께끼는 중장병 두 명을 보내어 브리엔느를 자기 천막으로 부른 랜덜 탈리가 풀어줬다. 그의 어린 아들 디콘이 기사 네 명이 말에 안장을 얹으면서 낄낄대는 소리를 우연히 듣고는, 무슨 말을 들었는지 아버지에게 고했던 것이다.

그들은 내기를 하고 있었다.

시작한 사람은 그중에서도 젊은 기사 세 명, 탈리의 가신인 앰브로즈와 부시와 하일 헌트였다고 했다. 그러나 진영에 말이 퍼지자 다른 기사들도 합류했다. 각각 드래곤 금화 한 닢씩을 내고 경쟁에 뛰어들었고, 브리엔느의 처녀성을 가져간 사람이 그 돈을 다 가져가는 조건이었다.

"장난은 내가 끝냈다." 탈리가 말했다. "이…… 도전자들 중에 몇몇은 덜 명예로운 자들이라, 갈수록 위험이 커지고 있었어. 그중 하나가 힘으로 상을 타내려 드는 건 시간 문제였다."

"기사들이었는데요." 그녀는 어리벙벙해서 말했다. "축성을 받은 기사였어요."

"그리고 명예로운 남자들이지. 잘못은 너에게 있다."

이 비난에는 브리엔느도 움찔했다. "저는 절대로…… 전 그분들을 부추길 만한 짓은 하지 않았습니다."

"네가 여기 있는 것 자체가 부추김이었어. 군대를 따라오는 여자는 종군 매춘부밖에 없지. 군대는 처녀가 있을 곳이 아니다. 네가 네 순결이나 네 가문의 명예를 조금이라도 생각한다면 그 갑옷을 벗고 집으로 돌아가서 아버지에게 남편을 찾아달라 해야 마땅하다."

"전 싸우러 왔습니다." 그녀가 항의했다. "기사가 되러 왔어요."

"신들께선 남자들을 싸우게 만들고, 여자들은 아이를 낳게 만드셨다." 랜딜 탈리가 말했다. "여자의 전장은 출산 침대야."

누군가가 지하실 계단을 내려오고 있었다. 브리엔느는 지저분한 갈색 머리에 남루하고 말라빠진 데다 야윈 얼굴의 남자가 거위 안으로 들어서자 와인을 옆으로 밀었다. 그 남자는 티로시 선원들을 쓱 보고 브리엔느는 조금 더 오래 쳐다보더니 판자 쪽으로 걸어갔다. "와인. 그리고 댁네 말 오줌은 섞지 말아주면 고맙겠어."

여자는 브리엔느를 보고 고개를 끄덕였다.

"그 와인은 내가 사리다." 브리엔느가 외쳤다. "정보값이오."

남자는 경계하는 눈으로 그녀를 돌아보았다. "정보? 내가 아는 정보가 좀 많은데." 그는 브리엔느 맞은편 걸상에 앉았다. "아가씨께서 그중에 어느 정보를 원하시는지 말해봐. 그러면 민첩 딕이 말해주지."

"당신이 광대를 하나 놀려먹었다고 들었소."

남루한 남자는 생각에 잠겨 와인을 마셨다. "그랬을지도 모르지. 아닐지도 모르고." 그는 영주의 휘장이 뜯겨 나가고 없는 색 바래고 너덜너덜한 더블릿을 입고 있었다. "누가 알고 싶어 하시는 건데?"

"로버트 왕." 브리엔느는 둘 사이 통 위에 은화를 한 닢 놓았다. 한쪽에는 로버트의 머리가, 반대쪽에는 수사슴이 새겨진 은화였다.

"그러셔?" 남자는 은화를 잡고 빙그르르 돌리며 미소 지었다. "왕이 춤추는 모습을 보고 싶구먼. 헤이노니 헤이노니 헤이노니호. 당신이 말하는 그 광대를 내가 봤을 수도 있어."

"여자애가 하나 같이 있었소?"

"여자애 둘." 그는 즉시 대답했다.

"여자애 둘이라고?" 다른 하나가 아리아일 수도 있을까?

"흠, 사실 어린 아가씨들을 직접 보진 못했어. 하지만 광대가 세 사람 도항을 원했거든."

"어디로?"

"바다 건너편이었을걸."

"그 광대가 어떻게 생겼는지 기억나시오?"

"광대였지." 그는 빙글빙글 돌던 은화가 속도를 늦추기 시작하자 잡아채어 잽싸게 집어넣었다. "겁에 질린 광대."

"왜 겁에 질렸지?"

그가 어깨를 으쓱였다. "말은 안 했지만, 이 민첩 딕은 두려움의 냄새를 알거든. 그자는 거의 매일 밤 여기 와서 선원들에게 술을 사고 농담을 하고 별것 아닌 노래를 불렀지. 그런데 어느 날 밤에 가슴팍에 사냥꾼을 단 남자들이 들어왔더니만 광대가 얼굴이 새하얘져서는, 그 작자들이 나갈 때까지 말이 없는 거야." 그는 걸상을 그녀 쪽으로 더 가까이 끌어당겼다. "탈리는 병사들이 부둣가를 빨빨거리고 다니면서 들고 나는 배를 다 감시하게 했거든. 사슴을 잡으려면 숲으로 가야 하고 배를 타려면 부두로 가야지. 그런데 그 광대는 감히 부두로 가질 못했어. 그래서 내가 도와주겠다고 제안을 했지."

"어떤 도움?"

"은화 한 닢보다는 더 드는 도움."

"말하면 하나 더 주지."

"어디, 보고." 남자의 말에 브리엔느는 수사슴 은화 한 닢을 더 통 위에 올려놓았다. 남자는 은화를 빙그르르 돌리면서 미소를 짓다가 낚아챘다. "배에 갈 수가 없는 남자라면 배가 자기에게 오게 해야 하지 않겠어? 내가 그럴 수 있는 곳을 안다고 했지. 숨겨진 장소. 이를테면……."

브리엔느의 팔에 소름이 돋았다. "밀수꾼의 만이었군. 광대를 밀수꾼들에게 보낸 거야."

"광대와 두 여자애를 보냈지." 남자는 키득거렸다. "다만 말이지, 그게, 내가 보낸 곳은 한동안 배라곤 들어오질 않았거든. 30년은 안 왔을 거야." 그는 코를 긁었다. "그 광대가 뭔데 그래?"

"그 두 여자애가 내 동생들이오."

"그래? 가엾은 것들. 나도 누이가 하나 있었더랬지. 무릎이 툭 튀어나온 깡마른 여자애였는데, 어느 날 젖가슴이 자라더니 다리 사이에 어느 기사님네 아들이 있더라고. 마지막으로 봤을 때는 누워서 밥벌이를 하려고 킹스랜딩으로 갔지."

"그 사람들을 어디로 보냈소?"

또 으쓱. "그건 나도 기억이 안 나는걸."

"어디요?" 브리엔느는 은화를 또 한 닢 내려놓았다.

남자는 집게손가락으로 은화를 다시 튕겨 보냈다. "사슴은 찾지 못하는 곳……. 드래곤이라면 찾을지도 모르지."

브리엔느는 은화로 그 남자에게 진실을 끌어낼 수 없음을 감지했다. '금화라면 가능할 수도 있고, 아닐 수도 있지. 강철이 더 확실해.' 브리엔느는 단검을 짚었다가, 결국 지갑에 손을 넣었다. 드래곤 금화 한 닢을 찾아내어 술통 위에 놓았다. "어디?"

남루한 남자는 금화를 얼른 낚아채어 깨물었다. "달구먼. 덕분에 크랙클로포인트 생각이 나는데. 여기서 북쪽인데, 산과 늪만 있는 황무지이지만 우연하게도 내가 거기서 태어나서 자랐거든. 원래 이름도 딕 크래브인데, 대부분 민첩 딕이라고 부르고."

브리엔느는 이름을 대지 않았다. "크랙클로포인트 어디?"

"'위스퍼스(Whispers, 속삭임)'야. 클래런스 크래브에 대해선 물론 들어봤겠지."

"아니."

여기에는 그 남자도 놀란 것 같았다. "클래런스 크래브 경 말이야. 내 몸에 그 양반 피가 흘러. 키가 2미티 50센티는 되고, 힘이 어찌나 센지 한 손으로 소나무를 뽑아서 800미터는 던질 수 있었다지. 그 몸을 감당할 수 있는 말이 없어서 들소를 타고 다녔고."

"그게 이 밀수꾼 만과 무슨 상관이지?"

"클래런스 크래브의 마누라가 숲 마녀였거든. 클래런스 경이 남자를 죽일 때마다 머리통을 가지고 집으로 돌아가면, 마누라가 그 입술에 입을 맞춰서 되살려냈어. 영주와 마법사, 유명한 기사와 해적이었지. 그중에 하나는 더스큰데일의 왕이었고. 그 머리통들은 크래브에게 훌륭한 조언을 해줬지. 머리통밖에 없었기 때문에 큰 소리로 말하진 못했지만, 그렇다고 입을 다물지도 않았어. 머리통밖에 없으면 하루 종일 할 일이라곤 말하는 것밖에 없으니까. 그래서 크래브의 요새는 '위스퍼스'라는 이름을 얻었지. 이젠 폐허가 된 지 천 년이 지났지만 아직도 그렇게 불려. 외로운 곳이지, 위스퍼스는." 남자는 금화를 손가락 관절 위로 교묘하게 움직였다. "드래곤도 혼자는 외로워. 열 마리라면……."

"드래곤 열 개면 한재산이지. 날 바보로 아나?"

"아니. 하지만 바보에게 데려다줄 순 있어." 금화가 한쪽으로 춤을 추다가 반대쪽으로 춤을 췄다. "아가씨를 위스퍼스에 데려다주지."

브리엔느는 그 남자가 손가락으로 금화를 가지고 노는 모습이 마음에 들지 않았다. 그러나……. "혹시 내 동생을 찾는다면 드래곤을 여섯 개 주지. 광대만 찾는다면 두 개. 아무것도 찾지 못한다면 아무것도 없어."

크래브는 어깨를 으쓱였다. "여섯 좋지. 여섯이면 되겠어."

'너무 빨라.' 그녀는 크래브가 금화를 집어넣기 전에 그 손목을 잡았다. "날 속이지 마. 쉬운 먹잇감은 아닐 거야."

그녀가 손목을 놓자 크래브는 그 자리를 문질렀다. "빌어먹을. 손이 아프잖아." 그가 중얼거렸다.

"미안하게 됐군. 내 동생은 열세 살 소녀야. 난 걜 찾아야 해, 아직—"

"아직 멀쩡할 때 말이지. 그래, 알겠어. 구한 거나 마찬가지야. 민첩 딕이 함께한다고. 동틀 때 동쪽 문 앞에서 만나. 말을 구하려면 누굴 좀 만나야 해."

샘웰

샘웰 탈리는 바다 때문에 위장병이 났다.

익사에 대한 공포 때문만은 아니었지만, 분명 그 영향도 있었다. 배의 움직임, 발아래에서 갑판이 출렁이는 느낌 탓도 있었다. "배 속이 메스꺼워." 그는 바닷가 이스트워치에서 출항한 날 대리언에게 고백했다. 가수는 그의 등을 철썩 때리며 말했다. "슬레이어, 너처럼 배가 나오면 출렁거리기도 많이 출렁거릴 거야."

샘은 하다못해 길리를 위해서라도 용감한 얼굴을 유지하려 노력했다. 길리는 바다를 본 적이 없었다. 크래스터의 요새에서 도망쳐서 눈밭을 뚫고 허우적댔을 때 호수를 몇 개 지나긴 했는데, 그런 호수에도 길리는 경이로워했다. '검은 새'호가 바닷가에서 미끄러져나가자 길리는 떨기 시작했고, 커다란 눈물방울이 뺨을 타고 흘러내렸다. "신들이여 자비를." 샘은 그녀가 속삭이는 소리를 들었다. 이스트워치가 먼저 사라졌고, 그다음에는 장벽이 점점 멀리 작아지다가 마침내 사라졌다. 그 무렵에는 바람이 불고 있었다. 돛은 너무 자주 빨아서 회색으로 바랜 검은 망토의 색깔이었고, 길리의 얼굴은 공포로 하얗게 질려 있었다. "이건 좋은 배예요." 샘은 말해주려 했다.

"무서워하지 않아도 돼요." 하지만 길리는 그를 쳐다보더니 아기를 더 꼭 끌어안고서 갑판 아래로 도망쳤다.

샘은 곧 뱃전을 꽉 붙들고서 노의 움직임을 지켜보게 되었다. 모든 노가 한꺼번에 움직이는 모습은 어쩐지 아름다웠고, 물을 보는 것보다 낫기도 했다. 물을 보면 익사하는 생각밖에 들지 않았다. 어렸을 때 그의 아버지는 혼힐 아래 연못에 샘을 던져 넣어서 수영을 가르치려 했었다. 물이 코와 입과 폐로 들어갔고, 그는 하일 경이 꺼내준 후에도 몇 시간이나 기침하고 쌕쌕거렸다. 그 후에 샘은 절대로 허리보다 깊은 물에 들어가지 않았다.

바다표범만은 그보다도 훨씬 더 깊었고, 아버지의 성 아래 있는 작은 연못처럼 친근하지도 않았다. 물은 회색과 녹색으로 파도쳤고, 배가 따라가는 나무 많은 해안에선 암초와 소용돌이가 으르렁거렸다. 어찌어찌 발을 차고 기어서 해안까지 갈 수 있다 해도, 파도가 그를 어느 바위에 내동댕이쳐서 머리를 산산조각 낼 것이다.

"인어를 찾는 거야, 슬레이어?" 대리언은 샘이 바다를 응시하는 모습을 보고 물었다. 금발에 개암색 눈동자를 지닌 이스트워치의 잘생긴 젊은 가수는 검은 형제라기보다는 사악한 왕자 같았다.

"아니." 샘은 자신이 무엇을 찾는지도, 이 배에서 무엇을 하고 있는지도 알지 못했다. '시타델에 가서 사슬을 벼려 학사가 되고, 경비대에 더 잘 봉직하려는 거야.' 스스로에게는 그렇게 말했지만, 그런 생각을 하면 피곤하기만 했다. 학사가 되어 살갗에 차갑게 닿는 무거운 사슬 목걸이를 걸고 살고 싶지 않았다. 형제들, 평생 처음으로 사귄 친구들 곁을 떠나고 싶지 않았다. 그리고 죽으라고 장벽으로 보내버렸던 아버지를 대면하고 싶은 마음은 더더욱 없었다.

다른 사람들은 달랐다. 그들에게 이 항해의 결말은 행복할 것이다. 길리는 귀신 들린 숲에서 알았던 끔찍한 것들과의 사이에 웨스테로스 땅을 두고 혼힐에서 안전하게 살게 될 것이다. 그의 아버지의 성에서 하녀로 일하면서 따뜻하게 잘 먹고 지낼 테고, 크래스터의 아내로서는 꿈도 꾸지 못했던 거대한 세계의 작은 일부가 될 것이다. 아들이 크고 튼튼하게 자라서 사냥꾼이나 마구간지기나 대장장이가 되는 모습을 볼 것이다. 그 아이가 무기에 조금이라도 재능을 보여준다면, 어떤 기사가 종자로 들일 수도 있었다.

아에몬 학사도 더 나은 곳으로 가고 있었다. 아에몬에게 시간이 얼마나 남았는지는 몰라도, 그가 남은 시간을 올드타운의 따뜻한 바람을 맞고 동료 학사들과 대화하고 보조학사와 수련생들에게 지혜를 나누며 보낸다고 생각하면 기분이 좋았다. 아에몬 학사는 휴식을 누릴 자격이 남들의 백 배는 더 있었다.

대리언도 더 행복할 것이다. 대리언은 언제나 장벽으로 오게 된 강간죄는 누명이었다고, 자기는 어느 영주의 성에서 저녁 식사 노래를 할 사람이라고 주장했었다. 이제 그에겐 그럴 기회가 생겼다. 존은 종적이 묘연해서 죽은 것으로 여겨지는 요렌이라는 남자 대신 대리언에게 신병 소집 일을 맡겼다. 대리언의 임무는 칠왕국을 여행하며 밤의 경비대의 용맹을 노래하다가 한 번씩 신병들을 데리고 장벽으로 돌아가는 것이었다.

항해가 길고 험하다는 사실은 아무도 부인할 수 없었지만, 다른 사람들에게는 적어도 행복한 결말이 기다리고 있었다. 샘에게도 그것이 위안이었다. '난 이 사람들을 위해서, 밤의 경비대를 위해서, 그리고 행복한 결말을 위해서 가는 거야.' 그는 스스로에게 말했다. 그러나 바다는 보면 볼수록 더 차갑고 더 깊어 보였다.

승객들이 함께 쓰는, 선미루 아래의 비좁은 선실에 들어간 샘은 바다를 보지 않으면 더 나쁘다는 사실을 알았다. 그는 울렁이는 위장에서 다른 데로 신경을 돌리기 위해 아들에게 젖을 먹이는 길리와 이야기를 나눠보려

했다. "이 배는 우릴 태우고 브라보스까지 갈 거예요. 거기서 다른 배를 찾아서 올드타운으로 가는 거죠. 어렸을 때 브라보스에 대한 책을 한 권 읽었는데요. 도시 전체가 석호 안에 있는 백 개의 작은 섬 위에 지어졌고, 거기 거인도 있대요. 수백 미터 높이의 돌로 만든 남자가요. 브라보스에선 말 대신 배를 타고 다니고, 거기 배우들은 멍청한 소극을 즉석에서 지어내는 게 아니라 글로 적혀 있는 희곡으로 공연한대요. 음식도 아주 맛있는데, 생선이 특히 훌륭하고요. 석호에서 갓 잡은 온갖 종류의 조개와 장어와 굴을 먹는 거죠. 배를 갈아타기 전에 시간이 며칠은 있을 거예요. 그 시간에 가서 극단 공연을 보고, 굴도 먹을 수 있어요."

그런 이야기를 들으면 길리가 신이 날 줄 알았다. 그러나 터무니없이 잘못 생각했다. 길리는 감지 않은 머리카락 사이로 생기 없이 샘을 바라보았다. "나리가 원하신다면요."

"당신은 뭘 원하는데요?" 샘이 물었다.

"아무것도요." 길리는 그에게서 고개를 돌리고 아들을 반대쪽 젖가슴으로 옮겼다.

배의 움직임 때문에 샘이 출항 전에 먹은 계란과 베이컨과 튀긴 빵이 출렁거렸다. 갑자기 1초도 더는 선실 안을 견딜 수가 없었다. 그는 아침 식사를 바다에 토해내기 위해 일어서서 비틀비틀 사다리를 올랐다. 속이 너무 심하게 울렁거린 나머지 샘은 바람이 어느 쪽으로 부는지 가늠하지 못했고, 덕분에 엉뚱한 난간에서 토하느라 몸을 더럽히고 말았다. 그래도 토하고 나니 기분이 훨씬 나아졌다……. 그것도 오래가진 못했지만.

배는 경비대 갤리선 중에서 가장 큰 '검은 새'호였다. 바닷가 이스트워치에서 코터 파이크는 아에몬 학사에게 '폭풍 까마귀'와 '발톱(Talon)'호가 더 빠르다고 했지만, 그 늘씬하고 빠른 두 배는 노잡이들이 개방 갑판에 앉는 투쟁선이었다. 스카고스를 넘어 협해의 거친 물을 건너기에는 검은 새가 더 나은 선택이었다. "폭풍이 몇 번 불었습니다." 파이크가 경고했다. "겨울 폭풍이 더 지독하긴 하지만, 가을 폭풍이 더 자주 일어나지요."

검은 새가 육지를 시야에 두면서 바다표범만을 가로지르는 열흘 동안 바다는 잔잔했다. 바람이 불 때는 춥긴 했지만, 공기 중의 짠 내에는 상쾌한 느낌이 있었다. 샘은 거의 먹을 수가 없었고, 억지로 뭘 먹어도 속에 오래 남아 있지 않았지만, 그것만 빼면 아주 나쁘지는 않았다. 그는 길리의 용기를 북돋고 가능한 한 원기를 채워주려 했지만, 쉽진 않았다. 길리는 샘이 무슨 말을 해도 갑판에 올라가지 않았고, 아들과 함께 어둠 속에 웅크리고 있는 쪽이 좋은 듯했다. 아기도 어머니 못지않게 배를 싫어했다. 빽빽거리고 울거나 어머니의 젖을 게웠다. 설사도 계속해서, 길리가 따뜻하게 해주려고 둘러놓은 모피에 갈색 얼룩을 남겼다. 샘이 아무리 향초를 켜도 똥 냄새가 사라지지 않았다.

바깥 공기를 쐬는 편이 더 나았다. 특히나 대리언이 노래하고 있을 때는 더 그랬다. 이 가수는 검은 새호의 노잡이들에게 유명했고, 그들이 노를 저을 때면 연주를 했다. 노잡이들이 좋아하는 노래도 다 알았다. 〈검은 로빈을 교수형에 처한 날〉, 〈인어의 애가〉, 〈내 인생의 가을〉 같은 슬픈 노래들과 〈강철 기마창〉, 〈일곱 아들을 위한 일곱 장검〉 같은 활발한 노래, 〈아씨의 저녁 식사〉, 〈그녀의 작은 꽃〉, 〈메겟은 명랑한 처녀였네, 명랑한 처녀 하면 메겟이었지〉 같은 음탕한 노래까지. 대리언이 〈곰과 아름다운 처녀〉를 노래하자 노잡이들 전원이 합창했고, 검은 새는 물 위를 날아가는 것 같았다. 샘은 알리서 쏜 밑에서 훈련하면서 대리언이 대단한 검사가 못 된다는 사실을 알았지만, 목소리는 아름다웠다. "천둥에 꿀을 끼얹은 목소리". 아에몬 학사는 언젠가 그렇게 말했었다. 대리언은 나무 하프와 깽깽이도 연주했고, 작곡도 했다……. 샘은 그 작곡 실력이 훌륭하다고 생각하진 않았다. 그래도 앉아서 음악에 귀를 기울이니 좋긴 했다. 비록 궤짝이 너무 딱딱하고 표면이 깔쭉거려서 살찐 엉덩이가 고마울 지경이긴 했지만. '뚱뚱한 사람들은 가는 곳마다 방석을 가지고 다니지.' 그는 생각했다.

아에몬 학사도 갑판에 주로 머물며, 모피 더미 아래 몸을 웅크리고 바다를 내다보기를 더 좋아했다. "뭘 보는 거지?" 어느 날은 대리언이 궁금해했다. "저분에겐 선실 안이나 갑판 위나 어두울 텐데."

노인이 그 말을 들었다. 아에몬의 눈은 보이지 않을 만큼 침침해졌지만, 귀는 약해지지 않았다. "내가 태어나면서부터 눈이 멀었던 건 아니다." 그는 두 사람에게 상기시켰다. "지난번에 이 길을 지났을 때 난 바위와 나무와 흰 포말을 다 보고 우리 항적을 따라 나는 회색 갈매기를 지켜봤지. 난 35세였고 학사의 사슬 목걸이를 건 지 16년째였어. 에그는 내가 통치를 도와주길 원했지만, 난 내가 있을 곳이 여기라는 걸 알았어. 에그는 날 '황금 드래곤'호에 태워 북쪽으로 보내면서 자기 친구인 덩컨 경이 날 이스트워치까지 안전하게 바래다줘야 한다고 고집했지. 니메리아가 여섯 왕에게 황금 족쇄를 채워 경비대에 보낸 이후 그렇게 화려하게 장벽에 도착한 신병은 내가 처음이었을 거다. 에그는 내가 혼자 서약할 필요가 없게 지하감옥도 싹 비웠어. 그 남자들이 내 의장대라고 하면서 말이야. 그중 한 명은 심지어 브린덴 리버스였어. 나중에 총사령관으로 뽑히기도 했지."

"블러드레이븐(Bloodraven, 피 까마귀)요?" 대리언이 말했다. "그분에 대한 노래를 하나 알아요. 〈천 개의 눈 하고도 하나〉라고 하는 노래인데요. 전 그분이 백 년 전에 산 줄 알았어요."

"우리 모두가 그때 살았지. 내가 너만큼 어렸을 때에." 노인은 슬퍼지는 모양이었다. 기침을 하고 눈을 감더니, 파도가 배를 흔들 때마다 모피에 감싸여 흔들리다가 잠들었다.

그들은 바다표범만이 펼쳐지는 동안 회색 하늘 아래 동쪽으로, 남쪽으로, 다시 동쪽으로 항해했다. 희끗희끗한 머리에 에일 통 같은 배를 지닌 선장은 너무나 얼룩지고 색 바랜 검은 옷을 입고 다녀서, 선원들이 '묵은 넝마 소금(Old Tattersalt)'이라고 부를 정도였다. 그는 거의 말을 하지 않았다. 말은 항해사가 대신하면서 바람이 죽거나 노잡이들이 약해지려고 할 때마다 허공에 욕설을 퍼부었다. 그들은 아침이면 귀리 포리지를 먹고, 오후에는 완두콩 포리지를 먹고, 밤이면 소금에 절인 소고기와 대구와 양고기를 먹고 에일을 마셨다. 대리언은 노래하고, 샘은 구역질을 하고, 길리는 울면서 아기에게 젖을 먹이고, 아에몬 학사는 자면서 몸을 떨고, 바람은 하루하루 더 차가워지고 거세졌다.

그래도 샘이 지난번에 했던 항해보다는 나았다. 레드와인 공의 갈레아스선 '아버퀸'을 타고 항해했을 때 그는 겨우 열 살이었다. 아버퀸은 검은 새의 다섯 배는 컸고 웅장했으며, 거대한 암적색 돛 세 개와 햇빛을 받으면 금색과 흰색으로 빛나는 여러 열의 노를 갖추고 있었다. 배가 올드타운을 빠져나갈 때 노가 올라갔다 내려가는 모습에 샘은 숨을 멈추고 말았다……. 하지만 레드와인 해협에 대해 샘이 품은 좋은 기억은 그게 마지막이었다. 그 후에는 멀미로 속이 메스꺼워졌고, 아버지는 그 모습을 역겨워했다.

그리고 아버에 도착하자 사태가 더 나빠졌다. 레드와인 공의 쌍둥이 아들들은 보자마자 샘을 경멸했다. 그들은 매일 아침 훈련장에서 샘에게 망신을 줄 새로운 방법을 찾아냈다. 사흘째에 호라스 레드와인은 샘이 살려달라 끽끽대는 돼지처럼 울게 만들었다. 닷새째에는 그 형제인 호버가 부엌데기 소녀에게 자기 갑옷을 입혀서 목검으로 샘을 울 때까지 때리게 만들었다. 부엌데기가 정체를 드러내자 종자와 시동과 마구간지기 소년 모두가 정신없이 웃어댔다.

"더 숙성해야 할 뿐이오." 그의 아버지는 그날 밤 레드와인 공에게 그렇게 말했지만, 레드와인의 광대는 딸랑이를 딸랑거리며 대답했다. "예, 후추한 자밤과 정향 약간을 넣고 입에 사과를 물려 숙성시켜야죠." 랜딜 공은 팍스터 레드와인의 지붕 밑에 머문 나머지 기간 동안 샘이 사과를 먹지 못하게 했다. 샘은 집으로 돌아가는 항해에서도 멀미에 시달렸지만, 그곳을 떠나니 어찌나 안심이 되는지 구토의 맛이 반가울 지경이었다. 혼힐에 돌아가서야 어머니가 샘에게 아버지는 원래 샘을 데리고 돌아올 계획이 아니었다고 말했다. "너 대신 호라스가 여기로 오고, 너는 팍스터 공의 시동이자 술잔 담당으로 아버에 남을 계획이었지. 네가 팍스터 공 마음에 들면 그 집 딸과 약혼하기로 되어 있었고." 샘은 레이스 손수건에 침을 묻혀 그의 얼굴에서 눈물을 닦아주던 어머니의 부드러운 손길을 떠올릴 수 있었다. "우리 불쌍한 샘." 어머니는 중얼거렸었다. "내 불쌍하고 불쌍한 샘."

'그래도 어머니를 다시 보면 좋을 거야.' 그는 검은 새의 난간을 꼭 붙잡고 바위 해안에 부딪쳐 부서지는 파도를 보며 생각했다. '어머니도 검은 옷을 입은 날 보면 자랑스러워하실지 몰라. '난 이제 남자예요, 어머니.' 그렇게 말할 수 있겠지. '집사이고, 밤의 경비대 대원이에요. 형제들은 절 슬레이어 샘이라고 부르기도 해요'라고.' 동생인 디콘과 여동생들도 보게 될 것이다. '동생들에게 '봐. 나도 뭔가 잘하는 게 있긴 했어'라고 말할 수 있을 거야.'

하지만 혼힐로 간다면 아버지도 있을 것이다.

그 생각을 하자 다시 속이 울렁거렸다. 샘은 뱃전에 몸을 굽히고 구역질을 했지만, 맞바람에 대고 토하지는 않았다. 이번에는 난간을 제대로 찾았다. 그는 점점 토하는 데 능숙해지고 있었다.

아니, 그렇게 생각했다. 검은 새호가 육지를 뒤로하고 만을 건너 동쪽 스카고스 해안으로 향하기 전까지는.

바다표범만 입구에 앉은 커다란 산 같은 스카고스섬은 야만인들이 사는 황량하고 으스스한 섬이었다. 샘은 그들이 동굴과 음산한 산채에 살고,

커다란 털투성이 유니콘을 타고 전쟁에 나간다고 읽었다. 스카고스는 옛 언어로 '돌'이라는 뜻이었다. 스카고스 사람들은 스스로를 '돌 핏줄'이라고 불렀지만, 이웃한 북부인들은 그들을 스카그라고 부르고 별로 좋아하지 않았다. 백 년 전만 해도 스카고스는 반란을 일으켰었다. 반란을 제압하는 데 수년의 시간과 윈터펠 영주의 목숨, 그리고 그에게 충성을 맹세한 검사 수백 명의 목숨이 들었다. 어떤 노래에서는 스카그가 식인종이라고 했다. 그 전사들은 죽인 사람의 심장과 간을 먹는다고도 했다. 고대에 스카고스인들은 가까운 스카네섬으로 건너가서 여자들은 붙잡고 남자들은 죽여 자갈 해변에서 2주 동안 잔치를 벌이며 먹었다. 스카네는 오늘날까지도 무인도로 남아 있었다.

대리언도 그 노래들을 알았다. 황량한 스카고스의 회색 봉우리들이 바다에서 솟아오르자, 그는 검은 새 뱃머리에 있던 샘에게 합류하여 말했다. "신들이 자비로우시다면 유니콘을 슬쩍이라도 볼 수 있을지 몰라."

"선장이 자비롭다면 우린 그렇게 가까이 가지 않을 거야. 스카고스 주변은 해류가 변덕스럽고, 선체를 계란처럼 깨버릴 수 있는 암초들이 있어. 하지만 길리에겐 그런 말 하지 마. 지금도 충분히 겁먹었으니까."

"길리와 길리의 빽빽대는 강아지 둘 다 그렇지. 둘 중에 누가 더 시끄러운지 모르겠어. 개가 울음을 멈출 때는 길리가 입에 젖꼭지를 물렸을 때뿐인데, 그러고 나면 길리가 울어."

샘도 알아차린 사실이었다. "아기 때문에 아픈지도 몰라." 샘이 힘없이 말했다. "이가 나고 있다면……."

대리언은 한 손가락으로 류트를 퉁겨 조롱하는 듯한 음을 냈다. "야인들이 그보다는 용감하다고 들었는데."

"길리는 용감해." 샘은 그렇게 주장했지만, 비참한 상태가 아닌 길리를 본 적이 없다는 사실은 인정해야 했다. 길리가 얼굴을 숨기고 있을 때가 많고 선실도 늘 어둡게 해두긴 했지만, 샘은 길리의 눈이 늘 충혈되어 있고 뺨은 눈물에 젖어 있다는 사실을 알아볼 수 있었다. 하지만 뭐가 문제냐고 물으면 길리는 고개만 젓고 답을 주지 않았다. "바다에 겁먹은 거야. 그것뿐이야." 그는 대리언에게 말했다. "길리는 장벽에 오기 전까지 크래스터 요새와 그 부근 숲밖에 몰랐어. 자기가 태어난 곳에서 5리 이상 가보지 못했을 거야. 개울과 강은 알지만, 호수는 장벽에 오다가 처음 봤고, 바다는…… 바다는 무서운 거야."

"육지가 시야에서 벗어난 적도 없잖아."

"곧 벗어날 거야." 그 점은 샘도 기껍지 않았다.

"슬레이어가 바닷물 정도에 겁먹진 않겠지."

"그럼." 샘은 거짓말을 했다. "난 아니야. 하지만 길리는……. 혹시 네가 자장가를 연주해준다면 아기가 잠을 자는 데 도움이 될지 몰라."

대리언의 입이 역겹다는 듯 뒤틀렸다. "길리가 그 녀석 엉덩이에 마개라도 끼우면 모르지. 난 그 냄새 못 참아."

다음 날은 비가 내리기 시작했고, 바다는 더 거칠어졌다. "비를 맞지 않는 갑판 아래로 가는 게 좋겠어요." 샘은 아에몬에게 그렇게 말했지만, 나이 든 학사는 미소만 지었다. "얼굴에 비를 맞는 기분이 좋구나, 샘. 눈물 같아. 조금만 더 있게 해다오. 마지막으로 울어본 지가 어찌나 오래됐는지."

늙고 약한 아에몬 학사가 갑판 위에 머물겠다면, 샘도 갑판에 남을 수밖에 없었다. 그는 거의 한 시간 가까이 노인 곁에 남아서, 꾸준히 내리는 가랑비가 피부를 적시도록 망토 속에 몸을 웅크리고 있었다. 아에몬은 축축함을 느끼지도 못하는 것 같았다. 아에몬이 한숨을 내쉬며 눈을 감자, 샘은 심한 바람을 막으려 노인에게 더 가까이 다가갔다. '곧 선실로 내려가게 도와달라고 하실 거야. 분명히 그러실 거야.' 그렇지만 학사는 그런 말을 하지 않았고, 급기야는 동쪽 멀리서 천둥이 우르릉대기 시작했다. "아래로 내려가야겠어요." 샘이 벌벌 떨면서 말했다. 아에몬 학사는 대답이 없었다. 그제야 샘은 노인이 잠들었다는 사실을 알아차렸다. "학사님." 그는 학사의 한쪽 어깨를 잡고 가만히 흔들었다. "아에몬 학사님, 일어나세요."

아에몬의 하얀 눈이 뜨였다. "에그?" 그의 뺨에 빗물이 흘렀다. "에그, 내가 늙어버린 꿈을 꿨어."

샘은 어떻게 해야 할지 몰랐다. 그는 무릎을 꿇고 노인을 들어 올려 안고 아래로 내려갔다. 샘이 힘이 세다는 사람은 아무도 없었고, 아에몬 학사의 검은 옷은 빗물에 젖어서 무게가 두 배가 되었지만, 그래도 학사의 몸은 어린아이정도 무게밖에 나가지 않았다.

아에몬을 안고 선실에 들어가보니, 길리가 촛불이 다 꺼지게 내버려둔 상태였다. 아기는 잠들어 있었고 길리는 한쪽 구석에 웅크리고 앉아서 샘이 준 커다란 검은 망토 자락에 대고 조용히 흐느끼고 있었다. "도와줘요." 샘은 다급하게 말했다. "학사님 몸을 닦고 덥히도록 도와줘요."

길리는 즉시 일어났고, 그들은 함께 늙은 학사의 젖은 옷을 벗기고 모피 더미를 덮어주었다. 그래도 피부가 차갑게 젖어서, 만지면 축축했다. "같이 들어와요." 샘이 길리에게 말했다. "안아줘요. 몸으로 덥혀요. 우리가 몸을 덥혀야 해요." 길리는 내내 코를 훌쩍이면서도 한마디 말도 없이 시키는 대로 했다. "대리언은 어디 갔어요?" 샘이 물었다. "다 같이 있으면 더 따뜻할 거예요. 대리언도 여기 있어야 하는데." 샘이 대리언을 찾으러 다시 갑판 위로 올라가는데 발아래 갑판이 솟아오르더니 쑥 꺼졌다. 길리가 울부짖었고, 샘은 쾅 소리 나게 떨어지면서 넘어졌고, 아기가 깨어나서 빽 소리를 질렀다.

샘이 일어서려고 애쓰는데 배가 다시 출렁였다. 길리가 그의 품에 날아들었고, 그녀는 샘이 숨을 제대로 쉴 수 없을 정도로 거세게 매달렸다. "겁먹지 말아요. 이건 그냥 모험이에요. 언젠가는 당신도 아들에게 이 이야기를 해줄 거예요." 그 말에 길리는 그의 팔에 손톱을 박기만 했다. 그녀는 몸서리를 쳤고, 격하게 흐느끼느라 온몸이 떨렸다. '내가 무슨 말을 하든 더 심해지기만 해.' 그는 그녀를 꽉 끌어안으며, 그녀의 젖가슴이 몸에 밀착되는 것을 불편하게 의식했다. 샘은 심하게 겁을 먹었으면서도 그 감촉에 뻣뻣해지고 말았다. '길리도 느낄 거야.' 그는 부끄러워져서 생각했지만, 길리는 그걸 느꼈다 해도 아무 내색도 하지 않고 더 바싹 달라붙기만 했다.

그 후의 나날은 뒤엉켜버렸다. 그들은 해를 보지 못했다. 낮은 회색, 밤은 검은색이었고 가끔 치는 번개만 스카고스의 봉우리 위 하늘을 밝혔다. 모두가 굶주렸지만 아무도 먹을 수가 없었다. 선장은 노잡이들의 힘을 북돋기 위해 파이어와인 한 통을 꺼냈다. 샘도 파이어와인 한 잔을 시험해봤다가 뜨거운 뱀들이 꿈틀거리며 목구멍에서 가슴으로 내려가자 한숨을 내쉬었다. 대리언도 그 술을 좋아하게 되었고, 그 후에는 거의 제정신일 때가 없었다.

돛이 올라갔다가 내려왔고, 돛 하나가 돛대에서 찢겨 거대한 회색 새처럼 날아가버렸다. 검은 새호는 스카고스 남쪽 해안을 돌다가 암초 사이에 낀 갤리선의 잔해를 발견했다. 승무원 일부는 해안으로 밀려 올라갔고, 떼까마귀와 게가 그들에게 경의를 표하려 모여든 상태였다. "빌어먹게 가깝군." 묵은 넝마 소금이 그 모습을 보고 중얼거렸다. "타격 한 번만 제대로 받으면 우리도 저 배 옆에 난파되겠어." 녹초가 되긴 했어도 노잡이들은 다시 노를 잡으려 몸을 굽혔고, 배는 남쪽으로 협해를 향해 힘겹게 나아갔다. 스카고스는 점점 줄어들어 하늘을 배경으로 보이는 적란운이나 시커먼 높은 산맥 꼭대기, 아니면 둘 다에 해당하는 시커먼 형상이 되었다. 그 후로 8일 낮 7일 밤이 날씨가 맑았고 순조로운 항해가 이어졌다.

그러고는 전보다 더 지독한 폭풍이 왔다.

세 개의 폭풍이었을까, 아니면 중간에 한 번씩 소강한 폭풍 하나였을까?

샘은 알 수가 없었지만, 한사코 그 점을 알아내려 했다. "그게 무슨 상관이야?" 대리언은 모두 함께 선실 안에 웅크리고 있을 때 샘에게 외치기도 했다. '상관은 없어.' 샘은 그렇게 말하고 싶었다. '하지만 그 문제를 생각하는 동안엔 익사나 병이나 아에몬 학사님의 오한에 대해 생각하지 않아도 되잖아.' "상관은 없어." 그는 가까스로 말했지만, 천둥소리가 나머지 말을 다 삼켜버렸고, 갑판이 출렁이면서 샘을 옆으로 던져버렸다. 길리는 흐느끼고, 아기는 빽빽거리고 있었다. 그리고 갑판 위에서 묵은 넝마 소금이, 말이라곤 하지 않던 남루한 선장이 승무원들에게 고함을 질러대는 소리가 들렸다.

'난 바다가 싫어. 바다가 싫어. 바다가 싫어. 바다가 싫어.' 샘은 생각했다. 다음번 번개는 머리 위 판자 널 틈을 뚫고 선실 안을 밝힐 정도로 밝았다. '이건 튼튼하고 좋은 배야. 튼튼한 배야. 튼튼한 배라고.' 그는 스스로를 타일렀다. '가라앉지 않을 거야. 난 무섭지 않아.'

강풍이 가라앉은 사이, 샘은 너무나 토하고 싶은 마음에 관절이 하얗게 변하도록 난간을 붙잡은 채로 승무원들이 여자를 배에 태워서 이런 거라고, 심지어 야인 여자 아니냐고 중얼대는 소리를 들었다. "심지어 제 아비와 붙어먹었다잖아." 샘은 다시 바람이 심해지는 가운데 어떤 남자의 말을 들었다. "창녀질보다 더 나빠. 그 무엇보다 더 나쁘다고. 그년과 그년이 낳은 부정한 물건을 치우지 않으면 우리 모두 익사할 거야."

샘은 감히 그들에게 맞서지 못했다. 그들은 샘보다 나이가 많았고, 몸이 단단하고 근육질이었으며, 수년간 노를 저어서 팔과 어깨가 굵고 두꺼웠다. 하지만 샘은 칼이 날카로운지 확인했고, 길리가 볼일을 보러 선실을 떠날 때마다 같이 갔다.

대리언조차도 길리에 대해서는 좋은 말을 하지 못했다. 한번은 샘이 부추겨서 아기를 달랠 자장가를 연주했는데, 자장가 1절을 반도 다 부르기 전에 길리가 위로할 길 없이 울기 시작했다. "망할 일곱 지옥 같으니라고."

대리언이 딱딱거렸다. "노래 하나 들을 동안도 울음을 멈출 수가 없어?"

"그냥 연주해." 샘이 간청했다. "그냥 자장가를 불러줘."

"저 여자에게 필요한 건 노래가 아니야." 대리언이 말했다. "저 여자는 엉덩이를 제대로 때려주거나 제대로 한판하는 게 필요해. 비켜, 슬레이어." 대리언은 샘을 밀어내고 파이어와인 한 잔과 거친 노잡이들의 우애에서 위안을 찾으려 선실을 나섰다.

샘도 그때쯤엔 어찌할 바를 몰랐다. 냄새에는 거의 익숙해졌지만, 폭풍과 길리의 울음소리 때문에 며칠이나 잠을 자지 못한 상태였다. "혹시 길리에게 줄 수 있는 게 없으세요?" 그는 아에몬 학사가 깨어난 것을 보고 조용히 물었다. "조금이라도 덜 무섭게 해줄 약초나 약물요."

"네가 듣고 있는 건 두려움의 소리가 아니다." 노인이 말했다. "저건 슬픔의 울음소리이고, 거기엔 약이 없어. 충분히 울게 놓아두거라, 샘. 흐름을 막을 순 없어."

샘은 이해하지 못했다. "길리는 안전한 곳으로 갈 거예요. 따뜻한 곳으로요. 그런데 왜 슬퍼하는 거죠?"

"샘." 노인이 속삭였다. "멀쩡한 두 눈이 있는데도 보질 못하는구나. 길리는 자식을 위해 슬퍼하는 어머니야."

"아이는 멀미를 할 뿐인데요. 우리 모두 멀미에 시달리고 있어요. 일단 브라보스에 내리면……."

"……그런다 해도 저 아이는 댈라의 아들이겠지. 자기 몸으로 낳은 아이가 아니라."

샘은 아에몬이 무슨 말을 하는지 바로 이해하지 못했다. "그럴 리가…… 그럴 수는……. 당연히 자기 아들이죠. 길리가 아들을 두고 장벽을 떠났을 리가 없어요. 아들을 사랑하는데요."

"두 아이에게 다 젖을 먹였고 둘 다 사랑하지." 아에몬이 말했다. "하지만 같지는 않아. 어떤 어머니도, 심지어 하늘에 계신 어머니도 자식들을 똑같이 사랑하지 않아. 길리가 기꺼운 마음으로 아이를 떠났을 리야 없지. 사령관이 어떤 위협을 하고 어떤 약속을 했을지는 짐작만 할 뿐이다만……, 위협과 약속이 있었을 게 분명해."

"아니, 아니에요. 틀렸어요. 존이 그럴 리가……."

"존이라면 그럴 리 없지. 스노우 공은 그랬다. 때로는 행복한 선택이라곤 없이, 그저 다른 선택보다 덜 슬픈 선택이 있을 뿐이야."

'행복한 선택은 없어.' 샘은 길리와 함께 겪은 모든 시험들, 크래스터 요새와 늙은 곰의 죽음, 눈과 얼음과 얼어붙을 듯한 바람, 며칠이고 며칠이고 며칠이고 걸어야 했던 시간, 화이트트리에서 마주친 시귀들, 콜드핸즈와 까마귀들이 앉아 있던 나무, 장벽, 장벽, 장벽, 그리고 지하의 검은 문을 생각했다. '그게 다 뭘 위한 거였지? 행복한 선택도 행복한 결말도 없는데.'

소리를 지르고 싶었다. 울부짖고 흐느끼고 덜덜 떨다가 몸을 동글게 말고 훌쩍이고 싶었다. '존이 아기를 바꿔치기했어. 어린 왕자를 지키려고, 멜리산드레 사제의 불로부터 지키려고, 그 여자의 붉은 신에게서 떨어뜨리려고 바꿔치기한 거야. 그 여자가 길리의 아들을 불태운다 해도 누가 신경이나 쓰겠어? 길리 말곤 아무도 없어. 그 아이는 장벽 너머 왕의 아들이 아니라 크래스터의 새끼, 근친상간으로 태어난 혐오물일 뿐이니까. 인질로도 쓸모가 없고, 재물로도 쓸모가 없고, 아무 데도 쓸모가 없지. 이름조차 없잖아.'

샘은 할 말을 잃고 비틀비틀 갑판으로 올라갔지만, 토하려고 해도 배 속에 게울 것이 없었다. 밤이 와 있었다. 여러 날 동안 본 적 없는 이상하게 고요한 밤이었다. 바다가 유리처럼 새까맸다. 노잡이들이 노 앞에서 쉬고 있었다. 한두 명은 앉은 자리에서 자고 있었다. 바람이 돛을 부풀렸고, 샘은 북쪽에 흩어진 별 몇 개와 자유민들이 '도둑'이라 부르는 붉은 방랑자까지 볼 수 있었다. '저게 내 별이로구나.' 샘은 비참한 심정으로 생각했다. '내가 존이 사령관이 되게 도왔고, 존에게 길리와 그 아이를 데려갔어. 행복한 결말 따윈 없어.'

"슬레이어." 대리언이 샘이 모르는 사이에 옆에 나타났다. "오랜만에 달콤한 밤이네. 저기 봐, 별이 나와 있어. 심지어 달도 살짝 보이는 것 같아. 최악의 시간은 끝났을지도 몰라."

"아니." 샘은 코를 닦고 통통한 손가락으로 남쪽을, 몰려오는 어둠을 가리켰다. "저기." 샘이 말하자마자 번개가 번쩍였다. 갑작스럽고 조용하면서도 눈이 멀도록 눈부신 번개였다. 잠시 동안 저 멀리 산맥 위에 쌓인 산맥 같고, 세상보다 더 높은 구름이 자주색과 붉은색과 노란색으로 번득였다. "최악은 끝나지 않았어. 최악은 이제 시작이고, 행복한 결말 따윈 없어."

"신들이시여 맙소사." 대리언이 웃으면서 말했다. "슬레이어, 넌 정말 겁쟁이야."

제이미

타이윈 라니스터 공은 보석과 금세공이 번쩍이는, 반질반질하게 닦은 법랑 입힌 진홍색 갑옷을 입고 준마에 올라 도시에 들어왔다. 그리고 진홍색 깃발 휘날리는 높은 마차를 타고, 침묵의 자매들 여섯 명을 대동하여 떠났다.

장례 행렬은 사자 문보다 더 넓고 더 화려한 신들의 문을 통해 킹스랜딩을 나갔다. 제이미에게는 그것이 잘못된 선택으로 느껴졌다. 그의 아버지가 사자였다는 점은 아무도 부인할 수 없었지만, 아무리 타이윈 공이라 해도 신을 자칭한 적은 없었다.

기사 50명으로 이루어진 의장대가 타이윈 공의 마차를 둘러싸고, 기마창 끝에 달린 진홍색 깃발을 휘날렸다. 서부의 영주들이 그 뒤를 바싹 따라갔다. 바람에 깃발이 휘날려 문장들이 춤을 추고 날개를 쳤다. 제이미는 행렬을 따라 말을 달리면서 멧돼지, 오소리, 딱정벌레, 녹색 화살과 붉은 황소, 교차한 미늘창, 교차한 창, 사향고양이, 딸기, 긴 소매, 색이 반전된 네 개의 햇살을 지나쳤다.

브락스 공은 은란이 사선으로 들어가고, 심장께에 자수정 유니콘이 꽂힌 연회색 더블릿을 입고 있었다. 재스트 공은 흉갑에 금색 사자 머리 세 개가 새겨진 검은색 강철 갑옷을 입었다. 보아하니 재스트 공이 죽었다는 소문이 완전히 틀린 것도 아니었다. 부상과 감옥 생활 때문에 예전 그 남자의 그림자만 남았다. 베인포트 공은 전투를 좀 더 잘 견뎌냈고, 바로 전장에 돌아갈 준비가 된 모습이었다. 플럼은 자주색, 프레스터는 흰담비 털, 모어랜드는 적갈색과 녹색을 입었지만 셋 다 집까지 호위해가는 상대를 예우하는 뜻에서 그 위에 진홍색 비단 망토를 걸쳤다.

영주들 뒤로 백 명의 궁수와 300명의 중장병이 따라왔고, 그들의 어깨에도 진홍색이 휘날렸다. 하얀 망토와 하얀 미늘 갑옷을 입은 제이미는 이 붉은 강물 속에서 위화감을 느꼈다.

숙부를 보아도 마음이 편해지지 않았다. "단장." 제이미가 말을 달려 행렬 선두에 있던 케반 경 옆으로 다가가자 그가 말했다. "왕대비 전하께서 마지막으로 나에게 전하실 명령이라도 있으신지?"

"세르세이 때문에 온 게 아닙니다." 뒤에서 천천히, 정연하고 장례식에 걸맞은 북소리가 울리기 시작했다. '죽었어, 죽었어, 죽었어.' 북소리가 마치 그렇게 말하는 것 같았다. "작별 인사 하러 온 겁니다. 제 아버지니까요."

"그 아이 아버지이기도 하지."

"전 세르세이가 아닙니다. 제겐 수염이 있고 세르세이에겐 가슴이 있죠. 그래도 헷갈리신다면 손의 숫자를 세봐요, 아저씨. 세르세이에겐 두 손이 있어요."

"둘 다 비아냥거리는 취향이 있지. 농담은 그만두게, 경. 난 그런 걸 좋아하지 않아."

"분부대로 하지요." '이건 내 희망만큼 잘되지 않겠는데.' "세르세이도 배웅하고 싶어 했는데, 급한 일이 많아서요."

케반 경이 코웃음을 쳤다. "그거야 우리 모두 그렇지. 네 왕은 어쩌고?"

케반 경의 말투 때문에 질문이 아니라 비난 같았다.

"잘 계십니다." 제이미는 방어적으로 말했다. "오전 중엔 발론 스완이 같이 있습니다. 실력 있고 용감한 기사죠."

"한때는 하얀 망토를 입은 남자들에게 그런 말을 덧붙일 필요가 없었지."

'형제를 선택할 수 있는 사람은 없지.' 제이미는 생각했다. '나에게 직접 고르게 해준다면 킹스가드도 다시 위대해질 텐데.' 하지만 그 말을 노골적으로 해버리면 약하게 보일 터였다. 왕국이 킹슬레이어라고 부르는 남자의 공허한 허풍으로. '개똥 같은 명예를 지닌 남자라.' 제이미는 넘어가기로 했다. 숙부와 말다툼이나 하려고 온 게 아니었다. "케반 경, 세르세이와 화해하셔야 해요."

"우리가 전쟁이라도 했나? 처음 듣는 얘긴데."

제이미는 그 말을 무시했다. "라니스터와 라니스터가 싸워봐야 우리 가문의 적들만 도울 뿐입니다."

"싸움이 있다면 내 탓은 아닐 거다. 세르세이는 통치하고 싶어 해. 그렇다면 좋아. 왕국은 세르세이가 가지라고 해. 난 평화롭게 떠나고 싶을 뿐이다. 내가 있을 곳은 내 아들과 함께할 대리야. 성도 복구해야 하고, 영지에 씨를 뿌리고 보호해야 해." 그는 신랄하게 웃었다. "그리고 네 누이는 내가 시간을 보낼 다른 일거리를 남겨주지 않았어. 란셀의 결혼식도 봐야 한다. 우리가 대리까지 오기를 기다리느라 신부가 인내심을 잃어가고 있어."

'트윈스에서 온 과부 말이겠지.' 제이미의 사촌인 란셀은 10미터쯤 뒤를 달리고 있었다. 푹 꺼진 눈과 푸석푸석한 흰머리 때문에 재스트 공보다 더 늙어 보였다. 제이미는 란셀을 보자 사라진 손가락이 근질거리는 느낌이었다……. '란셀과 오스먼드 케틀블랙과 붙어먹었고 어쩌면 문보이와도 잤을지 몰라…….' 란셀과 몇 번이나 이야기를 해보려고 했지만, 혼자 있을 때가 없었다. 아버지가 함께 있지 않으면 어느 성사가 함께 있었다. 케반의 아들일진 몰라도 피가 아니라 우유가 흐르는 아이였다. '티리온이 거짓말을 한 거야. 상처를 주려고 한 말이었어.'

제이미는 사촌에 대한 생각을 밀어내고 숙부를 돌아보았다. "결혼식 이후에도 대리에 머무실 건가요?"

"아마 한동안은 있겠지. 산도르 클리게인이 트라이던트 근처를 약탈하고 있는 모양이다. 네 누이가 그놈의 머리통을 원해. 그놈이 돈다리온과 합세했을 수도 있어."

제이미도 솔트팬스에 대해서는 들었다. 지금쯤은 왕국 절반이 들었을 것이다. 유난히 야만적인 약탈이었다. 여자들은 강간하고 불구로 만들고, 아이들은 어미 품에서 도살하고, 마을 절반을 불태웠다. "랜딜 탈리가 메이든풀에 있어요. 무법자들은 탈리가 처리하게 해요. 숙부님은 리버런으로 가시는 게 나아요."

"거긴 대븐 경이 지휘한다. 서부의 관리자로. 그쪽엔 내가 필요 없다. 란셀에게겐 필요하지."

"숙부님이 그렇게 생각하신다면요." 제이미의 머리가 북소리와 같은 박자로 쿵쿵 울렸다. '죽었어, 죽었어, 죽었어.' "기사들을 가까이 두시는 게 좋을 겁니다."

숙부가 차가운 눈으로 노려보았다. "그건 위협인가, 경?"

'위협?' 제이미는 그 말에 놀랐다. "조심하자는 겁니다. 전 그저…… 산도르는 위험해요."

"난 네가 포대기에 똥을 지릴 때 이미 무법자와 강도기사들을 목매달았다. 나 혼자 달려 나가서 클리게인과 돈다리온을 마주할 일은 없으니 걱정 말아라. 그걸 걱정한다면 말이다만. 모든 라니스터가 영광에 미친 바보는 아니야."

'어이구, 아저씨. 제 얘길 하시는 것 같군요.' "아담 마브랜드도 숙부님 못지않게 무법자들을 처리할 수 있어요. 브락스도, 베인포트도, 플럼도, 다른 누구나 가능해요. 하지만 그중 누구도 훌륭한 수관은 못 됩니다."

"네 누이는 내 조건을 알아. 조건은 바뀌지 않았다. 다음에 그 아이 침실에 들어갈 때 그렇게 전하거라." 케반 경은 군마에 박차를 가해 앞으로 달려가면서 대화를 끊어버렸다.

제이미는 사라진 손이 근질거리는 가운데 숙부를 보냈다. 세르세이가 뭔가 오해했을지 모른다는 희망 아닌 희망을 품었건만, 그 생각은 틀린 것이 명백했다. '숙부님은 우리 둘에 대해 알아. 토멘과 미르셀라에 대해서도. 그리고 세르세이는 숙부님이 안다는 걸 알지.' 케반 경은 캐스털리록의 라니스터였다. 세르세이가 숙부에게 해를 끼치리라고는 믿을 수가 없었지만……. '난 티리온에 대해서도 틀렸는데, 왜 세르세이는 아니겠어?' 아들들이 아버지들을 죽이는데, 조카가 숙부를 살해하라고 명하지 못할 게 무엇이랴? '지나치게 많이 아는 불편한 숙부라면.' 세르세이는 사냥개가 대신 해치워줄 수도 있다고 생각하고 있을지 모르지만 말이다. 산도르 클리게인이 케반 경을 벤다면 세르세이가 손을 더럽힐 필요가 없을 터였다. '그리고 마주치기만 한다면 그렇게 되겠지.' 케반 라니스터도 한때는 검을 잘 다루는 튼튼한 사내였지만, 이제는 젊지가 않고, 사냥개는…….

행렬이 그사이에 그를 따라잡았다. 사촌이 성사 두 명을 양옆에 거느리고 달려가는데 제이미가 그를 불렀다. "란셀. 사촌. 네 결혼을 축하하고 싶었다. 내가 임무 때문에 참석할 수 없어 유감일 뿐이야."

"국왕 전하를 보호하셔야지요."

"그럴 거다. 그래도 네 잠자리를 놓치기 싫구나. 너에겐 첫 결혼이고 네 부인에겐 두 번째 결혼이지. 분명 부인이 기꺼이 네게 뭐가 어디로 가는지 알려줄 거다."

이 음탕한 발언은 근처에 있던 영주 몇 명에게 웃음소리를, 란셀의 성사들에게는 못마땅한 표정을 끌어냈다. 그의 사촌은 안장 위에서 불편한 듯 몸을 꿈틀거렸다. "저도 남편으로서 의무를 다할 만큼은 압니다, 제이미 경."

"신부가 결혼식 밤에 원하는 것도 그것뿐이지." 제이미가 말했다. "의무를 지킬 줄 아는 남편."

란셀의 뺨에 붉은 기운이 돌았다. "사촌을 위해 기도하죠. 왕대비 전하를 위해서도요. 노파께서 그분을 지혜롭게 이끌어주시고 전사께서 지켜주시길."

"세르세이에게 왜 전사가 필요하겠나? 내가 있는데." 제이미는 하얀 망토를 바람에 휘날리며 말을 돌렸다. '꼬마 악마가 거짓말을 한 거야. 세르세이는 란셀같이 위선적인 바보를 다리 사이에 끼우느니 로버트의 시신을 타고 앉았을걸. 티리온, 이 사악한 개새끼야, 좀 더 그럴싸한 상대를 두고 거짓말을 했어야지.' 그는 아버지의 장례 마차를 지나쳐서 멀리 보이는 도시를 향해 달렸다.

제이미 라니스터가 아에곤의 높은 언덕 위 레드킵으로 돌아가면서 보니 킹스랜딩의 길거리는 거의 버려진 것 같았다. 도시의 도박장과 급식소를 가득 채우던 병사들은 거의 떠나버렸다. 용사 갈란이 티렐 병력 절반을 데리고 하이가든으로 돌아갔고, 그의 어머니와 할머니도 함께 떠났다. 나머지 절반은 메이스 티렐과 마티스 로완과 함께 스톰스엔드를 포위하러 남쪽으로 진군했다.

라니스터군으로 말하자면, 노련한 병사 2000명이 남아 도시 벽 바깥에 진을 치고서 팍스터 레드와인의 함대가 도착해 블랙워터만 건너 드래곤스톤으로 실어 나르기를 기다리고 있었다. 스타니스 공은 북쪽으로 향해하면서 소수의 수비군밖에 남기지 않았으니, 2000명이면 충분하고도 남을 것이라는 게 세르세이의 판단이었다.

나머지 서부인들은 집을 재건하고 밭을 일구고 마지막 추수를 하러 아내와 자식들 곁으로 돌아갔다. 세르세이는 그들이 나아가기 전에 토멘을 데리고 숙영지를 돌며 병사들이 어린 왕에게 환호하도록 했다. 입술에는 미소를 걸고 금빛 머리가 가을 햇살에 빛나던 그날만큼 세르세이가 아름다워 보인 적이 없었다. 누가 뭐라고 하건 간에, 그의 누이는 남자들이 자기를 사랑하게 만들 줄 알았다. 그러려고 마음만 먹으면.

제이미는 성문을 통과하여 말을 몰다가, 바깥 마당에서 연습용 창 과녁을 향해 달리고 있는 기사 스무 명 남짓과 마주쳤다. '이것도 이젠 내가 할 수 없는 재주로군.' 그는 생각했다. 기마창은 장검보다 더 무겁고 더 다루기 힘들었는데, 장검만 해도 버거운 시험이었다. 왼손으로 기마창을 잡아볼 수는 있겠지만, 그러려면 방패를 오른팔로 옮겨야 했다. 마상 창시합에서 적수는 언제나 왼쪽에 있었다. 오른팔에 낀 방패는 흉갑에 달린 젖꼭지만큼이나 무용지물일 것이다. '아니, 마상시합의 나날은 끝났어.' 그는 말에서 내리면서 생각했다……. 그래도 그 자리에 서서 한동안은 연습을 지켜보았다.

키 큰 탤러드 경은 모래주머니가 빙글 돌아서 머리를 때리는 바람에 말에서 떨어졌다. '힘센 멧돼지'는 방패를 세게 때려 갈라지게 만들었다. 케이스의 케노스가 금이 간 방패를 마저 박살 냈다. 비 숲의 더못 경 차례에는 새로운 방패가 걸렸다. 램버트 턴베리의 타격은 스쳐 지나가기만 했지만, 맨턱(Beardless) 존 베틀리, 험프리 스위프트, 알린 스택스피어는 모두 제대로 타격을 먹였고 붉은 로넷 코닝턴은 기마창을 완전히 부러뜨렸다. 이어서 꽃의 기사가 말에 오르더니 다른 모두를 부끄럽게 만들었다.

제이미는 언제나 마상 창시합의 4분의 3은 기마술이라고 믿었다. 로라스 경은 최고로 말을 잘 몰았고, 기마창은 마치 태어날 때부터 쥐고 있었던 것처럼 다뤘다……. 기마창을 쥐고 태어났다면 그 어머니의 초췌한 얼굴도 설명이 될 법했다. '맞추려는 데에 창끝을 정확히 맞추는 데다, 고양이 같은 균형 감각이 있어. 날 말에서 떨어뜨린 것도 요행은 아니었나 보군.' 이 녀석을 다시 시험해볼 기회가 영영 사라지다니 아쉬운 일이었다. 그는 몸이 온전한 사내들이 운동을 하게 두고 그 자리를 떠났다.

세르세이는 메리웨더 공의 검은 머리 미르인 부인과 토멘과 함께 마에고르 성채의 개인방에 있었다. 세 사람은 파이셀 대학사를 보고 웃고 있었다. "내가 끝내주는 농담이라도 놓쳤나?" 제이미는 문을 밀고 들어가며 물었다.

"아, 보세요." 메리웨더 부인이 아양을 떨었다. "전하의 용감한 형제분께서 돌아오셨네요."

"대부분은 돌아왔지." 제이미는 세르세이가 술을 마시고 있음을 알아차렸다. 최근 세르세이는 언제나 와인병을 가까이 두는 것 같았다. 한때는 로버트 바라테온이 술을 너무 마신다고 경멸하더니 말이다. 제이미는 마음에 들지 않았지만, 최근에는 누이가 하는 모든 일이 마음에 들지 않는 것 같기도 했다. "대학사, 괜찮다면 단장에게도 그 소식을 알려주시오."

파이셀은 지독히도 불편한 얼굴이었다. "새가 날아왔습니다. 스토크워스에서요. 탠다 부인이 보내신 편지에서 딸인 롤리스가 튼튼하고 건강한 아들을 낳았다고 합니다."

"그리고 그 어린 서자에게 무슨 이름을 붙였는지 넌 짐작도 못 할걸."

"타이윈이라고 이름 붙이고 싶어 하지 않았던가."

"그랬지만, 그건 내가 금했지. 팔리스에게 어느 돼지치기와 머리가 모자란 암퇘지 사이에서 잘못 생긴 새끼에게 내 아버지의 고귀한 이름을 부여할 순 없다고 해줬어."

"스토크워스 부인은 아이 이름을 지은 건 본인이 아니라고 주장하고 있습니다." 파이셀 대학사가 끼어들었다. 주름진 이마에 땀방울이 맺혀 있었다. “롤리스의 남편이 고른 이름이라고 합니다. 그 브론이라는 남자가…… 그 남자가…….”

“티리온이군.” 제이미가 조심스럽게 말했다. “아이에게 티리온이란 이름을 붙인 거야.”

노인은 소맷자락으로 이마를 닦으면서 부들부들 고개를 끄덕였다.

제이미는 웃을 수밖에 없었다. “거 잘됐네. 그동안 온 사방에서 티리온을 찾았는데, 내내 롤리스의 배 속에 숨어 있었다니 말이야.”

“우스꽝스럽기도 하지. 너나 브론이나 우스꽝스러워. 우리가 이런 말을 하고 있는 동안에도 그 사생아는 반편이 롤리스의 가슴 한쪽을 빨고 있을 테고, 그 용병은 그 모습을 보면서 자신의 오만한 짓거리에 히죽대고 있겠지.”

“그 아이가 동생분과 닮은 데가 있는지도 몰라요.” 메리웨더 부인이 말했다. “기형으로 태어났거나, 코가 없는지도 모르죠.” 그녀는 목이 쉰 듯한 소리로 웃었다.

“그 사랑스러운 아이에게 선물을 보내야겠어.” 왕대비가 선언했다. “안 그러니, 토멘?”

“새끼 고양이를 보낼 수도 있겠죠.”

“새끼 사자가 좋겠군요.” 메리웨더 부인이 말했다. ‘그 작은 목을 찢어버리게요.’ 미소가 그렇게 말하는 것 같았다.

“난 다른 선물을 생각하고 있었네만.” 세르세이가 말했다.

‘새 계부쯤 되겠지.’ 제이미는 누이가 보이는 그 눈빛을 알고 있었다. 전에도 본 적이 있었고, 가장 최근에는 토멘의 결혼식 날 밤, 수관의 탑을 불태울 때 보았다. 와일드파이어의 녹색 불빛이 얼굴에 쏟아지자 구경꾼들이 썩어가는 시체들처럼, 신이 난 식시귀 무리처럼 보였지만 그래도 어떤 시체는 다른 시체보다 예뻤다. 그 불길한 불빛 속에서도 세르세이는 아름다웠다. 그녀는 한 손을 가슴에 얹고, 입술은 살짝 벌리고, 녹색 눈을 반짝이며 서 있었다. '울고 있어.' 제이미는 그때 그 모습을 보며 알아차렸지만, 그게 슬픔의 눈물이었는지 황홀경의 눈물이었는지는 알 수 없었다.

그 모습을 보자 아에리스 타르가르옌이, 그가 불에 흥분하던 모습이 떠오르며 제이미는 마음이 불안했었다. 왕은 킹스가드에게 비밀이 없다. 통치 말년에 아에리스와 왕비는 사이가 틀어졌다. 두 사람은 따로 잤고, 깨어 있는 동안에는 최대한 서로를 피했다. 하지만 아에리스가 누군가를 화염에 던질 때마다 라엘라 왕비는 밤에 방문객이 생겼다. 아에리스가 철퇴와 단검 문장의 수관을 불태운 날, 제이미와 존 대리는 왕이 쾌락을 누리는 동안 왕비의 침실 밖에서 경비를 섰다. "아파, 아파요." 참나무 문 너머에서 라엘라가 지르는 소리가 들렸다. 이상하게도 그 소리가 첼스테드 공의 비명보다 더 듣기 끔찍했다. "우린 왕비님도 지키겠다고 맹세했습니다." 제이미는 결국 말해버리고 말았다. "그렇지." 대리가 수긍했다. "하지만 왕에게서는 아니야."

그 후에 제이미는 라엘라를 한 번밖에 보지 못했다. 그녀가 드래곤스톤을 향해 떠나던 아침이었다. 왕비는 아에곤의 높은 언덕에서부터 아래에 기다리는 배까지 실어 나를 왕실 이동주택에 오를 때 망토와 두건으로 온몸을 감싸고 있었지만, 제이미는 왕비가 떠난 후에 시녀들이 소곤거리는 소리를 들었다. 그들은 왕비가 마치 야수에게 공격당한 꼴이었다고, 허벅지를 할퀴고 가슴을 짓씹어놓았다고 말했다. '왕관을 쓴 야수였지.' 제이미는 알고 있었다.

말년에 미친 왕은 두려움에 찬 나머지 킹스가드가 찬 검 외에는 어떤 칼도 근처에 두지 못하게 했다. 수염은 감지도 않은 채로 엉켰고, 머리털은 허리까지 늘어지는 금은색 털 뭉치가 되었으며, 손톱은 20센티미터가 넘는 갈라진 노란색 발톱이 되었다. 그래도 칼날은 여전히 그를 괴롭혔다. 결코 달아날 수 없는 칼날, 철왕좌의 칼날들이 있었기에. 아에리스의 팔다리에는 언제나 피딱지와 반쯤 나은 벤 자국이 가득했다.

'그놈이 새카맣게 탄 뼈와 익은 살의 왕이 되게 하라.' 제이미는 누이의 미소를 보며 떠올렸다. '그놈이 잿더미의 왕이 되게 해.' "전하." 그가 말했다. "따로 잠시 이야기할 수 있을까요?"

"그러지. 토멘, 오늘 공부할 시간이 벌써 지났구나. 대학사와 같이 가렴."

"네, 어머니. 성왕 바엘로르에 대해 배우고 있어요."

메리웨더 부인도 왕대비의 양쪽 뺨에 입을 맞추고 나갔다. "저녁 식사 때 다시 올까요, 전하?"

"오지 않는다면 자네에게 노여워질 거야."

제이미는 걸어 나가는 미르 여인이 엉덩이를 움직이는 모습을 볼 수밖에 없었다. 걸음걸음이 유혹이었다. 문이 닫히자 그는 헛기침을 하고 말했다. "처음에는 케틀블랙, 그다음엔 콰이번, 이젠 저 여자로군. 요새 들어 희한한 동물들을 키우고 있어, 누이."

"난 타에나 부인이 아주 마음에 들어. 재미있는 여자야."

"마저리 티렐의 말벗이잖아." 제이미가 상기시켰다. "어린 왕비에게 너에 대해 고하고 있을 거야."

"물론 그렇지." 세르세이는 음료가 놓인 탁자로 가서 잔을 새로 채웠다. "내가 타에나를 내 말벗으로 들여도 되겠냐고 물었더니 마저리가 기뻐하더라. 그 목소리를 너도 들었어야 해. '저에게 그랬듯이 어머님께도 자매가 되어줄 거예요. 물론 데리고 가셔야죠! 제겐 사촌들과 다른 숙녀들이 있는걸요.' 우리 어린 왕비는 내가 외롭지 않길 바란다니까."

"저 여자가 첩자인 줄 안다면, 왜 데리고 있는 거야?"

"마저리는 제 생각만큼 영리하지 않아. 그 미르 창녀가 어떤 달콤한 뱀인지 전혀 모르고 있어. 난 타에나를 이용해서 어린 왕비에게 내가 알리고 싶은 내용을 알리지. 심지어 그중에는 진실도 있고." 세르세이의 눈이 짓궂게 빛났다. "그리고 타에나는 처녀 마저리가 뭘 하는지 낱낱이 고해."

"그래? 그 여자에 대해 얼마나 아는데?"

"난 그 여자가 어머니이고, 어린 아들을 이 세상 높이 출세시키고 싶어 한다는 사실을 알아. 아들을 위해서라면 뭐든 할 거야. 어머니들은 다 똑같아. 메리웨더 부인이 뱀일지는 몰라도, 멍청하진 않아. 마저리보다 내가 해줄 수 있는 게 많다는 사실을 아니까 나에게 쓸모 있게 굴지. 타에나에게 들은 흥미로운 이야기들을 들으면 너도 놀랄걸."

"어떤 이야기?"

세르세이가 창문 아래에 앉았다. "가시 여왕이 이동주택 안에 돈 궤짝을 둔다는 거 알고 있었어? 정복 이전에 쓰던 오래된 금화로 말이야. 어떤 무역상이든 간에 어리석게도 금화로 값을 요구하면, 하이가든에서 나온 금화를 지불하는 거지. 무게가 우리 드래곤 금화의 반밖에 안 되는 금화로 말이야. 어떤 상인이 감히 메이스 티렐의 어머니에게 속았다고 불평하겠어?" 그녀는 와인을 마시고 말했다. "짧은 산책은 즐거웠어?"

"숙부님이 네가 오지 않았다는 데 주목했어."

"숙부가 뭐라고 하든 신경 안 써."

"신경 써야 해. 넌 숙부님을 잘 써먹을 수 있어. 리버런이나 캐스털리록에서 못 써먹더라도, 나중에 북쪽에서 스타니스 공을 상대하게 할 수도 있지. 아버지는 언제나 케반 숙부에게—"

"루스 볼턴이 우리의 북부 관리자야. 스타니스는 볼턴이 상대할 거야."

"볼턴은 넥 지역 아래에 갇혀 있어. 모트카일린을 차지한 강철인들 때문에 북부에 가지 못하고 있다고."

"오래가진 않을 거야. 볼턴의 서자가 곧 그 사소한 장애물을 제거할 테니까. 볼턴 공은 왈더 공의 아들 호스틴과 아에니스가 지휘하는 2000명의 프레이 병사로 병력을 강화하게 될 거야. 그 정도면 스타니스와 몇천 명의 패잔병쯤은 처리하고도 남지."

"케반 경은—"

"대리에서 란셀에게 엉덩이 닦는 법을 가르치는 일로 충분히 바쁠 거야. 숙부는 아버지의 죽음 때문에 나약해졌어. 이젠 갈 때 다 된 노인이야. 대븐과 다미언이 더 잘할 거야."

"그 둘이면 충분하겠지." 제이미도 두 친척에 대해서는 이의가 없었다. "그래도 아직 수관은 필요해. 우리 숙부가 아니라면 누굴 쓰게?"

누이가 소리 내어 웃었다. "넌 아니야. 그 점은 걱정하지 마. 타에나의 남편을 쓸 수도 있겠지. 그 조부가 아에리스 밑의 수관이었어."

'풍요의 뿔 수관 말이지.' 제이미는 오언 메리웨더를 잘 기억하고 있었다. 쾌활했지만, 능력은 부족했었다. "내 기억에는 일을 어찌나 잘했던지 아에리스가 추방하고 영지를 몰수했지."

"로버트가 돌려줬어. 다는 아니었지만. 오턴이 나머지를 복구할 수 있다면 타에나가 기뻐할 거야."

"이게 그 미르 창녀를 기쁘게 해주는 문제야? 왕국을 통치하는 문제인 줄 알았는데."

"왕국은 내가 통치해."

'그렇다마다, 일곱 신이시여 우리 모두를 구하소서.' 그의 누이는 스스로를 젖가슴이 있는 타이윈 공으로 생각하고 싶어 했지만, 그 생각은 틀렸다. 그들의 아버지는 빙하처럼 가차 없고 확고했던 반면, 세르세이는 와일드파이어 그 자체였다. 좌절했을 때는 특히 더 그랬다. 스타니스가 드래곤스톤을 버렸다는 사실을 알았을 때는 처녀처럼 들떴고, 마침내 스타니스가 싸움을 포기하고 망명해버린 거라고 확신했다. 그러다가 북쪽에서 스타니스가 장벽에 나타났다는 소식이 날아오자 보기 무서울 정도로 분노했다. '머리가 나쁘지는 않지만 판단력이 없고, 인내심도 없어.' "널 도울 강력한 수관이 필요해."

"아에리스에게 아버지가 필요했듯이, 나약한 통치자에게는 강력한 수관이 필요하지. 강력한 통치자에겐 명령을 수행할 성실한 하인만 있으면 돼." 세르세이는 와인을 흔들었다. "할린 공이 괜찮을지도 몰라. 왕의 수관으로 봉직한 화염술사가 없었던 것도 아니고."

'그랬지. 지난번 화염술사 수관은 내가 죽였고.' "네가 오레인 워터스를 해군관으로 삼으려 한다는 소문이 돌던데."

"나에 대해 알려주는 사람이 있나 봐?" 제이미가 대답하지 않자, 세르세이는 머리채를 뒤로 넘기며 말했다. "워터스에게 잘 맞는 일이야. 인생의 절반을 배 위에서 보냈어."

"인생의 절반? 아직 스무 살도 안 됐을 텐데."

"스물두 살이야. 그게 뭐 어때서? 아버지는 아에리스 타르가르옌이 수관으로 지명했을 때 스물한 살도 안 됐었어. 토멘도 이 주름투성이 흰 수염들 대신 젊은이를 주변에 둘 때가 됐어. 오레인은 건강하고 활기차."

'건강하고 활기차고 잘생겼지.' 제이미는 생각했다. '란셀과 오스먼드 케틀블랙과 붙어먹었고 어쩌면 문보이와도 잤을지 몰라…….' "팍스터 레드와인이 더 나을 거야. 웨스테로스에서 가장 큰 함대를 지휘하는 사람이야. 오레인 워터스는 배 한 척쯤은 지휘할 수 있겠지만, 그것도 네가 배를 사줄 때 이야기고."

"넌 어린애야, 제이미. 레드와인은 티렐의 휘하 봉신이고 그 끔찍한 할머니의 조카야. 난 티렐 공의 부하를 내 소협의회에 하나도 들이고 싶지 않아."

"토멘의 소협의회겠지."

"무슨 말인지 알잖아."

'지나치게 잘 알지.' "난 오레인 워터스가 형편없는 생각이고, 할린은 그보다 더 나쁜 생각이라는 걸 알아. 콰이번에 대해서는……. 맙소사, 세르세이. 콰이번은 바고 호트와 같이 다녔던 놈이야. 시타델이 사슬 목걸이도 빼앗았다고!"

"회색 양들이란. 콰이번은 나에게 아주 쓸모 있게 굴었어. 그리고 충성스러워. 내 혈육에 대해서도 그렇게 말할 수가 없는데 말이야."

'네가 이 길로 계속 가면 까마귀들이 우리 모두를 뜯어 먹게 될 거야, 사랑하는 누이.' "세르세이, 네가 하는 말을 좀 들어봐. 넌 그림자마다 난쟁이를 보고 친구들을 적으로 삼고 있어. 케반 숙부는 네 적이 아니야. 나는 네 적이 아니야."

세르세이의 얼굴이 분노로 일그러졌다. "너에게 도와달라고 애걸했잖아. 무릎까지 꿇었는데 네가 날 거절했잖아!"

"서약 때문에……."

"……그래도 아에리스는 죽였지. 말은 공허해. 넌 날 가질 수도 있었는데, 그 대신 그 망토를 선택했어. 나가."

"세르세이……."

"나가라고 했어. 그 추악한 잘린 팔을 보기만 해도 넌더리가 나. 꺼져!" 세르세이는 나가는 길을 재촉하려는 듯 그의 머리에 와인 잔을 던졌다. 잔은 빗나갔지만, 제이미도 뜻은 알아들었다.

저녁이 찾아왔을 때 제이미는 하얀 기사 탑 휴게실에 혼자 앉아서 도르네 레드와인 한 잔을 두고 하얀 책을 보고 있었다. 잘린 팔로 책장을 넘기는데 꽃의 기사가 들어와서 망토와 검대를 벗어 벽에 걸린 제이미 옷 옆에 걸었다.

"오늘 훈련장에서 봤네." 제이미가 말했다. "잘 달리더군."

"그냥 잘 달리는 정도는 아니죠." 로라스 경이 와인을 한 잔 따르더니 반

달 모양의 탁자 맞은편에 앉았다.

"좀 더 겸손한 사람이라면 '친절한 말씀 감사합니다'라거나 '좋은 말을 탔지요'라고 할 텐데 말이야."

"말은 적당했고, 단장님께선 제가 겸손한 만큼 친절하시지요." 로라스가 하얀 책을 향해 손짓했다. "렌리 공은 언제나 책이란 학사들을 위한 것이라고 말했어요."

"이 책은 우리를 위한 거라네. 하얀 망토를 걸쳤던 모든 남자들의 역사가 이 안에 적혀 있지."

"슬쩍 보긴 했습니다. 방패들이 예쁘네요. 전 그림이 좀 더 들어간 책이 좋아요. 렌리 공에게는 성사를 장님으로 만들 만한 그림이 들어간 책이 몇 권 있었지요."

제이미는 미소를 지을 수밖에 없었다. "여기엔 그런 책은 없지만, 역사가 경의 눈을 뜨이게 해줄 거야. 앞서 간 사람들의 삶에 대해 알아두는 게 좋을걸."

"저도 압니다. 드래곤 기사 아에몬 왕자, 리암 레드와인 경, '위대한 심장', 대담한 바리스탄……."

"……그웨인 코브레이, 알린 코닝턴, 대리의 악마도 있지, 그래. 루카모어 스트롱에 대해서도 들어보게 될 거야."

"호색한 루카모어 경요?" 로라스 경은 재미있어하는 것 같았다. "마누라가 셋에 자식이 서른이었지요? 그래서 남근을 잘렸고. 단장님을 위해 제가 그 노래를 다 불러드릴까요?"

"테런스 토인 경은 어떤가?"

"왕의 정부와 잠자리를 했다가 비명을 지르며 죽었지요. 교훈인즉, 하얀 바지를 입은 남자는 바지 끈을 꽉 조여야 한다 아니겠습니까."

"회색 망토 자일스는? 관대한 오리벨은?"

"자일스는 배신자였고, 오리벨은 겁쟁이였죠. 하얀 망토를 수치스럽게 한 자들요. 무슨 말씀을 하고 싶으신 겁니까?"

"별로. 별 뜻 없다 해도 기분 나빠 하진 말게나, 경. 오래간 톰 코스테인은 어떤가?"

로라스 경은 고개를 저었다.

"60년 동안 킹스가드로 복무했지."

"언제 적 일입니까? 못 들어본—"

"그러면 더스큰데일의 도넬 경은?"

"이름은 들어본 것도 같지만—"

"애디슨 힐은? 하얀 올빼미 미카엘 메르틴스는? 제퍼리 노크로스는? 사람들이 '불굴'이라고 부른 기사였지. 붉은 로버트 플라워스는? 그 기사들에 대해 할 수 있는 말이 있나?"

"플라워스는 서자의 이름이군요. 힐도 그렇고요."

"그래도 둘 다 킹스가드 단장까지 올랐어. 그 이야기가 다 이 책 안에 있지. 롤랜드 다클린도 여기 있고. 내가 들어오기 전까지 가장 어린 나이에 킹스가드가 된 기사였지. 전장에서 망토를 받고 한 시간 만에 죽었다네."

"썩 뛰어나진 못했나 보군요."

"충분히 뛰어났지. 본인은 죽었지만 왕은 살았거든. 수많은 용감한 사내들이 하얀 망토를 입었어. 대부분은 잊혔고."

"대부분은 잊힐 만했겠죠. 영웅은 언제나 기억될 겁니다. 최고의 기사는요."

"최고와 최악." '그러니 우리 중 하나는 노래 속에 살아남겠군.' "그리고 양쪽 모두인 몇 명도 살아남지. 이분처럼." 그는 읽고 있던 페이지를 두드렸다.

"누군데요?" 로라스 경이 목을 빼고 들여다봤다. "진홍색 바탕에 검은색

동그라미 열 개라. 그런 문장은 모르는데요."

"크리스톤 콜의 문장이야. 비세리스 1세와 아에곤 2세를 섬긴 킹스가드지." 제이미는 하얀 책을 덮었다. "별명이 킹메이커였어."

세르세이

'가죽 자루를 끌고 온 초라한 광대 셋이라.' 세르세이는 앞에 무릎 꿇은 이들을 보고 생각했다. 기운을 북돋아주는 모습은 아니었다. '언제나 가능성은 있지.'

"전하." 콰이번이 조용히 말했다. "소협의회가……."

"……내가 기분이 나아지길 기다리겠지. 우리가 소협의회에 반역자가 죽었다는 소식을 가지고 갈 수 있을지도 몰라." 바엘로르 성소는 도시 전역에 애도의 종소리를 울렸다. '어떤 종도 널 위해서는 울리지 않을 거야, 티리온.' 세르세이는 생각했다. '네 머리통은 타르에 처넣고 네 뒤틀린 몸뚱이는 개들에게 줄 거야.' "일어서게." 그녀는 영주가 되고 싶어 하는 자들에게 말했다. "뭘 가져왔는지 보여주게."

그들이 일어섰다. 추악한 데다 남루한 세 남자였다. 하나는 목에 종기가 있었고, 셋 다 반년은 씻지도 않은 것 같았다. 그런 자들을 귀족으로 만들어준다고 생각하니 재미있었다. '연회에서 마저리 옆에 저들을 앉힐 수도 있겠지.' 우두머리 광대가 자루 끈을 풀고 안에 손을 집어넣자 역한 장미향 같은 썩은 냄새가 접견실을 채웠다. 광대가 꺼낸 머리통은 회녹색인 데다 구더기가 기어 다녔다. '아버지와 같은 냄새가 나는군.' 도카스는 헉하고 숨을 멈췄고, 조슬린은 입을 막고 구역질을 했다.

세르세이는 눈도 깜박이지 않고 머리통을 살폈다. "엉뚱한 난쟁이를 죽였군." 이윽고 그녀가 한마디 한마디 마뜩잖아하면서 말했다.

"절대 아닙니다." 광대 하나가 대담하게 말했다. "분명히 그 사람일 겁니다. 난쟁이예요, 보세요. 좀 썩었을 뿐입니다."

"코도 새로 돋아났군." 세르세이가 말했다. "그것도 동글납작한 코가 말이야. 티리온의 코는 전투 중에 잘려 나갔다."

세 광대는 서로 눈빛을 교환했다. "아무도 그런 말은 안 해줬어요." 머리통을 손에 든 광대가 말했다. "이 못생긴 난쟁이가 뻔뻔스럽게도 걸어가길래, 저희 생각에……."

"자기가 참새라고 했는데……." 종기가 난 남자가 덧붙였다. "네가 거짓말이랬잖아." 그 말은 세 번째 광대를 향했다.

세르세이는 이런 광대극 때문에 소협의회를 기다리게 했다는 사실이 화가 났다. "너희는 내 시간을 낭비하고 무고한 남자를 죽였다. 너희 머리통도 잘라야 마땅해." 하지만 그랬다간 다음 사람이 머뭇거리다가 꼬마 악마를 그물에서 빠져나가게 둘지 몰랐다. 그런 일이 일어나게 두느니 죽은 난쟁이를 몇 미터 쌓아 올리는 게 나았다. "내 앞에서 썩 꺼져라."

"알겠습니다, 전하." 종기 광대가 말했다. "실례했습니다."

"머리통은 드릴까요?" 머리를 들고 있던 남자가 물었다.

"메린 경에게 줘라. 아니, 자루에 담아서 말이야, 이 멍청아. 그래. 오스먼드 경, 내보내."

메린 트랜트가 머리통을 치우고 케틀블랙이 머리통을 가져온 자들을 치우고 나니, 그들이 왔었다는 증거는 조슬린의 아침 식사밖에 남지 않았다. "바로 치우게." 세르세이는 조슬린에게 명했다. 그녀에게 온 세 번째 머리통이었다. '적어도 이번엔 난쟁이이긴 했어.' 지난번에는 못생긴 어린아이였다.

"누군가가 그 난쟁이를 찾아낼 겁니다. 걱정 마세요." 오스먼드 경이 장담했다. "그리고 누군가가 찾아내면 저희가 제대로 죽이겠습니다."

'그래?' 어젯밤 세르세이는 그 보기 흉한 턱살과 쉰 목소리의 노파가 나오는 꿈을 꾸었다. 라니스포트에서는 그 노파를 개구리 매기라고 불렀다. '그 노파가 나에게 뭐라고 했는지 아셨다면 아버지는 그 혀를 뽑아버렸을 거야.' 하지만 세르세이는 아무에게도, 심지어 제이미에게도 그 일을 말하지 않았다. '멜라라는 그 노파의 예언에 대해 아무 말도 하지 않으면 잊힐 거라고 했지. 잊힌 예언은 실현될 수 없다고 했어.'

"제 정보원들이 사방에서 꼬마 악마의 냄새를 쫓고 있습니다, 전하." 콰이번이 말했다. 그는 학사의 로브와 매우 흡사한 로브를 입었는데, 회색이 아니라 흰색이었다. 킹스가드의 망토 같은 순백색이었다. 옷단과 소매, 그리고 빳빳한 높은 옷깃을 금색 나선이 장식했고 허리에는 금색 끈을 묶었다. "올드타운, 걸타운, 도르네, 자유도시에서도요. 어디로 도망치든 제 첩보원들이 찾아낼 겁니다."

"그놈이 킹스랜딩을 떠났다고 생각하는군. 어쩌면 그놈은 바엘로르 성소에 숨어서 종을 흔들며 이 끔찍한 소음을 내고 있을지도 몰라." 세르세이는 침울한 얼굴로 도카스의 부축을 받아 일어섰다. "가세. 소협의회가 기다려." 그녀는 콰이번의 팔을 잡고 계단을 내려갔다. "내가 맡긴 사소한 일은 처리했나?"

"예, 전하. 이렇게 오래 걸려서 죄송합니다. 머리가 좀 커야 말이지요. 벌레들이 살을 제거하는 데 몇 시간은 걸렸습니다. 사죄의 뜻으로 해골을 보내기에 딱 맞게끔 흑단과 은으로 만든 상자에 펠트도 깔았습니다."

"천 자루로도 충분했을 텐데. 도란 대공은 그 머리통을 원해. 그 머리가 어떤 상자에 들어가는지는 신경도 안 쓸 거야."

안마당으로 나가자 종소리가 더 커졌다. '저놈은 최고성사에 불과해. 이걸 얼마나 오래 견뎌야 하지?' 그 종소리가 산더미의 비명 소리보다야 듣기 좋지만…….

콰이번은 세르세이가 무슨 생각을 하는지 감지한 것 같았다. "종소리는 해 질 녘이면 멈출 겁니다, 전하."

"그거 아주 마음이 놓이는군. 자네가 어떻게 그걸 알지?"

"아는 것이 제 일입니다."

'바리스는 우리 모두에게 자기가 대체 불가능하다고 믿게 만들었지. 우린 얼마나 어리석었는지.' 왕대비가 콰이번이 내시를 대신하게 되었음을 알리자, 예의 그 인간쓰레기들은 시간을 낭비하지 않고 콰이번에게 자신들의 존재를 알리고 동전 몇 푼에 정보를 교환했다. '그동안에도 거미가 아니라 돈이 한 일이었어. 콰이번도 똑같이 쓸모 있을 거야.' 콰이번이 자리에 앉으면 파이셀이 무슨 표정을 지을지 기대됐다.

소협의회가 열릴 때마다 킹스가드 기사 한 명이 협의회실 문밖에 서 있었다. 오늘은 보로스 블런트 경이었다. "보로스 경." 세르세이는 기분 좋게 말했다. "오늘은 유난히 안색이 나쁘군. 혹시 뭔가 잘못 먹었나?" 제이미는 보로스를 왕의 시식인으로 삼았다. 흥미로운 임무지만, 기사에게는 수치스러운 일이기도 했다. 보로스 블런트는 그 일을 싫어했다. 문을 잡고 기다리는 보로스의 턱살이 흔들렸다.

세르세이가 들어가자 소협의회원들이 조용해졌다. 자일스 공은 인사 대신 기침을 했고, 그 기침 소리가 길었던 덕분에 파이셀이 깨어났다. 다른 사람들이 인사말을 중얼거리며 일어섰다. 세르세이는 희미하기 그지없는 미소를 지었다. "여러분, 내 지각을 용서해주시겠지요."

"저희는 전하를 도우러 와 있습니다." 하리스 스위프트 경이 말했다. "전하의 도착을 기쁘게 기다렸습니다."

"다들 콰이번 공은 아시겠지요."

파이셀 대학사는 그녀를 실망시키지 않았다. "콰이번 공요?" 그는 얼굴이 자줏빛이 되어서 겨우 말했다. "전하, 이건……. 학사는 성스러운 서약을, 영지도 작위도 받지 않겠다는 서약을……."

"시타델에서 콰이번의 사슬 목걸이를 빼앗았다오." 세르세이가 상기시켰다. "학사가 아니라면 학사의 서약을 지킬 이유도 없지. 혹시 기억한다면, 우린 그 내시도 공이라고 불러줬소."

파이셀이 침을 튀기며 말했다. "이자는…… 이자는 부적절한……."

"감히 나에게 적절함에 대해 말할 생각은 마시오. 내 아버님의 시신을 냄새나는 조롱거리로 만들었으면서 그럴 순 없지."

"전하께서 그런 생각을……." 그는 날아오는 타격이라도 막으려는 듯이 검버섯이 핀 손을 들어 올렸다. "침묵의 자매들이 타이윈 공의 내장 기관을 제거하고 피를 빼냈습니다……. 모든 주의를 기울이고…… 시신을 소금과 향초(香草)로 채우고……."

"아, 역겨운 세부사항은 그만두게. 자네가 그렇게 주의한 결과는 냄새로 나왔으니. 콰이번 공의 치료 기술은 내 동생의 목숨을 구했지. 억지웃음이나 짓던 내시보다 국왕을 더 훌륭히 섬길 거라 의심치 않네. 콰이번 공, 동료 협의회원들은 알지?"

"그걸 모른다면 제가 형편없는 정보원이겠지요, 전하." 콰이번은 오턴 메리웨더와 자일스 로스비 사이에 앉았다.

'나의 협의회원들.' 세르세이는 장미를 모조리 뿌리 뽑고, 숙부와 동생들에게 신세를 진 사람들도 모두 제외했다. 그리고 그 자리에 세르세이에게 충성스러울 사람들을 채웠다. 자유도시들에서 차용한 새로운 직함도 선사했다. '관'이라는 칭호를 빼고, 오턴 메리웨더는 사법대신, 자일스 로스비는 재정대신으로 임명했다. 늠름한 젊은이인 드리프트마크의 서자 오레인 워터스는 그녀의 대제독이 될 터였다.

그리고 그녀의 수관은 하리스 스위프트 경이었다.

물렁하고 머리가 벗어진 아첨쟁이 스위프트는 대부분의 남자들이 턱을 둔 자리에 어색한 수염 뭉치만을 두었다. 호화로운 노란색 더블릿에는 청금석 구슬로 스위프트 가문의 파란색 수탉을 수놓았다. 그리고 그는 그 위에 백 개의 황금 손을 장식한 짧은 파란색 벨벳 망토를 걸쳤다. 하리스 경은 지명받은 데 감격했고, 자신이 수관이라기보다는 인질이라는 사실을 깨닫기엔 너무 우둔했다. 그의 딸은 케반 숙부의 아내였고, 케반은 가슴이 납작하고 턱은 없는 닭 다리 부인을 사랑했다. 하리스 경을 손에 쥐고 있는 한, 케반 라니스터는 세르세이를 적대할 때 두 번은 생각해야 할 터였다. 분명 장인이란 이상적인 인질은 아니지만, 허술한 방패라도 없는 것보다는 나았다.

"국왕 전하도 함께하십니까?" 오턴 메리웨더가 물었다.

"내 아들은 어린 왕비와 같이 놀고 있어요. 현재로서는 왕위란 왕실 인장으로 서류에 도장을 찍는 거라고 생각하고 있지. 전하께선 국가의 일을 이해하기엔 아직 너무 어리시오."

"우리의 용맹한 킹스가드 단장께서는요?"

"제이미 경은 무기제조인에게 손을 맞추고 있어요. 우리 모두가 그 잘린 팔에는 질렸지요. 그리고 감히 말하건대 제이미 경은 이 절차들을 토멘만큼 지겨워할 거요." 오레인 워터스가 쿡쿡 웃었다. '좋아. 저들이 웃으면 웃을수록 제이미가 덜 위협이 되지. 웃으라고 해.' 세르세이는 생각했다. "와인이 있나?"

"있습니다, 전하." 오턴 메리웨더는 크고 울퉁불퉁한 코와 다루기 힘든 주홍색 머리털에 잘생긴 남자는 아니었으나, 예의는 부족하지 않았다. "도르네 레드와인과 아버의 골드와인, 그리고 하이가든에서 온 달콤한 히포크라스가 있습니다."

"아버 골드로 하지. 도르네 와인은 도르네인들만큼이나 시큼해서 말이오." 메리웨더가 잔을 채우는 동안 세르세이는 말했다. "이제 시작해도 좋겠군요."

파이셀 대학사는 아직까지 입술을 떨면서도 어떻게든 말했다. "분부대로 하지요. 도란 대공이 동생의 난폭한 서녀들을 구속했습니다만, 선스피어는 아직 들끓고 있습니다. 대공은 약속된 정의를 받기 전까지는 사태를 가라앉힐 수가 없다고 쓰고 있습니다."

"그렇겠지." '피곤한 작자야. 도란 대공.' "대공의 긴 기다림은 거의 끝났소. 그레고르 클리게인의 머리통을 전하기 위해 발론 스완을 선스피어로 보내겠어요." 발론 경에게는 다른 임무도 있었지만, 그 부분은 말하지 않는 편이 최선이었다.

"아." 하리스 스위프트 경은 엄지와 검지로 우스꽝스러운 수염을 더듬거렸다. "그럼 죽은 겁니까? 그레고르 경이?"

"그렇겠지요." 오레인 워터스가 건조하게 말했다. "몸과 머리를 분리하는 건 치명적일 경우가 많다고 들었습니다."

세르세이는 미소로 워터스를 치하했다. 자신이 과녁이 되지만 않는다면 약간의 재치는 좋아할 수 있었다. "그레고르 경은 파이셀 대학사가 예견한 대로 부상이 악화되어 죽었소."

파이셀이 헛기침을 하더니 심술궂은 눈으로 콰이번을 보았다. "그 창엔 독이 발려 있었습니다. 아무도 구하지 못했을 겁니다."

"그렇게 말했지. 잘 기억하고 있어요." 왕대비는 수관을 돌아보았다. "내가 도착했을 때는 무슨 이야기를 하고 있었나요, 하리스 경?"

"참새들 이야기였습니다, 전하. 레이나드 성사가 그러는데 이 도시에 참새가 2000명은 있고, 매일 참새가 더 도착한다는군요. 참새들의 지도자들은 파멸과 악마 숭배에 대해 설교하고……."

세르세이는 와인을 한 모금 맛보았다. '아주 좋아.' "일어나도 한참 전에 일어났어야 하는 일 아닌가? 스타니스가 숭배하는 그 붉은 신을 악마가 아니면 뭐라고 부르겠소? 종단은 그런 악에 맞서야 마땅해." 콰이번이 이미 그 점을 상기시켜줬다. 영리한 자였다. "우리의 고(故) 최고성사께서 너무 많은 걸 묵과한 것 같군요. 나이 때문에 눈이 흐려지고 힘이 빠졌던 게지요."

"늙고 다 끝난 남자였습니다, 전하." 콰이번은 파이셀을 보고 미소 지었다. "그분의 작고도 놀랄 일이 아니었지요. 누구든 나이를 먹을 만큼 먹고 침대에서 평화롭게 죽는 것보다 더 바랄 일이 없어요."

"그래요. 하지만 그 후임자는 더 활발하길 희망해야겠군요. 저쪽 언덕 위에 있는 내 친구들은 토버트나 레이나드가 되어야 한다고 해요."

파이셀 대학사가 헛기침을 했다. "저도 최고신관들 사이에 친구가 있습니다만, 그쪽에서는 올리도르 성사를 이야기합니다."

"루시언이라는 자도 경시하지 마십시오." 콰이번이 말했다. "어젯밤에는 최고신관 서른 명에게 젖먹이 돼지와 아버 골드와인을 베풀었고, 낮이면 경건함을 증명하려고 가난한 사람들에게 딱딱한 빵을 나눠줍니다."

오레인 워터스도 세르세이만큼이나 성사들에 대한 이 온갖 수다가 지겨운 모양이었다. 가까이에서 보니 머리가 금발보다는 은발에 가까웠고, 눈은 라에가르 왕자 같은 자줏빛이 아니라 회녹색이었다. 그렇다 해도, 닮은 정도는……. 세르세이는 워터스가 그녀를 위해 수염을 밀어줄까 궁금했다. 열 살 아래이긴 해도 그는 세르세이를 원했다. 세르세이는 워터스의 눈빛에서 알아볼 수 있었다. 남자들은 그녀의 가슴이 부풀기 시작한 순간부터 그녀를 그렇게 쳐다보았다. '내가 너무 아름다워서라고들 했지만, 제이미도 아름다웠는데 제이미를 그렇게 본 사람은 아무도 없었어.' 어렸을 때 세르세이는 놀이 삼아 제이미의 옷을 입곤 했다. 그리고 그녀를 제이미라고 생각할 때 남자들이 얼마나 다르게 대하는지에 매번 놀랐다. 심지어 타이윈 공조차도…….

파이셀과 메리웨더는 아직도 누가 새로운 최고성사가 될지를 두고 떠들고 있었다. "누구든 별 차이 없을 거요." 세르세이가 불쑥 말했다. "하지만 누가 수정관을 쓰든 간에 꼬마 악마를 파문한다는 선언은 해야 하오." 마지막 최고성사는 티리온에 대해 수상할 정도로 조용했었다. "그 분홍색 참새들에 대해서는, 반역에 대해 설교하지만 않는다면 그 작자들은 종단의 골칫거리지, 우리 골칫거리가 아니오."

오턴 공과 하리스 경은 동의한다고 중얼거렸다. 똑같이 말하려던 자일스 로스비의 시도는 발작적인 기침 속으로 사라졌다. 세르세이는 로스비가 피 섞인 가래 덩어리를 처리하는 동안 역겨움에 시선을 돌렸다. "학사, 협곡에서 온 편지는 가져왔소?"

"가져왔습니다, 전하." 파이셀이 종이 더미 사이에서 편지를 뽑아 내밀었다. "편지라기보다는 선언문입니다. 룬스톤에서 청동 욘 로이스와 웨인우드 부인, 헌터 공, 레드포트 공, 벨모어 공, 그리고 나인스타스의 기사 사이먼드 템플턴 경이 서명하고 전원 인감을 찍었습니다. 내용은—"

'쓰레기지.' "원한다면 직접들 읽으실 수 있겠지. 로이스와 나머지 영주들이 이어리 밑에 군사를 모으고 있어요. 리틀핑거에게서 협곡의 호국공 자리를 빼앗고 싶어 하는군. 필요하다면 무력으로라도. 문제는, 우리가 이 행동을 허용해야 할까요?"

"베일리시 공이 우리에게 도움을 구합니까?" 하리스 스위프트가 물었다.

"아직은 아니오. 사실은 꽤 태연해 보여요. 마지막으로 보낸 편지에서는 반란자들에 대해 잠시 언급하고 나서 바로 로버트의 예전 태피스트리를 몇 개 보내줄 수 있냐고 묻더군요."

하리스 경이 턱수염을 만지작거렸다. "그리고 이 선언문을 쓴 영주들 말입니다. 국왕께 관여해달라고 부탁하는 겁니까?"

"아니오."

"그렇다면…… 우린 아무것도 할 필요가 없겠군요."

"협곡에서 전쟁이 일어난다면 그런 비극이 없을 텐데요." 파이셀이 말했다.

"전쟁요?" 오턴 메리웨더가 웃음을 터뜨렸다. "베일리시 공은 아주 재미있는 사람이지만, 재담으로 전쟁을 할 순 없습니다. 유혈 사태가 날 것 같진 않아요. 그리고 협곡에서 세금을 내기만 한다면 누가 어린 로버트 공을 대리하든 무슨 상관입니까?"

'아니야.' 세르세이는 결정을 내렸다. 사실대로 말하자면 리틀핑거는 궁정에서 더 쓸모가 있었다. '금을 찾아내는 재주가 있었고, 기침도 안 했지.' "오턴 공이 날 설득해냈군요. 파이셀 학사, 이 선언자들에게 피터에게 해를 입혀서는 안 된다고 가르쳐주시오. 그런 일만 없다면 왕실은 로버트 아린이 성년이 되기 전까지 협곡을 어떻게 관리하든 만족한다고."

"잘 알겠습니다, 전하."

"함대에 대해 의논할 수 있을까요?" 오레인 워터스가 물었다. "블랙워터의 화염에서 살아남은 배가 십여 척이 안 됩니다. 바다에서의 군사력을 복구해야 합니다."

하리스 스위프트가 고개를 끄덕였다. "해상 군사력은 아주 중요하지요."

"강철인들을 이용할 수 있을까요?" 오턴 메리웨더가 물었다. "우리 적의 적이니 말입니다. 동맹을 맺는다면 해석좌에서 대가로 우리에게 뭘 원할까요?"

"그자들은 북부를 원합니다." 파이셀 대학사가 말했다. "우리 왕대비님의 고귀하신 아버지께서 볼턴 가문에 약속한 북부지요."

"그것 참 불편하게 됐군요." 메리웨더가 말했다. "그렇다 해도 북부는 큽니다. 영지를 나눌 수도 있지요. 영구적인 협약이 될 필요도 없어요. 볼턴도 우리가 스타니스가 무너진 후 힘을 실어줄 거라고 확언하면 만족할지 모릅니다."

"발론 그레이조이가 죽었다고 들었는데요." 하리스 스위프트 경이 말했다. "이제 강철 군도를 누가 다스리는지 아십니까? 발론 공에게 아들이 있던가요?"

"레오?" 자일스 공이 기침을 했다. "테오였나요?"

"테온 그레이조이는 에다드 스타크의 대자로 윈터펠에서 자랐습니다." 콰이번이 말했다. "우리의 친구가 되진 않을 겁니다."

"그 청년은 죽었다고 들었습니다." 메리웨더가 말했다.

"아들이 하나뿐이었나요?" 하리스 스위프트 경이 턱에 난 수염을 당겼다. "동생들. 동생들이 있었지요. 그렇지 않던가요?"

'바리스라면 알았을 텐데.' 세르세이는 짜증스럽게 생각했다. "그 한심한 오징어 떼와 동침할 마음은 없소. 스타니스를 처리하고 나면 그자들 차례가 올 거예요. 우리에게 필요한 건 우리의 함대요."

"새 드로몬드(대형 쾌속 범선의 일종)를 짓자고 말씀드리고 싶군요." 오레인 워터스가 말했다. "우선 열 척은 어떨까요."

"그 돈이 어디서 나옵니까?" 파이셀이 물었다.

자일스 공은 이 말을 신호 삼아 다시 기침을 터뜨렸다. 그리고 분홍색 가래를 더 뱉더니 빨간 비단 손수건으로 닦아냈다. "그럴 돈이……." 겨우 입을 뗐으나 다시 기침에 말이 먹혔다. "……없습니다……, 그런……."

하리스 경은 기침 사이로 들려오는 말을 용케 알아듣고 반박했다. "왕실 수입이 이보다 더 좋을 때가 없었습니다. 케반 경에게 직접 들은 말이에요."

자일스 공이 기침을 했다. "……비용이…… 황금 망토에……."

세르세이가 이미 들어본 반박이었다. "우리 재정대신이 하려는 말은, 황금 망토는 너무 많고 황금은 너무 적다는 거요." 로스비의 기침 소리에 화가 나기 시작했다. '어쩌면 방귀쟁이 가스도 그렇게 나쁘진 않았을지 몰라.' "왕실 수입이 크기는 하지만, 로버트의 빚을 따라잡을 만큼 크지는 않아요. 그에 따라 나는 전쟁이 끝날 때까지 왕실이 종단과 브라보스 강철은행에 진 빚의 상환을 미루기로 결정했소." 새로운 최고성사는 분명 성스러운 두 손을 꽉 비틀어 쥘 테고, 브라보스인들은 시끄럽게 떠들어댈 테지만, 그래서 어쩌란 말인가? "그렇게 해서 아낀 돈을 새 함대 건조에 쓰지요."

"역시 신중하십니다." 메리웨더 공이 말했다. "현명한 판단이십니다. 그리고 전쟁이 끝날 때까지는 필요한 조치입니다. 저도 같은 생각입니다."

"저도 그렇습니다." 하리스 경이 말했다.

"전하." 파이셀이 떨리는 목소리로 말했다. "이 결정으로 생각보다 더한 곤란을 초래하실 수도 있습니다. 강철은행은……."

"……바다 건너 멀리 브라보스에 있지. 강철은행은 자기네 금을 받게 될 거요, 학사. 라니스터는 빚을 갚아요."

"브라보스에도 이런 말이 있지요." 파이셀의 보석 달린 사슬 목걸이가 조용히 잘랑거렸다. "강철은행은 받아야 할 것은 받아낸다고요."

"강철은행은 내가 받으라고 할 때 받을 거요. 그때까지는 예의 바르게 기다릴 것이고. 워터스 공, 드로몬드 건조를 시작하시오."

"아주 좋습니다, 전하."

하리스 경이 서류를 뒤적거렸다. "다음 안건은…… 프레이 공에게 온 편지가 있는데 주장하기를……."

"영지와 특권을 얼마나 원하는 거요?" 왕대비가 날카롭게 말했다. "욕심을 보아하니 그자의 어미는 젖가슴이 세 개는 달렸겠군."

"여러분은 모르실지 모르지만……." 콰이번이 말했다. "이 도시의 싸구려 술집과 급식소에서 왕실이 왈더 공의 범죄에 가담했을지도 모른다고 말하는 자들이 있습니다."

다른 협의회원들은 반신반의하며 콰이번을 쳐다보았다. "피의 결혼식을 말하는 건가요?" 오레인 워터스가 물었다. "범죄요?" 하리스 경이 말했다. 파이셀은 시끄럽게 목청을 가다듬었다. 자일스 공은 기침을 했다.

"참새들이 특히 대담하게 말합니다." 콰이번이 경고했다. "피의 결혼식은 신들과 인간들의 법 모두를 모욕한 일이며, 이 일에 관여한 사람들은 저주받으리라고 하고 다녀요."

세르세이는 그 의미를 바로 알아들었다. "왈더 공은 곧 하늘에 계신 아버지의 심판에 직면할 거요. 나이가 오죽 많아야지. 참새들이 왈더 공에 대한 추억에 침을 뱉게 놔둬요. 우리와는 아무 관계도 없어요."

"그럼요." 하리스 경이 말했다. "그럼요." 메리웨더 공도 말했다. "아무도 그런 생각은 안 할 겁니다." 파이셀이 말했다. 자일스 공은 기침을 했다.

"왈더 공의 무덤에 침 좀 뱉는다고 무덤 벌레들이 방해받을 것 같진 않군요." 콰이번이 동의했다. "하지만 누군가가 피의 결혼식으로 처벌을 받는다면 그것도 유용할 겁니다. 프레이 몇 명의 머리를 내걸면 북부를 달래는 데 큰 도움이 되겠지요."

"왈더 공은 절대 자기 친족을 희생하지 않아요." 파이셀이 말했다.

"그렇지." 세르세이가 말했다. "하지만 그 후계자들은 덜 예민할지도 몰라요. 왈더 공이 곧 죽어주는 친절을 베풀어주길 빕시다. 새로운 크로싱의 영주가 불편한 이복형제들이며 마뜩잖은 사촌들, 계략을 짜는 누이들을 없애는 데 그들을 범인으로 지목하는 것보다 더 좋은 방법이 있을까요?"

"왈더 공의 죽음을 기다리는 동안, 다른 문제가 있습니다." 오레인 워터스가 말했다. "황금 용병단이 미르와의 계약을 깼습니다. 부둣가에서 스타니스 공이 황금 용병단을 고용하여 바다 건너로 데려오고 있다고 말하는 소리를 들었습니다."

"스타니스가 용병단에 무슨 돈으로 지불을 하겠습니까?" 메리웨더가 물었다. "눈[雪]을 지불하나요? 이름도 황금 용병단인데요. 스타니스에게 금이 얼마나 있지요?"

"별로 없지." 세르세이가 장담했다. "콰이번 공이 블랙워터만의 미르 갤리선 선원들과 이야기를 해봤어요. 그자들은 황금 용병단이 볼란티스로 가고 있다고 주장해요. 웨스테로스로 넘어오려는 거라면, 반대 방향으로 진군하고 있는 셈이오."

"지는 쪽에서 싸우는 데 염증이 났나 보지요." 메리웨더 공이 말했다.

"그것도 있지." 세르세이는 동의를 표했다. "장님이 아니고서야 우리가 전쟁에 이겼다는 사실을 못 알아볼 순 없을 거요. 티렐 공이 스톰스엔드에 군을 투입했어요. 리버런은 프레이와 내 사촌이자 새로운 서부의 관리자인 대븐에게 포위되어 있어요. 레드와인 공의 배는 타스 해협을 통과해서 빠른 속도로 해안을 따라 올라오고 있고. 드래곤스톤에 레드와인의 상륙을 막을 병력이라곤 어선 몇 척뿐이에요. 성 자체는 어느 정도 버틸 수도 있겠지만, 일단 항구를 접수하면 수비군을 바다로부터 고립시킬 수 있소. 그러면 우리를 성가시게 할 자는 스타니스 본인밖에 남지 않겠지."

"자노스 공의 말을 믿는다면, 스타니스는 야인들과 제휴하려고 하고 있습니다." 파이셀 대학사가 경고했다.

"털가죽을 걸친 야만인들과요." 메리웨더 공이 표명했다. "그런 자들에게서 동맹을 구하다니 스타니스 공이 어지간히 절박한가 봅니다."

"절박하고 어리석지." 세르세이도 동의했다. "북부인들은 야인을 싫어해. 루스 볼턴이 북부인들을 우리 쪽으로 끌어들이기가 어렵지 않을 거요. 벌써 몇몇은 볼턴의 서자가 모트카일린에서 그 비루한 강철인들을 걷어내고 볼턴 공이 돌아갈 길을 치우는 데 합세했어요. 엄버, 리스웰……. 다른 이름들은 생각이 나지 않는군. 화이트하버도 우리 쪽에 붙기 직전이고. 화이트하버 영주가 손녀딸 둘 다 우리 친구 프레이와 결혼시키고 우리 배가 들어갈 수 있게 항구를 여는 데 동의했소."

"우리에겐 배가 없는 줄 알았는데요." 하리스 경이 당황해서 말했다.

"와이먼 맨덜리는 에다드 스타크에게 충성스러운 봉신이었습니다." 파이셀 대학사가 말했다. "그런 자를 믿을 수 있을까요?"

'믿을 수 있는 사람은 아무도 없어.' "그자는 뚱뚱하고 늙은 데다 겁먹은 남자요. 하지만 단 한 가지만은 고집스러워. 후계자가 돌아오기 전까지는 결코 무릎을 굽히지 않겠다고 주장하고 있소."

"그 후계자가 우리에게 있나요?" 하리스 경이 물었다.

"아직 살아 있다면 하렌홀에 있을 거요. 그레고르 클리게인이 포로로 잡았으니." 산더미는 포로들에게 늘 온화하지는 않았다. 심지어 몸값이 많이 나가는 포로라 해도 그랬다. "혹시 죽었다면 맨덜리 공에게 아들을 죽인 자들의 머리통과 우리의 진심 어린 사과를 보내야 할 것 같군." '머리통 하나로 도란 대공을 달랠 수 있다면, 바다표범 가죽에 휘감긴 뚱뚱한 북부인에게는 한 자루를 보내면 충분하고도 남겠지.'

"스타니스 공이 화이트하버와 동맹을 맺으려고 하지 않을까요?" 파이셀 대학사가 물었다.

"아, 시도는 했지. 맨덜리 공이 스타니스의 편지를 우리에게 보내고 답은 회피했어요. 스타니스는 화이트하버의 병력과 돈을 요구하면서, 그 대가로…… 흠, 아무것도 제시하지 않아요." 세르세이로서는 언젠가 렌리를 데려가고 스타니스를 그 자리에 둔 '이방인'에게 촛불을 켜야 할 터였다. 그 반대였다면 그녀의 삶이 더 힘겨워졌을 테니. "바로 오늘 아침에 새가 하나 더 왔어요. 스타니스가 자신을 대신해 화이트하버와 이야기하라고 양파 밀수꾼을 보냈다더군요. 맨덜리는 그 형편없는 작자를 감옥에 처넣었고, 그자를 어떻게 할지 우리에게 물었어요."

"우리가 심문할 수 있게 여기로 보내라고 하죠." 메리웨더 공이 제안했다. "그자가 가치 있는 정보를 알지도 모릅니다."

"죽게 놔두지요." 콰이번이 말했다. "그자의 죽음이 북부인들에게 교훈이 될 겁니다. 반역자가 어떻게 되는지 알려주는 겁니다."

"동감이오." 세르세이가 말했다. "맨덜리 공에게 곧 그자의 머리를 자르라고 지시했어요. 그러면 화이트하버가 스타니스를 지지할 가능성이 완전히 없어지겠지."

"스타니스에겐 다른 수관이 필요하겠군요." 오레인 워터스가 키득거리며 말했다. "이번에는 순무 기사라도 쓰려나요?"

"순무 기사?" 하리스 스위프트 경이 당혹했다. "그건 또 누구요? 들어본 적이 없는데."

워터스는 대답 없이 눈만 굴렸다.

"맨덜리 공이 거부한다면 어쩌지요?" 메리웨더가 물었다.

"감히 그러지 못할 거요. 양파 기사의 머리통이 자기 아들의 목숨을 사는 데 꼭 필요하니." 세르세이는 미소 지었다. "그 뚱뚱한 늙은 바보가 나름대로 스타크에게 충성스러웠을지는 모르지만, 윈터펠의 늑대들이 멸종한 지금—"

"전하께선 산사 부인을 잊으셨습니까." 파이셀이 말했다.

세르세이는 발끈했다. "그 작은 암늑대를 잊었을 리가 있나." 이름을 말하기도 싫었다. "반역자의 딸로서 검은 감옥에 처넣었어야 마땅한 것을, 내가 가족으로 삼았지. 내 난로와 홀을 함께 쓰고, 내 자식들과 놀았어. 내가 그 아이를 먹이고 입히고 세상에 대해 조금이라도 더 알게 해주었거늘, 내 친절에 무엇으로 갚았던가? 내 아들의 살해를 도왔지. 꼬마 악마를 찾아내면 산사 부인도 찾을 것이오. 분명히 아직 죽지는 않았지만…… 내 약속하는데, 내 볼일이 끝나기 전에 산사는 이방인에게 입 맞춰달라 애걸하게 될 거요."

어색한 정적이 뒤따랐다. '다들 혀라도 씹었나?' 세르세이는 짜증스럽게 생각했다. 대체 왜 소협의회 따위를 열고 있는지 의문스러워졌다.

"어쨌든, 에다드 공의 작은 딸은 볼턴 공과 함께 있고, 모트카일린이 함락되는 대로 그 아들인 램지와 결혼할 거요." 그 아이가 윈터펠에 대한 권리 주장을 공고히 해줄 만큼만 역할을 수행해준다면, 볼턴 부자는 그 아이가 실제로는 리틀핑거가 구슬려놓은 어느 집사의 딸이라는 사실에 신경 쓰지 않을 터였다. "북부에 스타크가 꼭 있어야 한다면, 우리가 하나 주지." 세르세이는 메리웨더 공이 따르는 와인을 받았다. "하지만 장벽에 다른 문제가 생겼소. 밤의 경비대 형제들이 정신이 나갔는지 네드 스타크의 서자를 총사령관으로 뽑았다는군."

"스노우라는 소년이지요." 파이셀이 도움이 되지 않는 말을 얹었다.

"스타크가 숨기려고 애를 썼지만, 윈터펠에서 언뜻 본 적은 있소. 제 아비를 많이 닮았더군." 세르세이가 말했다. 세르세이의 남편이 둔 사생아들도 아비를 닮았지만, 그래도 로버트는 그 아이들을 보이지 않는 곳에 둘 예의는 있었다. 단 한 번, 고양이에 얽힌 그 유감스러운 사건 이후에 서녀 하나를 궁정에 데려오겠다고 소란을 피운 적이 있었다. "하고 싶은 대로 하세요. 하지만 이 도시가 성장하는 여자애에게 건전한 곳은 아니라는 걸 알게 될지도 몰라요." 그 말 덕분에 생긴 멍은 제이미에게 숨기기 어려웠지만, 그래도 그 서녀에 대해서는 더 듣지 않게 됐다. '캐틀린 스타크는 쥐새끼였어. 존 스노우를 요람에서 죽였어야 마땅했을 것을, 나에게 지저분한 뒤처리를 남기다니.' "스노우도 에다드 공과 같은 반역 취향이 있구려. 그 아버지는 스타니스에게 왕국을 넘기려 했지. 아들은 스타니스에게 땅과 성을 넘겼고."

"밤의 경비대는 칠왕국의 전쟁에 관여하지 않겠다고 맹세했습니다." 파이셀이 상기시켰다. "수천 년간 검은 형제들은 그 전통을 지켰어요."
"지금까지는 그랬지." 세르세이가 말했다. "그 사생아가 밤의 경비대는 어느 편에도 서지 않는다고 맹세하는 편지를 써 보냈지만, 행동이 말과 다르지 않소. 스타니스에게 음식과 피난처를 줘놓고서 오만하게도 우리더러 무기와 병사를 달라고 청하다니."
"무도한 짓입니다." 메리웨더 공이 표명했다. "밤의 경비대가 스타니스 공과 힘을 합하게 둘 수는 없습니다."
"그 스노우란 놈을 반역자이자 반란자로 선언해야 합니다." 하리스 스위프트 경이 맞장구를 쳤다. "검은 형제들은 그놈을 제거해야 해요."
파이셀 대학사가 생각에 잠겨 고개를 끄덕였다. "캐슬블랙에 스노우가 없어질 때까지 새로운 사람을 보내는 일은 없다고 알리도록 하지요."
"우리의 새로운 드로몬드선에 노잡이들이 필요할 겁니다." 오레인 워터스가 말했다. "영주들에게 앞으로 잡는 밀렵꾼과 도둑은 장벽이 아니라 저에게 보내라고 하시죠."
콰이번이 미소를 띤 얼굴로 몸을 내밀었다. "밤의 경비대는 우리 모두를 스나크와 그럼킨으로부터 지키고 있습니다. 여러분, 전 우리가 용감한 검은 형제들을 도와야 한다고 봅니다."
세르세이가 콰이번을 날카롭게 쳐다보았다. "무슨 말이오?"
콰이번이 말했다. "이런 말씀입니다. 밤의 경비대는 몇 년 동안 병력을 보충해달라고 애걸했습니다. 스타니스 공은 그 청원에 답했습니다. 토멘 왕께서 그보다 모자랄 수 있겠습니까? 전하께서는 장벽에 백 명을 보내셔야 합니다. 표면상으로는 검은 옷을 입을 사람들이지만, 사실은……."
"……존 스노우를 제거할 사람들이로군." 세르세이는 기쁜 마음으로 말을 맺었다. '콰이번을 내 소협의회에 넣길 잘했어.' "바로 그게 우리가 할 일이오." 그녀는 소리 내어 웃었다. '그 서자가 정녕 제 아비의 아들이라면 조금도 의심하지 않겠지. 심지어 갈비뼈 사이에 칼이 박히기 전까지는 나에게 고마워할지도 몰라.' "분명 조심스럽게 추진해야 할 일이지. 나머지는 내게 맡기시오, 여러분." 적은 이렇게 다뤄야 했다. 선언이 아니라 단검으로. "오늘 회의는 훌륭하게 해낸 것 같군요. 고맙소, 여러분. 다른 사안이 있소?"

"마지막으로 한 가지만 더요, 전하." 오레인 워터스가 미안하다는 투로 말했다. "사소한 일로 협의회의 시간을 잡아먹기가 망설여집니다만, 최근 부둣가에 희한한 소리가 들립니다. 동쪽에서 온 선원들이 이야기하기를 드래곤이……."

"……드래곤과 만티코어, 수염 난 스나크도 있겠지?" 세르세이는 쿡쿡 웃었다. "난쟁이 이야기가 들리거든 다시 오시오." 그녀가 일어선 것이 회의가 끝났다는 신호였다.

세르세이가 협의회실을 나섰을 때는 세찬 가을 바람이 불고 있었고, 바엘로르의 종은 도시 전체에 애도의 노래를 계속 울리고 있었다. 훈련장에서 마흔 명 정도 되는 기사가 검과 방패를 들고 서로를 때려대면서 소음을 더했다. 보로스 블런트 경의 호위를 받아 거처로 돌아가니 메리웨더 부인이 조슬린과 도카스와 키득거리고 있었다. "다들 뭐가 그리 재미있나?"

"레드와인 쌍둥이요." 타에나가 말했다. "둘 다 마저리 부인에게 푹 빠졌지 뭐예요. 전에는 둘 중에 누가 다음 아버 영주가 될지를 두고 다투더니, 이제는 둘 다 킹스가드에 들어가고 싶어 한답니다. 어린 왕비님 가까이 있고 싶다는 이유만으로요."

"레드와인은 언제나 재치보다 주근깨가 더 많았지." 그러나 알아두면 유용한 정보이기는 했다. '호러나 슬로버가 마저리와 한 침대에 있다가 발견된다면…….' 세르세이는 어린 왕비가 주근깨를 좋아할지 궁금했다. "도카스, 오스니 케틀블랙 경을 데려오너라."

도카스가 얼굴을 붉혔다. "분부대로 하겠습니다."

도카스가 나가자 타에나 메리웨더가 세르세이에게 어리둥절한 표정을 지었다. "왜 저렇게 얼굴을 붉힌 거죠?"

"사랑이지." 이번에는 세르세이가 웃을 차례였다. "오스니 경을 좋아하거든." 오스니는 케틀블랙 형제 중에 막내로, 깔끔하게 면도를 하고 다녔지만 검은 머리와 매부리코와 헤픈 미소는 형인 오스먼드와 똑같았다. 그리고 티리온의 창녀가 남긴 훈장으로 한쪽 뺨에 길게 긁힌 상처가 세 줄 남아 있었다. "아마 그 흉터를 좋아할 거야."

메리웨더 부인의 검은 눈이 장난스럽게 반짝였다. "그렇죠. 흉터가 있으면 남자가 위험해 보이고, 위험은 자극적이니까요."

"부인이 날 놀래는군." 세르세이는 놀림조로 말했다. "위험이 그렇게 자극적이라면 왜 오턴 공과 결혼했나? 물론 우리 모두 오턴 공을 좋아하지만……." 피터는 언젠가 메리웨더 가문의 문장을 장식한 풍요의 뿔이 오턴 공에게 너무나 잘 어울린다고, 당근색 머리에 비트같이 볼록한 코, 그리고 완두콩 포리지 같은 머릿속이 딱이라고 했었다.

타에나가 소리 내어 웃었다. "제 남편이 위험하기보다는 관대하기는 하지요. 하지만…… 제가 오턴의 침대에 들어갈 때 숫처녀가 아니었다 해도 전하께서 절 낮게 보시지 않았으면 좋겠네요."

'자유도시 여자들은 다 창녀들이잖아. 그렇지 않나?' 알아둘 만한 정보였다. 언젠가 쓸모가 있을 수도 있었다. "그렇다면 그…… 위험 가득한 연인은 누구였을까?"

타에나가 얼굴을 붉히자 올리브빛 피부가 더 어두워졌다. "아, 말을 하지 말았어야 하는데. 전하께서 제 비밀을 지켜주시겠지요?"

"남자들에겐 흉터가 있고, 여자들에겐 수수께끼가 있지." 세르세이는 타에나의 뺨에 입을 맞췄다. '곧 네 입에서 그 이름을 끌어내겠어.'

도카스가 오스니 케틀블랙 경을 데리고 돌아오자 세르세이는 시녀들을 물렸다. "이리 와서 창가에 같이 앉지, 오스니 경. 와인 한잔하겠나?" 그녀는 직접 와인을 따랐다. "망토가 너덜너덜하군. 새로운 망토를 입혀줄까 하네."

"혹시 하얀 망토입니까? 누가 죽었나요?"

"아무도 안 죽었어. 아직은. 왜, 오스먼드 형을 따라 킹스가드에 들어가고 싶은가?"

"전하만 괜찮으시다면 저는 퀸스가드가 되고 싶습니다만." 오스니가 씩 웃자 뺨에 난 흉터가 새빨개졌다.

세르세이의 손가락이 그 뺨의 흉터를 따라 움직였다. "말을 대담하게도 하는군, 경. 자네 때문에 또 내 본분을 잊겠어."

"잘됐군요." 오스니 경은 그녀의 손을 잡고 손가락에 거칠게 입을 맞췄다. "제 사랑스러운 여왕님."

"짓궂은 남자로군." 세르세이가 속삭였다. "그리고 진정한 기사는 아니야." 그녀는 오스니가 비단 가운 위로 젖가슴을 더듬게 내버려두었다. "그만 됐네."

"부족합니다. 전 당신을 원해요."

"날 가졌지 않나."

"한 번뿐이었지요." 오스니가 다시 왼쪽 가슴을 쥐고 서툴게 힘을 주자 세르세이는 로버트가 떠올랐다.

"훌륭한 기사에게 주는 훌륭한 밤이었지. 경은 나에게 멋지게 봉사해주고 그 보상을 받았어." 세르세이는 그의 바지 끈 위로 손가락을 움직였다. 바지 속이 단단해지는 것이 느껴졌다. "어제 아침에 훈련장에서 타던 게 새 말이었나?"

"검은색 종마 말씀이십니까? 예. 오스프리드 형이 준 선물입니다. 저는 미드나이트(Midnight, 심야)라고 부르지요."

'독창적이기도 하지.' "전투에 걸맞은 좋은 말이더군. 하지만 즐거움을 위해서라면야, 혈기 넘치는 어린 망아지를 타는 데 비교가 될까." 그녀는 미소 지으며 손에 힘을 줬다. "사실대로 말해봐. 우리의 어린 왕비가 예쁘다고 생각하나?"

오스니 경은 조심스럽게 발뺌했다. "그렇긴 하지요. 어린애치고는요. 저는 성숙한 여인이 더 좋습니다."

"왜 둘 다는 안 되나?" 세르세이가 속삭였다. "날 위해 그 어린 장미를 뽑아주면, 내가 섭섭지 않게 해주겠네."

"그 어린…… 마저리 말씀이십니까?" 오스니 경의 열정이 바지 속에서 시들고 있었다. "왕의 아내가 아닙니까. 왕의 아내와 잠자리를 하다가 머리를 잃은 킹스가드가 있지 않았던가요?"

"오래전 일이야." '그 여자는 왕의 아내가 아니라 정부였고, 그 기사는 머리통만 잃은 게 아니었지. 아에곤이 그 여자가 보는 앞에서 그자를 토막 냈어.' 하지만 세르세이는 오스니가 그 옛날의 불쾌한 사건을 곱씹게 만들고 싶지 않았다. "토멘은 자격 없는 아에곤이 아니야. 두려워 말게, 토멘은 내가 하라는 대로 할 테니까. 자네가 아니라 마저리가 잃어야지."

오스니는 그 말에 멈칫했다. "그, 마저리의 처녀성 말씀이십니까?"

"그것도 그렇고. 아직 처녀라면." 그녀는 다시 오스니의 흉터를 만졌다. "마저리가 자네의…… 매력에 무반응일 거라 생각하지 않는다면 말이네만?"

오스니는 상처받은 표정을 지었다. "마저리는 절 좋아합니다. 그 사촌들이 언제나 제 코를 두고 장난을 치는데, 코가 얼마나 큰지 어떤지 해가면서요. 지난번에 메가가 그랬을 때는 마저리가 그만두라면서 제 얼굴이 보기 좋다고 했어요."

"그렇다면 됐군."

"되기야 되겠지요." 오스니는 의심 어린 투로 동의했다. "하지만 전 어떻게 되는 겁니까? 그…… 마저리가…… 아니 저희가……."

"……그 일을 치른 후에 말인가?" 세르세이는 가시 돋친 미소를 선사했다. "왕비와 자는 건 반역이야. 토멘은 자네를 장벽으로 보낼 수밖에 없겠지."

"장벽요?" 오스니는 경악한 목소리였다.

세르세이는 웃음을 터뜨리지 않으려 애써야 했다. '안 돼, 웃으면 안 돼. 남자들은 비웃으면 싫어해.' "검은 망토가 그 검은 눈과 검은 머리에 잘 어울릴 거야."

"장벽에서 돌아오는 사람은 없습니다."

"경은 돌아올 거야. 그 소년을 죽이기만 하면 돼."

"무슨 소년요?"

"스타니스와 결탁한 서자. 어린 풋내기이고, 자네에겐 백 명이 따라갈 거야."

세르세이는 케틀블랙이 겁먹었음을 알 수 있었지만, 그는 두려움을 드러내기에는 자존심이 너무 강했다. '남자들이란 다 똑같아.' "소년이야 헤아릴 수도 없이 죽여봤지요. 그래서 그 소년이 죽고 나면 전 왕의 사면을 받는 겁니까?"

"사면도 받고, 작위도 받겠지." '스노우의 형제들이 먼저 널 목매달지 않는다면.' "여왕에겐 배우자가 있어야 해. 두려움을 모르는 남자가."

"케틀블랙 공요?" 오스니의 얼굴에 천천히 미소가 번졌고, 흉터가 붉게 타올랐다. "예, 그거 마음에 드는군요. 위풍당당한 영주라……."

"……그리고 여왕과 잠자리를 하기 걸맞은 몸이지."

그는 얼굴을 찌푸렸다. "장벽은 춥습니다."

"그리고 나는 따뜻하지." 세르세이는 그의 목에 팔을 감았다. "여자애 하나와 잠자리를 하고 남자애 하나를 죽이면 나는 경의 것이야. 그럴 용기가 있나?"

오스니는 잠시 생각해보고 고개를 끄덕였다. "전 당신의 남잡니다."

"맞아, 경." 그녀는 그에게 입을 맞추고는, 잠시 맛을 보게 해주고서 몸을 떼어냈다. "지금은 이 정도로 하지. 나머지는 기다려야 해. 오늘 밤 내 꿈을 꾸겠나?"

"그럼요." 오스니의 목소리가 잠겨 있었다.

"우리의 처녀 마저리와 잠자리를 할 때도?" 그녀는 장난스럽게 물었다. "마저리 안에 있을 때도 내 꿈을 꾸겠나?"

"그럴 겁니다." 오스니 케틀블랙이 맹세했다.

"좋아."

오스니가 나가고 나자 세르세이는 조슬린을 불러들여 머리를 빗게 하면서 신발을 벗어 던지고 고양이처럼 몸을 쭉 폈다. '난 이 일에 딱 맞는 사람이야.' 그녀는 스스로에게 말했다. 이 모략의 우아함이 가장 마음에 들었다. 오스니 케틀블랙 같은 남자와 자다가 붙잡힌다면 메이스 티렐이라 해도 사랑하는 딸을 지킬 수 없을 테고, 스타니스 바라테온이나 존 스노우나 오스니가 장벽에 오게 된 이유를 의아하게 여기지 않을 터였다. 오스니가 어린 왕비와 함께 있는 모습을 발견하는 사람은 오스먼드 경으로 할 작정이었다. 그렇게 하면 다른 두 케틀블랙의 충성심에 의문이 제기되지 않을 테니 말이다. '지금 내 모습을 볼 수만 있다면, 아버지도 날 다시 결혼시킨다는 이야기를 성급하게 꺼내지 않을걸. 돌아가셔서 안타깝군. 아버지도, 로버트도, 존 아린도, 네드 스타크도, 렌리 바라테온도 죽었어. 남은 건 티리온뿐이고, 그것도 오래가진 않을 거야.'

그날 밤 세르세이는 메리웨더 부인을 침실로 불렀다. "와인 한잔하겠나?"

"한 잔만 하지요." 미르 여인은 소리 내어 웃었다. "크게 한 잔만요."

"내일은 자네가 내 며느리를 찾아가줬으면 해." 세르세이가 도카스의 시중을 받아 잠옷을 입으며 말했다.

"마저리야 절 보면 언제나 기뻐하죠."

"알아." 세르세이는 타에나가 토멘의 어린 아내를 부를 때 '전하'라고 하지 않는다는 점을 놓치지 않았다. "마저리에게 내가 우리의 소중한 최고성사를 기리며 바엘로르 성소에 밀랍초 일곱 개를 보냈다고 하게."

타에나가 웃었다. "그렇게 전하면 마저리는 뒤지지 않으려고 초를 77개 보낼 겁니다."

"그러지 않는다면 내 기분이 무척 상하겠지." 세르세이는 미소 지으며 말했다. "그리고 마저리에게 비밀스러운 숭배자가 있다고 말하게. 마저리의 아름다움에 푹 빠진 나머지 밤에 잠도 이루지 못하는 기사가 있다고."

"어느 기사인지 제가 여쭤봐도 될까요?" 타에나의 커다란 검은 눈에 장난기가 반짝였다. "혹시 오스니 경일 수도 있을까요?"

"그럴 수도 있겠지. 하지만 이름을 대놓고 알려주지는 말게. 자네에게서 조금씩 알아내도록 해. 그렇게 해주겠나?"

"저야 전하의 마음을 기쁘게 해드리고 싶을 뿐입니다."

바깥에는 찬바람이 불고 있었다. 그들은 아버 골드를 마시고 서로에게 이야기를 해주며 아침까지 깨어 있었다. 타에나가 꽤 마시고 나자 세르세이는 그녀의 비밀스러운 연인의 이름을 알아냈다. 그는 미르의 선장으로, 반쯤은 해적이었으며 검은 머리가 어깨까지 흘러내리고 턱에서 귀까지 흉터가 난 자였다. "전 그이에게 백 번이나 안 된다고 했고, 그이는 된다고 했죠." 타에나가 말했다. "결국엔 저도 된다고 말하고 있었어요. 그이는 거부를 받아들이는 남자가 아니었어요."

"나도 어떤 부류인지 알아." 세르세이는 쓴웃음을 지으며 말했다.

"혹시 전하께서도 그런 남자를 아셨나요?"

"로버트가 그랬지." 그녀는 제이미를 생각하며 거짓말을 했다.

그러나 눈을 감았을 때 꿈에 나온 것은 제이미가 아닌 다른 동생과, 하루를 시작할 때 만났던 흉측한 광대 셋이었다. 그 꿈속에서 그들이 자루에 담아온 것은 티리온의 머리통이었다. 그녀는 그 머리통에 청동을 입혀, 요강 안에 두었다.

강철 함대장

강철 승리호가 갑을 돌아서 '나가의 요람'이라 불리는 성스러운 만으로 들어섰을 때는 북쪽에서 바람이 불어오고 있었다.

빅타리온은 뱃머리에 선 '이발사' 누트 옆에 섰다. 앞에 올드윅의 성스러운 해안과 그 위로 풀이 뒤덮인 언덕이 나타났는데, 그 언덕에서 거대한 흰 나무줄기처럼 솟아오른 나가의 갈비뼈들은 둘레가 드로몬드선의 돛대만 했고 높이는 돛대의 두 배였다.

'회색 왕의 궁전이 남긴 뼈.' 빅타리온은 이 장소의 마법을 느낄 수 있었다. "발론은 처음 왕을 자칭했을 때 저 뼈 아래 서 있었지." 그는 기억을 돌이켰다. "발론은 우리에게 자유를 되찾아주겠다고 맹세했고, 세 번 익사한 타알이 그 머리 위에 유목 왕관을 씌웠어. '발론!' 모두가 외쳤지. '발론! 발론 왕!'이라고."

"대장님 이름도 똑같이 크게 외칠 겁니다." 누트가 말했다.

빅타리온은 고개를 끄덕였지만, 이발사처럼 확신하지는 못했다. '발론에겐 아들이 셋 있었고, 무척 사랑했던 딸도 있어.'

모트카일린에서 처음 그에게 해석좌에 앉으라고 부추기는 선장들에게도 그렇게 말했었다. "발론의 아들들은 죽었습니다." 붉은 랄프 스톤하우스는 그렇게 반박했다. "그리고 아샤는 여자예요. 대장은 형님의 강력한 오른팔이었으니, 형님이 떨군 장검을 집어야 합니다." 그가 발론은 그에게 북부인들을 상대로 모트카일린을 지키라고 명령했다는 점을 상기시키자, 랄프 케닝이 말했다. "늑대들은 무너졌어요. 이 늪을 얻고 군도를 잃으면 무슨 소용입니까?" 그러자 절름발이 랄프가 덧붙였다. "까마귀 눈은 너무 오래 떠나 있었어요. 우릴 잘 몰라요."

'군도와 북부의 왕, 유론 그레이조이라.' 그 생각을 하니 오래된 분노가 깨어났지만, 그래도…….

"말은 바람이나 다름없어." 빅타리온은 그들에게 말했다. "그리고 좋은 바람은 우리 돛을 채우는 바람뿐이지. 나보고 까마귀 눈과 싸우라는 건가? 형제끼리, 강철인끼리 싸우라고?" 둘 사이에 악감정이 얼마나 쌓였든 간에 유론은 여전히 그의 형이었다. '세상에 친족살해자만큼 저주받는 존재는 없어.'

하지만 젖은 머리의 소환이, 킹스무트의 부름이 날아오자 모든 것이 변했다. 빅타리온은 스스로를 일깨웠다. '아에론이 익사한 신의 목소리로 말하고, 익사한 신이 내가 해석좌에 앉아야 한다고 한다면…….' 그는 다음 날 모트카일린을 랄프 케닝에게 맡기고 육로를 통해 강철 함대가 갈대들과 버드나무들 사이에서 기다리고 있던 피버강으로 출발했다. 거친 바다와 변덕스러운 바람이 그를 지연시키긴 했지만, 잃어버린 배는 한 척뿐이었고 이제 그는 집에 왔다.

'비탄'호와 '강철 복수'호가 '강철 승리'호 뒤에 바싹 붙어서 갑을 지나쳤다. 그 뒤로 '매서운 손', '강철 바람', '회색 유령', '퀠론 공', '비콘 공', '다곤 공'과 나머지 강철 함대의 10분의 9가 띄엄띄엄 길게 이어지는 행렬을 이루어 저녁 밀물을 타고 들어갔다. 그 돛들을 보자 빅타리온 그레이조이에게 만족감이 차올랐다. 어떤 남자도 함대장이 그 배들을 사랑하는 것만큼 아내를 사랑하지 못했을 것이다.

성스러운 올드윅 해안을 따라 눈 닿는 곳 어디까지나 장선이 늘어서서 돛대로 창처럼 하늘을 찌르고 있었다. 더 깊은 물에는 노획선들이 떠 있었다. 약탈이나 전쟁으로 손에 넣은 일반 상선과 무장 상선, 드로몬드선은 해안까지 가기에는 너무 덩치가 컸다. 뱃머리와 배꼬리, 돛대에 익숙한 깃발들이 휘날렸다.

이발사 누트는 물가를 보고 눈을 가늘게 떴다. "저건 할로우 공의 '바다 노래'인가요?" 이발사는 안짱다리에 팔이 긴 떡 벌어진 사내였지만, 눈은 젊었을 때처럼 날카롭지 못했다. 젊었을 때 이발사는 도끼를 던져서 사람 수염을 밀 수도 있다고 할 정도였다.

"그래, 바다 노래로군." 독서가 로드릭이 책을 떠나온 듯했다. "그리고 늙은 드럼의 '뇌신(雷神)', 블랙타이드의 '야간 비행'이 옆에 같이 있군." 빅타리온의 눈은 예전과 다를 바 없이 날카로웠다. 아무리 돛을 접고 깃발을 힘없이 늘어뜨리고 있어도, 강철 함대의 함대장인 그는 알아보아야 마땅했다. "'은지느러미'도 있군. 사웨인 보틀리의 친척인가." 빅타리온은 까마귀 눈이 보틀리 공을 익사시켰고, 그 후계자는 모트카일린에서 죽었다고 들었다. 하지만 보틀리에게는 형제들과 다른 아들들이 있었다. '몇 명이더라? 넷이었나? 아니, 다섯이었어. 그리고 누구든 까마귀 눈을 사랑할 이유는 하나도 없지.'

그때 그 배가 보였다. 검붉은 선체가 늘씬하고 낮은 돛대 하나짜리 갤리선이었다. 지금은 접어 내린 돛은 별도 뜨지 않은 밤처럼 새까맸다. 닻을 내리고 있어도 '침묵'호는 잔인하고 빨라 보였다. 뱃머리에는 검은 쇠로 만든 처녀가 한쪽 팔을 뻗고 있었다. 허리는 가늘고, 가슴은 높고 당당하게 솟았으며, 다리는 길고 맵시 있었다. 검은 쇠로 만든 갈기 같은 머리카락이 바람에 날리는 듯했고, 눈은 자개로 박았지만, 입은 없었다.

빅타리온의 두 손이 주먹을 쥐었다. 그는 그 두 손으로 네 사람을 때려죽였고, 아내도 하나 때려죽인 적이 있었다. 머리는 서리가 내린 듯 희끗희끗했지만 가슴은 황소같이 떡 벌어지고 배는 소년처럼 판판했으며 예전과 다름없이 힘이 셌다. '친족살해자는 신들과 인간들의 눈 아래 저주받는다.' 발론이 까마귀 눈을 바다로 내보내던 날 빅타리온에게 일깨운 말이었다.

"여기 있군." 빅타리온은 이발사에게 말했다. "돛을 내리게. 노만 저어서 들어간다. 침묵호와 바다 사이에 비탄과 강철 복수호를 세우도록 하고. 나머지 함대는 만을 봉쇄해. 내 명 없이는 인간이든 까마귀든 떠나지 못한다."

해안가에 선 남자들이 그들의 항행을 살피고 있었다. 친구들과 친척들이 환영의 인사를 외치면서 만 전체에 고함 소리가 메아리쳤다. 하지만 침묵호에서 인사가 날아오지는 않았다. 강철 승리호가 가까이 가도 침묵호의 갑판에 선 벙어리들과 잡종들은 아무 말도 하지 않았다. 타르처럼 새까만 사내들이 그를 빤히 쳐다보았고, 땅딸막한 털북숭이들은 마치 소토리오스의 원숭이들 같았다. '괴물들.' 빅타리온은 생각했다.

그들은 침묵호에서 20미터 떨어진 곳에 닻을 내렸다. "작은 배를 내려라. 해안으로 가겠다." 그는 노잡이들이 자리를 잡는 사이 검대를 찼다. 장검을 한쪽에, 비수를 반대쪽에 걸쳤다. 이발사 누트가 함대장의 어깨에 망토를 걸치고 고정했다. 아홉 겹의 금란을 그레이조이 가문의 크라켄 형상으로 바느질해 만든 망토라, 크라켄의 팔들이 장화 높이까지 늘어졌다. 그 안에는 검은색 가죽 방호구 위에 무거운 회색 사슬 갑옷을 걸쳤다. 모트카일린에서 그는 낮이고 밤이고 사슬 갑옷을 입고 지냈다. 배에서 피가 쏟아지는 것보다야 어깨가 결리고 등이 아픈 게 더 나았다. 늪지대 악마들의 독화살이 스치기만 해도, 몇 시간 후면 생명이 붉은색과 갈색 덩어리가 되어 다리를 따라 흘러내리는 가운데 피를 토하고 비명을 지르게 되어 있었다. '누가 해석좌를 차지하건 간에 늪의 악마들은 내가 처리해.'

빅타리온은 크라켄의 팔들이 뺨을 휘감고 턱 아래에서 만나는 형상으로 만든 높은 검은색 투구를 썼다. 그 무렵에는 작은 배도 준비가 끝났다. "그 궤짝들은 자네에게 맡긴다." 그는 뱃전을 넘어가면서 누트에게 말했다. "단단히 지키도록 해." 그 궤짝들에 많은 것이 달려 있었다.

"분부대로 하겠습니다, 전하."

빅타리온은 험상궂게 얼굴을 찌푸렸다. "난 아직 왕이 아니야." 그는 조각배로 기어 내려갔다.

젖은 머리 아에론이 한쪽 팔에 물주머니를 걸고 파도 속에 서서 그를 기다리고 있었다. 빅타리온보다는 작았지만 그래도 키가 크고 여윈 사제였다. 뼈만 남은 얼굴에서 상어 지느러미처럼 코가 솟아올랐고, 눈은 쇳빛이었다. 수염은 허리까지 길었고, 바람이 불면 엉킨 밧줄 타래 같은 머리카락이 다리 뒤쪽을 때렸다. "형님." 그는 두 사람의 발목 주위로 차가운 파도가 하얗게 부서지는 가운데 말했다. "죽은 자는 결코 죽지 않으니."

"다만 더 단단하고 강하게 다시 일어나리라." 빅타리온은 투구를 벗고 무릎을 꿇었다. 아에론이 머리 위로 소금물을 붓는 동안 바닷물이 장화 속을 채우고 바지를 적셨다. 그리고 그들은 기도했다.

"우리 형제인 까마귀 눈은 어디 있지?" 함대장은 기도가 끝나자 젖은 머리 아에론에게 물었다.

"금란으로 만든 거대한 천막입니다. 유난히 시끄럽기도 하지요. 신심이라곤 없는 남자들과 괴물들이 주위를 에워쌌는데, 전보다 더 심하더군요. 우리 아버지의 피가 변질되어 버렸습니다."

"우리 어머니의 피도 그렇지." 빅타리온도 여기, 나가의 뼈와 회색 왕의 궁전 아래 이 경건한 장소에서 친족살해 이야기를 꺼낼 마음은 없었지만,

유론의 히죽대는 얼굴에 쇠장갑을 먹여 살이 갈라지고 나쁜 피가 붉게 흘러내리는 꼴을 보는 꿈을 몇 밤이나 꾸었는지 몰랐다. '그러진 말아야겠지. 발론 형에게 맹세했으니.' "다들 왔나?" 그는 사제 동생에게 물었다.

"중요한 인물은 다 왔지요. 선장들과 왕들." 강철 군도에서는 선장과 왕이 같았으니, 모든 선장은 자기 배의 왕이었고, 모든 왕은 선장이어야 했다. "형님께서 아버지의 왕관을 차지할 작정입니까?"

빅타리온은 해석좌에 앉은 자신의 모습을 그렸다. "익사한 신께서 뜻하신다면."

"파도가 말할 겁니다." 젖은 머리 아에론은 몸을 돌리면서 말했다. "파도에 귀를 기울이세요, 형님."

"그래." 그는 어떻게 파도가 자신의 이름을 속삭이고, 선장들과 왕들이 그 이름을 외칠지 궁금했다. '그 잔이 나에게 넘어온다면, 기꺼이 마시리.'

빅타리온을 환영하고 호의를 얻으려는 군중이 모여들었다. 모든 섬 사람들의 얼굴이 다 보였다. 블랙타이드, 타우니, 오크우드, 스톤트리, 윈치, 그 외에도 많았다. 올드윅의 굿브러더, 그레이트윅의 굿브러더, 그리고 오크몬트의 굿브러더도 모두 왔다. 멀쩡한 사내들이라면 다 경멸하는 집안이긴 하지만 코드 가문도 왔다. 초라한 셰퍼드, 위버, 네틀리가 오래되고 긍지 높은 가문 사람들과 어깨를 맞댔다. 심지어 노비들과 소금 아내들의 혈통인 초라한(humble) 험블 가문도 왔다. 볼마크 사람 하나가 빅타리온의 등을 두드렸다. 스파르 두 명은 그의 손에 와인 주머니를 쥐여주었다. 그는 와인을 쭉 들이켜고 입가를 닦은 후, 그들의 요리불 앞으로 이끌려 가서 전쟁과 왕관과 약탈에 대한 이야기에, 그리고 그의 통치기에 올 영광과 자유에 대한 이야기에 귀를 기울였다.

그날 밤 강철 함대 사내들은 물가에 돛천으로 만든 거대한 천막을 세우고, 구운 새끼 염소와 소금에 절인 대구와 바닷가재로 빅타리온이 유명한 선장 50여 명을 먹일 수 있게 했다. 아에론도 왔다. 아에론이 생선을 먹고 물을 마시는 동안, 선장들은 강철 함대를 띄우고도 남을 만한 에일을 들이켰다. 많은 선장들이 그에게 목소리를 얹겠노라 약속했다. 장사 프랄레그, 영리한 앨빈 샤프, 곱사등이 호토 할로우……. 호토는 딸을 왕비로 주겠다고도 했다. "난 마누라 운이 없어서." 빅타리온은 그렇게 대답했다. 그의 첫 번째 아내는 사산한 딸만 남기고 죽었다. 두 번째 아내는 매독에 걸려 죽었다. 그리고 세 번째 아내는…….

"왕에겐 후계자가 있어야 하는 법이야." 호토는 굽히지 않았다. "까마귀눈은 킹스무트 앞에 보이려고 아들 셋을 데려왔어."

"서자와 잡종이지. 자네 딸이 몇 살인가?"

"열두 살." 호토가 말했다. "갓 꽃을 피운 생산력 있는 미인에다, 머리털이 꿀빛이라네. 가슴은 아직 작지만 엉덩이가 커. 나보다는 제 어미를 닮았지."

빅타리온은 그것이 딸은 등이 굽지 않았다는 뜻임을 알아들었다. 그래도 모습을 그려보려고 하면 자신이 죽여버린 세 번째 아내밖에 보이지 않았다. 그는 아내를 한 대 때릴 때마다 울었고, 그 후에는 직접 짊어지고 바윗가로 내려가서 게들에게 내주었었다. "왕관을 쓴 후에 기쁜 마음으로 한 번 보겠네." 그가 말했다. 호토는 그 정도면 기대한 반응이었는지, 만족해하며 어기적어기적 사라졌다.

바엘로르 블랙타이드를 만족시키기는 더 어려웠다. 그는 녹색과 검은색 종 무늬의 양모 튜닉을 입고, 매끈하고 잘생긴 얼굴로 빅타리온 바로 옆에 앉았다. 망토는 흑담비 모피였고, 은으로 만든 칠각별을 꽂아 고정했다. 그는 올드타운에 8년간 인질로 잡혀 살았고, 녹색 땅의 일곱 신을 숭배하는 신자가 되어 돌아왔다. "발론은 미쳤었고, 아에론은 더 미쳤고, 유론이 그중 제일 미쳤소." 바엘로르 공이 말했다. "함대장은 어떠신지? 내가 함대장의 이름을 외친다면, 이 미친 전쟁을 끝내시겠소?"

빅타리온은 얼굴을 찌푸렸다. "내가 무릎을 굽히길 바라는 건가?"

"필요하다면 그래야지요. 웨스테로스 전체를 상대로 홀로 버틸 수는 없어요. 안타깝게도 로버트 왕이 증명해줬지. 발론은 자유의 값을 철로 치르겠다고 했지만, 발론의 왕관값을 치른 건 여자들의 텅 빈 침대였어요. 내 어머니도 그중 하나였지. 옛 방식은 죽었소."

"죽은 자는 결코 죽지 않으며, 다만 더 단단하고 강하게 다시 일어나리라. 백 년만 지나면 다들 대담한 발론을 노래할 거요."

"과부생산자 발론이라고 하겠지요. 난 발론이 말하는 자유를 기꺼이 아비 하나와 바꾸겠어요. 함대장에겐 나에게 줄 아비가 있소?" 빅타리온이 대답하지 않자, 블랙타이드는 코웃음을 치고 가버렸다.

천막 안이 덥고 연기 자욱해졌다. 고롤드 굿브러더의 아들 둘이 싸우다가 탁자를 엎었다. 윌 험블은 내기에 져서 자기 장화를 먹어야 했다. 작은 렌우드 타우니가 깽깽이를 켜는 동안 롬니 위버는 〈피투성이 잔〉과 〈강철비〉와 다른 오래된 약탈 노래들을 불렀다. 처녀 콸과 엘드레드 코드는 손가락 춤을 췄다. 엘드레드의 손가락 하나가 날아가서 절름발이 랄프의 와인 잔 안에 떨어지자 요란한 웃음소리가 올랐다.

그 웃음소리 사이에 여자가 하나 끼어 있었다. 빅타리온은 일어나서 그 여자가 천막 문 옆에서 처녀 콸의 귀에 대고 무슨 말인가를 속삭여 웃게 만드는 모습을 보았다. 여기까지 올 정도로 바보는 아니기를 빌었지만, 그래도 그 모습을 보니 미소가 나왔다. "아샤." 그는 명령조로 그 이름을 불렀다. "조카야."

아샤는 소금 얼룩이 진 높은 가죽 장화를 신고, 군살 없이 유연한 몸에 녹색 모직 바지와 갈색 누비 튜닉, 그리고 끈을 반쯤 풀어헤친 가죽조끼를 입고서 빅타리온 곁으로 걸어왔다. "아저씨." 아샤 그레이조이는 여자치고 키가 컸지만, 그래도 그의 뺨에 입을 맞추려니 까치발을 들어야 했다. "제

퀸스무트에서 아저씨를 보니 반갑네요."

"퀸스무트?" 빅타리온은 웃음을 터뜨렸다. "취한 거냐, 조카야? 앉아라. 네 블랙윈드는 물가에 안 보이던데."

"노언 굿브러더의 성 밑에 대놓고 섬을 가로질러 달려왔죠." 아샤는 걸상에 앉아서 묻지도 않고 이발사 누트의 와인을 집어 들었다. 누트는 항의하지 않았다. 이미 술에 취해 곤드라진 지 한참이었다. "모트카일린은 누가 지켜요?"

"랄프 케닝. 젊은 늑대가 죽었으니, 우릴 괴롭힐 상대는 늪의 악마들뿐이다."

"스타크만 북부인은 아니죠. 철왕좌는 드레드포트 영주를 북부의 관리자로 임명했어요."

"나에게 전쟁을 가르치는 거냐? 난 네가 어미젖을 빨 때도 전투에서 싸우고 있었어."

"전투에서 지기도 했죠." 아샤는 와인을 한 잔 비웠다.

빅타리온은 미의 섬을 돌이키고 싶지 않았다. "누구나 젊을 때 전투에 져봐야 나이 들고 나서 전쟁에 지지 않지. 부디 네가 왕권을 주장하러 온 게 아니었으면 좋겠구나."

아샤는 그를 놀리듯 미소 지었다. "그러려고 왔다면요?"

"네가 벌거벗고 바다에서 헤엄을 치고 인형을 가지고 놀던 어린 시절을 기억하는 남자들이 있다."

"도끼도 가지고 놀았는데요."

"그랬지." 그 점은 인정해야 했다. "하지만 여자는 왕관이 아니라 남편을 원하는 법이야. 내가 왕이 되면 남편을 하나 주마."

"우리 아저씨가 저한테 참 잘해주시네요. 제가 여왕이 되면 예쁜 아내를 하나 찾아드릴까요?"

"난 아내 운이 없다. 여기 온 지는 얼마나 된 거냐?"

"젖은 머리 숙부가 의도한 것 이상을 깨워버렸다는 걸 알 만큼은 있었죠. 드럼은 왕권을 주장할 작정이고, 세 번 익사한 타알은 마론 볼마크야말로 검은 혈통의 진정한 후계자라고 하고 다닌답니다."

"왕은 크라켄이어야 해."

"까마귀 눈은 크라켄이죠. 동생보다는 형이 먼저고." 아샤가 몸을 가까이 기울였다. "하지만 난 발론 왕의 자식이니, 두 분보다 순위가 앞이에요. 들어봐요, 아저씨……."

하지만 그때 갑자기 정적이 내려앉았다. 노랫소리가 잦아들고 작은 렌우드 타우니가 깽깽이를 내려놓았으며, 남자들이 고개를 돌렸다. 심지어 접시와 칼이 부딪치던 소리까지 사라졌다.

십여 명이 막 잔치 천막에 들어온 참이었다. 빅타리온은 눌린 얼굴 존 마이어, 썩은 이 토월드, 왼손잡이 루카스 코드를 보았다. 저먼드 보틀리는 발론의 첫 반란 당시 어느 라니스터 지휘관에게서 빼앗은 금박 흉갑 위로 팔짱을 끼고 있었다. 오크몬트의 오크우드가 그 옆에 섰다. 그들 뒤로 돌손, 퀠론 험블, 그리고 불 같은 머리카락을 땋아 늘인 붉은 노잡이가 보였다. 양치기 랄프도, 로드스포트의 랄프도, 노비 콸도 있었다.

그리고 까마귀 눈, 유론 그레이조이가 있었다.

'변하질 않았군.' 빅타리온은 생각했다. '날 비웃고 떠나버린 그날과 똑같아 보여.' 유론은 퀠론 공의 아들들 중에서 제일 얼굴이 반반했고, 3년간의 추방도 그 사실을 바꾸지는 못했다. 머리는 아직도 흰머리 하나 없이 밤바다처럼 새까맸고, 깔끔한 검은 수염 아래 얼굴은 여전히 매끈하고 희었다. 유론의 왼쪽 눈에는 검은색 가죽 안대가 걸렸지만, 오른쪽 눈은 여름 하늘처럼 파랬다.

'저놈의 웃는 눈.' 빅타리온이 생각하며 말했다. "까마귀 눈."

“까마귀 눈 왕이란다, 동생아.” 유론이 미소 지었다. 등불 빛을 받은 입술이 어둡게 보였다. 멍 든 푸른색이었다.

“킹스무트에서 뽑은 왕 외에 왕은 없소.” 젖은 머리가 일어섰다. “신심 없는 남자는—”

“해석좌에 앉을 수 없다는 거지, 그래.” 유론은 천막 안을 둘러보았다. “공교롭게도 내가 최근에 해석좌에 자주 앉았거든. 아무 항의도 안 하더라고.” 유론의 웃는 눈이 반짝였다. “신들에 대해 나보다 더 잘 아는 사람이 누가 있을까? 마신(馬神)들과 불의 신들, 금으로 만들어 보석 눈을 박은 신들과 삼나무를 깎아 만든 신들, 산에 새겨 넣은 신들과 허공의 신들……. 난 다 알지. 사람들이 화환을 만들어 신들에게 걸고, 신들의 이름으로 염소와 황소와 아이의 피를 뿌리는 것도 보았다. 그리고 50가지 언어로 하는 기도도 들었어. 내 말라 죽은 다리를 낫게 해주십시오, 그 처녀가 절 사랑하게 해주십시오, 건강한 아들을 주십시오. 절 구해주십시오, 도와주십시오, 부자로 만들어주십시오……. 지켜주십시오! 제 적들에게서 보호해주십시오, 어둠으로부터 지켜주십시오, 제 배 속에 든 게들로부터 지켜주십시오, 기마전사들에게서, 노예상들에게서, 문 앞에 들이닥친 용병들에게서 구해주십시오. ‘침묵’으로부터 구해주십시오.” 그는 웃음을 터뜨렸다. “신심이 없어? 천만에, 아에론. 나야말로 돛을 올린 사람 중에 제일 신심이 강한 남자다! 젖은 머리 너는 신 하나를 섬기지만, 난 오만 신을 섬겼어. 이브에서 아샤이까지, 사람들이 내 돛을 보면 기도를 한다.”

사제가 앙상한 손가락 하나를 쳐들었다. “그자들은 나무들, 금으로 만든 우상들, 염소 머리 달린 혐오물에 기도하지요. 거짓 신들에게……”

“그렇지. 바로 그 죄 때문에 나도 그자들을 다 죽인단다. 바다에 그자들의 피를 흘리고 울부짖는 여자들에게는 내 씨앗을 뿌려. 그자들의 하찮은 신들은 날 막지 못하니, 분명히 거짓 신들이겠지. 난 너보다 더 신실하다,

아에론. 오히려 네가 나에게 무릎 꿇고 축복을 받아야 할지도 모르겠구나."

그 말에 붉은 노잡이가 큰 소리로 웃어젖혔고, 다른 이들도 뒤따랐다.

"바보들." 사제가 말했다. "바보들에 노비들, 장님들이로군. 앞에 선 게 뭔지 안 보이시오?"

"왕이지." 켈론 험블이 말했다.

젖은 머리는 침을 탁 뱉더니 밤공기 속으로 나가버렸다.

아에론이 나가자 까마귀 눈이 웃는 눈을 빅타리온에게 돌렸다. "함대장, 오래 떠나 있던 형에게 인사도 안 하나? 너도냐, 아샤? 어머님은 안녕하시고?"

"별로 안 좋아요." 아샤가 말했다. "어떤 놈이 어머니를 과부로 만들어서."

유론은 어깨를 으쓱였다. "발론을 밀어 떨어뜨린 건 폭풍 신이었다고 들었는데, 형을 죽였다는 그놈이 누구냐? 이름을 말해봐라, 조카야. 그래야 내가 직접 복수해줄 수 있지."

아샤가 일어섰다. "그 이름은 나만큼이나 잘 알 텐데요. 3년을 떠나 있더니, 딱 내 아버지가 돌아가신 날 맞춰서 침묵호가 돌아왔네요."

"날 고발하는 거냐?" 유론이 부드럽게 물었다.

"그래야 하나요?" 아샤의 신랄한 목소리에 빅타리온은 얼굴을 찌푸렸다. 까마귀 눈에게 그렇게 말하는 건 위험한 짓이었다. 아무리 웃는 눈이 재미있다는 듯 반짝이고 있어도 그랬다.

"내가 바람을 부리던가?" 까마귀 눈이 자기 애완동물들에게 물었다.

"아닙니다, 전하." 오크몬트의 오크우드가 대답했다.

"바람을 부리는 사람은 없지요." 저먼드 보틀리가 말했다.

"바람을 부린다면야, 가고 싶은 곳은 어디든 가고 바람이 없어 배가 서는 일도 없을 텐데요." 붉은 노잡이가 말했다.

"용감한 세 남자가 이렇게 말하는구나." 유론이 말했다. "침묵은 발론이 죽었을 때 바다에 있었다. 숙부의 말이 의심스럽다면 내 선원들에게 물어봐도 좋아."

"벙어리 선원들에게요? 그거 참 도움이 되겠네요."

"남편도 네게 참 도움이 되겠지." 유론은 다시 추종자들을 돌아보았다. "토월드, 내가 기억이 잘 안 나는데 아내가 있던가?"

"하나뿐입니다." 썩은 이 토월드가 히죽 웃으며 별명의 유래를 드러냈다.

"전 결혼 안 했습니다." 왼손잡이 루카스 코드가 말했다.

"그럴 만도 하지." 아샤가 말했다. "여자들은 다 코드를 경멸하니 말이야. 그렇게 구슬픈 눈으로 쳐다보지 마, 루카스. 네겐 그래도 그 유명한 손이 있잖아." 아샤는 주먹을 쥐고 아래위로 흔드는 몸짓을 해보였다.

코드는 욕을 했지만, 까마귀 눈이 그의 가슴에 한 손을 올려 막았다. "그게 예의냐, 아샤? 루카스의 마음에 상처를 줬구나."

"거시기에 상처 입히기보다 쉽네요. 저도 여느 남자 못지않게 도끼를 잘 던지긴 하지만, 아무리 그래도 과녁이 저리 작아서야……."

"이 여자는 분수를 몰라." 눌린 얼굴 존 마이어가 으르렁거렸다. "발론이 제가 남자라고 믿게 만들어놔서는……."

"네 아버지도 너한테 같은 실수를 저질렀지." 아샤가 말했다.

"저한테 주십쇼, 유론." 붉은 노잡이가 말했다. "저년 엉덩이를 내 머리처럼 빨개지도록 때려주겠소."

"어디 해보시지." 아샤가 말했다. "널 붉은 내시라고 불러줄 수 있게 말이야." 투척용 도끼가 그녀의 손에 잡혀 있었다. 아샤는 도끼를 허공에 던졌다가 솜씨 좋게 잡았다. "여기 내 남편이 있네요, 아저씨. 날 원하는 남자는 누구든 내 남편부터 상대해야죠."

빅타리온이 주먹으로 탁자를 내리쳤다. "여기서 피를 흘리진 않겠다. 유론, 네…… 애완동물들 데리고…… 꺼져."

"이보다는 더 따뜻하게 환영해줄 줄 알았는데. 난 네 형이고…… 곧 네 왕이 될 사람이니 말이야."

빅타리온의 얼굴이 어두워졌다. "킹스무트가 열릴 때는, 유목 왕관을 누가 쓸지는 두고 볼 일이지."

"그 점은 동의할 수 있지." 유론은 왼쪽 눈을 가린 안대에 두 손가락을 올려 인사하고 떠났다. 나머지는 잡종견들처럼 쫄래쫄래 따라 나갔다. 그 뒤에는 침묵이 남아 있다가, 작은 렌우드 타우니가 깽깽이를 들어 올렸다. 다시 와인과 에일이 흐르기 시작했지만, 손님들 몇몇은 술맛을 잃었다. 엘드레드 코드는 피 묻은 손을 부여잡고 빠져나갔다. 뒤이어 윌 험블, 호토 할로우, 그리고 상당수의 굿브러더가 나갔다.

"아저씨." 아샤가 빅타리온의 어깨에 한 손을 얹었다. "괜찮다면 같이 좀 걷죠."

천막 밖으로 나가니 바람이 강해지고 있었다. 구름이 창백한 달의 얼굴을 가로질러 달렸다. 상대를 들이받으러 거세게 달려가는 갤리선을 조금 닮기도 했다. 별은 드물고 희미했다. 장선들이 정박한 물가를 따라 높은 돛대들이 파도에서 자라난 숲처럼 솟아 있었다. 빅타리온은 모래 위에서 선체가 삐걱대는 소리를 들을 수 있었다. 삭구 우는 소리며 깃발 펄럭이는 소리도 들렸다. 그 너머로 좀 더 깊은 물에서는 더 큰 배들이 닻을 내린 채 흔들거리며 안개 속에서 만을 에워싸고 음울한 그림자를 드리웠다.

그들은 야영지와 요리불들에서 멀리 떨어져, 파도 바로 앞 물가를 함께 걸었다. "사실대로 말해줘요, 아저씨." 아샤가 말했다. "유론이 왜 그렇게 서둘러 떠났었죠?"

"까마귀 눈은 약탈을 자주 나갔지."

"그렇게 오래 떠나 있던 적은 없었어요."

"침묵을 몰고 동쪽으로 갔으니, 긴 항해일 수밖에."

"전 어디로 갔냐고 물은 게 아니라, 왜 갔냐고 물었어요." 빅타리온이 대답하지 않자 아샤는 말했다. "침묵이 떠났을 때 전 나가 있었죠. 블랙윈드를 몰고 아버를 돌아 징검돌 군도에 가서 리스 해적들에게서 자질구레한 장신구를 훔치고 있었어요. 집에 돌아오니 유론은 떠났고 아저씨의 새 아내는 죽었더군요."

"소금 아내였을 뿐이야." 그는 그 여자를 게들에게 내어준 후 어떤 여자도 건드리지 않았다. '왕이 되면 아내를 맞이해야겠지. 진짜 아내로, 내 왕비가 되어 아들을 낳아줄 여자로. 왕에겐 후계자가 있어야 해.'

"아버지는 그 여자 이야기를 안 하려고 했어요." 아샤가 말했다.

"바꿀 수 없는 일에 대해 이야기해봤자 좋을 게 없다." 그는 그 화제가 지겨웠다. "독서가의 장선이 보이더구나."

"아저씨를 책의 탑에서 끌어내느라 제 매력을 다 동원해야 했죠."

'그렇다면 할로우는 손에 넣은 거군.' 빅타리온의 얼굴이 더 찌푸려졌다. "네가 통치할 희망은 없다. 넌 여자야."

"제가 늘 오줌 싸기 경쟁에서 지는 게 그래선가요?" 아샤는 소리 내어 웃었다. "아저씨, 이렇게 말하긴 싫지만 아저씨 말이 맞을지도 몰라요. 나흘 낮, 나흘 밤을 선장들과 왕들과 같이 술을 마시면서 무슨 말들을 하는지…… 그리고 무슨 말을 안 하는지 귀 기울여봤죠. 제 선원들은 제 편이고, 할로우도 상당수는 그래요. 트리스 보틀리도 있고, 또 몇 명은 더 있죠. 충분하지 않아요." 아샤는 돌멩이 하나를 걷어차서 장선 두 척 사이 바닷물에 날렸다. "아무래도 아저씨 이름을 외쳐야 할까 봐요."

"어느 아저씨 말이냐?" 그가 물었다. "네겐 아저씨가 셋인데."

"넷이죠. 아저씨, 들어봐요. 제가 직접 아저씨 머리에 유목 왕관을 씌워드릴게요……. 같이 통치하겠다는 데 동의해준다면요."

"같이 통치하다니? 어떻게 그게 가능하지?" 말이 안 되는 소리였다. '혹시 내 왕비가 되고 싶다는 건가?' 빅타리온은 아샤를 한 번도 생각지 못했던 방식으로 바라보았다. 남근이 단단해지는 것을 느낄 수 있었다. '아샤는 발론의 딸이야.' 그는 스스로를 일깨웠다. 문에 도끼를 던지던 어린 소녀 아샤를 기억했다. 그는 팔짱을 꼈다. "해석좌엔 한 명밖에 못 앉는다."

"그렇다면 우리 아저씨가 앉아야죠." 아샤가 말했다. "전 그 뒤에 서서 아저씨 등을 지키고 귓가에 속삭일게요. 어떤 왕도 혼자 통치할 순 없어요. 드래곤들이 철왕좌에 앉았을 때도 도와줄 사람들은 뒀어요. 왕의 수관이라고 하죠. 제가 아저씨의 수관이 될게요."

강철 군도에 수관을 필요로 한 왕은 없었고, 여자 수관은 말할 것도 없었다. '선장들과 왕들이 술을 마시며 날 비웃겠군.' "왜 내 수관이 되고 싶은 거냐?"

"이 전쟁이 우릴 끝장내기 전에 이 전쟁을 끝내려고요. 우린 얻을 만한 걸 다 얻었고…… 화평을 맺지 않으면 곧 그걸 다 잃을 거예요. 글로버 부인에게 최대한 호의를 베풀었더니, 자기 남편이 저와 조약을 맺을 거라고 장담하고 있어요. 우리가 딥우드모트와 토르헨스퀘어, 모트카일린을 돌려주면 북부인들이 시드래곤포인트와 스토니쇼어 전체를 양도할 거래요. 인구는 적지만 군도를 다 합친 것보다 열 배는 큰 땅이죠. 인질 교환으로 협정을 확정 짓고, 양쪽이 제휴하기로 합의한다면 철왕좌도—"

빅타리온은 웃고 말았다. "글로버 부인이라는 여자가 널 가지고 노는구나, 조카야. 시드래곤포인트와 스토니쇼어는 우리 것이다. 왜 뭔가를 돌려줘야 하지? 윈터펠은 불타서 무너졌고, 젊은 늑대는 머리를 잃고 땅속에서 썩고 있어. 우린 네 아버지가 꿈꾼 대로 북부 전체를 가질 거다."

"장선이 나무 사이를 누비는 방법을 익힌다면 그럴지 모르죠. 평범한 어부도 회색 레비아탄을 낚을 순 있지만, 줄을 끊어내지 않으면 레비아탄에게 끌려 내려가서 죽을 거예요. 북부는 우리가 지키기엔 너무 크고, 북부인이 너무 많아요."

"네 인형들 곁으로 돌아가거라, 조카야. 전쟁에 이기는 일은 전사들에게 맡기고." 빅타리온은 두 주먹을 들어 보였다. "나에겐 두 손이 있다. 손이 세 개 필요한 남자는 없어."

"하지만 할로우 가문이 필요한 남자는 아는데요."

"곱사등이 호토가 딸을 내 왕비로 주겠다고 제안했다. 그 제안을 받아들이면 할로우를 얻을 거야."

그 말에는 아샤도 놀랐다. "할로우 가문을 지배하는 건 로드릭 공이에요."

"로드릭에겐 딸이 없고 책만 있지. 호토가 로드릭의 후계자가 되고, 나는 왕이 될 거다." 큰 소리로 말하고 나니 진짜처럼 들렸다. "까마귀 눈은 너무 오래 떠나 있었어."

"어떤 사람은 멀리서 더 커 보이죠." 아샤가 경고했다. "자신 있다면 요리불 사이를 걸으면서 귀를 기울여봐요. 아저씨의 힘에 대해서나 제 유명한 미모에 대한 이야기는 없어요. 까마귀 눈 이야기만 하죠. 까마귀 눈이 보고 온 머나먼 곳들이며, 까마귀 눈이 강간한 여자들과 죽인 남자들, 약탈한 도시들, 라니스포트에서 까마귀 눈이 타이윈 공의 함대를 불태웠던 일……."

"사자 함대를 불태운 건 나였다." 빅타리온이 주장했다. "내 두 손으로 기함에 첫 번째 횃불을 던졌어."

"그 계략은 까마귀 눈이 내놨죠." 아샤는 그의 팔에 손을 얹었다. "그리고 아저씨 부인도 죽였어요……. 아닌가요?"

발론이 말하지 말라고 명령했지만, 발론은 죽고 없었다. "내 아내의 배 속에 아기를 만들어놓고 죽이기는 내가 하게 했지. 그놈도 죽였어야 하는 건데, 발론이 자기 성에서는 친족살해를 용납하지 않는다고 했어. 유론을 추방하면서 절대 돌아오지 말라고 했지……."

"……아버지가 살아 있는 동안에는 말인가요?"

빅타리온은 두 주먹을 보았다. "그 여자는 날 오쟁이 지게 만들었다. 선택의 여지가 없었어." '그 사실이 알려졌다면 남자들이 날 비웃었을 거야. 내가 맞섰을 때 까마귀 눈이 비웃었던 것처럼.' "아주 푹 젖어서 날 찾아왔지." 유론이 큰소리를 쳤었다. "빅타리온이 다른 데는 다 큰데 정작 중요한 데는 아닌 모양이야"라면서. 그러나 아샤에게 그런 말을 할 수는 없었다.

"안타깝네요." 아샤가 말했다. "아저씨 부인도 안타깝고……. 하지만 이러시면 제가 직접 해석좌에 앉겠다고 나서는 수밖에 없어요."

'넌 못 앉아.' "네 목숨이야 어떻게 낭비하든 네 마음이지."

"그렇죠." 아샤는 그렇게 말하고 가버렸다.

익사한 남자

아에론 그레이조이는 추워서 팔다리에 감각이 없어지고 나서야 허우적 허우적 해안으로 올라와서 로브를 다시 걸쳤다.

까마귀 눈 앞에서는 마치 예전의 약한 아이로 돌아간 것처럼 달아나버렸지만, 머리 위로 치는 파도가 다시 한번 그 약한 남자는 죽었다는 사실을 일깨웠다. '난 바다에서 다시 태어났어. 더 단단하고 강한 남자로 다시 태어났어.' 살아 있는 인간은 그에게 겁을 줄 수 없었다. 어둠도 무섭지 않았고, 영혼의 뼈도, 제 영혼의 소름 끼치는 회색 뼈도 무섭지 않았다. '문 열리는 소리. 녹슨 쇠돌쩌귀가 끼익대는 소리.'

끌어 내리는 사제 로브가 버석거렸다. 2주 전에 빤 옷이 아직도 소금기로 뻣뻣했다. 모직물이 젖은 가슴에 달라붙고, 머리카락에서 흘러내린 소금물을 빨아들였다. 그는 물주머니를 채워 어깨에 걸었다.

바닷가를 성큼성큼 걸어가는데, 자연의 부름에서 돌아온 익사한 남자 하나가 어둠 속에서 비틀거리며 그와 마주쳤다. "젖은 머리님." 익사한 남자가 중얼거렸다. 아에론은 그 머리에 한 손을 올리고 축복을 내린 후 계속 걸었다. 발아래 땅이 처음에는 완만하게 높아지다가 나중에는 가팔라졌다. 발가락 사이에 풀이 느껴지자 그는 바닷가를 한참 뒤로했음을 알았다. 그는 파도 소리에 귀를 기울이며 천천히 올라갔다. '바다는 결코 지치지 않아. 나도 바다처럼 지칠 줄 몰라야 해.'

언덕 위에는 44개의 거대한 돌 갈비뼈가 거대한 흰 나무줄기처럼 땅 위로 솟아 있었다. 그 모습을 보자 아에론의 심장이 더 빨리 뛰었다. 나가는 최초의 바다 드래곤으로, 바다에서 솟아오른 드래곤 중에서 가장 강력했다. 나가는 크라켄과 레비아탄을 먹고 화가 나면 섬을 통째로 물속에 가라앉혔으나, 회색 왕이 나가를 죽였고 익사한 신이 나가의 뼈를 돌로 바꾸어 언제까지나 사람들이 최초의 왕이 얼마나 용감했는지 보고 감탄할 수 있게 했다. 나가의 갈비뼈들은 회색 왕의 궁전 대들보와 기둥이 되고, 나가의 턱은 왕좌가 되었다. 아에론은 기억을 돌이켰다. '회색 왕은 여기에서 천 년하고도 7년을 통치했지. 여기에서 인어 부인을 맞이하고 폭풍 신과의 전쟁 계획을 짰어. 여기에서 해초로 짠 로브를 입고 나가의 이빨로 만든 높다란 흰 왕관을 쓰고서, 돌과 소금 양쪽을 통치했어.'

그러나 그것은 아직 땅과 바다에 강력한 인간들이 살던 여명 시대의 일이었다. 당시 궁전은 회색 왕이 노비로 삼은 '나가의 살아 있는 불'이 덥혔다. 벽에는 보기 좋은 은색 해초로 짠 태피스트리들이 걸렸다. 회색 왕의 전사들은 거대한 불가사리 모양의 탁자 주위에 진주층을 깎아 만든 의자를 놓고 앉아서 바다의 풍요로 만찬을 벌였다. '사라졌다, 영광은 모두 사라졌어.' 인간은 이제 그때보다 작아졌고 수명도 짧아졌다. 회색 왕이 죽은 후에 폭풍 신이 나가의 불을 물에 빠뜨렸고, 의자와 태피스트리는 도난당했으며, 지붕과 벽은 썩어 없어졌다. 심지어 나가의 송곳니로 만든 회색 왕의 왕좌마저도 바다가 삼켜버렸다. 오직 나가의 뼈만 남아서 강철인들에게 과거의 경이로움을 일깨워줄 뿐이었다.

'그걸로 충분해.' 아에론 그레이조이는 생각했다.

언덕 꼭대기의 바위를 깎아 만든 넓은 계단이 아홉 개 있었다. 그 뒤로 올드윅의 울부짖는 언덕들이 솟아오르고, 멀리 잔인한 검은색 산맥이 보였다. 아에론은 한때 문들이 서 있었던 곳에 멈춰 서서 물주머니의 마개를 뽑고, 소금물을 한 모금 마신 후에 고개를 돌려 바다를 마주했다. '우리는 바다에서 태어났으며, 바다로 돌아가야 한다.' 여기에서도 끊임없는 파도 소리를 듣고 물속에 웅크리고 있는 신의 힘을 느낄 수 있었다. 아에론은 무릎을 꿇었다. '당신께서 당신의 백성들을 제게 보내주셨습니다. 어촌과 숨겨진 골짜기를 가리지 않고 모두가 궁전과 오두막집, 성과 요새를 떠나 여기 나가의 뼈로 왔습니다. 이제 모두에게 그들 앞에 설 진정한 왕을 알아볼 지혜와, 거짓을 피할 힘을 주소서.' 그는 밤이 새도록 기도했다. 신이 깃들어 있을 때 아에론 그레이조이는 파도가 그러하고 바다의 물고기들이 그러하듯 잠을 잘 필요가 없었다.

첫 햇살이 세상에 슬그머니 내려앉았을 때는 검은 구름이 바람 앞을 달리고 있었다. 검은 하늘이 판석 같은 회색으로 변하고, 검은 바다는 회녹색으로 변했으며, 만을 가로지르는 그레이트윅의 검은 산맥은 병정소나무의 청록색을 띠었다. 세상에 색이 돌아오면서 백 개의 깃발이 올라 펄럭이기 시작했다. 아에론은 보틀리의 은색 물고기, 윈치의 핏빛 달, 오크우드의 암녹색 나무들을 보았다. 전투 나팔과 레비아탄과 낫, 그리고 사방에 펄럭이는 거대한 금빛 크라켄을 보았다. 그 깃발들 아래에서는 노비들과 소금 아내들이 돌아다니며 석탄을 쑤셔 새로 불을 붙이고 선장들과 왕들의 아침 식사를 위해 물고기 내장을 빼기 시작했다. 새벽빛이 돌투성이 바닷가를 건드리고, 그는 잠에서 깨어나 바다표범 가죽으로 만든 담요를 젖히고 첫 에일 잔을 달라고 외치는 남자들을 지켜보았다. '쭉 마시게나.' 그는 생각했다. '오늘 우린 신이 주신 일을 해야 하니.'

바다도 일렁이고 있었다. 바람이 강해지면서 파도가 커져, 장선들에게 요란한 물보라를 튀겼다. '익사한 신께서 깨어나신다.' 아에론은 생각했다. 깊은 바닷속에서 솟아오르는 신의 목소리를 들을 수 있었다. '내 오늘 여기에서 너와 함께하마, 내 강하고 충직한 하인아. 신심 없는 자는 해석좌에 앉지 못한다.' 그 목소리가 말했다.

익사한 남자들이 아에론을 찾아낸 곳도 바로 나가의 갈비뼈 아치 밑이었다. 그는 크고 엄격한 모습으로 서서 긴 검은 머리를 바람에 날리고 있었다. "때가 됐습니까?" 러스가 물었다. 아에론은 고개를 끄덕이고 말했다. "됐네. 가서 소집의 소리를 울려."

익사한 남자들은 유목으로 만든 곤봉을 들고 맞부딪치면서 언덕을 걸어 내려갔다. 다른 사람들도 합세해서, 바닷가 전체에 요란한 소리가 퍼져 나갔다. 나무 백 그루가 가지를 서로 부딪치는 것처럼 무시무시하게 덜거덕거리는 소리가 울려 퍼졌다. 케틀드럼(반구형의 큰 북)들도 울리기 시작했다. 둥둥둥둥둥둥둥둥. 이어서 전투 나팔이 하나씩 우렁차게 소리를 더했다. 아아아아아아아오오오오오오오오오오.

남자들이 불가를 떠나 회색 왕의 궁전 뼈대를 향해 움직였다. 노잡이, 키잡이, 돛잡이, 선박 장인, 도끼를 든 전사와 그물을 든 어부. 시중드는 노비를 거느린 사람도 있었고, 소금 아내를 둔 사람도 있었다. 녹색 땅을 너무 자주 항해한 어떤 이들은 학사와 가수와 기사의 수행을 받았다. 평민들은 둔덕 아래 초승달 모양으로 모였고 노비들과 아이들, 여자들이 끝자리에 앉았다. 선장이자 왕들이 비탈길을 올라갔다. 젖은 머리 아에론은 쾌활한 시그프리 스톤트리, 웃지 않는 안드릭, 기사 해라스 할로우 경을 보았다. 흑담비 망토를 걸친 바엘로르 블랙타이드 공은 너덜너덜한 바다표범 가죽을 걸친 스톤하우스 옆에 섰다. 빅타리온은 안드릭을 제외한 모두의 위로 솟아올랐다. 투구는 쓰지 않았지만, 그 외에는 갑옷을 다 갖추고 어깨에 크라켄 망토를 금빛으로 늘어뜨렸다. '빅타리온이 우리 왕이 될 거야. 어떤

자가 저 모습을 보고 그 사실을 의심할 수 있겠어?'

젖은 머리가 앙상한 두 손을 들어 올리자 케틀드럼과 전투 나팔 소리가 다 잦아들고, 익사한 남자들은 곤봉을 내렸으며, 모든 목소리가 멎었다. 오직 그 누구도 조용히 시킬 수 없는 파도 소리만 남았다. "우리는 바다에서 태어났고, 모두 바다로 돌아가리니." 아에론은 사람들이 숨죽여 귀 기울이도록 조용히 시작했다. "격노한 폭풍 신이 발론을 성에서 뜯어내어 아래로 내던졌으나, 발론은 이제 파도 아래 익사한 신의 물속 궁전에서 잔치를 즐기고 있다." 그는 시선을 하늘로 올렸다. "발론은 죽었다! 강철 왕이 죽었다!"

"왕이 죽었다!" 그의 익사한 남자들이 외쳤다.

"그러나 죽은 자는 결코 죽지 않으며, 더 단단하고 강하게 다시 일어나리라!" 그는 모여든 이들을 일깨웠다. "발론은 쓰러졌다. 나의 형 발론, 옛 방식을 준수하고 철로 값을 치른 발론. 용감한 발론, 축복받은 발론, 두 번 왕관을 쓴 발론, 우리에게 자유와 신을 돌려준 발론은 죽었다……. 그러나 강철 왕은 다시 일어나 해석좌에 앉아서 군도를 다스리리라."

"왕이 일어나리라!" 사람들이 화답했다. "왕이 일어나리라!"

"왕은 일어난다. 그래야만 한다." 아에론의 목소리가 파도처럼 울려 퍼졌다. "그러나 누구인가? 누가 발론의 자리에 앉을 것인가? 누가 이 성스러운 섬들을 다스릴 것인가? 그가 지금 우리 사이에 있는가?" 사제는 두 팔을 펼쳤다. "누가 우리 위의 왕이 될 것인가?"

갈매기 한 마리가 마주 소리를 질렀다. 군중이 꿈에서 깨어난 사람처럼 움직이기 시작했다. 각각이 주위를 살피며 누가 왕관을 요구할지 보려 했다. '까마귀 눈에겐 인내심이 있었던 적이 없어.' 젖은 머리 아에론은 스스로에게 말했다. '제일 먼저 말할지도 몰라.' 그런다면 그것이 실패 원인이 될 것이다. 선장이자 왕들은 이 연회에 참석하러 먼 길을 왔으니, 앞에 차려진 첫 번째 접시를 고르지 않을 터였다. 그들은 첫 후보를 한 입 시식한 후에 다른 후보자를 맛보면서 제일 잘 맞는 후보자를 찾으려 할 터였다.

유론도 그 사실을 아는 게 분명했다. 그는 벙어리들과 괴물들 사이에 팔짱을 끼고 서 있었다. 오직 바람과 파도만이 아에론의 부름에 응답했다. "강철인에게는 왕이 있어야 한다." 사제는 오랜 침묵이 흐른 후에 다시 말했다. "다시 묻는다. 누가 우리 위에 설 왕이 될 것인가?"

"나요." 아래에서 대답이 나왔다.

그 즉시 "길버트! 길버트 왕!" 소리가 중구난방으로 올랐다. 왕위 요구자와 그의 대전사들이 언덕을 올라 나가의 갈비뼈 아래, 아에론 옆에 서도록 선장들이 길을 비켰다.

이 왕위 지망자는 구슬픈 얼굴에 사각 턱을 깨끗하게 면도한, 키가 크고 여윈 영주였다. 그의 세 대전사는 각각 그의 검과 방패와 깃발을 든 채 두 계단 아래에 자리를 잡았다. 셋 다 키가 큰 영주와 닮은 구석이 있었기에 아에론은 그의 아들들이려니 생각했다. 한 명이 펼친 깃발에는 거대한 검은 장선과 지는 해가 그려져 있었다. "나는 론리라이트의 영주, 길버트 파윈드요." 영주가 킹스무트에 말했다.

아에론은 파윈드 사람을 몇 알았는데, 그레이트윅 서쪽 끝의 바닷가 땅과 그 너머에 흩어진 섬들을 차지한 기묘한 족속들이었다. 그 섬들은 대부분 한 집 정도밖에 지탱하지 못할 정도로 작았고, 론리라이트는 그중에서도 제일 멀어서 북서쪽으로 여드레를 항해해 가야 하며 바다표범과 바다사자의 서식지와 한없이 펼쳐진 회색 대양 사이에 자리 잡고 있었다. 그곳의 파윈드는 다른 파윈드보다 더 특이했다. 어떤 이들은 파윈드가 변신자라고, 바다사자나 바다코끼리, 심지어는 거친 바다의 늑대나 다름없는 점박이고래로 변할 수 있는 불경한 자들이라고도 했다.

길버트 공이 입을 열었다. 그는 일몰해 너머에 있는 경이로운 땅에 대해,

겨울도 없고 부족함도 없으며 죽음이 군림하지 못하는 땅에 대해 말했다. "나를 왕으로 삼으면, 내가 그리로 이끌고 가겠소." 그는 외쳤다. "옛날 니메리아처럼 만 척의 배를 만들어 주민 모두를 싣고 일몰 너머 땅으로 항해하는 거요. 그곳에선 모든 남자가 왕이 되고 모든 아내가 왕비가 되리니."

아에론이 보는 동안에도 그의 눈은 회색이 됐다가 파란색이 됐다가 하며 바다처럼 변덕스럽게 변했다. '미친 눈이로군. 바보의 눈이야.' 그는 생각했다. 길버트가 말하는 환상은 폭풍 신이 강철인들을 파멸로 꾀기 위해 놓은 덫이 분명했다. 길버트의 아랫사람들이 킹스무트 앞에 쏟아낸 헌물 중에는 바다표범 가죽과 바다코끼리 엄니, 고래 뼈로 만든 팔찌와 청동 테를 두른 전투 나팔이 있었다. 선장들은 그 선물을 보더니 고개를 돌리고 서열이 더 낮은 이들이 가져가도록 두었다. 바보가 연설을 끝내고 그 대전사들이 그의 이름을 부르기 시작하자, 그 외침에 합세한 것은 오직 파윈드뿐이었고 그나마도 전부가 아니었다. 곧 "길버트! 길버트 왕!"이라는 외침도 사그라졌다. 머리 위에서 갈매기가 시끄럽게 울더니, 론리라이트의 영주가 언덕을 다시 내려가는 사이 나가의 갈비뼈 위에 내려앉았다.

젖은 머리 아에론이 다시 한번 앞으로 나섰다. "다시 묻겠소. 누가 우리 위에 설 왕이 될 것인가?"

"나요!" 굵고 낮은 목소리가 울리고, 다시 한번 군중이 갈라졌다.

말한 사람은 손자들이 짊어진 유목 의자에 앉은 채로 언덕을 올랐다. 130킬로그램 몸무게에 쇠잔한 거구로, 나이가 아흔이었으며 하얀 곰 가죽 망토를 두르고 있었다. 머리카락도 눈처럼 희었고, 엄청난 수염이 뺨부터 허벅지까지 담요처럼 몸을 덮어, 어디까지가 수염이고 어디부터가 곰 가죽인지 구분하기 힘들 정도였다. 그의 손자들은 건장한 사내였지만, 그래도 그 무게를 지고 가파른 돌계단을 오르는 일은 만만치 않았다. 그들은 회색 왕의 궁전 앞에 할아버지를 내려놓고, 셋만 대전사로서 그 옆에 남았다.

'60년 전이었다면 이자가 킹스무트의 은총을 얻어냈을지 모르지. 하지만 이자의 전성기는 오래전에 지나갔어.' 아에론은 생각했다.

"그래, 나요!" 노인은 앉은 자리에서 제 몸집만큼이나 큰 목소리로 외쳤다. "왜 아니겠나? 누가 나보다 낫다고? 눈이 없는 이들을 위해 말해주자면, 이 몸은 에릭 아이언메이커요. 정의로운 에릭. 모루 파괴자 에릭이기도 하지. 저들에게 내 망치를 보여주거라, 토머." 그의 대전사 하나가 모두가 볼 수 있게 망치를 들어 올렸다. 손잡이에는 낡은 가죽을 감았고, 머리 부분은 빵 덩어리만큼 큰 강철인 무시무시한 물건이었다. 에릭이 말했다. "내 저 망치로 얼마나 많은 손을 으깨어 곤죽으로 만들었는지 헤아릴 수도 없소만, 도둑들은 말해줄 수 있을지 모르지. 모루에 얼마나 많은 머리통을 짓부쉈는지도 나는 모르겠소만, 과부들은 알 거요. 내가 전투에서 해낸 일을 모조리 말해줄 수도 있겠지만, 내 나이가 여든여덟이니 그 이야기가 다 끝날 때까지 살지 못할 것 같군. 늙은이가 현명하다면 나보다 현명한 사람은 없소. 덩치 큰 사람이 힘이 세다면 나보다 힘센 사람은 없소. 후계자를 둔 왕을 뽑고 싶소? 나에겐 헤아릴 수 없이 많은 후계자가 있소. 에릭 왕이라, 그래, 듣기 좋군. 자, 같이 외칩시다. 에릭! 모루 파괴자 에릭! 에릭 왕!"

그의 손자들이 이어받아 외치자, 그들의 아들들이 어깨에 궤짝을 지고 앞으로 나섰다. 돌계단 아래에서 궤짝을 열자 은과 청동과 강철이 넘쳐흘렀다. 팔찌와 목걸이, 단검과 비수, 투척용 도끼였다. 선장 몇이 마음에 드는 물건을 고르고 에릭이라는 외침에 목소리를 보탰다. 그러나 외치는 소리가 커져간다 싶자마자 여자 목소리 하나가 그 소리를 갈랐다. "에릭!" 남자들이 그녀가 지나가게 비켜섰다. 그녀는 계단 제일 아래에 한 발을 얹고 말했다. "에릭, 일어서시오."

정적이 내려앉았다. 바람이 불고, 파도가 해안을 두드리고, 남자들은 서로의 귓가에 중얼거렸다. 에릭 아이언메이커는 아샤 그레이조이를 내려다보았다. "계집이로군. 세 번 저주받은 계집. 뭐라고 했나?"

"일어서시오, 에릭." 아샤가 외쳤다. "일어서면 나도 나머지와 같이 당신 이름을 외치지. 일어서기만 하면 내가 제일 먼저 뒤따르겠어. 그래, 왕관을 원한다 이거지. 그럼 일어서서 받아."

군중 속 어딘가에서 까마귀 눈이 웃음을 터뜨렸다. 에릭은 그에게 눈을 부라렸다. 거한의 두 손이 유목으로 만든 옥좌 팔걸이를 꽉 붙잡았다. 얼굴이 붉어졌다가 자줏빛으로 변했다. 두 팔이 부들부들 떨렸다. 아에론은 에릭이 일어서려고 애쓰자 목에서 굵은 푸른색 핏줄이 펄떡이는 것을 볼 수 있었다. 잠시 동안은 정말 일어설 수 있을지도 모른다 싶었지만, 숨이 확 빠져나가고 그는 신음하며 방석 위에 다시 주저앉았다. 유론이 더 크게 웃었다. 거한은 순식간에 고개를 떨구고 늙어버렸다. 손자들이 에릭을 다시 짊어지고 언덕을 내려왔다.

"누가 강철인들을 다스릴 것인가?" 젖은 머리 아에론이 다시 외쳤다. "누가 우리 위에 설 왕이 될 것인가?"

남자들이 서로를 쳐다보았다. 일부는 유론을 보았고, 일부는 빅타리온을 보았으며, 몇 명은 아샤를 보았다. 파도가 녹색과 하얀색 거품을 일으키며 장선에 부딪쳤다. 갈매기가 다시 한번, 요란하고 쓸쓸하게 울었다. "앞으로 나서게, 빅타리온." 멀린이 외쳤다. "이 웃기는 연극을 그만 끝내자고."

"내가 준비가 되면." 빅타리온이 마주 외쳤다.

아에론은 흡족했다. '기다리는 게 더 낫지.'

드럼이 다음으로 나섰는데, 노인이었지만 에릭만큼 늙지는 않았다. 그는 두 다리로 언덕을 올라갔고, 허리에는 파멸 이전에 발리리아 강철로 벼린 유명한 검 '붉은 비'를 차고 있었다. 그의 대전사들도 주목할 만한 남자들이었다. 그의 아들인 데니스와 도넬은 둘 다 강건한 전사들이었고, 그 둘 사이에 선 웃지 않는 안드릭은 팔뚝이 나무줄기만 한 거한이었다. 그런 사내가 드럼을 위해 나섰다는 사실이 드럼의 가치를 웅변했다.

“우리 왕이 크라켄이어야 한다는 말이 어디 적혀 있소?” 드럼이 말문을 열었다. “파이크가 무슨 권리로 우리를 통치하지? 그레이트윅이 제일 큰 섬이고, 할로우가 제일 부유한 섬이며, 올드윅이 제일 성스러운 섬이오. 검은 혈통이 드래곤의 불에 먹혀버린 이후, 강철인들이 비콘 그레이조이에게 우선권을 준 건 사실이지만…… 그건 왕이 아니라 영주로서였소.”

좋은 도입부였다. 아에론은 찬성하는 고함 소리를 들었지만, 그 소리들은 노인이 드럼의 영광을 이야기하기 시작하자 사그라들었다. 그는 공포의 데일, 약탈자 로릭, 그리고 노부(老父) 고몬드 드럼의 백 명의 아들들을 이야기했다. 그는 ‘붉은 비’를 뽑아 들고서 교활한 힐마 드럼이 재치와 나무곤봉으로 어떻게 무장한 기사에게서 그 검을 빼앗았는지 이야기했다. 오래전에 잃어버린 배들과 800년 전에 잊힌 전투들까지 나오자 군중은 지루해졌다. 그는 말을 하고 또 하고도 할 말이 남아 있었다.

그리고 드럼의 궤짝이 열리자, 선장들은 그가 쩨쩨한 선물을 가져왔음을 보았다. ‘청동으로 살 수 있는 왕좌는 없어.’ 젖은 머리는 생각했다. “드럼! 드럼! 던스턴 왕!”이라는 소리가 잦아들자 그 사실을 확인할 수 있었다.

아에론은 배 속이 당기는 느낌을 받았고, 파도가 부딪치는 소리가 전보다 더 커진 것 같았다. ‘때가 됐어. 빅타리온이 나설 때가 됐어.’ 그는 생각했다. “누가 우리 위에 설 왕이 될 것인가?” 사제는 다시 한번 외쳤고, 이번에는 그의 강렬한 검은 눈이 군중 사이에 선 형을 찾았다. “퀠론 그레이조이에게서 아홉 아들이 태어났지. 그중 하나가 나머지보다 강력하며, 두려움을 몰랐소.”

빅타리온이 그와 눈을 마주치고 고개를 끄덕였다. 빅타리온이 계단을 오르자 선장들이 갈라졌다. “형제여, 축복을 해주게.” 그는 꼭대기에 이르자 그렇게 말하고 무릎을 꿇고 고개를 숙였다. 아에론은 물주머니 마개를 뽑고 소금물 한 줄기를 그의 머리에 부었다. "죽은 자는 결코 죽지 않으니." 사제가 말하자 빅타리온이 대답했다. "다만 더 단단하고 강하게 다시 일어나리라."

빅타리온이 일어서자, 그의 대전사들이 아래에 섰다. 절름발이 랄프, 붉은 랄프 스톤하우스, 이발사 누트로 모두 유명한 전사들이었다. 스톤하우스는 밤바다처럼 새까만 바탕에 금색 크라켄이 그려진 그레이조이 깃발을 들었다. 그 깃발이 펴지자마자 선장들과 왕들이 함대장의 이름을 외치기 시작했다. 빅타리온은 그 소리가 잦아들기를 기다리다 말했다. "모두들 나를 알 거요. 달콤한 말을 원한다면 다른 데를 찾아보시오. 나에겐 가수 같은 말주변이 없소. 내겐 도끼가 있고, 이게 있지." 그는 쇠장갑을 낀 거대한 두 주먹을 들어 올렸고, 이발사 누트는 무시무시한 강철 도끼를 들어 보였다. "나는 충직한 동생이었소." 빅타리온이 말을 이었다. "발론이 결혼했을 때, 형이 신부를 데리고 돌아오라고 할로우에 보낸 사람이 나였소. 나는 발론의 장선들을 이끌고 수많은 전투에 나섰고, 한 번 빼고는 진 적이 없소. 발론이 처음 왕관을 썼을 때, 사자 꼬리에 불을 붙이러 라니스포트로 향해 간 것도 나였소. 발론이 두 번째로 왕관을 썼을 때는 젊은 늑대가 울부짖으며 집에 오면 껍질을 벗기라고 나를 보냈지. 모두가 발론에게 얻은 것 이상을 나에게서 얻을 것이오. 내가 할 말은 그것뿐이오."

그 말을 끝으로 대전사들이 소리치기 시작했다. "빅타리온! 빅타리온! 빅타리온 왕!" 아래에서는 그의 부하들이 궤짝을 열고 은과 금과 보석을 폭포처럼 쏟아내고 있었다. 화려한 약탈품이었다. 선장들이 재빨리 제일 값진 물건들을 움켜쥐면서 외쳤다. "빅타리온! 빅타리온! 빅타리온 왕!" 아에론은 까마귀 눈을 지켜보았다. 유론이 지금 입을 열까, 아니면 킹스무트가 다 끝나게 둘까? 오크몬트의 오크우드가 유론의 귀에 뭔가 속삭이고 있었다.

하지만 함성을 끝낸 것은 유론이 아니라, 그녀였다. 그녀는 두 손가락을 입에 대고 휘파람을 불었다. 날카롭고 새된 휘파람 소리가 치즈를 자르는 칼처럼 소란을 갈랐다. "아저씨! 아저씨!" 그녀는 허리를 굽혀 배배 꼬인 황금 목걸이 하나를 집어 들고 계단으로 향했다. 누트가 그녀의 팔을 잡았고, 아에론은 잠깐이나마 형의 대전사가 그녀를 조용히 시킬지도 모른다는 희망을 품었지만, 아샤는 이발사의 손을 뿌리치고 붉은 랄프에게 무슨 말인가를 해서 옆으로 물러나게 만들었다. 아샤가 대전사들을 밀어내고 전진하자 환호성이 잦아들었다. 그녀는 발론 그레이조이의 딸이었고, 군중들은 그녀가 무슨 말을 할지 궁금해했다.

"제 퀸스무트에 이런 선물을 가져오시다니 친절하네요, 아저씨." 그녀는 빅타리온에게 말했다. "하지만 그렇게 갑옷을 많이 입으실 필요는 없었어요. 해치지 않는다고 약속할게요." 아샤는 선장들을 돌아보았다. "우리 아저씨보다 더 용감하거나, 더 힘이 세거나, 전투에서 더 사나운 사람은 없지. 그리고 내가 직접 봤는데 아저씨도 여느 사람들처럼 빠르게 열까지 셀 수 있소……. 스물까지 세려면 장화를 벗어야 하지만 말이오." 이 말에는 다들 웃었다. "그렇지만 아저씨에겐 아들이 없소. 마누라는 계속 죽어 나가지. 왕위도 까마귀 눈이 형이니 더 요구할 만하고……."

"그렇지!" 붉은 노잡이가 아래에서 외쳤다.

"아, 하지만 나는 더 요구할 만하지." 아샤가 목걸이를 보기 좋게 머리에 얹자, 검은 머리카락 위에서 금이 반짝였다. "발론의 형제는 발론의 아들에 앞설 수 없소!"

"발론의 아들들은 죽었어." 절름발이 랄프가 외쳤다. "내 눈에 보이는 건 발론의 어린 딸뿐이야!"

"딸?" 아샤는 가죽조끼 속으로 한 손을 넣었다. "오호! 이게 뭐지? 여러분에게 보여드릴까요? 젖을 뗀 이후로 한 번도 못 본 분들도 있을 텐데." 사람들이 다시 웃었다. "왕에게 젖가슴이 달리다니 끔찍한 일이라고, 그런 노래도 있지 않던가요? 랄프, 그 말대로예요. 난 여자요……. 당신 같은 늙은 여자는 아니지만. 절름발이 랄프……가 아니라 흐늘이 랄프여야 하지 않을까요?" 아샤는 젖가슴 사이에서 비수를 뽑았다. "난 어머니이기도 하고, 이게 내 젖먹이 아기지!" 그녀는 비수를 높이 들어 올렸다. "그리고 여기, 내 대전사들이오." 그들은 빅타리온의 대전사 셋을 밀치고 아샤 아래에 섰다. 처녀 콸, 트리스티퍼 보틀리, 그리고 기사 해라스 할로우 경이었다. 그의 장검 '땅거미(Nightfall)'에는 던스턴 드럼의 '붉은 비'에 못지않은 사연이 있었다. "우리 아저씨는 여러분 모두가 당신을 안다고 하셨지. 여러분은 나도 알텐데—"

"더 잘 알고 싶은데!" 누군가가 외쳤다.

"집에 가서 마누라나 아시지." 아샤가 마주 외쳤다. "아저씨는 내 아버지가 여러분에게 줬던 것 이상을 주겠다고 하시오. 그런데 그게 뭘까? 어떤 사람들은 금과 영광이라고 하겠지. 자유는 더 달콤하고. 그래, 그랬지. 아버지는 우리에게 그런 것들을 줬소……. 그리고 과부들도 줬지. 블랙타이드 공 말대로 말이오. 로버트가 왔을 때 얼마나 많은 집에 불이 붙었소? 얼마나 많은 딸들이 강간당하고 망가졌고? 불타버린 마을과 무너진 성들, 내 아버지가 준 건 그런 것들이었소. 내 아버지가 여러분에게 준 건 패배였소. 여기 우리 아저씨는 그걸 더 주려는 거요. 나는 그렇지 않아."

"그래서 뭘 해주려고?" 루카스 코드가 물었다. "뜨개질?"

"그렇지, 루카스. 난 우리에게 왕국을 꿰어줄 거요." 그녀는 비수를 이쪽 손에서 저쪽 손으로 던졌다. "우린 젊은 늑대에게서 교훈을 얻어야 해요. 늑대는 모든 전투에 다 이기고…… 모든 걸 잃었지."

"늑대는 크라켄이 아니다." 빅타리온이 반박했다. "크라켄은 잡은 것을 놓치지 않아. 장선이건 레비아탄이건 간에."

"그래서 우리가 뭘 잡았죠, 아저씨? 북부? 바닷소리에서 멀어진 땅만 몇십 리고 몇십 리고 이어질 뿐이잖아요? 우린 모트카일린, 딥우드모트, 토르헨스퀘어, 심지어 윈터펠까지 빼앗았어요. 성과는 뭐가 있죠?" 그녀가 손짓하자 블랙윈드의 선원들이 참나무와 쇠로 만든 궤짝들을 어깨에 짊어지고 나왔다. "여러분에게 스토니쇼어의 부를 드리지." 아샤는 첫 번째 궤짝이 열릴 때 말했다. 자갈이 와그르르하고 계단에 흘러넘쳤다. 바다에 닳아 반질반질해진 회색, 검은색, 흰색 자갈들이었다. "딥우드모트의 재산도 드리고." 그녀는 두 번째 궤짝이 열릴 때 말했다. 솔방울이 쏟아져서 군중 사이로 구르고 튀었다. "그리고 마지막으로 이게 윈터펠의 금이오." 세 번째 궤짝에서는 둥글고 딱딱하고 남자 머리통만큼 큰 노란 순무들이 굴러 나와 자갈과 솔방울 사이에 내려앉았다. 아샤는 비수로 순무 하나를 찍었다. "하문드 샤프." 그녀는 외쳤다. "자네 아들 해라그가 윈터펠에서 죽은 건 이것 때문이었어." 그녀는 순무를 칼에서 뽑아 하문드에게 던졌다. "자네에겐 다른 아들들도 있겠지. 그 아들들을 순무와 맞바꿀 생각이라면 우리 아저씨 이름을 외치게!"

"그리고 당신 이름을 외치면?" 하문드가 물었다. "그때는 뭘 얻는 거요?"

"평화." 아샤가 말했다. "땅. 승리. 내 여러분에게 시드래곤포인트와 스토니쇼어, 차남 이하의 아들들 모두가 터전을 짓고도 남을 검은 땅과 높은 나무들과 돌들을 주리다. 우린 북부인들도 얻게 될 거요……. 철왕좌에 함께 맞설 친구로서 말이오. 선택은 간단해. 내게 왕관을 씌우면 평화와 승리를 얻고, 우리 아저씨에게 왕관을 씌우면 전쟁과 패배를 더 얻게 되겠지." 그녀는 비수를 다시 칼집에 넣었다. "어느 쪽을 택하겠나, 강철인들이여?"

"승리를!" 독서가 로드릭이 두 손을 입에 대고 외쳤다. "승리를, 그리고 아샤를!"

"아샤!" 바엘로르 블랙타이드 공이 따라 외쳤다. "아샤 여왕!"

아샤의 선원들이 합세했다. "아샤! 아샤! 아샤 여왕!" 그들은 발을 구르고 주먹을 흔들며 소리를 질렀고, 젖은 머리는 믿을 수 없어 하며 그 소리를 들었다. '아샤는 제 아비가 한 일을 무효로 만들 거야!' 그럼에도 트리스티퍼 보틀리도 그녀를 위해 소리치고 있었고, 수많은 할로우와 일부 굿브러더, 붉은 얼굴의 멀린 공…… 사제가 믿을 수 없을 정도로 많은 수가 여자를 지지하고 있었다!

하지만 입을 다물고 있거나, 옆 사람들과 수군거리는 이들도 있었다. "비겁한 평화 따위!" 절름발이 랄프가 포효했다. 붉은 랄프 스톤하우스는 그레이조이 깃발을 휘날리며 소리쳤다. "빅타리온! 빅타리온! 빅타리온!" 남자들이 서로를 밀치기 시작했다. 누군가가 아샤의 머리에 솔방울을 던졌다. 그걸 피하다 보니 왕관 삼아 쓰고 있던 것이 떨어졌다. 잠시 동안 사제는 거대한 개미집 꼭대기에 서 있고, 천 마리 개미가 발치에 들끓고 있는 것 같았다. "아샤!"라는 외침과 "빅타리온!"이라는 외침이 밀려왔다 밀려갔고, 사나운 폭풍이 모두를 집어삼키기 직전 같았다. '폭풍 신이 우리 사이에 분노와 불화를 뿌리고 있어.' 사제는 생각했다.

장검을 찌르듯 날카로운 나팔 소리가 공기를 찢었다.

선명하고도 치명적인 소리, 속에서 뼈가 울리는 듯한 떨리는 뜨거운 비명이었다. 습기 찬 바다 공기 속에 그 부르짖음이 길게 이어졌다. 아아아아아아~~루루루루루루루루루루~~.

모든 눈이 그 소리 쪽으로 돌아갔다. 유론이 데리고 다니는 잡종 중 하나로, 머리를 박박 민 괴물 같은 남자가 나팔을 불고 있었다. 팔에는 금과 비취와 흑옥 팔찌들이 번쩍였고, 넓은 가슴팍에 발톱에서 피가 떨어지는 맹금을 문신했다.

아아아아아아아~~우루루루루루루루루루루루루~~.

그 남자가 부는 나팔은 반짝이는 검은색에 배배 꼬인 모양새였고, 사람 키보다 길어서 두 손으로 붙잡고 있어야 했다. 붉은 금과 검은 강철 테를 여러 개 둘렀고, 고대 발리리아의 상형문자가 새겨져 있었는데 소리가 커지면서 그 문자도 붉게 빛나는 것 같았다.

아아아아아루루루루루루루루루루루루루루루루루루루.

끔찍한 소리, 귀를 태우는 듯한 고통과 분노의 울부짖음이었다. 젖은 머리 아에론은 두 귀를 막으며 익사한 신에게 강력한 파도를 보내어 저 나팔을 깨뜨려 침묵시켜 달라고 기도했지만, 그 날카로운 소리는 계속 이어졌다. '저건 지옥의 나팔이다.' 그렇게 소리치고 싶었지만, 아무도 그의 말을 듣지 않을 터였다. 문신을 한 남자는 곧 터질 것처럼 두 뺨을 부풀렸고, 가슴 근육은 문신한 맹금이 살을 뜯고 날아오를 것만같이 꿈틀거렸다. 그리고 이제 상형문자는 눈부시게 타오르며, 모든 선과 글자가 하얀 불을 뿜었다. 소리는 계속 계속 계속 이어지며 그들 뒤편의 울부짖는 언덕들에 메아리치고, 나가의 요람 바닷물을 건너 그레이트윅의 산맥에 부딪치며 계속 계속 계속 이어져 축축한 세계 전체를 채웠다.

그리고 그 소리가 영원히 멈추지 않을 것만 같았을 때, 멈췄다.

나팔수의 숨이 마침내 다했다. 그는 비틀거리다가 쓰러질 뻔했다. 사제는 오크몬트의 오크우드가 나팔수의 한 팔을 잡아 부축하고, 왼손잡이 루카스 코드가 그 손에 잡고 있던 배배 꼬인 검은 나팔을 받는 모습을 보았다. 나팔에서 가느다란 연기 한 줄기가 올랐고, 사제는 그 나팔을 분 남자의 입술에 맺힌 피와 물집을 보았다. 가슴에 새겨진 새도 피를 흘리고 있었다.

유론 그레이조이는 모두의 시선을 받으며 천천히 언덕을 올랐다. 하늘에서는 갈매기가 울고 또 울었다. '신심이 없는 남자는 해석좌에 앉을 수 없어.' 아에론은 생각했지만, 형이 연설을 하게 놓아두기는 해야 했다. 그의 입술이 소리 없는 기도를 읊었다.

아샤의 대전사들이 비켜서고, 빅타리온의 대전사들도 비켜섰다. 사제는 한 걸음 뒤로 물러나서 차갑고 거친 나가의 갈비뼈에 한 손을 얹었다. 까마귀 눈이 계단 꼭대기, 회색 왕의 궁전 문 앞에 멈추더니 웃는 눈을 선장들과 왕들에게 돌렸고, 아에론은 계속 감춰두는 다른 눈동자까지 느낄 수 있었다.

"강철인들이여." 유론 그레이조이가 말했다. "너희는 내 나팔 소리를 들었다. 이제 내 말을 들어라. 나는 발론의 동생이며, 퀠론의 살아 있는 아들 중에서는 장자다. 비콘 공의 피가 내 혈관에 흐르고, 늙은 크라켄의 피도 흐른다. 그런데도 나는 너희들 중 누구보다 멀리 항해했다. 살아 있는 크라켄 중에 단 하나만이 패배를 모른다. 단 하나만이 무릎을 굽힌 적이 없다. 단 하나만이 그림자 밑 아샤이까지 항해해서 상상도 못할 경이와 공포를 보았다……."

"그림자 땅이 그렇게 좋으면 그리로 돌아가시지." 아샤의 대전사인 분홍빛 뺨의 처녀 콸이 외쳤다.

까마귀 눈은 그를 무시했다. "내 동생은 발론의 전쟁을 끝내고 북부를 차지하겠지. 내 사랑스러운 조카는 우리에게 평화와 솔방울을 줄 것이고." 그의 푸른 입술이 뒤틀려 미소를 지었다.

"아샤는 패배보다 승리를 더 좋아한다. 빅타리온은 몇 뙈기 땅이 아니라 왕국을 원한다. 나에게서 너희는 둘 다 얻을 것이다.

너희는 날 까마귀 눈이라고 부르지. 세상에 까마귀보다 눈이 밝은 자가 있던가? 전투가 끝날 때마다 까마귀들은 수백 수천 마리씩 날아와서 쓰러진 자들을 두고 잔치를 벌이지. 까마귀는 아주 멀리서도 죽음을 볼 수 있으니. 그리고 난 웨스테로스 전체가 죽어간다고 본다. 나를 따라오는 자들은 죽는 날까지 잔치를 벌일 것이다.

우리는 강철인이고, 예전에는 정복자였다. 우리의 명령장은 파도 소리 들리는 곳 어디에서나 통했었다. 내 동생은 너희가 차갑고 우울한 북부로 만족하게 하려 하고, 내 조카는 그보다 더 적은 땅으로 만족시키려 하지만…… 나는 너희에게 라니스포트를 주겠다. 하이가든을. 아버를. 올드타운을. 강역과 리치 평원을, 왕의 숲과 비 숲을, 도르네와 변경 지역을, 달의 산맥과 아린 협곡을, 타스와 징검돌 군도를. 우리가 모두 다 차지하는 거다! 나는 웨스테로스를 차지하자고 말하겠다." 그는 사제를 흘긋 보았다. "물론 우리 익사한 신의 더 큰 영광을 위해서."

잠시 동안은 아에론마저 그 대담한 말에 휩쓸렸다. 사제도 처음 하늘에서 붉은 혜성을 봤을 때 같은 꿈을 꾸었었다. '우리가 불과 검으로 녹색 땅을 휩쓸고, 성사들의 일곱 신과 북부의 흰 나무들을 뿌리 뽑으리라…….'

"까마귀 눈." 아샤가 외쳤다. "머리를 아샤이에 두고 왔소? 북부도 지키지 못하는데 칠왕국 전체를 어떻게 손에 넣을 수 있단 말이오?"

"왜, 전에도 했던 일인데. 발론이 딸에게 전쟁 방법을 그렇게 조금밖에 가르쳐주지 않았나? 빅타리온, 우리 형의 딸이 정복자 아에곤에 대해 들어본 적이 없나 보다."

"아에곤?" 빅타리온은 갑옷을 입은 가슴팍에 팔짱을 꼈다. "정복자가 우리와 무슨 상관이라고?"

"전쟁에 대해서야 까마귀 눈, 당신 못지않게 알지." 아샤가 말했다. "아에곤 타르가르옌이 웨스테로스를 정복한 건 드래곤이 있어서였어."

"우리도 그럴 거다." 유론 그레이조이가 장담했다. "너희가 소리를 들은 나팔은 발리리아였던 연기 나는 폐허에서 찾아낸 물건이다. 나 말고는 감히 아무도 걸어 들어가지 못한 곳이지. 다들 그 소리를 듣고, 그 힘을 느꼈을 터. 붉은 금과 주문이 새겨진 발리리아 강철 테를 두른 드래곤 나팔이다. 파멸에 삼켜지기 전, 옛 드래곤 군주들은 그런 나팔을 불었지. 강철인들이여, 이 나팔이 있으면 내가 드래곤들을 부릴 수 있다."

아샤가 큰 소리로 웃었다. "차라리 염소를 부리는 데 쓰는 나팔이 더 쓸모 있겠네. 까마귀 눈, 이제 드래곤은 없어."

"다시 한번 네가 틀렸다. 드래곤이 세 마리 있고, 난 어디에서 찾아야 할지도 알아. 이만하면 유목 왕관을 쓸 가치는 있겠지."

"유론!" 왼손잡이 루카스 코드가 외쳤다.

"유론! 까마귀 눈! 유론!" 붉은 노잡이가 외쳤다.

침묵호의 벙어리들과 잡종들이 유론의 궤짝들을 열고 선장이자 왕들 앞에 선물을 쏟아놓았다. 이어서 호토 할로우가 두 손에 넘치게 금을 쥐고 외쳤다. 고롤드 굿브러더도 외쳤고, 모루 파괴자 에릭도 합세했다. "유론! 유론! 유론!" 외치는 소리가 커지며 함성으로 변했다. "유론! 유론! 까마귀 눈! 유론 왕!" 함성이 구름을 뒤흔드는 폭풍 신처럼 나가의 언덕을 올랐다. "유론! 유론! 유론! 유론! 유론! 유론!"

사제라 해도 의심은 할 수 있었다. 선지자라 해도 공포를 알 수 있었다. 젖은 머리 아에론은 마음속으로 신을 불렀지만, 침묵밖에 돌아오지 않았다. 천 가지 목소리가 그의 형의 이름을 부르짖는 가운데 아에론의 귀에는 녹슨 쇠돌쩌귀 소리밖에 들리지 않았다.

브리엔느

메이든풀 동쪽은 산지가 험해서, 소나무들이 말 없는 회녹색 병사들처럼 주위를 감쌌다.

민첩 딕이 해안 도로가 더 빠르고 쉽다고 했기에, 그들의 시야에는 계속 만이 보였다. 해안가의 도시들과 마을들은 갈수록 작아지고 드물어졌다. 땅거미가 지면 그들은 여관을 찾았다. 크래브는 다른 여행자들과 같이 큰 침대에서 자고, 브리엔느는 포드릭과 따로 방을 잡았다. "우리 모두가 같은 침대를 쓰면 더 쌀 텐데." 민첩 딕은 그렇게 말하곤 했다. "우리 사이에 장검을 두셔도 돼. 딕은 무해한 놈이에요. 기사처럼 정중하고, 낮이 긴 만큼이나 정직하지."

"낮이 점점 짧아지고 있는데." 브리엔느가 지적했다.

"흠, 그럴지도 모르지. 침대에서 날 못 믿으시겠다면 내가 바닥에 몸을 말고 잘 수도 있어."

"내 방 바닥은 안 돼."

"누가 보면 날 하나도 믿지 않는 줄 알겠네."

"믿음은 직접 얻는 걸세. 금과 마찬가지지."

"그러시다면야 할 수 없지." 크래브가 말했다. "하지만 도로가 끝나는 북쪽에서는 딕을 믿어야 할걸. 내가 검을 겨누고 아가씨 금을 빼앗고 싶어 한다면 누가 날 막겠어?"

"자네에겐 검이 없네. 나에게 있지."

브리엔느는 문을 닫고 딕이 멀어진 것이 확실해질 때까지 그 자리에 서서 귀를 기울였다. 아무리 민첩하다 해도 딕 크래브는 제이미 라니스터가 아니었고, 미친 쥐도 아니었으며, 험프리 왁스태프조차 아니었다. 잘 먹지 못해 앙상했고, 방호구라고는 녹이 슬어 찌그러진 반투구뿐이었다. 그는 장검 대신 낡고 이 빠진 단검을 들고 다녔다. 브리엔느가 깨어 있는 한, 딕 크래브는 위험이 되지 못했다. "포드릭, 몸을 뉠 여관이 더 나오지 않는 때가 올 거다. 난 우리 안내인을 믿지 않아. 야영을 한다면 내가 잘 때 네가 망을 볼 수 있겠느냐?"

"깨어서 말입니까, 아가씨? 기사님." 그는 생각했다. "제겐 장검이 있습니다. 크래브가 아가씨를 해치려고 하면 제가 죽일 수 있습니다."

"아니야." 그녀는 엄하게 말했다. "그놈과 싸우려 하진 말아라. 그저 내가 잘 때 그놈을 감시하고, 혹시 의심스러운 짓을 하면 날 깨워주면 된다. 난 빨리 깨어난단다."

크래브는 다음 날, 말에 물을 먹이기 위해 멈췄을 때 본색을 드러냈다. 브리엔느는 방광을 비우기 위해 덤불 뒤로 들어가야 했다. 그렇게 쪼그려 앉아 있으려니 포드릭의 말이 들렸다. "뭐하는 겁니까? 거기서 물러나요." 브리엔느가 볼일을 끝내고 바지를 추켜올린 후에 길로 돌아가보니 민첩 딕이 손에 묻은 밀가루를 털고 있었다.

"내 안낭에서 드래곤을 찾진 못할 거야." 그녀가 말했다. "난 금을 몸에 지니고 다니거든." 일부는 허리띠 염낭에 들어 있었고, 나머지는 옷 안에 꿰매어 단 주머니 두 개에 있었다. 안낭 안에 든 뚱뚱한 지갑에는 크고 작은 동화와 푼돈이 꽉 차 있었고…… 더욱 뚱뚱하게 만들려고 하얀 밀가루도 채워놓았다. 더스큰데일을 떠나던 아침에 일곱 검 여관의 요리사에게 산 밀가루였다.

"딕은 해 끼칠 마음이 없어요, 아가씨." 그는 밀가루투성이의 손가락을 흔들어 무기가 없음을 보였다. "내게 약속하신 드래곤 금화가 있긴 한 건지 봤을 뿐이에요. 세상엔 정직한 사람을 등쳐먹으려는 거짓말쟁이가 가득하니까. 아가씨가 그렇다는 건 아니고."

브리엔느는 그가 안내인으로서는 도둑으로서보다 실력이 낫기를 빌었다. "계속 가는 게 좋겠군." 그녀는 다시 말에 올랐다.

딕은 같이 말을 달리면서 자주 노래를 불렀다. 노래 전체는 아니고, 이 노래 약간, 저 노래 한 구절을 불렀다. 그녀는 자신을 매료해 경계를 풀게 하려는 게 아닌가 싶었다. 때로 그는 브리엔느와 포드릭도 같이 노래를 부르게 해보려고 했지만, 성공하지는 못했다. 포드릭은 너무 수줍음이 많고 말을 잘 못 했으며, 브리엔느는 노래를 부르지 않았다. '자네 아버지에게 노래를 불러드렸나?' 언젠가, 리버런에서 스타크 부인이 물었었다. '렌리에게는 노래를 불러줬고?' 한 번도 불러주지 못했지만, 노래하고 싶기는 했었다. 노래하고 싶기는…….

노래를 부르지 않을 때 민첩 딕은 크랙클로포인트 이야기를 신나게 하곤 했다. 암울한 계곡마다 주인이 있는데, 그들 다수는 오직 외부인에 대한 불신으로만 뭉친다고 했다. 그들의 혈관에는 최초인의 피가 어둡고 진하게 흘렀다. "안달인이 크랙클로를 빼앗으려 했지만, 우린 계곡에 그들의 피를 흘리고 늪에다 수장시켜 버렸지. 다만 안달의 아들들이 검으로 얻어내지 못한 것을 안달의 예쁜 딸들은 입맞춤으로 얻어냈어. 그들은 정복할 수 없는 가문에 결혼을 해 들어갔지, 그래."

더스큰데일의 다클린 왕들은 크랙클로포인트를 통치하려 했었다. 메이든풀의 무튼도 시도했고, 나중에는 크래브섬의 오만한 셀티가르도 시도했다. 그러나 크랙클로는 외부인들로서는 어림도 없을 만큼 늪과 숲을 잘 알았고, 압박을 심하게 받으면 산지에 벌집처럼 나 있는 동굴 속으로 사라졌다. 그리고 정복자가 되려는 이들과 싸우지 않을 때는 서로 싸웠다. 그들의 불화는 산 사이에 자리 잡은 늪만큼이나 깊고 어두웠다. 때로 어떤 승자가 평화를 가져오기도 했지만, 그 사람이 죽고 나면 끝이었다. 루시퍼 하디 공은 대단한 인물이었고, 브룬 형제도 그랬다. 노(老) 크랙본스는 더욱 대단했지만, 그중에서도 가장 강력했던 건 크래브 가문이었다. 딕은 아직도 브리엔느가 클래런스 크래브 경과 그의 위업을 들어보지 못했다는 사실을 믿지 않으려 했다.

"내가 왜 거짓말을 하겠나?" 브리엔느가 물었다. "어디에나 그 지역 영웅들이 있어. 내 고향에서는 가수들이 '완벽한 기사' 모르네의 갈라돈 경을 노래하지."

"어디의 무슨 갈라 경?" 그는 코웃음을 쳤다. "한 번도 못 들어봤는데. 어디가 그렇게 완벽했소?"

"갈라돈 경이 얼마나 대단한 무용을 자랑했던지, '처녀'께서도 반하고 말았지. 처녀는 그 사랑의 증거로 주문이 걸린 장검을 내렸어. 검명을 '공정한 처녀(Just Maid)'라고 했지. 평범한 검은 결코 그 검을 누를 수 없고, 어떤 방패도 그 입맞춤에 버틸 수 없었네. 갈라돈 경은 '공정한 처녀'를 자랑스레 가지고 다녔으나, 검집에서 뽑은 일은 세 번뿐이었지. '처녀'는 어떤 싸움이든 불공평하게 만들 수 있으니, 평범한 인간을 상대로는 쓰지 않으려 했던 거야."

크래브는 웃기는 소리라고 생각했다. "완벽한 기사? 완벽한 바보같이 들리는구먼. 쓰지도 않으면 마법 검에 무슨 소용이 있다고?"

"명예라네." 그녀는 말했다. "중요한 건 명예야."

덕 크래브는 더 크게 웃었다. "클래런스 크래브 경이었다면 그 완벽한 기사로 털투성이 엉덩이를 닦았을 거요, 아가씨. 혹시라도 그 둘이 만났다면 '위스퍼스'의 선반에 피 묻은 머리통이 하나 더 놓였겠지. 그리고 그 머리통은 다른 머리통들 모두에게 말했을 거요. '마법 검을 썼어야 했어. 그 망할 검을 썼어야 했어'라고."

브리엔느도 미소를 누를 수 없었다. "어쩌면." 그녀는 인정했다. "하지만 갈라돈 경은 바보가 아니었소. 들소에 오른 2미터 50센티짜리 적이 상대였다면 갈라돈 경도 '공정한 처녀'를 뽑았을 거요. 언젠가 갈라돈 경이 그 검으로 드래곤을 베었다고 하지."

민첩 딕은 대단하게 여기지 않았다. "크랙본스도 드래곤과 싸웠지만, 마법 검 따윈 필요로 하지 않았어. 그냥 드래곤의 목을 옭매서, 불을 뿜어낼 때마다 제 엉덩이를 굽게 만들었지."

"아에곤과 그 누이들이 왔을 때는 그 크랙본스가 어떻게 했나?" 브리엔느가 물었다.

"크랙본스는 죽었지. 아가씨도 알아야 마땅해." 크래브가 그녀를 곁눈질했다. "아에곤은 크랙클로에 누이 하나를 보냈어. 비세니아를. 영주들이 하렌의 결말을 들은 후였지. 바보들이 아니다 보니 다들 비세니아의 발치에 검을 놓았어. 여왕은 그들을 자기 아래 받아들이고, 그들이 메이든풀이나 크래브섬이나 더스큰데일에 충성 맹세를 할 필요가 없다고 했어. 그래도 소용이 없어서 망할 셀티가르는 동쪽 해안에 부하들을 보내어 세금을 걷으려 했지. 셀티가르가 부하를 많이 보내면 몇 명은 살아 돌아가기도 했지만…… 그 외에는 우리도 우리 영주와 왕에게만 고개를 숙인다고. 진짜 왕. 로버트와 그 부류들 말고." 그는 침을 뱉었다. "트라이던트에서 라에가르 왕자와 함께한 크래브와 브룬과 보그스가 있었고, 킹스가드에도 있었어. 하디 한 명, 케이브 한 명, 파인 한 명에 크래브가 세 명으로 클레멘트와 루퍼트와 키 작은 클래런스였지. 사실은 키가 180센티미터였지만, 진짜 클래런스 경에 비하면 키가 작아서 그렇게 불렸어. 크랙클로의 우리는 모두 훌륭한 드래곤의 사람들이야."

북동쪽으로 갈수록 오가는 인마(人馬)가 줄어들더니, 결국에는 여관 하나 찾을 수 없게 됐다. 그 무렵에는 만을 따라가는 길에 바퀴자국보다 잡초가 많았다. 그날 밤 그들은 어느 어촌에 몸을 피했다. 브리엔느가 마을 사람들에게 동화를 몇 푼 주고 건초를 보관하는 헛간에서 잠자리를 구했다. 그녀는 포드릭과 둘이서 다락을 차지하고는, 올라가서 사다리를 끌어 올렸다.

"이 밑에 나 혼자 두면 내가 댁들의 말을 훔칠 수도 있어." 크래브가 아래에서 외쳤다. "말들도 사다리 위로 올리는 게 좋을 거예요, 아가씨." 브리엔느가 무시하자 그는 계속해서 말했다. "오늘 밤엔 비가 올 거야. 차갑고 거센 비가 내릴 거라고. 댁과 포드는 아늑하고 따뜻하게 잘 텐데 불쌍한 늙은 딕은 이 밑에서 혼자 벌벌 떨겠지." 그는 고개를 내젓고 중얼거리면서 건초 더미에 잠자리를 만들었다. "내 당신처럼 의심 많은 처녀는 만나본 적이 없어."

브리엔느는 망토를 덮고 몸을 말았고, 포드릭은 그 옆에서 하품을 했다. '나도 늘 이렇게 경계심이 강하진 않았어.' 아래에 있는 크래브에게 외칠 수도 있었다. '어렸을 때 난 모든 남자가 내 아버지처럼 고결하다고 믿었지.' 심지어 그녀에게 정말 예쁜 소녀라고 하는 남자들, 그녀가 키가 크고 총명하고 영리하다고, 춤을 출 때 얼마나 우아한지 모른다고 말하는 남자들조차도 믿었다. 그녀의 눈에 붙어 있던 비늘을 떼어준 사람은 로엘 성사였다. "그자들은 아버님의 총애를 얻으려고 그런 말을 할 뿐입니다." 그 여자는 그렇게 말했다. "진실은 남자들의 혓바닥이 아니라 거울에 있을 거예요." 가혹한 가르침이었고, 그녀는 울었지만, 하렌홀에서 하일 경과 그 친구들이 게임을 벌였을 때 그 가르침은 큰 도움이 되었다. '처녀는 이 세상을 믿지 말아야지, 세상을 믿다간 오래 처녀로 남지 못해.' 그런 생각을 하는데 비가 내리기 시작했다.

비터브리지의 난전에서 그녀는 당시 구애자들을 찾아내어 하나씩 박살을 냈다. 패로와 앰브로즈와 부시, 마크 멀런도어와 레이몬드 네일랜드와 황새 윌. 그녀는 해리 소여를 짓밟고 로빈 포터의 투구를 깨뜨려 흉한 상처를 남겼다. 그리고 마지막 놈까지 쓰러뜨리고 나자 '어머니'께서 그녀에게 코닝턴을 인도했다. 이번에 로넷 경은 장미가 아니라 장검을 들었다. 그에게 먹이는 타격 하나하나가 입맞춤보다 더 달콤했다.

그날 그녀의 격노를 마지막으로 마주한 게 로라스 티렐이었다. 그는 한 번도 그녀에게 구애한 적이 없었고, 눈길 한 번 제대로 준 적도 없었지만 그날 그의 방패에는 금빛 장미 세 송이가 들어가 있었고 브리엔느는 장미를 싫어했다. 그 장미를 보기만 해도 맹렬한 힘이 솟아났다. 그녀는 로라스 경과의 싸움을, 그리고 그녀의 어깨에 무지개 망토를 묶어주는 제이미 경을 꿈꾸며 잠들었다.

다음 날 아침에도 비가 내리고 있었다. 아침을 먹으면서 민첩 딕은 비가 그치기를 기다리자고 제안했다.

"그게 언제가 될 줄 알고? 내일? 2주 후? 여름이 다시 왔을 때? 아니오. 우리에겐 망토가 있고, 가야 할 길이 멀어."

비는 그날 종일 내렸다. 그들이 따라가던 좁은 길은 곧 진흙탕으로 변했다. 보이는 나무는 다 헐벗었고, 꾸준히 내리는 비는 낙엽을 푹 젖은 갈색 깔개로 바꿔놓았다. 다람쥐 가죽을 덧댔는데도 딕의 망토는 속속들이 젖어버렸고, 브리엔느는 딕이 벌벌 떠는 모습을 볼 수 있었다. 브리엔느는 그 남자에게 잠시 연민을 느꼈다. '딕이 잘 먹고 살지 못했던 것은 분명해.' 정말로 밀수꾼용 만이나 '위스퍼스'라는 성의 폐허가 있기는 할까 싶어졌다.

굶주린 자들은 극단적인 짓을 한다. 이것도 다 그녀를 속이려는 술책일 수 있었다. 의심에 배 속이 뒤틀렸다.

한동안은 세상에 소리라곤 꾸준히 내리는 빗소리뿐인 것 같았다. 민첩 딕은 주의를 기울이지 않고 계속 나아갔다. 브리엔느는 그를 잘 지켜보면서, 딕이 안장에 낮게 몸을 웅크리면 젖지 않을 수 있다는 듯 등을 굽히는 모습을 눈여겨보았다. 이번에는 어둠이 내렸을 때 가까이에 마을이 아예 없었다. 피난처가 되어줄 만한 나무도 없었다. 그들은 해안선에서 50미터쯤 떨어진 바위 사이에서 야영해야 했다. 그래도 바위가 바람은 막아줬다. "오늘 밤엔 망을 보는 게 좋겠어, 아가씨." 크래브는 유목으로 불을 지펴보려 애쓰는 브리엔느에게 말했다. "이런 곳엔 철벅이(squisher)가 있을 수도 있거든."

"철벅이?" 브리엔느는 의심스러운 눈길을 보냈다.

"괴물이지." 민첩 딕은 재밌다는 듯이 말했다. "가까이 가기 전까지는 사람처럼 보이지만, 머리통이 너무 크고, 사람이라면 머리털이 나 있을 자리에 비늘이 붙어 있어. 물고기 배처럼 허옇고, 손가락 사이엔 물갈퀴가 있고. 언제나 축축하게 젖어서 생선 냄새를 풍기지만, 퉁퉁 부은 입술 안엔 바늘처럼 날카로운 녹색 이빨이 여러 줄이나 나 있어. 최초인들이 그것들을 다 죽였다는 사람도 있지만, 믿지 마. 그것들은 밤에 와서 못된 어린애들을 훔쳐 가고, 철벅철벅 소리를 내면서 물갈퀴 돋은 발을 저어 움직여. 여자애들은 번식을 위해 기르지만 남자애들은 그 날카로운 녹색 이빨로 찢어서 먹어치우지." 그는 포드릭을 보고 히죽 웃었다. "그러니까 넌 먹어버릴 거야. 산 채로 잡아먹겠지."

"그러려고만 하면, 내가 죽여버릴 거야." 포드릭이 장검에 손을 댔다.

"해봐. 해보라고. 철벅이는 쉽게 죽지 않아." 그는 브리엔느에게 눈을 찡긋했다. "아가씨는 못된 여자애에 해당하나?"

"아니." '그냥 바보지.' 불을 붙이기엔 나무가 너무 축축했다. 브리엔느가 칼로 부싯돌을 때려 불똥을 아무리 내도 소용이 없었다. 불쏘시개에서 연기가 조금 올랐지만, 그게 다였다. 그녀는 욕지기를 느끼며 바위에 등을 기대고 망토를 끌어 올려 덮은 후, 춥고 축축한 밤에 몸을 맡겼다. 그녀가 뜨거운 식사를 꿈꾸며 소금에 절여 말린 딱딱한 소고기 조각을 씹는 동안, 민첩 딕은 클래런스 크래브 경이 철벽이 왕과 싸운 시절 이야기를 늘어놓았다. '이야기를 실감 나게 하긴 해.' 인정할 수밖에 없었다. '하지만 작은 원숭이를 데리고 다니는 마크 멀런도어도 재미있었지.'

비가 심하니 해가 떨어지는 모습을 볼 수가 없었고, 날이 워낙 흐리니 달이 뜨는 모습도 볼 수가 없었다. 별도 없이 캄캄한 밤이었다. 크래브는 이야깃거리가 떨어지자 잠들었다. 포드릭도 곧 코를 골았다. 브리엔느는 바위에 등을 대고 앉아서 파도 소리에 귀를 기울였다. '바다 가까이 있나요, 산사?' 그녀는 생각했다. '위스퍼스'에서 결코 오지 않을 배를 기다리고 있나요? 누가 같이 있죠? 여행자는 세 명이라고 했어요. 꼬마 악마가 당신과 돈토스 경에게 합류한 건가요, 아니면 동생을 찾은 건가요?'

긴 하루였고, 브리엔느는 피곤했다. 바위에 기대어 앉은 채, 사방에 톡톡톡 빗방울이 떨어지는데도 눈꺼풀이 점점 무거워졌다. 깜박 졸기도 두 번이었다. 두 번째로 졸았을 때에는 누군가가 위에 서 있다고 확신하며 쿵쾅거리는 가슴으로 퍼뜩 깨어났다. 사지가 뻣뻣했고, 망토가 발목에 휘감겨 엉켜 있었다. 그녀는 망토를 걷어차고 일어섰다. 민첩 딕은 어느 바위 옆에 몸을 말고, 젖어서 무거워진 모래에 반쯤 파묻힌 채 자고 있었다. '꿈이었군. 꿈이었어.'

크레이턴 경과 일리퍼 경을 버린 게 실수였는지도 몰랐다. 그들은 정직한 사내들로 보였는데. '제이미가 같이 왔다면…….' 그녀는 생각했다. 그러나 그는 킹스가드 기사였고, 왕과 함께 있어야 했다. 게다가 그녀가 원하는 사람은 렌리였다. '난 렌리를 지키겠다고 맹세해놓고 실패했어. 그 후에는 렌리의 복수를 하겠다고 맹세했고 그것도 실패했지. 그 대신 캐틀린 부인과 같이 달아났고, 캐틀린 부인마저 저버렸어.' 바람이 일었고, 빗물이 얼굴을 타고 흘렀다.

다음 날 길은 자갈 한 줄 정도가 되었고, 결국에는 길이 있나 보다 싶은 흔적만 남았다. 그나마도 정오 무렵에는 갑자기 풍상에 시달린 벼랑 앞에서 뚝 끊겼다. 그 위에서 작은 성 하나가 파도를 굽어보고 있었는데, 구부러진 탑 세 개가 납빛 하늘을 이고 있었다. "저게 위스퍼스인가요?" 포드릭이 물었다.

"저게 어딜 봐서 폐허냐?" 크래브가 침을 뱉었다. "저건 브룬 공의 권좌가 있는 다이어덴(Dyre Den, 위험한 소굴)이야. 하지만 길은 여기서 끝나. 여기서부턴 소나무 숲뿐이지."

브리엔느는 벼랑을 찬찬히 보았다. "저기로 어떻게 올라가지?"

"쉽지." 민첩 딕이 말 머리를 돌렸다. "딕에게만 바싹 붙어서 따라와. 굼벵이는 철벅이들이 잡아가는 법이야."

알고 보니 바위틈에 감춰진 가파른 돌길이 있었다. 대부분은 자연적인 길이었지만, 오르기 쉽게 여기저기 계단을 새겨놓았다. 몇백 년 동안 바람과 파도에 깎여 나간 가파른 바위 벽이 양쪽으로 올라갔다. 어떤 곳에서는 환상적인 형태가 보이기도 했다. 민첩 딕은 올라가면서 그런 바위 몇 개를 가리켰다. "저기 오거(전설 속 거인) 머리통이 있네. 보여?" 브리엔느는 그 형태를 알아보고 미소 지었다. "그리고 저기엔 돌 드래곤이 있어. 날개 한쪽은 내 아버지가 어렸을 때 떨어져버렸다지. 그 위에, 아래로 축 처진 젖퉁이, 저건 꼭 마녀의 젖가슴 같지." 그는 브리엔느의 가슴팍을 슬쩍 돌아보았다.

"기사님? 아가씨?" 포드릭이 말했다. "말을 탄 사람이 하나 있습니다."

"어디에?" 어떤 바위도 말 탄 사람처럼 보이지는 않았다.

"길에요. 바위가 아니고요. 진짜 기수예요. 우릴 따라옵니다. 저 밑에서요." 포드릭이 손가락질을 했다.

브리엔느는 안장에서 몸을 비틀었다. 꽤 높이 올라온 덕분에 해안이 몇십 리는 내려다보였다. 그 말은 그들이 온 길을 그대로 밟으며 3~4킬로미터 뒤처져 있었다. '또?' 그녀는 민첩 딕을 의심스러운 눈으로 보았다.

"나 흘겨보지 마쇼." 딕 크래브가 말했다. "누군진 몰라도 이 민첩 딕과는 아무 상관 없는 놈이야. 전쟁에서 돌아온 브룬의 부하쯤 되겠지. 아니면 여기저기 돌아다니는 가수거나." 그는 고개를 돌리고 침을 뱉었다. "철벽이가 아닌 건 확실하구먼. 철벽이들은 말을 안 타거든."

"그렇지." 브리엔느가 말했다. 적어도 그것만은 같은 생각이었다.

마지막 몇십 미터가 가장 가파르고 가장 위험했다. 느슨하게 얹혀 있던 자갈이 말발굽 아래 굴러서 돌길 뒤편으로 떨어져 내렸다. 바위틈을 빠져나가고 보니 성벽 바로 아래였다. 머리 위 흉벽에서 얼굴 하나가 그들을 내려다보다가 사라졌다. 브리엔느는 여자였을 수도 있다고 생각하고 민첩 딕에게 그렇게 말했다.

딕도 같은 생각이었다. "브룬은 성벽 길에 오르기엔 너무 늙었고, 아들들과 손자들은 전쟁에 나갔으니까. 안에는 계집들과 코흘리개 한둘밖에 안 남았지."

브룬 공이 어느 왕을 지지하느냐는 질문이 입술까지 올라왔지만, 이젠 아무래도 상관없었다. 브룬의 아들들은 떠났고, 일부는 돌아오지 못할 수도 있었다. '오늘 밤 여기에서 환대를 받진 못하겠지.' 노인과 여자와 아이만 가득한 성이 무장한 이방인들에게 문을 열어줄 것 같지는 않았다. "꼭 브룬 공을 아는 사람처럼 말하는군." 그녀는 민첩 딕에게 말했다.

"알았을지도 모르지. 언젠가."

그녀는 딕의 더블릿 가슴팍을 흘긋 보았다. 뜯어진 실밥과 어두운 색깔의 천 조각이 예전에 그 자리에 있던 휘장을 떼어냈음을 알렸다. 그녀는 이 안내인이 탈영병이라는 사실을 의심하지 않았다. 뒤따라오는 기수가 딕의 전우였을 수도 있을까?

"계속 가야 해." 딕이 재촉했다. "브룬이 왜 우리가 자기 성벽 아래에 나타났는지 궁금해하기 전에 가야지. 계집이라 해도 노궁쯤은 감을 수 있다고." 딕은 성 뒤편에 솟아오른 석회암 언덕과 그 비탈에 무성한 숲을 가리켰다. "여기서부턴 길이 없고 개울과 짐승 다니는 흔적뿐이지만, 숙녀분께선 두려워 마시라. 이 지역은 민첩 딕이 잘 아니까."

브리엔느가 두려워하는 것도 바로 그 점이었다. 벼랑 위에 돌풍이 불고 있었고, 브리엔느는 함정의 냄새밖에 맡을 수 없었다. "그 기수는 어쩌고?" 그자의 말이 파도 위를 걸을 수 있는 게 아니고서야, 곧 벼랑 위로 올라올 터였다.

"그 작자가 뭐? 메이든풀에서 온 바보라면 저 길을 찾지도 못할걸. 혹시 찾는다 해도 우리가 숲에 들어가면 따돌릴 수 있고. 거기선 우릴 따라올 도로가 없을 테니까."

'우리 흔적만 있겠지.' 브리엔느는 혹시 여기에서 검을 쥐고 기다리는 게 낫지 않을까 생각했다. '방랑가수나 브룬 공의 아들이라면 내가 터무니없는 바보로 보이겠지. 크래브 말이 맞아. 내일도 우리를 뒤따라온다면 그때 가서 해결할 수 있어.' 그녀는 생각했다. "그 말대로 하지." 그녀는 말을 숲 쪽으로 돌리며 말했다.

브룬 공의 성이 등 뒤로 작아지다가, 곧 보이지 않게 되었다. 파수목과 병정소나무들이 사방을 에워싸고, 녹색 옷을 입은 창을 하늘 높이 찔렀다. 숲 바닥은 성벽 두께만큼이나 쌓인 솔잎으로 푹신했고, 군데군데 솔방울이 흩어져 있었다. 말발굽은 아무 소리도 내지 않았다. 비가 약간 내리다가 한동안 멈췄다가 다시 내리기 시작했지만, 소나무 숲 속에서는 빗방울 하나 맞지 않았다.

숲속에서는 속도가 훨씬 느렸다. 브리엔느는 나무 사이를 이리저리 누비며 녹색 어둠 속을 뚫고 말을 몰았다. 여기에선 길을 잃기가 쉽다는 사실이 퍼뜩 떠올랐다. 어느 방향을 보아도 똑같았다. 공기마저 회녹색으로 고여 있는 느낌이었다. 소나무 가지가 팔을 긁고, 새로 칠한 방패를 시끄럽게 스쳤다. 시간이 갈수록 으스스한 고요함이 신경을 갉아 들어갔다.

민첩 딕도 신경이 쓰이는 모양이었다. 그날 늦게, 땅거미가 지자 그는 노래를 부르려고 했다. "곰이 한 마리 있었다네, 곰이, 곰이, 검은색과 갈색에 털투성이였지." 노래하는 목소리가 나뭇가지 한 쌍처럼 긁는 듯했다. 소나무들은 바람과 비를 마시듯 그 노래도 삼켜버렸다. 그는 잠시 후에 노래를 그만뒀다.

"여긴 나빠요." 포드릭이 말했다. "나쁜 곳이에요."

브리엔느도 똑같은 느낌을 받았지만, 인정할 수는 없었다. "소나무 숲은 음침하지만, 그래봤자 숲일 뿐이야. 여기에 두려워해야 할 건 아무것도 없다."

"철벅이들은요? 머리통은요?"

"거 영리한 녀석이구먼." 민첩 딕이 웃으며 말했다.

브리엔느는 딕에게 짜증스러운 표정을 짓고 포드릭에게 말했다. "철벅이 같은 건 없어. 머리통도 없고."

언덕들이 솟아올랐다가 가라앉았다. 브리엔느는 민첩 딕이 정직하기를, 그리고 그들을 어디로 데려가는지 알고 있기를 빌었다. 혼자서는 바다를 다시 찾을 수 있을지조차 자신이 없었다. 낮이든 밤이든 하늘은 단단한 회색으로 낮게 드리워져 있었고, 길을 찾는 데 도움을 줄 해도 별도 없었다.

그날 밤에는 일찍 야영했다. 언덕 하나를 내려가고 나니 반짝이는 초록색 늪 가장자리였다. 회녹색 빛 속에서는 앞쪽 땅이 충분히 단단해 보였으나, 계속 나아가자 땅이 말들의 다리를 삼켜버렸다. 그들은 방향을 돌려 힘겹게 단단한 곳으로 돌아가야 했다. "상관없어." 크래브가 장담했다. "언덕을 다시 올라가서 다른 길로 가면 돼."

다음 날도 똑같았다. 그들은 어두운 하늘과 간헐적인 비 아래 소나무와 늪 사이를 걷고, 빗물에 팬 구멍들과 동굴들, 돌마다 이끼가 가득 덮인 옛 요새의 폐허들을 지나쳤다. 돌 더미마다 이야기가 하나씩 있었고, 민첩 딕은 그 이야기를 모조리 늘어놓았다. 그의 이야기로만 놓고 보면 크랙클로포인트 사람들은 소나무에게 물 대신 피를 주고 살았다. 브리엔느의 인내심도 곧 흔들리기 시작했다. "얼마나 남았소?" 결국 그녀는 물었다. "지금쯤이면 크랙클로포인트에 있는 나무란 나무는 다 봤겠군."

"그럴 리가." 크래브가 말했다. "이제 다 왔수다. 봐요, 숲이 덜 빽빽해지지. 협해가 가까워진 거요."

'이자가 넘겨주겠다는 바보가 아무래도 연못에 비친 내 그림자인가 본데.' 브리엔느는 생각했지만, 이렇게 멀리까지 와서 돌아가는 것도 무의미해 보였다. 하지만 지쳤다는 사실은 부인할 수 없었다. 안장 때문에 허벅지가 쇠처럼 단단하게 뭉쳤고, 최근에는 밤마다 포드릭이 지키는 4시간씩밖에 자지 못했다. 민첩 딕이 그들을 살해하려 한다면 잘 알고 있는 이 땅에서 일을 벌일 터였다. 그는 본인만큼이나 위험한 친척들이 있는 어느 도둑 소굴로 그들을 데려가는 것일 수도 있었다. 아니면 그저 뺑뺑이를 돌리면서 이전의 기수가 따라잡기를 기다리는지도 몰랐다. 브룬 공의 성을 떠난 이후 사람의 흔적이라곤 보지도 못했지만, 그렇다고 해서 기수가 추적을 포기했다고 볼 수는 없었다.

'저자를 죽여버려야 할지도 몰라.' 브리엔느는 어느 날 밤 야영지 주변을 걸으며 생각했다. 그 생각을 하자 속이 메스꺼워졌다. 그녀의 스승이었던 훈련대장은 언제나 그녀가 전투를 치를 만큼 냉정한지 묻곤 했다. "그 두 팔에는 남자 같은 힘이 있어요." 굿윈 경이 그 말을 한 게 한두 번이 아니었다. "하지만 아가씨의 심장은 여느 처녀처럼 부드러워요. 뭉툭한 검을 들고 훈련장에서 훈련하는 것과, 사람 배에 날카로운 강철을 쑤셔 박고 그 눈에서 빛이 사라지는 걸 지켜보는 건 완전히 다릅니다." 굿윈 경은 그녀를 단련시키기 위해 푸주한에게 보내어 양과 새끼 돼지를 도살하도록 했다. 새끼 돼지들은 끽끽거렸고 양들은 겁에 질린 아이처럼 비명을 질렀다. 도살이 끝났을 때 브리엔느는 눈물 때문에 앞이 보이지 않았고, 옷은 피투성이가 되어 하녀에게 태워버리라고 시켜야 했다. 그러나 굿윈 경은 여전히 의심스러워했다. "돼지 새끼는 돼지 새끼죠. 사람과는 달라요. 내가 아가씨 나이의 어린 종자였을 때, 힘세고 빠르고 날렵해서 훈련장의 우승자였던 친구가 하나 있었습니다. 우리 모두 언젠가는 그 친구가 대단한 기사가 될 줄 알았죠. 그러다가 징검돌 군도에 전쟁이 찾아왔어요. 난 친구가 적을 무릎 꿇리고 그 손에 잡힌 도끼를 쳐내는 모습을 보았지만, 끝을 낼 수도 있었던 순간에 반 박자 정도 멈칫하더군요. 전투에서 반 박자는 평생입니다. 상대는 비수를 뽑아서 내 친구의 갑옷 틈을 찾아 찔렀죠. 친구의 힘과 속도, 용맹, 어렵게 수련한 기술…… 그 모든 게, 살인을 못하고 멈칫하는 바람에 아무 소용도 없어진 겁니다. 그 점을 명심하세요."

'그럴 거야.' 그녀는 소나무 숲 속에서 굿윈 경의 그림자에게 약속했다. 그리고 바위에 걸터앉아서 장검을 꺼내 들고 날을 갈기 시작했다. '명심할 거야. 그리고 절대 멈칫하지 않을 거야.'

다음 날 새벽은 황량하고 춥고 흐렸다. 일출을 보지도 못했지만, 어두운 세계가 회색으로 변하자 브리엔느는 안장을 다시 얹을 때가 되었음을 알았다. 민첩 딕이 앞장을 서서 다시 소나무 사이로 달려 들어갔다. 브리엔느는 그 뒤를 바싹 따라갔고, 포드릭은 짐말을 타고 맨 뒤에 섰다.

그 성은 경고도 없이 나타났다. 방금 전까지만 해도 그들은 몇십 리고 몇십 리고 소나무만 보이는 깊은 숲속에 있었다. 그러다가 바윗돌을 하나 돌았더니 앞에 공백이 나타났다. 1.5킬로미터쯤 더 가자 숲이 갑자기 끝났다. 그 너머는 하늘과 바다였다……. 그리고 벼랑 가장자리에 버려진 채 잡초만 무성해진 오래된 성의 폐허가 있었다. "위스퍼스야." 민첩 딕이 말했다. "귀를 기울여보셔. 머리통들의 목소리를 들을 수 있을 테니."

포드릭이 입을 쩍 벌렸다. "들려요."

브리엔느도 들었다. 그 성 안에서라기보다는 땅속에서 올라오는 것 같은 희미하고 조용한 속삭임. 벼랑에 가까이 다가가자 소리가 더 커졌다. 브리엔느는 그것이 바다의 소리임을 퍼뜩 깨달았다. 파도가 벼랑 아래 구멍으로 들어가, 땅속의 동굴과 터널을 통과하며 우르릉거렸다. "머리통 같은 건 없어." 그녀가 말했다. "지금 들리는 건 파도가 속삭이는 소리야."

"파도는 속삭이지 않소. 머리통이 속삭이지."

그 성은 단 하나도 똑같지 않은 오래된 돌들로, 모르타르도 없이 지어졌다. 바위틈마다 이끼가 빽빽하게 자랐고, 기반에서는 나무들이 자라고 있었다. 대부분의 오래된 성에는 신의 숲이 있었다. 보아하니 '위스퍼스'에는 나무가 그보다 조금 더 있었다. 브리엔느는 외벽이 무너지고 난 벼랑 가장자리로 말을 걸렸다. 무너진 돌 더미 위로 붉은 담쟁이가 무더기로 자랐다. 브리엔느는 말을 나무에 묶고 벼랑 끝에 최대한 가까이 다가갔다. 150미터 아래에서는 파도가 소용돌이치며 부서진 탑의 잔해를 넘나들고 있었다. 그 뒤로 언뜻 커다란 동굴 입구가 보였다.

"저게 옛날 봉화탑이야." 민첩 딕이 브리엔느 뒤로 다가오며 말했다. "내가 여기 포드 나이의 반밖에 안 됐을 때 떨어졌지. 저 만까지 내려가는 계단도 있었는데, 벼랑이 무너질 때 같이 무너졌어. 그 후에는 밀수업자들이 여기 상륙하길 그만뒀어. 그 시절엔 작은 배를 저어서 동굴로 들어갈 수 있었지만, 이젠 안 되니까. 보여?" 그는 브리엔느의 등에 한 손을 얹고, 반대쪽 손으로 동굴을 가리켰다.

브리엔느는 소름이 돋았다. '한 번만 밀면 내가 저 탑과 같이 있게 되겠군.' 그녀는 뒤로 물러섰다. "그 손 떼."

크래브는 얼굴을 찌푸렸다. "난 그저……."

"그저 뭘 하려던 건지는 상관없소. 문은 어디지?"

"반대쪽으로 돌아가면 있소." 그는 머뭇거렸다. "댁이 찾는 그 광대 말인데, 앙심을 품는 남자는 아니겠지?" 그가 불안해하며 말했다. "그러니까 말이야, 어젯밤에 생각해보니 내가 판 지도하며, 내가 밀수업자들이 더는 여기 오지 않는다는 사실을 빠뜨리고 말하지 않았다는 사실 때문에 이 민첩 딕에게 화가 났을지도 모른다 싶지 뭐야."

"이번에 번 금이면 그 남자가 지불한 돈이 얼마든 돌려줄 수 있을 거요." 브리엔느는 돈토스 홀라드가 위협이 되는 상황을 상상할 수 없었다. "여기 있다면 말이지만."

그들은 벽을 빙 돌았다. 성은 삼각형으로, 모서리마다 사각형의 탑이 하나씩 있었다. 문은 심하게 썩었다. 브리엔느가 잡아당기자 나무가 갈라져 길고 축축한 조각이 벗겨졌고, 문 반쪽이 떨어져 내렸다. 안쪽에는 녹색 어둠이 더 보였다. 숲이 벽을 뚫고 들어와서 아성과 안뜰을 삼켜버렸다. 문 뒤에 쇠창살문이 하나 있었고, 그 이빨은 부드러운 진흙땅 깊숙이 박혀 있었다. 벌겋게 녹이 슬기는 했어도, 브리엔느가 흔들어도 꿈적도 않고 버텼다. "이 문은 오랫동안 아무도 이용하지 않았군."

"제가 올라갈 수 있어요." 포드릭이 제안을 내놓았다. "벼랑으로요. 성벽이 무너진 데로."

"너무 위험해. 그 돌 더미는 무너지기 쉬워 보이는 데다가, 붉은 담쟁이엔 독이 있어. 샛문이 어디 있을 거야."

샛문은 성 북쪽 면, 커다란 검은딸기 덤불 뒤에 반쯤 숨어 있었다. 누군가가 나무 열매는 다 따갔고, 덤불 절반은 잘라서 문까지 길을 내놓았다. 부러진 가지들을 보자 브리엔느는 불안해졌다. "누군가 여기로 들어갔어. 그것도 최근에."

"당신네 광대와 여자애들이겠지." 크래브가 말했다. "내가 말했잖소."

'산사라고?' 브리엔느는 믿을 수가 없었다. 아무리 술에 절은 돼지 같은 돈토스 홀라드라 해도 이 황량한 곳에 산사를 데려올 정도로 정신이 나가지는 않았을 것이다. 이 폐허는 어딘가 불안했다. 여기에서 산사 스타크를 찾을 리 없었다……. 그래도 확인은 해야 했다. '누군가가 여기 왔어. 숨어야 할 누군가가.' 그녀는 그렇게 생각하고 말했다. "난 들어가겠소. 크래브, 당신이 같이 가지. 포드릭, 너는 말들을 지키고 있어라."

"저도 들어가고 싶어요. 전 종자예요. 싸울 수 있어요."

"바로 그래서 네가 여기 남았으면 하는 거다. 이 숲에는 무법자들이 있을 수도 있어. 지키는 사람도 없이 말들을 두고 갈 순 없다."

포드릭은 바위에다 장화를 직직 끌었다. "분부대로 하죠."

브리엔느는 검은딸기 덤불을 헤치고 들어가서 녹슨 쇠고리를 잡아당겼다. 샛문은 잠시 저항하다가, 돌쩌귀에서 반항의 소리를 지르며 벌컥 열렸다. 그 소리에 브리엔느의 목덜미 털이 쭈뼛 일어섰다. 그녀는 장검을 뽑았다. 가죽 방호구와 사슬 갑옷을 입고 있는데도 벌거벗은 기분이었다.

"들어가요, 아가씨." 민첩 딕이 뒤에서 재촉했다. "뭘 기다리쇼? 늙은 크래브는 천 년도 전에 죽었는데."

뭘 기다리느냐고? 브리엔느는 바보같이 굴고 있다고 스스로를 타일렀다. 바닷소리에 불과했다. 성 아래 동굴들 속에 끝없이 메아리치는 소리가 파도가 칠 때마다 오르락내리락하는 것뿐이었다. 하지만 그 소리는 마치 속삭임 같았고, 잠깐이지만 브리엔느는 선반 위에 놓여서 서로 중얼대는 머리통들을 볼 수 있을 것만 같았다. 그중 하나가 말하고 있었다. "그 검을 썼어야 하는 건데. 마법 검을 썼어야 하는 거였어."

"포드릭." 브리엔느가 말했다. "내 침낭에 검집째로 말린 장검이 있을 거다. 이리 가져와라."

"예, 기사님. 아가씨. 그럴게요." 소년이 달려갔다.

"장검?" 민첩 딕이 귀 뒤쪽을 긁었다. "장검은 손에 쥐고 있잖소. 뭐하러 하나가 더 필요한데?"

"이건 당신이 쓸 거요." 브리엔느는 그에게 칼자루를 내밀었다.

"진짜?" 크래브는 그 장검이 물기라도 할 것처럼 머뭇거리며 손을 뻗었다. "사람 못 믿는 처녀가 딕에게 장검을 준다고?"

"쓸 줄은 아나?"

"난 크래브야." 그가 장검을 낚아챘다. "나도 클래런스 경과 같은 피가 흐른다고." 그는 허공을 베어보고 브리엔느에게 씩 웃었다. "어떤 사람은 장검이 귀족을 만든다고도 하지."

포드릭 페인은 '서약의 수호자'를 아기처럼 소중하게 안고 돌아왔다. 민첩 딕은 사자 머리통이 줄줄이 새겨진 화려한 검집을 보고 휘파람을 불었지만, 브리엔느가 검을 뽑아 시험해보자 조용해졌다. 허공을 긋는 소리마저도 평범한 검보다 날카로웠다. "따라오게." 그녀는 크래브에게 말하고, 아치문을 통과하기 위해 고개를 숙이며 샛문을 옆으로 빠져나갔다.

앞에는 잡초가 무성한 안뜰이 펼쳐졌다. 왼쪽에는 정문, 그리고 마구간이었을 것 같기도 한 무너진 뼈대가 있었다. 칸막이들 절반에서 솟아난 어린나무들이 마른 갈색 이엉지붕을 뚫고 자랐다. 오른쪽으로는 지하감옥인지, 지하저장실인지 모를 어둠 속으로 내려가는 썩은 나무 계단이 보였다. 아성이 있던 자리에는 무너진 돌 더미만 남아서 녹색과 자주색 이끼에 뒤덮였다. 훈련장은 잡초와 솔잎 천지였다. 병정소나무가 사방에 자라서 엄숙하게 전열을 가다듬었다. 소나무들 사이에 창백한 이방인이 하나 있었는데, 수도원에서 자란 처녀처럼 하얀 줄기의 늘씬한 젊은 영목이었다. 내뻗은 가지에서 검붉은 잎이 돋아났다. 그 너머에는 성벽이 무너진 자리에 남은 텅 빈 하늘과 바다……

……그리고 화톳불의 잔해가 있었다.

속삭임이 고집스럽게 브리엔느의 귀를 갉았다. 불 옆에 무릎을 꿇고, 시커메진 막대기를 하나 집어 냄새를 맡아보고, 잿더미를 쑤석여보았다. '누군가가 어젯밤에 몸을 데우려 했군. 아니면 지나가는 배에 신호를 보내려고 했거나.'

"여어어보셔어어어어." 민첩 딕이 외쳤다. "여기 누구 있소?"

"조용히." 브리엔느가 말했다.

"누군가 숨어 있을지도 몰라. 모습을 드러내기 전에 우릴 보고 싶겠지." 그는 땅속으로 들어가는 계단을 향해 걸어가더니, 어둠 속을 들여다보았다.

"여어어어어보셔어어." 그는 다시 외쳤다. "그 밑에 누구 있소?"

브리엔느는 어린나무 하나가 흔들리는 것을 보았다. 덤불 속에서 한 남자가 빠져나왔는데, 어찌나 흙투성이인지 땅에서 돋아난 것처럼 보였다. 손에 부러진 검을 쥐고 있었지만, 브리엔느가 멈칫한 것은 검이 아니라 그 얼굴 때문이었다. 작은 눈과 펑퍼짐하고 납작한 콧구멍.

그녀는 그 코를 알았다. 그 눈도 알았다. '피그.' 그의 친구들은 그를 그렇게 불렀다.

모든 일이 순식간에 일어난 것 같았다. 두 번째 남자가, 뱀이 젖은 낙엽 더미를 미끄러지면서 낼 법한 소리를 내며 우물을 타 넘어 나왔다. 얼룩진 붉은 비단을 싸맨 철제 반투구를 쓰고, 손에는 짧고 굵은 투창을 들었다. 역시 브리엔느가 아는 자였다. 등 뒤에서 부스럭거리는 소리가 나더니 붉은 잎사귀를 헤치고 머리통이 불쑥 튀어나왔다. 크래브는 영목 아래에 서 있었는데, 고개를 들어 그 얼굴을 보더니 브리엔느에게 외쳤다. "여기, 댁이 찾는 광대요."

"딕." 그녀는 다급하게 불렀다. "내 옆으로."

섀그웰이 웃음을 터뜨리며 영목에서 뛰어내렸다. 알록달록한 광대 옷을 입기는 했는데, 너무나 바래고 얼룩이 져서 회색이나 분홍색보다는 갈색으로 보였다. 광대용 도리깨 대신 삼중 가시 철퇴를 들었는데, 나무 자루에 쇠사슬로 가시 돋친 철공이 세 개 매달린 형태였다. 그가 철퇴를 낮고 세게 휘두르자 크래브의 무릎 한쪽이 피와 뼛조각을 튀기며 폭발했다. "거웃기네." 섀그웰은 딕이 쓰러지자 낄낄거렸다. 브리엔느가 준 장검이 딕의 손에서 날아가서 잡초밭으로 사라졌다. 딕은 망가진 무릎을 감싸 쥐고 비명을 지르며 땅바닥을 뒹굴었다. "아, 이것 봐라." 섀그웰이 말했다. "우리한테 지도를 만들어준 밀수업자 딕이잖아. 우리에게 금화를 돌려주려고 이 먼 길을 왔나?"

"제발." 딕이 흐느꼈다. "제발 그러지 말아요. 내 다리……."

"다리가 아파? 내가 그만 아프게 해줄 수 있는데."

"내버려둬." 브리엔느가 말했다.

"하지 마!" 딕이 피투성이 두 손을 들어 올려 머리를 감싸면서 소리쳤다. 섀그웰은 가시 철퇴를 머리 주위로 한 바퀴 돌리더니, 딕 크래브의 얼굴에 정통으로 때려 박았다. 메스꺼운 으지직 소리가 났다. 뒤따른 침묵 속에서, 브리엔느는 자신의 심장 소리밖에 들을 수 없었다.

"나쁜 섀그스." 우물에서 기어 나온 남자가 말했다. 그리고 브리엔느의 얼굴을 보자 웃어댔다. "또 너냐, 여자? 뭐야, 우릴 잡으러 온 거야? 아니면 우리의 사랑스러운 얼굴들이 보고 싶었어?"

섀그웰이 발을 바꿔가며 춤을 추고 도리깨를 흔들었다. "날 찾아온 거야.

매일 밤 제 구멍에 손가락을 찔러 넣으면서 날 꿈꾸는 거지. 저 여자는 날 원해. 커다란 말이 명랑한 섀그스가 그리웠던 거야! 내가 저 엉덩이에 좆질을 해서 알록달록한 씨앗을 가득 채워줘야지. 작은 나를 낳을 때까지!"

"그러려면 다른 구멍을 써야 할 거다, 섀그스." 티미온이 도르네 억양이 강한 말투로 말했다.

"그러면 구멍이란 구멍은 다 쓰는 게 좋겠네. 확실히 해두게." 섀그웰이 브리엔느 오른쪽으로 이동하는 사이 피그는 왼쪽으로 돌아서, 브리엔느가 울퉁불퉁한 벼랑을 등질 수밖에 없게 만들었다. '세 사람 몫이랬지.' 브리엔느는 기억을 돌이켰다. "너희 셋뿐이군."

티미온이 어깨를 으쓱였다. "하렌홀을 떠난 후엔 모두가 각자 갈 길을 갔지. 어스윅과 그놈의 패거리는 남쪽 올드타운으로 향했어. 로지는 솔트팬스로 빠져나갈 수 있을지 모른다고 생각했고. 나와 내 친구들은 메이든풀로 갔지만, 배 근처에도 갈 수가 없었지." 도르네인 티미온은 창을 들썩였다. "네년이 깨물어서 바고를 끝장낸 거 알아? 귀가 시커메져서 고름이 흐르기 시작했지. 로지와 어스윅은 떠날 생각이었는데, 그 염소 놈이 우리더러 자기 성을 지키라는 거야. 자칭 하렌홀의 영주께선 아무도 자길 떠나지 못한다고 했지. 언제나처럼 침을 흘리면서 그렇게 말했어. 듣자 하니 산더미가 그놈을 조각내어 죽였다지. 하루는 손 하나, 다음 날은 발 하나씩 깔끔하게 잘라내서 말이야. 그리고 바고 호트가 죽지 않게 잘린 데에 붕대를 감아줬대. 남근은 마지막까지 아껴뒀는데, 전서조가 산더미를 킹스랜딩으로 부르는 바람에 끝내버리고는 말을 타고 갔어."

"난 너희를 찾아온 게 아니다. 난 내……." 동생을 찾으러 왔다고 말할 뻔했다. "……어느 광대를 찾고 있어."

"내가 광대인데." 섀그웰이 행복하게 선언했다.

"엉뚱한 광대지." 브리엔느는 말해버렸다. "내가 찾는 광대는 귀족 소녀와 함께 있어. 윈터펠의 스타크 공의 딸과."

"그렇다면 네가 찾는 건 사냥개로군." 티미온이 말했다. "그놈도 여기 없긴 하지만 말이야. 우리뿐이야."

"산도르 클리게인?" 브리엔느가 말했다. "무슨 뜻이냐?"

"스타크의 딸을 데리고 간 건 그놈이야. 듣자 하니 리버런으로 가고 있었는데, 사냥개가 훔쳤다나. 저주받을 개 같으니."

'리버런.' 브리엔느는 생각했다. '리버런으로 가고 있었다. 종조부를 찾아서.' "넌 그걸 어떻게 알지?"

"베릭 패거리 한 놈에게 알아냈지. 번개 영주도 걜 찾고 있어. 트라이던트 위아래 어디에나 부하들을 보내서 스타크 딸년을 찾고 있다고. 하렌홀을 떠난 후에 우연히 그놈들 셋과 마주쳤고, 한 놈에게서 죽기 전에 그 이야기를 끌어냈지."

"거짓말을 했을 수도 있어."

"그렇지, 근데 아니었어. 나중에 사냥개가 자기 형의 부하들 셋을 교차로 여관에서 죽인 이야기를 들었거든. 거기서도 그 여자애가 같이 있었어. 로지가 죽이기 전에 여관 주인도 그렇게 맹세했고, 창녀들도 똑같이 말했어. 못생긴 것들이었지. 너만큼 못생기진 않았어도……."

'내 정신을 흐트러뜨리려는 거야.' 브리엔느는 알아차렸다. '목소리로 꾀는 거야.' 피그가 다가오고 있었다. 섀그웰도 가까이 폴짝 뛰었다. 그녀는 그들에게서 물러섰다. '내버려뒀다간 저놈들에게 밀려서 벼랑에서 떨어질 거야.' "물러서." 그녀는 그들에게 경고했다.

"아무래도 그 코에다 쑤셔줄까 봐, 계집." 섀그웰이 선언했다. "그러면 재미있지 않겠나?"

"저놈 거시기는 아주 작거든." 티미온이 설명했다. "그 예쁜 칼 버리면 우리가 부드럽게 대해줄지도 몰라, 여자. 밀수업자들에게 값을 치르려면 금이 필요해. 그게 다야."

"그리고 내가 금을 주면, 우릴 보내주겠다?"

"그럴 거야." 티미온이 미소 지었다. "예전에 넌 우리에게 엿을 제대로 먹였잖아. 이번엔 제대로 된 창녀처럼 값을 쳐줄게. 한 번에 은화 한 닢. 아니면 금을 빼앗고 강간한 후에, 산더미가 바고 공에게 한 것처럼 해주지. 어느 쪽이 좋겠어?"

"이쪽." 브리엔느가 피그에게 달려들었다.

피그는 얼굴을 방어하려고 부러진 검을 들어 올렸지만, 피그가 위쪽을 방어할 때 브리엔느는 아래를 파고들었다. '서약의 수호자'가 용병의 허벅지를 찌르고 가죽과 모직물과 피부와 근육을 갈랐다. 피그가 마구잡이로 반격하는 사이에도 다리는 잘려 나갔다. 부러진 검이 브리엔느의 사슬 갑옷을 긁는가 싶더니, 피그가 드러누워 있었다. 브리엔느는 그의 목을 찌르고 칼을 홱 비튼 후에 뽑으면서, 티미온의 창이 얼굴 옆을 스치는 순간 몸을 돌렸다. '난 움찔하지 않았어.' 그녀는 뺨에 피가 흘러내리는 가운데 생각했다. '봤어요, 굿윈 경?' 상처가 느껴지지도 않았다.

"네 차례야." 그녀는 티미온이 첫 번째 투창보다 짧고 굵은 두 번째 창을 뽑는 동안 말했다. "던져봐."

"네가 피해버리고 나한테 돌격하라고? 그랬다간 나도 피그 꼴이 나겠지. 됐어. 저 여자 잡아, 섀그스."

"네가 잡아." 섀그웰이 말했다. "저년이 피그한테 어떻게 하는지 봤어? 월경혈로 미쳐버렸나 봐." 광대는 브리엔느 뒤에, 도르네인 티미온은 앞에 있었다. 어느 쪽으로 몸을 돌려도 하나는 등 뒤에 있었다.

"잡아." 티미온이 재촉했다. "그러면 저년 시체에 대고 할 수 있어."

"아, 날 정말 사랑하는군." 가시 철퇴가 빙빙 돌았다. 브리엔느는 스스로에게 말했다. '하나를 골라. 하나 골라서 빨리 죽여.' 그때 느닷없이 돌멩이 하나가 날아와서 섀그웰의 머리를 때렸다. 브리엔느는 머뭇거리지 않고 티미온에게 몸을 날렸다.

티미온은 피그보다 실력이 나았으나 짧은 투창밖에 없었고, 브리엔느에겐 발리리아 강철검이 있었다. '서약의 수호자'가 그녀의 손에서 살아 움직였다. 그렇게 빠르게 움직여본 적이 없었다. 칼이 흐릿한 회색 형체로 변했다. 다가가는 사이 티미온이 그녀의 어깨에 상처를 입히긴 했지만, 그녀는 그의 귀와 함께 뺨 절반을 베어버리고 창 머리를 날린 후, 입고 있던 쇠사슬 갑옷을 뚫고 배에 물결무늬 강철을 30센티나 쑤셔 넣었다.

티미온은 홈에 피가 붉게 흐르는 칼날을 뽑아내는 동안에도 아직 싸우려 들었다. 티미온이 허리띠를 더듬어 단검을 뽑았기에, 브리엔느는 그 손을 잘라버렸다. '이건 제이미 몫이었어.' "어머니시여 자비를." 도르네인은 입에서 피를 부글거리고 손목에서 피를 뿜어내며 헐떡였다. "끝을 내. 날 도르네로 돌려보내라, 이 망할 년아."

그녀는 그 말대로 했다.

돌아섰을 때 섀그웰은 무릎을 꿇은 채, 멍한 얼굴로 가시 철퇴를 더듬어 찾고 있었다. 섀그웰이 비틀거리며 일어서자 날아온 돌멩이가 귀를 때렸다. 포드릭이 무너진 벽에 기어올라, 담쟁이 사이에 서서 새 돌멩이를 손에 쥐고 있었다. "제가 싸울 수 있댔잖아요!" 포드릭이 아래를 보고 외쳤다.

광대 섀그웰은 기어서 도망치려 하며 울부짖었다. "항복. 항복이야. 사랑스러운 섀그웰을 해치면 안 돼. 난 죽기엔 너무 웃기단 말이야."

"너도 나머지 놈들보다 나을 게 없어. 강탈하고 강간하고 살해했지."

"오, 그랬지, 그랬어. 그건 부정하지 않아……. 하지만 내가 농담하고 깡충거리는 건 재밌잖아. 난 남자들을 웃긴다고."

"그리고 여자들을 울리지."

"그게 내 잘못이야? 여자들에겐 유머 감각이 없어."

브리엔느는 서약의 수호자를 내렸다. "무덤을 파라. 거기, 영목 아래에." 그녀는 칼끝으로 가리켰다.

"삽이 없는데."

"두 손이 있지 않나." '네가 제이미에게 남긴 것보다 하나 많지.'

"뭐하러? 저것들은 까마귀가 먹게 내버려둬."

"티미온과 피그는 까마귀를 먹일 수 있겠지. 민첩 딕은 무덤에 들어갈 거다. 크래브 가문 사람이었으니, 여기가 어울리는 장소야."

비가 와서 흙이 부드러워졌는데도, 광대가 충분히 깊이 구덩이를 파기까지 그날 남은 시간이 다 들었다. 다 됐을 때는 밤이 내리고 있었고, 광대의 두 손은 피투성이에 물집투성이였다. 브리엔느는 서약의 수호자를 검집에 넣고, 딕 크래브를 수습해서 구덩이로 옮겼다. 얼굴을 차마 보기가 힘들었다. "한 번도 믿지 않아서 미안하군. 이젠 어떻게 당신을 못 믿을지 모르겠어."

그녀는 시신을 내려놓느라 무릎을 꿇으면서 생각했다. '내가 등을 돌렸으니 광대가 지금 시도하겠지.'

섀그웰의 거친 숨소리가 잠시 들리는가 싶더니, 포드릭이 경고성을 올렸다. 섀그웰이 한 손에 울퉁불퉁한 돌덩어리를 들고 있었다. 브리엔느의 소매 안에는 단검이 있었다.

단검은 거의 언제나 돌멩이를 이긴다.

그녀는 그의 팔을 쳐내고 단검을 배에 박아 넣었다. "웃어." 그녀는 그에게 으르렁거렸다. 그는 웃는 대신 신음했다. "웃어라." 그녀는 한 손으로 그의 멱살을 잡고 반대쪽 손으로 배를 찌르면서 되풀이해 말했다. "웃으라고!" 계속, 계속, 손목까지 붉게 물들고 광대가 죽어가는 악취에 숨이 막힐 때까지 그 말을 계속하고 또 했다. 하지만 섀그웰은 웃지 않았다. 브리엔느가 들은 흐느낌은 온전히 자신의 울음소리였다. 그녀는 그 사실을 깨달았을 때 단검을 내던지고 몸을 떨었다.

포드릭이 그녀를 도와 민첩 딕을 무덤에 넣었다. 작업이 끝났을 때는 달이 뜨고 있었다. 브리엔느는 두 손에 묻은 흙을 털고 드래곤 금화 두 닢을 무덤 속에 던졌다.

"왜 그러셨어요, 아가씨? 기사님?" 포드가 물었다.

"광대를 찾아주면 주겠다고 약속한 보상이었다."

등 뒤에서 웃음소리가 들렸다. 그녀는 검집에서 서약의 수호자를 뽑으며 몸을 돌렸다. 피투성이 극단이 더 있을 줄 알았지만…… 무너져가는 벽 위에 다리를 꼬고 앉은 하일 헌트였다. "지옥에 매춘굴이 있다면 저놈도 고마워하겠지." 기사는 아래를 향해 외쳤다. "그게 아니라면 좋은 금을 낭비하는 거야."

"난 약속을 지키는 사람이오. 여기서 뭘 하는 거지?"

"랜딜 공께서 따라가라고 하셔서 말이야. 혹시나 운이 좋아 아가씨가 산사 스타크를 만나거든, 메이든풀로 데려오라고 하셨어. 걱정은 마. 당신을 해치지는 말라는 명령을 받았으니."

브리엔느는 코웃음을 쳤다. "날 해칠 수나 있을까."

"이젠 어쩌실 텐가, 아가씨?"

"무덤을 덮어야지."

"그 여자애 말이야. 산사 아가씨."

브리엔느는 잠시 생각했다. "티미온 말이 사실이라면 산사는 리버런으로 가고 있었소. 가던 도중에 사냥개에게 붙잡혔고. 그러니 사냥개를 찾아내면……."

"……그놈은 당신을 죽일 거야."

"아니면 내가 그놈을 죽이겠지." 그녀가 고집스럽게 말했다. "불쌍한 크래브를 덮어주게 도와주겠소, 경?"

"진정한 기사라면 이런 미인의 청을 거절할 수 없지." 하일 경이 벽에서 내려왔다. 그들은 하늘 높이 달이 떠오르고, 땅 밑에서는 잊힌 왕들의 머리통들이 비밀을 속삭이는 가운데 함께 민첩 딕의 시체 위에 흙을 덮었다.

퀸메이커

타는 듯한 도르네의 태양 아래에서 물은 황금 못지않은 부의 척도였기에, 사람들은 모든 우물을 열심히 지켰다. 그러나 샌디스톤에 있는 우물은 말라버린 지 백 년이었고, 그곳의 수호자들은 세로 홈이 새겨진 기둥들과 삼중 아치가 있는 소박한 성채를 버리고 물이 더 많은 곳을 찾아 떠나버렸다. 그 후에는 모래가 제 권리를 다시 찾으러 기어들었다.

아리안느 마르텔이 드레이와 실바와 함께 도착했을 때는 해가 막 지고 있었고, 서쪽 하늘은 금빛과 자줏빛 태피스트리 같았으며 구름이 온통 새빨갛게 타올랐다. 폐허도 빛나는 것 같았다. 쓰러진 기둥들이 분홍빛을 발하고, 붉은 그림자들이 갈라진 돌바닥을 기었으며 모래는 햇빛이 스러져감에 따라 금색에서 오렌지색으로, 오렌지색에서 자주색으로 변했다. 가린은 몇 시간 전에 도착해 있었고, '다크스타(Darkstar, 어두운 별)'라고 불리는 기사는 전날에 도착했다.

"여긴 아름답군요." 드레이는 가린을 도와 말에게 물을 먹이면서 말했다. 물은 직접 가져왔다. 도르네의 사막 준마는 날쌔고 지칠 줄 몰랐으며, 다른 말들이 나가떨어지고 나서도 오랫동안 계속 움직일 수 있었지만, 그렇다 해도 물 없이 달릴 수는 없었다. "이런 곳은 어떻게 아셨습니까?"

"숙부님이 데려오셨지. 티엔과 사렐라와 함께." 아리안느는 추억에 미소 지었다. "독사를 몇 마리 잡아서 티엔에게 독액을 가장 안전하게 짜내는 방법을 보여주셨어. 사렐라는 돌을 뒤집고 모자이크에 내려앉은 모래를 쓸면서 여기 살았던 사람들에 대해 알 수 있는 건 다 알아내고 싶어 했고."

"그러면 공녀님은 뭘 하셨습니까?" 점박이 실바가 물었다.

'나는 우물 옆에 앉아서 어느 강도기사가 즐기려고 나를 여기까지 데려온 척했지. 검은 눈에 V자형 머리 선의 키 크고 단단한 남자가.' 그녀는 생각했고, 그 추억에는 마음이 불편해졌다. "나는 꿈을 꿨지. 그리고 해가 지자 숙부님 발치에 앉아서 이야기를 하나 해달라고 졸랐다네."

"오베린 공자님에겐 이야깃거리가 많았지요." 가린도 그날 그들과 함께했었다. 그는 아리안느의 젖형제였고, 걸음마를 배우기 전부터 떼려야 뗄 수 없는 사이였다. "가린 공자에 대해 이야기하셨던 기억이 납니다. 제 이름을 그분에게서 따왔지요."

"위대한 가린, 로인의 경이(驚異) 말이군." 드레이가 말했다.

"맞습니다. 발리리아를 떨게 만드셨죠."

"발리리아가 떨었지만……." 제럴드 경이 말했다. "그러고 나서 그분을 죽였지요. 제가 25만 명을 죽음으로 이끈다면 저도 위대한 제럴드라고 불릴까요?" 그는 코웃음을 쳤다. "전 그냥 다크스타로 남으렵니다. 최소한 그건 제 거니까요." 그는 장검을 뽑아 들고 마른 우물가에 앉더니, 기름숫돌을 꺼내어 칼날을 갈기 시작했다.

아리안느는 조심스럽게 그를 지켜보며 생각했다. '제럴드는 훌륭한 배우자가 될 만한 귀한 태생이야. 아버지라면 분별 있는 선택인지 묻겠지만, 우리의 자식들은 드래곤 군주들만큼 아름답겠지.' 그녀는 도르네에서 그보다 더 잘생긴 남자를 알지 못했다. 제럴드 데인 경은 독수리 같은 코에 높은 광대뼈, 강한 턱이 특징이었다. 수염은 늘 깔끔하게 면도했지만, 숱 많은 머리카락은 은빛 빙하처럼 옷깃까지 떨어져 내렸고, 딱 한 가닥만이 칠흑같이 검었다. 하지만 입매는 잔혹했고, 혀는 더 잔혹했다. 저물어가는 해를 등지고 앉아서 칼을 가는 모습을 보자니 눈동자가 검어 보였지만, 그녀는 더 가까이에서 그의 눈을 들여다본 적이 있었고 그래서 그 눈동자가 자주색임을 알았다. '어두운 자줏빛이지. 어둡고 성난 자줏빛.'

아리안느의 시선을 느꼈는지, 제럴드가 장검에서 눈을 들어 그녀와 시선을 마주치고 미소를 지었다. 아리안느는 얼굴에 열기가 몰리는 것을 느꼈다. '데려오지 말았어야 했어. 아리스가 있을 때도 저런 눈빛을 보낸다면 모래밭에 피를 뿌리게 될 거야.' 누구 피일지는 알 수 없었다. 전통적으로 킹스가드는 칠왕국 전체에서 가장 뛰어난 기사들이었지만…… 다크스타는 다크스타였다.

사막에서는 도르네의 밤도 추웠다. 가린이 땔감을 모았는데, 주로 백 년 전에 말라 죽은 나무들의 하얗게 바랜 나뭇가지였다. 드레이가 휘파람을 불면서 부싯돌로 불똥을 일으켜 불을 붙였다.

불쏘시개에 불이 붙자, 그들은 불가에 둘러앉아서 여름 와인 한 부대를 손에서 손으로 넘겼다……. 달게 만들지 않은 레몬수를 더 좋아하는 다크스타만 예외였다. 가린은 생기 넘치는 분위기로 그린블러드강 어귀에 있는 플랭키타운의 최근 이야기들을 해가며 흥을 돋웠다. 플랭키타운은 강의 고아들이 협해 건너에서 온 각종 상선과 갤리선과 무역을 하는 곳이었다. 선원들 말을 믿을 수 있다면, 동쪽에는 경이와 공포가 우글거렸다. 아스타포의 노예 반란, 콰스의 드래곤들, 이-티를 덮친 회색전염병. 바실리스크 제도에서는 새로운 해적 왕이 나타나서 톨트리스 타운을 습격했고, 코호르에서는 붉은 사제의 추종자들이 폭동을 일으켜 검은 염소를 불태우려 했다. "그리고 황금 용병단은 미르와의 계약을 깼지요. 미르인들이 리스와 전쟁에 돌입하기 직전에."

"리스인들이 샀겠지." 실바가 의견을 냈다.

"영리한 리스인들." 드레이가 말했다. "영리하고 비겁한 리스인들."

아리안느는 더 잘 알았다. '쿠엔틴이 황금 용병단을 거느렸다면……' 그들의 전투 함성은 "황금 아래 매서운 강철"이었다. '날 밀어낼 생각이라면 매서운 강철과 그 이상이 필요할 거야, 동생.' 아리안느는 도르네에서 사랑받았고, 쿠엔틴은 사람들이 잘 모르는 존재였다. 어떤 용병단도 그 사실을 바꿀 순 없었다.

제럴드 경이 일어섰다. "오줌을 싸야겠군."

"발 디딜 때 조심해요." 드레이가 경고했다. "오베린 공자가 이 동네 독사들의 독액을 짜낸 지 좀 됐습니다."

"난 독액을 빨고 자랐다네, 달트. 어떤 독사든 나를 깨물었다간 후회하게 될걸." 제럴드 경은 부서진 아치를 지나 사라졌다.

제럴드가 사라지자 다른 이들은 눈짓을 주고받았다. "용서하세요, 공녀님." 가린이 부드럽게 말했다. "전 저 남자가 마음에 안 듭니다."

"거 안됐네." 드레이가 말했다. "반쯤은 네게 푹 빠진 것 같은데."

"우리에겐 다크스타가 필요해." 아리안느는 그들을 일깨웠다. "그의 검은 필요할지도 모르고, 그의 성은 확실히 필요하지."

"도르네에 성이 하이허미티지(High Hermitage, 높은 은신처)뿐입니까." 점박이 실바가 지적했다. "공녀님을 사랑하는 다른 기사들도 있어요. 드레이도 기사입니다."

"그렇지요." 드레이가 동의했다. "제게도 훌륭한 말과 아주 좋은 검이 있고, 제 무용은…… 흠, 사실 제 무용은 몇 사람에게 뒤지긴 하죠."

"몇백 명에게 뒤진다고 하셔야죠, 경." 가린이 말했다.

아리안느는 그들이 농담을 나누게 두었다. 드레이와 점박이 실바는 사촌인 티엔을 제외하면 그녀에게 가장 소중한 친구였고, 가린은 둘이 함께 가린의 어머니 젖을 빨 때부터 그녀를 놀려댔지만, 지금 그녀는 농담을 할 기분이 아니었다. 해가 졌고, 하늘에는 별이 가득했다. '별이 정말 많아.' 그녀는 세로 홈이 파인 기둥에 등을 대고서 오늘 밤 어디에 있는지 모를 동생도 같은 별을 보고 있을까 생각했다. '저 하얀 별 보여, 쿠엔틴? 눈부시게 타오르는 저게 니메리아의 별이고, 그 뒤로 이어지는 뿌연 띠가 만 척의 배야. 니메리아는 어떤 남자도 따라갈 수 없이 밝게 타올랐고, 나도 그럴 거야. 네가 나의 생득권을 강탈하진 못해!'

쿠엔틴은 이론우드에 가게 되었을 때 많이 어렸다. 어머니가 보기에는 너무 어렸다. 노보스 사람들은 자식을 대자로 보내지 않았고, 멜라리오 부인은 아들을 빼앗아간 도란 대공을 결코 용서하지 않았다. "나도 당신만큼이나 마음에 들지 않아요." 아리안느는 아버지가 하는 말을 엿들었었다. "하지만 피의 빚이 있는데, 오몬드 공이 받아들일 대가는 쿠엔틴뿐이에요."

"대가?" 어머니가 비명을 질렀다. "그애는 당신 아들이에요. 대체 어떤 아버지가 제 피붙이를 빚 갚는 데 쓴답니까?"

"대공들이 그렇지요." 도란 마르텔은 그렇게 대답했다.

도란 대공은 아직도 아리안느의 동생이 이론우드 공과 같이 있는 척했지만, 가린의 어머니가 플랭키타운에서 상인으로 가장한 쿠엔틴을 보았다. 동행 한 명은 사시였다는데, 앤더스 이론우드 공의 난잡한 아들 클레투스 이론우드도 사시였다. 언어 능력이 뛰어난 학사도 한 명 같이 여행하고 있었다고 했다. '내 동생은 제 생각만큼 영리하지 못해.' 영리했다면 항해를 더 길게 하는 한이 있어도 올드타운에서 배를 탔을 것이다. 올드타운에서였다면 알아보는 사람이 없을 수도 있었다. 플랭키타운의 고아들 사이에는 아리안느의 친구들이 있었고, 몇 명은 왜 대공의 아들과 영주의 아들이 가짜 이름으로 여행을 하면서 협해를 건널 배를 구하는지 궁금해했다. 그중 하나가 어느 날 밤 창문으로 숨어들어 쿠엔틴의 작은 금고 자물쇠를 열었고, 그 안에 든 두루마리들을 발견했다.

아리안느로서는 협해를 건너는 이 비밀 여행이 쿠엔틴 혼자 저지른 일로 밝혀지길 간절히 바랐지만…… 쿠엔틴이 지닌 양피지들에는 도르네의 태양과 창 인장이 찍혀 있었다. 가린의 사촌도 감히 그 인장을 깨고 내용을 읽지는 못했으나…….

"공녀님." 제럴드 데인 경이 등 뒤에 섰다. 반쯤은 별빛을 받고, 반쯤은 그림자 속에 가려진 채였다.

"소변은 어찌 됐나?" 아리안느가 장난스럽게 물었다.

"모래밭이 적당히 고마워했지요." 데인은 모래가 얼굴을 깎아내기 전까지는 '처녀'였을 법한 조각상 머리통에 한쪽 발을 올렸다. "오줌을 누다가 생각이 났는데, 이 계획으로 공녀님이 원하시는 바를 얻지 못할 수도 있습니다."

"내가 원하는 게 뭐지, 경?"

"모래뱀들의 자유, 오베린과 엘리아의 복수. 제가 그 정도도 모를까요? 공녀님은 사자의 피를 맛보고 싶어 하시죠."

'그것과 내 생득권. 난 선스피어를, 그리고 내 아버지의 자리를 원해. 난 도르네를 원해.' "난 정의를 원해."

"뭐라고 하시든 마찬가지예요. 라니스터 계집애에게 왕관을 씌우는 건 공허한 짓입니다. 그 아이는 절대 철왕좌에 앉지 못해요. 공녀님이 원하는 전쟁을 얻지도 못할 거고. 사자는 그렇게 쉽게 도발에 응하지 않아요." 제럴드 경이 검을 뽑았다. 별빛 속에서 장검이 거짓말처럼 날카롭게 반짝였다. "전쟁은 이렇게 시작하는 겁니다. 황금 왕관이 아니라, 강철 칼날로요."

'난 아이들을 죽이는 살인자가 아니야.' "치우게. 미르셀라는 나의 보호하에 있어. 그리고 아리스 경은 소중한 자기 왕녀에게 해가 미치는 일을 허용하지 않을 거야. 알 텐데."

"아뇨. 제가 아는 거라곤 수천 년 동안 데인은 오크하트를 죽여왔다는 것뿐입니다."

그의 오만함에 숨이 멎었다. "오크하트도 똑같은 기간 동안 데인을 죽인 것 같은데."

"누구나 가족 전통이라는 게 있지요." 다크스타가 검을 집어넣었다. "달이 뜨고 있고, 공녀님의 귀감이 다가오는 게 보입니다."

그는 눈이 밝았다. 키 큰 회색 승용마를 타고 온 남자는 실제로 아리스 경으로, 박차를 가하여 모래밭을 건너면서 하얀 망토를 용감하게 휘날렸다. 고깔 로브로 금빛 고수머리를 숨긴 미르셀라 왕녀가 뒷자리에 앉아 있었다.

아리스 경이 안장에서 내려주는 사이, 드레이가 미르셀라 앞에 한쪽 무릎을 꿇었다. "전하."

"귀하신 주군." 점박이 실바가 그 옆에 무릎을 꿇었다.

"여왕님, 저는 여왕님의 사람입니다." 가린은 두 무릎을 다 꿇었다.

미르셀라는 당황해서 아리스 오크하트의 팔에 매달렸다. "왜 절 전하라고 부르는 거죠?" 그녀는 애처로운 목소리로 물었다. "아리스 경, 여긴 어디고, 이 사람들은 누군가요?"

'아무것도 말해주지 않은 건가?' 아리안느가 아이를 안심시키기 위해 미소 짓는 얼굴로 비단 자락을 흩날리며 나섰다. "이들은 나의 충성스럽고 진실한 벗들이랍니다, 전하……. 그리고 전하의 친구도 될 거예요."

"아리안느 공녀님?" 소녀는 제 몸을 끌어안았다. "왜 절 여왕이라고 부르는 거죠? 토멘에게 나쁜 일이 생긴 건가요?"

"토멘은 사악한 자들 손에 떨어졌어요, 전하." 아리안느가 말했다. "안타깝게도 그자들이 토멘과 공모하여 전하의 왕좌를 훔쳤습니다."

"제 왕좌요? 철왕좌 말씀인가요?" 소녀는 전보다 더 혼란스러워했다. "훔친 게 아니에요. 토멘은……."

"……분명 전하보다 손아래일 텐데요?"

"제가 한 살 위죠."

"그렇다면 철왕좌는 전하의 것입니다." 아리안느가 말했다. "동생분이야 어린아이에 불과하니 탓하지 말아야지요. 나쁜 조언자들을 두었을 뿐……. 하지만 전하에겐 친구들이 있어요. 제가 소개해드려도 될까요?" 그녀는 아이의 손을 잡았다. "전하, 이 사람은 레몬우드의 후계자인 안드레이 달트 경입니다."

"제 친구들은 절 드레이라고 부르지요. 전하께서도 똑같이 불러주시면 더없는 영광이겠습니다."

드레이는 사심 없는 얼굴에 편안한 미소를 지닌 남자였지만, 미르셀라는 그를 조심스럽게 보았다. "좀 더 알기 전까지는 경이라고 불러야죠."

"전하께서 어떤 이름을 더 좋아하시든, 저는 전하의 사람입니다."

실바는 아리안느가 말을 할 때까지 목청을 가다듬었다. "실바 산타가르 아가씨를 소개해도 될까요, 여왕님? 제 친애하는 점박이 실바입니다."

"왜 점박이라고 부르는 거죠?" 미르셀라가 물었다.

"제 주근깨 때문이랍니다, 전하." 실바가 대답했다. "다들 제가 스포츠우드(Spottswood, 점박이 숲)의 후계자라서 그렇게 부르는 척 하지만요."

가린이 다음이었는데, 흐느적거리는 팔다리에 피부색은 거무스름하고, 코는 길었으며 한쪽 귀에 보석을 박아 넣은 청년이었다. "이 사람은 명랑한 고아 가린이에요. 날 웃겨주는 친구죠." 아리안느가 말했다. "가린의 어머니가 내 유모였어요."

"유모가 죽었다니 안타깝네요." 미르셀라가 말했다.

"아닙니다, 다정하신 여왕님." 가린은 아리안느가 본인이 부러뜨린 이를 대신하게끔 사촌 금니를 번득이며 웃었다. "공녀님 말씀은 제가 '그린블러드의 고아'라는 뜻입니다."

강을 따라 올라가는 여행 중에 미르셀라가 고아들의 역사에 대해 배울 시간이 충분히 있을 터였다. 아리안느는 여왕이 될 소녀에게 작은 무리 중에서 마지막 사람을 소개했다. "마지막으로, 무용으로는 으뜸가는 스타폴의 기사, 제럴드 데인 경입니다."

제럴드 경은 한쪽 무릎을 꿇었다. 소녀를 냉정하게 살피는 검은 눈에 달빛이 반짝였다.

"아서 데인이라는 분이 있었죠. 미친 왕 아에리스 시절에 킹스가드의 기사였던." 미르셀라가 말했다.

"아침의 검이었죠. 죽었고."

"지금은 경이 아침의 검인가요?"

"아뇨. 사람들은 저를 다크스타라 부르고, 저는 밤에 속한 사람입니다."

아리안느는 소녀를 그에게서 떼어놓았다. "배가 고플 테지요. 대추야자와 치즈와 올리브, 그리고 마실 만한 달콤한 레몬수가 있어요. 하지만 너무 많이 먹거나 마셔선 안 됩니다. 잠시 쉰 후에 말을 달려야 하니까요. 여기 사막에서는 언제나 해가 뜨기 전, 밤에 여행하는 게 좋지요. 말들에게도 그러는 편이 친절하고."

"기수들에게도 그렇지요." 점박이 실바가 말했다. "이리 오세요, 전하. 몸을 데우세요. 제가 모시게 해주신다면 영광이겠습니다."

실바가 왕녀를 불가로 데려가는 사이, 아리안느 뒤에 제럴드 경이 섰다. "우리 가문은 1만 년을 거슬러 올라가 여명 시대까지 이어지건만, 왜 사람들이 기억하는 데인은 내 사촌뿐인 거죠?" 그는 불평했다.

"그분은 대단한 기사였습니다." 아리스 오크하트 경이 끼어들었다.

"대단한 검을 가지고 있었지." 다크스타가 말했다.

"마음이 넓으셨지요." 아리스 경은 아리안느의 팔을 잡았다. "공녀님, 잠시 말씀 좀 나눌 수 있을까요?."

"가죠." 아리안느는 아리스 경을 폐허 깊숙이 이끌었다. 기사는 망토 아래에 가문의 상징인 초록색 참나무 잎사귀 세 개가 수놓인 금란 더블릿을 입고 있었다. 머리에는 톱니 모양의 대못이 올라간 가벼운 강철 투구를 쓰고, 도르네식으로 노란 스카프를 감았다. 망토만 아니었다면 여느 기사로 통할 수도 있을 터였다. 망토는 희미하게 빛나는 하얀색 비단으로, 달빛처럼 희부옇고 산들바람처럼 가뿐했다. '누가 봐도 킹스가드 망토잖아. 용맹한 바보 같으니.' "미르셀라는 얼마나 알지?"

"잘 모릅니다. 왕녀님은 킹스랜딩을 떠나기 전에 숙부에게 앞으로는 제가 왕녀의 보호자이며, 제가 어떤 일을 지시하든 왕녀를 안전하게 지키려는 것이라는 지침을 받았습니다. 왕녀님은 여기 길거리에서 복수를 부르짖는 목소리들도 들으셨고, 이게 놀이가 아니라는 걸 아십니다. 용감한 데다, 나이에 비해 현명한 분이에요. 제가 하라는 대로 다 하시고, 질문 하나 안 하시더군요." 기사는 아리안느의 팔을 잡고 주위를 둘러보더니 목소리를 낮췄다. "꼭 들으셔야 할 다른 소식이 있습니다. 타이윈 라니스터가 죽었어요."

충격적인 소식이었다. "죽다니?"

"꼬마 악마가 살해했습니다. 왕대비가 섭정이 될 모양입니다."

"그래?" '철왕좌에 여자가?' 아리안느는 잠시 생각해보고, 더 잘됐다고 판단했다. 칠왕국 영주들이 세르세이 왕대비의 통치에 익숙해진다면, 미르셀라 여왕에게 무릎을 꿇기도 훨씬 쉬워지리라. 그리고 타이윈 공은 위험한 적이었다. 타이윈이 없다면, 도르네의 적들은 훨씬 약해질 터였다. '라니스터가 라니스터를 죽이다니, 달콤하기도 해라.' "그 난쟁이는 어찌 되었나?"

“달아났습니다.” 아리스 경이 말했다. “세르세이는 그 난쟁이의 목을 바치는 자에게 영지와 작위를 주겠다고 합니다.” 그는 날려 쌓인 모래에 반쯤 파묻힌 타일 바닥 안뜰에서 그녀를 기둥에 밀어붙이고 입을 맞췄고, 그의 손은 그녀의 가슴으로 올라갔다. 그는 길고 열렬하게 입을 맞추며 그녀의 치맛자락을 올렸지만, 아리안느는 그를 뿌리치고 웃었다. “여왕을 옹립하느라 경이 흥분한 건 알겠지만, 이럴 시간이 없어. 나중에 하지. 약속해.” 그녀는 그의 뺨에 입을 맞췄다. “무슨 문제라도 있었나?”

“트리스탄 공자뿐이었습니다. 미르셀라의 침대 옆에 앉아서 시바스 게임을 하고 싶어 해서요.”

“트리스탄은 네 살 때 홍반병을 앓았다고 했잖아. 그 병은 한번 걸리고 나면 다시 걸리지 않지. 미르셀라가 회색비늘병으로 아프다고 했어야 해. 그랬더라면 트리스탄도 찾아오려 하지 않았을 거야.”

“공자는 그랬을지 모르지만, 아버님의 학사는 달랐겠지요.”

“칼레오트 말이군. 칼레오트가 미르셀라를 보려 했나?”

“제가 왕녀님 얼굴에 난 붉은 점을 설명하고 나서는 아니었습니다. 이 병은 순리대로 흘러가게 두는 수밖에 없다면서 가려움을 가라앉힐 연고 한 통을 주시더군요.”

열 살 이하의 아이는 홍반병으로 죽지 않지만, 성인에게는 치명적일 수도 있었고 칼레오트 학사는 어렸을 때 그 병을 앓지 않았다. 아리안느는 여덟 살에 같은 병에 시달리면서 그 사실을 알았다.

“좋아. 그리고 시녀는? 설득력 있나?”

“멀리서 보면요. 꼬마 악마가 고귀한 태생의 여자애들 다수를 물리치고 그 아이를 고른 목적이 이거였습니다. 미르셀라가 직접 그 아이의 머리를 말고, 얼굴에 반점을 찍게 도와줬습니다. 둘은 먼 친척 사이지요. 라니스포트에는 라니, 라넷, 란텔, 그리고 라니스터 방계가 우글거리고 그중 절반은 금발입니다. 미르셀라의 잠옷을 입고 학사가 준 연고를 얼굴에 치덕치덕 발랐으니…… 어두운 조명 속에서는 저라도 속아 넘어갔을 겁니다. 저를 대신할 남자를 찾기가 더 힘들었습니다. 데이크가 키는 비슷한데 너무 뚱뚱해서, 롤더에게 제 갑옷을 입히고 면갑을 내리고 있으라 일러뒀어요. 저보다 8센티쯤 작기는 하지만, 제가 옆에 서 있지 않으면 아무도 알아차리지 못할 겁니다. 어쨌든 롤더가 미르셀라의 거처를 지킬 겁니다."

"며칠만 있으면 돼. 그때쯤이면 왕녀는 내 아버지의 손이 닿지 않는 곳에 있을 거야."

"어디에요?" 그는 아리안느를 끌어당겨 목에 코를 묻었다. "이제 나머지 계획을 말씀해주실 때가 되지 않았습니까?"

그녀는 웃으며 그를 밀어냈다. "아니. 출발할 때가 됐지."

그들이 샌디스톤의 메마른 폐허를 출발하여 남서쪽으로 향했을 때는 달 처녀 자리에 달이 왕관처럼 걸려 있었다. 아리안느와 아리스 경이 앞장서고, 기운찬 암말에 오른 미르셀라가 두 사람 사이를 달렸다. 가린은 점박이 실바와 함께 바짝 쫓았고, 두 도르네 기사가 맨 뒤를 맡았다. '일곱 명이군.' 아리안느는 말을 달리면서 알아차렸다. 그 전까지는 생각해보지 않았지만, 대의에 어울리는 좋은 징조 같았다. '영광을 향해 달리는 일곱 기수라. 언젠가는 가수들이 우리 모두를 불멸로 만들어주겠지.' 드레이는 더 큰 규모를 원했지만, 그랬다간 달갑지 않은 관심을 끌었을 테고, 사람이 하나 더해질 때마다 배신의 위험은 두 배로 늘어났다. '그것만은 아버지가 가르쳐준 대로야. 적어도 그것만은.' 도란 마르텔은 젊고 강했을 때에도 침묵과 비밀을 일삼는 조심스러운 남자였다. '이제 아버지도 짐을 내려놓을 때가 됐어. 하지만 아버지를 망신주거나 모욕하는 사태는 용납하지 않겠어.' 그녀는 아버지를 물의 정원으로 돌려보내어, 남은 여생을 잘 웃는 아이들과 라임과 오렌지 향에 둘러싸여 보내게 할 작정이었다. '그래, 그리고 쿠엔틴도 함께할 수 있겠지. 일단 내가 미르셀라에게 왕관을 씌우고 모래뱀들을 풀어주면, 도르네 전체가 내게 모일 거야. 이론우드는 쿠엔틴을 대공으로 선언할지 모르지만, 이론우드 하나만으로는 위협이 못 돼.' 만약 그들이 토멘과 라니스터에게 넘어간다면 다크스타를 시켜서 뿌리와 가지를 가리지 않고 파괴할 것이다.

"피곤해요." 몇 시간을 안장에 앉아 있던 미르셀라가 불평했다. "아직 많이 먼가요? 어디로 가는 거죠?"

"아리안느 공녀께서는 전하를 안전한 곳으로 모셔 가는 겁니다." 아리스 경이 장담했다.

"긴 여행이지만, 그린블러드에 이르면 편해질 겁니다." 아리안느가 말했다. "가린의 동족들, 강의 고아들이 우릴 맞이할 거예요. 배 위에서 살면서 장대를 저어 그린블러드와 그 지류들을 오가고 낚시를 하고 과일을 따고 뭐든 필요한 일은 다 하는 사람들이지요."

"그럼요." 가린이 쾌활하게 외쳤다. "그리고 우린 물 위에서 노래하고 놀고 춤을 추고, 치료에 대해서는 아주 잘 알지요. 제 어머니는 웨스테로스 제일가는 산파이고, 제 아버지는 사마귀를 치료할 수 있어요."

"어머니와 아버지가 계신데 어떻게 고아가 될 수 있죠?" 미르셀라가 물었다.

"고아들은 로인인이에요." 아리안느가 설명했다. "그들의 어머니는 로인강이죠."

미르셀라는 이해하지 못했다. "전 여러분이 로인인인 줄 알았어요. 그러니까, 도르네인들 말이에요."

"부분적으로는 그렇지요, 전하. 내게는 니메리아의 피가 흐르고, 그와 더불어 니메리아가 결혼한 도르네 영주 모스 마르텔의 피도 흘러요. 결혼하던 날 니메리아는 백성들에게 돌아갈 길이 없다는 사실을 이해시키려고 모든 배에 불을 질렀어요. 대부분은 그 불길을 보고 기뻐했지요. 도르네에 도착하기까지 항해는 길고 끔찍했고, 폭풍과 질병과 노예상에게 많은 사람을 잃었으니까요. 하지만 슬퍼한 사람들도 있었어요. 그 사람들은 이 메마른 붉은 땅이나 일곱 얼굴의 신을 좋아하지 않았기에, 옛 방식을 고수하여 불탄 배들의 선체로 조각배를 만들고 그린블러드의 고아들이 되었지요. 이들의 노래 속에 나오는 어머니는 우리의 어머니가 아니라, 여명 시대부터 그들을 키워준 강물인 로인 어머니예요."

"로인인에겐 거북 신이 있다고 들었습니다." 아리스 경이 말했다.

"강의 노인은 어머니보다 낮은 신이에요." 가린이 말했다. "노인도 어머니 강에서 태어났고, 누가 흐르는 물 아래 모두를 지배할지를 두고 게 왕과 싸웠지요."

"아." 미르셀라가 말했다.

"전하께서도 굉장한 전투를 치르셨다면서요." 드레이가 가장 쾌활한 목소리로 말했다. "시바스 대결에서 우리의 용감한 트리스탄 공자에게 자비를 보이지 않으셨다고요."

"트리스탄은 언제나 같은 방식으로 배치하거든요. 산은 모조리 앞에 놓고 코끼리들을 고갯길에 놓죠." 미르셀라가 말했다. "그러니까 전 드래곤을 보내어 코끼리들을 먹어버려요."

"시녀분께서도 그 게임을 잘하십니까?" 드레이가 물었다.

"로자먼드요? 아뇨. 가르쳐보려고는 했는데, 규칙이 너무 어렵대요."

"그분도 라니스터 가문인가요?" 실바가 물었다.

"캐스털리록의 라니스터는 아니고, 라니스포트의 라니스터예요. 머리 색은 나와 같은데, 곱슬거리지 않고 직모고요. 로자먼드가 정말로 날 닮은 건 아니지만, 내 옷을 입고 있으면 우리를 잘 모르는 사람들은 로자먼드가 나인 줄 알아요."

"그러면 전에도 해보신 거군요?"

"아, 그럼요. 브라보스로 가는 길에 바다 칼새호에서 제가 시녀가 됐죠. 에글란틴 성사가 제 머리를 갈색으로 물들였어요. 게임처럼 하는 일이라고는 했지만, 그건 스타니스 숙부님이 배를 탈취할 경우에 날 안전하게 지키려고 한 일이었어요."

미르셀라가 눈에 띄게 지쳐갔기에, 아리안느는 잠시 일행을 멈춰 세웠다. 말들에게 다시 물을 먹이고, 잠시 쉬면서 치즈와 과일을 먹었다. 미르셀라는 점박이 실바와 오렌지 하나를 나눠 먹었고, 가린은 올리브를 먹고 씨를 드레이에게 뱉었다.

아리안느는 해가 뜨기 전에 강에 도착하기를 희망했지만, 계획보다 훨씬 늦게 출발했기에 동쪽 하늘이 붉어질 무렵에도 그들은 안장 위에 있었다. 다크스타가 가볍게 달려 다가왔다. "공녀님. 저 아이를 죽이시려는 게 아니라면 좀 더 빨리 달리는 게 좋겠습니다. 우리에겐 천막이 없고, 낮의 사막은 잔인하지요."

"사막은 나도 경 못지않게 잘 알아." 그렇게 대꾸하기는 했지만, 그녀는 다크스타의 제안대로 했다. 말들에게는 가혹한 짓이었지만, 왕녀를 하나 잃느니 말을 여섯 마리 잃는 편이 나았다.

머지않아 서쪽에서 돌풍이 불어오는데, 뜨겁고 메마른 데다 모래알이 가득했다. 아리안느는 얼굴에 베일을 드리웠다. 희미하게 빛나는 비단으로 만들어, 위쪽의 연두색과 아래쪽의 노란색이 서로 섞여 드는 베일이었다. 말을 달리자 베일에 무게를 더하는 작은 녹색 진주알들이 서로 부딪쳐 달그락거렸다.

"공녀님께서 왜 베일을 쓰시는지 압니다." 아리스 경은 아리안느가 구리 투구 관자놀이에 베일을 고정하는 동안 말했다. "베일이 없으면 공녀님의 아름다움에 하늘의 태양도 빛이 바랠 테니까요."

웃을 수밖에 없었다. "아니, 경의 공녀가 베일을 쓰는 것은 햇빛으로부터 눈을 보호하고 입에 모래가 들어가지 않게 하려는 까닭이라네. 경도 똑같이 하는 게 좋을 거야." 그녀는 하얀 기사가 그런 어색한 찬사를 얼마나 오래 갈고 닦았을까 궁금했다. 아리스 경은 침대에서 기분 좋은 동반자였으나, 재치와는 서먹한 사이였다.

도르네인들은 공녀와 마찬가지로 얼굴을 가렸고, 점박이 실바가 어린 왕녀도 햇빛을 가리도록 도왔지만, 아리스 경은 고집스럽게 맨얼굴로 남았다. 오래지 않아 그의 얼굴에 땀이 흐르고, 뺨이 장미처럼 붉게 달아올랐다. '많이 늦어지면 저 무거운 옷 속에서 삶아지겠군.' 그녀는 생각했다. 그런 기사가 처음은 아닐 것이다. 몇백 년 동안 많은 군대가 깃발을 휘날리며 대공의 고갯길을 내려왔다가, 뜨겁고 붉은 도르네 사막에서 쇠하고 구워졌다. "마르텔 가문의 문장은 태양과 창이다. 도르네인들이 제일 좋아하는 두 가지 무기랄까. 하지만 그 둘 중에서 태양이 더 치명적인 무기다." 젊은 드래곤은 자화자찬 가득한 도르네 정복에 대해 그렇게 쓰기도 했다.

고맙게도, 그들은 깊은 사막을 건너는 게 아니라 길지 않은 건조 지역만 건너면 되는 상황이었다. 아리안느는 구름 한 점 없는 하늘 높이 맴을 도는 매를 보고 나서 최악은 지나갔음을 알았다. 그들은 곧 나무와 마주쳤다. 잎사귀만큼 가시가 많은 울퉁불퉁하고 비틀린 나무로 '모래거지'라고 불리는 종류였지만, 그래도 그 나무는 강이 멀지 않다는 뜻이었다.

"거의 다 왔습니다, 전하." 앞쪽에 모래거지가 더 보이자 가린이 미르셀라에게 명랑하게 말했다. 메마른 개울 바닥을 둘러싸고 모래거지가 덤불을 이루어 자라고 있었다. 태양은 불 망치처럼 그들을 두드려대고 있었지만, 여행이 끝났으니 상관없었다. 그들은 멈춰 서서 다시 한번 말에게 물을 먹이고, 본인들도 가죽 부대에 담긴 물을 실컷 마시고 베일을 적신 후에 마지막 달음질을 위해 다시 말에 올랐다. 그들은 5리 동안 악마풀을 밟고 올리브 숲을 지나치며 달렸다. 죽 이어진 돌투성이 언덕들을 넘어서자 풀이 더 초록빛을 띠고 더 무성해졌으며, 거미집 같은 오래된 운하가 물을 공급하는 레몬 과수원이 나왔다. 반짝이는 녹색 강물을 제일 먼저 알아본 사람은 가린이었다. 그는 소리를 지르며 앞으로 질주해갔다.

아리안느 마르텔은 예전에 모래뱀 셋과 함께 티엔의 어머니를 보러 가느라 맨더강을 건넌 적이 있었다. 그 웅장한 강에 비하면 그린블러드는 강이라고 불러주기도 힘든 물이었지만, 그래도 도르네의 생명줄로 남아 있었다. 그린블러드라는 이름은 느릿느릿 흐르는 탁한 녹색 물 때문에 붙었다. 그러나 가까이 다가가자 햇빛을 받은 강물이 금빛으로 변하는 것 같았다. 아리안느는 그보다 더 아름다운 광경을 본 기억이 거의 없었다. '이다음 부분은 느리고 간단해. 장대배가 갈 수 있는 한계까지 그린블러드를 거슬러 올라 베이스(Vaith)로 들어가는 거지.' 그 정도면 미르셀라에게 앞으로 닥칠 일을 준비시킬 시간이 충분할 것이다. 베이스 너머에는 깊은 사막이 기다리고 있었다. 그 사막을 건너려면 샌드스톤과 헬홀트의 도움이 필요할 테지만, 그들이 돕지 않을 리 없었다. 붉은 독사 오베린 공자는 샌드스톤에서 대자로 자랐고, 그의 연인인 엘라리아 샌드는 울러 공의 서녀였다. 그러니까 모래뱀 중 네 명이 그의 손녀였다. '헬홀트에서 미르셀라에게 왕관을 씌우고 나의 깃발을 들어 올린다.'

그들은 하류로 5리를 내려가서, 거대한 녹색 버드나무 가지 속에 숨어 있는 배를 찾아냈다. 지붕이 낮고 옆으로 넓은 장대배에는 설계라고 할 만한 것이 없었다. 젊은 드래곤은 그 배들을 "뗏목 위에 지은 오두막집"이라고 폄하했는데, 이는 적절치 않은 말이었다. 가장 가난한 고아의 배만 아니라면 멋지게 조각을 하고 그림을 그려 넣었다. 이 배는 녹색으로 칠했고, 나무로 만든 곡선형의 키 손잡이는 인어 모양으로 조각했으며, 난간에는 물고기 얼굴들이 뚫려 있었다. 갑판은 장대와 밧줄과 올리브 기름 단지로 어수선했고, 앞뒤에는 철제 등잔이 흔들렸다. 그런데 아리안느의 눈에 띄는 고아가 없었다. '뱃사람들은 어디 있지?'

가린이 버드나무 아래에서 고삐를 당겨 섰다. "일어나, 이 물고기 눈깔의 게으름뱅이들아." 그는 안장에서 훌쩍 뛰어내리며 외쳤다. "여왕님께서 오셨는데 제대로 맞이하지 않고 뭘 하는 거냐. 자자, 나와. 노래와 달콤한 와인이 있어야겠다. 내 입이—"

장대배 문이 벌컥 열렸다. 그 문을 통해 햇빛으로 걸어 나온 사람은, 손에 긴자루 도끼를 쥔 아레오 호타였다.

가린이 덜컥 멈춰 섰다. 아리안느는 도끼에 배를 맞은 것만 같았다. '이렇게 끝날 게 아니었어. 이렇게 될 게 아니었어.' 그녀는 드레이가 "내가 가장 보고 싶지 않았던 얼굴인데"라고 말하는 소리를 듣고서야 행동해야 한다는 사실을 알았다. "물러나!" 그녀는 안장에 다시 올라앉으며 외쳤다. "아리스, 왕녀를 보호—"

호타가 도끼 자루 끝으로 갑판을 쿵 찍었다. 장대배의 장식 난간 뒤에서 투창과 노궁으로 무장한 위병 십여 명이 일어섰다. 선실 위에서도 위병이 더 나타났다. "항복하십시오, 공녀님." 위병대장이 외쳤다. "항복하지 않으시면 저 아이와 공녀님만 빼고 모두 죽여야 합니다. 아버님의 명입니다."

미르셀라 왕녀는 말 위에 꼼짝도 않고 앉아 있었다. 가린은 두 손을 허공에 들어 올린 채 천천히 장대배에서 물러섰다. 드레이는 검대를 풀었다. "항복하는 게 현명할 것 같습니다." 드레이는 장검을 바닥에 떨어뜨리며 아리안느에게 말했다.

"아니!" 아리스 오크하트 경이 아리안느와 노궁수들 사이로 말을 몰았다. 손에 든 장검이 은빛으로 빛났다. 그는 방패도 풀어서 왼팔을 끼운 상태였다. "내 숨이 멎기 전까지는 데려가지 못한다."

'이 무모한 멍청이.' 아리안느에게는 다른 생각을 더 할 시간이 없었다.

'대체 무슨 생각이야?'

다크스타의 웃음소리가 울려 퍼졌다. "눈이 먼 건가, 아니면 멍청한 건가, 오크하트? 상대가 너무 많아. 검 내려놔."

"그 말대로 해요, 아리스 경." 드레이가 재촉했다.

'우린 잡혔어, 경.' 아리안느는 그렇게 소리칠 수도 있었다. '당신이 죽는다고 우리가 놓여나진 않아. 당신의 왕녀를 사랑한다면 항복해.' 하지만 말이 목에 걸려 나오지 않았다.

아리스 오크하트 경은 마지막으로 그녀에게 열망의 눈빛을 보내더니, 박차를 가해 돌격했다.

그는 하얀 망토를 휘날리며 장대배를 향해 저돌적으로 달려들었다. 아리안느 마르텔이 본 가장 용맹한 모습이자 가장 멍청한 모습이었다. "안 돼애애애." 겨우 혀가 풀린 그녀가 경악해 소리를 질렀지만, 너무 늦었다. 노궁 하나가 텅 소리를 내며 울리고, 또 하나가 울렸다. 호타가 큰 소리로 명령을 내렸다. 그렇게 가까운 거리에서는 하얀 기사의 갑옷도 양피지 조각이나 다름없었다. 첫 번째 화살은 무거운 참나무 방패를 꿰뚫고 기사의 어깨에 박혔다. 두 번째 화살은 관자놀이를 스쳤다. 투창 하나가 아리스 경의 말 옆구리에 박혔지만, 그래도 말은 계속 달렸고, 비틀거리면서 건널 판자를 올랐다. "안 돼." 어떤 여자가, 어떤 멍청한 여자애가 외치고 있었다. "아니야, 제발. 이렇게 될 게 아니었어." 미르셀라도 비명을 질렀다. 공포에 찬 날카로운 비명이었다.

아리스 경의 장검이 오른쪽 왼쪽을 베고, 창병 둘이 쓰러졌다. 아리스 경의 말이 뒷발로 서더니 재준비하려는 노궁수의 얼굴을 걷어찼지만, 다른 노궁들이 발사되어 거대한 군마를 화살받이로 만들었다. 화살이 어찌나 세게 박혔는지, 말이 옆으로 쓰러졌다. 다리가 옆으로 기울면서 말의 몸뚱이가 갑판을 들이받았다. 아리스 오크하트는 어떻게인가 몸을 피했다. 심지어 장검도 아직 쥐고 있었다. 그는 죽어가는 말 옆에서 일어서려다가……

……앞에 버텨 선 아레오 호타를 발견했다.

하얀 기사가 들어 올린 검은 너무 늦었다. 호타의 긴자루 도끼가 기사의 오른팔을 어깨에서 잘라내고, 피 보라를 뿌리며 빙글 돌더니 번득이며 되돌아와서 무시무시한 양손 일격으로 아리스 오크하트의 머리통을 베어 허공에 날렸다. 날아오른 머리통은 갈대밭에 떨어졌고, 그린블러드가 작은 첨벙 소리와 함께 피로 물든 머리를 삼켜버렸다.

아리안느는 말에서 내려선 기억이 없었다. 내린 게 아니라 떨어졌을지도 모르지만, 그 기억도 없었다. 그러나 그녀는 손발로 모래밭을 짚고, 벌벌 떨고 눈물을 흘리면서 저녁 식사를 게워내고 있었다. '아니야.' 그 생각밖에 할 수 없었다. '아니야. 아무도 다치지 않는 거였어. 다 계획했는데, 정말 조심했는데.' 아레오 호타의 노성이 들렸다. "쫓아라. 도망치게 둬선 안 된다. 쫓아!" 미르셀라는 땅에 내려서서 울부짖으며 몸을 떨고 있었다. 창백한 얼굴을 두 손에 묻고, 손가락 사이로 피를 흘렸다. 아리안느는 이해할 수 없었다. 어떤 이들은 서둘러 말에 오르고 어떤 이들은 아리안느와 그 동행들에게 모여들었지만, 하나도 말이 되질 않았다. 그녀는 꿈속에, 끔찍한 핏빛 악몽 속에 떨어진 것 같았다. '이게 현실일 리가 없어. 곧 깨어나서 악몽을 비웃어야지.'

위병들이 두 손을 등 뒤로 묶으려 했을 때, 아리안느는 저항하지 않았다. 위병 하나가 그녀를 잡아 일으켰다. 아버지의 문장 색을 입고 있었다. 다른 위병 하나가 허리를 굽히더니 아리안느의 장화에 꽂힌 단검을 잡았다. 사촌 니메리아가 선물한 투척용 단검이었다.

아레오 호타는 위병에게 단검을 받아 들고 얼굴을 찌푸렸다. "대공께서는 공녀님을 선스피어로 모시고 돌아오라 하셨습니다." 그는 말했다. 뺨과 이마에 아리스 오크하트의 피가 점점이 묻어 있었다. "죄송합니다, 공녀님."

아리안느는 눈물에 젖은 얼굴을 들어 올렸다. "어떻게 아신 거야?" 그녀는 위병대장에게 물었다. "내가 얼마나 조심했는데. 어떻게 아버지가 아셨지?"

"누군가가 말했지요." 호타는 어깨를 으쓱였다. "언제나 누군가는 말합니다."

아리아

아리아는 매일 밤, 잠들기 전에 베개에 대고 기도를 했다. "그레고르 경, 던센, 친절한 라프, 일린 경, 메린 경, 세르세이 왕대비." 크로싱의 프레이 가문도, 이름을 다 알았다면 덧붙였을 것이다. '언젠가는 알아낼 거야. 그리고 그때는 다 죽여버릴 거야.' 아리아는 다짐했다.

흑백의 집에서는 아무리 희미한 속삭임이라 해도 다 들렸다. "아이야." 친절한 남자가 어느 날인가 물었다. "네가 밤마다 속삭이는 그 이름들은 무엇이냐?"

"난 아무 이름도 속삭이지 않아요."

"거짓말." 그가 말했다. "누구나 두려우면 거짓말을 하지. 어떤 사람은 많은 거짓말을 하고, 어떤 사람은 몇 가지 거짓말만 한다. 어떤 사람은 큰 거짓말 하나만 하는데, 너무 자주 하다 보니 스스로도 믿을 지경이 되지……. 그래도 마음속 작은 부분은 언제나 그것이 거짓말이라는 사실을 알고 있고, 그게 얼굴에 드러나게 된다. 그 이름들에 대해 말해라."

아리아는 입술을 씹었다. "중요하지 않은 이름들이에요."

"중요해." 친절한 남자는 물러서지 않았다. "말해라, 아이야."

'말해라. 말하지 않으면 널 쫓아내겠다.' 그렇게 들렸다. "내가 증오하는 사람들이에요. 죽었으면 하는 사람들."

"우리는 이 집에서 그런 기도를 많이 듣는다."

"알아요." 아리아가 말했다. 자켄 하가르는 언젠가 아리아의 기도를 세 번 들어줬다. '속삭이기만 하면 됐지…….'

"그래서 우리에게 온 것이냐?" 친절한 남자가 계속 말했다. "네가 증오하는 자들을 죽일 수 있게, 우리의 기술을 배우려고?"

아리아는 어떻게 대답해야 할지 몰랐다. "어쩌면요."

"그렇다면 잘못 찾아왔다. 누가 살고 누가 죽을지 정하는 건 네가 아니다. 그런 선물은 다면의 신만이 줄 수 있다. 우리는 그분의 의지대로 하겠다고 맹세한, 그분의 종복들일 뿐."

"아." 아리아는 벽을 따라 늘어선 조각상들을 흘긋 보았다. 조각상 발치마다 촛불 빛이 둥글게 빛났다. "어느 신이 그분이죠?"

"어느 분이라니, 전부 다지." 흑백의 사제가 말했다.

그는 자기 이름을 알려주지 않았다. 족제비라고 불리던 어린 소녀가 생각나는 큰 눈에 홀쭉한 얼굴의 야윈 소녀도 이름을 알려주지 않았다. 이 깡마른 부랑아는 아리아와 마찬가지로 신전 지하에 살았는데, 보조사제 셋과 하인 둘, 그리고 움마라는 이름의 요리사도 함께였다. 움마는 일하면서 말하기를 좋아했지만, 아리아는 그녀의 말을 하나도 알아들을 수 없었다. 다른 사람들은 이름이 없거나, 있어도 알려주지 않았다. 하인 하나는 무척이나 나이가 많아서 등이 활처럼 굽어 있었다. 다른 하나는 얼굴이 붉고, 귀에 털이 자랐다. 기도하는 소리를 듣기 전까지는 둘 다 벙어리인 줄 알았다. 보조사제들은 좀 더 젊었다. 제일 나이 많은 보조사제가 아리아의 아버지 또래였고, 나머지 둘은 산사와 비슷한 정도 같았다. 보조사제들도 흑백의 옷을 입었지만, 그들의 로브는 고깔 두건이 없고 왼쪽이 검은색, 오른쪽이 흰색이었다. 친절한 남자와 부랑아만 반대였다. 아리아는 하인이 입는 옷을 받았다. 염색하지 않은 모직물 튜닉과 헐렁한 바지, 리넨 속옷, 천 슬리퍼였다. 공용어를 할 줄 아는 사람은 친절한 남자뿐이었다. "너는 누구냐?" 그는 매일 아리아에게 물었다.

"아무도 아닙니다." 그녀는, 스타크 가문의 아리아였고 발밑의 아리아였으며 말상 아리아였던 그녀는 그렇게 대답하곤 했다. 그녀는 아리이자 족제비이기도 했으며, 비둘기 고기이자 솔티였고, 술잔 담당 낸이었으며, 회색 쥐새끼이고, 양이고, 하렌홀의 유령이었다……. 그러나 정말로 마음 깊숙이는 그렇지 않았다. 마음속 깊은 곳에서 그녀는 윈터펠의 아리아, 에다드 스타크 공과 캐틀린 부인의 딸, 한때는 롭과 브랜과 리콘과 산사라는 형제를 뒀고 니메리아라는 다이어울프와 존 스노우라는 이복형제를 뒀던 아리아였다. 마음속에서 그녀는 아무도 아니지 않았다……. 그러나 남자가 듣고 싶어 하는 대답은 그게 아니었다.

공용어가 안 통하니 다른 사람들과 대화할 방법이 없었다. 하지만 아리아는 사람들 말에 귀를 기울이다가, 혼자 일할 때면 들었던 단어들을 반복해 중얼거렸다. 제일 젊은 보조사제는 눈이 보이지 않았지만 촛불을 맡고 있었다. 그는 매일 기도하러 오는 노파들의 중얼거림 속에서, 부드러운 슬리퍼를 신고 신전 안을 걸어 다녔다. 그는 보지 않고도 어느 촛불이 꺼졌는지 언제나 알았다. "냄새가 안내해주는 거다." 친절한 남자는 그렇게 설명했다. "그리고 초가 타고 있으면 공기가 더 따뜻하지." 그는 아리아에게 눈을 감고 직접 시도해보라고 했다.

그들은 아침을 먹기 전 새벽에 고요한 검은 웅덩이 주위에 무릎을 꿇고 앉아서 기도를 했다. 어떤 날은 친절한 남자가 기도를 이끌었다. 또 어떤 날은 부랑아가 이끌었다. 아리아는 브라보스어를 몇 마디밖에 알지 못했는데, 고급 발리리아어와 일치하는 단어들만이었다. 그래서 아리아는 다면의 신에게 자기만의 기도를 올렸고, 그 기도는 "그레고르 경, 던센, 친절한 라프, 일린 경, 메린 경, 세르세이 왕대비"였다. 그녀는 소리 없이 기도했다. 다면의 신이 제대로 된 신이라면 그 기도를 들을 터였다.

신자들은 매일 흑백의 집을 찾아왔다. 대부분은 혼자 와서 혼자 앉았고, 이 제단 아니면 저 제단 앞에 촛불을 켜고 웅덩이 옆에서 기도를 드렸으며 울기도 했다. 몇 명은 검은 잔으로 물을 마시고 잠들었다. 그보다 많은 수는 마시지 않았다. 어떤 예배도, 노래도, 신을 기쁘게 하려는 찬가도 없었다. 신전이 꽉 차는 일도 없었다. 가끔 한 번씩 신자가 사제를 만나고 싶다고 하면, 친절한 남자나 부랑아가 그 신자를 데리고 내실로 들어갔지만, 그런 일은 자주 일어나지 않았다.

작은 불빛에 둘러싸인 채로 벽을 따라 서 있는 신은 서른 종류쯤 됐다. 아리아는 노파들이 제일 좋아하는 신이 '우는 여자'라는 사실을 알았다. 부유한 남자들은 '밤의 사자'를, 가난한 남자들은 '두건을 쓴 나그네'를 더 좋아했다. 병사들은 '하얀 어린아이' 바칼론에게 촛불을 켰고, 선원들은 '달빛 처녀'와 '인어 왕'에게 촛불을 켰다. '이방인'의 제단도 있었지만 그를 찾는 사람은 드물었다. 이방인의 발치에는 거의 늘 촛불 하나만 흔들거렸다. 친절한 남자는 상관없다고 말했다. "그분에겐 수많은 얼굴이 있고, 수많은 귀로 들으신다."

신전이 올라선 언덕은 바위에 뚫린 통로로 벌집이 되어 있었다. 사제들과 보조사제들은 지하 1층에 침실을 두었고, 아리아와 하인들은 지하 2층을 썼다. 제일 아래층은 사제들 말고는 아무도 들어가지 못했다. 내실도 그곳에 있었다.

일하지 않을 때 아리아는 지하실과 창고방을 자유롭게 돌아다녔다. 신전을 떠나거나, 지하 3층으로 내려가지만 않으면 괜찮았다. 그녀는 무기와 갑옷이 가득한 방을 발견했다. 화려한 투구와 신기한 옛 흉갑들, 장검과 단검과 비수, 노궁, 잎사귀 모양의 창촉이 달린 장창들이 있었다. 또 어떤 방에는 옷이 가득했는데, 두꺼운 모피와 수십 가지 색깔의 호화찬란한 비단옷들이 냄새나는 누더기와 올이 풀린 삼베옷 무더기 옆에 같이 있었다. 아리아는 보물 방도 있을 거라고 생각하고 잔뜩 쌓인 금판이며 은화가 든 주머니들, 바다처럼 새파란 사파이어들과 커다란 초록색 진주 꿰미들을 그려보았다.

어느 날 뜻밖에 마주친 친절한 남자가 뭘 하고 있냐고 물었다. 아리아는 길을 잃었다고 대답했다.

"거짓말. 그보다 더 나쁜 건, 형편없는 거짓말이라는 점이다. 너는 누구냐?"

"아무도 아니에요."

"또 거짓말." 그는 한숨을 내쉬었다.

위즈였다면 그녀의 거짓말을 간파하고 피가 나게 때렸겠지만, 흑백의 집에서는 달랐다. 주방에서 일을 돕다가 걸리적거리면 움마가 숟가락으로 칠 때는 있어도, 다른 사람은 아무도 아리아에게 손을 들어 올리지 않았다. '여기선 죽일 때만 손을 쓰는 거야.' 아리아는 생각했다.

요리사 움마와는 꽤 사이좋게 지냈다. 움마가 칼을 손에 쥐여주고 양파를 가리키면, 아리아가 썰었다. 움마가 밀가루 더미 쪽으로 밀면, 아리아는 요리사가 그만하라고 말할 때까지 반죽을 했다. ('그만'이라는 말은 아리아가 제일 처음 배운 브라보스어였다.) 움마가 생선을 건네주면, 아리아는 뼈를 바르고 살을 저며 요리사가 부순 견과류에 굴렸다. 브라보스를 둘러싼 시커먼 물속에는 온갖 물고기와 조개가 우글거린다고, 친절한 남자가 설명해줬다. 남쪽에서 석호로 들어오는 느린 갈색 강물은 드넓은 갈대밭과 조수간만으로 생기는 웅덩이들, 그리고 개펄을 구불구불 흘렀다. 이 부근에는 대합과 새조개가 많았다. 홍합과 사항물고기, 개구리와 거북, 진흙게와

표범게와 등반게, 붉은 장어, 검은 장어, 줄무늬 장어, 칠성장어, 굴도 많았다. 모두 다면신의 종복들이 식사하는 조각 새긴 나무 탁자에 자주 올라왔다. 어떤 밤이면 움마는 바다 소금과 부순 통후추로 생선을 양념하거나, 잘게 썬 마늘로 장어를 요리했다. 아주 가끔은 심지어 사프란도 썼다. '핫파이는 여길 좋아했을 거야.' 아리아는 생각했다.

저녁 식사 시간이 제일 좋았다. 아리아가 이렇게 매일 밤 배불리 먹고 자는 것도 오랜만이었다. 어떤 밤이면 친절한 남자가 질문을 받아주기도 했다. 한번은 그에게 왜 이 신전에 찾아오는 사람들이 언제나 그렇게 평화로워 보이냐고 물었다. 고향에서는 사람들이 죽기를 무서워했는데 말이다. 그녀는 배를 찔렀을 때 여드름투성이 종자가 어떻게 울었는지, 염소가 곰 구덩이에 던질 때 아모리 로치 경이 얼마나 애걸복걸했는지 기억하고 있었다. 신의 눈 호숫가 마을도, 그 마을 사람들이 티클러가 금에 대해 묻기 시작할 때마다 비명을 지르고 흐느끼던 모습도 기억했다.

친절한 남자가 대답했다. "죽음이 최악의 사태는 아니지. 죽음은 그분이 우리에게 주시는 선물이고, 가난과 고통의 종결이다. 우리가 태어난 날, 다면의 신께서는 우리 곁에서 같이 살아갈 어두운 천사를 하나씩 주신다. 우리의 죄와 고통이 너무 커져서 견딜 수가 없어지면, 그 천사가 우리 손을 잡고서 별들이 눈부시게 빛나는 밤의 땅으로 우리를 이끌어주지. 검은 잔으로 물을 떠 마시려 오는 사람들은 자기들의 천사를 찾는 거다. 두렵다 해도 촛불 빛이 그 마음을 달래주지. 우리의 초가 타는 냄새를 맡으면 어떤 생각이 드느냐, 아이야?"

'윈터펠요.' 그렇게 말할 수도 있었다. '눈과 연기와 솔잎 냄새가 나요. 마구간 냄새가 나고. 웃어대는 호도, 훈련장에서 대련하는 존과 롭, 멍청한 귀족 숙녀 일에 대해 노래하는 산사의 냄새가 나요. 돌로 만든 왕들이 앉은 지하무덤 냄새가 나고, 갓 구운 뜨거운 빵 냄새가 나고, 신의 숲 냄새가 나요. 내 늑대 냄새, 마치 곁에 있는 것처럼 내 늑대의 털 냄새가 나요.' 그녀는 남자가 뭐라고 할지 보려고 말했다. "아무 냄새도 안 나요."

"거짓말. 하지만 원한다면 비밀을 간직해도 좋다, 스타크 가문의 아리아야." 그는 그녀가 마음에 들지 않을 때만 그렇게 불렀다. "알겠지만 너는 여길 떠날 수 있다. 넌 아직 우리 일원이 아니야. 언제든 가고 싶을 때 집으로 갈 수 있다."

"떠나면 다시는 돌아올 수 없다고 했죠."

"그러하도다."

그 말을 들으니 슬펐다. 시리오도 그렇게 말했던 기억이 났다. 언제나 그 말을 했다. 시리오 포렐은 아리아에게 '바느질'을 가르쳐주고 아리아를 위해 죽었다. "떠나고 싶지 않아요."

"그렇다면 남거라……. 그러나 흑백의 집은 고아원이 아니라는 점을 명심해라. 이 지붕 밑에서는 모두가 섬겨야 한다. 여기서는 발라 도하에리스라고 하지. 남으려면 남되, 우리는 너의 복종을 요구한다는 사실을 알아두어라. 모든 때, 모든 일에서. 복종할 수 없다면 떠나야 한다."

"복종할 수 있어요."

"어디 두고 보자."

아리아는 움마를 돕는 것 외에 다른 일도 했다. 신전 바닥을 쓸고, 식사를 나르고 음료를 따랐다. 죽은 사람들의 옷 무더기를 정리하고, 지갑을 비우고, 기묘한 주화 더미를 셌다. 매일 아침 신전을 돌며 죽은 자들을 찾는 친절한 남자 옆을 걸었다. '그림자처럼 조용히.' 그녀는 시리오를 떠올리며 혼자 읊곤 했다. 두꺼운 쇠덧문을 단 등잔을 하나 들고 다니면서, 벽감마다 시체를 찾기 위해 덧문을 살짝 열고 빛을 비췄다.

죽은 사람을 찾기는 어렵지 않았다. 그들은 흑백의 집에 와서 한 시간, 아니면 하루, 아니면 1년 동안 기도를 하고는 웅덩이에서 달콤하고 색이 어두운 물을 떠 마신 후, 이 신 아니면 저 신 뒤에 있는 돌침대에 누웠다. 눈을 감고 잠들어서 다시는 깨어나지 않았다. "다면신의 선물은 다양한 형태를 띠지." 친절한 남자가 말했다. "하지만 여기에서는 언제나 온화해." 시신을 찾으면 친절한 남자가 기도를 읊조리고 생명이 떠났음을 확인했고, 아리아는 그 시신을 지하실로 지고 내려갈 하인들을 데리러 갔다. 지하실에서는 보조사제들이 죽은 자의 옷을 벗기고 몸을 닦았다. 그들의 옷과 돈과 가치 있는 물건은 정리를 위해 통에 넣었다. 차가운 몸뚱이는 사제들만 들어갈 수 있는 더 낮은 층의 내실로 실려 갔고, 그곳에서 무슨 일이 벌어지는지는 아리아가 알 수 없었다. 한번은 저녁을 먹다 말고 무시무시한 의혹이 찾아오는 바람에 나이프를 내려놓고 의심스러운 눈으로 허연 고기 조각을 노려본 적이 있었다. 친절한 남자는 아리아의 얼굴에서 공포를 읽고 말했다. "돼지고기다, 아이야. 돼지고기일 뿐이야."

아리아는 돌침대에서 잤고, 덕분에 하렌홀과 위즈 밑에서 계단 청소를 할 때 자던 침대가 떠올랐다. 매트리스에는 지푸라기 대신 넝마를 넣어서 하렌홀의 침대보다 울퉁불퉁했지만, 피부가 긁히는 일이 덜했다. 담요는 원하는 만큼 여러 개 덮을 수 있었다. 붉은색, 녹색, 격자무늬의 두꺼운 모직 담요였다. 그리고 방은 혼자서 썼다. 아리아는 그 방에 보물을 보관했다. '거인의 딸' 선원들이 준 은포크와 챙이 넓은 모자와 반장갑, 단검과 장화와 허리띠, 약간의 돈, 그동안 입고 지낸 옷……

그리고 바늘.

해야 하는 일들 때문에 바느질할 시간이 별로 없었지만, 그래도 가능할 때는 파란 촛불 빛에 의지해서 그림자와 결투를 벌이며 연습을 했다. 어느 날 밤 우연히 부랑아가 지나가다가 검술 연습 중인 아리아를 보았다. 소녀는 한마디도 하지 않았지만, 다음 날 친절한 남자가 아리아를 데리고 방으로 왔다. "이 물건들은 모두 없애야 한다." 그는 그녀의 보물들을 두고 말했다.

아리아는 충격받았다. "제 것인데요."

"그리고 너는 누구지?"

"아무도 아니에요."

그는 은포크를 집어 들었다. "이 물건은 스타크 가문의 아리아 것이다. 이 모든 물건이 그러하다. 여기에는 이런 물건이 있을 자리가 없어. 스타크 가문의 아리아가 있을 자리도 없고. 그 이름은 너무나 고고하고, 우리에겐 고고함이 있을 자리가 없다. 여기 우리들은 종복이다."

"저도 그래요." 상처받은 아리아는 말했다. 그녀는 그 은포크가 좋았다.

"종복 노릇을 하고는 있지만, 네 마음속은 영주의 딸이다. 다른 이름들을 갖기는 했으나 가운을 걸치듯 가볍게 입었을 뿐. 그 이름들 아래는 언제나 아리아였지."

"전 가운 같은 거 안 입어요. 멍청한 가운을 입고서는 싸울 수가 없어요."

"왜 싸우고 싶으냐? 네가 피를 갈망하며 골목길을 활보하는 자객이더냐?" 그는 한숨을 내쉬었다. "차가운 잔의 물을 마시기 전에는 반드시 네가 가진 모든 것을 다면신에게 바쳐야 한다. 네 몸을. 네 영혼을. 너 자신을. 그렇게 할 수 없다면 여기를 떠나야 한다."

"그 쇠주화는—"

"여기까지 오는 뱃삯이었다. 이 시점부터의 대가는 네가 직접 치러야 하고, 그 값은 비싸다."

"제겐 금이 없어요."

"우리가 제공하는 것은 금으로 살 수 없다. 대가는 네 전부다. 사람들은 이 눈물과 고통의 계곡을 건너기 위해 수많은 길을 걷지. 그중 우리의 길이 가장 험하고, 끝까지 걸어가는 사람도 드물다. 남다른 몸과 정신의 힘, 그리고 단단하면서도 강한 심장이 필요해."

'내 심장이 있던 자리엔 구멍만 남았고, 달리 갈 곳도 없어.' 아리아는 생각했다. "전 강해요. 사제님만큼 강해요. 단단하기도 하고."

"너는 네가 있을 곳이 여기뿐이라고 믿지." 마치 그녀의 생각을 들은 것 같았다. "그 생각은 틀렸다. 어느 상인 집안에서 일하면 더 편할 거다. 아니면 코르티잔(고급 창부)이 되어, 너의 아름다움을 칭송하는 노래를 듣는 것은 어떠냐? 말만 하면 너를 흑진주에게, 아니면 황혼의 딸에게 보내주마. 장미 꽃잎 위에서 자고, 걸을 때마다 바스락거리는 비단 치마를 입고 살게 될 것이고 대단한 남자들이 네 첫 경험을 갖겠다고 애걸을 할 것이다. 아니면 결혼해서 아이를 낳고 싶다면 남편을 찾아주마. 정직한 견습생이든, 부유한 노인이든, 뱃사람이든, 원하는 대로 찾아주겠다."

그런 것은 원하지 않았다. 그녀는 말없이 고개만 저었다.

"네가 꿈꾸는 게 웨스테로스냐, 아이야? 루코 프레스타인의 '레이디브라이트'호가 내일 출항해서 걸타운, 더스큰데일, 킹스랜딩, 그리고 티로시를 거친다. 그 배에 자리를 찾아주랴?"

"이제 막 웨스테로스에서 왔는걸요." 가끔은 킹스랜딩에서 달아난 지 천 년은 지난 것 같았고, 가끔은 겨우 어제 일 같았지만, 돌아갈 수 없다는 것만은 알았다. "절 원치 않으신다면 떠나겠지만, 웨스테로스로 가지는 않을 거예요."

"내가 원하고 말고는 상관이 없다." 친절한 남자가 말했다. "다면의 신께서 너를 여기까지 이끄신 것은 그분의 도구로 삼기 위함일지 모르나, 너를 보면 내 눈에는 어린아이가 보인다……. 그보다 더 나쁜 건, 여자아이가 보인다는 점이야. 수백 년 동안 많은 사람들이 다면의 그분에게 봉사했지만, 그분의 종복 중에 여자는 몇 없었다. 여자들은 세상에 생명을 가져오지. 우리는 죽음의 선물을 가져오고. 그 누구도 둘 다 할 수는 없어."

'겁을 줘서 날 쫓으려는 거야. 벌레 쫓듯이.' 아리아는 생각했다. "그건 신경 안 써요."

"신경 써야 한다. 여기 남으면 다면신께서 네 귀와 코와 혀를 가져가실 거다. 아주 많은 것을 본 네 슬픈 회색 눈을 가져가실 거야. 네 두 손과 발, 네 팔과 다리, 네 음부도 가져가실 거다. 너의 희망과 꿈, 사랑과 증오도 가져가실 거다. 그분을 섬기는 자는 자신을 자신으로 만드는 모든 것을 포기해야 한다. 할 수 있겠느냐?" 그는 아리아의 턱을 감싸고 눈 속을 지긋이 응시했다. 몸이 떨릴 정도로 깊은 응시였다. "아니야. 네가 할 수 있을 거라 생각하지 않는다."

아리아는 그 손을 쳐냈다. "제가 원한다면 할 수 있어요."

"스타크 가문의 아리아, 무덤 벌레를 먹는 아이가 그렇게 말하는구나."

"내가 무엇을 원하건 포기할 수 있어요!"

그는 아리아의 보물을 몸짓으로 가리켰다. "그렇다면 이것들부터 시작해라."

그날 저녁을 먹은 후, 방에 돌아가서 로브를 벗고 늘 읊던 이름을 다 읊었지만 잠이 오질 않았다. 아리아는 넝마를 채운 매트리스 위에서 뒤척이며 입술을 잘근잘근 씹었다. 심장이 있던 자리에 뚫린 구멍을 느낄 수 있었다.

아리아는 캄캄한 밤에 다시 일어나서 웨스테로스에서 입었던 옷을 다시 입고, 검대를 찼다. 바늘이 한쪽 옆구리에, 단검이 반대쪽 옆구리에 달렸다. 챙이 넓은 모자를 머리에 쓰고, 반장갑은 허리띠에 끼우고, 은포크를 한 손에 들고서 살금살금 계단을 올라갔다. '여기에 스타크 가문의 아리아가 있을 자리는 없어.' 그녀는 그렇게 생각했다. '아리아가 있을 곳은 윈터펠이야. 다만 윈터펠은 사라졌지. 눈이 내리고 하얀 바람이 불면 외로운 늑대는 죽지만, 무리는 살아남아.' 그러나 그녀에겐 무리가 없었다. 그자들이, 일린 경과 메린 경과 왕대비가 그녀의 무리를 죽였고 새로운 무리를 만들려

하면 모두 도망가버렸다. 핫파이와 겐드리와 요렌과 초록 손 로미도, 심지어 아버지의 부하였던 하윈마저도. 아리아는 문을 밀고 밤공기 속으로 나갔다.

신전에 들어간 후 처음 나와보는 바깥이었다. 하늘은 흐렸고, 안개가 해진 회색 담요처럼 땅을 덮고 있었다. 오른쪽 멀리 수로에서 노 젓는 소리가 들렸다. '비밀 도시, 브라보스.' 그 이름이 아주 적절해 보였다. 아리아는 발치를 휘감는 안개와 함께 가파른 계단을 내려가서 지붕 덮인 부두로 갔다. 안개가 너무 심해서 물이 보이지 않았지만, 돌 말뚝에 가만히 부딪치는 물소리를 들을 수 있었다. 멀리서 어둠을 뚫고 한 줄기 빛이 보였다. '붉은 사제들의 신전에 피운 밤의 불이야.' 아리아는 생각했다.

은포크를 손에 들고 물가에 멈춰 섰다. 그 포크는 진짜 은, 순은이었다. '내 포크가 아니야. 그 선원에게 이걸 받은 사람은 솔티였어.' 아리아는 포크를 던지고, 물속에 빠지는 첨벙 소리를 들었다.

챙 넓은 모자가 그다음이었고, 장갑이 뒤따랐다. '저것들도 솔티 물건이었어.' 지갑에 든 것들을 손바닥에 쏟았다. 수사슴 은화 다섯 닢, 별 동화가 아홉 닢, 그리고 잔돈 주화들이 몇 개 있었다. 물 위에 그 돈을 뿌렸다. 다음은 장화였다. 첨벙 소리가 제일 크게 났다. 사냥개에게 자비를 빌었던 궁수에게서 챙긴 단검이 뒤따랐다. 검대가 수로 속으로 들어갔다. 망토와 튜닉, 바지, 속옷도 다 들어갔다. 바늘만 빼고 전부 다.

아리아는 창백하게 소름이 돋은 몸으로 안개 속에서 벌벌 떨면서 부두 끝에 서 있었다. 손에 든 바늘이 속삭이는 것 같았다. '뾰족한 끝으로 찌를 것' 그리고 '산사에겐 말하지 마!'. 그 칼날에는 미켄의 표지가 들어가 있었다. '칼일 뿐이야.' 검이 필요하다면 신전 지하에 백 개는 있었다. 바늘은 제대로 된 검이라기엔 너무 작아서, 장난감 칼을 겨우 벗어난 수준이었다. 존이 이 검을 만들어줬을 때 아리아는 어리석은 어린 여자애였다. "칼일 뿐이야." 이번에는 큰 소리로 말했지만……

……그렇지가 않았다.

바늘은 롭이었고 브랜이었고 리콘이었으며, 어머니였고 아버지였고, 심지어는 산사이기도 했다. 바늘은 윈터펠의 회색 벽이었고 그곳 사람들의 웃음소리였다. 바늘은 여름 눈이었고, 낸 할멈의 옛날이야기였고, 붉은 잎사귀와 무서운 얼굴을 지닌 심장 나무였으며, 유리 정원의 따뜻한 흙 냄새였고, 방 덧창을 흔드는 북풍의 소리였다. 바늘은 존 스노우의 미소였다. '내 머리를 헝클어뜨리며 '동생아'라고 부르곤 했지.' 그 기억을 떠올리자 갑자기 눈물이 차올랐다.

산더미의 부하들에게 포로로 잡혔을 때 폴리버가 바늘을 훔쳐 갔었는데, 아리아와 사냥개가 걸어 들어갔던 교차로 여관에 마침 바늘이 있었다. '신들이 내가 이 검을 갖길 원했던 거야.' 일곱 신도 아니고, 다면신도 아니고, 아버지의 신들, 북부의 옛 신들이. '다면신이 나머지는 다 가져도 돼. 하지만 이건 못 가져.'

태어났을 때처럼 알몸으로 바늘을 부여잡고 계단을 올랐다. 반쯤 올라갔을 때 발밑의 돌멩이 하나가 흔들거렸다. 아리아는 무릎을 꿇고 손가락으로 그 돌 주위를 파냈다. 처음에는 움직이지 않았지만, 끈기 있게 손톱으로 부스러지는 모르타르를 파냈더니 마침내 돌이 움직였다. 아리아는 끙끙거리며 두 손을 넣어 당겼다. 앞에 틈이 하나 생겼다.

"여기선 안전할 거야." 그녀는 바늘에게 말했다. "나 말고는 아무도 네가 어디 있는지 모를 거야." 아리아는 검과 검집을 계단 뒤에 밀어 넣은 다음, 다른 돌들과 똑같아 보이게 돌을 되돌려놓았다. 신전으로 다시 올라가면서는 어디에서 바늘을 다시 찾을지 알 수 있게 계단 숫자를 헤아렸다. 언젠가는 바늘이 필요해질 수도 있으니까. "언젠가는." 그녀는 다짐하듯 속삭였다.

아리아는 무슨 일을 했는지 말하지 않았지만, 친절한 남자는 알았다. 다음 날 밤 그는 저녁을 먹고 난 후에 아리아의 방으로 왔다. "아이야, 같이 앉자. 네게 해줄 이야기가 있다."

"어떤 이야기요?" 아리아는 조심스럽게 물었다.

"우리의 시작에 대한 이야기다. 우리 일원이 되려면 우리가 누구이고, 어떻게 지금에 이르렀는지 알아두는 게 좋겠지. 사람들은 브라보스의 얼굴 없는 자들에 대해 속삭일지 모르지만, 우리는 비밀 도시 그 자체보다 더 오래되었다. 거인이 일어나기 전, 우테로의 공표보다도 더 전, 도시 설립보다 더 전에 우리가 있었다. 우리는 이 브라보스의 북쪽 안개 속에서 꽃을 피웠지만, 처음에는 발리리아에, 프리홀드의 옛 밤을 밝히던 '열네 개 불길(Fourteen Flames)' 아래 깊은 광산에서 노역하던 비참한 노예들 사이에 뿌리를 내렸지. 광산이란 대개 차갑게 죽은 돌을 깎아내며 만들어지는 춥고 축축한 곳이지만, 열네 개 불길은 살아 있는 산들로 용암 맥이 흐르고 심장은 불이었다. 그래서 옛 발리리아의 광산들은 언제나 뜨거웠고, 갱을 깊이 더 깊이 파고들어 갈수록 더 뜨거워졌지. 노예들은 오븐 속에서 힘겹게 일했다. 주변의 바위는 만지지도 못할 만큼 뜨거웠고, 유황 냄새가 나는 공기를 들이마시면 폐가 탔다. 아무리 두꺼운 샌들을 신어도 발바닥이 데고 물집이 잡혔지. 가끔은 금을 찾아서 벽을 뚫었다가 수증기나 끓는 물, 아니면 용암과 마주치기도 했다. 어떤 갱도는 너무 낮게 내서 노예들이 똑바로 설 수도 없고 기거나 허리를 굽히고 움직여야 했다. 그리고 그 붉은 어둠 속엔 벌레들도 있었지."

"땅벌레요?" 아리아는 찌푸린 얼굴로 물었다.

"불벌레(firewyrm)다. 불을 내뿜기 때문에, 어떤 사람들은 그게 드래곤과 동류라고도 하지. 그들은 하늘로 치솟는 대신 돌과 흙을 파고들어. 옛이야기들을 믿어도 된다면 열네 개 불길 속에는 드래곤이 나타나기도 전부터 그놈들이 있었다. 어린 것들은 네 앙상한 팔뚝보다 크지 않지만, 어마어마한 크기로 자라날 수 있고 인간을 전혀 좋아하지 않아."

"그것들이 노예들을 죽였나요?"

"바위가 깨지거나 구멍이 가득 뚫린 갱도에서 새카맣게 탄 시체들이 발견되는 일이 종종 있었지. 그래도 광산은 더 깊이 파 내려갔어. 노예들이 몇십 명씩 죽었지만, 노예주들은 신경 쓰지 않았다. 적금과 황금과 은이 노예들의 생명보다 더 귀중하게 여겨졌지. 옛 프리홀드에서는 노예가 쌌거든. 전쟁 중에 발리리아인들은 노예를 수천 명씩 잡아갔어. 평화기에는 노예들을 번식시켰지만, 그중에서도 최악의 노예들은 죽으라고 붉은 어둠 속으로 내려보냈지."

"노예들이 일어나서 싸우지 않았나요?"

"일부는 싸웠지. 광산 반란은 흔했지만, 많은 걸 이룬 반란은 거의 없었다. 옛 프리홀드의 드래곤 군주들은 마법에 능했는데, 그보다 못한 자들이 거역하려면 위험을 각오해야 했지. 최초의 얼굴 없는 자가 그런 사람이었다."

"누구였는데요?" 아리아는 생각하기도 전에 불쑥 묻고 말았다.

"아무도 아니었다." 그는 대답했다. "그가 노예였다는 사람도 있고, 프리홀드 주민의 아들로 귀족이었다고 주장하는 사람도 있지. 심지어는 자기가 맡은 노예들을 연민한 감독관이었다고 말하는 사람도 있다. 진실은 아무도 모르지. 누구였든 간에, 그자는 노예들 사이를 움직이며 노예들의 기도를 듣곤 했다. 백 가지 다른 나라에서 온 남자들이 광산에서 일을 했고, 각각이 자기 나라 말로 자기네 신에게 기도했으나 모두가 같은 것을 기도하고 있었다. 노예들이 기도하고 간원한 것은 해방, 고통의 끝이었지. 작고도 단순한 소원이었다. 그런데도 그들의 신은 답을 하지 않았고, 그들의 고통은 계속 이어졌지. 신들은 모두 귀가 먹은 걸까? 그 남자는 의문스러웠다……. 그러다가 어느 날 밤, 붉은 어둠 속에서 깨달음이 찾아왔다.

모든 신에게는 도구가 있었다. 신들을 섬기고 신들이 지상에 의지를 행하게 돕는 남자들과 여자들이 있었지. 노예들은 겉보기와 달리, 백 가지 다른 신들에게 도와달라고 외치는 게 아니라 백 가지 다른 얼굴을 지닌 한 신에게 외치고 있었다……. 그리고 그 남자가 그 신의 도구였다. 그날 밤 그 남자는 가장 비참한 노예를, 가장 열렬히 해방을 기도한 노예를 골라 해방시켜줬다. 첫 번째 선물이 주어진 것이다."

아리아는 주춤했다. "그 노예를 죽였어요?" 옳은 일처럼 들리지 않았다. "노예 주인들을 죽였어야죠!"

"노예주들에게도 선물을 주기는 했다만…… 그건 다른 날에, 아무도 아닌 사람에게 해주어야 좋을 이야기다." 그는 고개를 옆으로 기울였다. "그래서 너는 누구냐, 아이야?"

"아무도 아니에요."

"거짓말."

"어떻게 알아요? 마법인가요?"

"눈이 있다면 마법사가 아니라도 거짓과 진실을 가려낼 수 있다. 얼굴을 읽는 방법만 배우면 된다. 눈을 보아라. 입을 보아라. 여기, 턱 구석의 근육과 여기, 목이 어깨와 만나는 근육을 보아라." 그는 두 손가락으로 아리아를 살짝 건드렸다. "어떤 거짓말쟁이들은 눈을 깜박인다. 어떤 이들은 빤히 쳐다본다. 어떤 이들은 눈을 피한다. 어떤 이들은 입술을 핥는다. 많은 수가 거짓말을 하기 전에 입을 가린다. 마치 기만을 숨기려는 것처럼 말이다. 다른 신호들은 그보다 감지하기 힘들지 모르지만, 언제나 있기는 있다. 가짜 웃음과 진짜 웃음은 비슷해 보일지 모르지만, 황혼과 새벽만큼이나 다르다. 황혼과 새벽을 구별할 수 있느냐?"

아리아는 고개를 끄덕였지만 확신은 없었다.

"그렇다면 너도 거짓을 알아보는 방법을 익힐 수 있다……. 그리고 그 방법을 익히고 나면, 어떤 비밀도 네게서 안전하지 못하겠지."

"가르쳐주세요." 그래야 한다면 아무도 아닌 사람이 되리라. 아무도 아닌 사람의 마음에는 구멍이 없었다.

"저이가 가르칠 것이다." 친절한 남자는 부랑아가 문밖으로 나오자 말했다. "브라보스어부터 시작해라. 말을 하거나 알아듣지 못한다면 네게 무슨 쓸모가 있을까? 그리고 너는 저이에게 네 언어를 가르친다. 둘이 함께, 서로에게 배우는 거다. 하겠느냐?"

"네." 그 순간부터 그녀는 흑백의 집 수련생이었다. 하인의 옷은 가져가고, 예전에 그녀가 윈터펠에서 갖고 있었던 낡은 붉은색 담요처럼 폭신한 흑백의 로브를 새로 주었다. 그 로브 안에는 질 좋은 하얀 리넨 속옷을 입고, 무릎 아래까지 내려오는 검은색 속 튜닉을 입었다.

그 후부터 그녀와 부랑아는 함께 시간을 보내며 이것저것을 만지고 가리키면서 서로에게 서로의 언어를 몇 마디씩 가르쳤다. 처음에는 잔과 초와 신발처럼 간단한 단어였고, 그 후에는 더 어려운 단어, 그다음에는 문장을 가르쳤다. 예전에 시리오 포렐은 아리아가 몸이 벌벌 떨릴 때까지 한쪽 다리로 서 있게 하곤 했다. 나중에는 고양이를 쫓아다니게 했다. 그녀는 손에 막대기 칼을 들고 나뭇가지에 서서 물의 춤을 췄었다. 그 모든 배움이 힘들었지만, 이건 더 힘들었다.

'실제 바느질도 브라보스어보다는 재미있었어.' 어느 밤, 그녀는 안다고 생각했던 단어 절반을 잊어버리고, 나머지 반은 형편없는 발음 때문에 부랑아에게 비웃음을 산 후 혼자 생각했다. '내 문장은 예전 바늘땀처럼 엉망이야.' 부랑아 소녀가 그렇게나 작고 굶주린 모습만 아니었다면, 아리아는 그 멍청한 얼굴을 한 대 쳤을 것이다. 그 대신 아리아는 입술을 씹었다. '너무 멍청해서 배우질 못하고 너무 멍청해서 포기도 못 해.'

부랑아가 공용어를 배우는 속도가 더 빨랐다. 어느 날 저녁에는 부랑아 소녀가 아리아를 돌아보고 물었다. "넌 누구지?"

"아무도 아니야." 아리아는 브라보스어로 대답했다.

"거짓말." 부랑아가 말했다. "거짓말을 낫게 해야 해."

아리아는 웃었다. "낫게? 더 잘하라는 거겠지, 멍청이."

"더 멍청. 내가 보여줄게."

다음 날 그들은 돌아가며 질문을 던지고 거짓말을 하는 게임을 시작했다. 때로는 진실로 답하고, 때로는 거짓말을 했다. 질문자는 무엇이 진실이고 무엇이 거짓인지 알아내야 했다. 부랑아는 언제나 아는 것 같았다. 아리아는 추측해야 했고, 대부분 잘못 추측했다.

"넌 몇 년 먹었어?" 한번은 부랑아가 공용어로 물었다. "열 살." 아리아는 손가락 열 개를 들어 올렸다. 아직 열 살이라고 생각했지만, 확실하게 알기는 힘들었다. 브라보스인은 웨스테로스와 날짜를 다르게 셌다. 아리아가 아는 한 명명일은 이미 지나갔다.

소녀는 고개를 끄덕였다. 아리아도 마주 고개를 끄덕이고, 최선을 다한 브라보스어로 물었다. "너는 몇 년?"

소녀가 열 손가락을 보였다. 그 후에 또 열 개, 또 열 개. 그다음에 여섯. 그러면서도 얼굴은 잔잔한 물처럼 매끈했다. '서른여섯일 리는 없어. 어린애야.' 아리아는 생각했다. "거짓말." 부랑아는 고개를 젓고 다시 한번 손가락으로 열, 열, 열, 그리고 여섯을 표시했다. 그리고 '서른여섯'에 해당하는 단어를 말하고, 아리아도 말하게 했다.

다음 날 아리아는 친절한 남자에게 부랑아가 뭐라고 주장하는지 이야기했다. "거짓말을 한 게 아니다." 사제는 쿡쿡 웃으며 말했다. "네가 부랑아라고 부르는 사람은 다면의 신을 섬기면서 생을 살아온 성인 여성이다. 그분에게 자신의 모든 것과 앞으로 될 수도 있었던 모든 것, 자신 안에 깃든 모든 생명을 다 바쳤지."

아리아는 입술을 깨물었다. "저도 그렇게 되나요?"

"아니." 그는 말했다. "네가 바라지 않는 한은 아니다. 그녀를 지금 네가 보는 모습으로 만든 것은 독이다."

'독.' 아리아는 그제야 이해했다. 부랑아는 매일 저녁 기도를 드린 후에 돌로 만든 물병 하나를 검은 웅덩이에 비웠다.

다면신의 종복은 부랑아와 친절한 남자만 있는 게 아니었다. 가끔 다른 이들이 흑백의 집을 찾아왔다. '뚱뚱한 친구'는 사나운 검은 눈에 매부리코였고, 커다란 입에 누런 이가 가득했다. '엄숙한 얼굴'은 웃는 법이 없었고, 눈동자 색이 엷었으며 입술은 통통하고 거무스름했다. '잘생긴 남자'의 수염은 볼 때마다 다른 색깔이었고 코도 매번 달랐지만, 그래도 늘 예쁘장했다. 이 셋이 제일 자주 왔지만, 다른 사람들도 있었다. 사팔뜨기, 귀족, 굶주린 남자. 한번은 뚱뚱한 친구와 사팔뜨기가 함께 왔다. 움마는 그들에게 술을 따르라고 아리아를 보냈다. "술을 따르지 않을 때는 돌로 깎은 조각상처럼 가만히 서 있어야 한다." 친절한 남자가 말했다. "할 수 있겠느냐?"

"네." 시리오 포렐은 오래전 킹스랜딩에서 '움직임을 배우기 전에 가만히 있는 법을 배워야 하느니'라고 가르쳤고, 아리아는 배워두었다. 하렌홀에서는 루스 볼턴의 술잔 담당으로 일했고, 루스 볼턴은 와인을 흘렸다간 껍질을 벗기는 사람이었다. "좋다. 눈 멀고 귀가 먹는다면 더 좋을 것이다. 뭔가 들을 수도 있겠지만, 한 귀로 듣고 한 귀로 흘려보내야 한다. 귀 기울여 듣지 말아라." 친절한 남자가 말했다.

아리아는 그날 밤 많은 이야기를 들었지만 거의 모든 이야기가 브라보스어로 이루어졌고, 열 마디 중에 한 마디도 잘 이해하지 못했다. '돌처럼 가만히.' 아리아는 스스로에게 말했다. 하품을 참기가 제일 힘들었다. 밤이 끝나기 전에 다른 데 정신이 팔렸다. 두 손에 술병을 잡고 선 채로 그녀는 늑대가 되어, 뒤에서 울부짖는 큰 무리를 이끌고 달빛 비치는 숲을 자유로이 뛰어다니는 꿈을 꾸었다.

"다른 사람들도 다 사제인가요?" 아리아는 다음 날 아침에 친절한 남자에게 물었다. "그게 그 사람들 진짜 얼굴이에요?"

"너는 어떻게 생각하느냐, 아이야?"

진짜가 아니라고 생각했다. "자켄 하가르도 사제인가요? 자켄이 브라보스에 돌아올지 혹시 아세요?"

"누구?" 그는 전혀 모르겠다는 듯이 말했다.

"자켄 하가르요. 저한테 쇠주화를 줬어요."

"그런 이름은 모른다, 아이야."

"얼굴을 어떻게 바꾼 거냐고 물었더니, 방법만 알면 새로운 이름을 얻기보다 어렵지 않다고 했어요."

"그랬느냐?"

"어떻게 얼굴을 바꾸는지 알려주실래요?"

"원한다면 그러마." 그는 손으로 아리아의 턱을 잡고 고개를 돌렸다. "두 뺨을 부풀리고 혀를 내밀어라."

아리아는 두 뺨을 부풀리고 혀를 내밀었다.

"됐구나. 얼굴이 바뀌었다."

"제 말은 이런 게 아니었어요. 자켄은 마법을 썼어요."

"모든 마법에는 대가가 따른다, 아이야. 제대로 환혹하려면 몇 년의 기도와 희생과 연구가 필요해."

"몇 년이나요?" 아리아는 실망했다.

"쉬운 일이었다면 누구나 다 하겠지. 뛰기 전에 걷기부터 해야 한다. 배우들의 재주가 먹히는데 왜 굳이 주문을 쓰겠느냐?"

"전 배우들의 재주도 모르는걸요."

"그렇다면 표정 연습을 해라. 네 피부 아래는 근육이다. 근육 쓰는 법을 익혀라. 네 얼굴이다. 네 뺨이고, 네 입술이고, 네 귀다. 미소와 찌푸림이 돌풍처럼 찾아오게 두어서는 안 된다. 미소는 하인이어야 하고, 네가 부를 때만 와야 한다. 네 얼굴을 지배하는 법을 익혀라."

"방법을 가르쳐줘요."

"뺨을 부풀려라." 그렇게 했다. "눈썹을 들어 올려라. 아니, 더 높이." 그렇게 했다. "좋아. 얼마나 오래 그 상태로 있을 수 있나 보자. 오래가지 않을 것이다. 내일 다시 시도해보아라. 지하실에서 미르산 거울을 하나 찾아라. 매일 한 시간씩 그 앞에서 훈련하거라. 눈, 콧구멍, 뺨, 귀, 입술, 전부 지배하는 법을 익혀라." 그는 아리아의 턱을 잡았다. "너는 누구냐?"

"아무도 아니에요."

"거짓말. 작고 서글픈 거짓말이로구나, 아이야."

아리아는 다음 날 미르산 거울을 찾았고, 매일 아침저녁으로 양옆에 촛불을 놓고 그 앞에 앉아서 표정 연습을 했다. '네 얼굴을 지배해.' 스스로에게 말했다. '그러면 거짓말을 할 수 있어.'

오래지 않아서 친절한 남자는 그녀에게 다른 보조사제들과 함께 시신을 맡으라고 명령했다. 위즈 밑에서 계단을 닦을 때만큼 힘들지는 않았다. 가끔 몸집이 크거나 뚱뚱하면 무게 때문에 애를 먹었지만, 대개의 시신은 주름진 피부 속에 든 늙고 메마른 뼈였다. 아리아는 그들을 씻기면서 그들을 보고, 무엇 때문에 검은 웅덩이로 오게 됐을까 생각했다. 낸 할멈에게 들었던 이야기, 가끔 긴 겨울이면 살 만큼 산 남자들이 사냥을 나가겠다고 선언했다는 이야기를 떠올렸다. '그러면 딸들은 울고 아들들은 불가로 얼굴을 돌렸지만, 아무도 노인들을 막거나, 눈이 이렇게 쌓였고 찬바람이 울부짖는데 무슨 사냥감을 잡겠다는 거냐고 묻지 않았다오.' 낸 할멈의 목소리를 들을 수 있었다. 나이 많은 브라보스인들은 흑백의 집으로 출발하기 전에 아들딸들에게 뭐라고 말할까 궁금했다.

달이 바뀌고 또 바뀌었으나, 아리아는 달을 한 번도 보지 못했다. 식사 시중을 들고, 시신을 씻기고, 거울 앞에서 표정을 연습하고, 브라보스어를 배우고, 자신은 아무도 아니라는 사실을 기억하려 했다.

어느 날 친절한 남자가 사람을 보내어 그녀를 불렀다. "억양은 끔찍하다만, 네가 원하는 바를 어느 정도 이해시킬 만큼은 언어를 익혔다. 이제 한동안 여길 떠나 있어야겠다. 네가 우리 말을 제대로 숙달하려면 아침부터 저녁까지 매일 말하는 수밖에 없어. 그러니 가야 한다."

"언제요? 어디로요?"

"지금." 그는 대답했다. "이 벽 바깥에는 바다 위에 뜬 브라보스 섬이 백 개가 있다. 홍합, 새조개, 대합을 가리키는 단어들은 배웠겠지?"

"네." 그녀는 최선을 다한 브라보스어로 그 단어들을 읊었다.

아리아의 최선에 남자는 미소를 지었다. "통하겠군. '가라앉은 마을(the Drowned Town)' 아래 부둣가를 따라가다 보면 브루스코라는 생선 장수를 찾을 수 있다. 좋은 사람인데 허리가 안 좋아. 브루스코에겐 수레를 밀고 다니면서 배에서 내리는 선원들에게 새조개와 대합과 홍합을 팔 여자아이가 필요하다. 네가 그 여자아이가 될 것이다. 이해하겠느냐?"

"네."

"그리고 브루스코가 물어보면, 너는 누구냐?"

"아무도 아니에요."

"아니다. 이 집을 벗어나면 그렇게는 안 돼."

아리아는 머뭇거렸다. "솔트팬스에서 온 솔티가 될 수도 있어요."

"솔티는 테네시오 테리스와 '거인의 딸' 선원들이 아는 아이다. 말투에서 드러날 테니 웨스테로스에서 온 여자애일 수밖에 없지만…… 다른 아이여야 한다."

아리아는 입술을 깨물었다. “캣(Cat)은 어떨까요?”

“캣이라.” 그는 생각해보았다. “그래. 브라보스엔 고양이(Cat)가 많지. 하나 더 있다 해도 눈에 띄진 않을 거야. 너는 캣이고 고아로……”

“킹스랜딩에서 왔어요.” 아버지와 함께 화이트하버에 두 번 가보긴 했지만, 킹스랜딩을 더 잘 알았다.

“그래. 네 아버지는 어느 갤리선의 노잡이 대장이었다. 어머니가 죽자 아버지는 너를 데리고 바다에 나왔어. 그런데 아버지도 죽었고, 그 배의 선장은 네가 쓸모가 없으니 브라보스에 내려줬지. 그 배 이름은?”

“니메리아요.” 아리아는 바로 대답했다.

그날 밤 아리아는 흑백의 집을 떠났다. 오른쪽 옆구리에는 길쭉한 철제 나이프를 매달았는데, 고아가 입을 법한 색 바래고 누덕누덕한 망토로 감췄다. 신발은 발에 꽉 끼었고 튜닉은 올이 너무 풀려서 바람이 숭숭 들어왔다. 하지만 앞에 브라보스가 펼쳐져 있었다. 밤공기에서 연기와 소금과 생선 냄새가 났다. 수로들은 이리저리 구부러졌고, 골목길은 그보다 더 비뚤배뚤했다. 남자들은 지나가는 그녀에게 호기심 어린 눈빛을 던졌고, 거지 아이들은 그녀가 이해하지 못하는 말을 외쳤다. 오래지 않아서 그녀는 길을 완전히 잃어버렸다.

“그레고르 경.” 아리아는 네 개의 아치가 지탱하는 돌다리를 건너면서 읊조렸다. 다리 중앙에 서자 ‘넝마주이 항만’에 있는 배들의 돛대를 볼 수 있었다. “던센, 친절한 라프, 일린 경, 메린 경, 세르세이 왕대비.” 비가 내리기 시작했다. 아리아는 얼굴을 들어 올리고 빗방울에 뺨을 씻었다. 춤이라도 출 수 있을 만큼 행복했다. “발라 모르굴리스. 발라 모르굴리스. 발라 모르굴리스.”

알레인

떠오르는 태양 빛이 창문을 통해 흘러들자, 알레인은 침대에 일어나 앉아서 기지개를 켰다. 움직이는 소리를 들은 그레첼이 바로 일어나서 옷을 가지러 갔다. 밤사이에 방이 싸늘해져 있었다. '겨울이 우릴 붙잡으면 더 심해질 거야.' 그녀는 생각했다. '겨울이면 여기가 무덤처럼 차가워질 거야.' 알레인은 로브를 걸치고 허리띠를 조였다. "불이 거의 꺼졌네. 장작을 하나 더 넣어줘."

"분부대로 하지요." 늙은 여자가 말했다.

처녀의 탑에 있는 알레인의 거처는 라이사 부인이 살아 있을 때 지내던 작은 침실보다 크고 호화로웠다. 옷방과 개인 용변실이 따로 있었고, 협곡이 내다보이는 하얀 돌조각 발코니도 있었다. 그레첼이 불을 살피는 동안 알레인은 맨발로 방을 가로질러 발코니로 나갔다. 발에 닿는 돌이 차가웠고, 바람은 이 위에서 늘 그렇듯 맹렬히 불어댔지만, 바깥 풍경을 보자 잠시나마 그 모든 것이 잊혔다. 처녀의 탑은 이어리의 가느다란 일곱 개 탑 중에서 가장 동쪽에 서 있었기에, 앞에는 아침 햇살 속에 희뿌옇게 협곡의 숲과 강과 들판이 다 펼쳐졌다. 햇빛을 정통으로 받은 산맥이 순금처럼 빛났다.

'정말 아름다워.' 눈 덮인 '거인의 창' 정상이 머리 위로 솟아올랐다. 이 어마어마한 돌과 얼음의 산에 비하면 그 어깨에 올라앉은 성은 작기만 했다. 여름이면 '알리사의 눈물'이 떨어져 내리는 벼랑 끝에 6미터는 될 법한 고드름들이 매달려 있었다. 매 한 마리가 아침 하늘에 파란 날개를 활짝 펴고 얼어붙은 폭포 위로 날아올랐다. '나에게도 날개가 있다면 얼마나 좋을까.'

그녀는 돌을 깎아 만든 난간 위에 두 손을 짚고 발코니 너머를 보았다. 200미터 아래에 '하늘성'과 산을 깎아 만든 돌계단이 보였는데, 이 계단길은 '눈성'과 '돌성'을 지나 계곡 바닥까지 구불구불 이어져 내려갔다. '달의 관문'에 있는 탑들과 아성들이 어린아이 장난감처럼 작게 보였다. 성벽 주변에 진을 친 선언자들의 군대가 움직이며, 개미굴에서 나오는 개미들처럼 천막 밖으로 나오고 있었다. '진짜 개미들이라면 밟아 부술 수 있을 텐데.' 그녀는 생각했다.

젊은 헌터 공과 그의 병사들은 이틀 전에 합류했다. 네스토 로이스가 그들에게 대항하여 관문을 닫았지만, 그의 수비군은 300명이 못 되었다. 선언자 여섯 명이 각각 병사를 천 명씩 끌고 왔다. 알레인은 그들의 이름을 잘 알았다. 스트롱송의 영주 베네다르 벨모어. 나인스타스의 기사 사이먼드 템플턴. 레드포트의 영주 호턴 레드포트. 아이언오크스의 여주인 아냐 웨인우드. 모두가 젊은 헌터 공이라고 부르는, 롱보우홀의 영주 길우드 헌터. 그리고 그중에서 가장 강력한 욘 로이스, 룬스톤의 영주이며 네스토의 친척이자 로이스 가문 직계 수장인 가공할 청동 욘. 그렇게 여섯은 라이사 아린이 추락한 후 룬스톤에 모여서 협약을 맺고, 로버트 공과 협곡과 서로를 지키겠다고 맹세했다. 그들의 선언에 호국공에 대한 언급은 없었지만, "실정"은 끝나야 하고 "거짓 친구들과 사악한 조언자들"이 없어져야 한다는 말은 있었다.

차가운 돌풍이 다리를 때렸다. 그녀는 아침 식사에 입고 갈 가운을 고르러 들어갔다. 피터는 그녀에게 죽은 아내의 옷장을 줬다. 비단과 새틴, 벨벳, 모피 옷이 꿈에서도 못 보았을 만큼 많았지만, 대부분은 그녀에게 너무 컸다. 라이사 부인은 임신과 사산과 유산을 오랫동안 반복하면서 살이 많이 찐 상태였다. 그래도 제일 오래된 가운 몇 벌은 리버런의 젊은 라이사 툴리에게 맞춰 만든 옷이었고, 나머지는 그레첼이 알레인에게 맞게 고칠 수 있었다. 알레인은 열세 살인데도 이모가 스무살이었을 때만큼 다리가 길었다.

오늘 아침 그녀의 눈길은 툴리의 붉은색과 파란색으로 알록달록하게 물들여 다람쥐 모피를 덧댄 가운에 끌렸다. 그레첼이 부풀린 소매에 팔을 끼우게 도와주고, 등 뒤의 끈을 맨 후에 머리를 빗겨 핀을 꽂아주었다. 알레인은 지난밤 잠자리에 들기 전에 머리를 다시 검게 물들였다. 이모가 준 약은 원래의 풍성한 적갈색 머리를 알레인의 흑갈색 머리로 바꿔주었지만, 오래지 않아서 뿌리 부분에 붉은 기운이 돌아왔다. '염색약을 다 쓰고 나면 어떻게 해야 하지?' 그 약은 협해 건너 티로시에서 온 물건이었다.

아침 식사를 하러 내려가면서 알레인은 이어리의 고요함에 다시금 놀랐다. 칠왕국을 통틀어 이보다 더 조용한 성은 없었다. 여기 하인들은 몇 명 되지 않고 나이가 많았으며, 어린 영주가 흥분할까 봐 목소리를 낮췄다. 산 위에는 말도 없고, 짖고 으르렁댈 사냥개도, 훈련장에서 훈련하는 기사도 없었다. 심지어 위병들의 발소리마저도 하얀 돌 복도를 걸을 때면 이상하게 소리가 약해지는 것 같았다. 탑들 주위로 신음하고 한숨짓는 바람 소리를 들을 수 있었지만, 그게 다였다. 처음 이어리에 왔을 때는 알리사의 눈물이 내는 물소리도 있었지만, 이제 그 폭포는 얼어버렸다. 그레첼은 폭포가 봄이 될 때까지 그 상태일 거라고 했다.

로버트 공은 혼자 주방 위 '아침 회랑'에서 꿀을 넣은 커다란 포리지 그릇에 열의 없이 나무 숟가락을 휘젓고 있었다. "난 계란을 먹고 싶었어." 로버트는 그녀를 보자 투덜거렸다. "부드럽게 삶은 계란이랑 등살 베이컨을 먹고 싶었어."

그들에게는 계란도 베이컨도 없었다. 이어리의 곡물 저장고에 든 귀리와 옥수수와 보리로 1년은 넉넉하게 먹을 수 있었으나, 계곡 바닥에서 신선한 식품을 가져오는 일은 미아 스톤이라는 사생아 처녀에게 의존하고 있었다. 선언자들이 산 아래에 진을 치자 미아가 뚫고 나갈 길이 없어졌다. 여섯 명 중 첫 번째로 관문에 도착한 벨모어 공은 까마귀를 날려 리틀핑거에게 로버트 공을 내려보내지 않으면 이어리에 식품이 올라갈 일은 없다고 말했다. 아직 포위전이라고 할 수는 없었지만, 그 다음가는 수준은 됐다.

"미아가 오면 드시고 싶은 만큼 계란을 드실 수 있어요." 알레인은 어린 영주에게 약속했다. "미아가 계란과 버터와 멜론과 온갖 맛난 것들을 가져올 거예요."

아이는 진정되지 않았다. "난 오늘 계란을 먹고 싶어."

"스위트로빈, 계란이 없다는 거 알잖아요. 제발 포리지를 드세요. 아주 맛있어요." 그녀는 자기 포리지를 듬뿍 떠먹었다.

로버트는 숟가락을 그릇에서 이리저리 밀기만 할 뿐, 입가로는 가져가지 않았다. "배 안 고파." 그게 결론이었다. "다시 자러 가고 싶어. 어젯밤엔 하나도 못 잤어. 노랫소리가 들렸어. 콜먼 학사가 드림와인을 줬지만 아직도 노랫소리가 들려."

알레인은 숟가락을 내려놓았다. "누가 노래를 불렀다면 저도 들었겠죠. 악몽을 꾸신 것뿐이에요."

"아냐, 꿈이 아니었어." 로버트의 눈에 눈물이 고였다. "마릴리언이 다시 노래하고 있었어. 네 아버지는 마릴리언이 죽었다고 하지만, 안 죽은 거야."

"죽었어요." 로버트가 이런 식으로 말하니 겁이 났다. 작고 병약한 것만으로도 나빴는데, 미치기까지 한다면 어쩌나? "스위트로빈, 마릴리언은 죽었어요. 마릴리언은 어머님을 너무 사랑했고, 어머님께 그런 짓을 저지르고는 살 수가 없었기 때문에, 하늘로 걸어 나갔어요." 로버트와 마찬가지로 알레인도 시체를 보지 못했지만, 가수가 죽었다는 사실은 의심하지 않았다. "정말 죽었어요."

"그치만 매일 밤 노랫소리가 들려. 덧창을 닫고 베개로 귀를 막아도 들려. 너희 아버지는 그놈 혀를 잘랐어야 했어. 내가 그러라고 했는데 내 말을 안 듣더니."

'자백을 하려면 혀가 있어야 했거든.' "착하죠, 포리지 먹어요." 알레인은 애원했다. "제발, 날 위해서라도요."

"포리지 먹기 싫어." 로버트는 숟가락을 회랑 저편으로 내던졌다. 숟가락은 태피스트리에 맞고 튕겨 나오면서 하얀 비단 달 위에 포리지 얼룩을 남겼다. "영주가 계란이 먹고 싶다니까!"

"영주는 포리지를 고맙게 먹는 겁니다." 뒤에서 피터의 목소리가 날아왔다.

알레인이 몸을 돌려 보니 피터가 입구 아치에 콜먼 학사와 같이 서 있었다. "호국공의 말씀을 들으셔야 합니다, 영주님." 학사가 말했다. "휘하 봉신들이 영주님께 경의를 표하려고 산을 올라오고 있으니, 힘을 내셔야 할 겁니다."

로버트는 손마디로 왼쪽 눈을 문질렀다. "보내버려. 난 보고 싶지 않아. 그 사람들이 오면 날게 해버릴 거야."

"그거 정말 유혹적이긴 하지만, 안타깝게도 안전하게 오갈 수 있다고 약속했지 뭡니까." 피터가 말했다. "어쨌든 돌려보내기엔 너무 늦었어요. 지금쯤이면 돌성까지 올라왔을 겁니다."

"왜 우릴 내버려두지 않는 거죠?" 알레인이 흐느꼈다. "우리가 해를 끼친 것도 아닌데요. 우리에게 뭘 원하는 거예요?"

"로버트 공을 원할 뿐이지. 로버트 공과 협곡을." 피터는 미소 지었다. "총 여덟 명일 거다. 네스토 공이 안내하고 있고, 린 코브레이가 함께 있구나. 린 경은 피를 볼 때가 왔는데 멀리 떨어져 있는 부류가 아니지."

그의 말은 알레인의 두려움을 달래주지 못했다. 린 코브레이는 전투에서 만큼이나 결투에서도 많은 수를 죽인 남자였다. 그녀가 알기로 린 코브레이는 로버트의 반란 중에 세운 무공으로 기사 서임을 받았는데, 처음에는 걸타운 관문 앞에서 존 아린 공과 싸웠고 나중에는 존 아린의 기치 아래 트라이던트에서 싸워 킹스가드의 하얀 기사였던 도르네의 르윈 공자를 베었다. 피터는 르윈 공자가 전투의 물결에 휩쓸려 심한 부상을 입은 상태로 '레이디폴론(Lady Forlorn, 고독이라는 숙녀)'과 마지막 춤을 췄다고 하면서도, 그 뒤에 이렇게 덧붙였다. "하지만 코브레이에게 그런 이야기를 꺼내선 안 돼. 그랬다가는 곧 지옥에 떨어져서 르윈 마르텔 본인에게 진실이 무엇인지 물어볼 기회를 얻게 되지." 그녀가 로버트 공의 위병들에게 들은 말의 절반만 사실이라 해도, 린 코브레이는 선언자들 여섯을 다 합친 것보다 더 위험한 자였다. "그 사람이 왜 오는 거죠? 코브레이가는 아버지에게 호의적인 줄 알았는데요."

"라이오넬 코브레이 공은 나의 통치에 호의적이지. 하지만 그 동생은 자기 생각대로 행동해. 트라이던트에서, 두 사람의 아버지가 부상을 입고 쓰러졌을 때, 레이디폴론을 낚아채어 아버지를 벤 남자를 죽인 건 린이었어. 라이오넬이 노인을 짊어지고 후방의 학사들에게 데려가는 동안, 린은 로버트의 좌익을 위협하는 도르네인들에게 돌격해서 대열을 흩어놓고, 르윈 마르텔을 죽였지. 그래서 노(老) 코브레이 공은 죽을 때 레이디폴론을 둘째 아들에게 준 거야. 라이오넬은 영지와 작위, 성과 재산을 다 받았지만 그래도 제 생득권을 강탈당했다고 느끼고 있고, 반면 린 경은…… 흠, 린이 라이오넬을 사랑하는 마음은 그가 나를 사랑하는 마음에 뒤지지 않을 거다. 린 경은 라이사의 남편이 되고 싶어 했지."

"난 린 경이 싫어." 로버트가 고집을 부렸다. "여기 들여놓지 않을 거야. 다시 내려보내. 난 린 경이 와도 좋다고 한 적 없어. 여긴 아니야. 이어리는 난공불락이야. 어머니가 그랬어."

"어머님은 돌아가셨어요, 영주님. 공이 열여섯 살이 될 때까지는 내가 이어리를 통치합니다." 피터는 주방 계단 근처를 맴돌던 등이 굽은 하녀를 돌아보았다. "멜라, 영주님께 새 숟가락을 가져다드리게. 포리지를 드셔야 하니."

"안 먹어! 내 포리지는 날아가라고 해!" 이번에 로버트는 포리지와 꿀이 담긴 그릇을 통째로 집어 던졌다. 피터 베일리시는 날쌔게 피했지만, 콜먼 학사는 그렇게 민첩하지 못했다. 나무 그릇은 학사의 가슴을 정통으로 때리고, 얼굴과 어깨에 온통 내용물을 뿌렸다. 그는 정말이지 학사답지 못한 방식으로 악을 썼고, 알레인은 어린 영주를 달래려 했지만 너무 늦었다. 이미 발작이 온 후였다. 몸부림치는 로버트의 손에 맞은 우유병이 날아갔다. 로버트는 일어나려다가 의자를 뒤로 넘어뜨리고 그 위로 쓰러졌다. 한쪽 발이 알레인의 배를 찼는데, 숨이 턱 막힐 정도의 강도였다. "아, 신들이시여 자비를 베푸소서." 그녀는 피터가 넌더리를 내며 하는 소리를 들었다.

자신이 책임진 환자 앞에 무릎을 꿇고 달래는 말을 중얼대는 콜먼 학사의 얼굴과 머리에 포리지 방울이 점점이 붙어 있었다. 마치 덩어리진 회갈색 눈물처럼 포리지 한 방울이 천천히 오른뺨을 타고 흘러내렸다. '지난번처럼 지독하진 않아.' 알레인은 희망을 불러내려 애쓰며 생각했다. 경련이 멎었을 때쯤에는 하늘색 망토와 은색 사슬 갑옷 셔츠 차림의 위병 두 명이 피터의 부름에 따라 와 있었다. "침대로 다시 모셔 가서 거머리 치료를 하게." 호국공이 말하자 둘 중 키가 큰 위병이 소년을 품에 안아 올렸다. '로버트는 나도 들 수 있어. 헝겊 인형처럼 가벼워.' 알레인은 생각했다.

콜먼은 바로 따라가지 않고 잠시 뒤에 남았다. "아무래도 이번 협상은 다른 날로 미루는 게 좋을 수도 있겠습니다. 라이사 부인이 돌아가신 후 영주님의 발작이 심해졌어요. 더 잦아지고 더 격렬해졌습니다. 위험할 정도로 자주 피를 뽑고 있고 드림와인과 양귀비즙을 섞어서 수면을 돕고는 있습니다만……."

"하루에 열두 시간을 자지 않소. 가끔은 깨어나 있어야지." 피터가 말했다.

학사가 손가락으로 머리를 빗어 넘기자 포리지 방울이 바닥에 떨어졌다. "라이사 부인은 로버트 공이 너무 긴장하면 매번 젖을 먹이셨지요. 에브로즈 최고학사님의 주장에 따르면 어머니의 젖에는 건강에 좋은 속성이 많다고 합니다."

"그게 학사의 조언이오? 이어리의 영주이자 협곡의 방어자에게 유모를 찾아주라는 게? 젖은 언제 떼는 거요, 결혼식 날에? 그렇게 하면 유모의 젖꼭지에서 아내의 젖으로 바로 옮겨 갈 수 있겠군." 피터 공의 웃음소리가 그 제안을 어떻게 생각하는지 명백하게 드러냈다. "아니, 아니오. 다른 방법을 찾아보시오. 그 아이가 단것을 좋아하지 않나?"

"단것요?" 콜먼이 말했다.

"단것. 케이크와 파이, 잼과 젤리, 벌집에 든 꿀. 우유에 단잠을 살짝 넣는 건 어때요, 시도해봤소? 아주 약간, 한 자밤만 넣어서 마음을 가라앉히고 저 끔찍한 경련을 멈추는 거요."

"한 자밤요?" 학사가 침을 삼키자 목울대가 위아래로 움직였다. "한 자밤, 딱 한 자밤이라면…… 그럴 수도, 그럴 수도 있겠습니다. 너무 많이는 말고, 너무 자주도 말고요. 예. 제가 시도해볼 수 있겠……."

"한 자밤요." 피터 공이 말했다. "영주들을 만나는 자리에 데리고 나오기 전에."

"분부대로 하겠습니다." 학사는 사슬 목걸이를 잘랑거리며 서둘러 나갔다.

"아버지." 알레인은 학사가 나가고 나서 물었다. "아침 식사로 포리지 한 그릇 드시겠어요?"

"난 포리지를 싫어해." 그는 리틀핑거의 눈으로 그녀를 보았다. "차라리 입맞춤으로 아침을 대신하련다."

진짜 딸이라면 아비에게 입 맞추기를 거절할 리 없기에, 알레인은 다가가서 피터 공에게 입을 맞췄다. 뺨에 짧게 쪽 하고 입술만 댄 후에 재빨리 물러났다.

"얼마나…… 의무에 충실한지." 리틀핑거는 입으로만 미소 짓고, 눈은 웃지 않았다. "흠, 그러고 보니 너에게 맡길 다른 의무도 있구나. 요리사에게 꿀과 건포도를 넣은 레드와인을 데우라고 일러라. 손님들이 오랜 등산으로 춥고 목이 마를 테지. 손님들이 도착하면 네가 맞이해서 다과를 권하거라. 와인과 빵과 치즈로. 우리에게 남은 치즈가 뭐가 있지?"

"맛이 강한 화이트치즈와 냄새 강한 블루치즈요."

"화이트로 하자. 그리고 넌 옷을 갈아입는 게 좋겠다."

알레인은 드레스를 내려다보았다. 리버런의 진한 파란색과 어두운 붉은색이었다. "이건 너무—"

"너무 툴리 색이야. 선언자들은 내 서녀가 죽은 아내의 옷을 입고 활보하는 모습에 기뻐하지 않을 거다. 뭔가 다른 옷을 골라라. 하늘색과 크림색을 피하라는 말도 해줘야 할까?"

"아뇨." 하늘색과 크림색은 아린 가문의 색깔이었다. "여덟 명이라고 하셨죠……. 청동 욘도 포함인가요?"

"중요한 단 하나의 인물이지."

"청동 욘은 절 알아요." 그녀는 상기시켰다. "아들이 검은 옷을 입으러 북부로 달려갔을 때, 윈터펠에 손님으로 묵었어요." 당시에 웨이마르 로이스 경에게 푹 빠졌던 기억이 희미하게 났지만, 그건 이전 생의 일, 그녀가 어리석은 어린 소녀였을 때의 일이었다. "그때만 본 게 아니에요. 로이스 공은…… 킹스랜딩에서, 수관의 마상시합 때도 산사 스타크를 봤어요."

피터는 한 손가락으로 그녀의 턱을 받쳤다. "로이스가 이 예쁜 얼굴을 봤으리라는 점은 의심치 않는다만, 천 개의 얼굴 중에 한 얼굴이었어. 마상시합에서 싸우는 남자는 군중 속의 아이보다는 자기 자신에게 더 신경 쓴다. 그리고 윈터펠의 산사는 적갈색 머리의 어린 소녀였어. 내 딸은 키가 크고 아름다운 처녀이고, 머리는 밤색이지. 사람들은 보리라 기대하는 것만 본단다, 알레인." 그는 그녀의 코에 입을 맞췄다. "매디를 시켜서 개인방에 불을 지펴라. 선언자들은 거기서 맞이하겠다."

"하늘 회랑이 아니고요?"

"그래. 그자들은 내가 아린가의 높은 의자 근처에 있는 모습만 봐도 내가 그 의자에 앉을 작정이라고 생각할지 몰라. 나처럼 미천하게 태어난 엉덩이가 그런 높은 방석에 올라앉아선 안 되지."

"개인방요." 그 정도에서 멈춰야 했건만, 말이 저절로 흘러나왔다. "그자들에게 로버트를 내주면……."

"……그래서 협곡도 내주고?"

"협곡은 이미 그 사람들 차지잖아요."

"아, 상당 부분을 차지한 건 사실이지. 하지만 다는 아니야. 난 걸타운에서 꽤 사랑받고 있고, 귀족 친구들도 나름 두고 있지. 그래프턴, 린덜리, 라이오넬 코브레이…… 그 친구들이 선언자들의 상대가 되지 않는다는 건 인정하마. 그래도 로버트를 내주면 어디로 가자는 거냐, 알레인? 핑거스에 있는 내 웅장한 요새?"

알레인도 생각은 해보았다. "조프리가 하렌홀을 줬잖아요. 거기서는 응당 영주시고요."

"명목만은 그렇지. 난 라이사와 결혼하기 위해 대단한 자리가 필요했고, 라니스터가 나에게 캐스털리록을 줄 리는 없었거든."

"그래도, 그 성은 아버지 거예요."

"아, 그리고 얼마나 대단한 성인지. 동굴 같은 홀들과 폐허가 된 탑들, 유령들과 외풍, 난방을 감당할 수도 없고 수비도 불가능한 성……. 게다가 저주 문제도 있지."

"저주는 노래와 옛이야기에만 나오는 거예요."

그 말에는 피터가 재미있어하는 것 같았다. "독을 바른 창에 찔려 죽어가는 그레고르 클리게인에 대한 노래도 누가 지어냈던가? 아니면 그 전에 있었던 용병, 그레고르 경이 한 번에 관절 하나씩 사지를 잘라낸 용병에 대한 노래는? 그 용병은 그 성을 아모리 로치 경에게서 빼앗았고, 아모리 로치는 타이윈 공에게 받았지. 하나는 곰이 죽였고, 또 하나는 네 난쟁이 남편이 죽였어. 휀트 부인도 죽었다고 들었다. 로스스톤, 스트롱, 해로웨이…… 하렌홀을 건드린 손은 모조리 말라 죽었어."

"그렇다면 프레이 공에게 줘버려요."

피터는 웃음을 터뜨렸다. "그럴지도 모르겠다. 아니면 우리 사랑스러운 세르세이에게 주면 더 좋겠고. 아니, 그래도 나에게 화려한 태피스트리들을 보내줬는데 가혹하게 말하면 안 되겠지. 세르세이가 참 친절하지 않으냐?"

그 이름만 들어도 몸이 뻣뻣해졌다. "친절하지 않아요. 무서워요. 그 여자가 제가 어디 있는지 안다면—"

"그렇게 되면 그 여자를 내 계획보다 빨리 게임에서 제거해야겠지. 알아서 스스로를 제거하지 않는다면 말이다만." 피터는 가벼운 웃음으로 알레인을 놀렸다. "왕좌의 게임에서는 가장 약한 말도 자기 의지를 가질 수 있지. 때로는 그 말들이 네가 계획한 대로 움직이지 않으려 해. 그 점을 명심해라, 알레인. 그게 세르세이 라니스터가 아직 배워야 할 교훈이다. 자, 이제 네가 해야 할 일이 있지 않니?"

사실 그랬다. 먼저 와인부터 데우게 시키고, 내놓을 만한 강렬한 맛의 화이트치즈 덩어리를 찾고, 요리사에게는 선언자들이 예상보다 많은 사람을 데려왔을 경우에 대비해서 스무 명분의 빵을 구우라고 지시했다. '일단 우리의 빵과 소금을 먹고 나면 우리의 손님이 되고, 우릴 해칠 수 없게 되지.' 프레이가 트윈스에서 어머니와 오빠를 살해했을 때 환대의 법칙을 다 깨버렸다 해도 욘 로이스처럼 고결한 영주가 그런 짓을 하리라고는 믿을 수 없었다.

다음은 개인방 정리였다. 바닥에 미르산 카펫이 덮여 있었기에 골풀을 깔 필요는 없었다. 알레인은 하인 두 명에게 가대 탁자를 세우고 참나무와 가죽으로 만든 무거운 의자 여덟 개를 가져오라 일렀다. 연회를 위해서라면 의자를 탁자 양 끝에 하나씩, 그리고 양옆으로 세 개씩 놓겠지만 이건 연회가 아니었다. 그녀는 하인들을 시켜서 의자 여섯 개를 한쪽에, 두 개를 반대쪽에 놓게 했다. 지금쯤은 선언자들이 눈성까지 올라왔을 것이다. 노새를 타고 와도 올라오는 데 거의 한나절이 걸렸고, 도보라면 대개 며칠은 걸렸다.

영주들이 밤늦게까지 이야기를 나눌 가능성이 있었다. 새 초가 필요할 것이다. 매디가 불을 다 지피자, 알레인은 왁슬리 공이 라이사 부인에게 구혼할 때 선물했던 밀랍 향초를 찾으러 보냈다. 그 후에는 다시 주방에 들러서 와인과 빵을 확인했다. 모든 것이 순조로워 보였고, 아직 목욕하고 머리를 감고 옷을 갈아입을 시간이 넉넉했다.

그녀는 자주색 비단 가운 앞에서 멈칫했고, 은색 사선이 들어간 짙은 파란색 벨벳 드레스에 눈이 번쩍 뜨이는 것 같았지만, 결국에 알레인은 사생아이고 지위에 걸맞지 않은 옷을 입어선 안 된다는 사실을 떠올렸다. 그녀가 고른 드레스는 양모로 만들었고, 짙은 갈색에 단순한 모양새였으며 보디스와 소매와 옷단에는 금실로 잎사귀와 덩굴을 수놓았다. 수수하고 적절했으며, 하녀가 입는 옷보다 그다지 사치스럽지 않았다. 피터는 그녀에게 라이사 부인의 보석도 다 줬는데, 목걸이를 몇 개 걸어보았지만 하나같이 너무 호사스러워 보였다. 결국 그녀는 가을의 금빛을 띤 단순한 벨벳 리본을 골랐다. 그레첼이 라이사의 은도금한 거울을 가져왔을 때 보니 그 색깔이 알레인의 밤색 머리채에 완벽하게 어울렸다. '로이스 공은 절대 날 알아보지 못할 거야.' 그녀는 생각했다. '나도 나를 못 알아보겠는걸.'

알레인 스톤은 피터 베일리시만큼 대담해진 기분으로 미소를 걸치고 손님들을 만나러 내려갔다.

이어리는 칠왕국에서 정문이 감옥보다 아래에 있는 유일한 성이었다. 가파른 돌계단은 돌성과 눈성을 지나 산비탈을 올랐지만, 그것도 하늘성에서 끝났다. 마지막 200미터 가까이는 수직 벼랑이어서, 방문객들은 노새에서 내려서 선택을 해야 했다. 보급품 운반용인 흔들거리는 나무 바구니를 타고 올라가거나, 돌을 파서 만든 손잡이를 잡아가며 암벽 틈을 기어오르거나였다.

선언자들 중에서 가장 나이가 많은 레드포트 공과 웨인우드 부인은 권양기의 힘으로 올라오기를 선택했고, 그 둘을 내린 후에 바구니는 뚱뚱한 벨모어 공을 태우러 다시 내려갔다. 다른 영주들은 암벽을 올랐다. 알레인은 따뜻하게 불을 지핀 '초승달의 방'에서 그들을 맞이하여, 로버트 공의 이름으로 환영하고 빵과 치즈와 은잔에 담긴 따뜻한 멀드와인을 제공했다.

피터에게 공부할 문장 두루마리를 받은 터라 얼굴은 몰라도 문장은 알았다. 붉은 성은 딱 봐도 레드포트였다. 깔끔하게 기른 회색 수염에 온화한 눈을 한 키 작은 남자였다. 아냐 부인은 선언자들 중에서 유일한 여자였고, 흑옥 구슬로 웨인우드의 부러진 바퀴를 새겨 넣은 진녹색 짧은 망토를 걸쳤다. 자주색 바탕에 여섯 개의 은종은 벨모어로, 배가 툭 튀어나왔고 어깨가 둥글었다. 겹겹의 턱에서 돋아난 연한 회갈색의 수염이 보기 흉했다. 반면 사이먼드 템플턴의 수염은 새까맣고 끝이 뾰족했다. 매부리코와 차가운 푸른 눈 때문에 나인스타스(Ninestars, 아홉 개의 별)의 기사는 우아한 맹금처럼 보였다. 그의 더블릿에는 금빛 X자 안에 아홉 개의 검은 별이 들어가 있었다. 젊은 헌터 공의 흑담비 망토에 잠시 당혹했지만, 망토를 고정한 브로치를 보니 다섯 개의 은화살이 쫙 펼쳐져 있었다. 알레인은 헌터 공이 40세보다는 50세에 가까우리라 추측했다. 롱보우홀을 60년 가까이 통치한 그의 아버지가 워낙 갑작스럽게 죽는 바람에, 어떤 사람들은 새로운 영주가 계승을 앞당긴 거라고 수군거리기도 했다. 헌터의 뺨과 코는 사과처럼 붉어서, 와인을 좋아한다는 사실을 시사했다. 그녀는 헌터 공이 잔을 비울 때마다 열심히 채우도록 했다.

무리 중에 제일 젊은 남자는 가슴팍에 까마귀 세 마리를 수놓았는데, 각각 발톱에 피처럼 붉은 심장을 움켜쥐고 있었다. 남자의 갈색 머리는 어깨까지 왔고, 흘러내린 머리카락이 이마를 가렸다. '린 코브레이 경이야.' 알레인은 남자의 굳은 입매와 가만히 있지 못하는 시선을 조심스럽게 보며 생각했다.

마지막으로 로이스 가문이, 네스토 공과 청동 욘이 왔다. 룬스톤의 영주는 '사냥개'만큼 키가 컸다. 머리는 희끗희끗해지고 얼굴에는 주름이 졌어도 욘 공은 여전히 크고 울퉁불퉁한 두 손으로 젊은 남자들을 나뭇가지처럼 부러뜨릴 수 있을 것 같았다. 그의 주름지고 엄숙한 얼굴을 보자 욘 공이 윈터펠에 머물 때에 대한 산사의 기억이 한꺼번에 돌아왔다. 탁자에서 그녀의 어머니와 조용히 이야기를 나누던 그의 모습이 기억났다. 안장 뒤에 수사슴을 얹고 사냥에서 돌아오며 벽을 쩌렁쩌렁 울리던 그의 목소리가 들렸다. 훈련장에서 연습용 검을 손에 쥐고 그녀의 아버지를 바닥에 쓰러뜨리고는 곧이어 로드릭 경도 쓰러뜨리려 몸을 돌리던 모습도 눈에 선했다. '날 알아볼 거야. 어떻게 못 알아보겠어?' 그의 발치에 몸을 던지고 보호해달라고 할까 생각해보았다. '롭을 위해서도 싸우지 않았는데, 왜 날 위해 싸우겠어? 전쟁은 끝났고 윈터펠은 무너졌는데.' 그녀는 소심하게 물었다. "로이스 공, 한기를 쫓게 와인을 한 잔 드시겠어요?"

청동 욘의 청회색 눈동자는 이제까지 본 적 없이 무성한 눈썹 아래 반쯤 숨겨져 있었다. 그녀를 내려다보는 눈가에 주름이 잡혔다. "내가 널 알더냐?"

알레인은 혀를 씹어 삼킨 것 같은 기분이었지만, 네스토 공이 그녀를 구했다. "알레인은 호국공의 서녀라네." 그가 무뚝뚝하게 알려줬다.

"리틀핑거의 작은 손가락이 바빴군요." 린 코브레이가 짓궂은 미소를 지으며 말했다. 벨모어는 웃음을 터뜨렸고, 알레인은 뺨이 붉어지는 것을 느꼈다.

"몇 살이니, 얘야?" 웨인우드 부인이 물었다.

"열네 살입니다, 부인." 잠깐이지만 알레인이 몇 살이어야 하는지 바로 생각이 나지 않았다. "그리고 전 아이가 아니라, 꽃이 핀 처녀예요."

"하지만 바라건대 그 꽃을 누가 따진 않았겠지." 젊은 헌터 공의 숱 많은 콧수염이 그의 입을 완전히 가렸다.

"아직은." 린 코브레이는 마치 그 자리에 없는 사람을 말하듯 했다. "하지만 딸 시기가 무르익은 것 같군요."

"하츠홈에선 그런 게 예의인가요?" 아냐 웨인우드의 머리는 희게 세기 시작했고 눈가에는 주름이 잡혔으며 턱 아래 피부는 늘어졌지만, 그래도 그녀에겐 알아볼 수밖에 없는 고결함이 있었다. "이 아이는 어리고 품행이 단정한 데다, 끔찍한 일은 충분히 겪었어요. 입조심해요, 경."

"제 입은 제가 알아서 할 일이고." 코브레이가 대꾸했다. "부인께선 부인 입이나 조심하시지요. 제가 잔소리를 좋게 받아들인 적이 없다는 건 수많은 죽은 남자들이 말해줄 수 있을 겁니다."

웨인우드 부인은 그에게서 등을 돌렸다. "우릴 네 아버지에게 안내하는 게 좋겠구나, 알레인. 빨리 끝낼수록 더 좋아."

"호국공께서는 개인방에서 기다리십니다. 따라오시겠어요?" 그들은 초승달의 방에서 가파른 대리석 계단을 올라 창고와 감옥을 우회하고 세 개의 살인 구멍 아래를 지났다. 선언자들은 살인 구멍을 못 본 척했다. 벨모어는 곧 풀무처럼 씩씩거렸고, 레드포트의 얼굴은 머리만큼 희어졌다. 계단 꼭대기에 서 있던 위병들이 그들이 도착하자 쇠창살문을 올렸다. "이쪽으로 오시지요." 알레인은 앞장서서 화려한 태피스트리가 십여 개 걸린 통로를 지났다. 로소르 브룬 경이 개인방 밖에 서 있었다. 그는 문을 열어주고 그들을 뒤따라 들어갔다.

피터는 와인 한 잔을 손 닿는 곳에 두고 가대 탁자 앞에 앉아서, 빳빳한 흰색 양피지를 들여다보고 있었다. 선언자들이 들어서자 그는 시선을 올렸다. "어서 오십시오, 여러분. 올라오시는 길이 고달프다는 거 압니다. 앉으시죠. 알레인, 아가야, 우리 귀한 손님들께 와인을 더 가져다드려라."

"아버지 말씀대로 할게요." 촛불이 켜져 있는 것을 보니 흡족했다. 개인방에서는 육두구와 다른 값비싼 향신료 냄새가 났다. 그녀가 와인병을 가지러 가는 사이 방문객들은 나란히 자리에 앉았다……. 다만 네스토 로이스는 잠시 머뭇거리다가 탁자를 돌아서 피터 공 옆에 놓인 빈 의자에 앉았고, 린 코브레이는 앉지 않고 벽난로 옆에 섰다. 난로에 손을 데우는 린 코브레이의 검 손잡이 끝에 박힌 심장 모양의 루비가 붉게 빛났다. 그가 로소르 브룬 경을 보며 미소 지었다. '린 경은 나이 많은 남자치곤 아주 잘생겼지만, 저 미소가 마음에 안 들어.' 그녀는 생각했다.

"여기 여러분의 놀라운 선언문을 읽고 있었습니다." 피터가 운을 뗐다. "훌륭해요. 이 선언문을 쓴 학사가 누군지는 몰라도 언어에 재능이 있군요. 서명해달라고 저도 초대해주셨다면 좋았을 텐데요."

이 말은 선언자들에게 불시의 기습이었다. "당신이?" 벨모어가 말했다. "서명을?"

"저도 누구 못지않게 펜을 잘 휘두르는 데다가, 로버트 공을 저보다 더 사랑하는 사람은 없습니다. 여기 거짓 친구들과 사악한 조언자들에 대해서는, 무슨 수를 쓰든 뿌리 뽑아야지요. 여러분, 전 마음도 손도 여러분과 함께예요. 어디 서명할지 알려만 주시죠."

와인을 따르던 알레인은 린 코브레이의 웃음소리를 들었다. 다른 영주들은 갈피를 잃은 듯하다가, 청동 욘 로이스가 손가락 관절을 꺾으며 말했다. "리틀핑거, 당신 서명을 받자고 온 게 아니오. 당신과 설전을 벌일 생각도 없고."

"그런 안타까운 일이. 저는 말로 치고받기를 정말 좋아하는데 말입니다." 피터는 양피지를 한쪽에 내려놓았다. "원하시는 대로 하지요. 솔직해집시다. 절 어쩔 생각이신가요, 여러분?"

"우린 당신에 대해 괘념치 않소." 사이먼드 템플턴이 차가운 파란 눈을 호국공에게 고정했다. "우린 당신을 보낼 거요."

"보내요?" 피터는 놀란 척했다. "제가 어디로 간단 말입니까?"

"왕실은 당신을 하렌홀의 영주로 삼았어요." 젊은 헌터 공이 지적했다. "그만하면 누구에게든 족하지 않소?"

"강역엔 주인이 필요해요." 늙은 호턴 레드포트가 말했다. "리버런은 포위당해 있고, 브라켄과 블랙우드는 공공연히 전쟁 중이고, 무법자들이 트라이던트 양쪽을 자유로이 오가면서 내키는 대로 훔치고 죽이고 있어요. 가는 곳마다 묻히지도 못한 시체들이 널렸고."

"레드포트 공 말씀을 들으니 참으로 매력적이군요." 피터가 대꾸했다. "하지만 제겐 여기에 더 급한 일들이 있어서요. 그리고 로버트 공 생각도 해야지요. 저보고 병약한 아이를 그런 살육장에 끌고 가라는 겁니까?"

"영주님이야 협곡에 남으셔야지." 욘 로이스가 단언했다. "내가 룬스톤에 데려가서, 존 아린이 자랑스러워할 만한 기사로 키울 생각이오."

"왜 룬스톤이죠?" 피터가 말했다. "왜 아이언오크스나 레드포트는 아니고요? 왜 롱보우홀은 아닙니까?"

"어디든 괜찮소." 벨모어 공이 말했다. "그리고 머지않아 차례차례 방문하실 거요."

"그렇게 될까요?" 피터는 말투로 넌지시 의심을 비쳤다.

웨인우드 부인이 한숨을 내쉬었다. "피터 공, 우리가 서로 반목하게 할 생각이라면 그런 노력은 아껴둬도 좋아요. 우린 한 목소리로 말합니다. 룬스톤이면 모두에게 만족스러워요. 욘 공은 세 아들을 훌륭하게 키웠으니, 어린 영주님을 대자로 삼기에 더 어울리는 사람이 없지요. 헬리웨그 학사는 여기 콜먼 학사보다 훨씬 나이가 많고 그만큼 경험도 많으니, 로버트 공의 약한 몸을 치료하기에도 더 적합해요. 룬스톤에서 그 아이는 '힘센 샘 스톤'에게 전쟁 기술을 배우게 될 겁니다. 그보다 더 훌륭한 훈련대장은 기대하기 어렵지요. 정신적인 문제는 루코스 성사가 돌볼 것이고, 룬스톤에서라면 자기 또래의 다른 사내아이들도 만나게 될 겁니다. 지금 둘러싸여 있는 노파들과 용병들보다는 그 편이 더 알맞지요."

피터 베일리시는 수염을 쓸었다. "영주님에게 벗이 필요하다는 점은 저도 동의합니다. 다만, 알레인을 노파라고 할 수는 없지요. 로버트 공은 제 딸을 아주 좋아해요. 기꺼이 그렇게 말씀하실 겁니다. 그리고 이미 그래프턴 공과 린덜리 공에게 대자로 아들을 하나씩 보내달라고 청해놨습니다. 둘 다 로버트 또래의 사내아이지요."

린 코브레이가 소리 내어 웃었다. "애완견 둘에게 강아지 하나씩이라."

"로버트에게는 손위의 사내아이도 있어야 합니다. 전도유망한 젊은 종자면 좋겠지요. 우러러보고 따라할 수 있는 아이로요." 피터는 웨인우드 부인을 돌아보았다. "마침 아이언오크스에 그런 아이를 두고 계시지요. 제게 해롤드 하딩을 보내주셔도 좋겠습니다만."

아냐 웨인우드는 재미있어하는 것 같았다. "피터 공은 내가 이제까지 만나본 도둑 중에 제일 대담한 도둑이로군요."

"그 아이를 훔치려는 건 아닙니다만, 로버트 공과 그 아이는 친구가 되어야지요." 피터가 말했다.

청동 욘 로이스가 몸을 앞으로 내밀었다. "로버트 공이 젊은 해리와 친구가 되는 것이 적절하다 싶으면 그렇게 될 것이오……. 룬스톤에서, 나의 보살핌 아래, 나의 대자이자 종자로서 말이오."

"아이를 우리에게 넘겨요." 벨모어 공이 말했다. "그러면 아무 해도 없이 협곡을 떠나서 정당한 당신 자리인 하렌홀로 갈 수 있소."

피터는 가볍게 비난하는 눈빛을 던졌다. "그러지 않으면 제가 해를 입을 수도 있다는 말씀이신가요? 이유를 생각하기 어렵군요. 제 아내는 여기가 제게 알맞은 자리라고 생각한 것 같습니다만."

"베일리시 공." 웨인우드 부인이 말했다. "라이사 툴리는 존 아린의 과부이자 그의 자식의 어미였고, 그 아이의 섭정으로서 여기를 통치했습니다. 당신은…… 솔직히 말하지요. 당신은 아린이 아니고, 로버트 공은 당신 핏줄이 아니에요. 어떤 권리로 당신이 우리를 통치하겠다는 겁니까?"

"라이사가 저를 호국공으로 임명한 것 같은데요."

젊은 헌터 공이 말했다. "라이사 툴리는 한 번도 진정한 협곡 사람이었던 적이 없고, 우리의 자리를 결정할 권리도 없었소."

"그러면 로버트 공은요?" 피터가 물었다. "헌터 공께선 라이사 부인에게 친아들에 대해 결정을 내릴 권리도 없었다고 주장하실 겁니까?"

네스토 로이스는 내내 침묵을 지키고 있다가, 이제 큰 소리로 말했다. "한때는 나도 라이사 부인과 혼인하고 싶었소. 헌터 공의 아버지도 그랬고, 아냐 부인의 아들도 그랬지. 코브레이는 반 년 동안 라이사 부인 곁을 거의 떠나지 않았고. 라이사 부인이 우리 중 누군가를 선택했다면 아무도 그 남자가 호국공이 될 권리가 없다고는 안 했을 거요. 그런데 라이사 부인은 리틀핑거 공을 선택했고, 아들을 이 사람에게 맡겼지."

"로버트는 존 아린의 아들이기도 해." 청동 욘이 관문의 수호자를 찌푸린 얼굴로 보며 말했다. "로버트 공은 협곡 사람이야."

피터가 어리둥절한 척했다. "이어리도 룬스톤만큼이나 협곡의 일부인데요. 누가 이어리를 옮기기라도 했던가요?"

"농담은 좋을 대로 실컷 하시오, 리틀핑거." 벨모어 공이 고함을 쳤다. "그 아이는 우리와 함께 가야 해."

"벨모어 공을 실망시키긴 싫지만, 제 의붓아들은 저와 함께 여기 남을 겁니다. 모두들 잘 아시다시피 로버트는 강건한 아이가 아니에요. 여행은 로버트에게 심한 대가를 물릴 겁니다. 아이의 계부이자 호국공으로서 그런 일을 허락할 순 없습니다."

사이먼드 템플턴이 헛기침을 하더니 말했다. "우리 각각이 이 산 밑에 병사를 천 명씩 두고 있소, 리틀핑거."

"멋진 곳에 와 있군요."

"필요하다면 더 많은 수를 소집할 수도 있소."

"전쟁을 벌이겠다고 위협하시는 건가요, 경?" 피터는 조금도 두려워하는 것 같지 않았다.

청동 욘이 말했다. "우린 로버트 공을 손에 넣을 거요."

잠시 교착 상태에 이른 것처럼 보이더니, 린 코브레이가 불가에서 몸을 돌렸다. "온갖 말, 말, 말에 메스꺼워지는군. 리틀핑거는 귀만 기울여주면 말로 모두 속옷까지 벗게 만들 거요. 이런 부류에게 먹히는 건 강철뿐이지." 그는 장검을 뽑았다.

피터는 두 손을 펼쳤다. "나에겐 검이 없어요, 경."

"쉽게 해결할 수 있지." 린 코브레이의 연기 같은 회색 강철 칼날 위에 촛불 빛이 너울거렸다. 그 어두운 칼날을 보니 산사는 아버지의 대검 '얼음'이 떠올랐다. "당신의 '사과 먹는 부하'가 칼을 잡고 있잖아. 그걸 달라고 하든지, 거기 단검을 뽑아."

산사는 로소르 브룬이 검에 손을 뻗는 모습을 보았지만, 검과 검이 마주치기 전에 청동 욘이 격노하여 일어섰다. "그 칼 치우시게, 경! 자네가 코브레이인가, 프레이인가? 우린 여기 손님으로 와 있어."

웨인우드 부인이 입술을 오므리더니 말했다. "꼴사납군요."

"그 검 집어넣으시오, 코브레이." 젊은 헌터 공이 말했다. "우리 모두를 망신시키군."

"자, 린." 레드포트는 좀 더 부드럽게 책망했다. "이래봐야 좋을 게 없네. 레이디폴론은 재워두게나."

"나의 숙녀(lady)에겐 갈증이 있어서." 린 경은 꺾이지 않았다. "춤을 추러 나왔으면 피를 보셔야 하지."

"경의 숙녀는 목마른 채로 가야 해." 청동 욘이 코브레이 앞에 버텨 섰다.

"선언자들이라." 린 코브레이가 코웃음을 쳤다. "차라리 늙은 여섯 노파라고 자칭하시지." 그는 어두운 색의 장검을 검집에 넣더니, 로소르 브룬을 밀어내고 나갔다. 알레인은 멀어지는 그의 발소리에 귀를 기울였다.

아냐 웨인우드와 호턴 레드포트가 눈빛을 교환했다. 헌터는 와인을 비우고 다시 채우게끔 잔을 내밀었다. 사이먼드 경이 말했다. "베일리시 공, 조금 전의 일은 용서하시오."

"그래야 하나요?" 리틀핑거의 목소리가 차가워져 있었다. "여러분이 데려온 사람입니다."

청동 욘이 말했다. "결코 우리의 의도는—"

"여러분이 저 사람을 여기 데려왔어요. 내 권한으로 위병들을 불러서 여러분 모두를 체포해도 할 말 없을 일입니다."

헌터가 벌떡 일어나다가 알레인이 손에 든 술병을 쳐낼 뻔했다. "안전한 통행을 약속했잖소!"

"그랬지요. 제가 어떤 사람보다 명예를 안다는 사실에 감사하십시오." 피터는 그녀가 처음 듣는 화난 목소리로 말했다. "전 여러분의 선언문을 읽고 여러분의 요구를 들었습니다. 이제 제 요구를 들으세요. 이 산에서 군대를 물리십시오. 집에 돌아가고 내 아들은 평화롭게 두세요. 실정이 있었다는 사실은 저도 부인하지 않겠지만, 그건 내가 아니라 라이사가 한 일입니다. 1년만 주시면 네스토 공의 도움을 받아서 여러분 중 누구도 불만스러워하지 않을 결과를 내겠다 약속합니다."

"말은 그렇지만, 우리가 당신을 어떻게 믿나?" 벨모어가 말했다.

"제가 신뢰할 수 없는 사람이라는 겁니까? 협상 자리에서 칼을 뽑은 사람은 제가 아닙니다. 여러분은 로버트 공에게 음식도 제공하지 않으면서 로버트 공을 지키겠다고 하시지요. 그런 상태는 끝내야 합니다. 저는 전사가 아닙니다만, 지금 포위를 풀지 않는다면 싸우겠습니다. 협곡엔 여러분 외에도 다른 귀족들이 있고, 킹스랜딩도 제게 사람을 보내줄 거예요. 전쟁을 원한다면 지금 말씀하시지요. 그러면 협곡이 피를 흘리게 될 겁니다."

알레인은 선언자들의 눈빛에서 의심이 피어나는 모습을 볼 수 있었다. "1년은 그렇게 긴 시간이 아니오." 레드포트 공이 자신 없이 말했다. "어쩌면…… 당신이 확언한다면……."

"우리 중에 전쟁을 원하는 사람은 없어요." 웨인우드 부인이 인정했다. "가을이 가고 있고, 우린 겨울 대비를 해야 합니다."

벨모어가 목청을 가다듬었다. "올해 말에……."

"……그때까지 협곡을 바로잡지 못한다면 제가 알아서 호국공 자리에서 내려가지요." 피터가 장담했다.

"그 정도면 아주 공정하군요." 네스토 로이스 공이 끼어들었다.

"보복은 전혀 없어야 해요." 템플턴이 주장했다. "반역이나 반란이라는 말은 없어야 합니다. 그 점도 맹세해야 해요."

"기꺼이 그러지요." 피터가 말했다. "제가 원하는 건 친구지, 적이 아닙니다. 모두 이해해드리지요. 원하신다면 적어드리겠습니다. 린 코브레이까지도요. 린 경의 형은 훌륭한 사람이니, 고귀한 가문을 부끄럽게 할 필요가 없지요."

웨인우드 부인이 동료 선언자들을 돌아보았다. "여러분, 상의를 좀 할 수 있을까요?"

"그럴 필요 없소. 저자가 이긴 게 명백하니." 청동 욘의 회색 눈이 피터 베일리시를 살폈다. "마음에 들진 않지만, 당신이 원하는 1년을 얻은 것 같군. 잘 쓰는 게 좋을 거요. 우리 모두가 속아 넘어간 건 아니오." 청동 욘이 문을 어찌나 세게 열었는지, 문짝이 돌쩌귀에서 떨어져 나갈 뻔했다.

나중에 연회 비슷한 것이 열렸지만, 피터는 변변찮은 음식에 대해 사과해야 했다. 로버트는 크림색과 하늘색의 더블릿을 입고 나와서 어린 주인 노릇을 꽤 우아하게 해냈다. 청동 욘은 그 자리에 남아서 그 모습을 보지 않았다. 그는 이미 이어리를 떠나, 긴 하산길에 접어들었다. 그에 앞서 린 코브레이 경도 떠났다. 다른 영주들은 아침까지 머물렀다.

'피터가 저들을 홀렸어.' 알레인은 그날 밤 잠자리에 들어 창밖에서 울부짖는 바람 소리에 귀 기울이며 생각했다. 어디에서 온 의심인지는 알 수 없었지만, 일단 의심이 들자 잠이 오질 않았다. 그녀는 이리저리 뒤척이면서 오래된 뼈를 물어뜯는 개처럼 그 문제를 풀어보려 했다. 결국 그녀는 일어나서, 그레첼이 꿈을 꾸게 두고 혼자 옷을 입었다.

피터는 아직 자지 않고 편지를 쓰고 있었다. "알레인. 아가, 이렇게 늦은 시간에 웬일이냐?"

"전 알아야겠어요. 1년 안에 무슨 일이 일어날까요?"

그는 펜을 내려놓았다. "레드포트와 웨인우드는 늙었다. 둘 중 하나, 어쩌면 둘 다 죽을 수도 있겠지. 길우드 헌터는 형제들에게 살해당할 거다. 아무래도 이언 헌터 공의 죽음을 꾸민 젊은 할란이 그럴 가능성이 높겠지. 내가 늘 말하듯이, 일단 시작한 일은 끝을 보는 게 좋아. 벨모어는 부패해서 돈으로 살 수 있다. 템플턴은 친구로 삼아야지. 청동 욘 로이스는 안타깝게도 계속 적대적일 테지만, 혼자인 한은 대단한 위협이 되지 못한다."

"그리고 린 코브레이 경은요?"

피터의 눈 속에서 촛불 빛이 춤을 추고 있었다. "린 경은 나의 확고한 적으로 남을 거다. 누굴 만날 때마다 나에 대해 경멸과 혐오를 담아 말할 테고, 나를 무너뜨리려는 비밀스러운 음모가 있을 때마다 검을 빌려주겠지."

그 순간 그녀의 의심이 확신으로 변했다. "그러면 어떻게 보상해줄 거죠?"

리틀핑거는 큰 소리로 웃었다. "물론 금과 소년들, 그리고 약속으로 보상해야지. 린 경은 취향이 단순한 사람이란다. 좋아하는 거라곤 금과 소년들, 그리고 살인뿐이야."

부록

— 왕들과 그 궁정 —

섭정대비

토멘 왕의 깃발은 금색 바탕에 검은색으로 그려진 바라테온의 왕관 쓴 수사슴과 진홍색 바탕에 금색으로 그려진 라니스터의 사자가 서로 싸우는 형상이다.

세르세이 라니스터 세르세이 1세, {로버트 바라테온 1세}의 과부, 태후, 왕국의 수호자, 캐스털리록의 주인이자 섭정 왕대비

세르세이 대비의 자녀

{조프리 바라테온 1세} 12세 소년으로 결혼식 피로연 중 독살당함

미르셀라 바라테온 왕녀 9세 소녀로 선스피어에 도란 마르텔 대공의 대녀로 가 있음

토멘 바라테온 1세 8세의 소년 왕

› **맹공 기사, 수염 아가씨, 장화** 토멘의 새끼 고양이들

세르세이 대비의 형제들

제이미 라니스터 경 대비의 쌍둥이로 일명 킹슬레이어, 킹스가드 단장

티리온 라니스터 일명 꼬마 악마, 난쟁이, 국왕 시해와 친족 살해로 고발당했으며 유죄 선고를 받음

› **포드릭 페인** 티리온의 종자인 10세 소년

세르세이 대비의 친척

케반 라니스터 경 숙부

› **란셀 경** 케반 경의 아들이며 대비의 사촌동생, 과거 로버트 왕의 종자이자 세르세이의 연

인이었고 새로 대리의 영주에 임명됨

› **{월렘}** 케반 경의 아들로 리버런에서 살해당함

› **마틴** 월렘의 쌍둥이, 종자

› **제이네** 케반 경의 딸, 3세 소녀

젠나 라니스터 부인 세르세이의 고모로 에몬 프레이 경과 결혼

› **{클레오스 프레이 경}** 젠나의 아들, 무법자들에게 사망

›› **타이윈 프레이** 일명 타이, 클레오스의 아들

›› **윌렘 프레이** 클레오스의 아들, 종자

› **라이오넬 프레이 경** 젠나의 둘째 아들

› **{티온 프레이}** 젠나의 아들, 리버런에서 살해당함

› **왈더 프레이** 일명 붉은 왈더, 젠나 부인의 막내아들, 캐스털리록의 시동

타이렉 라니스터 세르세이의 사촌, 고인이 된 숙부 타이겟의 아들

› **에메산드 헤이포드 부인** 타이렉의 어린 아내

조이 힐 세르세이 대비의 실종된 숙부 제리온의 서녀, 11세 소녀

세레나 라니스터 고인이 된 스태퍼드 라니스터의 딸

미리엘 라니스터 세레나의 자매, 스태퍼드의 딸

대븐 라니스터 경 스태퍼드의 아들

다미언 라니스터 경 좀 더 먼 친척으로 시에라 크레이크홀과 결혼

› **루시온 라니스터 경** 두 사람의 아들

› **라나** 두 사람의 딸, 안타리오 재스트 공과 결혼

마고트 부인 더 먼 친척, 티투스 피크 공과 결혼

토멘 왕의 소협의회

{타이윈 라니스터 공} 왕의 수관

제이미 라니스터 경 킹스가드 단장

케반 라니스터 경 법률관

바리스 내시이자 첩보관

파이셀 대학사 조언자 겸 치료자

메이스 티렐 공, 마티스 로완 공, 팍스터 레드와인 공 협의회원들

토멘의 킹스가드

제이미 라니스터 경 단장

메린 트랜트 경

보로스 블런트 경 해임 후 복직

발론 스완 경

오스먼드 케틀블랙 경

로라스 티렐 경 꽃의 기사

아리스 오크하트 경 미르셀라 왕녀와 함께 도르네에 있음

세르세이의 킹스랜딩 가신

조슬린 스위프트 말벗

세넬레, 도카스 시녀 겸 하녀

럼, 붉은 레스터, '말 다리' 호크, 짧은 귀, 퍼킨스 위병들

마저리 왕비 티렐 가문 출신의 16세 처녀, 조프리 바라테온 1세를 여의었으며 그 전에는 렌리 바라테온 공을 잃은 과부

마저리의 킹스랜딩 조정

메이스 티렐 하이가든의 영주, 마저리의 아버지

알러리 부인 하이타워 가문 출신, 마저리의 어머니

올레나 티렐 부인 마저리의 할머니, 나이 많은 과부로 별명은 가시 여왕

› **에릭과 아릭** 경호원, 키가 2미터가 넘는 쌍둥이로 별명은 왼쪽과 오른쪽

갈란 티렐 경 마저리의 오빠, 일명 용사

› **레오넷 부인** 아내, 포소웨이 가문 출신

로라스 티렐 경 마저리의 막내 오빠, 꽃의 기사, 킹스가드 결의형제

마저리의 귀부인 말벗

› **메가 티렐, 앨라 티렐, 엘리너 티렐** 사촌

›› **알린 앰브로즈** 엘리너의 약혼자, 종자

› **알리산느 불워 아가씨** 8세 소녀

› **메레디스 크레인** 일명 메리

› **타에나 메리웨더 부인**

› **알리스 그레이스포드 부인**

› **니스테리카 성사**

팍스터 레드와인 아버의 영주

› **호라스 경과 호버 경** 쌍둥이 아들

› **발라바르 학사** 레드와인의 치료사 겸 조언자

마티스 로완 골든그로브의 영주

윌람 위더스 경 마저리의 위병대장

› **휴 클리프턴** 잘생긴 젊은 위병

포티퍼 우드라이트와 루칸틴 우드라이트 형제

세르세이의 킹스랜딩 조정

오스프리드 케틀블랙 경과 오스니 케틀블랙 경 오스먼드 케틀블랙 경의 동생들

그레고르 클리게인 경 일명 달리는 산더미, 독이 들어간 상처 때문에 고통스럽게 죽어감

아담 마브랜드 경 킹스랜딩 도시 경비대(황금 망토) 대장

잘라바르 쇼 여름 군도의 망명자로 붉은 꽃 협곡의 왕자

자일스 로스비 로스비의 영주, 기침병을 앓고 있음

오턴 메리웨더 롱테이블의 영주

› **타에나** 그의 아내, 미르 출신

탠다 스토크워스 부인

› **팔리스 부인** 탠다 부인의 맏딸이자 후계자

› › **발만 버치 경** 팔리스 부인의 남편

› **롤리스 부인** 탠다 부인의 작은딸, 임신 중이지만 백치

› › **블랙워터의 브론 경** 과거 용병으로 롤리스 부인의 남편

› › **{샤에}** 롤리스의 시녀로 일했던 종군 매춘부, 타이윈 공의 침대에서 교살됨

› **프렌켄 학사** 탠다 부인을 모심

일린 페인 경 왕의 집행관, 처형인

레니퍼 롱워터스 레드킵 지하감옥의 하급간수장

› **루겐** 검은 감옥의 하급간수

화염술사 할린 공 연금술사 길드의 현자

노호 디미티스 브라보스 강철은행의 파견원

콰이번 사령술사, 과거 시타델의 학사였으며 최근에는 용감한 형제단이었음

문보이 왕실 어릿광대

페이트 8세 소년으로 토멘 왕을 대신하여 '매 맞는 아이'

올드타운의 오몬드 왕실 하프 연주자 겸 음유시인

마크 멀런도어 경 블랙워터 전투에서 원숭이와 한쪽 팔을 잃음

오레인 워터스 드리프트마크의 서자

알레산더 스태드먼 공 일명 돈 귀신

로넷 코닝턴 경 일명 붉은 로넷, 그리핀스루스트의 기사

램버트 턴베리 경, 비 숲의 더못 경, 키 큰 탤러드 경, 바야드 노크로스 경, '선량한' 보니퍼 헤이스티 경, 휴고 밴스 경 철왕좌에 충성을 맹세한 기사들

'힘센 멧돼지' 라일 크레이크홀 경, 알린 스택스피어 경, '맨턱' 존 베틀리 경, 스테폰 스위프트 경, 험프리 스위프트 경 캐스털리록에 충성을 맹세한 기사들

조스민 페클던 종자이자 블랙워터의 영웅

가렛 페이지와 르위스 파이퍼 종자이자 인질

킹스랜딩 사람들

최고성사 종단의 아버지, 일곱 신의 지상의 목소리, 허약한 노인

› **토버트 성사, 레이나드 성사, 루시언 성사, 올리도르 성사** 바엘로르 대성소에서 일곱 신을 섬기는 최고신관단 남자 성사들

› **모엘 성사, 아글란틴 성사, 멜리슨트 성사, 우넬라 성사** 바엘로르 대성소에서 일곱 신을 섬기는 최고신관단 여자 성사들

› **참새들** 가장 초라한 이들이지만 열렬한 신앙심을 지님

차타야 값비싼 매춘굴의 소유주

› **알라야야** 그녀의 딸

› **댄시, 마레이** 차타야 아래에서 일하는 여자들

브렐라 하녀, 최근에는 산사 스타크 부인을 모심

토보 모트 무기제조 장인

하프쟁이 해미시 나이 든 가수

에이슨의 알라릭 멀리 여행 다니는 가수

왓 '푸른 음유시인'을 자칭하는 가수

테오단 웰스 경 신실한 기사, 나중에 '진실의 기사 테오단 경'으로 불림

장벽의 왕

스타니스는 빛의 군주를 뜻하는 불타는 심장을 깃발에 담았다. 노란 바탕에 오렌지색 불길에 둘러싸인 붉은 심장이다. 그 심장 안에는 검은색으로 바라테온 가문의 문장인 왕관 쓴 수사슴이 들어 있다.

스타니스 바라테온 1세 스테폰 바라테온 공과 카사나 에스터몬트 부인의 둘째 아들, 드래곤스톤의 영주, 자칭 웨스테로스의 왕

왕비 셀리스 플로렌트 그의 아내, 현재 바닷가 이스트워치에 있음

› **시린 왕녀** 두 사람의 딸, 11세 소녀

›› **패치페이스** 시린의 반편이 어릿광대

› **에드릭 스톰** 스타니스의 서출 조카, 로버트 왕이 델레나 플로렌트에게서 얻은 아들, 12세 소년, 미친 프렌도스호를 타고 협해를 항해 중

›› **앤드류 에스터몬트 경** 스타니스 왕의 사촌으로 왕의 사람, 에드릭의 호위대장

›› **제랄드 가워 경, '생선 장수' 르위스, 탤리힐의 트리스턴 경, 오머 블랙베리** 왕의 사람들로 에드릭의 호위 겸 보호자들

스타니스의 캐슬블랙 조정

아샤이의 멜리산드레 일명 붉은 여인, 빛의 군주 를로르의 여사제

만스 레이더 장벽 너머의 왕, 사형 선고를 받은 포로

› **야인 왕자** 만스 레이더의 처 {델라}가 낳은 아들, 아직 이름이 없는 신생아

› **길리** 아기의 유모이자 야인 처녀

›› **길리의 아들** 아직 이름이 없는 신생아로 길리의 아버지인 {크래스터}의 아들

리차드 호프 경, 저스틴 매시 경, 클레이턴 서그스 경, '자이언트슬레이어' 고드리 파링 경, 하우드 펠 공, 콜리스 페니 경 왕비의 사람인 기사들

데반 시워스와 브라이엔 파링 왕의 종자들

스타니스의 바닷가 이스트워치 조정

다보스 시워스 경 일명 양파 기사, 비 숲의 영주, 협해의 제독, 왕의 수관

액셀 플로렌트 경 셀리스 왕비의 숙부로 왕비의 사람들 중 지휘자

리스의 살라도르 산 해적이자 용병, 발리리안호의 선장이며 갤리선 함대의 주인

스타니스의 드래곤스톤 수비군

롤랜드 스톰 경 일명 나이트송의 서자, 왕의 사람이며 드래곤스톤의 수호성주

필로스 학사 치료사, 교사, 조언자

포리지와 장어 간수들

드래곤스톤에 충성을 맹세한 영주

몬테리스 벨라리온 조수의 군주(Lord of the Tides)이자 드리프트마크의 주인, 6세 소년

듀람 바르 에몬 샤프포인트의 영주, 15세 소년

스타니스의 스톰스엔드 수비군

길버트 파링 경 스톰스엔드 수호성주

› **엘우드 메도스 공** 길버트 경의 부관

› **저언 학사** 길버트 경의 조언자 겸 치료사

스톰스엔드에 충성을 맹세한 영주

엘던 에스터몬트 그린스톤의 영주, 스타니스 왕의 숙부이자 토멘 왕의 종조부, 양쪽 모두와 조심스럽게 친교를 맺고 있음

› **아에몬 경** 엘던 공의 아들이자 후계자, 토멘 왕과 함께 킹스랜딩에 있음

›› **알린 경** 아에몬 경의 아들, 마찬가지로 토멘 왕과 함께 킹스랜딩에 있음

› **로마스 경** 엘던 경의 동생, 스타니스 왕의 숙부이자 지지자, 스톰스엔드에 있음

›› **앤드류 경** 로마스 경의 아들, 협해에서 에드릭 스톰을 보호 중

레스터 모리겐 크로스네스트의 영주

루코스 치터링 공 일명 꼬마 루코스, 16세 청년

다보스 시워스 비 숲의 영주

› **마리아** 그의 아내, 목수의 딸

›› **{데일, 알라드, 매토스, 매릭}** 첫째부터 넷째 아들까지, 블랙워터 전투에서 실종

›› **데반** 스타니스 왕의 종자로 캐슬블랙에 있음

›› **스타니스** 10세 소년, 마리아 부인과 함께 래스곶에 있음

›› **스테폰** 6세 소년, 마리아 부인과 함께 래스곶에 있음

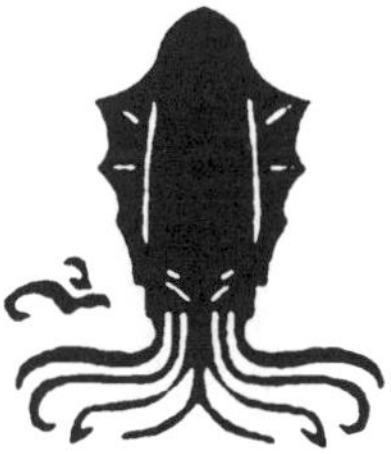

군도와 북부의 왕

파이크의 그레이조이 가문은 영웅 시대 회색 왕의 후손이라고 주장한다. 전설에 따르면 회색 왕은 바다 자체를 다스리고 인어를 아내로 맞이했다. 드래곤 아에곤은 강철 군도 마지막 왕의 혈통을 끊었으나, 강철인들이 고대 관습을 되살려 자기들 중에서 으뜸을 선택하는 것은 허락했다. 그들은 파이크의 비콘 그레이조이 공을 선택했다. 그레이조이 문장은 검은색 바탕에 금색 크라켄이다. 가언은 '우리는 씨를 뿌리지 않는다'이다.

발론 그레이조이가 철왕좌에 대항하여 일으킨 첫 번째 반란은 로버트 바라테온 1세와 윈터펠의 에다드 스타크 공에 의해 진압되었으나, 발론 공은 로버트의 죽음에 뒤따른 혼란 속에서 다시 한 번 왕을 자칭하고 함대를 보내어 북부를 공격했다.

{발론 그레이조이} 회색 왕 이후로 헤아려 발론 9세, 강철 군도와 북부의 왕, 소금과 바위의 왕, 바닷바람의 아들, 파이크의 수확 영주, 추락사

알라니스 왕비 발론 왕의 과부, 할로우 가문 출신

그들의 자녀

› **{로드릭}** 그레이조이 반란 당시 시가드에서 참살

› **{마론}** 그레이조이 반란 당시 파이크 성벽에서 참살

› **아샤** 딸, 블랙윈드호의 선장이며 딥우드모트의 정복자

› **테온** 자칭 윈터펠의 왕자이며 북부인들에게는 변절자 테온으로 불림

발론 왕의 동복·이복형제

› **{할론}** 젊은 나이에 회색비늘병으로 사망

› **{퀜톤}** 어려서 사망
› **{도널}** 어려서 사망
› **유론** 일명 까마귀 눈, 침묵호의 선장
› **빅타리온** 강철 함대의 함대장, 강철 승리호의 주인
› **{유리곤}** 부상 악화로 사망
› **아에론** 일명 젖은 머리, 익사한 신의 사제
›› **러스와 노젠** 아에론의 복사, 익사한 남자들
› **{로빈}** 어려서 사망

파이크의 발론 왕 가신

웬다미르 학사 치료사 겸 조언자
헬리야 성 관리인

발론 왕의 전사와 맹약검사

다그머 일명 갈라진 턱, 거품 고래호의 선장, 토르헨스퀘어에서 강철인들을 지휘
파란 이빨 장선 선장
울러, 스카이트 노잡이 전사들

올드윅에서 벌어진 킹스무트의 해석좌 도전자

길버트 파윈드 론리라이트의 영주
› **자일스, 이곤, 욘** 길버트의 대전사, 아들들

에릭 아이언메이커 일명 모루 파괴자 에릭 또는 정의로운 에릭, 노인으로 과거에 유명한 선장이자 약탈자였음
› **유렉, 토머, 다곤** 에릭의 대전사, 손자들

던스턴 드럼 드럼, 뼈다귀 손, 올드윅의 영주
› **데니스와 도넬** 던스턴의 대전사, 아들들
› **웃지 않는 안드릭** 던스턴의 대전사, 거한

아샤 그레이조이 발론 그레이조이의 유일한 딸, 블랙윈드호 선장

› **처녀 콸, 트리스티퍼 보틀리, 해라스 할로우 경** 아샤의 대전사

› **로드릭 할로우 공, 바엘로르 블랙타이드 공, 멀드레드 멀린 공, 하문드 샤프** 아샤의 선장과 지지자들

빅타리온 그레이조이 발론 그레이조이의 동생, 강철 승리호의 주인이자 강철 함대장

› **붉은 랄프 스톤하우스, 절름발이 랄프, 이발사 누트** 빅타리온의 대전사

› **호토 할로우, 앨빈 샤프, 장사 프랄레그, 롬니 위버, 윌 험블, 작은 렌우드 타우니, 랄프 케닝, 마론 볼마크, 고롤드 굿브러더** 빅타리온의 선장과 지지자들

› **짝귀 울프, 라그노 파이크** 빅타리온의 선원들

› **어스름 여인** 빅타리온의 정부, 혀가 없어 말을 하지 못함, 유론의 선물

유론 그레이조이 일명 까마귀 눈, 발론 그레이조이의 동생이자 침묵호의 선장

› **저먼드 보틀리, 오크몬트의 오크우드 공, 도너 솔트클리프** 유론의 대전사

› **썩은 이 토월드, 눌린 얼굴 존 마이어, 로드릭 프리본, 붉은 노잡이, 왼손잡이 루카스 코드, 퀠론 험블, 하렌 하프호어, 서자 케멧 파이크, 노비 콸, 돌 손, 양치기 랄프, 로드스포트의 랄프** 유론의 선장과 지지자들

› **크래곤** 유론의 선원

발론의 휘하, 강철 군도 영주

파이크섬

{사웨인 보틀리} 로드스포트의 영주, 까마귀 눈 유론에게 익사

› **{하렌}** 맏아들, 모트카일린에서 사망

› **트리스티퍼** 둘째 아들이자 정당한 후계자, 숙부에게 추방당함

› **사이먼드, 할론, 비콘, 베나리온** 그 아래 아들들로 역시 추방당함

› **저먼드** 그의 동생, 로드스포트의 영주가 됨

›› **발론과 퀠론** 저먼드의 아들들

› **사곤과 루시모어** 사웨인의 이복동생들

›› **웩스** 사곤의 서자, 12세의 말 못 하는 소년으로 테온 그레이조이의 종자

월든 윈치 아이언홀트의 영주

할로우섬

로드릭 할로우 일명 독서가, 할로우의 영주, 텐타워스의 주인, 할로우 중의 할로우

› **그위네스 할로우** 큰누이

› **알라니스 할로우** 작은누이, 발론 그레이조이 왕의 과부

› **시그프리드 할로우** 일명 은발의 시그프리드, 종조부, 할로우홀의 주인

› **호토 할로우** 일명 곱사등이 호토, 미광의 탑의 주인, 사촌

› **해라스 할로우 경** 일명 기사, 그레이가든의 기사, 사촌

› **보어문드 할로우** 일명 파란 보어문드, 해리단힐의 주인, 사촌

로드릭 공의 휘하 영주와 맹약 검사

› **마론 볼마크** 볼마크의 영주

› **마이어, 스톤트리, 케닝**

로드릭 공의 가신

› **세 이빨** 집사인 노파

블랙타이드섬

바엘로르 블랙타이드 블랙타이드의 영주, 야간 비행호의 선장

눈먼 벤 블랙타이드 익사한 신의 사제

올드윅섬

던스턴 드럼 드럼, 천둥소리호의 선장

노언 굿브러더 섀터스톤 출신

스톤하우스

타알 일명 세 번 익사한 타알, 익사한 신의 사제

그레이트윅섬

고롤드 굿브러더 해머혼의 영주

› **그레이던, 그랜, 고몬드** 그의 아들들, 세쌍둥이

› **가이셀라와 그윈** 그의 딸들

› **머렌무어 학사** 교사, 치료사 겸 조언자

트리스턴 파윈드 실스킨포인트의 영주

스파르

› **스테파리온** 그의 아들이자 후계자

멀드레드 멀린 페블턴의 영주

오크몬트섬

오크몬트의 오크우드

타우니 공

솔트클리프섬

도너 솔트클리프 공

선덜리 공

더 작은 섬들

길버트 파윈드 론리라이트의 영주

늙은 회색 갈매기 익사한 신의 사제

— 다른 가문들 —

아린 가문

아린은 산과 협곡의 왕들로부터 내려오는 가문이다. 문장은 하늘색 바탕에 하얀 달과 매. 아린 가문은 다섯 왕 전쟁에서 어떤 역할도 하지 않았다. 아린의 가언은 '명예만큼 드높게'이다.

로버트 아린 이어리의 영주, 협곡의 방어자, 모친이 칭하기로 진정한 동부의 관리자, 병약한 8세 소년으로 가끔 스위트로빈이라 불림

{라이사 부인} 어머니, 툴리 가문 출신으로 존 아린 공의 과부, 달의 문에서 밀려 떨어져 죽음

피터 베일리시 계부, 일명 리틀핑거, 하렌홀의 영주, 트라이던트의 지배자이자 협곡의 호국공

› **알레인 스톤** 피터 공의 서녀로 열세 살 처녀, 실제로는 산사 스타크

› **로소르 브룬 경** 피터 공을 섬기는 용병, 이어리의 위병대장

› **오스웰** 피터 공을 섬기는 머리 센 중장병, 때로는 케틀블랙이라고도 불림

로버트 공의 이어리 가신

마릴리언 라이사 부인이 총애하던 잘생긴 젊은 가수로, 그녀를 살해한 혐의로 고발당함

콜먼 학사 조언자이자 치료사, 교사

모드 금니가 특징인 잔혹한 간수

그레첼, 매디, 멜라 하녀들

로버트 공의 휘하, 협곡의 영주

네스토 로이스 공 협곡의 고위 집사이자 달의 관문 수호성주

› **알바르 경** 네스토 공의 아들이자 후계자

› **미란다** 일명 란다, 네스토 공의 딸로 과부지만 거의 처녀

네스토 공의 가신

› **마르윈 벨모어 경** 위병대장

› **미아 스톤** 노새 구종 겸 안내인, 로버트 바라테온 1세의 사생아

› **오시와 캐럿** 노새 구종

라이오넬 코브레이 하츠홈의 영주

› **린 코브레이 경** 그의 동생이자 후계자로, 유명한 검 '레이디폴론'을 휘두름

› **루카스 코브레이 경** 그의 동생

존 린덜리 스네이크우드의 영주

› **테란스** 그의 아들이자 후계자, 어린 종자

에드문드 왁슬리 위켄덴의 기사

제럴드 그래프턴 걸타운의 영주

› **자일스** 그의 막내아들, 종자

트리스턴 선덜랜드 세 자매 군도의 영주

› **고드릭 보렐** 스위트시스터의 영주

› **롤랜드 롱소프** 롱시스터의 영주

› **알레산더 토런트** 리틀시스터의 영주

선언자들

어린 로버트 공을 지키기 위해 연합한 아린 가문 휘하 세력

욘 로이스 일명 청동 욘, 룬스톤의 영주, 로이스 가문 직계

› **안다르 경** 청동 욘의 유일하게 살아남은 아들로 룬스톤의 후계자

청동 욘의 가신

› **헬리웨그 학사** 교사이자 치료사, 조언자

› **루코스 성사**

› **샘웰 스톤 경** 일명 힘센 샘 스톤, 훈련대장

청동 욘의 휘하와 맹약검사

› **로이스 콜드워터** 콜드워터번의 영주

› **데이먼 셰트 경** 걸타워의 기사

› **우토르 톨렛** 그레이글렌의 영주

아냐 웨인우드 아이언오크스의 주인

› **모턴 경** 아냐 부인의 맏아들이자 후계자

› **도넬 경** 아냐 부인의 둘째 아들, 관문의 기사

› **월러스** 아냐 부인의 막내아들

› **해롤드 하딩** 아냐 부인의 대자, 흔히 '후계자 해리'라 불리는 종자

베네다르 벨모어 스트롱송의 영주

사이먼드 템플턴 나인스타스의 기사

{이언 헌터} 롱보우홀의 영주로 최근 사망

› **길우드 경** 이언 공의 맏아들이자 후계자로 지금은 '젊은 헌터 공'이라 불림

› **유스터스 경** 이언 공의 둘째 아들

› **할란 경** 이언 공의 막내아들

젊은 헌터 공의 가신

› **윌라멘 학사** 조언자, 치료사이자 교사

호턴 레드포트 레드포트의 영주, 세 차례 결혼

› **재스퍼 경, 크레이턴 경, 존 경** 그의 아들들

› **미첼 경** 막내아들로, 막 기사가 됨, 룬스톤의 이실라 로이스와 결혼

달의 산맥 산악민 족장

돌프의 아들 샤가 달까마귀 씨족, 현재 왕의 숲에서 무리를 이끄는 중

티멧의 아들 티멧 불탄 남자 씨족

체윅의 딸 첼라 검은 귀 씨족

칼로의 아들 크론 달형제 씨족

플로렌트 가문

브라이트워터킵의 플로렌트 가문은 하이가든의 휘하에 있다. 다섯 왕 전쟁 발발 당시 알레스터 플로렌트 공은 주군을 따라 렌리 왕 지지를 선언한 반면, 그 동생인 액셀 경은 조카딸 셀리스의 남편인 스타니스를 선택했다. 렌리의 죽음 이후 알레스터 공도 브라이트워터의 전력과 함께 스타니스 편으로 옮겼다. 스타니스는 알레스터 공을 수관으로 삼고, 함대 지휘는 부인의 형제인 임리 플로렌트 경에게 맡겼다. 함대와 임리 경은 블랙워터 전투에서 사라졌고, 패배 이후 화평을 협상하려던 알레스터 공의 노력은 스타니스 왕에게 반역으로 비쳤다. 알레스터 공을 넘겨받은 붉은 사제 멜리산드레는 그를 를로르에게 바치는 제물로 불태웠다.
철왕좌 역시 플로렌트 가문이 스타니스와 그의 반역을 지지했다는 이유로 배신자로 낙인찍었다. 플로렌트는 자격을 박탈당했고, 브라이트워터킵과 그 영지는 갈란 티렐 경에게 주어졌다.
플로렌트 가문의 상징은 꽃의 원 안에 들어간 여우 머리다.

{알레스터 플로렌트} 브라이트워터의 영주, 반역자로 화형을 당함

멜라라 부인 아내, 크레인 가문

두 사람의 자녀

- **알레킨** 자격을 박탈당한 브라이트워터의 영주, 올드타운으로 달아나 하이타워에 피신
- **멜레사 부인** 랜딜 탈리 공과 결혼
- **리아 부인** 레이톤 하이타워 공과 결혼

형제

액셀 경 왕비의 사람, 바닷가 이스트워치에서 조카딸인 셀리스 왕비를 섬기고 있음

{리암 경} 낙마로 사망

› **셀리스** 그의 딸, 스타니스 바라테온 1세의 부인이자 왕비

›› **시린 바라테온** 그녀의 유일한 자식

› **{임리 경}** 리암 경의 맏아들, 블랙워터 전투에서 참살됨

› **에렌 경** 리암 경의 둘째 아들, 하이가든의 포로

콜린 경 브라이트워터킵의 수호성주

› **델레나** 콜린 경의 딸, 호스먼 노크로스 경과 결혼

›› **에드릭 스톰** 델레나의 서자로, 로버트 바라테온 1세의 아들

›› **알레스터 노크로스** 델레나의 적장자, 9세 소년

›› **렌리 노크로스** 델레나의 적차자, 3세 소년

› **오머 학사** 콜린 경의 큰아들, 올드오크에서 봉직 중

› **메렐** 콜린 경의 막내아들, 아버에서 종자로 일하는 중

라일린 알레스터 공의 누이, 리처드 크레인 경과 결혼

프레이 가문

프레이 가문은 툴리 가문의 휘하에 있지만, 언제나 의무를 성실히 수행하지는 않았다. 다섯 왕 전쟁 발발 당시 롭 스타크는 그의 딸이나 손녀딸 중 한 명과 결혼하겠다는 맹세로 왈더 공의 충성을 얻어냈다. 그가 맹세를 어기고 제인 웨스털링과 결혼하자, 프레이 가문은 루스 볼턴과 공모하여 젊은 늑대와 그 추종자들을 살해했다. 이 자리는 '피의 결혼식'으로 알려지게 되었다.

왈더 프레이 크로싱의 영주

첫 번째 아내, 로이스 가문 출신의 {페라 부인}

{스테브론 경} 그들의 맏아들, 옥스크로스 전투에서 사망

결혼 {코레나 스완} 쇠약 질환으로 사망

› **라이먼 경** 스테브론의 맏아들, 트윈스의 후계자

›› **에드윈** 라이먼의 아들, 재니스 헌터와 결혼

››› **왈다** 에드윈의 딸, 8세 소녀

›› **왈더** 라이먼의 아들, 일명 검은 왈더

›› **{피터}** 라이먼의 아들, 일명 여드름 피터, 올드스톤스에서 목매달려 죽음, 밀렌다 카론과 결혼

››› **페라** 피터의 딸, 5세 소녀

결혼 {제인 리든} 낙마로 사망

› **{아에곤}** 스테브론의 아들, 일명 징글벨이라 불리는 반편이, 피의 결혼식에서 캐틀린 스타크의 손에 죽음

› **{마에겔}** 스테브론의 딸, 대핀 밴스 경과 결혼, 출산 중 사망

›› **마리안느** 마에겔의 딸, 처녀

›› **왈더 밴스** 마에겔의 아들, 종자

›› **파트렉 밴스** 마에겔의 아들

결혼 {마르셀라 웨인우드} 출산 중 사망

› **월튼** 스테브론의 아들, 디아나 하딩과 결혼

›› **스테폰** 월튼의 아들, 일명 사탕

›› **왈다** 월튼의 딸, 일명 아름다운 왈다

›› **브라이언** 월튼의 아들, 종자

에몬 경 왈더 공의 둘째 아들, 젠나 라니스터와 결혼

› **{클레오스 경}** 에몬의 아들, 메이든풀 근처에서 무법자들에게 살해됨, 제인 대리와 결혼

›› **타이윈** 클레오스의 아들, 12세의 종자

›› **윌렘** 클레오스의 아들, 애시마크에서 시동으로 지냄, 10세

› **라이오넬 경** 에몬의 아들, 멜레사 크레이크홀과 결혼

› **{티온}** 에몬의 아들, 종자, 리버런의 포로로 있던 중 리카드 카스타크에게 살해당함

› **왈더** 에몬의 아들, 일명 붉은 왈더, 14세, 캐스털리록에서 종자로 지냄

아에니스 경 왈더 공의 셋째 아들, 결혼한 {티아나 와일드}는 출산 중 사망

› **아에곤 블러드본** 아에니스의 아들, 범법자

› **라에가르** 아에니스의 아들, 결혼한 {제인 비스버리}는 쇠약병으로 사망

›› **로버트** 라에가르의 아들, 13세 소년

›› **왈다** 라에가르의 딸, 11세 소녀, 일명 하얀 왈다

›› **조노스** 라에가르의 아들, 8세 소년

페리안 왈더 공의 딸, 레슬린 하이 경과 결혼

› **하리스 하이 경** 페리안의 아들

›› **왈더 하이** 하리스의 아들, 5세 소년

› **도넬 하이 경** 페리안의 아들

› **알린 하이** 페리안의 아들, 종자

두 번째 아내, 스완 가문의 {시레나 부인}

제러드 경 왈더 공의 넷째 아들, {알리스 프레이}와 결혼

› **{타이토스 경}** 제러드의 아들, 피의 결혼식 중에 산도르 클리게인에게 참살됨, 조이 블레인트리와 결혼

›› **지아** 타이토스의 딸, 14세 처녀

›› **재커리** 타이토스의 아들, 12세 소년, 성사가 되기로 하고 올드타운의 성소에서 훈련 중

› **키라** 제러드의 딸, 피의 결혼식 중 참살된 {가아스 굿브룩 경}과 결혼

›› **왈더 굿브룩** 키라의 아들, 9세 소년

›› **제인 굿브룩** 키라의 딸, 6세

루시언 성사 킹스랜딩의 바엘로르 대성소에서 봉직 중

세 번째 아내, 크레이크홀 가문의 {애머레이 부인}

호스틴 경 벨레나 하웍과 결혼

› **아우드 경** 호스틴의 아들, 리엘라 로이스와 결혼

›› **리엘라** 아우드의 딸, 5세 소녀

›› **앤드로와 알린** 아우드의 쌍둥이 아들, 4세

›› **호스텔라** 아우드의 딸, 갓난쟁이

리테네 왈더 공의 딸, 루시아스 바이프렌 공과 결혼

› **엘리아나** 리테네의 딸, 존 와일드 경과 결혼

›› **리카드 와일드** 엘리아나의 아들, 4세

› **데이먼 바이프렌 경** 리테네의 아들

사이먼드 브라보스의 베사리오스와 결혼

› **알레산더** 사이먼드의 아들, 가수

› **알릭스** 사이먼드의 딸, 17세 처녀

› **브라다마** 사이먼드의 아들, 10세 소년, 브라보스 상인 오로 텐디리스의 대자로 브라보스에 가 있음

댄웰 경 왈더 공의 여덟째 아들, 위나프레이 휀트와 결혼

› {많은 사산과 유산}

{메렛} 올드스톤스에서 목매달려 죽음, 마리야 대리와 결혼

› **애머레이** 메렛의 딸, 보통 애미로 불림, 16세의 과부, 그레고르 클리게인에게 참살된 블루포크의 {페이트 경}과 결혼

› **왈다** 메렛의 딸, 일명 뚱뚱한 왈다, 드레드포트의 영주 루스 볼턴 경과 결혼

› **마리사** 메렛의 딸, 13세 처녀

› **왈더** 메렛의 아들, 일명 작은 왈더, 8세 소년, 램지 볼턴의 종자

{제레미 경} 익사, 캐롤레이 웨인우드와 결혼

› **산도르** 제레미의 아들, 12세 소년, 종자

› **신시아** 제레미의 딸, 9세 소녀, 아냐 웨인우드 부인의 대녀

레이먼드 경 베오니 비스버리와 결혼

› **로버트** 레이먼드의 아들, 16세, 시타델의 보조학사

› **말윈** 레이먼드의 아들, 15세, 리스에서 연금술사 견습생 생활 중

› **세라와 사라** 레이먼드의 쌍둥이 딸, 14세 처녀들

› **세르세이** 레이먼드의 딸, 일명 작은 벌

› **제이미와 타이윈** 레이먼드의 쌍둥이 아들, 갓난쟁이

네 번째 아내, 블랙우드 가문의 {알리사 부인}

로타르 왈더 공의 열두째 아들, 일명 절름발이 로타르, 레오넬라 레포드와 결혼

› **티산** 로타르의 딸, 7세 소녀

› **왈다** 로타르의 딸, 5세 소녀

› **엠벌레이** 로타르의 딸, 3세 소녀

› **리나** 로타르의 딸, 갓난쟁이

자모스 경 왈더 공의 열셋째 아들, 살레이 페이지와 결혼

› **왈더** 자모스의 아들, 일명 큰 왈더, 8세 소년, 램지 볼턴의 종자

› **디콘과 마티스** 자모스의 쌍둥이 아들, 5세

휠렌 경 왈더 공의 열넷째 아들, 실와 페이지와 결혼

› **호스터** 휠렌의 아들, 12세 소년, 데이먼 페이지 경의 종자

› **메리안느** 휠렌의 딸, 일명 메리, 11세 소녀

모리아 왈더 공의 딸, 플레멘트 브락스 경과 결혼

› **로버트 브락스** 모리야의 아들, 9세, 캐스털리록에 시동으로 가 있음

› **왈더 브락스** 모리야의 아들, 6세 소년

› **존 브락스** 모리야의 아들, 3세 아기

티타 왈더 공의 딸, 일명 처녀 티타

다섯 번째 아내, 헨트 가문의 {사리아 부인}

› 소생 없음

여섯 번째 아내, 로스비 가문의 {베타니 부인}

퍼윈 경 왈더 공의 열다섯째 아들

{벤프레이 경} 왈더 공의 열여섯째 아들, 피의 결혼식에서 입은 부상으로 사망, 사촌인 지안나 프레이와 결혼

› **델라** 벤프레이의 딸, 일명 귀머거리 델라, 3세

› **오스먼드** 벤프레이의 아들, 2세

윌라멘 학사 왈더 공의 열일곱째 아들, 롱보우홀에서 봉직

올리바 왈더 공의 열여덟째 아들, 과거 롭 스타크의 종자였음

로슬린 16세 처녀, 피의 결혼식에서 에드무어 툴리 공과 결혼

일곱 번째 아내, 파링 가문의 {아나라 부인}

아르윈 왈더 공의 딸, 14세 처녀

웬델 왈더 공의 열아홉째 아들, 13세 소년, 시가드에 시동으로 가 있음

콜마 왈더 공의 스무 번째 아들, 종단에 들어가기로 되어 있음, 11세

왈티르 왈더 공의 스물한 번째 아들, 일명 티르, 10세 소년

엘마 왈더 공의 막내아들, 아리아 스타크와 잠시 약혼했었음, 9세 소년

시레이 왈더 공의 막내딸, 7세 소녀

여덟 번째 아내, 에렌포드 가문의 조유즈 부인

› 현재까지 소생 없음

여러 여자에게서 태어난 왈더 공의 사생아

왈더 리버스 일명 서자 왈더

› **아에몬 리버스 경** 서자 왈더의 아들

› **왈다 리버스** 서자 왈더의 딸

멜위스 학사 로스비에서 봉직

제인 리버스, 마틴 리버스, 라이거 리버스, 로넬 리버스, 멜라라 리버스 등

하이타워 가문

올드타운의 하이타워 가문은 웨스테로스 대가문 중에서도 특히 오래되고 긍지 높은 가문으로, 그 혈통이 최초인까지 거슬러 올라간다. 한때는 왕들의 가계로 여명 시대부터 올드타운과 그 주위를 통치했으나, 안달인들에게 저항하기보다는 환영해 맞이했고 나중에는 고대로부터 내려오는 특권을 유지하는 조건으로 왕관을 포기하고 리치 평원의 왕들에게 무릎을 꿇었다. 엄청난 재산을 지닌 강력한 가문임에도 하이타워의 영주들은 전통적으로 전투보다 무역을 선호하며, 웨스테로스에 일어난 전쟁에서 끼어든 적이 별로 없다. 하이타워 가문은 시타델 설립에 중요한 역할을 했으며, 지금까지도 시타델을 계속 보호하고 있다. 지적이며 높은 교양으로 언제나 학문과 종단의 큰 후원자로 지내왔고, 하이타워 가문 사람 중에는 연금술, 사령술과 그 외의 마법에 손댄 사람들이 있다고 한다.

하이타워 가문의 문장은 연기색 바탕에 불 왕관을 쓴 하얀 탑이다. 가언은 '우리는 길을 밝힌다'이다.

레이톤 하이타워 올드타운의 목소리, 항구의 주인, 하이타워의 주인, 시타델의 방어자, 남쪽의 봉화, 일명 올드타운의 올드맨

리아 부인 플로렌트 가문 출신, 네 번째 아내
바엘로르 경 레이톤 공의 맏아들이자 후계자, 일명 눈부신 미소 바엘로르, 론다 로완과 결혼
말로라 레이톤 공의 딸, 일명 미친 처녀
알러리 레이톤 공의 딸, 메이스 티렐 공과 결혼
가스 경 레이톤 공의 아들, 일명 회색 강철
데니즈 레이톤 공의 딸, 데스몬드 레드와인 경과 결혼
› **데니스** 데니즈의 아들, 종자
레일라 레이톤 공의 딸, 존 컵스 경과 결혼

알리산느 레이톤 공의 딸, 아서 앰브로즈 공과 결혼

리네스 레이톤 공의 딸, 조라 모르몬트 공과 결혼, 현재는 리스의 트레가 오몰렌의 측실

군터 경 레이톤 공의 아들, 초록사과 포소웨이 가문의 제인 포소웨이와 결혼

험프리 경 레이톤 공의 막내아들

레이톤 공의 휘하 영주

토멘 코스테인 스리타워스의 영주

알리산느 불워 블랙크라운의 여주인, 8세 소녀

마틴 멀런도어 업랜드의 영주

워린 비스버리 허니홀트의 영주

브랜스턴 카이 선플라워홀의 영주

올드타운 사람들

에마 여자들은 열렬하고 사과주는 무섭도록 센 여관 '깃펜과 맥주잔'의 하녀

› **로지** 에마의 딸, 15세 소녀로 처녀성을 가져가려면 금화 한 닢

시타델의 최고학사들

노렌 최고학사 저무는 해의 학장, 반지와 지팡이와 가면은 호박금

테오발드 최고학사 다가오는 해의 학장, 반지와 지팡이와 가면은 납

에브로즈 최고학사 치료사, 반지와 지팡이와 가면은 은

마르윈 최고학사 일명 마법사 마르윈, 반지와 지팡이와 가면은 발리리아 강철

페레스탄 최고학사 역사가, 반지와 지팡이와 가면은 구리

바엘린 최고학사 일명 식초 바엘린, 천문가, 반지와 지팡이와 가면은 청동

리암 최고학사 반지와 지팡이와 가면은 황금

월그레이브 최고학사 머리가 맑지 않은 노인, 반지와 지팡이와 가면은 검은 철

갈라드, 카스토스, 자라벨로, 베네딕트, 개리존, 니모스, 세더레스, 윌리퍼, 몰로스, 해로돈, 가인, 아그리베인, 오클리 모두 최고학사

시타델의 학사, 보조학사, 수련생

고르몬 학사 종종 월그레이브를 대리함

아르멘 사슬 고리 네 개를 완성한 보조학사, 일명 '보조학사'

알레라스 일명 스핑크스, 사슬 고리 세 개를 완성한 보조학사이며 열심히 연습하는 궁수

로버트 프레이 16세, 고리 두 개의 보조학사

로카스 고리 아홉 개의 보조학사, 학장 밑에서 일함

레오 티렐 일명 게으름뱅이 레오, 귀족 수련생

몰랜더 굽은 발로 태어난 수련생

페이트 최고학사 월그레이브의 까마귀를 돌보는, 가망이 별로 없는 수련생

루운 어린 수련생

라니스터 가문

캐스털리록의 라니스터 가문은 철왕좌에 대한 권리를 주장하는 토멘 왕의 중요 지지자로 남아 있다. 그들은 영웅 시대 전설적인 트릭스터 '영리한 란'의 후손이라고 자랑한다. 캐스털리록과 골든투스의 황금 덕분에 대가문 중에서 가장 부유하다. 라니스터의 상징은 진홍색 바탕에 금색 사자이며 가언은 '내 포효를 들으라!'이다.

{타이윈 라니스터} 캐스털리록의 영주, 라니스포트의 방패, 서부의 관리자, 왕의 수관, 변소에서 난쟁이 아들에게 살해당함

자녀

세르세이 제이미와 쌍둥이, 이제는 캐스털리록의 여주인

제이미 경 세르세이와 쌍둥이, 일명 킹슬레이어

티리온 일명 꼬마 악마, 난쟁이이며 친족살해자

형제와 그 자손

케반 라니스터 경 스위프트 가문의 도르나와 결혼

젠나 부인 이제는 리버런의 영주가 된 에몬 프레이 경과 결혼

› **{클레오스 프레이 경}** 대리 가문의 제인과 결혼, 무법자들에게 살해당함

›› **타이윈 프레이** 클레오스의 맏아들, 일명 타이, 이제는 리버런의 후계자

›› **윌렘 프레이** 클레오스의 둘째아들, 종자

› **라이오넬 경** 젠나의 둘째아들

› **{티온 프레이}** 젠나의 셋째아들, 리버런의 포로로 있던 중 살해당함

› **왈더 프레이** 일명 붉은 왈더, 캐스털리록의 시동

› **하얀 미소 왓** 젠나 부인을 모시는 가수

{타이겟 라니스터 경} 매독으로 사망

› **타이렉** 타이겟의 아들, 실종되어 죽은 것으로 추정

›› **에메산드 헤이포드 부인** 타이렉의 어린 아내

{제리온 라니스터} 바다에서 실종

› **조이 힐** 제리온의 서녀, 11세 소녀

다른 친척

{스태퍼드 라니스터 경} 사촌, 타이윈 공의 부인과 형제, 옥스크로스에서 도끼를 맞아 참살됨

› **세레나와 미리엘** 스태퍼드 라니스터의 딸들

› **대븐 라니스터 경** 스태퍼드의 아들

다미언 라니스터 경 친척, 시에라 크레이크홀과 결혼

› **루시온 라니스터 경** 두 사람의 아들

› **라나** 두 사람의 딸, 안타리오 재스트 공과 결혼

마고트 부인 친척, 티투스 피크 공과 결혼

가신

크렐린 학사 치료사, 교사 겸 조언자

바일러 위병대장

베네딕트 브룸 경 훈련대장

하얀 미소 왓 가수

휘하 봉신, 맹약검사, 서부의 영주

데이먼 마브랜드 애시마크의 영주

› **아담 마브랜드 경** 그의 아들이자 후계자, 킹스랜딩 도시 경비대 대장

롤랜드 크레이크홀 크레이크홀의 영주

› **{버튼 크레이크홀 경}** 롤랜드의 동생, 베릭 돈다리온 공과 그의 무법자들 손에 살해됨

› **티볼트 크레이크홀 경** 롤랜드의 아들이자 후계자

› **라일 크레이크홀 경** 롤랜드의 아들, 일명 힘센 멧돼지

› **멀론 크레이크홀 경** 롤랜드의 막내아들

세바스톤 파먼 미의 섬 영주

› **제인** 그의 여동생, 가레스 클리프턴 경과 결혼

타이토스 브락스 혼베일의 영주

› **플레멘트 브락스 경** 타이토스의 동생이자 후계자

퀜튼 베인포트 베인포트의 영주

하리스 스위프트 경 케반 라니스터 경의 장인

› **스테폰 스위프트 경** 하리스 경의 아들

›› **조안나** 스테폰 경의 딸

› **셜리** 하리스 경의 딸, 멜윈 사스필드 경과 결혼

레지나드 에스트렌 윈드홀의 영주

가웬 웨스털링 크래그의 영주

› **시벨 부인** 가웬의 아내, 스파이서 가문

›› **롤프 스파이서 경** 그녀의 동생, 새로 카스타미어의 영주로 승격

›› **샘웰 스파이서 경** 그녀의 사촌

가웬과 시벨의 자녀들

›› **레이널드 웨스털링 경**

›› **제인** 롭 스타크의 과부

›› **엘레니아** 12세 소녀

›› **롤럼** 9세 소년

셀몬드 스택스피어 공

› **스테폰 스택스피어 경** 셀몬드의 아들

› **알린 스택스피어 경** 셀몬드의 아들

테런스 케닝 케이스의 영주

› **케이스의 케노스 경** 그 아래 있는 기사

안타리오 재스트 공

로빈 모어랜드 공

알리산느 레포드 부인

르위스 리든 딥덴의 영주

필립 플럼 공

› **데니스 플럼 경, 페터 플럼 경, 일명 센 돌 하르윈 플럼 경** 아들들

개리슨 프레스터 공

› **폴리 프레스터 경** 사촌

그레고르 클리게인 경 일명 달리는 산더미

› **산도르 클리게인** 그레고르의 동생

로렌트 로치 경 지주기사

가스 그린필드 경 지주기사

라이몬드 비카리 경 지주기사

레이나드 러티거 경 지주기사

맨프리드 유 경 지주기사

티볼트 헤더스푼 경 지주기사

› **{멜라라 헤더스푼}** 티볼트의 딸, 캐스털리록에 대녀로 가 있던 중 우물에 빠져 익사

마르텔 가문

도르네는 일곱 왕국 중에서 마지막으로 철왕좌에 충성을 맹세한 왕국이었다. 도르네인은 혈통, 관습, 지리, 역사 모든 면에서 다른 왕국들과 다르다. 다섯 왕 전쟁이 터졌을 때, 도르네는 아무 역할도 맡지 않았으나, 미르셀라 바라테온을 트리스탄 공자와 약혼시키면서 선스피어는 조프리 왕을 지지하겠다고 선언했다. 마르텔의 깃발은 금색 창에 꿰뚫린 붉은 태양이며 가언은 '굽히지 않고, 휘지 않고, 꺾이지 않으리'이다.

도란 니메로스 마르텔 선스피어의 영주, 도르네 대공

멜라리오 아내, 자유도시 노보스 출신

두 사람의 자녀

› **아리안느 공녀** 선스피어의 후계자

›› **가린** 아리안느의 젖형제이자 말벗, 그린블러드의 고아

› **쿠엔틴 공자** 갓 기사로 서임됨, 오랫동안 이론우드의 이론우드 공 밑에 대자로 가 있음

› **트리스탄 공자** 미르셀라 바라테온과 약혼

형제

{엘리아 공녀} 킹스랜딩 약탈 중에 강간 살해당함

› **{라에니스 타르가르옌}** 엘리아의 어린 딸, 킹스랜딩 약탈 중 살해당함

› **{아에곤 타르가르옌}** 젖먹이 아기로, 킹스랜딩 약탈 중에 살해당함

{오베린 공자} 일명 붉은 독사, 결투 재판 중 그레고르 클리게인 경에게 참살

› **엘라리아 샌드** 오베린 공자의 정부, 하먼 울러 공의 서녀

모래뱀 오베린 공자의 딸들

› **오바라** 28세, 올드타운의 창녀에게서 둔 딸

› **니메리아** 일명 니메리아 아가씨, 25세, 볼란티스 귀족 여인에게서 둔 딸

› **티엔** 23세, 성사에게 둔 딸

› **사렐라** 19세, 무역상에게서 둔 딸로 날개 달린 입맞춤호의 선장

› **엘리아** 14세, 엘라리아 샌드의 딸

› **오벨라** 12세, 엘라리아 샌드의 딸

› **도리아** 8세, 엘라리아 샌드의 딸

› **로레자** 6세, 엘라리아 샌드의 딸

도란 대공의 조정 – 물의 정원

아레오 호타 노보스 출신의 용병, 위병대장

칼레오트 학사 조언자, 치료사, 가정교사

아이들 귀족과 평민을 가리지 않고 60여 명에 달하는 아이들로, 영주와 기사와 상인과 장인과 농민과 고아의 아들딸들, 모두 도란 대공의 대자

도란 대공의 조정–선스피어

미르셀라 바라테온 왕녀 대공의 대녀로 트리스탄 공자와 약혼

› **아리스 오크하트 경** 미르셀라에게 충성하는 호위기사

› **로자먼드 라니스터** 미르셀라의 시녀 겸 말벗, 먼 친척

› **에글란틴 성사** 미르셀라의 고해자

마일스 학사 조언자, 치료사 겸 교사

리카소 선스피어의 대집사, 늙고 눈이 멂

만프레이 마르텔 경 선스피어의 수호성주

알리세 레이디브라이트 재정관리

그린블러드의 가스코인 경 트리스탄 공자에게 충성을 서약한 호위기사

보스와 티모스 선스피어의 하인들

벨란드라, 세드라, 모라와 멜레이 자매 선스피어의 하녀들

휘하 봉신, 도르네의 영주

앤더스 이론우드 이론우드의 영주, 돌의 길 관리자, 일명 왕의 피

› **클레투스 경** 앤더스의 아들, 사시로 유명

하먼 울러 헬홀트의 영주

› **엘라리아 샌드** 하먼 울러의 서녀

› **얼윈 울러 경** 하먼의 동생

델론 알리리온 갓즈그레이스의 여영주

› **리온 경** 델론의 아들이자 후계자

› › **다에몬 샌드 경** 리온의 아들, 갓즈그레이스의 서자

다고스 맨우디 킹스그레이브의 영주

› **모스와 디콘** 다고스의 아들들

› **마일스 맨우디 경** 다고스의 동생

라라 블랙몬트 블랙몬트의 여영주

› **지네사** 라라의 딸이자 후계자

› **페로스** 라라의 아들, 종자

니멜라 톨랜드 고스트힐의 여영주

쿠엔틴 쿼가일 샌드스톤의 영주

› **길리안 경** 쿠엔틴의 맏아들이자 후계자

› **아론 경** 쿠엔틴의 둘째 아들

데지엘 달트 경 레몬우드의 기사

› **안드레이 경** 데지엘의 동생이자 후계자, 일명 드레이

프랭클린 파울러 스카이리치의 영주, 일명 늙은 매, 대공의 고갯길의 관리자

› **제인과 제넬린** 프랭클린의 쌍둥이 딸

사이먼 산타가르 스포츠우드의 기사

› **실바** 그의 딸이자 후계자, 주근깨 때문에 '점박이 실바'라 불림

에드릭 데인 스타폴의 영주, 종자

› **제럴드 데인 경** 일명 다크스타, 하이허미티지의 기사, 에드릭의 사촌이자 휘하 봉신

트레보 조데인 토르의 영주

› **미리아** 트레보의 딸이자 후계자

트레먼드 가갈렌 솔트쇼어의 영주

다에론 베이스 레드듄스의 영주

스타크 가문

스타크의 혈통은 건설자 브랜던과 겨울의 왕들까지 거슬러 올라간다. 그들은 수천 년간 윈터펠에서 북부의 왕으로 통치했고, '무릎 꿇은 왕' 토르헨 스타크에 이르러 드래곤 아에곤과 전투를 벌이지 않고 충성 맹세를 선택했다. 윈터펠의 에다드 스타크 공이 조프리 왕에게 처형당하자 북부인들은 철왕좌에 대한 충성을 버리고 에다드 공의 아들인 롭을 북부의 왕으로 선포했다. 다섯 왕 전쟁에서 롭 스타크는 모든 전투에 이겼으나, 외숙부의 결혼식에서 프레이와 볼턴에게 배신당해 살해됐다.
스타크의 문장은 얼어붙은 흰색 바탕에 회색 다이어울프이며, 가언은 '겨울이 오고 있다'이다.

{롭 스타크} 북부의 왕이며 트라이던트의 왕, 윈터펠의 영주, 에다드 스타크 공과 툴리 가문의 캐틀린 부인 사이에서 태어난 맏아들, '젊은 늑대'라 불리던 16세 청년, 피의 결혼식에서 살해당함

{그레이윈드} 롭의 다이어울프, 피의 결혼식에서 죽음

형제

산사 롭의 누이, 라니스터 가문의 티리온과 결혼

› **{레이디}** 산사의 다이어울프, 대리성에서 죽음

아리아 11세 소녀, 실종되어 사망 추정

› **니메리아** 아리아의 다이어울프, 강역을 돌아다니는 중

브랜던 일명 브랜, 9세의 불구 소년, 윈터펠의 후계자, 사망 추정

› **서머** 브랜의 다이어울프

브랜의 동반자 겸 보호자

› **미라 리드** 16세 처녀, 그레이워터워치의 영주 하울랜드 리드의 딸

› **조젠 리드** 미라의 남동생, 13세

› **호도** 모자란 마구간지기, 2미터가 넘는 키

리콘 4세 소년, 사망 추정

› **섀기독** 리콘의 다이어울프, 검은색으로 사나움

› **오샤** 리콘의 동반자, 윈터펠의 포로였던 야인

존 스노우 롭의 이복형제, 밤의 경비대 소속

› **고스트** 존의 다이어울프, 하얀색이고 소리를 내지 않음

맹약검사

{도넬 로크, 오언 노리, 데이시 모르몬트, 웬델 맨덜리 경, 로빈 플린트} 피의 결혼식에서 참살

할리스 몰렌 윈터펠 위병대장, 에다드 스타크의 뼈를 호위하여 윈터펠로 돌아가는 중

› **잭스, 퀜트, 샤드** 위병들

친척

벤젠 스타크 아버지의 남동생, 장벽 너머를 순찰하다가 실종, 사망 추정

{라이사 아린} 어머니의 여동생, 이어리의 여주인이자 존 아린 공의 과부, 떠밀려 죽음

› **로버트 아린** 라이사의 아들, 이어리의 영주이자 협곡의 방어자, 병약한 소년

에드무어 툴리 어머니의 남동생, 리버런의 영주, 피의 결혼식에서 포로로 잡힘

› **로슬린 부인** 프레이 가문 출신, 에드무어의 신부

브린덴 툴리 경 일명 검은 물고기, 어머니의 숙부, 리버런의 수호성주

휘하 봉신과 북부의 영주

루스 볼턴 드레드포트의 영주, 변절자

› **{도메릭}** 루스의 적자이자 후계자, 배앓이로 사망

› **램지 볼턴(과거 램지 스노우)** 루스의 서자, 일명 볼턴의 서자, 드레드포트의 수호성주

›› **왈더 프레이와 왈더 프레이** 일명 큰 왈더와 작은 왈더, 램지의 종자

›› **{구린내}** 악취로 유명한 중장병, 램지를 가장하고 있다가 참살

› **'아리아 스타크'** 루스 공의 포로, 램지와 약혼한 가짜 아리아

› **월튼** 일명 강철 정강이, 루스의 지휘관

› **베스 카셀, 키라, 터닙, 팰라, 밴디, 시라, 낸 할멈** 드레드포트에 포로로 잡힌 윈터펠 여자들

존 엄버 일명 그레이트존, 라스트허스의 영주, 트윈스의 포로

› **{존}** 일명 스몰존, 그레이트존의 맏아들이자 후계자, 피의 결혼식에서 참살됨

› **모스** 일명 까마귀 밥, 그레이트존의 숙부, 라스트허스의 수호성주

› **호서** 일명 창녀잡이, 그레이트존의 숙부, 라스트허스의 수호성주

{리카드 카스타크} 카홀드의 영주, 반역과 죄수 살해죄로 참수됨

› **{에다드}** 리카드의 아들, 속삭이는 숲에서 참살

› **{토르헨}** 리카드의 아들, 속삭이는 숲에서 참살

› **해리온** 리카드의 아들, 메이든풀의 포로

› **알리스** 리카드 공의 딸, 15세 처녀

› **아놀프** 리카드의 숙부, 카홀드 수호성주

갤버트 글로버 딥우드모트의 주인, 미혼

› **로벳 글로버** 갤버트의 동생이자 후계자

›› **시벨** 로벳의 처, 로크 가문 출신

››› **가웬** 3세 소년

››› **에레나** 젖먹이 아기

› **라렌스 스노우** {할리스 혼우드 공}의 서자, 갤버트의 대자, 13세

하울랜드 리드 그레이워터워치의 영주, 호상민

› **지아나** 하울랜드의 아내, 호상민

›› **미라** 그들의 딸, 젊은 사냥꾼

›› **조젠** 녹색 시야를 타고난 소년

와이먼 맨덜리 화이트하버의 영주, 엄청나게 뚱뚱함

› **윌리스 맨덜리** 와이먼의 맏아들이자 후계자, 많이 뚱뚱함, 하렌홀의 포로

›› **레오나** 윌리스의 아내, 울필드 가문 출신

››› **위나프리드** 그들의 딸, 19세 처녀

››› **윌라** 그들의 딸, 15세 처녀

› **{웬델 맨덜리}** 와이먼의 둘째 아들, 피의 결혼식에서 참살됨

› **말론 맨덜리** 와이먼의 사촌, 화이트하버 수비대장

› **테오모어 학사** 조언자이자 교사, 치료사

매기 모르몬트 곰섬의 여주인
› **{데이시}** 매기의 맏딸이자 후계자, 피의 결혼식에서 참살됨
› **알리산, 라이라, 조렐, 리안나** 매기의 딸들
› **{제오 모르몬트}** 매기의 오빠, 밤의 경비대 총사령관으로 부하들에게 참살됨
›› **조라 모르몬트 경** 제오 공의 아들, 한때는 곰섬의 주인이었으나 죄를 저지르고 망명
{헬만 톨하트 경} 토르헨스퀘어의 주인, 더스큰데일에서 참살됨
› **{벤프레드}** 헬만의 아들이자 후계자, 스토니쇼어에서 강철인에게 참살됨
› **에다라** 헬만의 딸, 토르헨스퀘어에 포로로 잡혀 있음
› **{레오발드}** 헬만의 동생, 윈터펠에서 사망
›› **베레나** 레오발드의 아내, 혼우드 가문 출신, 토르헨스퀘어의 포로
››› **브랜던과 베렌** 아들들, 마찬가지로 토르헨스퀘어의 포로
로드릭 리스웰 개울 지대의 영주
› **바브리 더스틴** 로드릭의 딸, 배로턴의 여주인, {윌람 더스틴}의 과부
›› **하우드 스타우트** 바브리의 신하, 배로턴의 소영주
››› **{베타니 볼턴}** 하우드의 딸, 루스 볼턴 공의 두 번째 아내, 열병으로 사망
› **로저 리스웰, 리카드 리스웰, 루스 리스웰** 다투기 좋아하는 사촌과 휘하 봉신들
{클레이 세르윈} 세르윈의 영주, 윈터펠에서 죽음
› **조넬레** 클레이의 누이, 32세 처녀
리에사 플린트 위도스워치의 여영주
온드류 로크 올드캐슬의 영주, 노인
휴고 월 일명 큰 들통, 부족장
브랜던 노리 일명 노리, 부족장
토렌 리들 일명 리들, 부족장

툴리 가문

리버런의 에드민 툴리 공은 정복자 아에곤에게 제일 먼저 충성을 맹세한 강역 영주였다. 승리한 아에곤은 툴리 가문에 트라이던트 전역의 지배권을 줌으로써 이를 보상했다. 툴리의 문장은 푸른색과 붉은색 물결 바탕에 은색으로 뛰어오르는 송어이며 툴리의 가언은 '가족, 의무, 명예'이다.

에드무어 툴리 리버런의 영주, 자기 결혼식에서 사로잡혀 프레이의 포로가 됨

로슬린 부인 프레이 가문, 에드무어의 어린 신부
{캐틀린 스타크 부인} 에드무어의 누이, 윈터펠의 에다드 스타크 공의 부인, 피의 결혼식에서 참살됨
{라이사 아린 부인} 에드무어의 누이, 협곡의 존 아린 공의 과부, 이어리에서 떠밀려 죽음
브린덴 툴리 경 일명 검은 물고기, 에드무어의 숙부, 리버런의 수호성주

가신
바이먼 학사 조언자, 치료사, 교사
데스몬드 그렐 경 훈련대장
로빈 라이거 경 위병대장
› **꺽다리 루, 엘우드, 델프 등** 위병들
유세리데스 웨인 리버런의 집사

휘하 봉신, 트라이던트의 영주
타이토스 블랙우드 레이븐트리의 영주
› **{루카스}** 타이토스의 아들, 피의 결혼식에서 참살됨

조노스 브라켄 스톤헤지의 영주

제이슨 말리스터 시가드의 영주, 자기 성에 연금된 포로 상태

› **파트렉** 제이슨의 아들, 아버지와 함께 포로 상태

› **데니스 말리스터 경** 제이슨 공의 숙부, 밤의 경비대원

클레멘트 파이퍼 핑크메이든캐슬의 영주

› **마크 파이퍼 경** 클레멘트의 아들이자 후계자, 피의 결혼식에서 포로로 잡힘

캐릴 밴스 웨이페어러스레스트의 영주

› **리안** 캐릴의 맏딸이자 후계자

› **리알타와 엠피리아** 캐릴의 딸들

노버트 밴스 아트란타의 눈먼 영주

› **로날드 밴스 경** 노버트의 맏아들이자 후계자, 일명 악당

› **휴고 경, 엘러리 경, 커스 경, 존 학사** 노버트의 아들들

테오마르 스몰우드 에이콘홀의 영주

› **라벨라 부인** 테오마르의 아내, 스완 가문 출신

›› **캐럴런** 그의 딸

윌리엄 무튼 메이든풀의 영주

셸라 휀트 쫓겨난 하렌홀의 여영주

› **윌리스 워드 경** 셸라를 섬기는 기사

할먼 페이지 경

라이몬드 굿브룩 공

티렐 가문

티렐은 '리치 평원의 왕' 집사 가문으로 일하면서 권세를 얻었으나, 정원사인 최초인의 왕 가스 그린핸드의 혈통이라 주장한다. 가드너 가문의 마지막 왕이 '불의 들판'에서 참살되자, 그의 집사였던 할렌 티렐이 정복자 아에곤에게 하이가든을 바쳤다. 아에곤은 그에게 하이가든성과 리치 평원의 지배권을 허락했다. 메이스 티렐은 다섯 왕 전쟁 발발 당시 렌리 바라테온 지지를 선언하고 딸인 마저리와 결혼시켰다. 렌리가 죽자 하이가든은 라니스터 가문과 동맹, 마저리는 조프리 왕과 약혼한다.
티렐의 문장은 풀색 바탕에 황금색 장미이며 가언은 '강하게 자라리'이다.

메이스 티렐 하이가든의 영주, 남부의 관리자, 변경의 수호자, 리치의 고위 원수

알러리 부인 메이스의 아내, 올드타운의 하이타워 가문 출신
두 사람의 자녀
› **윌라스** 두 사람의 맏아들, 하이가든의 후계자
› **갈란 경** 일명 용사, 둘째 아들, 새로 브라이트워터의 영주로 승격
›› **레오넷 부인** 그의 아내, 포소웨이 가문
› **로라스 경** 꽃의 기사, 막내아들, 킹스가드
› **마저리** 딸, 두 번 결혼하고 두 번 남편을 잃음
마저리의 말벗과 시녀
›› **메가, 앨라, 엘리너** 친척
››› **알린 앰브로즈** 엘리너의 약혼자, 종자
›› **알리산느 불워 아가씨, 알리스 그레이스포드 부인, 타에나 메리웨더 부인, 니스테리카 성사, 메레디스 크레인(일명 메리)** 말벗들

올레나 부인 메이스의 홀어머니, 레드와인 가문 출신, 일명 가시 여왕

› **에릭과 아릭** 2미터가 넘는 호위병, 일명 왼쪽과 오른쪽

메이스의 누이들

› **미나 부인** 아버의 영주 팍스터 레드와인 공과 결혼

›› **호라스 레드와인** 호버와 쌍둥이, '호러'라고 놀림당함

›› **호버 레드와인** 호라스와 쌍둥이, '슬로버'라고 놀림당함

›› **데스메라 레드와인** 16세 처녀

› **잔나 부인** 존 포소웨이 경과 결혼

숙부, 사촌, 친척

가스 메이스의 숙부, 일명 방귀쟁이, 하이가든의 대집사

› **가아스와 가렛 플라워스** 가스의 서자

모린 경 메이스의 숙부, 올드타운의 도시 경비대 대장

› **{루터 티렐}** 모린의 아들, 엘린 노리지 부인과 결혼

›› **테오도어 경** 루터의 아들, 리아 세리 부인과 결혼

››› **엘리너** 테오도어의 딸

››› **루터** 테오도어의 아들, 종자

›› **메드윅 학사** 루터의 아들

›› **올렌** 루터의 딸, 레오 블랙바와 결혼

› **레오** 모린의 아들, 일명 게으름뱅이 레오

고르몬 학사 메이스의 숙부, 시타델의 학자

{퀜틴 경} 친척, 애시포드에서 사망

› **올리머 경** 퀜틴의 아들, 라이사 메도스 부인과 결혼

›› **레이먼드와 리카드** 올리머의 아들들

›› **메가** 올리머의 딸

노먼드 학사 친척, 블랙크라운에서 봉직

{빅터 경} 친척, '왕의 숲 형제단'의 웃는 기사에게 참살됨

› **빅타리아** 빅터의 딸, 여름 열병으로 사망한 {존 불워 공}과 결혼

›› **알리산느 불워** 그들의 딸, 8세

› **레오 경** 빅터의 아들, 알리스 비스버리 부인과 결혼

›› **앨라와 레오나** 레오의 딸들

›› **라이오넬, 루카스, 로렌트** 레오의 아들들

가신

로미스 학사 조언자, 치료사, 교사

이곤 바이어웰 위병대장

보티머 크레인 경 훈련대장

버터범프스 어릿광대, 심하게 뚱뚱함

휘하 봉신, 리치의 영주

랜딜 탈리 혼힐의 영주

팍스터 레드와인 아버의 영주

› **호라스 경과 호버 경** 팍스터의 쌍둥이 아들

› **발라바르 학사** 팍스터 공의 치료사

아르윈 오크하트 올드오크의 여영주

› **아리스 경** 아르윈 부인의 막내아들, 킹스가드

마티스 로완 골든그로브의 영주, 레드와인 가문의 베타니와 결혼

레이톤 하이타워 올드타운의 목소리, 항구의 주인

험프리 휴엣 오큰실드의 영주

› **팔리아 플라워스** 험프리의 서녀

오스버트 세리 사우스실드의 영주

› **탤버트 경** 오스버트의 아들이자 후계자

거터 그림 그레이실드의 영주

모리발드 체스터 그린실드의 영주

오턴 메리웨더 롱테이블의 영주

아서 앰브로즈 공 알리산느 하이타워와 결혼

기사와 맹약검사

존 포소웨이 경 초록 사과 포소웨이 가문

탠튼 포소웨이 경 붉은 사과 포소웨이 가문

— 반란군, 떠돌이, 그리고 결의형제 —

귀족, 떠돌이, 평민

크레이턴 롱바우 경과 무일푼 일리퍼 경 방랑기사이며 동행

히발드 겁 많고 쩨쩨한 상인

셰이디글렌의 셰드리치 경 일명 미친 쥐, 히발드에게 고용된 방랑기사

브리엔느 타스의 처녀, 미녀 브리엔느, 임무 수행중인 처녀

› **저녁 별 셀윈 공** 타스의 영주, 브리엔느의 아버지

› **{커다란 벤 부시}, 하일 헌트 경, 마크 멀런도어 경, 에드문드 앰브로즈 경, {리차드 패로}, {황새 월}, 휴 비스버리 경, 레이몬드 네일랜드 경, 해리 소여, 오언 인치필드 경, 로빈 포터** 브리엔느의 한때 구애자들

렌프레드 라이커 더스큰데일의 영주

› **루퍼스 리크 경** 렌프레드를 섬기는 외다리 기사, 더스큰데일 던포트의 수호성주

윌리엄 무튼 메이든풀의 영주

› **엘리노르** 윌리엄의 맏딸이자 후계자, 13세

랜딜 탈리 혼힐의 영주, 트라이던트로 향한 토멘 왕의 군대를 지휘

› **디콘** 랜딜의 아들이자 후계자, 어린 종자

› **하일 헌트 경** 탈리 가문에 봉직하기로 맹세한 기사

›› **알린 헌트 경** 하일 경의 사촌, 마찬가지로 랜딜 공을 섬김

딕 크래브 일명 '민첩 딕', 크랙클로포인트의 크래브 가문 출신

유스터스 브룬 다이어덴의 영주

› **베나드 브룬** 브라운할로의 기사, 유스터스의 사촌

로저 호그 경 소스혼의 기사

메리발드 성사 맨발의 성사

› **개** 메리발드 성사의 개

고요섬의 원로 형제

나버트 형제, 길람 형제, 로니 형제 고요섬의 참회 수사들

퀸시 콕스 경 솔트팬스의 기사, 망령 난 노인

낡은 교차로 여관

제인 헤들 일명 꺽다리 제인, 여관 주인으로 키가 큰 18세 여자

› **윌로** 제인의 동생, 숟가락을 엄하게 휘두름

› **탠지, 페이트, 존 페니, 벤** 여관에 사는 고아들

› **겐드리** 견습 대장장이이며 로버트 바라테온 1세의 사생아, 자신의 출신을 모름

하렌홀

라포드(일명 친절한 라프), 걸레 입, 던센 수비군

검은 엄지 벤 대장장이이자 무기제조인

피아 하녀, 한때는 예뻤음

길리안 학사 치료사, 교사, 조언자

대리

애머레이 프레이 부인 일명 문루 애미, 육욕이 강한 과부로 란셀 라니스터 공과 약혼

› **마리야 부인** 애머레이의 어머니, 대리 가문 출신, 메렛 프레이의 과부

› **마리사** 애머레이의 여동생, 13세 처녀

하르윈 플럼 경 일명 센 돌, 수비대장

오토모어 학사 치료사, 교사, 조언자

무릎 꿇은 남자 여관

샤나 여관 주인, 요리사, 산파

› **남편** 샤나의 남편

› **소년** 전쟁고아

› **핫파이** 제빵사의 아들, 지금은 고아

무법자

베릭 돈다리온 한때 블랙헤이븐의 영주, 여섯 번 참살

› **에드릭 데인** 스타폴의 영주, 12세, 베릭 공의 종자

› **미친 사냥꾼** 스토니셉트 출신, 가끔 협력

› **초록 수염** 티로시 용병, 불확실한 친구

› **궁수 앤가이** 도르네 변경 지역 출신의 활잡이

› **문타운의 메렛, 방앗간지기 와티, 질퍽이 메그, 너튼의 존** 무법자들

› **스톤하트 부인** 두건을 쓴 여인, 때로는 '무자비한 어머니', '침묵의 자매', '목매다는 여자'라 불림

› **렘** 일명 레몬클록 렘, 병사 출신

› **미르의 토로스** 붉은 사제

› **하윈** 헐렌의 아들, 과거 윈터펠의 에다드 스타크 공을 섬겼던 북부인

› **행운아 잭** 수배자, 애꾸눈

› **일곱 개울의 톰** 소문이 미심쩍은 가수, 일명 일곱 현의 톰, 일곱 톰이라고도 함

› **그럴싸한 루크, 노치, 머지, 수염 없는 딕** 무법자들

산도르 클리게인 일명 사냥개, 한때 조프리 왕의 맹약위사였다가 후에 킹스가드가 되었고, 마지막으로는 트라이던트 근처에서 열병에 시달리며 죽어가고 있었음

{바고 호트} 자유도시 코호르 출신, 일명 염소, 발음이 좋지 않은 용병대장, 하렌홀에서 그레고르 클리게인 경에게 참살, 용감한 형제단 단장

용감한 형제단 피투성이 극단으로도 불림

› **신실한 어스윅** 바고 호트의 부관

› **{우트 성사}** 베릭 돈다리온 공에게 교수형 당함

› **도르네의 티미온, 뚱보 졸로, 로지, 바이터, 피그, 광대 섀그웰, 이벤의 토그 조트, 세 발가락** 흩어져서 도망

스토니셉트의 매춘굴 복숭아 여관

탠지 붉은 머리의 매춘굴 주인

› **알리스, 캐스, 라나, 지젠, 헬리, 벨라** 복숭아들

스몰우드 가문의 권좌 에이콘홀

라벨라 부인 스완 가문 출신, 테오마르 스몰우드 공의 아내

그 외

라이몬드 리체스터 공 정신이 오락가락하는 노인, 예전에는 다리에서 메이너드 경을 잡기도 했음

› **루운 학사** 그를 돌보는 젊은 관리자

하이하트의 유령

목엽 마님

샐리댄스의 어느 성사

밤의 경비대 결의형제

존 스노우 윈터펠의 서자, 998번째 밤의 경비대 총사령관

고스트 그의 다이어울프, 하얀색에 소리를 내지 않음

에디슨 톨렛 일명 구슬픈 에드, 사령관의 종자

캐슬블랙

벤젠 스타크 제1순찰자, 실종된 지 오래라 사망 추정

› **윈튼 스타우트 경** 나이 많은 순찰자로 정신이 오락가락함

› **흰눈 케지, 거인 베드윅, 매타, 디웬, 회색 깃털 가스, 왕의 숲의 울머, 엘론, 피파(핍), 들소 그렌, 검은 베나르, 고디, 팀 스톤, 블랙잭 불워, 다람쥐 제프, 수염쟁이 벤** 순찰자들

보웬 마시 집사장

› **세 손가락 홉** 집사 겸 요리장

› **{도날 노이}** 외팔이 무기제조인이자 대장장이, 문에서 강대한 마그에게 참살

› **미련퉁이 오언, 꼬인 혀 팀, 쿠겐, 도넬 힐(다정한 도넬), 왼손잡이 루, 제렌, 가지깎기 윅** 집사들

오델 야윅 제1건설자

› **남는 장화, 할더, 알벳, 맥주 통** 건설자들

콘위, 구에렌 신병 모집자

셀라다르 성사 주정뱅이 종교인

알리서 쏜 경 과거 훈련대장

자노스 슬린트 공 과거 킹스랜딩 도시 경비대장, 짧게 하렌홀 영주였음

아에몬 (타르가르옌) 학사 조언자 겸 치료사, 장님, 102세

› **클라이다스** 아에몬의 개인집사

› **샘웰 탈리** 아에몬의 개인집사, 뚱뚱한 책벌레

강철 에멧 훈련대장, 이스트워치에서 옴

› **망아지 하레스, 쌍둥이 아론과 엠릭, 새틴, 홉로빈** 훈련 중인 신병들

샤도타워

데니스 말리스터 경 섀도타워 사령관

› **월러스 매시** 데니스 경의 개인집사 겸 종자

› **멀린 학사** 치료사 겸 조언자

› **{반쪽 손 쿼린}** 섀도타워 순찰대장, 장벽 너머에서 존 스노우에게 참살됨

섀도타워 형제들

› **{종자 달브리지}, {에벤}** 순찰자들, 귀곡성 고개에서 참살됨

› **바위뱀** 순찰자이자 산악인, 귀곡성 고개에서 도보 중 실종

바닷가 이스트워치

코터 파이크 이스트워치 사령관

› **하문 학사** 치료사 겸 조언자

› **묵은 넝마 소금** 검은 새호의 선장

› **글렌던 휴엣 경** 훈련대장

이스트워치 형제들

› **대리언** 집사이자 가수

크래스터 요새(배신자들)

비수 집주인 크래스터를 살해

잘린 손 올로 총사령관 제오 모르몬트를 참살

그리너웨이의 가스, 마우니, 그럽스, 로스비의 앨런 구 순찰자들

굽은 발 카를, 고아 오스, 투덜쟁이 빌 구 집사들

야인 또는 자유민

만스 레이더 장벽 너머의 왕, 캐슬블랙의 포로

{댈라} 그의 아내, 출산 중 사망

› **그들의 갓 태어난 아들** 전투 중 태어남, 아직 이름은 없음

› **발** 댈라의 여동생, '야인 공주'로 불리는 캐슬블랙의 포로

야인 족장과 지휘관

{하르마} 일명 개 머리, 장벽 아래에서 참살됨

› **할렉** 하르마의 동생

뼈다귀 영주 조롱으로 래틀셔츠라 불림, 약탈자이며 한 전단의 지도자, 캐슬블랙의 포로

› **{이그리트}** 젊은 창 마누라(여전사), 존 스노우의 연인, 캐슬블랙 공격 중 사망

› **장창 릭** 전단원

› **래그와일, 레닐** 전단원들

{스티르} 텐족의 마그나, 캐슬블랙 공격 중 참살됨

› **시고른** 스티르의 아들, 텐족의 새로운 마그나

토르문드 러디홀의 꿀술 왕, 일명 '거인의 재앙, 허풍쟁이, 나팔수, 얼음을 깨는 사나이, 천둥주먹, 곰들의 남편, 신들에게 말하는 자, 만군의 아버지'

› **키다리 토레그, 순둥이 토르윈드, 도르문드, 드린** 토르문드의 아들들

› **문다** 토르문드의 딸

울보 약탈자이며 한 전단의 지도자

{까마귀 살해자 알핀} 약탈자, 밤의 경비대 반쪽 손 쿼린에게 참살됨

{오렐} 일명 독수리 오렐, 변신자로 귀곡성 고개에서 존 스노우에게 참살됨

마그 마르 툰 도 웨그 일명 강대한 마그, 거인, 캐슬블랙 문에서 도날 노이에게 참살됨

여섯 몸의 바라미르 변신자, 세 마리 늑대와 그림자삵 한 마리, 눈곰 한 마리의 주인

{자알} 젊은 약탈자, 발의 연인, 장벽에서 추락하여 사망

› **염소 그리그, 에록, 보저, 델, 종깃덩어리, 삼줄 댄, 투구 헨크, 렌, 발 손가락, 돌 엄지** 야인 약탈자들

{크래스터} 크래스터 요새의 주인, 지붕 아래 손님으로 들인 밤의 경비대 비수에게 참살됨

› **길리** 그의 딸이자 아내

›› **길리의 갓난 아들** 아직 이름은 없음

› **디야, 페니, 넬라** 그의 열아홉 아내 중 세 명

— 협해 너머 —

브라보스

페레고 안타리온 브라보스의 바다군주

콰로 볼렌틴 브라보스 제일검, 바다군주의 호위자
벨레지어 아더리스 일명 흑진주, 같은 이름의 해적 여왕으로부터 이어지는 코르티잔
베일의 숙녀, 인어 여왕, 달그림자, 황혼의 딸, 나이팅게일, 시인 유명한 코르티잔들
테네시오 테리스 거인의 딸호의 상인 선장
› **요르코와 데니오** 두 아들
모레도 프레스타인 암여우호의 상인 선장
로토 로넬 오래된 책과 두루마리를 취급하는 중개인
에젤리노 붉은 사제, 취해 있을 때가 많음
유스터스 성사 수치스러운 일로 성직을 박탈당함
테로와 오벨로 자객들
눈먼 베쿼 생선장수
브루스코 생선장수
› **탈리아와 브리아** 브루스코의 딸들
메랄린 일명 메리, 넝마주이 항만 근처에 있는 매춘굴 '행복한 항구'의 주인
› **선원의 마누라** 행복한 항구의 창녀
› **라나** 그녀의 딸, 젊은 창녀
› **통나무 베타니, 애꾸눈 이나, 이벤의 아사도라** 행복한 항구의 창녀들
붉은 로고, 길로로 도타레, 길레노 도타레, 깃펜이라 불리는 작가, 요술쟁이 코소모 행복한 항구의 손님들

타가나로 부둣가 소매치기, 도둑

› **카소** 바다표범 왕, 타가나로가 훈련한 바다표범

› **작은 나보** 타가나로와 가끔 동업함

미르멜로, 우울한 조스, 퀜스, 알라쿼, 슬로이 밤마다 '배'에서 공연하는 배우들

시브론 살인 취향이 있는 부둣가 창녀

술고래 딸 종잡을 수 없는 성격의 창녀

궤양 제인 성별이 불확실한 창녀

친절한 남자와 부랑아 흑백의 집에서 다면신을 섬기는 종들

움마 신전 요리사

잘생긴 남자, 뚱뚱한 친구, 귀족, 엄숙한 얼굴, 사팔뜨기, 굶주린 남자 다면신의 비밀스러운 종복들

아리아 스타크 쇠주화를 지닌 소녀, 아리, 낸, 족제비, 비둘기 고기, 솔티, 캣으로도 불림

쿠후루 모 여름 군도 톨트리스타운 출신, 상선 시나몬윈드호의 선주

› **코자 모** 쿠후루 모의 딸, 붉은 궁수

› **숀도 도루** 시나몬윈드호의 항해사

까마귀의 향연 1

얼음과 불의 노래 제4부

1판 1쇄 발행 2008년 6월 11일
개정판 1쇄 발행 2012년 3월 20일
개정2판 1쇄 인쇄 2019년 7월 29일
개정2판 2쇄 발행 2019년 12월 13일

지은이 · 조지 R. R. 마틴
옮긴이 · 이수현
펴낸이 · 주연선

총괄이사 · 이진희
책임편집 · 심하은 이경란
디자인 · 손주영 이다은 김지수
마케팅 · 장병수 김진겸 이한솔 이선행 강원모
관리 · 김두만 유효정 박초희

(주)은행나무
04035 서울특별시 마포구 양화로11길 54
전화 · 02)3143-0651~3 | 팩스 · 02)3143-0654
신고번호 · 제 1997-000168호(1997. 12. 12)
www.ehbook.co.kr
ehbook@ehbook.co.kr

잘못된 책은 바꿔드립니다.

ISBN 979-11-89982-32-4 04840
ISBN 978-89-5660-898-3 (세트)

강철 군도

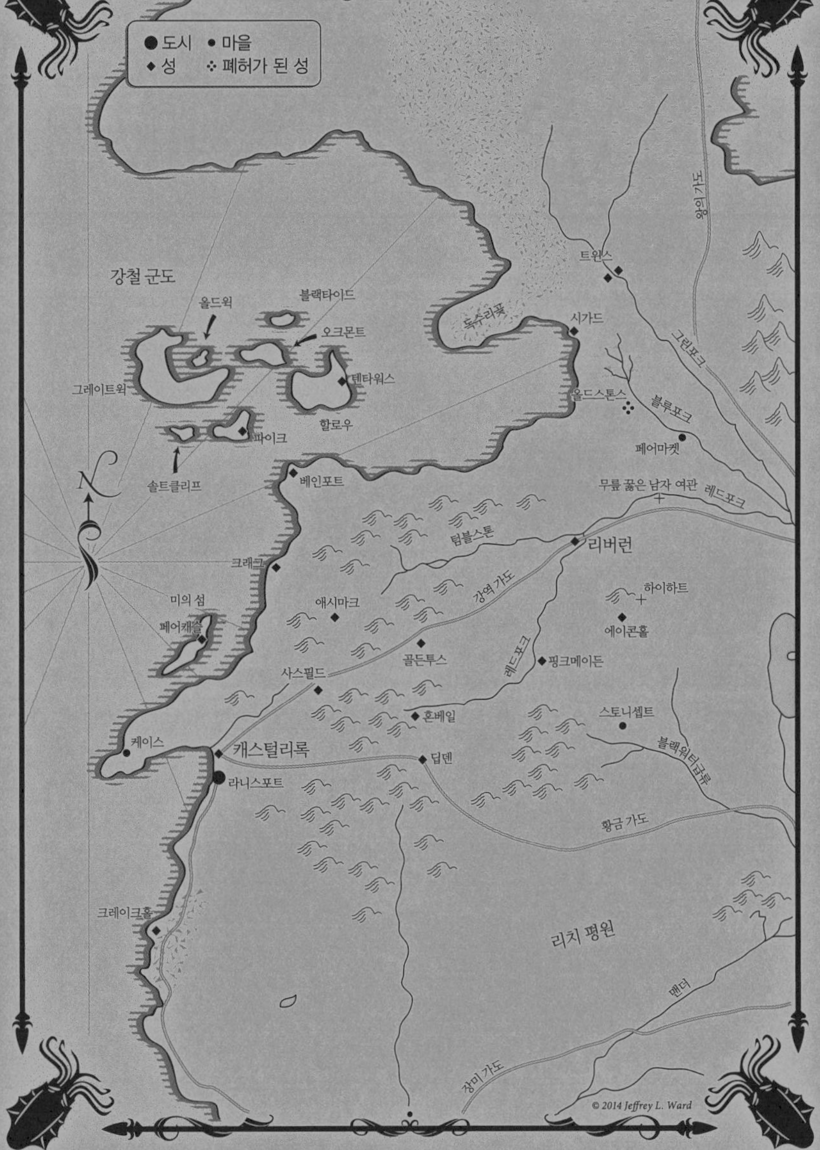
도시
마을
성
폐허가 된 성
강철 군도
올드윅
블랙타이드
오크몬트
그레이트윅
테타웍스
할로우
파이크
솔트클리프
베인포트
크래그
미의 섬
페어캐슬
케이스
캐스털리록
라니스포트
크레이크홀
독수리곶
트윈스
시가드
올드스톤스
블루포크
그린포크
왕의 가도
페어마켓
무릎 꿇은 남자 여관
레드포크
리버런
텀블스톤
강역 가도
하이하트
애시마크
에이콘홀
골든투스
핑크메이든
레드포크
사스필드
혼베일
스토니셉트
딥덴
블랙워터급류
황금 가도
리치 평원
맨더
장미 가도
© 2014 Jeffrey L. Ward